JN261328

百人一首注釈書叢刊　別巻2

如儡子百人一首注釈の研究

深沢秋男　著

和泉書院

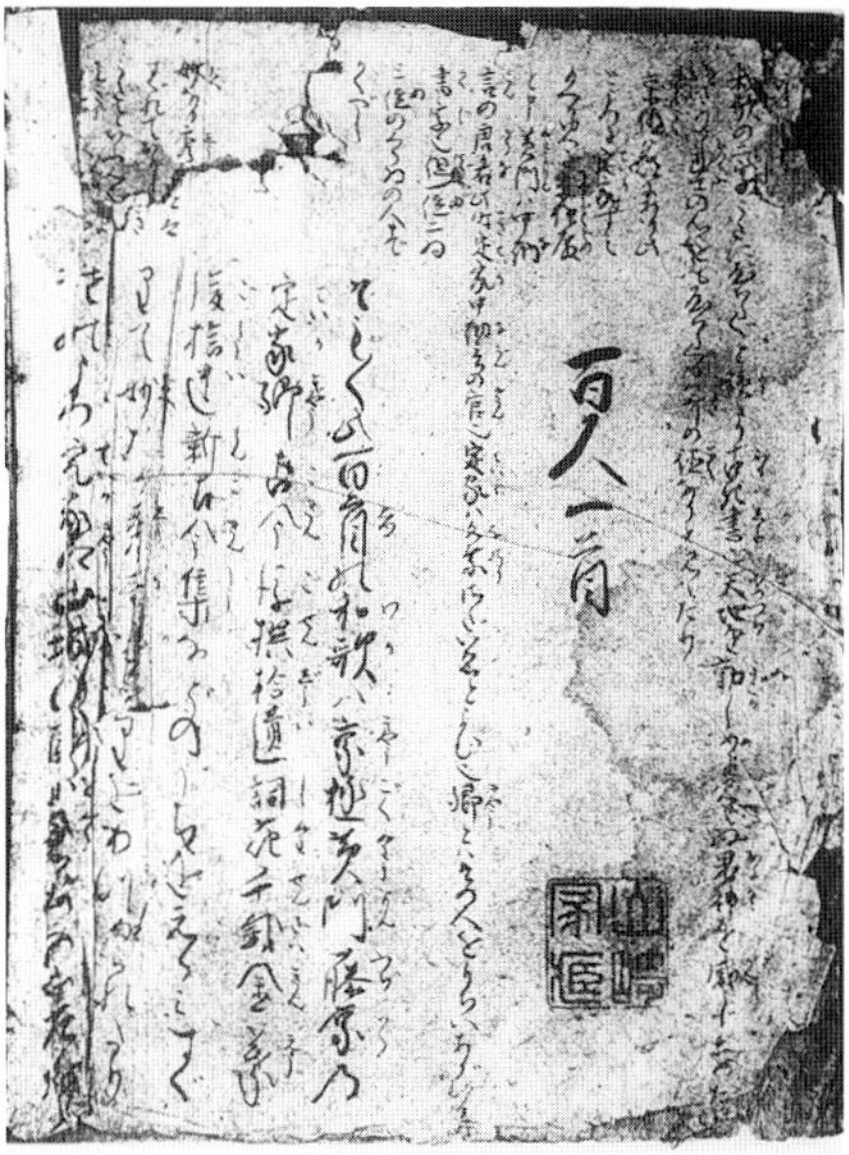

①巻頭

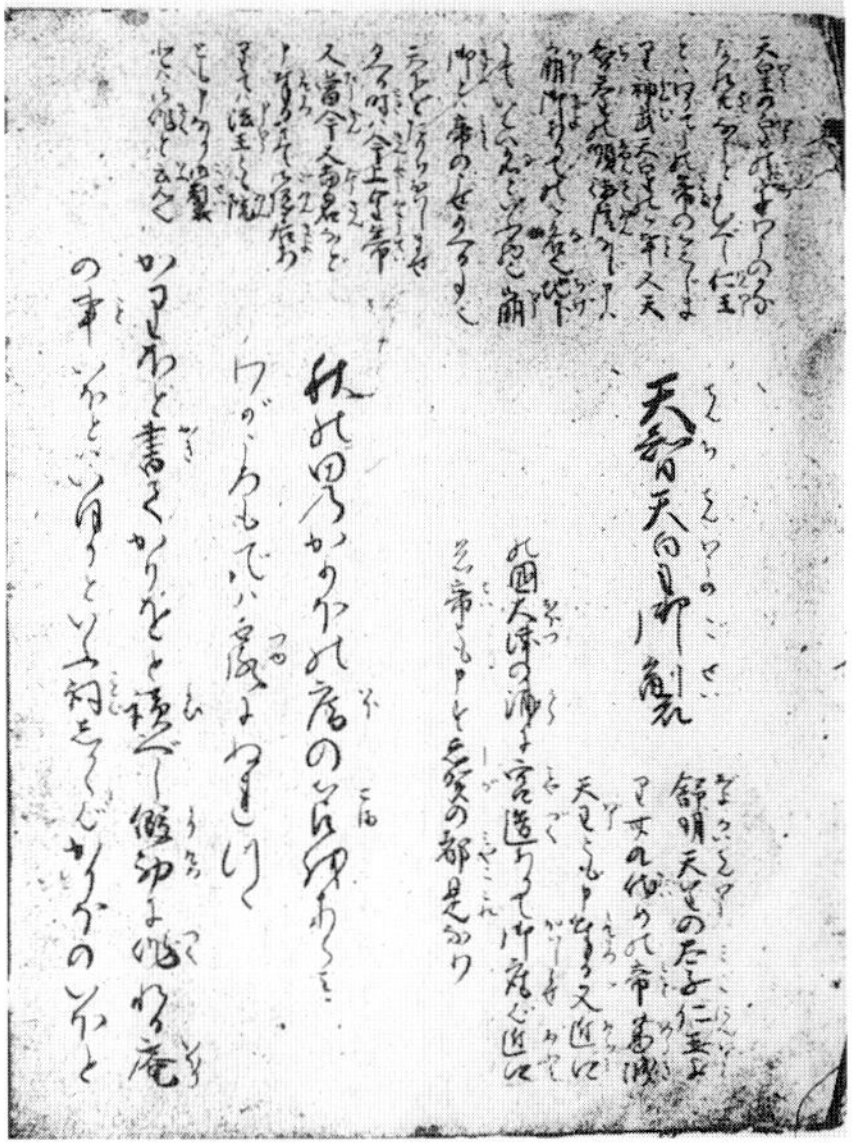

②天智天皇の条

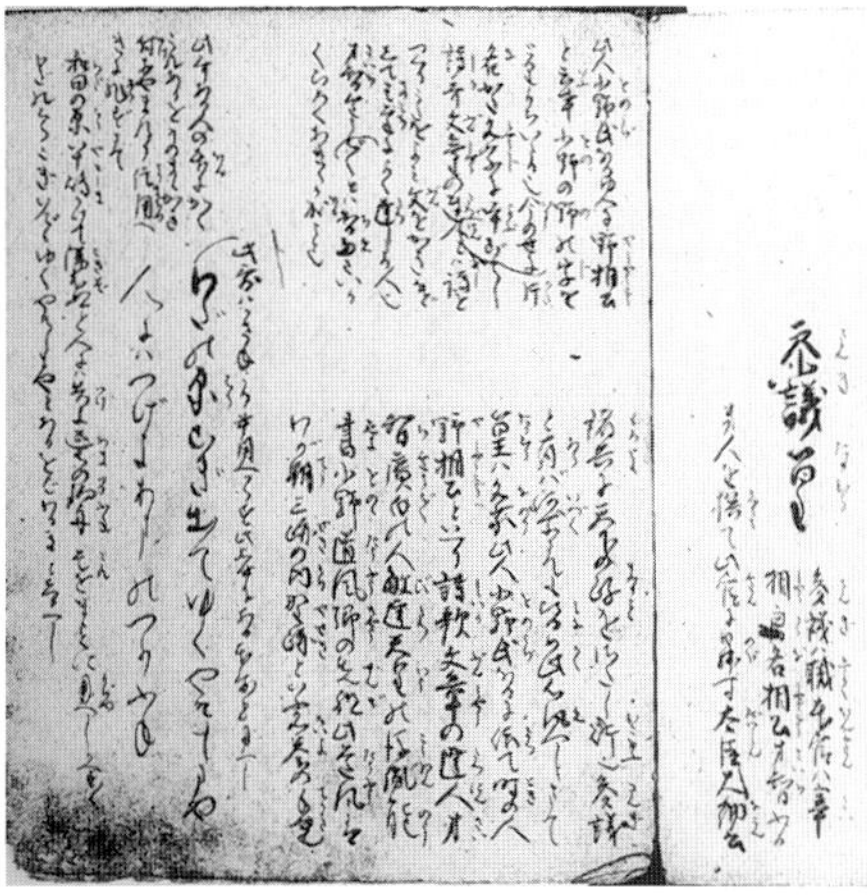

③第七番歌、参議篁の条

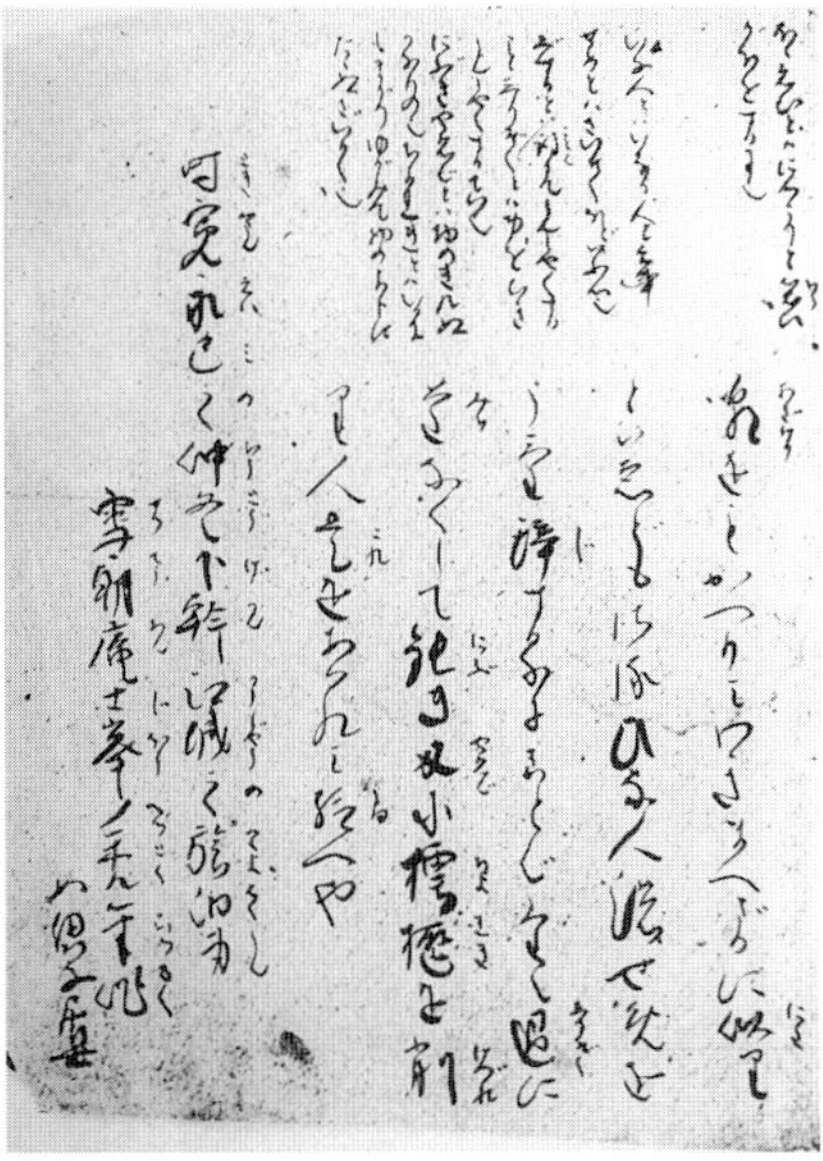

④巻末

『砕玉抄』（武蔵野美術大学美術館・図書館所蔵）①〜④

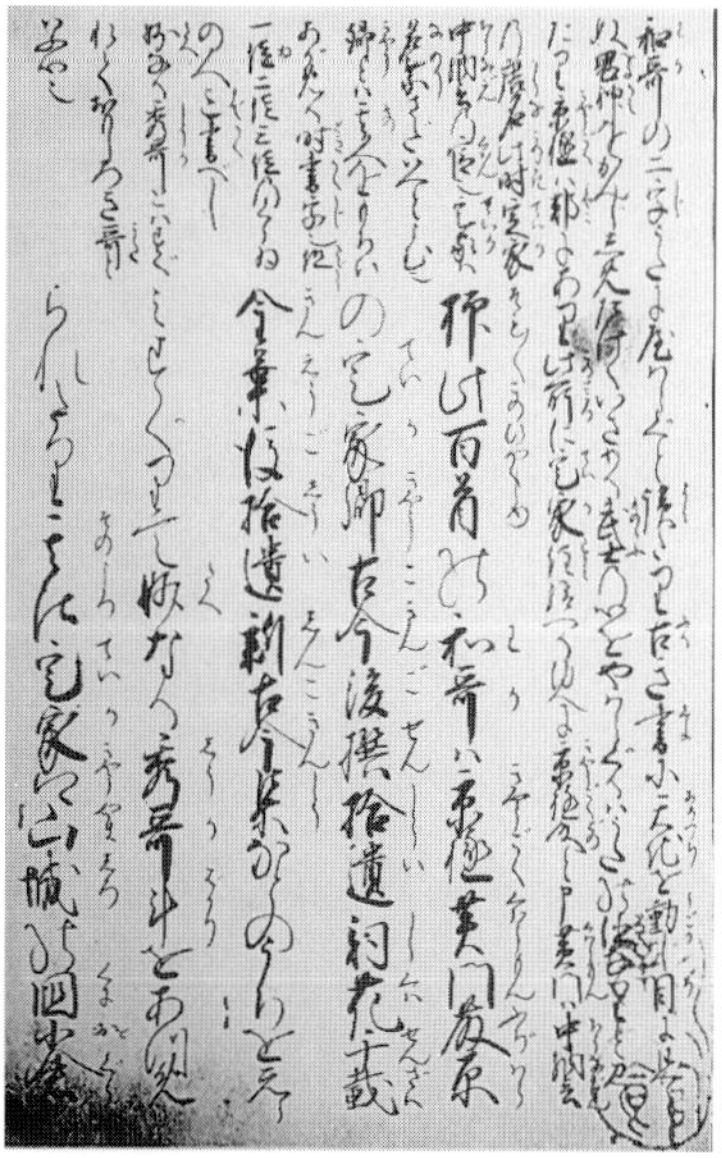

①巻頭

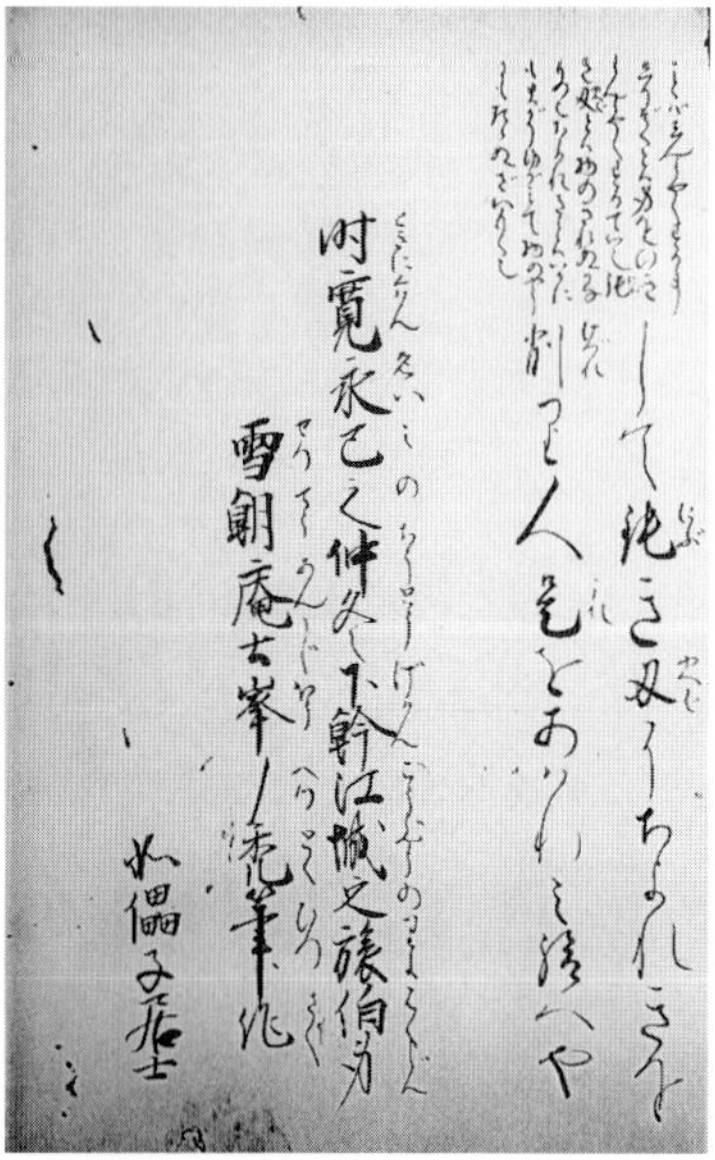

②巻末

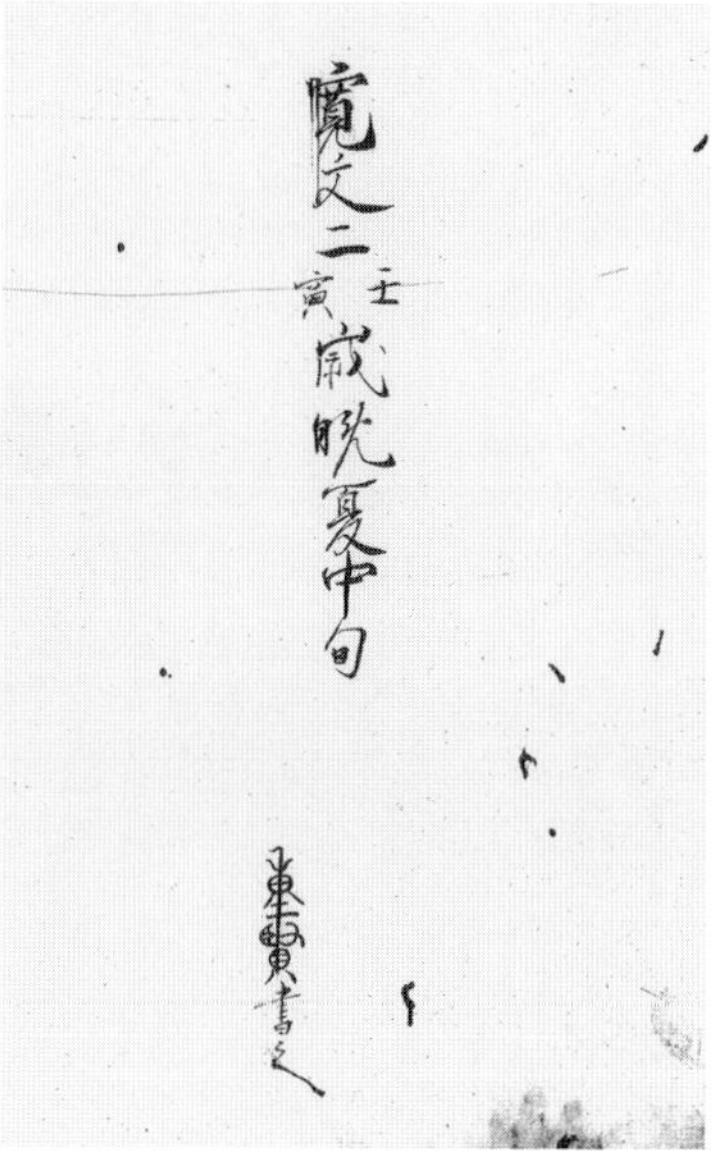

③書写者の条

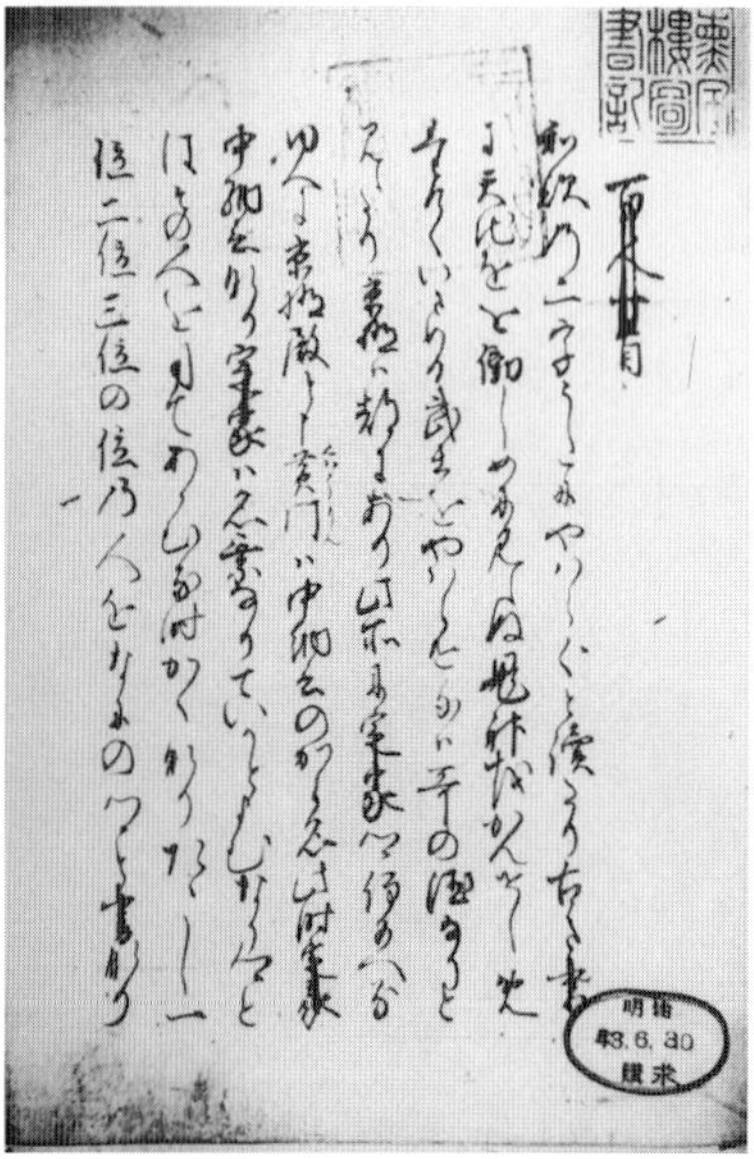

④巻頭

『百人一首鈔』(徳川ミュージアム所蔵 ©徳川ミュージアム・イメージアーカイブ／DNPartcom) ①〜③、『酔玉集』(国立国会図書館所蔵) ④

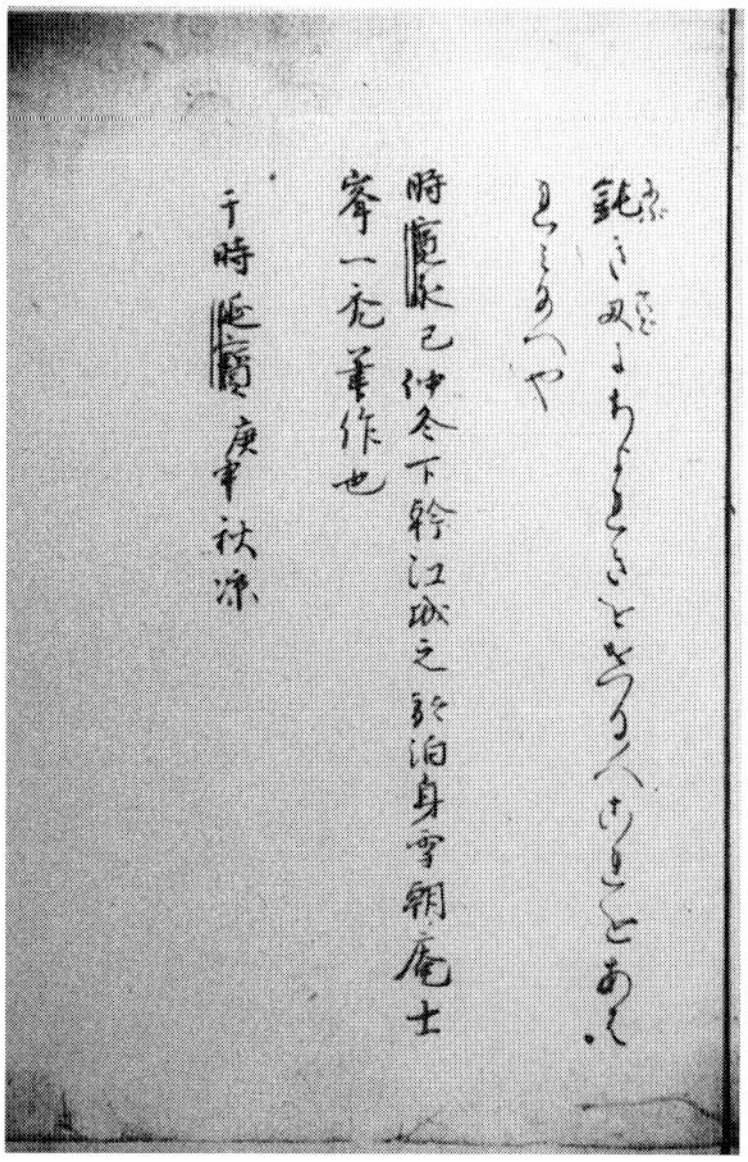

①巻末

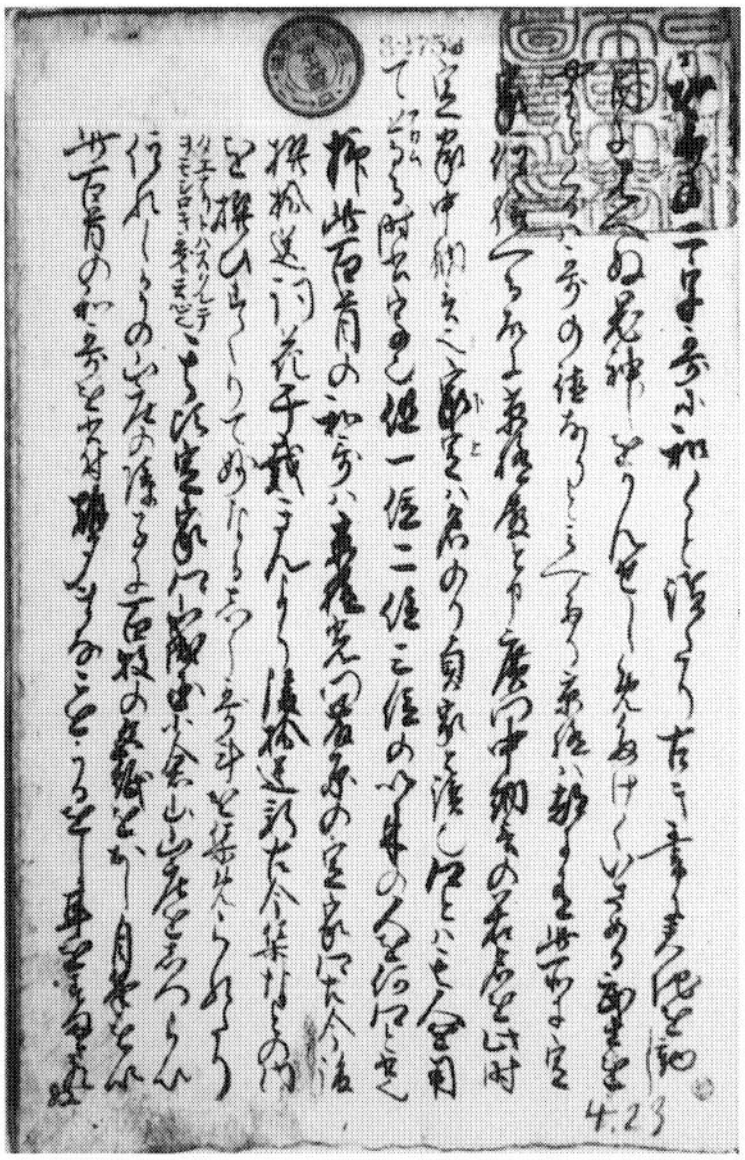

②巻頭

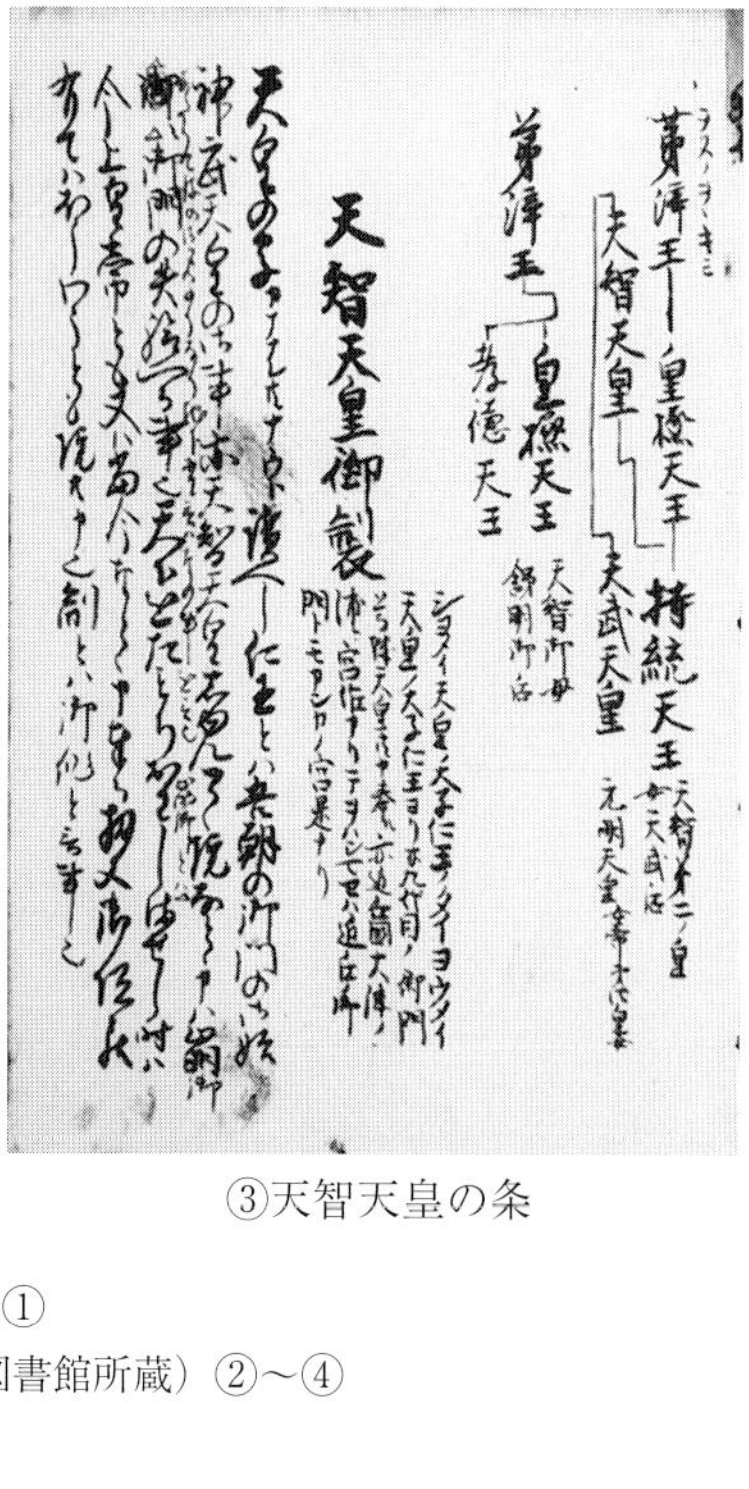

③天智天皇の条

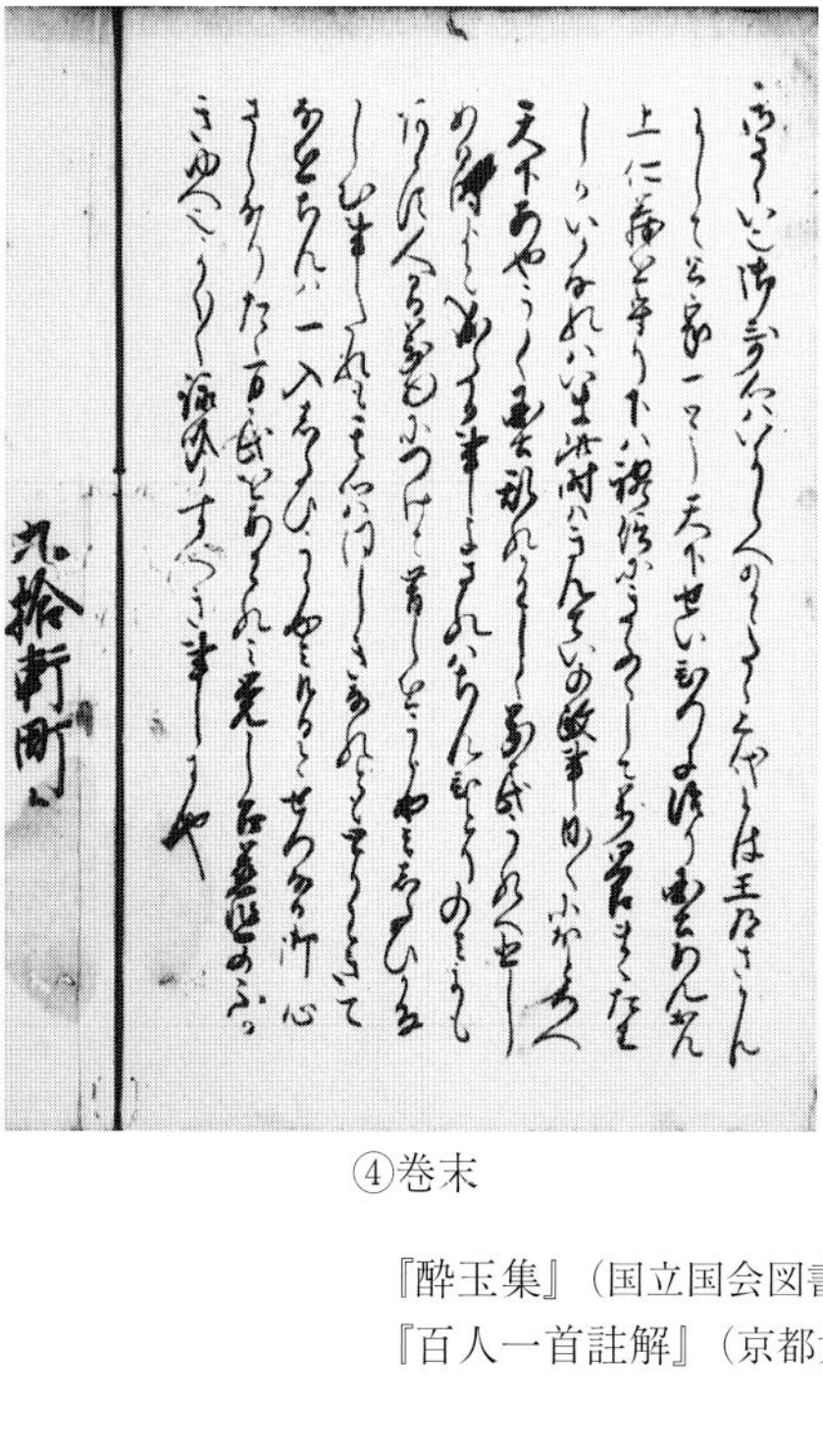

④巻末

『酔玉集』（国立国会図書館所蔵）①

『百人一首註解』（京都大学附属図書館所蔵）②〜④

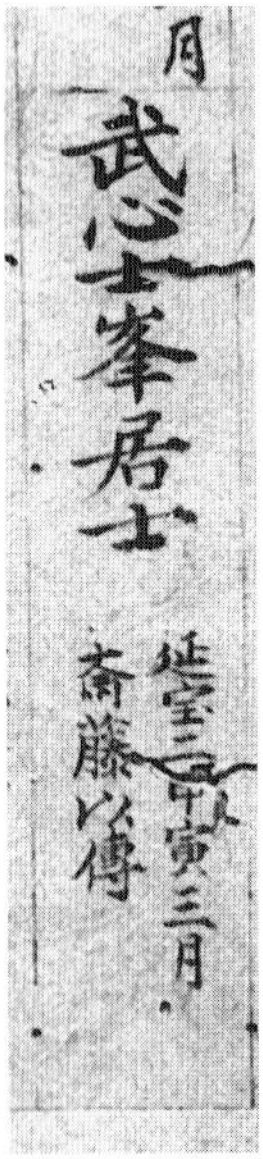

斎藤以伝の部分

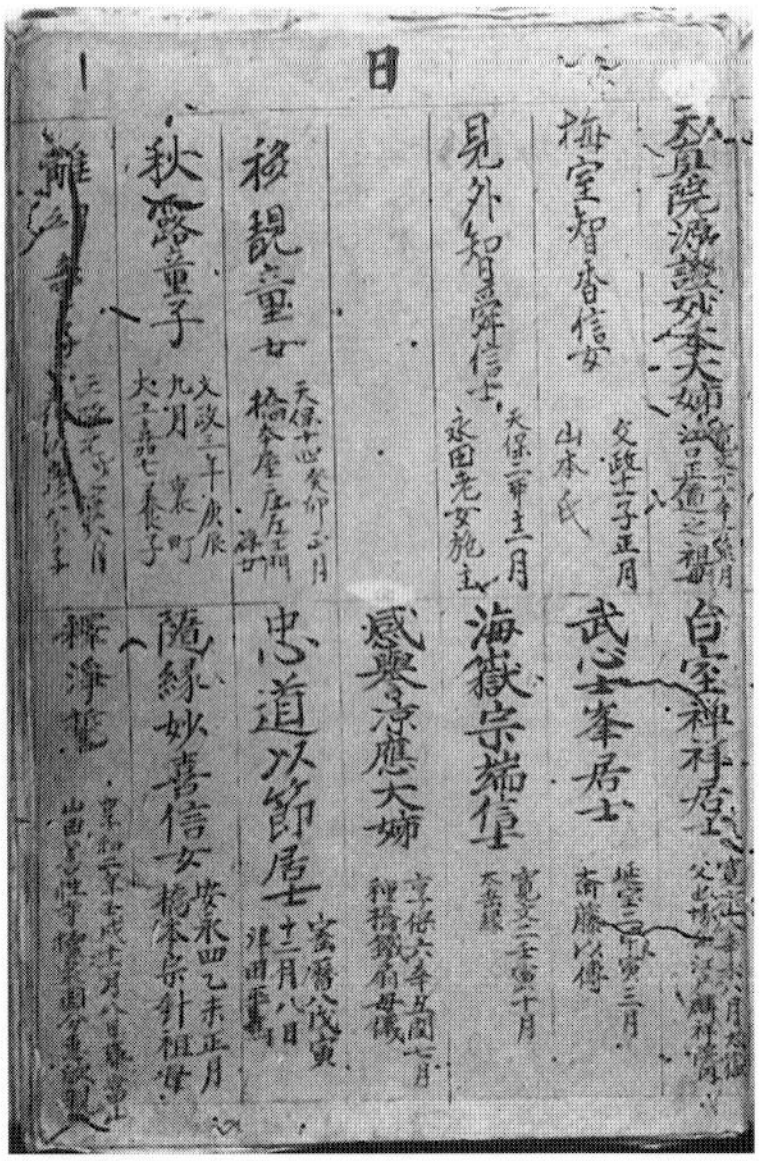
『神龍山松岡寺過去帳』八日の部分

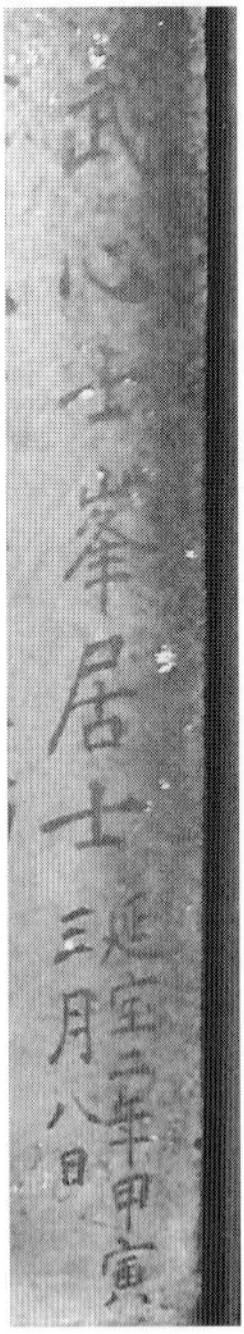

斎藤以伝の部分

斎藤家位牌

はじめに

仮名草子作者、如儡子・斎藤親盛は、『可笑記』『百八町記』『堪忍記』の他に「百人一首」の注釈書も著していた。如儡子は注釈書『砕玉抄』の奥書で次のように述べている。

「つれ〳〵と、ながき日くらし、おしまづきによつて、墨頭《ぼくとう》の手中《しゆちう》よりおつるに、夢《ゆめ》うちおどろかし、おろか心の、うつり行《ゆく》にまかせて、此和哥集《わかしう》の、そのおもむきを綴《つゞり》、しかうして、短《みじか》き筆《ふで》に、書《かき》けがらはし留《とゞめ》り。寔《まことに》、せいゐい、海《うみ》をうめんとするにことならずや。されば、かの三神《じん》のみとがめをつゝしみ、おもむげず、かつまた、衆人之《しうじんの》ほゝえみ、嘲《あざけり》をもかへりみ、わきまへざるに似《にた》りといゐども、さるひな人の、せめをうけ、辞《じ》するにことばたえ、退《しりぞく》に道《みち》なくして、鈍《にぶ》き刃《やえば》に、樗櫪《ちよれき》を削《けづれ》り。人、是《これ》をあはれみ給《たま》へや。

時《とき》寛永《くわんえい》巳《み》之《の》仲冬《ちうとう》下《げ》幹江城《かんかうじやう》之《の》旅泊身《りよはくしん》
雪朝庵《せつてうあん》士《じ》峯ノ禿筆作《ほうへつとくひつさく》

如儡子居士」

『砕玉抄』は、雪朝庵士峯、如儡子居士が、寛永巳の年十一月、江戸に仮寓の身で著述したものであった。ある鄙人から求められて、断りきれず書き始めたが、精衛海を塡む、という中国故事と同様に、大変な事に手を出して、このような結果になってしまった。

しかし、この如儡子の「百人一首」注釈の労作も、長い年月の間、広く世間に知られる事はなかった。昭和四十一年に水戸彰考館文庫（現徳川ミュージアム）所蔵の『百人一首鈔』が公表され、続いて国会図書館所蔵の『酔玉集』の所在が明らかとなり、平成十年には京都大学附属図書館所蔵の『百人一首註解』が公刊され、さらに平成十三年には武蔵野美術大学美術館・図書館金原文庫所蔵の『砕玉抄』が発見されるに至った。

百人一首の研究者及び仮名草子研究者の諸先学の調査・研究の成果によって、ようやく如儡子の「百人一首」注釈の全貌が明らかになった。今、その研究を纏める段階になったことを、まず感謝申し上げる。

目次

翻　刻　篇

研究篇

第一章　研究史

第一節　田中宗作氏の研究

如儡子の百人一首注釈書を最初に紹介されたのは田中宗作氏である。田中氏は、昭和四十一年九月二十日発行の『百人一首古注釈の研究』（桜楓社）所収「如儡子の百人一首注釈書について」において、次の如く述べておられる。

「水戸の彰考館に仮名草子の作者如儡子の手に成ったと考えられる百人一首の注釈書が尚蔵されている。「百人一首鈔」四巻（巳拾六巳二十七上）がそれであるが、「群書一覧」・「国書解題」・「大日本歌書綜覧」等にも紹介はされていず、ほかに類本は見当らず、江戸初期の百人一首注釈書中、もっとも注目すべき内容をもつものの一つと考えてよいであろう。

本書は、縦28.0×横20.0cmの袋綴じの四冊本。表紙は、いわゆる水戸表紙（薄土色の紙の表紙）で、左肩に「百人一首鈔」とする題簽がある。料紙は楮紙。本書の構成並びに本文墨付は、次のごとくである。

第一巻　八三張　序説（一―六張）第七張以降本文注釈

第二巻　七八張　本文注釈

第三巻　九二張　同
第四巻　八四張　同・巻末奥書（八三―八四張）

右のように本文注釈は四巻に分けられているが、作者歌の並べ順が普通のものとはいたく異なっている。すなわち、張を追って出てくる作者と歌を普通の番号で並べると、

第一巻	1 2 3 4 6 11 5 16 17 18 13 9 8 12 10
第二巻	14 15 19 20 28 21 24 30 29 33 22 35 31 23 34 32 36 26 25 27 39 37 38 48 40
第三巻	45 44 42 48 46 49 50 51 56 58 59 57 61 60 52 47 68 54 53 69 86 55 62 64 67 63 71
第四巻	66 73 72 65 74 77 80 76 79 78 75 82 84 85 81 83 88 90 89 87 92 91 95 94 93 98 97 96 99 100

となる。この結果、（7）安倍仲麻呂「天の原」（41）壬生忠見「恋すてふ」（70）良暹法師「さびしさに」の三人が欠けていることがわかる。こうした配列現象は、今まで調査してきた百人一首注釈としては珍しいことで、注目すべきであろう。なお、全張、一面七行、一行の字詰、おおむね、十四、五字内外である。その上、漢字にはほとんど読みがなを附し、全張にわたって頭注を附している。」

田中氏は、このように紹介しておられる。全巻の丁数、歌人の配列、安倍仲麻呂・壬生忠見・良暹法師は未収録であるとするなど、事実と異なる点はあるが、この『百人一首鈔』の歌人の配列が一般的な配列と異なることを指摘しており、これは、全体に振り仮名を付け、頭注を付けていることの指摘と共に貴重な紹介である。

さらに、第四巻の巻末の奥書を引用され、その末尾の「時寛永巳之仲冬下幹江城之旅泊身／雪朝庵士峯《ママ》の禿筆作如儡子居士」と、それに続く書写者の「寛文寅壬《ママ》歳夏中旬　重賢書之」に関しては、次のように解釈された。

「これらによって、本書はそのものは寛文二年（一六六二《ママ》）の写ではあるが、その原本の成立は、寛文《ママ》十八年（一六三九《ママ》）で、書写時期より二十二年ほど前のものであることがわかる。「如儡子居士」とあるからには、「可笑記」の成立した寛永十三年（可笑記の巻末には「于時寛永十三孟陽中澣江城之旅泊身筆作之」とある。）以後とみる方がよいように思われる。なお、「時寛永巳之仲冬下澣江城之旅泊身」の巳年を考えるに、寛永年間、六年（己巳）と十八年（辛巳）との二回があるわけで、この場合十三年に近い方をとる。前者の識語は、つれづれ草の冒頭の「つれづれなるままに、日暮し硯にむかひ、心にうつりゆくよしなしごとを、そこはかとなく書つくれば、あやしうこそ物狂ほしけれ。」という例の冒頭の句に当然関係づけて考えるべきで、これを狂文風にもじって巻末において書いたものであることはたしかである。仮名草子の中でも教訓物の先駆として、つれづれ草と関係づけて考えられている「可笑記」の作者らしい識語で、この文の中にも仮名草子作者の面目は躍如としているように思う。また、これによって、その成立に至る由来についても、ほぼ知ることができるのであるが、かの宗祇抄や幽斎抄などの序説や奥書にあるように、相伝の意義と尊さとをあくまでじぶんのよりどころとして、その権威を大上段に、ふりかざして、他見をいましめるがごときことばの片言隻句もないことは、この種の注としては注目すべきことであろう。」

田中氏は続いて、巻頭の序説の部分を宗祇抄と対照して掲出し、これに対して以下の如く述べておられる。

「本文に対して参考とすべきものを、しかつめらしい解説ではなく、ごく平易な語句を用いての啓蒙的な説明をしていることは注意せずばなるまい。これも全文ルビ附である。本文の方で定家以下の五人を「ていか・かりう・がけい・つうぐ・いうか」のように音読みにしているのに対し、注の方は、「さだいへ・いへたか・みちとも・まさつね・ありいへ」のように訓読みにしているというような差異がでてくる。しかし、説明の内容が、宗祇抄や幽斎抄と全然異質なものでないことは、それとの比較によっても明らかにされるところと思う。なお、この序説の終わりに、「百人一首の名号」について

百人一首と号する事、百人の哥人一代のうち多く読給へるうたの中にも取分名誉なる一人一首づゝ、えらみ出して集となしぬるゆへ也。去ながら定家の号にはあらず。かの卿後の人の名付なるにや。

とし、「集となしぬる」と「後の人の名付」とすることばには、注目すべきものがあろう。」

続いて、第一の天智天皇の条を、宗祇抄・幽斎抄と比較して、次の如く述べられる。少し長文であるが、最初の発言であり、貴重な御意見ゆえ引用したい。

「(この部分は宗祇抄には無いが、幽斎抄とは通じるところがあるが、)幽斎抄に比べて、これも説明そのものはていねいであるが、内容は整理されて簡単になり、しかも、理解を助けるための補説めいたものを入れるなど、注としては、学問的とか、秘決・口伝とかいうものにこだわらないため、親しみやすいものとなってきている。このような調子で、百人一首のほとんど全歌に注解が施された本抄は、すでにふれたように、その啓蒙的な説明とその頭注、全文、ことに注にわたってまで漢字にはほとんどルビを附していることも、本書執筆の際、どのへんの読者を予想したかを察するにかたくない。一面七行書きとはいえ、全張墨付三百三十七張という量は決して少ないものではなく、童蒙的効果をねらう注釈としてはやや荷のかちすぎた分量を有するものであるがその内容や形態からみて、本書の意図したものは、従来の秘伝的、口伝的な束縛を受け、貴族趣味に堕していた百人一首旧注を改めて、わかりやすい百人一首注解を、より一般庶民にも行きわたらせようとする童蒙的意図が多分に働いたものと見たい

のであるが、果してひが目であろうか。しかし、百人一首のように、中世の学問の中心であって、長い間の伝統に支えられてきたものを、その先注とは無関係に、また頭から否定して事を運ぶというがごときことはむりなことである。少なくとも、本書が成立したと考えられる寛永十八年というような、文学古典が息吹きをとりもどし古典の板本刊行（素本も注釈書もともに刊行がふえている。伊勢物語の場合などこの傾向はとくに顕著にあらわれている。）がしだいに盛んにならんとしつつあった時点に立っては、不可能ともいうべきであろう。したがってその意図したものや、態度はべつとして、本書もまた、旧注の上に立っての注釈であったことは、ここにあらためて言う必要もないであろう。

ここで先注との関係について、いささか考察をしておくべきであると思う。この場合、まず、考えておかなければならないのは幽斎抄との関係であることは当然であるが、そこに何らかの関係のあることは、先掲の二、三の例によっても容易にうかがえることと思う。しかし、作者のとり扱いや、説明の構成、文の相違点などの上からは、幽斎抄と密接な関係にあることは否定すべきもののように思う。そのうちでも作者の項は啓蒙的な注のあり方からすれば、幽斎抄のような整った作者伝記を無視して、作者の説明は旧態然たる注記にとどめおくといった態度はとらなかったであろうし、かの作者部類を見のがすこともあるまい。もっとも伝統的なものに、追従は心よしとしなかった面もみえるからあるいは、この推定は当を得ないかもしれない。しかし、いずれにしても、表記の上で童蒙的効果という点にかなり心を配っているという点は、だれがみても察せられるところで、幽斎抄その他の旧注の相伝的な体系からは離れている。ここで考えられることは、幽斎抄などとの内容の共通点の多きことから推して、その先注との関係は、注の系譜としては幽斎抄と同列に入る三条西実枝の講談聞書の類のものが、著者の手許にあって、筆が進められたためではなかろうか。これも、一つの推測にすぎないが、これらのことは何か決定づける有力資料のあらわれてこない限り、なかなかむずかしい問題で現在の段階としては無難な考え方のように思う。

以上を要するに、本書の特色と価値は、伝統の旧注の根深い流行の中にあって、啓蒙的な面に新生面を開き、これを民衆に、理解しやすい内容に改変して近づけしめんとした点にあるように思う。写本ながら、用字・用語・ルビ等板本と同じ形である。もし、板木に刻まれていたら、多くの読者をかちうることまちがいなしと考えられるところであるが、残念ながら、それはなされなかったのである。とにかく、本書は、さきに記したように、歌の配列その他についても、なお不備なところもあり、問題を解決しなければならない面も多分に含んでいるのであるが、江戸初期の百人一首注釈書として異色あるものである。ただ、写本として埋もれ、類本も管見には入ってこないということは、後注への影響もなかったということで、百人一首研究史上の地位はおのずから限定されたものとなってくる。それにしても、仮名草子の作者として、その名を謳われた如儡子の名を記した本書は、僧籍関係の伝来経路を持ちながら、全体的からみると仏教的な臭味を持たず儒教的なものに近いことも、如儡子の伝えられている人柄と考え合わせて興味深いものがある。」

以上が、如儡子の『百人一首鈔』を最初に紹介された、田中宗作氏の見解である。原本の調査の上で、多少の誤りがあるとは言え、誠に適切な意見であり、我々の研究の出発点になるものと言うことができる。

第二節　田中伸氏の研究

仮名草子研究者としては、田中伸氏と野間光辰氏が相次いで、如儡子の「百人一首」注釈書の存在に気付いた。野間氏は、その様子を次の如く記しておられる。

「私は最初、田中宗作氏著『百人一首古注釈の研究』（昭和四十一年九月、桜楓社発行）によってこれを知り、水戸に赴いて彰考館所蔵の写本を一見した。然るにその後、『国書総目録著者別索引』（昭和五十一年十二月、岩波書店発行）を検して、如儡子に雪朝庵・士峯の別号あること、また彼には『酔玉集』（延宝八年）と題する著作のあることも教えられ、驚喜して内閣文《（ママ）》庫所蔵の大本十巻四冊の写本を閲覧したが、これは前記『百人一首鈔』の改稿本、如儡子の歿後何人かが書写したものであった。…（中略）…田中伸氏もほぼ私と同じ経過を辿って、両書の紹介と比較・検討を試みていられる（「如儡子の別号について」、昭和四十七年五月発行『近世文芸研究と評論』第二号、後『仮名草子の研究』に収む。「百人一首鈔と酔玉集」、昭和五十二年十月発行『二松学舎大学論集』所収）。」（『文学』昭和53年12月号に「如儡子伝攷（中）」として発表し、後、昭和60年11月30日発行の『近世作家伝攷』に収録された。）

二人の仮名草子研究の先学が、如儡子の著作に初めて出会った時の感動が野間氏のこの文章に伝えられている。以下、田中・野間両氏の研究を少し詳しく紹介する。

田中伸氏は、昭和四十七年五月「如儡子の別号について――彰考館蔵「百人一首鈔」より――」（『近世文芸研究と評論』2号、後『仮名草子の研究』昭和49年6月15日、桜楓社発行に収録）を発表された。その〈補記〉によれば、田中宗作氏の前掲の著書の存在に気付かず、この論文を書き上げた後に気付いたという。故に重複する部分はあるが、仮名草子研究者としての立場からの発言もあるので発表に踏み切ったと言う。

まず、略書誌を掲げ、全四巻の収録歌人名を列記され、次の如く述べられている。

「この百人の歌人の順序は現行のものは無論「百人一首古注」（古典文庫二九一）などとも違っている。その順序の大体は同じであるが、巻一から巻四まで所々において部分的に歌が入れかわっているので、例えば最初のものが巻四に入るなどの如き大きな違いはない。これがどういうことを意味するのか、こうしたたぐいの注釈書が他にも存在するのかは、私には判らない。ただ、これが講義案のようなものであったとすれば、注した順に深い意味もなく順序を入れかえたのかもしれない。

内容についての考察よりも、ここで問題になるのは、巻四の奥書である。その二頁余に亘った奥書の後に、次のような記事がある。

　時《ときに》寛永《くはんゑい》巳《み》之《の》仲冬《ちうとう》下《げ》幹江城《かんこうじやう》之《の》旅泊身《りよはくしん》　／　雪朝庵《せつてうあん》士峰《じほう》ノ禿筆作《へつとくひつさく》

　　　　　　　　　　　　　　　　　　　如儡子居士

これですぐ想起するのは、『可笑記』巻五巻末の

　于時《ときに》寛永十三孟陽《まうやう》中《ちう》韓江城《かんかうじやう》之《の》旅泊身筆作《りよはくしんひつさく》之

の記事であり、『百八丁記』巻五巻末に見える「武心士峰居士」の名である。ここでは「雪朝庵士峰ノ禿筆」とあって、更に「如儡子居士」とあるが「禿筆」として謙遜の語のあることから同一人物と見ることが出来る。

しかも八四丁裏には

　寛文二壬寅歳晩夏中旬

　　　　重賢書之

とあって書写者の銘記名もある。すなわち、この『百人一首鈔』は如儡子の作に相違なく、重賢と名乗る人物が書写したものである。従って、明らかに「雪朝庵士峰」は、如儡子の別号であったのである。とすれば、『百八丁記』

の「物故武心士峰居士」は如儡子自身を指すもので、その法名と見ることが出来るのである。書写者の重賢は如何なる者かは不明。ところで「ノ禿筆作《へっとくひっさく》」の意は、「ちびた筆を伸ばして右から左へ筆作した」位の意であろうか。また「寛永巳」は寛永六年または十八年とあるが、どちらとも定めかねる。如儡子が江戸に居住して、落着いた頃とすれば、十八年の方が妥当だし、ただ「寛永巳」とのみした点から見ると、巳の年二度目の十八年より六年の方がより妥当と見られるからである。寛永十八年なら「辛巳」とでもする所であろう。従って寛永六年の方が可能性が強いように思われるところである。寛永六年だと如儡子二十五六才と見られる点、一寸不安な所でもある。しかし、ここでは一応寛永六年の成立と見ておきたい。」

田中伸氏は、次に奥書を引用されて、これに対して、次の如く言及される。

「この文を見るとまず、「つれづれと長き日くらし、をしまづき（几）によって」とか、「をろか心のうつり行にまかせて」とか、「徒然草」序段の想を借りている点が目につく。いうまでもなく如儡子の「徒然草」の傾倒は『可笑記』にも強くあらわれていることから考えて、こゝにもそうした傾向を見るのは当然の所である。更に、「せいゑい（精衛）海をうめんとする」と、「山海経」を原拠とし、「太平記」巻十などにも引用されている「精衛埋海」の故事、「鈍き刃にちよれき（樗櫟）を削り」というような、「荘子」などに見られる「樗櫟（不用ノ材ノ意）」を用いての比喩を用いるなど、『可笑記』の序文などで、「其磧礫《（ママ）》にならって玉淵をうかゞふ事なければ云々」の語句や、「猿猴が月を望み」の如き故事の引用などをする態度に通うものが見られるのである。すなわち、如何にも『可笑記』の作者らしい発言であり、全般に亘って自己を卑下した傾向にあることも共通しているのである。従ってその意味においても、この『百人一首鈔』は如儡子の著作に相違なく、確かに『可笑記』の前後に書かれたものと、断定出来るように思う。

ただ、『梅花軒随筆』では如儡子を斎藤意伝であるとする外、儒者であるとしているのであるが、「百人一首」の注釈と儒者ということはどうもしっくり来ないのである。『梅花軒随筆』は丹羽家の旧家臣の三休子の著作で、意伝の子息からの聞書きでこの文を草したと見られるものである。子息が仕官して浪人していた自分の父のことを語るとすれば、その真偽は別として、父を儒者などとして紹介するのが一番無難な所ではないかと考えられるものである。従って、『梅花軒随筆』の儒者の記述もこの程度のものとすれば、『百人一首鈔』も納得されよう。」

続いて、在原業平朝臣の条等を具体的に検討されて、次の如く結んでおられる。

「……こうした面も考え合せて見ると、これが啓蒙的な注釈であるにせよ、何らかの参考に供された先行の注釈書があるに違いないと考えられる所であるが、こうした方面については浅学の私にはとんと判らない。この点については後日にゆずらざるを得ない所である。したがって、ここでは如儡子の著作の一つとして、その内容の一部を報告するに止めておきたいと思う。

かくして如儡子の著作に新たに『百人一首鈔』一部四冊を加えることが出来たことと、これによって如儡子の別号が「雪朝庵士峰」であることが判明したとともに、『百八町記』に見える、「武心士峰居士」は彼の法名に相違ないということが判明した次第である。（昭47・1・30了）」

田中伸氏は、引き続いて「如儡子の注釈とその意義――『百人一首鈔』と『酔玉集』――」（『二松学舎大学論集』創立百周年記念・国文学編、昭和52年10月、後『近世小説論攷』昭和60年6月10日、桜楓社発行に収録）を発表され、『百人一首鈔』と『酔玉集』の関連について、初めて論及された。まず、『酔玉集』の書誌を紹介し、前論文で疑問を提出していた、収録歌人の配列順序について、両書の歌人の収録順序を対照一覧表にして示して、種々の推測を加えられたが、「百人一首」注釈書の全般に対象を広げる事無く、両書の範囲の中であったため、決定的な結論は導き出しておられない。

田中氏が比較検討された結果を要約すると以下の如くである（以下『百人一首鈔』を『鈔』、『酔玉集』を『酔』と略称する）。

①、『鈔』には頭注が有るが『酔』には無い。『鈔』は歌人の伝記、歌の注釈、頭注の漢字の大部分に振仮名を付けているが、『酔』の振仮名は少ない。

②、歌人の伝記の記述について、18・藤原敏行、6・中納言家持、の二例を比較して、『酔』は系図を多く掲げるなど、両者には相当の違いがあり、同じ原本からの写本と考えることは出来ない。あるいは、二写本の書写者がそれぞれに歌人伝を勝手に綴ったことも考えられる。

③、序説の比較。『酔』は『鈔』の頭注の部分を序説の冒頭に組み入れているが、あるいは、『酔』の原本には、全体ではないかも知れないが、頭注が有り、それを本文の中に組み入れて書写したのではないか。『酔』には二十一字の脱字があるが、これは書写の際の脱落と考えるのが妥当である。ただし、原本の書写の際の脱落か、『酔』の書写の際の脱落かはわからない。

④、歌の注釈の本文の比較。86・西行法師、18・藤原敏行の二例を比較、「殆んど大きな変化はなく、用字等のみに終始していて、歌人の伝記におけるような大きな差異は見られない。ということは頭注や歌人の伝記とは別にして、本文においては書写による受継ぎが行われていたと考えるのが妥当のようである。」

⑤、奥書の比較。「（これらの異同は）書写の際の誤りとばかりは断定出来ない。仮に口述筆記による原本という

場合も考えられるのではないだろうか。……この口述筆記の可能性の問題は、今後の問題としたいが、いずれにしても、頭注も完備している『百人一首鈔』の方が、信頼すべき写本だといえそうである。」

⑥、「現在の私の調査の範囲から云えば、これらの内本文はまず書写によって受けつがれ、その本文を元として、歌人の伝記や頭注は口頭で講ぜられたものではなかったかということである。尤も『酔玉集』の方は注釈の部分は、或は書写者が幽斎の注釈などを利用し、別の注釈となったのではないかと考えられる。……更にその受講者の多くは、江戸在住の武士たちであったとも判断出来る。」

長い論文の要約紹介であるため、わかりづらい点があるかと思うが、二書に初めて分析を加えられた田中伸氏は、留保点を残しながらも、両書の関連を、このように位置付けておられる。

なお、昭和六十年発行の『近世小説論攷』に収録するにあたって、「補注」として、野間光辰氏の昭和五十二年の近世文学会での研究発表、同五十三年の『文学』の「如儡子系伝攷」に言及され、二先学の研究が一つの土俵に上がったことになる。

第三節　野間光辰氏の研究

野間光辰氏は昭和五十二年六月五日、駒沢大学で開催された、日本近世文学会春季大会で如儡子・斎藤親盛の伝記に関する画期的な発表を行ない、その発表に基づく「如儡子系伝攷（上）・（中）」を、翌五十三年八月と十二月に『文学』に発表された。ここで当面問題にするのは、その内の「如儡子系伝攷（中）」である。この研究は、昭和六十年十一月三十日発行の『近世作家伝攷』に収録された「如儡子系伝攷」の中の「如儡子の作品」の「四

『百人一首鈔』と『酔玉集』についてである。

「『百人一首鈔』は大本四冊の写本。巻四の奥書の末に、

時寛永巳之仲冬下幹（ママ）江城之旅伯（ママ）身

雪朝庵士峯ノ禿筆作

如儡子居士

と作者の署名あり、続いてその奥に「寛文二壬寅歳晩夏中旬　重賢書之」という書写者の署名がある。私は最初、田中宗作氏著『百人一首古注釈の研究』（昭和四十一年九月、桜楓社発行）によってこれを知り、水戸に赴いて彰考館所蔵の写本を一見した。然るにその後、『国書総目録著者別索引』（昭和五十一年十二月、岩波書店発行）を検して、如儡子に雪朝庵・士峯の別号あること、また彼には『酔玉集』（延宝八年）と題する著作のあることも教えられ、驚喜して内閣（ママ）文庫所蔵の大本十巻四冊の写本を閲覧したが、これは前記『百人一首鈔』の改稿本、如儡子の歿後何人かが書写したものであった。巻十の奥に『鈔』と同じ紀年同じ署名（但し「江城之於泊（ママ）身雪朝庵士峯一（ママ）禿筆作也」とあって、「如儡子居士」の五字を欠く）ある跋（文章小異あり）を写し、行を隔てて「于時延宝庚申秋涼」と識す。即ち如儡子の歿後六年、延宝八年秋の書写なることを知る。

田中伸氏もほぼ私と同じ経過を辿って、両書の紹介と比較・検討を試みていられる（「如儡子の別号について」、昭和四十七年五月発行『近世文芸研究と評論』第二号、後『仮名草子の研究』に収む。「百人一首鈔と酔玉集」、昭和五十二年十月発行『二松学舎大学論集』所収）。そしてこの百人一首注釈の基礎となった先人の注釈は何であったか判らぬが、すぐれた教養人であった父盛広と同様歌学の嗜みもあったと考えられる如儡子が、江戸在住の武士達を相手に講釈した原稿であったろうと推定する。この推定、半ばは首肯すべく半ばは従いかねるように思う。と

いうのは外でもない、巻四の奥書即ち跋文にこうあるからである。……（奥書を引用）……

ここに「さるひな人のせめをうけ」とある。勿論その鄙人が誰であるか判らぬが、とにかくさる鄙人の依頼を受けてその文債を果たすべく、鈍才ながらこの書を著わしたというのである。前にも述ぶる如く、奥書の「寛永巳之仲冬下幹」は寛永十八年十一月、江戸における筆作たることは明らかであるが、「江戸在住の武士たち」のためのものとは思いもよらぬ。

しかし田中宗作氏も説かるる如く、本書の注釈すこぶる通俗・平易、秘訣・口伝などに拘わらず、啓蒙的なる点に特色があるが、最初から全文に振仮名を施し頭注を加えたものであったかどうか、私は疑う。彰考館本は、寛文二年六月重賢なる人の書写するところである。当時如儡子は二本松にあり、重賢なる人にこの旧作を書写せしめ、それを前に置いて講読したのではなかったか。全文の振仮名・頭注は、聴講の際重賢がこれを書き入れたものではないかと思う。……（書写者、重賢について述べる）……

『酔玉集』は、『鈔』の改稿本である。『鈔』における百人の歌人の順序前後するを通常の『小倉百人一首』の順序に改め、歌人の小伝には多く系図を出し、『鈔』に見る如き振仮名・頭注を施さぬ。その外は用字の相違・文章の脱落が指摘せられる程度で、大きな改変はない。私はこれを改稿といったが、外題を『酔玉集』と改め、歌人の系図を掲出するなどしながら、初稿の『鈔』起筆の紀年「寛永巳之仲冬下幹」をそのまま存している点よりいえば、如儡子自身による改稿と見るべきであろう。しかしそれにしても奇怪なるは、田中伸氏も指摘していられるように、前書即ち「百人一首」解題の最初の部分である。「和歌の二字、うたにやはらぐと読たり。古き書に天地を働《（マヽ）》し、めに見えぬ鬼神をかんぜしめ、たけくいさめる武士をやはらげるは哥の徳なりと見えたり」というに始まって、以下「京極」・「黄門」・「定家」・「卿」の語釈が続き（以上初丁表）、さてその裏から、「抑此百首の和歌は、京極黄門藤原定家卿、古今・後撰・拾遺・詞花・千載・金葉・後拾遺・新古今などのうちをゑらびすぐりて、たへなる秀歌斗をあつめられたり」と、『鈔』の前書冒頭の文章になる。これはもと『鈔』の前書冒頭の文章の頭注であったのを、誤って前書の本文の前に書き写したもので、明かに書写者の手違いである。書写は如儡子歿後に行なわれているから、その底本となった如儡子の改稿本は、恐らくその晩年二本松において執筆せられたものであろう。」

以上、田中・野間両氏の御研究を整理紹介したが、それぞれに、すぐれた分析と推測を提出しておられる。

第四節　島津忠夫氏・乾安代氏の研究

島津忠夫氏は、早くから「百人一首」の研究を進めておられた。京都大学附属図書館所蔵の『百人一首註解』に関しても、平成十五年刊行『百人一首研究集成』（平成15年2月25日、和泉書院発行）所収、巻頭の「『百人一首注釈書叢刊』完結記念座談会」で次のように語っておられる。

「……次に京大の本をあれこれ調べておりますうちに、この『百人一首註解』、作者名もない、誰がいつ作ったのか全くわからない、その注釈を見たときに、大変新鮮な感じがした。その時にこれは、他の注釈とは全く違う。おそらく江戸の中後期の歌人じゃないか、というわけで角川文庫の百人一首にはそうした解題をつけて紹介した。それでこの本は他には全くない、ということで最初に私が主張して、書目に入れたんです。乾安代さんに手伝ってもらって、彼女が一所懸命調べてくれて、彼女もこの本一冊であれこれ詳しく解題を書いてくれた。」

このような経緯から、島津忠夫・乾安代編『百人一首註解』（「百人一首注釈叢刊15」一九九八年2月28日、和泉書院発行）は刊行され、乾安代氏の詳細な解題が付された。その後の私の調査で、この京都大学附属図書館所蔵の『百人一首註解』は、如儡子の注釈書の転写本である事が判明した訳であるが、天下の孤本として、この注釈書に真正面から取り組み、分析・評価された解題は力作・労作である。乾氏の解題は「a　書誌。b　書写者。c　注釈史上での位置・特徴、享受と影響等。d　成立・作者。」の四項目にわたっている。書誌に関しては、次章で述べるので省略して、「b　書写者」以後を紹介するが、この各項も一部省略するので、御了承願いたい。

「b　**書写者**

底本の書写者には教養はあまりないようである。

1　ひらがなの「は（字母「者」）」と「わ（字母「王」）」の別（使い分け）はほとんど恣意的である。

2　当て字・誤字の例は枚挙に暇のないほどである。以下に少し具体例をあげておく。

（底本の表記）	（正）
光門	黄門
山成国	山城国
道朝	通具
おきなわん	おこなはん
序下	序歌
自《シ》節	師説
道但神	道祖神

（以下省略）

この他に、書き損じた文字の右脇にその文字を書き直したり、よみを書いたりしている箇所も多く見られる。

また、右にも記したように、歌順の誤りにも無頓着である（ようである）し、九〇番歌の歌本文の第二句の「蜑（あま）」を「延虫」と二字に分割して書いたり（翻刻一二六ページ参照）しているだけでなく、八三番歌の第一句を「世の中ヨノ」としているのをはじめ、和歌本文を誤っていたり、作者の表記を誤っていたりという例がいくつもあり、『百人一首』の基本的な知識さえもあまりなさそうに思われるのである。

c　注釈史上での位置・特徴、享受と影響等

初めに述べたとおり、本書（『百人一首註解』）は、底本とした京都大学附属図書館に所蔵される一本が伝本として知られるのみの、いわゆる孤本である。

そして、底本は、著者自らの手になる原本ではなく、転写本である。このことは既に右の　**b　書写者**　の項で述べたことで明らかであろうが、その他に、次のような例を付け加えることができる。

一番歌（翻刻五ページ）

崩御《あたりて後の御名のりなり。地下にて言はなの事を言也。崩御とは△》△御門の失給へる事也。天下をたもちおわし

五番歌（翻刻一四ページ）

秋は悲しきといふにはあらす。なへて世中の秋七八九月頃三秋は悲しきといふ《なれとも》にはあらす《ヒヒヒヒヒヒヒヒ》中にも

七三番歌（翻刻一〇七ページ）

霞たな引かの花の色香も慥ならすいと、心もおこ《（ママか》れて見まくほしきに依てさりとはけふの

霞はたな引かの花の色香も慥ならすいと《た、すしてあれかしと心なき霞に対して》《ヒヒヒヒヒヒヒヒヒヒヒヒヒヒヒ》、心もおうちわひたる

この他、一字～四字程度の写し間違いおよびその訂正は、何箇所もある。これらはいずれも目移りによるミスで

ある。

　底本が転写本であることは明らかであるが、どのくらい転写が重ねられたかは分からない。ただ、**a書誌**の項以降、これまで述べてきたところを総合すると、底本は、原本を親本とする転写本でないことは確かであろう。恐らくは原本から数回程度は転写が重ねられてきたものであろう。そして、その何回かの転写の過程において、他の『百人一首』注釈書類を参看し、付加していくということは、なかったようで、現存本（底本）は極めて誤写（誤表記ということをも含めた、広義の誤写ということになるが）の多いテクストではあるが、原本を忠実に伝えようとしていることは間違いない。

　右のことを確認した上で、本書の注釈史上での位置・特徴について考えてみたい。

　九番歌（翻刻一八ページ）の歌注に、

　　藤原の為すけ卿の曰此哥よむならは必なかめの文字をこゑをなか引て吟すへしといへり。其いわれはたしかに雨と聞ゆるやうにとのおしへなり。業平の哥にも（略）なかめのか名字なか〳〵きんせよと。

とある。「ながめ」を「なが引て吟ずべし」といっているのは、一般には『百人一首注』（細川幽斎）の

　　為氏はなか雨と長〳〵と吟してと被申たると也。

　（本文は『百人一首注釈書叢刊3　百人一首注・百人一首（幽斎抄）』に翻刻された、細川幽斎自筆本に拠る。）

という記述が知られているが、本書の記述は、恐らくこの誤伝であろうと思われる。

　しかし、幽斎説の誤伝というよりは、それ以前の誤伝ではないだろうか。というのは、次のような例が見えるからである。二一番歌（翻刻三七ページ）の歌注に、

　　此哥六条家にては一夜の事と講釈せらるれとも左様に見捨《ママ》は心浅きよし申伝へり。或人曰此哥を顕昭法橋は

たゝ一夜のことくすまし伝れ共左様に心得ては浅はかにして詠吟うすし。定家卿の曰はつ秋の頃よりはや秋もくれ月も有明に成たりと心得へき也。（略）定家曰顕昭は惣て哥を浅くみる人也といへり。

とある。これは、『百人一首注』の

有明の月をまち出る心一夜の義にあらす。（略）定家卿注にも一夜のことにあらすと侍るにや。（略）六条家には一夜とみる。

という注とは明らかに異なっている。ただ「百人一首（幽斎抄）』では、

有明の月をまち出つる哉と云を顕昭は一夜の事といへり。定家卿の心は各別也。月のいく夜をかかさねしと初秋の時分よりはや秋もくれ月も有明に成たると也。他流当流のかはりめ也。祇注有明の月を待出る心一夜の義にあらす。たのめて月日を送りゆくに秋さへ長月の空に成ゆくさまをよく思入てあちはふへき哥也。余情至極したる哥とそと云々。定家卿の顕昭は哥を浅く見る者とあり云々。

となっていて、こちらとの類似を指摘することは可能かもしれないが、この『百人一首（幽斎抄）』は、言うまでもなく『顕註密勘』や『両度聞書』などをも含めた、二条家流の注釈を集大成したものであって、これに類似した記述が見えるからといって、ただちに『百人一首（幽斎抄）』（あるいは『幽斎抄』が引用している先行の注釈（この場合は『百人一首応永抄』と一致している））からの影響を直接的に受けているとは言えまい。むしろ「はつ秋の頃よりはや秋もくれ月も有明に成たり」というのは、『顕註密勘』の定家自身の発言に始まり、以後、『両度聞書』『栄雅抄』等の二条家流の歌学の中で受け継がれてきた、〈定家の説〉であった。

このような例は、この他にも十数箇所を数えることができる。しかし、その引用のしかたは、七五番歌注を例にとると（翻刻一〇九ページ参照）、

されは此哥は心詞あひかねてきんきよくのことしとほめへ《し》《ヒ》也。

詞ことに金石のことくなる風躰也。しかも又あはれふかき哥なるへし。（『応永抄』・『幽斎抄』）

というようなものである。つまり、二条家流の注釈を断片的に引用はしていても、その内容の吟味もあまりしないままの、言わば聞きかじり程度の引用にすぎない。

したがって、『百人一首』注釈史上での本書の位置は、広義の二条家流の注釈の範疇に含まれるということはできようが、先行の注釈の成果の吸収・消化という点では、系統的に行われているとは到底言えないであろう。むしろ本書の注釈の特徴は、

やすらかにしてたいせつなる哥と也。　　二七番歌注（翻刻四四ページ参照）

やすらかにして誠に妙成哥と心得へし。　　二八番歌注（翻刻四五ページ参照）

ある人のいわく春は陽気にて富貴の門はやく来り秋は陰気にして霊落《ママ》の宿にとくいたるといふ本文のことはりに心をふくみて詠吟すへきと申伝へし也。　　四七番歌注（翻刻七〇ページ参照）

いはんや思ひの外成一夜の契り故に今より後幾夜うきつらさ恋しなつかしうらみねたみの物思ひに身をつくし心をくたかん事いか計かはといいたふ行末あらまし事思ひわたるさまとかや。　　八八番歌注（翻刻一二四ページ参照）

哥心は兼ことの契りに必とい丶し程にまてとも〳〵こさるきみを心入待侘たるときは身もつかれ心をくたきて思ひのほむらむねにもへこかる丶事譬は雨風なくしてなきたる夕くれあまのもしほひくゆらかすことしと也。（略）此哥心詞遣ひいかにもやすらかにしてしかもやさしく字のくきりた丶しく姿めつらか成。ひとへにぼんりよをはなれてもつきかたきよし申伝へり。　　九七番歌注（翻刻一三五ページ参照）

御哥は物おもふ身はといひとゝめ給へるは文字はかゑりてはといふもの也。其いわれは物思ふ身は人もおし人もうらめしあちきなく世を思ふゆへとかやうに下の句よりよみかへして詠吟すへし。かく心得ねはすへのは文

字あまるやうにおほゆ。

九九番歌注（翻刻一三七ページ参照）

というような、他の注釈書類には見られないような記述にあると思われる。

また、右にあげた四七番歌や九七番歌には、「申伝へし也」とか「申伝へり」とかいうように、師説を受け、それをそのまま伝えているような表現が見られるのであるが、この類の表現は、この他の注の中に何箇所も見られる。けれども、

たゝし新古今に此哥夏の符《（ママ）》の巻頭に入たり。然は更衣《ころもかへ》の心心《（ママ）》にも成るへきにや。猶自《（ママ）シ》節を受へし。

二番歌注（翻刻九ページ参照）

とか、

しからは猶此哥の心深き真もこそあるらめ。いよ〳〵好師へ尋問たまへかし。

七四番歌注（翻刻一〇八ページ参照）

という記述に見られるように、「師説」を求める姿勢を見せたりする一方で、あるいはまた、

へたなれはこそ哥合にまけたれ。おろかなれはこそ哥よみまけたるとてうれへくやみ煩となし大切の命を失ひたれとあさけり侍り。我はいやしなから此節をしんせす。

四一番歌注（翻刻六一ページ参照）

や、

かく美敷じんじやう成女を他人の妻となさん事さりとはおしきよとたわむれなからもれんほの心底にふくみけるよといへり。かへす〳〵此せつをしんすへからす。むけにあさましきつたなきせつ也。さるによつて右に言ことく邪欲不道無理利口の人々とり〳〵さま〳〵の難辞あるへしとは言伝へる也。さて彼《かの》真説と申は（略）よく〳〵詠吟有へし。されはかくなか〳〵しき私のせつ御きゝわけもいかゝとおほへ侍《はべ》れとも妹にかわりての哥なれは其正説をとき侍りき。

五九番歌注（翻刻八九ページ参照）

というように、師説あるいは自らが集めてきた説に対して、それが間違っていると判断した場合には、堂々とその説を否定し、自説を展開しているのである。つまり、本書の『百人一首』注釈史上での特徴というのは、このような独自の（正しくは独力の、というべきかもしれないが）注釈にある、ということになろう。

　次に、本書がどのように享受され、これ以後の『百人一首』注釈書類にどのように影響したのか、ということについてであるが、この点については分からないとしか言いようがない。ただ、先にも推定したように、現存する伝本は一本しかないけれども、数回程度の転写は重ねられていると思われる。したがって、ごく一部に限られはするが、本書を読み、『百人一首』を学んだ人はいたはずである。しかし、その程度の享受しか考えられないのであるから、以後の『百人一首』注釈史への影響は、皆無に近いといってもよいであろう。

d　成立・作者

a　書誌の項で述べたとおり、現存唯一のテクストである京都大学附属図書館所蔵の底本には、いわゆる識語がないので、成立や作者に関しても、具体的なことは分からないと言うほかはない。けれども、本書の歌注の中にはそれらを考える手掛かりになりそうな記述が散見している。そこで、一応その記述内容を整理しておこうと思う。

　其子さいは一とせ青蓮院尊円新王御自筆の百人一首の佳本を拝見せしにも恋すてふといひ出したる忠見か詞つかひさりともゆうけんにして一入面白とありき。其後鷹井の住本《（ママ）》又細川玄旨の住本《（ママ）》或は法橋昌琢《タク》兼与《ヨ》なとの住本《（ママ）》み聞たりしにも左様になし。

　　　　四一番歌注（翻刻六一ページ参照）

この記述に見える「細川玄旨の住本《（ママ）》」というのが、『百人一首抄（幽斎抄）』をさすのであれば、その成立は慶長元年（一五九六）であるから、本書の成立はそれ以後ということになる。

　また、里村南家の初代である里村昌琢が法橋に任じられたのは、慶長一三年（一六〇八）五月のことであったから、この「法橋昌琢」という記述がそれを踏まえたものであるならば、本書の成立はこれ以後のこととなる。ただし、昌琢の『百人一首』の注釈書というのは、現存していない。しかし、寛永三年（一六二六）三月に智仁親王から古今伝授を受け、同六年（一六二九）秋には『伊勢物語』を西山宗因に伝授しているのであるから、その彼に『百人一首』の注釈のあったことは想像に難くないであろう。

さらに、仙台藩伊達家に仕えた猪苗代家の第五代兼如の次男、猪苗代兼与は、天正一二年（一五八四）の出生であり、その連歌師としての活動は慶長一二年（一六〇七）くらいから始まっているが、彼が近衛信尹から古今伝授を受けたのは慶長一六年（一六一一）二月から三月の間のことであり、同一八年（一六一三）正月には、京都で『源氏物語』の講釈を行っている。昌琢と同様に、兼与の『百人一首』注釈書というのも伝存してはいないけれども、やはり彼のこのような事跡からすれば、この頃に『百人一首』の注釈を行っていたと考えても不思議はないであろう。

本書の作者が、『幽斎抄』や、昌琢・兼与の『百人一首』注釈を（その一部だけかもしれないが）参看したとするならば、それは恐らく、慶長一〇年代後半以降のことであろう。むしろ注目すべきなのは、昌琢・兼与という江戸時代初期の連歌師の著作を見ているという記述にある。幕藩体制の中に組み込まれていく時期の、里村南家・猪苗代家という連歌の家の当主の注釈を、本書の作者はどのようにして手に入れたのであろうか。

本書の作者もまた、連歌師だったのではないだろうか。この推定を補強する記述について見ておこう。

> 一説には七月七日の夜天の川の両きしに烏鵲《（ママ）》集りたかひに羽をのへて橋となしてけんきう織女の二ツの星を渡しあわするとなり。透《（ママ）》くもしを草と草紙にこれ有。
>
> 六番歌注（翻刻一五ページ参照）

連歌辞書『藻塩草』の「かさゝきのはし」項には、次のようにある（本文は、大阪俳文学研究会編『藻塩草本文篇』に拠る）。

天の河に其夜此鵲来てはねをつらねて橋となる也。鵲のよりはの橋共云り。

本書の右の記述は、『藻塩草』のこの記事によるものではあろうが、これもまた聞きかじり程度の内容であると言わざるを得ないであろう。しかも、『藻塩草』の引用と思われるのは、この一箇所だけである。

一年《トセ》れんかの僧正法橋月の発句に

山鳥もこゑせん月の高ね哉

名誉の句と申伝へり。

三番歌注（翻刻一〇ページ参照）

この発句は、文禄三年（一五九四）五月一二日〜一六日に、京都において張行された『毛利千句』（紹巴・昌叱両吟）の第六百韻の発句で、詠者は、右に言及した昌琢の父、里村昌叱であった。

哥のことはまついさといふてしらすとも又しらぬともかならすはむかしのうちにいる事ならひなり。たゝし連哥にはいさと計いひてしらぬと言詞に用侍り。連哥はことはすくなくみしかきゆへなり。しかれはいさといふ詞哥にては詞のあやと心得へし。

三五番歌注（翻刻五四ページ参照）

されはおもふといふ字を仮名《カナ》にかく時はおもひのの《（ママ）》字をかくなれはいにしへよりひにそへて哥連哥に読きたれり。

四九番歌注（翻刻七二ページ参照）

この二つの注記はいずれも、連歌の実作に際しての具体的な記述であり、しかも極めて初歩的な内容である。つまり、本書の作者はこの程度の知識しかない連歌師であった、とは言えないだろうか。

以上に述べてきたことを総合して考えると、本書の作者というのは、系統だった教えを受けるということのあまりなかった、一地方連歌師だったのではないだろうか。そしてその成立は、里村家（南家）・猪苗代家といった連歌の家が、連歌の家として確立してからそれ程間もない頃のことだったのではないだろうか。」

乾安代氏の『百人一首註解』の解説を紹介したが、この労作は、如儡子の「百人一首」注釈を研究してゆく上で、極めて有益なものと思われる。

島津忠夫氏は、『新版　百人一首』（角川文庫・二六一八、平成11年11月25日発行）の解説、「五　百人一首の注釈書」の中で、

「百人一首註解（註解）

京都大学蔵。写本二冊。「成立・著者未詳。江戸中期の歌人の著になるか」としたのは誤り。乾安代氏と島津の校訂により「百人一首注釈書叢刊」15に翻刻。深沢秋男氏「如儡子の『百人一首』注釈――『百人一首鈔』と『酔玉集』」（「近世初期文芸」15、平成十年十二月）によれば、如儡子の『百人一首鈔』（田中宗作氏著に紹介）の転写本という。特色のある鑑賞が見られる。」

と記され、本文中にも、必要に応じて如儡子の説を紹介しておられる。

以上、田中宗作氏・田中伸氏・野間光辰氏・島津忠夫氏・乾安代氏の研究を整理・紹介したが、この間、私も研究を進めていた。それらを整理すると次の如くである。

1、如儡子の「百人一首」注釈――『酔玉集』の翻刻と解題（上）――（『近世初期文芸』13号、平成8年12月）
2、『百人一首鈔』（如儡子著）研究序説（長谷川強編『近世文学俯瞰』平成9年5月8日、汲古書院発行）
3、如儡子の「百人一首」注釈――『酔玉集』の翻刻と解題（下）――（『近世初期文芸』14号、平成9年12月）
4、如儡子の「百人一首」注釈――『百人一首鈔』と『酔玉集』――（『近世初期文芸』15号、平成10年12月）
5、如儡子の「百人一首」注釈――京大本『百人一首註解』との関係――（『文学研究』87号、平成11年4月）

6、如儡子の「百人一首」注釈――武蔵野美術大学美術館・図書館所蔵『砕玉抄』（序説）――（『近世初期文芸』20号、平成15年12月）
7、如儡子（斎藤親盛）の「百人一首」注釈――『砕玉抄』の翻刻（一）――（『文学研究』93号、平成17年4月）
8、如儡子（斎藤親盛）の「百人一首」注釈――『砕玉抄』の翻刻（二）第十一藤原敏行～第三十大江千里――（『近世初期文芸』22号、平成17年12月）
9、如儡子（斎藤親盛）の「百人一首」注釈――『砕玉抄』の翻刻（三）第三十一藤原興風～第五十藤原実方朝臣――（『文学研究』94号、平成18年4月）
10、如儡子（斎藤親盛）の「百人一首」注釈――『砕玉抄』と『百人一首鈔』――（『文学研究』95号、平成19年4月）
11、如儡子（斎藤親盛）の「百人一首」注釈――『砕玉抄』の翻刻（四）第五十一藤原道信～第六十清少納言――（『近世初期文芸』23号、平成18年12月）

これらの、従来の研究を踏まえて、現時点での研究を整理し、まとめておくのが本書の目的である。

第二章　諸本の書誌

如儡子・斎藤親盛の「百人一首」注釈は、全て写本として伝わり、現在次の四点の所在が明らかになっている。

1、砕玉抄（武蔵野美術大学美術館・図書館金原文庫蔵）
2、百人一首鈔（水戸彰考館〈現徳川ミュージアム〉蔵）
3、酔玉集（国立国会図書館蔵）
4、百人一首註解（京都大学附属図書館蔵）

以下、各写本の書誌を記す。

第一節　『砕玉抄』

調査年月日　平成十三年三月六日。
所蔵者　武蔵野美術大学美術館・図書館金原文庫（911．147／Sa18／K）。
書　型　半紙本、列帖装、写本一冊。
表　紙　栗色原表紙、縦二三〇ミリ×横一七五ミリ。

題簽　前表紙、中央上部に直接「砕玉抄」と墨書。
内題　一丁ウに「百人一首」。
尾題　無し。
匡郭　無し。一行の文字の高さは、
序説……一六五ミリ前後。
和歌……一、二字下げの二行書きで、一七〇ミリ前後。
注釈……一七〇ミリ前後。
頭注……四〇ミリ前後。
丁付　無し。
丁数　一帖……　一丁～　一二丁（12丁）。
二帖……　一三丁～　二六丁（14丁）。
三帖……　二七丁～　四〇丁（14丁）。
四帖……　四一丁～　五六丁（16丁）。
五帖……　五七丁～　六八丁（12丁）。
六帖……　六九丁～　八二丁（14丁）。
七帖……　八三丁～　九六丁（14丁）。
八帖……　九七丁～一〇七丁（11丁）。
九帖……一〇八丁～一二二丁（15丁）。
一〇帖……一二三丁～一三八丁（16丁）。

一一帖……一三九丁～一五四丁（16丁）。

一二帖……一五五丁～一七〇丁（16丁）。

一三帖……一七一丁～一八四丁（14丁）。

一四帖……一八五丁～二〇〇丁（16丁）。

一五帖……二〇一丁～二〇九丁（9丁）。

合　計……二〇九丁。

行　数
序説……毎半葉九行。
本文……毎半葉九行。
頭注……毎半葉一八行前後。

字　数
序説……一行約一九字。
本文……一行約二一字。
頭注……一行約八～一一字。

内　容
「百人一首」の注釈書。巻頭に序説あり。各項は、歌人名、略伝、和歌、注釈となっており、略伝・注釈に対して、小字の頭注を付す。

一帖目……序説、三首を収録（序説、天智天皇御製、持統天皇御製、柿本人丸）。

二帖目……四首を収録（山辺赤人、中納言家持、安倍仲麿、参議篁）。

三帖目……六首を収録（猿丸太夫、中納言行平、在原業平朝臣、藤原敏行、陽成院御製、小野小町）。

四帖目……五首を収録（喜撰法師、僧正遍昭、蟬丸、河原左太臣、光孝天皇御製）。

五帖目……六首を収録（伊勢、元良親王、源宗于、素性法師、菅家、壬生忠岑）。

六帖目……七首を収録（凡河内躬恒、紀友則、文屋康秀、紀貫之、坂上是則、大江千里、藤原興風）。

七帖目……七首を収録（春道列樹、清原深養父、貞信公、三条右太臣、中納言兼輔、参議等、文屋朝康）。

八帖目……六首を収録（右近、中納言敦忠、平兼盛、壬生忠見、謙徳公、中納言朝忠）。

九帖目……九首を収録（清原元輔、源重之、曾祢好忠、大中臣能宣朝臣、藤原義孝、藤原実方朝臣、藤原道信、恵慶法師、三条院御製）。

一〇帖目……八首を収録（儀同三司母、右大将道綱母、能因法師、良暹法師、西行法師、大納言公任、清少納言、和泉式部）。

一一帖目……五首を収録（大弐三位、赤染衛門、紫式部、伊勢太輔、小式部内侍）。

一二帖目……一〇首を収録（中納言定頼、周防内侍、左京太夫道雅、大納言経信、大僧正行尊、中納言匡房、祐子内親王家紀伊、相模、源俊頼朝臣、崇徳院）。

一三帖目……九首を収録（待賢門院堀川、法性寺入道前関白太政太臣、左京太夫顕輔、源兼昌、藤原基俊、道因法師、藤原清輔、俊恵法師、後徳大寺左太臣）。

一四帖目……一一首を収録（皇太后宮太夫俊成、皇嘉門院別当、殷冨門院太輔、式子内親王、寂蓮法師、二条院讃岐、後京極摂政前太政太臣、前大僧正慈円、参議雅経、鎌倉右太臣、正三位家隆）。

一五帖目……四首、奥書を収録（権中納言定家、入道前太政太臣、後鳥羽院御製、順徳院御製、奥書）。

合　計……一〇〇首。

本　文

漢字交じり平仮名。大部分の漢字に振仮名を付す。濁点が部分的にあり、句読点は無い。

序　説　巻頭に序があり、次に天智天皇から順徳院までの一〇〇名の和歌を掲げ、それぞれの和歌には詳細な解説を付けている。歌人や解説には上欄に小字で語注を付す。巻末に奥書を付けている。

第一帖目の一丁ウ～四丁ウに序説あり。

奥　書　第一五帖目の二〇八丁オ～二〇九丁オに奥書があり、その末に、

「時《とき》寛永《くわんえい》巳《み》之《の》仲冬《ちうとう》下《げ》幹《かん》（ママ）江《かう》城《じやう》之《の》旅《りよ》泊《はく》身《しん》
雪朝庵《せつてうあん》士《じ》峯《ほう》ノ《へつ》禿《とく》筆作《ひつさく》
如儡子居士」

歌人の配列順序　一般的な百人一首の配列とは異なり、異本百人一首系統の配列に近いものとなっている。詳細については、第三章で述べる。

蔵書印等　一丁ウに「山崎家蔵」陽刻方形朱印（縦26ミリ×横25ミリ）。前表紙裏に横長円形赤色スタンプ「武蔵野美術大学美術資料図書館／蔵書／46．8．31／32510（黒色）」（縦27ミリ・横42ミリ）。前表紙右上に青ラベル「911．147／Sa18／K」

その他　この写本は、製本は列帖装であり、摩損等の保存状態から判断して、かなり年数が経過しているものと思われる。その意味で、近世初期の書写本の可能性がある。

調査年月日　平成五年九月十六日。

第二節　『百人一首鈔』

所蔵者　水戸彰考館文庫（巳／拾六／巳二十七上）。
書型　大本、四冊、写本、袋綴じ。
表紙　薄黄茶色原表紙、縦二七九ミリ×横一九九ミリ（1冊目）。
題簽　左肩に書題簽、一、二、四冊目は楷書であるが、三冊目は隷書風の書体。
「百人一首鈔　一（〜三、四止）」縦二一〇ミリ×横三七ミリ（1冊目）。
内題・尾題　無し。
匡郭　無し。一行の文字の高さは、
序説……一八八ミリ前後。
和歌……一、二字下げの二行書きで、一七〇ミリ前後。
注釈……一九〇ミリ前後。
頭注……六〇ミリ前後。
丁付　無し。
丁数　一冊目……八五丁（内、序説6丁）。
二冊目……七九丁。
三冊目……九四丁（他に巻末に遊紙1丁）。
四冊目……八四丁（内、奥書2丁）。
合　計……三四二丁。
行数　序説……毎半葉七行。
本文……毎半葉七行。

字数　頭注……毎半葉一五行前後。

序説……一行約一五字。

本文……一行約一五字。

頭注……一行九字前後。


内容　「百人一首」の注釈書。巻頭に序説あり。各項は、歌人名、略伝、和歌、注釈となっており、略伝・注釈に対して、小字の頭注を付す。

一冊目……序説、一六首を収録（序説、天智天皇御製、持統天皇御製、柿本人丸、山辺赤人、中納言家持、安倍仲磨、参議篁、猿丸太夫、中納言行平、在原業平朝臣、藤原敏行、陽成院御製、小野小町、喜撰法師、僧正遍昭、蝉丸）。

二冊目……二六首を収録（河原左太臣、光孝天皇御製、伊勢、元良親王、源宗于、素性法師、菅家、壬生忠岑、凡河内躬恒、紀友則、文屋康秀、紀貫之、坂上是則、大江千里、藤原興風、春道列樹、清原深養父、貞信公、三条右太臣、中納言兼輔、参議等、文屋朝康、右近、中納言敦忠、平兼盛、壬生忠見）。

三冊目……二八首を収録（謙徳公、中納言朝忠、清原元輔、源重之、曾祢好忠、大中臣能宣朝臣、藤原義孝、藤原実方朝臣、藤原道信、恵慶法師、三条院御製、儀同三司母、右大将道綱母、能因法師、良暹法師、西行法師、大納言公任、清少納言、和泉式部、大弐三位、赤染衛門、紫式部、伊勢太輔、小式部内侍、中納言定頼、周防内侍、左京太夫道雅、大納言経信（大納言経信は三丁分であるが、この内二丁半は四冊目に入れられている）。

四冊目……三〇首、奥書を収録（大僧正行尊、中納言匡房、祐子内親王家紀伊、相模、源俊頼朝臣、崇徳院、待賢門院堀河、法性寺入道前関白大政太臣、左京太夫顕輔、源兼昌、藤原基俊、道因法師、藤原清輔、俊恵法師、後徳大寺左太臣、皇太后宮太夫俊成、皇嘉門院別当、殷冨門院太輔、式子内親王、寂蓮法師、二条院讃岐、後京極摂政前大政太臣、前大僧正慈円、参議雅経、鎌倉右太臣、正三位家隆、権中納言定家、入道前大政太臣、後鳥羽院御製、順徳院御製、奥書）。

合　計……一〇〇首。

本　文　漢字交じり平仮名で、大部分の漢字に振仮名を施す。部分的に濁点を付すが、句読点は無い。朱の補筆が少しある。

序　説　第一冊目の一丁オ～六丁ウに序説あり。

奥　書　第四冊目の八三丁オ～八四丁オに奥書があり、その末に、

「時《ときに》　寛《くはん》永《ゑい》己（ママ）《み》之《の》仲冬《ちうとう》下《げ》幹（ママ）《かん》江《ごう》城《じやう》之《の》旅《りよ》伯（ママ）《はく》身《じん》
雪朝庵《せつてうあん》士《じ》峯《ほう》ノ《へつ》禿《とく》筆作《ひつさく》
如儡子居士」

とあり、八四丁ウの中央に、

「寛文二壬寅歳晩夏中旬
重賢書之」

とある。

歌人の配列順序　一般的な百人一首の配列とは異なり、異本百人一首系統の配列に近いものとなっている。詳細については、第三章で述べる。

蔵書印等　各冊一丁オ右下に「彰考館」陽刻瓢箪形朱印（縦53ミリ、横34ミリ）。一冊、二冊、四冊の題簽の下部に「巳」の陽刻方形朱印（縦19・5ミリ×横19ミリ）。三冊目の題簽の下部に「幹」の陰刻方形朱印（19ミリ×19ミリ）。各冊下小口に白紙貼付「巳／拾六／巳二十七上／彰考館本／カ」（黒印、赤印、朱筆、黒ペン）。

その他　三冊目、三八丁ウ上部に紙片二枚を貼付し、注を記す。

第三節『酔玉集』

調査年月日　平成五年七月十三日。

所蔵者　国立国会図書館（118／合4／166）。

書　型　大本、十巻十冊（四冊に合綴）、写本、袋綴じ。

表　紙　白味薄黄色原表紙、草花模様あり。縦二六九ミリ×横一八二ミリ。原表紙の上に帝国図書館の茶色保護表紙あり。

題　簽　左肩に霞紋様書題簽、

「酔玉集　一（〜十終）」縦一七〇ミリ×横三四ミリ（巻一）。

保護表紙の左肩に子持枠後補題簽、文字は墨書。

「酔玉集　一、二」「酔玉集　三、四、五」「酔玉集　六、七、八」「酔玉集　九、十／止」

目録題　無し。ただし、各巻頭に収録歌人名を記す。

内題　巻一の二丁オの序説の前に「百人一首」とあり。
尾題　無し。
匡郭　無し。一行の文字の高さは、
序説……一九〇ミリ～二〇〇ミリ。
和歌……一行書きで、二〇五ミリ前後。
注釈……一八二ミリ前後。
丁付　無し。
丁数　巻一……四二丁（内、半丁空白、歌人名半丁、序説4丁）。
巻二……二八丁（内、半丁空白、歌人名半丁）。
巻三……二三丁（内、半丁空白、歌人名半丁）。
巻四……二一丁（内、半丁空白、歌人名半丁）。
巻五……二五丁（内、半丁空白、歌人名半丁）。
巻六……二六丁（内、半丁空白、歌人名半丁）。
巻七……二三丁（内、半丁空白、歌人名半丁）。
巻八……二三丁（内、半丁空白、歌人名半丁）。
巻九……一八丁（内、半丁空白、歌人名半丁）。
巻十……二二丁（内、半丁空白、歌人名半丁、奥書1丁）。
合計……二五一丁。
行数　目録……半葉五行。

字　数　序説……毎半葉一〇行。

本文……毎半葉一〇行。

序説……一行約二〇字。

本文……一行約二〇字。


内　容　「百人一首」の注釈書。巻頭に序説あり。各項は、歌人名、略伝、和歌、注釈となっており、項によっては略伝に続いて系図を付す。

巻一……序説、一〇首を収録（序説、天智天皇、持統天皇、柿本人丸、山辺赤人、猿丸太夫、中納言家持、安倍仲麿、喜撰法師、小野小町、蟬丸）。

巻二……一〇首を収録（参議篁、僧正遍昭、陽成院、河原左大臣、光孝天皇、中納言行平、在原業平朝臣、藤原敏行朝臣、伊勢、元良親王）。

巻三……一〇首を収録（素性法師、文屋康秀、大江千里、菅家、三条右大臣、貞信公、中納言兼輔、源宗于朝臣、凡河内躬恒、壬生忠岑）。

巻四……一〇首を収録（坂上是則、春道列樹、紀友則、藤原興風、紀貫之、清原深養父、文屋朝康、右近、参議等、平兼盛）。

巻五……一〇首を収録（壬生忠見、清原元輔、権中納言敦忠、中納言朝忠、謙徳公、曾祢好忠、恵慶法師、源重之、大中臣能宣朝臣、藤原義孝）。

巻六……一〇首を収録（藤原実方朝臣、藤原道信朝臣、右大将道綱母、儀同三司母、大納言公任、和泉式部、紫式部、大弐三位、赤染衛門、小式部内侍）。

巻七……一〇首を収録（伊勢太輔、清少納言、左京太夫道雅、権中納言定頼、相模、大僧正行尊、周防内侍、三条院、能因法師、良暹法師）。

巻八……一〇首を収録（大納言経信、祐子内親王家紀伊、権中納言匡房、源俊頼朝臣、藤原基俊、法性寺入道前関白大政大臣、崇徳院、源兼昌、左京太夫顕輔、待賢門院堀河）。

巻九……一〇首を収録（後徳大寺左大臣、道因法師、皇太后宮太夫俊成、藤原清輔朝臣、俊恵法師、西行法師、寂蓮法師、皇嘉門院別当、式子内親王、殷冨門院太輔）。

巻十……一〇首、奥書を収録（後京極摂政前太政大臣、二条院讃岐、鎌倉右大臣、参議雅経、前大僧正慈円、入道前太政大臣、権中納言定家、従二位家隆、後鳥羽院、順徳院、奥書）。

合計……一〇〇首。

本　文　漢字交じり平仮名で、部分的に振仮名を施す。濁点はあるが、句読点はない。部分的に朱引・朱点あり。注釈の部分は一字または二字下げ。

序　説　巻一の二丁オ～五丁ウに序説あり。

奥　書　巻十の二一丁ウ～二二丁オに奥書あり、その末に、

「時寛永己《ママ》仲冬下幹《ママ》江城之旅泊身雪朝庵士
峯一《ママ》禿筆作也」

とあり、一行あけて、次の年記あり。

「于時延宝庚申秋涼」

歌人の配列順序　一般的な百人一首の配列と同様になっている。詳細については、第三章で述べる。

蔵書印等　「□□楼図書記」陽刻方形朱印（30ミリ×30ミリ）。「帝国図書館蔵」陽刻方形朱印（46ミリ×46ミリ）。「明治／43．6．30／購求」横長円形子持枠紫スタンプ（縦22ミリ×横37ミリ）。「118／10／16

6」のラベル。「118／合4／166」のラベル。

第四節　『百人一首註解』

調査年月日　平成十年十一月二十日。
所蔵者　京都大学附属図書館蔵（請求記号＝4‐23　ヒ6。登録番号＝32758）。
書型　半紙本、上・下　二冊、写本、袋綴じ。
表紙　縹色原表紙、縦二四一ミリ×横一七二ミリ（上）、縦二四二ミリ×横一七一ミリ（下）。〔本書は近世中期頃の書写と思われ、この表紙は虫損などの状態から考えて書写段階からのものと判断した〕。
題簽　左肩に書題簽、白紙に文字は墨書。
「百人一首註解　上」縦一五六ミリ×横二七ミリ。
「百人一首註解　下」縦一五八ミリ×横二七ミリ。
目録題・内題・尾題　無し。
匡郭　無し。一行の文字の高さは、多くは二一〇ミリ前後で、最も高いものは二二〇ミリ位。
丁付　無し。
丁数　上………七六丁（内、序説2丁）。
下………六三丁。
合計……一三九丁。

行数　序説……毎半葉一二行〜一四行。
本文……毎半葉一一行〜一四行。

字数　序説……一行約二四字（7行目以下は1字下げ）。
本文……一行約二三字。

内容　「百人一首」の注釈書。巻頭に序説あり。各項は、歌人名、略伝、和歌、注釈となっている。

上……序説、五〇首を収録（序説、天智天皇御製、持統天皇御製、柿本人丸、山辺赤人、猿丸太夫、中納言家持、安倍仲麿、喜撰法師、小野小町、蟬丸、参議篁、僧正遍昭、陽成院御製、河原左大臣、光孝天皇御製、中納言行平、在原業平朝臣、藤原敏行朝臣、伊勢、元良親王、素性法師、文屋康秀、大江千里、菅家、三条右大臣、貞信公、中納言兼輔、源宗之《ママ》朝臣、凡河内躬恒、壬生忠岑、坂上是則、春道列樹、紀友則、藤原興風、紀貫之、清原深養父、文屋朝康、右近、参議等、平兼盛、壬生忠見、清原元輔、権中納言敦忠、中納言朝忠、謙徳公、曾祢好忠、恵慶法師、源重之、大中臣能宣朝臣、藤原義教《ママ》。

下……五〇首を収録（藤原実方朝臣、藤原道信朝臣、右大将道綱母、儀同三司母、大納言公任、和泉式部、紫式部、大弐三位、赤染衛門、小式部内侍、伊勢太輔、清少納言、左京大夫道雅、権中納言家《ママ》頼、相模、大僧正行尊、周防内侍、三条院御製、能因法師、良暹法師、大納言経信、祐子内親王家紀伊、権中納言匡房、源俊頼朝臣、藤原基俊、法性寺入道前関白太政大臣、崇徳院、源兼昌、左京太夫顕輔、待賢門院堀河、後徳大寺左大臣、道因法師、皇太后宮大夫俊成、藤原清輔朝臣、俊恵法師、西行法師、寂蓮法師、皇嘉門院別当、前大僧正慈円、入道前太政大臣、後京極摂政太政大臣、二条院讃岐、鎌倉右大臣、参議雅経、式子内親王、殷冨門院大輔、権中納言定家、正三位家隆、後鳥羽院御製、順徳院御製)。

合　計……一〇〇首。

本　文　漢字交じり平仮名（一部片仮名二行割書き)。振仮名をまれに施す。濁点を付すが句読点は無い。歌人名は大字三字前後下げ。歌は二字下げとし、二行書きで下の句は更に二字下げとしている。

序　説　上の一丁オ七行目～二丁ウに序説あり。〔二丁オ一行目～六行目は、転写した原本の頭注を書入れ、七行目から二字下げで序説を書写している。〕

奥　書　無し。

歌人の配列順序　一般的な百人一首の配列と同様であるが、八九番歌以下が異なる配列となっている。88皇嘉門院別当、95前大僧正慈円、96入道前太政大臣、91後京極摂政太政大臣、92二条院讃岐、93鎌倉右大臣、94参議雅経、89式子内親王、90殷富門院大輔、97権中納言定家、98正三位家隆、99後鳥羽院御製、100順徳院御製。

詳細については、第三章で述べる。

書込等　上の前表紙、題簽の右に白紙（縦96ミリ×横18ミリ）を貼付、墨書にて「れ百三拾弐」とある。下の後見返しのノドの下寄りに墨書にて「九拾軒町」とある。

蔵書印等　一丁オに「京都帝国大学図書之印」陽刻方形朱印（50ミリ×50ミリ)。「〇明治三二・四・一二購求／京大図」陽刻円形朱印（径21ミリ)。「３２７５８」の紫スタンプ。

その他　一七番歌・在原業平朝臣の注釈は三行と七字で以後は空白となっている。詳細については、第三章で述べる。

第三章　諸本関係の分析

第一節　序　説

一、はじめに

水戸彰考館文庫には、如儡子（斎藤親盛）の『百人一首鈔』が所蔵されている。この事を最初に紹介されたのは、昭和四十一年刊の、田中宗作氏『百人一首古注釈の研究』(注1)であった。ここから、如儡子「百人一首」注釈の研究が始まった。仮名草子研究の面から、田中伸氏(注2)・野間光辰氏(注3)が研究を開始し、『百人一首鈔』の他に国会本『酔玉集』の存在が明らかになった。また、和歌研究の側からは、島津忠夫氏(注4)が早くから京大本『百人一首註解』の存在に着目されていた。実はこの『百人一首註解』も如儡子の「百人一首」注釈書の一本である事が後に明らかになった。

如儡子・斎藤親盛の研究をライフワークとしている私も、諸先学の驥尾に付して、如儡子の「百人一首」注釈の研究に着手していた。そのような状況の中で、平成十三年一月、中古・中世の和歌の研究者、浅田徹氏から一通の封書を拝受した。浅田氏は、武蔵野美術大学美術館・図書館金原文庫に「砕玉抄　如儡子著」が所蔵されている事を教えて下さったのである。その後の調査・分析の結果、この『砕玉抄』こそ、如儡子の「百人一首」注釈書の中で、最も優れたテキストである事が判明したのである。

このような経過をたどって、現在に至っているが、ここでは、まず、最初に『百人一首鈔』の分析から始めたい。この書の書誌に関しては、第二章で記したので省略して、次に進むことにする。

二、著者・成立年・書写者

『百人一首鈔』の奥書の末には、

「時《ときに》　寛《くはん》永《ゑい》己《み》（ママ）之《の》仲冬《ちうとう》下《げ》幹《かん》（ママ）江《ごう》　城《じやう》之《の》旅《りよ》伯《はく》（ママ）身《じん》／雪《せつ》朝《てう》庵《あん》士《じ》峯《ほう》ノ《へつ》禿《とく》筆《ひつ》作《さく》／如儡子居士」

とある。


この「百人一首」の注釈は、寛永の巳の年（六年または十八年）十一月下旬に江戸に仮寓する如儡子が拙い筆をふるって書いたものであるという。さらに、その後に、

「寛文二壬寅歳晩夏中旬／重賢書之」

とあり、この写本が、寛文二年六月中旬、重賢なる人物によって書写されたものである事がわかる。


如儡子・斎藤親盛は、斎藤以伝（松岡寺過去帳）、武心士峯（『百八町記』、松岡寺過去帳）とも称していた(注5)が、本書によって、さらに雪朝庵士峯と称していた事が明らかになった。「武心士峯」も「雪朝庵士峯」も、雪深い酒田で武士の家に育ち、その事を生涯誇りとしていたと思われる如儡子にふさわしいもので、その命名の心中も推測される。また、この「百人一首」注釈が、如儡子の著作である事は、右の署名のみでなく、その文章・内容からも十分納得のゆくものであると判断される。

次に、この書の成立年は、寛永の巳の歳というが、六年（一六二九）か十八年（一六四一）かという点である。田中宗作氏は「「如儡子居士」とあるからには、「可笑記」の成立した寛永十三年（中略）以後とみる方がよいよう

に思われる。」とし、十八年説をとっておられる。しかし、田中伸氏は、ただ「寛永巳」としているので、十八年ならば「辛巳」とでもするところであり、その意味で六年の方が可能性が強い、とされた。これに対し、野間光辰氏は、「寛永十八年十一月、江戸における筆作たることは明らかである」としておられる。

如儡子は、延宝二年（一六七四）三月八日、二本松で没して、松岡寺に葬られた。野間氏は元服等の事を考慮して、この没年時七十二歳と推定しておられる。私も、現在はこの野間説に従って伝記研究を続行しているが、とすると、寛永六年は二十七歳、十八年には三十九歳である。如儡子は、若い頃から学問の修業に励んではいるが、これだけの和歌の注釈は、勿論、その多くを古注釈書に拠っているにしても、二十七歳の若さでの著作とするよりも、四十歳近い頃のものと考えるのが妥当と思う。如儡子が使用した古注釈を、今特定出来ないし、写本も多く存在するが、近世初期に出版された古注釈本を見ると、元和・寛永中に『宗祇抄』が古活字本として出版され、『幽斎抄』が寛永八年、『三部抄』が寛永十五年に出版されている。(注6)これらの点も、本書の成立年には参考になるものと思われる。以上の諸条件を考え合わせて、『百人一首鈔』の成立年は、寛永辛巳、十八年、如儡子三十九歳の年と考えておきたい。

次に『百人一首鈔』の書写者「重賢」がいかなる人物か、という問題であるが、漆間瑞雄氏によって、二本松藩中沢家の人物ではないか、という仮説が出されている。(注7)

如儡子・斎藤親盛と二本松藩士・中沢家との関係については、二本松藩の『世臣伝』斎藤家の条に、親盛の子・秋盛の次男・継（小兵衛）が中沢又助・照の養子であるとしているし、中沢家の条にも、照の子の継・小兵衛は実は斎藤喜兵衛時盛の二男としている。その中沢家所蔵の諸資料に関して初めて紹介されたのは、漆間瑞雄氏であった。漆間氏は中沢家の初代・中沢重綱の子・夕（道可）の子に十郎左衛門がいて、これが重賢を名乗っていたので、この人物ではないかと考えられたが、それでは年齢的に寛文二年と適合しない。そこで人名の書き込む所を誤ったかと推測され、この「重賢」は、道可ではないかという仮説を出された。私は、漆間氏が昭和五十二年六月に調査された折のメモのコピーを頂いていたが、再確認のため改めて調査した。

平成十二年八月十八日、二本松の中沢家の諸資料を調査させて頂いたが、その資料は次の通りである。

1、中澤家譜　仮綴　墨付十一葉。

2、家譜　仮綴　墨付七葉　中澤鼎　寛政三年十二月書。

3、中澤氏家譜追加　仮綴　墨付四葉　中沢鼎　寛政十二年十一月書　虫損多し。

4、中澤氏家譜追加　仮綴　墨付四葉　中沢鼎　3の写しか。

5、代々年号墓所記　仮綴　墨付四葉　天保壬辰年五月改。

6、〔中澤家系図〕（仮題）　一枚。

7、〔『世臣伝』原稿〕（仮題、文章は「丹羽所蔵」の罫紙を使用、墨付三枚、系図を巻頭に付す。

8、7『世臣伝』の草稿か（系図のみ）。

9、中沢家之霊（過去帳）　折本　一冊。巻頭に序あり、「昭和五十一年四月廿九日／龍泉寺呑空喚三」とある。

10、〔中沢家法名〕（仮題）　二枚。

中沢家の菩提寺は、二本松の龍泉寺で、その折、御住職の武田喚三氏にも種々お教えを頂いた。墓石は先祖代々の一基をはじめ二十四基、計二十五基が現存する。

右の資料の内、1の『中澤家譜』の末尾に記されている「重賢」に関連する部分と、6の〔中澤家系図〕の中澤重綱以下、上坂平次郎・三休子までの部分を掲げると以下の如くである。

1、中澤家譜

- 夕　中沢道可　母土屋甚右衛門女
  - 某　中沢三郎兵衛　母上坂弥五左衛門
    - 豪　三郎兵衛　隠居柳影ト号ス　実ニ本松家中伊東六左衛門　隠居号休意　次男実母中沢文右衛作女
      - 女
      - 宣　八郎左衛門
    - 女　養子三郎兵衛妻
  - 重賢　中沢十郎左衛門
    - 義　十郎左衛門　実同家中鈴木新五左衛門次男
  - 命　上坂市郎兵衛　隠居三休ト号ス　上坂ノ家続タリ
    - 某　弥平次　上坂氏断絶滝見氏ノ家ヲ続榊原家ニ仕フ
      - 某　弥蔵

6、〔中澤家系図〕（仮題）

中澤仁左衛門　重綱　小名甚七郎
妻　蘆名家ノ臣天宮但馬女
後妻　土屋仁左衛門女於伯
永禄十二己巳年正月廿八日奥州会津ニテ生ル／重綱ノ武功度々謂有ルト共略ス　寺会津城下／曹洞宗龍泉寺　正保四丁亥年五月六日卒ス／行年七十九歳／法名一叟常心禅定門ト号ス

- 松女　阪東祐菴稼ス／母　天宮氏
- 竹女　同藩之士　十河五右衛門稼ス／母　同
- 中沢源五郎　厚　／隠居常生ト改メ
  母　同
  元和八壬戌年二月四日奥州会津ニ生ル／宝永六己丑年正月十七日二本松ニテ卒ス／行年八十七歳／法名安養院釈常生信士城下一向宗／正慶寺葬ル

中澤文右エ門　作　／故有テ中コロ氏ヲ高田ト称ス
母ハ右同妻本多家ノ臣山中藤右エ門女
寛永元甲子年月日会津ニ生ル　赴テ遠州横／須賀而事本多越前公越州領地減小因是／浪々帰テ奥州二本松元禄二己巳年正月廿四日／卒法名梅林浄秀信士ト号城下龍泉寺ニ／妻宝永元甲申年九月廿三日卒／法名風涼清董信女ト号ス同寺ニ葬ル

中沢夕菴　道可／童名主殿
母ハ土屋氏名於伯　妻上坂弥五右エ門正之女名末
寛永九壬申年二月五日奥州白川ニ生ル成童之／後遊江府学医術尓後事内藤家領ス三百余／石元禄十五壬午年九月廿三日暁卒ス／行年七十一歳奥州棚倉護国山安泰寺葬ル／法名夕菴道可医揷ト号母於伯夕菴ト共ニ／棚倉ニ住ス延宝二甲寅年四月廿六日卒／法名竺雲寿仙信女ト号ス

中澤又助　照／童名権十郎隠居古心ト改メ
母土屋氏
寛永十四丁丑年三月十二日会津白川ニ生ル／本藩ニ仕フ後兄原之子トナリ家ヲ継ク享保／十一丙午年八月朔日卒ス／行年九十一歳／法名即翁古心信士ト号ス龍泉寺ニ葬ル

中澤三郎兵衛正常／童名甚太郎
母上坂氏妻本多内記公家中沢文右衛門女名作
寛文八戊申年正月二日奥州棚倉生ル／正徳四甲午年十月十三日摂州大坂於テ卒／行年四十七歳／法名仁宅寿済信士号ス高野山ニ葬ル

中沢十郎左エ門重正後ニ清ト改メ／童名甚三郎
母上坂氏妻浅野家臣中村勘介女
寛文九己酉年四月廿六日奥州棚倉ニ生ル／元禄十五壬午年百石分地別家ス／正徳四甲午年三月六日摂大坂於テ卒ス／行年四十六歳／法名塊山荘寿信士ト号ス一心寺ニ葬ル

上坂平次郎源命／童名万助
母上坂氏
寛文十二壬子年五月九日奥州棚倉生ル／伯父上坂弥五エ門正之之養子事内藤家／貞享四丁卯年正月廿七日養父跡式ス／法名三休子

『梅花軒随筆』の著者、三休子・上坂平次郎は中沢道可の三男である。この『梅花軒随筆』は現在、国会図書館に自筆写本と思われる一本が伝存するのみである。四冊、全一五五葉に二四五項の長短の文章を収める。巻末の奥書の末尾に、

「享保十一丙午秋九月既望／梅花軒雅明叟／源命書／五十五歳」

とある。また、巻頭の自序の末尾には、

「享保丙午の穐八月　梅花軒三休子書／五十五」

とある。この梅花軒三休子は、第二冊目の第七項に、

「〇松平新太郎光仲卿の儒者斉藤意伝浪人して後可笑記百八丁記〔三教一理ヲ壱里ニシテ三十六丁ヲ合スト云心ナリト〕堪忍記抔を作りけるゆへかへつて用られさりしと也儒釈道の三つを一理つゝ云とて百八丁記と題せしもたくみ過たる名成へし意伝か子弐人有斉藤喜兵衛時盛同又右エ門〔睡虎子ト云〕兄弟共に丹羽左京原太夫光重につかへり意伝か哥に

夕暮の武士なる時も暮しかね日出医者ても夜は明ぬなり」

と記している。

これらの、中沢家の諸資料や三休子・上坂平次郎の『梅花軒随筆』に関しては、稿を改めて考察する予定であるが、『百人一首鈔』の書写者「重賢」が、如儡子の斎藤家と親戚関係にある、中沢家の人物である可能性は無いとは言えないと思う。

三、配列順序・使用古注釈

本書が、中世以来の古注釈を利用していた事は、「～とも註せり」「一説に～」「～云説もあり」「此両説ともに～」等と所々に見えるし、古注の一、二と比較してみて、その共通点が多い事からも、これは明らかである。如偏子は、この注釈書を書くにあたって、どの古注を利用したのであろうか。

田中宗作氏は、次の如く記しておられる。

「……作者歌の並べ順が普通のものとはいたく異なっている。すなわち、張を追って出てくる作者と歌を普通の番号で並べると、

第一巻　1　2　3　4　6　11　5　16　17　18　13　9　8　12　10
第二巻　14　15　19　20　28　21　24　30　29　33　22　35　31　23　34　32　36　26　25　27　39　37　38　48　40
第三巻　45　44　42　48　46　49　50　51　56　58　59　57　61　60　52　47　68　54　53　69　86　55　62　64　67　63　71
第四巻　66　73　72　65　74　77　80　76　79　78　75　82　84　85　81　83　88　90　89　87　92　91　95　94　93　98　97　96　99　100

となる。この結果、(7)安倍仲麻呂「天の原」(41)壬生忠見「恋すてふ」(70)良暹法師「さびしさに」の三人が欠けていることがわかる。こうした配列現象は、今まで調査してきた百人一首注釈としては珍しいことで、注目すべきであろう。……」

安倍仲麻呂等の三名が欠けているとしたり、配列順に誤りもあるが、本書の配列順が一般的な注釈書のそれと著しく異なるものである事を指摘された事は注意すべきものと思う。続く田中伸氏は、

「……これが啓蒙的な注釈であるにせよ、何らかの参考に供された先行の注釈書があるに違いないと考えられる

所であるが、こうした方面については浅学の私にはとんと判らない。」

とされ、さらに続稿[注8]において『酔玉集』との関連で、配列順について検討されたが、

「このような『百人一首鈔』の混乱は、どういう理由によるものか、簡単に結論することは出来ない。ただこの五つに分けられた歌人群が、五巻構成をとっていたとも考えられ、如儡子の手になる原本がそういう五巻立てだったとも、如儡子が基礎とした誰かの注釈書が、この五巻立てをとっていた故とも考えられるのである。」

と指摘するに留まっておられる。

さて、この百人一首の配列に関して、研究者の間で取り上げられたのは、それ程早くからではない。むしろ、百人一首研究の新しいテーマと言ってよいかと思う。

平成二年十月、吉海直人氏は「百人秀歌型配列の異本百人一首について[注9]」で、「百人秀歌」と「百人一首」の中間本とも言うべき「異本百人一首」を紹介された。

「歌は百人一首（百首）そのままでありながら、配列が百人秀歌―百人秀歌から三首の歌を除き、俊頼歌を入れ替え、巻末に後鳥羽・順徳両院の歌を加えた体裁―という奇妙な本が、なんと一本ならず存在していたのである。」

吉海氏は、これを「異本百人一首[注10]」と称し、跡見学園女子大学短期大学部附属図書館蔵本、本阿弥光悦筆古活字本『百人一首』、国文学研究資料館蔵『三部抄』所収本、同『詠歌之大概』所収本、さらに国文学研究資料館蔵マイクロフィルムの六点など、写本六本、刊本二本、注釈書二本の計十本と未調査本九本を紹介しておられる。この注釈書の中には、如儡子の『百人一首鈔』も「異本系統と同様の配列をとっている。」として、含めておられる。

さらに、吉海氏は「異本百人一首」の位置付けとして、

1　百人秀歌→異本百人一首→百人一首

2　百人一首→異本百人一首→百人秀歌

3　百人秀歌・百人一首→異本百人一首

4　異本百人一首→百人秀歌・百人一首

この四つのケースを想定された。

その後、有吉保氏は、三系統の校異を分析、検討された結果、「異本百人一首」は、現時点では、「百人秀歌」「百人一首」の両系よりも下位に想定される、という見解を示しておられる。(注11)

以上が、百人一首の三系統に関する研究の現状の概略であるが、如儡子の『百人一首鈔』の配列が「異本百人一首」の系統に属する事が判明した訳である。

次に『百人一首鈔』と「異本百人一首」(注12)の配列を示すと以下の通りである。『百人一首鈔』の配列を通行の「百人一首」の配列順の数字で示し、その左に「異本百人一首」の配列を対応させて併記した。

一冊目

鈔	異
1	1
2	2
3	3
4	4
6	6
7	7
11	11
5	5
16	16
17	17
18	18
13	13
9	9
8	8
12	12
10	10

二冊目

鈔	異
14	14
15	15
19	19
20	20
28	28
21	21
24	24
30	30
29	29
33	33
22	22
35	35
31	31
23	23
34	34
32	32
36	36
26	26
25	25
27	27
39	39
37	37
38	38
43	43
40	40
41	41

三冊目

鈔	異
45	45
44	44
42	42
48	48
46	46
49	49
50	50
51	51
52	52
47	47
68	68
54	54
53	53
69	69
70	70
86	55
55	62
62	56
56	58
58	59
59	57
57	61
61	60
60	64
64	63
67	67
63	71
71	66

四冊目

鈔	66	73	72	65	74	77	80	76	79	78	75	82	84	85	81	83	88	90	89	87	92	91	95	94	93	98	97	96	99	100
異	73	72	65	74	77	80	76	79	78	75	82	84	85	81	83	86	88	90	89	87	92	91	95	94	93	98	97	96	99	100

右の比較から『百人一首鈔』と、伝小堀遠州筆本『百人一首』との異同は、〔86〕西行法師が、伝小堀遠州筆本では、通行の「百人一首」と同じ86番であるのに対し、『百人一首鈔』は58番となっていること、〔63〕左京太夫道雅と〔67〕周防内侍が入れ替わっていること、の二点である。この二つの異同は、他の「異本百人一首」でも同様であり、『百人一首鈔』と全く同じ配列のテキストは、現在までに見る事が出来なかった。

次に、歌の本文異同、歌人名の異同についてであるが、前述の如く、すでに有吉保氏の調査がある。(注13) 有吉氏の取り上げられた異同箇所について、『百人一首鈔』のその部分を示すと以下の通りである。

三系統校異の主要箇所

10	蟬丸第三句	別《わかれ》ては
13	陽成院第五句	成《なり》ける
14	河原左大臣第四句	みだれそめにし
43	権中納言敦忠第四句	むかしは物を
55	大納言公任初句・五句	滝《たき》のお《を》と　なをきこへ《え》けれ
78	源兼昌第四句	ねざめぬ
79	左京大夫顕輔第四句	もり出《いづ》る
92	二条院讃岐初句	我《わ》が袖《そで》は
43	歌人名	中納言《ちうなごん》敦忠《あつたゞ》
66	歌人名	大僧正《たいそうじやう》　行尊《ぎやうぞん》

98　歌人名　正《しやう》三位《み》家隆《いへたか》《かりう》

これらを整理すると、

○異本百人一首と同様のもの……10　14　55　78　43　98

○百人秀歌と同様のもの…………13　55　79　92　43　98

○百人一首と同様のもの…………10　13　14　43　55　55　78　92　66

このようになるが、これらの異同は、三系統が明瞭に分かれている訳でもなく、相互に出入りもあり、この異同関係から『百人一首鈔』が三系統の内、いずれに拠っているか、という事を判断する事は出来ない。歌人名についても、43・98は「異本百人一首」・「百人秀歌」と同様であるが、66は「百人一首」と同様になっている。

以上の如く、これらの極めて少ない校異からは、『百人一首鈔』の拠ったテキストの系統を判断し得ないが、『百人一首鈔』は、歌の本文・歌人名以外に、その略伝や注釈が大量に付加されているので、この注釈の部分の調査を今後進めてゆくなら、使用テキストの限定、特定は可能と思う。

吉海氏が指摘される如く、「異本百人一首」は「三部抄」所収本に多いので、この系統の先行注釈書を実地調査して、同配列のテキストの確認と共に、この問題に迫りたいと思っている。

四、執筆意図とその特色

「①つれ〳〵と、なかき②日《ひ》くらし、③をしまつきによつて、④墨頭《ぼくとう》の⑤手中《しゆちう》よりおつるに、夢《ゆめ》うちおとろかし、⑥をろか心の、うつり行《ゆく》にまかせて、此和哥集《わかしう》の、その趣《をもむき》を綴《つゞり》、しかうじて、⑦短《みじか》き筆《ふで》に書《かき》けがらはし留《とゞめ》り。まことに、⑧せいゐい海《うみ》をうめんとするにことならずや。されば、彼《かの》⑨三神《しん》の⑩見とがめ、つゝしみおもむけず。且又《かつまた》、

⑪衆人《しうじん》の⑫ほゝゑみ、嘲《あざけり》をも、かへり見、わきまへざるに似《にた》りといへども、さる⑬ひな人の、⑭せめをうけ、⑮辞《じ》するに、ことばたえ、⑯退《しりぞく》に道《みち》なくして、⑰鈍《にぶ》き刃《やへば》に、⑱ちよれきを削《けづれ》り。人、是《これ》をあはれみ給へや。

①つれ〳〵とは、徒然《とぜん》とかく也。つく〳〵と、ながめをり、物さびしき躰《てい》也。

②日くらしとは、終日《ひめもす》の心。朝《あさ》より晩《ばん》までの事也。ひくらしのくもじ、すみてよむべし。にごれば、虫《むし》のひぐらしの事になる也。

③おしまつきとは、つくえの事。

④墨頭《ほくとう》とは、筆《ふで》のこと。

⑤手中《しゆちう》はての内《うち》也。

⑥をろか心は、愚智《ぐち》の心也。

⑦みじかき筆《ふで》とは、悪筆《あくひつ》など云心。ひげのことば也。

⑧せいゑいといふ鳥《とり》、草木《さうもく》のえだはなどをもつて、大海《だいかい》をうめんとする也。誰《たれ》〳〵もしり給へる古事《こじ》なれば、書《かき》つくるに及《およ》ばず。

⑨三神《しん》とは、住吉《すみよし》、北野《きたの》、玉津嶋《たまつしま》を申也。和哥《わか》三神《じん》是《これ》也。

⑩見とがめとは、御たゝりなどいふ心。

⑪衆人《しうじん》とは、世間《せけん》の人と云《いふ》心。あまたの人〳〵をさしていふ。

⑫ほゝゑみとは、につこと、わらひがほする事也。

⑬ひな人とは、いなか人といふ事。

⑭せめとは、さいそくなどいふ事。

⑮辞《じ》するとは、ことばしんしやくする事。

⑯しりぞくとは、身をひき、しんしやくするてい也。
⑰鈍《にぶ》き刃《やへば》とは、物のきれぬ、かなもの也。
⑱ちよれきとは、いかにも、まがりゆがみて、物のやうにもたゝぬざいもく也。」

これが『百人一首鈔』の奥書である。原本では、頭注は本文の上に小字で付けられているが、ここでは本文の対応する所に、①②③……を付けて、末尾に一括して掲げた。

如儡子は、ある鄙人の依頼によって、自らの非才をも省みず、この百人一首の注釈を執筆したという。この文章が『徒然草』序段や中国故事を利用している事、また、『可笑記』の序に相通うものがある事は、田中宗作・田中伸両氏の指摘される通りである。

寛永十八年十一月、如儡子は不惑の歳を迎えようとしていた。十二年前の寛永六年、執筆を開始していたと思われる『可笑記』も、五年前には一応形を整え、その跋文を書いている。あるいは、この時点で、『可笑記』寛永十九年版十一行本の出版の話が進んでいたかも知れない。そんな状況の中で、この『百人一首鈔』の跋文は書かれている。『可笑記』の跋（寛永十三年）で「つや〳〵、濁世《ぢよくせ》末法の童《わらはべ》どもを、見聞及《およ》ぶに、心おろそかにして、気みだれやすく、何れの書をみても、文字に滞《とゞこほ》り、文章《ぶんしやう》に泥《なつ》み、其心を得ず。……さるによつて、此かなづけの愚書《ぐしよ》をあたへ、よみならはせ、万のさうし、物語をも、口つけ、よませんとの専用《せんよう》也。」（注14）と書いた如儡子が、その後、百人一首の注釈に着手して、今、ようやく完成したのかも知れない。「まことに、せいゑい海《うみ》をうめんとするにことならずや。」といい、これに「せいゑいといふ鳥《とり》、草木《さうもく》のえだはなどをもつて、大海《だいかい》をうめんとする也。」と注して、精衛塡海の故事を引いているが、これは、いくつかの古注に接した如儡子の実感ではなかったかと想像される。

跋文の頭注は、素朴で、平易で、基本的なものが多く、決して高度な知識人を対象としたものでない事が解る。如儡子は『可笑記』の跋での主張を、実践していると言ってよいだろう。ここでは、具体例は掲げないが、この態度は、百人の歌人、百首の歌の注釈にも、そして、その頭注にも一貫している。

野間光辰氏は、この頭注について、漢字の振仮名と共に、書写者の付加したものとしておられるが、私は、如儡子の自筆本に最初から付されていたものと推測している。詳しい論証については、後で述べるが、俳諧に自注作品がある如く、近世初期の啓蒙期にふさわしい著作だと思うし、この啓蒙期を代表する作者・如儡子にふさわしい著作だと考えている。

田中宗作氏は、この跋文について、

「……かの宗祇抄や幽斎抄などの序説や奥書にあるように、相伝の意義と尊さとをあくまでじぶんのよりどころとして、その権威を大上段に、ふりかざして、他見をいましめるがごときことばの片言隻句もないことは、この種の注としては注目すべきことであろう。」

と述べておられる。さらに、氏は、序説と第一首目の天智天皇の条を具体的に取り上げ、分析され、

「……幽斎抄に比べて、これも説明そのものはていねいであるが、内容は整理されて簡単になり、しかも、理解を助けるための補説めいたものを入れるなど、注としては、学問的とか、秘決・口伝とかいうものにこだわらないため、親しみやすいものとなってきている。……（中略）……本書の意図したものは、従来の秘伝的、口伝的な束縛を受け、貴族趣味に堕していた百人一首旧注を改めて、わかりやすい百人一首注解を、より一般庶民にも行きわたらせようとする童蒙的意図が多分に働いたものと見たいのであるが、果してひが目であろうか。……」

とされ、全体を、

「以上を要するに、本書の特色と価値は、伝統の旧注の根深い流行の中にあって、啓蒙的な面に新生面を開き、これを民衆に、理解しやすい内容に改変して近づけしめんとした点にあるように思う。」

とまとめておられる。

百人一首古注釈の研究者である田中宗作氏のこの見解は、如儡子研究を目指す私にとって、大いに勇気づけられるものである。『可笑記』の主要な典拠が『徒然草』である事は、諸氏によって指摘されているし、私も検討しているが、実は、中世の代表的な随筆『徒然草』を、易しく解きほぐして、近世化して、近世初期の庶民に伝えた点に意義があると考えている。『可笑記』を書き終えた如儡子が、次に着手したのが、和歌の珠玉の集ともいうべき、百人一首の注釈であり、この古典を同時代の庶民に伝える作業ではなかったかと推測している。

（注1）「如儡子の百人一首注釈書について」『百人一首古注釈の研究』（昭和41年9月20日、桜楓社発行）所収。
（注2）「如儡子の別号について――彰考館蔵「百人一首鈔」より――」（『近世文芸研究と評論』2号、昭和47年5月）、後『仮名草子の研究』（昭和49年6月15日、桜楓社発行）に収録。
（注3）「如儡子系伝攷（中）」（『文学』46巻12号、昭和53年12月）、後『近世作家伝攷』（昭和60年11月30日、中央公論社発行）に収録。
（注4）『百人一首』訳注（角川文庫、昭和44年12月10日発行）
（注5）拙稿「如儡子（斎藤親盛）調査報告（1）」（『文学研究』67号、昭和63年6月）。
（注6）田中宗作氏「百人一首注釈板本書目集覧」（注1の著書に収録）。
（注7）「『可笑記』の著者斎藤以伝とそれにまつわる人々」昭和52年7月15日、私家版の冊子（20頁）として出され、昭和54年6月、昭和62年6月に改訂、『近世初期文芸』4号（昭和63年3月）に掲載。
（注8）「如儡子の注釈とその意義――『百人一首鈔』と『酔玉集』――」（『二松学舎大学論集』創立百周年記念・国文学編、昭和52年10月）、後『近世小説論攷』（昭和60年6月10日、桜楓社発行）に収録。
（注9）『和歌文学研究』61号、平成2年10月。
（注10）この称呼について、松村雄二氏は「異本百人秀歌」としておられる（『百人一首・定家とカルタの文学史』平成7年9月20日、平凡社発行）。

（注11）「藤原定家と百人一首」（『国文学』37巻1号、平成4年1月）。
（注12）「異本百人一首」は、吉海直人氏翻刻の跡見学園女子大学短期大学部附属図書館蔵の伝小堀遠州筆『百人一首』〔一 - 一六四七 - 四四五六九〕（『同志社女子大学日本語日本文学』3号、平成3年10月）に拠った。
（注13）注（11）に同じ。
（注14）朝倉治彦氏・深沢秋男編『仮名草子集成』14巻（平成5年11月20日、東京堂出版発行）に拠る。

〔付記〕『百人一首鈔』の原本調査に際し、水戸彰考館文庫の御高配を賜りました。また、本文研究に際しては、国文学研究資料館のマイクロフィルムを閲覧させて頂きました。この間、研究を進めるにあたり、岡雅彦氏、齋藤彰氏、吉海直人氏には、有益な御教示を賜りました。ここに記して、深甚の謝意を表します。

第二節　『百人一首鈔』と『酔玉集』

一、はじめに

如儡子の「百人一首」の注釈書として、水戸彰考館に『百人一首鈔』が、国立国会図書館に『酔玉集』が所蔵されている。田中宗作氏は国会本『酔玉集』については言及が無く、田中伸氏・野間光辰氏によって両書に関する研究の端緒が開かれた。

野間光辰氏は、昭和五十一年刊の岩波書店の『国書総目録著者別索引』によって『酔玉集』の存在を知り、驚喜して閲覧調査したと記しておられる。田中伸氏もほぼ同様の経過を辿って両書に出会っておられるが、仮名草子研究の二先学が、如儡子の新しい著作に出会った時の喜びが我々にまで伝わってくる。それにしても目録の尊さをも痛感せずにいられない。

田中伸氏は、「如儡子の注釈とその意義――『百人一首鈔』と『酔玉集』――」(『二松学舎大学論集』創立百周年記念・国文学編、昭和52年10月、後『近世小説論攷』昭和60年6月10日発行に収録)で、『酔玉集』を最初に論じられた。また、野間光辰氏は、「如儡子系伝攷(中)」(『文学』46巻12号、昭和53年12月、『近世作家伝攷』昭和60年11月30日発行に収録)で、田中宗作氏、田中伸氏の論を踏まえて、『百人一首鈔』と『酔玉集』の関連について論じておられる。その概略は、本書、第一章の研究史で紹介した通りである。

ここでは、田中・野間両氏の研究を踏まえて、『百人一首鈔』と『酔玉集』の関係を、より具体的に考察したい。

二、『百人一首鈔』・『酔玉集』歌人配列対照表

『百人一首鈔』と『酔玉集』の歌人の配列順序は、『百人一首鈔』が異本百人一首系統の配列に近く、『酔玉集』が一般的な百人一首の配列に近いものとなっている。両者の配列を整理して示すと以下の通りである。

『百人一首鈔』	『酔玉集』
序説	序説
1 天智天皇御製	1 天智天皇
2 持統天皇御製	2 持統天皇
3 柿本人丸	3 柿本人丸
4 山辺赤人	4 山辺赤人
5 中納言家持	5 猿丸太夫
6 安倍仲磨	6 中納言家持
7 参議篁	7 安倍仲磨
8 猿丸太夫	8 喜撰法師
9 中納言行平	9 小野小町
10 在原業平朝臣	10 蟬丸
11 藤原敏行	11 参議篁
12 陽成院御製	12 僧正遍昭
13 小野小町	13 陽成院
14 喜撰法師	14 河原左大臣
15 僧正遍昭	15 光孝天皇
16 蟬丸	16 中納言行平
17 河原左太臣	17 在原業平朝臣
18 光孝天皇御製	18 藤原敏行朝臣
19 伊勢	19 伊勢
20 元良親王	20 元良親王
21 源宗于	21 素性法師
22 素性法師	22 文屋康秀
23 菅家	23 大江千里
24 壬生忠岑	24 菅家
25 凡河内躬恒	25 三条右大臣
26 紀友則	26 貞信公
27 文屋康秀	27 中納言兼輔
28 紀貫之	28 源宗于朝臣

29	坂上是則	凡河内躬恒
30	大江千里	壬生忠岑
31	藤原興風	坂上是則
32	春道列樹	春道列樹
33	清原深養父	紀友則
34	貞信公	藤原興風
35	三条右太臣	紀貫之
36	中納言兼輔	清原深養父
37	参議等	文屋朝康
38	文屋朝康	右近
39	右近	参議等
40	中納言敦忠	平兼盛
41	平兼盛	壬生忠見
42	壬生忠見	清原元輔
43	謙徳公	権中納言敦忠
44	中納言朝忠	中納言朝忠
45	清原元輔	謙徳公
46	源重之	曾祢好忠
47	曾祢好忠	恵慶法師
48	大中臣能宣朝臣	源重之
49	藤原義孝	大中臣能宣朝臣
50	藤原実方朝臣	藤原義孝
51	藤原道信	藤原実方朝臣
52	恵慶法師	藤原道信朝臣

53	三条院御製	右大将道綱母
54	儀同三司母	儀同三司母
55	右大将道綱母	大納言公任
56	能因法師	和泉式部
57	良暹法師	紫式部
58	西行法師	大弐三位
59	大納言公任	赤染衛門
60	清少納言	小式部内侍
61	和泉式部	伊勢太輔
62	大弐三位	清少納言
63	赤染衛門	左京太夫道雅
64	紫式部	権中納言定頼
65	伊勢太輔	相模
66	小式部内侍	前大僧正行尊
67	中納言定頼	周防内侍
68	周防内侍	三条院
69	左京太夫道雅	能因法師
70	大納言経信	良暹法師
71	大僧正行尊	大納言経信
72	中納言匡房	祐子内親王家紀伊
73	祐子内親王家紀伊	権中納言匡房
74	相模	源俊頼朝臣
75	源俊頼朝臣	藤原基俊
76	崇徳院	法性寺入道前関白太政大臣

77	待賢門院堀河	77	崇徳院
78	法性寺入道前関白大政太臣	78	源兼昌
79	左京太夫顕輔	79	左京太夫顕輔
80	源兼昌	80	待賢門院堀河
81	藤原基俊	81	後徳大寺左大臣
82	道因法師	82	道因法師
83	藤原清輔	83	皇太后宮太夫俊成
84	俊恵法師	84	藤原清輔朝臣
85	後徳大寺左太臣	85	俊恵法師
86	皇太后宮太夫俊成	86	西行法師
87	皇嘉門院別当	87	寂蓮法師
88	殷冨門院太輔	88	皇嘉門院別当
89	式子内親王	89	式子内親王
90	寂蓮法師	90	殷冨門院大輔
91	二条院讃岐	91	後京極摂政前太政大臣
92	後京極摂政前大政太臣	92	二条院讃岐
93	前大僧正慈円	93	鎌倉右大臣実朝
94	参議雅経	94	参議雅経
95	鎌倉右太臣	95	前大僧正慈円
96	正三位家隆	96	入道前太政大臣
97	権中納言定家	97	権中納言定家
98	入道前大政太臣	98	正二位家隆
99	後鳥羽院御製	99	後鳥羽院
100	順徳院御製	100	順徳院
	奥書		奥書

右に掲げた歌人配列対照表からわかる通り、両書の配列にはかなりの異同がある。『酔玉集』は所謂、一般の「百人一首」の配列であるが、『百人一首鈔』は「異本百人一首」の配列に極めて近いものである。

「異本百人一首」系統の配列の本文には、①伝小堀遠州筆『百人一首』（跡見学園短大図書館蔵）、②天正十八年紹巴筆三部抄、③東大国文学研究室蔵・三部抄、④三部抄・巻子本、⑤三部抄・江戸前期写本、⑥光悦古活字本等があるが(注1)、『百人一首鈔』の配列がこれらの「異本百人一首」の配列と異なる点は次の二箇所のみである。

（1）、「西行法師」が「異本百人一首」では、通行の「百人一首」と同じ86番であるのに対し、如儡子の『百人一首鈔』は58番となっていること。

（2）、「左京太夫道雅」と「周防内侍」の順序が、「異本百人一首」では「左京太夫道雅→周防内侍」であるのに対し、『百人一首鈔』は「周防内侍→左京太夫道雅」となっていること。

如儡子の『百人一首鈔』と、この二点が一致するもの、つまり、完全に同じ配列のテキストは、現在のところ確認し得ない状態である。今後、三部抄系統の伝本の調査を進めて、同じ配列のテキストを確定したいと思っている。

三、『百人一首鈔』と『酔玉集』の本文異同

両書の関係を明らかにする手続きの一つとして、まず、本文の異同関係の調査から進めたい。前述の如く、『百人一首鈔』には頭注があり、頭注・歌人伝記・注釈本文ともに、ほとんどの漢字に振仮名が付けられているが、振仮名は一応対象外とし、頭注・歌人伝記に関しても、いずれ分析を加えることとして、ここでは、歌の注釈本文を対象とする。

〔一〕　省略・脱落関係

整理番号は、一般的配列の「百人一首」の順序の番号で示した。それぞれ、「省略・脱落」の部分に傍線を付した。

(1)　『酔玉集』の省略・脱落……三四

序鈔＝そのいはれは花散葉落て後も実と根とさへ有なればふたゝび若枝を生して

　酔＝其いはれは若枝を生して

3鈔＝長〴〵しよを独かもねんと爰をいはん為斗也

酔＝なが〳〵しなり
4鈔＝吟興たゞならず面白きなりさま〳〵の気色言に出ても尽しがたしされば此の哥には
酔＝きんかうた丶ならされは此哥には
5鈔＝世間の秋の物さひかなしき時節をよめる也唯鹿の声をき丶て秋はかなしきといふにはあらず
酔＝世中の秋の物さひしくかなしくといふにはあらす
6鈔＝古き詩の妙なる辞も有をや但霜は降をも置といへり哥によるべし
酔＝古き詩のたえなる詞も有へし
7鈔＝すなはち春日山の事三笠山是也月かもとは古郷春日山に出し月か
酔＝則春日山に出し月か
8鈔＝扨此哥常の人のよむならば世をうぢ山と人はいへども
酔＝さて人はいへとも
10鈔＝行も帰るも別てはしるもしらぬも相坂の関といふ迄は
酔＝行もかへるもといふまては
10鈔＝又かならず下て此関を通り下れる人も又必のぼつて此関を通らぬ人はなし
酔＝かならすくだりて此関を通らぬ人はなし
12鈔＝次のとしの春よめる哥に〳〵みな人は花のたもとになりにけり苔の衣よかはきだにせよ此うた古今集の詞書にいはくふかくさのみかどの御宇蔵人の頭にて夜昼馴つかうまつりけるを諒闇になりければ更に世にもまじはらずしてひえの山にのぼりかしらおろしてげりその又のとしみな人は御服ぬぎてあるはかうふり給はりなどよろこびけるを聞てよめるとあり

酔＝次のとしの春読る哥とて右にあらはす皆人は花の衣の哥なり
13鈔＝泪の淵に臥しづみかなしみの山にわけまよふよし也万のことみなかくのごとし
酔＝涙の淵にふししつみぬることし
15鈔＝よろこぶとよむ哥の心《詞》まづ君がためとは臣下をさして宣ふ也つゝとは
酔＝よろこぶとよむなりつゝとは
15鈔＝御心よろこばしからんと也まことにありがたき御心ざし御詠哥沈吟すべし扨臣下を
酔＝御心よろこばしからんとなりさて臣下を
16鈔＝聞ならばといふ詞今かへりこむとは頓而帰参むと云詞也先此哥は
酔＝きくならはといふ詞先此歌は
20鈔＝世にはかくれもなく顕れ聞えけんさても此愁かなしみのやる方もなく
酔＝世にはかくれなく見やるかたもなく
23鈔＝詠吟あるべし歌の心は月にさへ打むかへば数〳〵心砕てひたずら物こそかなしけれさて
酔＝よく詠吟せられはかなしけれさて
25鈔＝其名に相応せばといふ詞なにしおふとも又名にしおひたるなどもよめり名にしのし文字
酔＝その名に相応せはといふ詞にしの字
25鈔＝さて此もがなを願ひがなと云て何をがなゝどゝねがひたる詞也人にしられて
酔＝さてこの人にしられて
31鈔＝三芳野ともいふ花の道地也ふれるとは雪の降といふ詞此哥は
酔＝三吉野ともいふこの哥は

32鈔＝といふはながれもあへぬ木葉ぞと落しつけての云分也
醉＝といふぶんなり
33鈔＝悲しむべきに非ずとおもひさだめ悟明むるさへ
醉＝かなしむさへ
34鈔＝わが友達にてもなきにといふ詞さて此哥は下の句より上の句の五もじへ読つゞけて詠吟すれば哥の心よくきこゆる
醉＝わがともたちにてもなきにといふことは歌の心はよくきこえたり
36鈔＝極熱のうれへにたへかねたる折しも今宵の月の涼しく冴たるに打向ては
醉＝極熱うれへにうちむかひては
48鈔＝万境に依て転ずといふ事もあるをやされば心鏡とて心をば鏡に喩へり何ものか
醉＝ばんけうにたうなにものか
49鈔＝胸のうちにもえこがるゝ事偏にかのゐじのたくひのごとくに夜にさへなりぬればおもひのほむらむねに燃こがれていとゞ苦しけれども
醉＝胸のうちに燃へ焦ていとゝくるしけれは
53鈔＝苦しきよしをいひ入給ふ時とりあへずそのまゝよみて出し給ふとかや
醉＝くるしきよしをいひ入給ふとかや
54鈔＝忘れまいといふ詞かたければとは頼果かたければなどいふ詞命ともがなとは命もがなと願ことば也
醉＝わすれまいといふ辞なり
56鈔＝先此哥は煩らはしく心細き時おもふ人のもとへ読てやりけり歌の心は

酔＝まつ此哥の心は
58鈔＝理り述たり扨もそなたにはいかゞおぼしめし出給ひて今又
　酔＝ことはりのべていま又
61鈔＝けふ九重とは今の洛平安城をさしていへり惣じて九重とは都の事也
　酔＝九重とは都のことなり
67鈔＝何くれの物がたりしける時かの周防の内侍寄臥してありけるか枕もがなと
　酔＝いつもの物語しける折枕もがなと
85鈔＝わがおもふ心のまゝにならざる事也哥の心は物おもふ身の曲として
　酔＝我思ふ身のくせとして
88鈔＝先此哥は旅宿の逢恋といふ題をよめり歌の心は旅の屋どりにて相初し
　酔＝まつこの哥は旅宿にてあひそめし
96鈔＝嵐の庭の雪とは花の雪花のふゞきなど云て花のちるは雪の降ごとくなれば雪にたとへていへる也
　酔＝あらしの庭の雪とは花のちるを雪にたとへていへる心なり

(2)　『百人一首鈔』の省略・脱落……二三

1鈔＝されば本屋と云あきの田のかりほの庵の笘をあらみが廊下也
酔＝されは本屋と云は我衣手は露にぬれつゝが本屋なり廊下といふはあきの田のかりほの庵のとまをあらみか廊
　下といふ物なり
16鈔＝美濃の国にもおなじ名あり先一せつに此哥因幡の国にてよめり

酔＝美濃国にもおなし名有猶因幡国しるへきか又濃州稲葉山をなすらへてよめると云々まつこの哥いなはのくに、てよめる

20鈔＝つかはしけるとありこと出きてとは

酔＝つかはしけるとあり是は宇多の御門の御時彼御息所〔時平公母〕に忍ひてかよひけるがあらはれてのちにつかはしたる哥なりことのいできてとは

21鈔＝又やがて来てちぎらんなど慰められしにすこし心をすさめ

酔＝又やかてきてなくさめんとのちそのことはをまことのたのみとしてこゝろめたかくもなくさめられしにすこし心をすさめ

23鈔＝奇妙の哥と申さたせり

酔＝きめうの哥と申さたせりこの心を古哥にも

●詠れはちゝに物思ふ月に又我身ひとつの峯のおかな（ママ）

●大かたは月をもめてしこれそこのつもれは人の老となるもの

25鈔＝何れに付てもしのぶ恋のうたとこゝろえべし

酔＝いつれにつけても忍ふ恋の哥と心得へし又ある説にいふ詞書に女のもとにつかはしけると云々此名にしおはゝといふ五もしは逢坂のあふてさねかつらのさねといひかけたる詞也いねるの心にとれり小寝なりさてさねかつらはこれをひきとるにしげみあるものなれはいつくよりくるとも見えぬなりそのことくわかおもふ人も世にしらすしてくるよしもかなといへる也このうたは詞つよくして更によわみなく侍り一躰の哥と見ゆ新勅撰なとに此躰おほくいれりよく〳〵公夫すへしとそ又人にしられての文字を清説当流に不用之この儀は今迄すいぶん忍ひたれとも思余てさらはいかゝせんとなと打ふてゝいへる成へし

31鈔＝吟心をしはかるべし
酔＝吟心あるへし
●さらてたにそれかとまかふ山のはの有明の月にふれる白雪
為家卿の歌なり逍遥院の御哥にも
●おき出る袖にたまらぬ雪ならは有明の月と見てや過まし
35鈔＝あらずとよませたり
酔＝あらずとよませたりさるによりてなさけもあらずは草木の事也
38鈔＝せいもんの事也ちかひてしのてもじは
酔＝せいもんの事なり誓てしといひつゝけてちかひてありしといふ心又ちかひてしのて文字は
39鈔＝やどり也一説には
酔＝やとりなりよもぎうとは上﨟の住あらし給へる旧跡といへると申伝へりたゝし一説には
41鈔＝哥の上手成事うたがひなき所分明ならずや
酔＝哥の上手なる事うたかいなきところくやみのやまひしむなしくなりぬといふ事分明ならすや
42鈔＝いかに盟し事よと心得べしとなり
酔＝いかにちきりし事よと心得へしとなり
●波たゆる比ともしらす末の松まつらんとのみおもひけるかな
うきふね君の心かはりたる時薫大将の読てをくられたる哥なり
43鈔＝むかしとはあながちに
酔＝心は逢ての後に切なる心也人生知字憂患之始〔東坡此心也〕人は物の心をしらぬがよき也物をしりては無尽

期なり昔とはあなかち

45鈔＝さあればさりとも情あるべき

酔＝さあればさりとも哀とおほしめし給ひて道柴の露のまも情あるへき

47鈔＝荒果蓬生と昨日けふのごとくに

酔＝あれはて丶逢生となり侍るさて此所へ哥人たちあつまりたまひてむかしをしたひなつかしと此宮居あれたる秋の心を感じ歌とも詠せらる丶時に此哥も読るなり唯しあながちはう〳〵とあれたるにはあらずいかなる金殿玉楼もあるしなければ心あれたるやうにおもひなされ又みなさる丶ものなり伊勢物語にあばらなるいたじき月のかたふくまてふせりてとこれありしもかならず〳〵はう〳〵と荒はてたるにてはなしたゞあるじなき宿のおもひなし見なしのさまなり哥の心はけふ此河原院へきたりてみるにあるしなくあれはてたる屋とのくせとして門は葎生とぢ庭はよもぎをへうつもれ軒のしのふにかたぶきかべは御門まで草にこほれか丶りて露しん〳〵と物さひふくろふせうけいの枝に嘆き野干蘭菊の草村にかよふへくおほえたりか丶るところは人げつねにしげくとも物さひしかるへきに況露うちはらふ人もなくかなしき秋きて何とやらんものさひしきよそほひをみるにつけてもかのあるしの大臣をおもひ出しこひしたひまいらせるに一しほ悲しきいやまさりてさてもかくまて荒果たる物かなきのふのことくに

50鈔＝長くもがな此もがなを

酔＝詞書に女のもとよりかへりてつかわしけると有後朝の哥なるへし心は一度のあふ事もあらば命にもかへんとおもひしを立わかれて名残切なるま丶にその心もいつしか引かゑて命のながくもがなとよめる心尤哀深にやながくものかなを

53鈔＝急て門を開とかおぼしめす

酔＝いそき門をあけんとすれともかぎを尋おそなはりしをなどしもをそくあくるとかおほしめさん
56鈔＝あらざらん
酔＝詞書に心持れいならず侍りける比人につかはしけると有哥の心は先あらさらん
64鈔＝或は今迄みざりしも俄にあらはれ
酔＝あるひはいまゝてあるかと見しもたちまちにかくれあるひはいまゝて見ざりしも俄にあらはれ
64鈔＝〔無し〕
酔＝●ものゝふの八十宇治河の網代木にいさよふ浪の行衛しらすも
69鈔＝是正風躰なるべし
酔＝これしやうふうていなるへし但末代の人正風とばかり心得てなをざりに眼をつけばあまりにやすく力なくなるへしとや此哥は古今人丸の歌に
●立田河紅葉ゝなかる神なひの室の山に時雨ふるらし
この類ひなるへしと云々此哥内裏の合の時のうたにて出来る事おりにあへる秀逸なるへし殊更作者の手柄なり
70鈔＝得心したる由也
酔＝心得たるよしの歌なり又此歌は定家卿ふかくおもしろき事に思ひ給ひて朝夕詠吟ありしといふ秋よたゝなかめすてゝもいてなまし此里のみの夕へと思はゝ
94鈔＝惣じてきぬたをきくを悲しき類にする事は〳〵と云て古里
酔＝そうじてきぬたをかなしきたぐひにする事はやもめのきぬたをかなしきたぐひにする事はやもめのきぬたと云てふるさとにて

ここには、『鈔』・『酔』の省略・脱落関係の異同を整理して掲出したが、全体では一〇万字近い大部な著作であるため、異同箇所もかなりの量となる。したがって、この省略・脱落関係も大体一五字以上のものに限る事にした。一字・二字・三字等のものが、これ以外にもあるが、必要な場合は他の項目で取り上げたい。

(1)『酔玉集』の省略・脱落……三四

『酔』の省略・脱落は三四あるが、これらの大部分が『酔』の誤脱と考えられる。5は前の「かなしき」から後の「かなしき」に目移りして「物さひ」を「物さひしく」と改め、その途中を脱落させたものと思われる。7も「春日山」が二度出てくるが、前から後へ目移りしての脱落であろう。16は「いふ詞」→「云詞」、20は「かくれもなく」→「やる方もな」、31は「ともいふ」→「といふ」、32は「いふ」→「云」、34は「さて此哥」→「哥の心」、49は「こがるゝ」→「こがれて」、53は「給ふ」→「給ふ」、54は「詞」→「ことば」、56は「哥」→「歌」、61は「九重」→「九重」、85は「おもふ」→「おもふ」、96は「雲とは」→「雲に」と、これらは、いずれも、類似した語が続けて使われている場合、前の語から後の語に目移りして、その間の文を脱落させた可能性があると思われる。

6は『酔』の文章でも意味は通るが、「有をや」から「よるべし」へ目移りして「有へし」と改め、途中の文を脱落させたものであり、『酔』が意識的に省略したものではないと思われる。12は『酔』が部分的に文章を変えて、長文を省いているが、これでは『酔』は意味が通じない。15の1は、『鈔』は「哥の心《詞》まづ君がためとは臣下をさして宣ふ也」とあり、「心」を見せ消ちで「詞」に正している。「心」ではやはり文意が通じない。『酔』の写した原本は「心」になっていたので、この部分を意識的に省いたものと思われる。

このように『酔』が省略・脱落させたものは、その大部分が『酔』の誤脱と言ってよいものであり、この事は、この両書の本文の優劣を考える場合に参考となる。また、15の1の異同は、『酔』が直接『鈔』を書写したものではない事の一つの証左になると思う。

(2)『百人一首鈔』の省略・脱落……二三

『鈔』の省略・脱落は二三あるが、これらの内、1、38、39、45、47、53は『鈔』の誤脱と思われる。殊に47は長文の脱落である。前の「あれはてゝ」から「荒果たる」へ目移りしたものと思われるが、脱落の分量は全四三三字であり、仮に『鈔』の書写した如偏子の原本が、毎半葉一〇行、一行二〇字とすると、一丁で四〇〇字であるので、ちょうど一丁分の脱落という事になる。つまり、丁移りによる目移りの可能性があるものと思われる。

64の1、94は『酔』の文章が重複しているもの。したがって『酔』の書写の折の誤りと思われる。

その他のものは、内容から判断して、『鈔』が省略したり誤説させたというよりも、『酔』の原本または『酔』が書写した折に、他の古注等を利用して補ったものと推測される。

20は、例えば『百人一首（幽斎抄）』(注2)に「つかはしけるとあり。是は宇多の御門の御時かの御息所〔時平公女〕に忍ひてかよひけるかあらはれて後につかはしたる哥也。事出きてとは」とあり、23も『百人一首（幽斎抄）』に「長明／なかむれは千々に物思ふ月に又わか身ひとつの峯の松風／業平／大かたは月をもめてしこれそこのつもれは人お老となるもの」とある。その他の、23、31、41、43、50、56、64の2、69、70も『百人一首（幽斎抄）』に同様の文がある。『酔』の原本または『酔』の書写者が増補した折使用した古注が『百人一首（幽斎抄）』であるか否かは、今にわかに断定出来ないにしても、『酔』の本文が、単に『鈔』の改稿ではなく、先行の古注のいずれかを利用して増補したものである事を、ここで指摘しておきたい。

〔二〕　漢字・仮名の異同

漢字・仮名の異同に関しても、全巻対校済みであるが、全体を掲出すると大量になるので、一首から一〇首までに範囲を限定して調査結果を掲げた。（　）の中は出現度数。

（1）『百人一首鈔』が漢字のもの……八三九

間↓あいた（5）、明↓あか、飽↓あき、明↓あきらか（3）、明↓あけ、足↓あし（3）、足柄↓あしから、朝↓あした、足引↓あしひき、明日↓あす、当↓あた・あたり（3）、暖↓あた丶、価↓あたひ、跡↓あと、兄↓あに、哀↓あはれ（3）、愛↓あひ（2）、逢↓あひ・あふ・あは（3）、相↓あふ（5）、逢坂↓あふさか、相坂↓あふさか、天↓あまの、天香具↓あまのかく、非↓あら、顕↓あらは（5）、有↓ある・あり（13）、主↓あるし、案↓あん。幾↓いく、幾年↓いくとし、異見↓いけん、急↓いそ、出↓いた・いて（3）、徒↓いたつら（3）、一聯↓一れん、稲穂↓いなば、稲↓いね、曰↓いはく（2）、謂↓いはれ（3）、況↓いはんや（3）、云↓いひ・いは・いふ（37）、庵↓いほ・いほり（4）、今↓いま（4）、忌↓いみ、居↓ゐ。請↓うけ、哥↓うた（2）、打↓うち（11）、内↓うち（3）、宇治↓うち、移↓うつ（2）、埋↓うつ・うつも（4）、疎↓うとき、裏↓うら（2）、嬉↓うれ、愁↓うれへ。得↓え・へ（2）、栄燿↓えいよう、選↓えら（6）。送↓おく（2）、治↓おさめ、男鹿↓おしか（4）、教↓おしへ、惜↓おしまる、落魄↓おちふれ、落↓おと、音信↓おとつれ、驚↓おとろか、哀↓おとろへ・おとろふ（2）、同↓おな・をな（2）、帯↓おひ、多↓おほ（3）、思↓おも、面白↓おもしろ（5）、及↓およふ。

鏡↓か丶み、書↓かき（2）、限↓かき・かぎり（2）、掛↓かけ、懸↓かけ、鵲↓かさ丶き（3）、重↓かさ・かさな（3）、頭↓かしら、方↓かた、敵↓かたき、片敷↓かたしき、且↓かつは、叶↓かな、悲↓かな（5）、必↓かならず、彼↓かの（11）、帰↓かへ（3）、萱↓かや、通↓かよ、仮↓かり、仮初↓かりそめ（2）、刈↓かり・かる（3）、枯↓かれ（2）、感↓かん。帰↓き、儀↓ぎ、消↓きえ、聞↓きこ、刻↓きざ、岸↓きし、来↓きたる・き（5）、倚廬↓きろ、吟興↓きんかう。草↓くさ（2）、下↓くた（2）、砕↓くた、委↓くはし、委細↓くはしく、汲↓くみ、暮↓くら・くらし（2）、苦↓くる・くるし（3）、暮↓くれ、郭↓くわく。境界↓けうがい、気しき↓けしき（3）、気色↓けしき、実↓けに、今日↓けふ。爰↓こゝ（3）、心↓こゝろ（2）、去年↓こぞ、毎↓こと、事↓こと（2）、異↓こと、今年↓ことし、詞↓ことは（5）、理↓ことはり、断↓ことはり、此↓この（11）、籠↓こも・こめ（2）、今宵↓こよひ、是↓これ（2）、比↓ころ（8）、衣↓ころも（2）、声↓こゑ。坂↓さか、栄↓さかへ、咲↓さき（4）、開↓さき、前↓さき、幸木↓さけ、定↓さため、扠↓さて（7）、偖↓さて、郷↓さと、冴↓さへ・さえ（3）、囀↓さへつ、更↓さら、去↓さり（3）。執↓しう、執心↓しうしん、然↓しか、茂↓しけ・しげ（3）、至極↓しこく、子細↓しさい（2）、入↓しほ（4）、所詮↓しよせん（2）、自重↓しらかさ、印↓しるし（2）、白↓しろ（2）、白妙↓しろたえ（3）。随分↓すいふん、過↓すぎ・すく（4）、勝↓すく、少↓すこし（2）、已↓すでに・すて（2）、既↓すでに、則↓すなはち、澄↓すま・すみ（2）、住↓すみ・すむ（7）。節↓せつ。惣↓そう（3）、底↓そこ（5）、備↓そなは、其↓その（13）、初↓そむ、空↓そら（3）。

大概↓大がひ、妙↓たえ（3）、互↓たかひ（2）、類↓たぐひ（2）、田子↓たこ（2）、慥↓たしか、助↓たすけ、只↓たゝ・だゞ（3）、正↓たゝ、唯↓たゞ（4）、但↓たゝし（3）、立↓たち、忽↓たちまち（2）、尋↓たつ、尊↓たつと、辰巳↓たつみ、奉↓たてまつ、種↓たね、旅↓たひ、度↓たひ、給↓たま、為↓ため（5）、弾↓たん。千尋↓ちひろ、散↓ちる。遣↓つか・つかは（3）、使↓つかひ、付↓つき・つけ（7）、尽↓つく（2）、着

↓つく、作↓つくり、着↓つけ、伝↓つたは・つたふ（3）、壌↓つちくれ、続↓つゝく・つゝけ（6）、妻↓つま（3）、棲↓つま、積↓つも、釣↓つり。天然↓てんねん、眺望↓てうぼう。所↓ところ、年↓とし（3）、迚↓とても、飛↓とび、留↓とま、笘↓とま（6）、篷↓とま、冨↓とみ、共↓とも（7）、取↓とり（4）、取分↓とりわけ（5）、通↓とを。

永↓なか、長↓なが（2）、詠↓なかめ（4）、啼↓なく、歎↓なけ（2）、名残↓なこり、余波↓なこり、懐↓なつか、鳴↓なら（2）、也↓なり（75）、成↓なる・なり（5）、鳴子↓なるこ、馴↓なれ、猶↓なを。握↓にきり、悪↓にく。濡↓ぬれ（2）、濘↓ぬれ。寝覚↓ねさめ、寝↓ねる。残↓のこ、後↓のち、長閑↓のとか、登↓のぼらん・のほり（3）。

端↓はし、走↓はし、初↓はしめ（2）、肌↓はたへ、果↓はて・は（2）、花↓はな（3）、端山↓はやま。引↓ひき・ひく（8）、畢竟↓ひつきやう、一↓ひと、独↓ひとり（2）、隙↓ひま、冷↓ひやゝか、開↓ひら、昼↓ひる、貧賤↓ひんせん。富貴↓ふうき、葺↓ふく・ぶき（4）、吹↓ふく、含↓ふくみ・ふく（3）、房↓ぶさ、冨士↓ふし（5）、不審↓ふしん、臥↓ふす（2）、防↓ふせ、麓↓ふもと、冬↓ふゆ、降↓ふり・ふる（4）。経↓へ（4）、隔↓へた（2）、辺↓へん（2）、篇↓へん。帆↓ほ、外↓ほか、程↓ほと（2）、発露↓ほろ。

間↓ま（5）、盲相↓まうさう、罷↓まかり、枕↓まくら、実↓まこと、正↓まさ、真砂↓まさこ、又↓また（4）、先↓まつ（9）、待↓まつ、真白↓まつしろ（2）、全↓まつたく、政↓まつりこと、政事↓まつりこと、迄↓まで（5）、窓↓まと（2）、眼↓まなこ、丸寝↓まろね。身↓み、見↓み、三笠↓みかさ（2）、短↓みちか、皆↓みな、三穂↓みほ。迎↓むか、向↓むかひ、結↓むす。名誉↓めいよ、召↓めし。持↓もた、専↓もつはら（2）、求↓もとめ、物↓もの（15）、紅葉↓もみち、守↓もり、唐↓もろこし。

安↓やす、破↓やふ、漸↓やゝ、哉覧↓やらん。行↓ゆく・ゆき（5）、故↓ゆへ（4）、夢↓ゆめ。世↓よ、夜↓

よ（3）、能↓よく、由↓よし、余情↓よせい、依↓よつ、読↓よみ・よむ・よま・よめ（11）、蓬↓よもき、喜↓よろこ、万↓よろつ。

諒闇↓りようあん、霖雨↓りんう。零落↓れいらく。

輪↓わ、我↓わ・わか（2）、別↓わかれ（2）、分↓わけ（3）、業↓わさ、渡↓わた（3）。猪↓ゐ、韻↓ゐん、益↓ゑき、置↓をき・をく（2）、自↓をのつから。

（2）『酔玉集』が漢字のもの……二一三

あかつき↓暁、あき↓秋（2）、あきらか↓明、あげ↓上、あはせ↓合、あま↓天、ある・あるひ↓或（3）、ある・あり↓有（3）。いそ↓急、いた↓至、いふ・いへ・いは↓云（6）、いほり・いほ↓庵（3）、いろ〳〵↓色々。うき↓浮（3）、うきよ↓浮世、うけ↓請、うた↓歌（2）、うた↓哥（13）、うち↓内（2）、うち↓宇治、うつ↓移（2）、うま↓馬、うら↓浦。えた↓枝。お↓尾、おく↓奥、おぼ↓思（3）、おも・おもひ↓思（12）。かく↓書、かげ↓陰、かすみ↓霞、かな↓悲（4）、かならす↓必。きえ↓消（3）、きみ↓君。く↓来、くら・くれ↓暮（2）。けしき↓気しき。こと↓事（7）、ことは↓詞、この↓此（5）、このかた↓已来、これ↓是（5）、ころ↓比。

さかり↓盛、さく・さき↓咲（3）、さた↓沙汰（2）、さて↓扨（3）、さま↓様。しかる・しかれ↓然（2）、じまん↓自慢。すぎ↓過、すなはち↓則、すみ↓住。せひ↓是非。その↓其（2）、そめ↓初、それ↓夫。

たかやす↓高安、たゝ↓正、たま↓給、ため↓為、たもち↓保。ちる・ちり↓散（2）。つく↓尽、つく↓作（2）、つけ↓付、つね↓常、つひに↓終、つゆ↓露。とき↓時（3）、とをく↓遠、ところ↓所、とし↓年、との↓殿、とり↓取。

なかめ・なかむる↓詠（6）、なく・なき↓鳴（2）、なつ↓夏（2）、なり↓也、なり・なる↓成（4）、なを↓猶。

にごり↓濁。ね↓根、ね↓嶺、ねん↓年。

は↓葉（2）、はうし↓法師、ばかり↓斗、はかりこと↓謀、はし↓橋、はつ↓初、はひ↓庇、はや↓早、はる↓春（4）、はれま↓晴間。ひとり↓独。ふか↓深（3）、ふし↓冨士、ふね↓船、ふら・ふり・ふる↓降（3）。ほと↓程。

まさこ↓真砂、まへ↓前。み↓見（2）、みたれ↓乱。むかし↓昔。もし↓文字、もつて↓以、もの↓物（3）、もみぢ↓紅葉、もる↓守。

ゆく↓行（2）。よ↓世（2）、よ↓夜（2）、よめ↓読（3）よる↓夜。

わが↓我（6）、わた↓渡。


漢字・仮名の異同は、一首から一〇首までの、一〇分の一の範囲の調査結果であるが、『鈔』が八三九に対して、『酔』が二二三となり、『鈔』の方が三・七倍の割合で漢字表記が多い事がわかる。漢字表記されている語を見ると、也↓なり、云↓いふ、有↓あり、其↓その、彼↓かの、の如く一般的なものが多いが、中には、落魄↓おちふれ、音信↓おとつれ、倚廬↓きろ、千尋↓ちひろ、余波↓なこり、余情↓よせい、諒闇↓りようあん、霖雨↓りんう、のような語もある。第一一首以下を眺めて、やや難解・特異なものを列挙すると、以下の如くである。

存命↓なからへ、蜉蝣↓ふゆう、少時↓しはし、体容↓かたち、証哥↓せうか、寔↓けに、実↓けに、分野↓ありさま、毫然↓もうせん、恙↓つゝか、幽玄↓ゆうけん、難面↓つれなき、難顔↓つれなき、五音相通↓五いんさうつう、何方↓いつかた、賞翫↓せうくわん、朝朗↓あさほらけ、明更↓あけほの、晨明↓あけほの、長閑↓のとか、知音↓ちゐん、呂律↓りよりつ、聖代花洛↓せいたいくわらく、蜀江↓しよくこう、秋興↓しうけう、正風躰↓しやうふうてい、愁傷↓しうしやう、急雨↓むらさめ、終宵↓よもすから、精誠↓しやうせう……

『酔』は、右に見た通り、仮名書きが多く、しかも『鈔』の如く特異な漢字は殆ど使っていない。漢字表記を多くして、その漢字にことごとく振仮名を施している『鈔』は、仮名草子作者・如儡子の著作にふさわしいものと言うことが出来る。

〔三〕 用字の異同

意味が同じで用字が異なるものを掲出した。『鈔』↓『酔』の如く示し、（ ）の中の数字は出現度数である。


游↓遊、憐↓哀、相坂↓逢坂、蜑↓海士、銀漢↓天の川、顕↓現、晨明↓有明（3）、在明↓有明、犬↓狗、寿↓命、曰↓云、賤↓陋、印↓記、憂名↓浮名、憂世↓浮世（4）、哥↓歌（95）、歌↓哥（27）、愁↓憂、王位↓皇位、皇子↓王子、王子↓皇子、王道↓皇道、男鹿↓麑、大友↓大伴、覚束↓无朧、俤↓面影（2）、想↓思。

隔別↓各別、飾築↓餝筑、梶↓楫（2）、首途↓門出、悲↓慟、銀↓金、川↓河（33）、河↓川（7）、堪忍↓勘忍（2）、儀↓義（4）、義↓儀（11）、二月↓如月、雲一点↓雲一天、爰↓是、事↓叓、辞↓詞（13）、詞↓辞（11）、詞↓語、言↓詞、込↓籠、五輪↓五倫。

斎宮↓斉宮、開↓咲、偖↓扨（3）、滴↓雫、信実↓真実、即↓則、澄↓清（3）、世間↓世の中（23）、天↓空（3）。

高根↓高嶺（2）、多古↓田子、頼↓馮（2）、躰↓体（5）、大裏↓内裏、財↓宝、唯↓只、断↓絶、龍田↓立田、立田↓龍田、貴↓尊、羇人↓旅人、玉↓魂、玉しゐ↓魂、盟↓契（3）、契↓約（2）、盟↓約（2）、鵆↓千鳥（3）、謹↓慎、朝廷↓朝帝、時代↓時世（2）篷↓笘（2）、朋↓友（2）。

永→長（4）、長→永（2）、仲麿→仲丸（2）、詠→眺、渚→汀、啼→鳴（10）、鳴→啼、泣→嘆、泣→啼、歎→嗟、余波→名残、波→浪（11）、浪→波（3）、泪→涙（15）、南良→奈良（5）、成→也（2）、猶→尚、迯→逃。坊→房、初瀬→泊瀬、引→曳（2）、久堅→久方、非情→非生、扶持→夫持、舟→船（11）、船→舟、古郷→古里（2）、郭公→時鳥（2）、時鳥→郭公、杜宇→時鳥、杜鵑→時鳥、子規→郭公、蜀魂→時鳥。真→実（2）、実→誠、真→寔、誠→実、信→真、帝→御門（14）、岑→峯（5）、嶺→峯（3）、京→都、太山→深山（2）、深山→太山、岷江→民江、群雲→村雲、村雲→急雲、丹葉→紅葉。鶲→山鳥（2）、三月→弥生（2）、余寒→夜寒、慾→欲（2）、芳野→吉野（2）、読→誦（6）。来生→来世、連枝→連子。分→別、笑→哂、夫→男。

ここには、意味が同じで、用字の異なるものを一括してみたが、両書の用字の使い方には、多少違った傾向が見られる。

賤→陋、男鹿→麕、覚束→无朧、飾築→餝筑、悲→慟、事→叓、歎→嗟、笑→哂。

このように、『鈔』よりも『酔』の方が、ややむずかしい用字を使用しているものもわずかにあるが、游→遊、蜑→海士、銀漢→天の川、晨明→有明、寿→命、哥→歌、首途→門出、開→咲、躰→体、財→宝、羇人→旅人、衕→千鳥、篷→笘、朋→友、詠→眺、啼→鳴、余波→名残、泪→涙、南良→奈良、迯→逃、郭公→時鳥、杜宇→時鳥、杜鵑→時鳥、蜀魂→時鳥、京→都、丹葉→紅葉、鶲→山鳥。

このように『鈔』の方が特異な用字を使っている事の方が多い。また、『鈔』＝憂名・憂世、『酔』＝浮名・浮世、は両書の書写年代を反映しているのかも知れない。いずれにしても、これらの用字の異同から、『酔』は、やや一般化された本文であると言い得るのではないかと思われる。

〔四〕 仮名遣いの異同

ここには、仮名遣いの異同を一括して掲げた。一応五十音順とし、『鈔』↓『酔』のように示した。異同の字に傍線を付した。（ ）の中の数字は出現度数である。

あはさり↓あわさり、あはせ↓あわせ（2）、あはぢ↓あわぢ、あはぬ↓あわぬ、あはれ↓あわれ（12）、あはん↓あわむ、あらはさ↓あらわさ、あらはれ↓あらわれ、あるひは↓あるいは、あるひは↓あるゐは。いかならむ↓いかならん、いかん↓いかむ、いたはり↓いたわり（3）、いたはる↓いたわる、いはく↓いわく（2）、いはひ↓いわひ、いはひ↓いわゐ、いはむ↓いはん（3）、いはれぬ↓いわれぬ、いはれまし↓いわれまし、いふ↓いう、いらへ↓いらゑ。うけむ↓うけん、うへ↓うゑ（2）、うるはしく↓うるわしく、うを↓うほ。えいさん（叡山）↓ゑいさん、えいはじ↓ゑいはじ（2）、えたる↓ゑたる、えならぬ↓ゑならぬ（3）、えや↓ゑや、えらみ↓ゑらひ（7）、えらみ↓ゑらみ、えらめ↓ゑらべ、えん↓ゑん。おくれ↓をくれ、おこなはる↓おこなわる、おしくも↓をしくも、おらむ↓おらん、おゐて↓おいて、おゐて↓おひて（4）、おはしませ↓おわしませ（2）、おほえ↓おほへ（3）、おほへ↓おほえ、おほゐ河↓おほひ川、おもはする↓おもわする、おもはぬ↓をもわぬ、おもはれ↓おもわれ（2）、おもひ↓をもひ、おもほえて↓おもほへて（2）。

かいな↓かひな、かはして↓かわして（3）、かはせし↓かわせし、かはり（る）↓かわり（る）（5）、かひなく↓かいなく（6）、きこえ↓きこへ（2）、きこへ↓きこえ、きは↓きわ、きはめて↓きわめて。けむ↓けん。こえなん↓こへなん、ことはれとも↓ことわれとも、こは↓こわ、こむ（来）↓こん（2）。

さいはひ↓さいわゐ、さえたる↓さへたる、さかへし↓さかえし、さそはれ↓さそわれ（3）、さはかし↓さわかし、さはく↓さわく（2）、さはり↓さわり（2）。したはれん↓したわれん、しつらひ↓しつらい、しらむ↓しらん、しゐて↓しひて。せいえい↓せいゑい、せむ↓せん（4）。

たえね↓たへね、たくひ↓たくい、たゝすまひ↓たゝすまい、たゝむ↓たゝん（3）、たへに↓たえに。ついでに↓つゐでに、つくろひて↓つくろいて、つゐに↓ついに、つゐに↓つひに。とゝめむ↓とゝめん。

なからん↓なからむ、なにわえ↓なにわへ（2）、なむ↓なん（5）、ならはす↓ならわす、ならむ↓ならん（2）、なりて↓なつて、なん↓なむ。ねがはくは↓ねがわくは、ねられむ↓ねられん。

はうぜん↓ぼうぜん、はかす↓わかす、はひまとはる↓はいまとはる、はらひ↓はらい。ぼたひ↓ぼたゐ、ほゐ↓ほい。

まうけ（設）↓まふけ、まうて（詣）↓まふて（2）、まへ↓まゑ（2）。見え渡り↓みゑわたり、みじかき↓みぢかき（5）。むかひ↓むかい（2）。もえこがる↓もへこがる、もぢ（文字）↓もじ、もちひて↓もちいて（10）。

やなぐゐ↓やなぐひ。よそほひ↓よそおひ。

らむ↓らん（3）。れむ↓れん。

わつらひ↓わつらい、わびたる↓はびたる。をかす↓おかす、をき↓おき、をきて↓おきて（2）、をきまとわせ↓おきまとわせ、をく↓おく、をくり（送）↓おくり、をける↓おける、をこせたり↓おこせたり（2）、をこなはる↓おこなはる、をこなひ↓おこなひ、をさふる↓おさふる（2）、をし（惜）↓おし（2）、をしけれ↓おしけれ（2）、をしこめ↓おしこめ、をしなべて↓おしなべて、をしはかられ↓おしはかられ、をしはかり↓おしはかり、をしへ↓おしへ、をしまつき↓おしまつき、をしもとす↓おしもとす（2）、をそかり↓おそかり、をそし↓おそし、をつる↓おつる、をとつれ↓おとつれ（3）、をとめ↓おとめ、をとろへ↓おとろへ、をなし↓おなし、をの（己）↓おの、をのつから↓おのつから（2）、をのれ↓おのれ（2）、をよひて↓およひて、をよぶ↓およぶ（3）、をらめ↓おらめ、をり（居）↓おり、をろか↓おろか（3）。

両書の仮名遣いの異同を一括したが、仮名遣いは近世初期以後、特に乱れてきた経過があり、ここでも、歴史的仮名遣いと現代仮名遣いの間で入り交じっている。気付いた点を挙げると、

あはせ↓あわせ、あはぢ↓あわぢ、あはれ↓あわれ、あらはれ↓あらわれ、いたはる↓いたわる、いはく↓いわく、いはひ↓いわい、いはれ↓いわれ、うるはし↓うるわし、おこなはる↓おこなわる、おはしませ↓おわしませ、おもはぬ↓をもわぬ、かはして↓かわして、こは↓こわ、さいはひ↓さいわゐ、さそはれ↓さそわれ、さはり↓さわり、したはれ↓したわれ、ならはす↓ならわす、ねがはくは↓ねがわくは。

「は↓わ」が約四〇と非常に多く、『酔』は現代仮名遣いを多用している事がわかる。次に、

をき↓おき、をきて↓おきて、をく↓おく、をくり↓おくり、をける↓おける、をこせたり↓おこせたり、をこなひ↓おこなひ、をさふる↓おさふる、をしこめ↓おしこめ、をしまつき↓おしまつき、をそし↓おそし、をつる↓おつる、をとつれ↓おとつれ、をとろへ↓おとろへ、をなし↓おなし、をのつから↓おのつから、をのれ↓おのれ、をよぶ↓およぶ、をろか↓おろか。

「を↓お」が、これも約四〇と多いが、『酔』は逆に歴史的仮名遣いを多用している事になる。ただ、これらは現代仮名遣いと共通しているものであり、「む・ん」の異同も、む↓ん＝14、ん↓む＝2、と『酔』は「ん」を多用している事をも合わせて考えると、全体的に『酔』は表音式仮名遣いが多いと言い得るかも知れない。

『鈔』は、折々見せ消ちで仮名遣いの訂正をしている。如偏子の原本を忠実に書写した重賢が、後で補筆した可能性がある。

〔五〕 その他の異同

ここには、〔一〕～〔四〕以外の異同の主要なものを整理して掲げた。便宜上、一字～六字の短い語句のものを（1）とし、比較的長いものを（2）として分けた。

(1) 語句の異同

ここには、序説から跋文までの、漢字一字・二字等の異同で、単なる用字の違いではなく、意味上違いのあるものをまとめた。整理番号は、一般的配列の「百人一首」の順序の番号で示し、「5・『鈔』→『酔』」の如く示した。適宜改行したが特別の意味はない。

1・書奉→入奉、1・詠哥→御哥、2・相合→相叶、2・御詠哥→御製、2・師説→時節、3・崇貴→貴宗、4・名山→名所、6・半天→空、9・雅倉→雅子、9・云事→云心、9・下臥→起ふし、

11・四国隠州→隠岐国、11・羇→四䩭、11・事→身、16・一説→一詞、17・常夜→長夜、18・理→事、19・身→君、

20・名文字→類文字、

22・梅→木毎、23・物→事、24・御恵→御心、26・哥人→歌仁、27・畢ぬ→侍る、29・暁→晩、30・奇語→奇特、

30・西→南、

31・風情→風景、33・一栄一落無常→一栄一楽無情、37・風色→風景（2）、39・序の分→序詞、39・人→心、

41・病→煩、42・中→事、45・哀→命、46・大切→大事、47・心→事、47・心地→心特、49・詞→事、49・禁中→大内、49・仮名→殿名《てんみやう》《かなかきの事》、

53・実↓寔に、53・江州↓近江国、53・妙句↓名句、54・事↓物、54・後生↓後世、55・一栄一落↓一栄一楽、56・行末↓行衛、58・恨↓身、59・詞↓心、59・文↓又、59・生出↓萌出、59・葉も茎も↓葉も草も、59・春草↓若草、59・女御高位↓女御更位、60・便の文↓使の文、60・心肝↓心感、60・詠↓歌、61・伊勢太輔↓伊勢大輔（2）、61・御宇↓御時、61・城↓都、61・対したり↓題したり、61・作↓業、61・桜↓花、64・景物↓景気、64・秋の曙↓夜の曙、64・人世↓人間、65・善業↓善悪、65・前業↓善業、66・心地↓心持、67・時↓折、71・吟↓義、73・御宇↓御時、73・播摩↓播州、76・中↓沖、76・景物↓景気、76・好景↓風景、78・心地↓心持、79・今宵↓今夜、79・吟↓味、80・行末↓行衛、81・半天↓空、81・古今↓言語、81・哥人↓感じ、81・詩仁↓詩人、81・詩哥↓詠哥、83・執↓悪鋪、86・執心↓執念、88・心↓句、93・堺↓事、94・夫↓おとこ、94・夫↓男、94・一栄一落↓一栄一楽、95・仏陀の冥感↓仏躰の冥勘、95・御法↓御禱、95・所願↓諸願、95・執行↓修行、99・御哥↓御製、99・忠孝↓忠切、跋・衆人↓執心、跋・伯身↓泊身、跋・ノ↓一。

ここに掲げたものの内、『酔』が誤りと思われるもの、誤りとまではゆかないが、『鈔』の方がよい表現と思われるものは以下の通りである。

2の3、11の2、11の3、16、18、20、22、23、26、29、30の1、30の2、33、39の1、39の2、42、45、47の2、49の3、53の3、55、56、59の2、59の4、60の2、61の4、64の2、65の1、65の2、76の1、80、81の2、88、94の2、99の2、跋の1、跋の3。

これらとは逆に、『鈔』が誤りと思われるもの、または、『酔』の方がよい表現と思われるものは、次の四のみである。

19、27、61の1、跋の2。

右の数量関係から見ても、『酔』は誤りの多い本文である事がわかる。

右に掲げたもの以外のものは、『鈔』・『酔』いずれの場合も意味は通じるものと言える。ただ、それらの中でも、3の「崇貴→貴宗」であるが、『鈔』は「崇貴とはあがめたつとむ也」と注を付している如く、いずれかというならば、『鈔』の方が適切な表現と言える。4も富士山の事であるから「名山」の方が自然のようである。17は、『古事記』には『鈔』と同じ「常夜」とある。46は「波荒く大事の渡也さあれば梶のよからんふねさへも大切（大事）の渡なるに」とあるが、『鈔』は「大事」を重ねて使用する事を避けたのであろうか。47は「河原院とは源の融の太臣と申人妙にやさしき御心（事）にて」という文章なので、これも、いずれかと言うなら『鈔』の「心」の方がよいかも知れない。このような見方をすれば、49の1、60の1、86、93、94の1、等も『鈔』の方が適切な文章と言えるのではないかと思われる。

9の1「宇治の雅倉《これくら》の宮→宇治の雅子《わかご》の宮」は、応仁天皇の子の菟道稚郎皇子の事であるが、『鈔』は頭注で「一とせ応神天皇と申みかどおはしけり仁徳雅倉《これくら》と申二人の皇子あり仁徳は御兄雅倉は御弟也」と注している。この条に関しては、未詳の点が多く、さらに調べたいと思っている。

以上、その他の異同の内、短い語句の異同に関して整理してみたが、ここでは、『酔』の本文に誤りの多い事がわかった。さらに、次の項とも合わせて考える事にする。

(2) 長文の異同

ここには、序説から跋文までの、比較的長い文章の異同のものを掲げた。ただし、便宜的に分けたのみで、厳密なものではない。整理番号は、一般的配列の「百人一首」の順序の番号で示した。異同の部分には傍線を付した。

序鈔＝かの新古今集は花と葉とあまり有て実と根はたらざる也
酔＝かの新古今集は花と葉とあまり有て実と根とはたらす
序鈔＝所詮畢竟の心さしは作者にかゝはらす
酔＝所詮ひつきやうの心さしは作者にかまはず
1鈔＝仮初に作れる庵の事
酔＝かりそめに作家なり
1鈔＝王道の政事よろづおちぶれすたれ行事
酔＝王道のまつりことよろつおほれすたれゆく事
1鈔＝真其ごとく万落魄すたれ行
酔＝まことに万おちぶれすたれゆく
48鈔＝真其ことく本心は本よりうごきはたらく物には
酔＝寔にそのことくこひはもとよりうごきはたらくものには
77鈔＝真其ごとくわが中の
酔＝そのことくわかなかの
4鈔＝打出てとは立出てと云心打といふ詞は辞の助と云物也

酔＝うち出てとは立出てといふ詞うちといふ事は詞のたすけといふ物なり

4鈔＝此哥一首の詠吟此つゝといふ詞にかぎれる也

酔＝此哥一首の詠吟此国とことはにかきれる也

5鈔＝されば此哥は秋はいかなる時分かすぐれて物悲しきといふに

酔＝されは此時分はいかなる時分かすくれて物かなしきといふに

8鈔＝身を治心をやすんじ本分の道理に徴《（ママ）》して読るうた也

酔＝身をおさめ心やすく凡夫の道理を徹してよめる哥なり

9鈔＝よそほひをながめ愛しもてなしたるよし也偖

酔＝よそほひを詠あひして賞し扨

9鈔＝天下をおさめ給ふ御代の花盛なるよといへる

酔＝天下をおさめ給ふにより今を春へと花の盛なるよといへる

9鈔＝あるときはおもひおもはれ又ある時はねたみかこたれさて夢のうき世のうき身を渡るいとなみなんどにかゝ
　つらひさへられてとやかくや心紛れ今日よあすよと

酔＝ある時はおもひをも入またある時はねたみかこちかこたれ夢の浮世の身をいとなみとにかくにさへられてと
　やかくと心みたれてけふよあすよと

10鈔＝彼相坂の関を通りて行かふ羇人共

酔＝かのあふ坂の関のゆきかよひ行旅人とも

14鈔＝みちのくとは陸奥と云詞奥州のことしのぶもぢずりとは信夫文字摺と書ども人めしのぶ事也堪忍の心に用ひ
　てよめる

酔＝みちのくとは陸奥国といふ事奥州信夫郡に忍草を紋につけたるすり也紋を乱れすり付たるゆへに乱る丶とい
はんための序なり又しのぶもぢずりとはしのふ人めしのふ又勘忍の心にもちいて読る
14鈔＝又此哥も例の序哥也先みちのくといひ出したるはしのぶとうけんため奥州に信夫の郡あるゆへぞ又しのぶと
云てはもぢずりとうけんためぞ信夫の郡にもぢずりある故也これまでが序の分にて肝要は誰故にみだれそめ
にしわれならなくにと爰をいはん為斗也
酔＝又此哥も例の序歌なりまつみちのくといひいたしたるはしのふ同前ため又しのふといひては文字摺とうけん
ためこれまては序の分肝要はたれゆへにみたれそめにしわれならなくにとこ丶をいはんためはかりなり
15鈔＝臣下をはごくまんためにはか丶るうきめも何ならず此心ばせを感じ
酔＝臣下をはごくみ給ふによりなぐさめんためにか丶る御心はへを感じ
19鈔＝さても命のきえらるべき物かとかきくどきたるさま也
酔＝さても命の消えさりしものかとかきくときたるさまなり
20鈔＝こと出きてとは密通の世間に顕れてと云事
酔＝ことのいできてとはくぜちわざはひの出来世間にあらはれてといふ事
21鈔＝又やがて来てちぎらんなど慰められしにすこし心をすさめ泪をさへてさらばと立別て後其詞を真の頼とし
てうしろめたくもけふの夕べ明日の暮かと心をそらにまちあこがれ
酔＝又やかてきてなくさめんとのちそのことはをまことのたのみとしてこ丶ろめたかくもなくさめらしにすこし
心をすさめ涙をおさへて後そのことはをたのみとしてけふの夕へあすの暮よと心を空にまちこがれ
22鈔＝あるせつに山かふりに風といふ字を書て嵐とよむなれば
酔＝或説に山を上におきて風といふ字をかきてあらしと読なれは

25鈔＝わがもとへくるといふ事に用ひてさてあふといふ名とくるといふ名に相応せばといふ詞
酔＝わがもとへくるといふ事にもちいてあふといふなとさうおふせばといふことはなり
30鈔＝哥の心はほの見し様の俤を忘れかねいやましの恋となり
酔＝哥の心は見し俤をわすれかねいやましのおもひとり
31鈔＝雪月花の三景物とて世間にありとあらゆる見物の中にも
酔＝雪月花の三景とて世の中にあらゆるなかにも
32鈔＝此風はげしく吹みだしたる落葉のうかへる谷川の風景心にしめて詠吟すべし
酔＝やまかせ吹みたしたる落葉のうかへるたに何の風景の心よと詠吟すへし
33鈔＝あらき雨風のおりから花のちるを見れば
酔＝あらき雨風のおもしろからぬに花のちるを見れは
33鈔＝此哥を此和哥集の秘歌二首の内一首と伝へきゝ侍る
酔＝この哥を和歌集の秘歌二首の一首と伝へり
35鈔＝此程は中絶ひさしく宿をからで
酔＝此ほとは長くたゝ久しく屋どをからで
35鈔＝又知ぬともかならず一首の内に云いるゝ事ならひ也
酔＝又しらぬともかならすはむかしの内にいる事ならひなり
41鈔＝其後飛鳥井殿の注本又細川玄旨の註本あるひは法橋昌琢兼与などの註訳本見聞たりしにもさはうけたまはらず
酔＝そのゝち飛鳥井の注本又細河玄旨の注本或は法橋昌琢又兼与なとの注本を見聞たりしにもさやうになし

43鈔＝いやましのおもひにこがれある時は又逢見ん事を
　醉＝いやましのおもひにこかれしかは又あひみん事を
48鈔＝歌の心はおもふ人の難面心をば動きはたらかぬ岩尾にたとへ
　醉＝哥の心はおもふ人のつれなき心はおとろきおとろかぬ岩かわらにたとへ
55鈔＝今はばうぜんと荒果たるといふ心也流てとは滝の水の流ると云心をも含せて
　醉＝今はばうぜんと荒はて流るといふ心をふくませて
55鈔＝盛なりし昔は広沢の池の辺に
　醉＝盛なりしむかしは大津の池の辺に
55鈔＝今は土草に埋れ……………名ばかりは土草にも埋れず
　醉＝いまは土蔵にうつもれ……名ばかり土蔵にもうつもれず
59鈔＝さりとはおしき事あつたら物よとたはふれながらも
　醉＝さりとはをしき事よとたはふれなからも
60鈔＝さぞ心もとなく切にうしろめたくおぼすらん
　醉＝さこそ心もとなくせつにおほすらん
60鈔＝下の句にてまだ文もみぬとちむばうしたる也
　醉＝下の句にてまだ文も見ぬと読しなり
60鈔＝哥道のこれあるによつて事の急なる時も
　醉＝歌道の心懸あるによつて事の急成時
62鈔＝内の御物忌に籠るとて

酔＝うちの御物わすれにこもるとて
62鈔＝彼大納言清少納言のつぼねのうちへしのび来て
酔＝かの大納言のつほねのうちへ忍ひきて
62鈔＝秦の始皇帝に…………始皇帝第一……其後始皇帝より
酔＝秦の昭王に…………昭王第一………その丶ち又昭王より
63鈔＝三条の宮に門番けいごを仰つけかたく守り給へば
酔＝三条の宮に門にけいこをすへまいらせたまへは
64鈔＝かの宇治川と申は水上は砕たる山高くそびへ
酔＝かのうぢ川と申は水上しけりやま高くそびへ
65鈔＝此袖だにもいまた朽すたらざるに憂恋すると云
酔＝袖だにもいまだひがたきうき恋するといふ
65鈔＝歎にかひはなけれどもとてもしすべき命ならば
酔＝なけくはかひあらしとてもしすへき命ならは
66鈔＝げに〳〵唐杜牧之といへる人の名詩にも
酔＝けに〳〵唐土杜子美といふ人の名詩にも
66鈔＝尤哀たぐひありがたきにや
酔＝尤哀類なき御詠哥なり
69鈔＝はら〳〵と打散音は時雨白雨かともうたがはれ
酔＝はら〳〵とうち散し音はしくれ夕立かともあやまたれ

70鈔＝此さびしさは更〳〵のがるべからずいづくも替らぬ秋の夕暮

醉＝このさひしさはさら〳〵のかれかたしいつくいかなるところもかわらぬ秋のゆふくれ

71鈔＝芦の丸屋とは蘆がやぶきのつくろはぬ家也

醉＝あしのまろやとは草深き家なり

71鈔＝家のむねかども立ぬかりほの名也

醉＝家のむねかともたゝぬ家なり

71鈔＝六月の末つかた暑かはしきけふの日も

醉＝六月の末つかた暑もうすくなりけふの日も

72鈔＝さもあらば恨ねたみ恋し悔しの泪は袖に

醉＝さもあらば恨妬悲しみ悔しき涙は袖に

73鈔＝睡赴（ママ）昭陽淡々……………三十六宮無　粉光

醉＝睡赴（ママ）眼陽淡淡……………三十宮無　粉光

74鈔＝嵐山颪北気ひかたおなし東風野分凩なとみな風の名也

醉＝嵐山おろしきたけひがたおなし古事のわけこがらしなとみな風の名なり

74鈔＝底の心は思ふ人のいやましに難顔を歎てかくいへる詞

醉＝そこ心はおもふ人のいやましにつれなきにうらみていへる詞

74鈔＝真に及まじき姿とほめられたりとかや

醉＝まことにおよふましき姿とほめたまふとにや

75鈔＝秋もいぬめりとは秋も過たりと云詞

酔＝秋もいぬめりとは秋もすがたの辞なり
76鈔＝春の海辺の空えもいはれぬ面白さ限りなき景物をつくろはず
酔＝春の海辺の空へつゝきたりといふにもいわれぬ面白さかきりなき景気を繕はず
76鈔＝海上の好景を題せる也又勝王閣の賦にも
酔＝海上の風景を題せるなり又滕王の閣賦にも
77鈔＝川瀬の洲崎などにこれある岩に当りたる水はかならず彼岩にせかれて両方へ別れ流る物也されど共又つゐには
かならず流れの末にては落合本のごとく一つにながれ合物なれ
酔＝何の瀬の洲先なとにある岩せかれて両方へわかれてながるゝものなりされとも又つゐには頓て落合てもとの
ことくひとつに流あふものなり
79鈔＝いかに面白からん詠の中にもあながち是やとうち驚く
酔＝いかにおもしろからんなかめの中にもあがりこれやとうちをどろく
80鈔＝後の朝とは夕べ逢て立別たるけさの事
酔＝後のあしたとは夕部寄合なれてあくる朝たちわかれたる事
82鈔＝思ふ人はいとゞ難面さのみいや増りゆくに
酔＝思ふ人はいよ〳〵つれなくいやまさりゆくに
84鈔＝此哥はさし当りてよろづ物うきと思ふ時代も何かと打過し
酔＝此哥は万物うきと思ときよもなにかと打過し
85鈔＝此夜はかくつれなくも明がたき物にはあらじとうらめしく
酔＝このよはかくつれなくも明かたきかなとうらめしくて

88鈔＝芦の道地也仮ねとはかりそめにぬると云詞也しかるを蘆を刈に云かけたり
酔＝蘆の仮寝とは仮染にぬるといふ詞なりしかるをあしにいひかけたり
88鈔＝芦は節のある草なれば一ふしといふ心をも含めり
酔＝芦には節ある草なれはふしあひをはよといふ物なればこの心をふくみ
89鈔＝命絶よと歎しづめるよし也
酔＝命絶よとおもひつめたるよしなり
92鈔＝此哥は奇《いしによるこひ》　石恋と云題をよめり
酔＝此歌は石による恋といふ題にてよめり
93鈔＝綱手とはあまの小舟のつなてなはの事つなてのてもじ澄てよむべし
酔＝つなてとはあまの小舟のつなでなりつなてのてもし濁てよむへし
94鈔＝三芳野は大和の国の名所花の道地の山
酔＝みよしのは大和の名所なり
94鈔＝何さま此哥は
酔＝かやうに此哥
96鈔＝うやまはれしかども今は年老さらび隠居閉戸の身と成
酔＝うやまはれしが今は年おひゐんきよの身となり
97鈔＝海辺夕暮の気色静なる事
酔＝海辺の夕暮のしつかなる気しきなり
98鈔＝風戦とはかぜのそよぐと云心

酔＝かせそよくとは風にあたりて物ことうこく物なりこれをそよくといふなり
98鈔＝哥の心は所〳〵水の流はおほけれとも
酔＝哥の心は所〳〵水のなかれはほそけれとも
99鈔＝神道を崇め仏法を守り聖教を用ひ五つのみちよくかなひ忠孝を専とし王道を補ひ
酔＝神道を守り仏法たつとみせうげうをもちいず五の道を払ひ忠切をもつはらとし王道をおきなひ
100鈔＝国土安穏に上仁義を守り下礼信にきふくして万思し召のま〻なりしが
酔＝国土あんおんには仁義をまもり下には礼儀たゞしく真にきぶくしてよろつ思しめすま〻たりしが

ここには、比較的長文の異同を一括して掲げたが、全体で約八〇である。この内、『酔』の誤りと思われるものは、次の一五である。

1の2、5、8、25、35の2、48の1、55の1、60の1、62の1、62の2、73、74の1、75、79、99。

8は、「本分」を「凡夫」としているが、耳から聞いた折に生じた誤りの可能性がある。74の1も「東風」を「こぢ」と聞き、「古事」と書いたのではないか。35の2は、「一首」を「ハ昔」と誤読したものであろうか。48の1「岩尾」→「岩かわら」は「尾」を「瓦」と誤読したところから生じた可能性があり、これは『酔』の書写した原本が「瓦」と漢字表記していた事を推測させる。62の1も「物忌」を「物忘」と誤読して「物わすれ」と記したものと思われる。

いずれにしても、これらの誤りは、書写の折の誤脱・誤写と、耳から聞く過程で生じたものが多いと思われるのであり、この事は、『酔』の本文の成立事情を推測する手掛かりとなる。

次に、『酔』が誤りとまではゆかないが、文章が不自然であり、いずれかと言うと『鈔』の方がよいものを掲げると、次の二六となる。

4の1、9の1、9の2、10、14の2、21、22、30、31、32、33の2、35の1、64、69、71の1、71の2、71の3、77の1、82、85、88の1、88の2、92、94の1、98の2、100。

22は嵐の字の説明であるが、『鈔』は「山かふりに風」と記し、『酔』は「山を上におきて風」と記している。これは耳から聞いた折に生じた異同のように思える。32は「此」→「やま」であるが、書写の折、「此」を「山」と誤写し、その後「やま」になった可能性がある。

次に、『鈔』の誤りと思われるものは、次の三である。

62の3、76の2、96。

さらに、『鈔』が誤りとまで言えないが、『酔』の方がやさしく自然な文章と思われるものは、次の七である。
19、41、43、60の2、65の1、66の2、76の1。
ここでも、『酔』の誤り、いずれかと言えば『鈔』の方がよい文章と思われるものが、合計四一に対し、『鈔』の誤り等は一〇と非常に少ない事が明らかとなった。これは両写本の文章の優劣を考える上で参考となる。

これらの他のものは、『鈔』・『酔』いずれでも文意は通じるものとなっている。この中で一、二注意したい。

14の1、ここで『酔』は「奥州信夫郡に忍草を紋につけたるすり也紋を乱れすり付たるゆへに乱る、といはんための序なり」と補っているが、この文は、『百人一首（幽斎抄）』(注3)に「奥州信夫郡に忍草を紋につけたるすり也。紋を乱れすり付たる故に乱る、といはん為の序也。」とあること。

20では、「くぜちわさはひの出来」とあるが、これも『百人一首（幽斎抄）』に「くせちわさはひの出来」とあること。

これらの事例から、『酔』が、『百人一首（幽斎抄）』などの、先行の古注を参照・利用している事がわかる。

次に、1の3、48の2、77の2で、『鈔』は「真其ごとく」を使っているが、これは『可笑記』の作者の多用するものである。これを『酔』は「まことに」「寔に」「そのことく」と改めている。

また、59では「あつたら物よ」、94の2では「何さま」を使っている。これも『可笑記』の作者のよく使う言葉である。これを『酔』は、省いたり、「かやうに」に改めたりしている。これらの事からわかるように、『鈔』の文章には『可笑記』の作者の文章（言葉）が伝えられており、『酔』はそれらを改めている傾向がある、と言うことが出来る。

〔六〕　和歌の異同

配列は、一般的配列の「百人一首」の順序とし、『鈔』・『酔』の順序で掲げた。『酔』の歌人名で歌の前の名前が異なる場合は、〔　〕の中に示した。異同の部分に傍線を付した。

1天智天皇御製　　　　　　　　　　が
天智天皇　秋の田のかりほの庵の笘をあらみわか衣手は露にぬれつゝ

2持統天皇御製　　　　　　衣　　　あま
持統天皇　春過て夏来にけらし白妙のころもほすてふ天のかく山

3柿本人丸　足引　　だ　　が　　ひとり　ん
柿本人丸　あし曳の山鳥の尾のしたり尾のなか〱し夜を独かもねむ

4山辺赤人　　　　　ば　　じ　根　ふり
山辺赤人　田子の浦にうち出て見れは白妙のふしの高嶺に雪は降つゝ

5猿丸太夫　　　　　　　　　　分なく　　　　　ぞ
猿丸太夫　　　　奥山に紅葉ふみわけ鳴鹿の声きく時ぞ秋はかなしき
6中納言家持　　　　　　　　　　　　　　み　ば夜
中納言家持　　　鵲のわたせるはしにをく霜のしろきを見れはよそ更にける
7安倍仲麿　　　　　　　　　　　　　ば
安倍仲麿〔安倍仲麻呂〕　天の原ふりさけ見れは春日なるみかさの山に出し月かも
8喜撰法師　　　　我が　　　　　　ぞ　よ　ぢ
喜撰法師　　　　わか庵は都のたつみしかそすむ世をうち山と人はいふなり
9小野小町　　　　　　　　　　　　徒　　わが　　ながめ
小野小町　　　　花の色はうつりにけりないたつらに我身よにふる詠せしまに
10蟬丸　　　　　これ　　　　　　　　　　　　坂
蟬丸　　　　　　是やこの行も帰るも別てはしるもしらぬもあふさかの関
11参議篁　　　　　　はら　　　　　　　　げ　　ぶね
参議篁　　　　　和田の原八十嶋かけて漕出ぬと人にはつけよ海士の釣船
12僧正遍昭　　　　　　　　地　ぢ　をとめ　すがた　ば　ゞ　む
僧正遍昭　　　　天津風雲のかよひち吹とちよ乙女の姿しはしとゝめん
13陽成院御製　　　根　みね　　　川　ぞつもり　成け
陽成院　　　　　筑波祢の峯より落るみなの河恋そ積て淵となりぬる
14河原左太臣　　　陸奥　　しのぶ　ぢ　　　　だ

河原左大臣　みちのくの忍ふ　もちすり誰ゆへにみだれそめにし我ならなくに

15光孝天皇御製　公が　つむわがころも　降

光孝天皇　君かため春の野に出てわかな摘我衣　手に雪はふりつゝ

16中納言行平　わかれ　ば　峇　生　ば　帰

中納言行平　立別　いな葉の山の峯におふるまつとしきかは今かへりこん

17在原業平朝臣　川　ゞ

在原業平朝臣　千早振神代もきかず龍田河からくれなゐに水くゝるとは

18藤原敏行　かよひ　む

藤原敏行朝臣　住の江のきしによる波よるさへや夢の通路人めよくらん

19伊勢　が　じ　あし　間　あはで　よ

伊勢　難波かたみしかき蘆のふしのまもあわで此世を過してよとや

20元良親王　ば　じなには　身　ん　ぞ

元良親王　侘ぬれは今はたおなし難波なるみをつくしてもあはむとそ思ふ

21素性法師　む　斗　かな

素性法師　今来んといひしはかりに長月の有明の月を待出つる哉

22文屋康秀　ば　べ　かぜ　あらし　覧

文屋康秀　吹からに秋の草木のしほるれはむへ山風　を嵐といふらん

23大江千里　千々　物　わが　一　あき　ど

大江千里　月見れはちゝにものこそかなしけれ我　身ひとつの秋にはあらねと

24菅家
菅家　此度《たび》はぬさもと《取》りあへす《ず》手向山紅葉のにしき神のまに〳〵

25三条右太臣
三条右太臣　名にしおはゝ《ゞ》相坂山のさねかつ《づ》ら人にしられて《で》くるよしも哉《がな》

26貞信公
貞信公　小倉山峯《みね》の紅葉葉《々》こゝろ《心》あらは今《ばいま》　一度《たび》の御幸またなん《む》

27中納言兼輔
中納言兼輔　みかの原わきてなか《が》るゝ泉河《川》いつみきとてか恋しかるらん《む》

28源宗于
源宗于朝臣　山里は冬そ《ぞ》さひ《び》しさま《増》さりける人めも草もかれぬと思《おも》　へは《ば》

29凡河内躬恒
凡河内躬恒　心あてにおらは《ば》やおらん《む》初《はつ》霜のをきまと《ど》はせる白菊《しらきく》の花

30壬生忠岑
壬生忠岑　有明のつれなく見えし別より暁は《あかつきば》　かりうき《憂》物はなし

31坂上是則
坂上是則　朝ほ《ぼ》らけ有明の月と見る迄《まで》によし野ゝ里《のさと》にふれる白《しら》雪

32春道列樹
春道列樹　山河《川》に風のかけたるしか《が》らみはなか《が》れもあへぬ紅葉也けり

33紀友則
堅　ど　づ　花

紀友則〔友則〕　久方の光のとけき春の日にしつ心なくはなのちるらん

34藤原興風

藤原興風　誰をかもしる人にせん高砂の松もむかしの友ならなくに

35紀貫之　　　ずふるさと　ぞ　　匂

紀貫之　人はいさ心もしらす古郷ははなそむかしの香ににほひける

36清原深養父　　だよひ　が　　　づ　　ど　ん

清原深養父　夏の夜はまた宵　なから明ぬるを雲のいつこに月やとるらむ

37文屋朝康　白つゆ　　　　野　　　ぞ

文屋朝康　しら露に風の吹しく秋の、はつらぬきとめぬ玉そちりける

38右近　　　　ば思　ず

右近　わすらるゝ身をはおもはすちかひてし人の命のおしくも有かな

39参議等　ぢふ　　篠　しのぶ　ど　　ど

参議等　浅茅生のをのゝしの原忍ふ　れとあまりてなとか人の恋しき

40平兼盛　ぶ　ど　　　わが　　おも　　で

平兼盛　忍ふれと色に出にけり我恋はものや思ふと人のとふまで

41壬生忠見　　我が　だ　立　　　ず

壬生忠見　恋すてふ我名はまたきたちにけり人しれすこそおもひそめしか

42清原元輔　契　　かたみ　　ぼ　すへ　まつ　なみ　じ

清原元輔　契りきな形見に袖をしほりつゝ末　の松　山浪こさしとは

43中納言敦忠　ぶ　ば　はざ
権中納言敦忠　逢見ての後の心にくらふれはむかしは物をおもわさりけり
44中納言朝忠　こと　たへ《え》　うらみざ
中納言朝忠　逢事の絶てしなくは中〳〵に人をも身をも恨さらまし
45謙徳公　あわれ　べ　づ　成　べ　かな
謙徳公　哀ともいふへき人はおもほへて身のいたつらになりぬへき哉
46曾祢好忠　戸　わた　かぢ　へ《え》　こひ
曾祢好忠　遊らのとを渡る舟人揖をたえ行衛もしらぬ恋の道かな
47恵慶法師　もぐら　げ　やど　び　見　あき
恵慶法師　八重葎　しけれる宿のさひしきに人こそみへね秋は来にけり
48源重之　かぜ　波　お《を》　だ　ころ
源重之　風をいたみ岩うつ浪のをのれのみくたけて物をおもふ比かな
49大中臣能宣朝臣　みかきもりゑじ　ひ　よる　もえ　きへ《え》　こそは
大中臣能宣朝臣　御垣守衛士のたく火の夜　は燃てひるは消つゝ物をこそおもへ
50藤原義孝　が　ざ　いのち　が　が　け　かな
藤原義孝　君かためおしからさりし命さへなかくもかなとおもひぬる哉
51藤原実方朝臣　だ　いぶき　ぐさ　じ　おもひ
藤原実方朝臣　かくとたにえやは伊吹のさしも草さしもしらしなもゆる思を
52藤原道信　あけ　ば　物　が　ぼ　かな

藤原道信朝臣　明ぬれはくる、ものとはしりなからなをうらめしき朝ほらけ哉
53右大将道綱母　なげ　あく　ひさ
右大将道綱母　嘆きつ、ひとりぬる夜の明るまはいかに久しきものとかはしる
54儀同三司母　じ　末　で　ば　ぎ　が
儀同三司母　忘れしの行すゑまてはかたけれはけふをかきりの命ともかな
55大納言公任　お《を》と　どな　が　なを　へ《ぇ》
大納言公任　滝の音は絶て久しく成ぬれと名こそなかれて猶きこえけれ
56和泉式部　ん此よ　ほか　おも　で　いま　たび　あふ　が
和泉式部　あらさらむこの世の外　の思　ひ出に今　一度　の逢よしもかな
57紫式部　ぐ　わか　くもが　よは　かな
紫式部　めくりあひて見しやそれとも分ぬまに雲かくれにし夜半の月哉
58大弐三位　ありま　はら　ふけば
大弐三位　有馬山いなのさ、原　風吹はいてそよ人をわすれやはする
59赤染衛門　で　で
赤染衛門　やすらはてねなまし物をさよ更てかたふくまての月を見しかな
60小式部内侍　の、　とを　ば　だ　ず　はしだ
小式部内侍　大江山いく野の道の遠けれはまたふみもみすあまの橋たて
61伊勢太輔　なら　ざくら　こ、のへ　にほ
伊勢太輔（伊勢大輔）　いにしへの奈良の都の八重桜　けふ九重　に匂ひぬるかな

62清少納言　よ　よ　坂　せき　じ
清少納言　夜をこめて鳥のそらねははかるとも世にあふさかの関はゆるさし
63左京太夫道雅　ゞおも　たへ《ぇ》　ん　斗　づ　で　が
左京太夫道雅　今はたゝ思　ひ絶　なむとはかりを人つてならていふよしもかな
64中納言定頼　うぢ　ぎり　〴〵　わたるせゝ　あぢろぎ
権中納言定頼　朝ほらけ宇治の川霧たえ〳〵にあらはれ渡瀬々　の網代木
65相模　うらみ　だ　もの　こひ　ん　おし
相模　恨侘ほさぬ袖たにある物　を恋にくちなむ名こそ惜けれ
66大僧正行尊　もろ　やまざくら　ほか
大僧正行尊〔前大僧正行尊〕　諸ともに哀とおもへ山桜　花より外にしる人もなし
67周防内侍　よ　ば　むな
周防内侍　春の夜の夢はかりなる手枕にかいなくたゝん名こそおしけれ
68三条院御製　で浮　が　ばこひ　べ　よは
三条院　心にもあらてこの世になからへは恋しかるへき夜半の月かな
69能因法師　三室　もみぢ葉　龍　川　なり
能因法師　あらし吹みむろの山の紅葉ゝ　は立田の河のにしき也けり
70良暹法師　び　たち　ながむれば　おなじ　ぐれ
良暹法師　さひしさに宿を立出て詠はいつくも同し秋のゆふ暮
71大納言経信　夕　かとた　ばお《を》　る　ぞふく

大納言経信　ゆふされは門田のいなはをとつれてあしのまろやに秋風そ吹
72祐子内親王家紀伊　はま　だ　じ
祐子内親王家紀伊　音にきくたかしの浜のあた波はかけしや袖のぬれもこそすれ
73中納言匡房　上　さくら　とやま　ず
権中納言匡房〔前中納言匡房〕　高砂の尾のへの桜咲にけり外山のかすみたゝすもあらなん
74源俊頼朝臣　はつせ　嵐　げ　いの
源俊頼朝臣　うかりける人を初瀬の山おろしはけしかれとは祈らぬものを
75藤原基俊　お《を》　は
藤原基俊　契りをきしさせもか露を命にてあわれことしの秋もいぬめり
76法性寺入道前関白大政太臣
はらこぎ　み　ば　堅　が　しら
法性寺入道前関白大政大臣〔法性寺入道前関白太政大臣〕
和田の原漕　出て見れは久かたの雲井にまか《ゐ》ふ奥津白波
77崇徳院　せ　すへ　はん　ぞ
崇徳院　瀬をはやみ岩にせかるゝ滝川のわれても末にあわむとそおもふ
78源兼昌　嶋　なくこゑ　よねざめ　广
源兼昌　淡路《かたしま》かよふ千鳥の啼声にいく夜寝覚ぬ須磨の関守
79左京太夫顕輔　び　たえま　り　かげ　さ
左京太夫顕輔　秋風にたなひく雲の絶間よりもれ出る月の影のさやけき

80待賢門院堀河　が　ずくろかみ　みだれ　今朝
待賢門院堀河　なかゝらむ心もしらす黒髪　の乱　てけさは物をこそおもへ
81後徳大寺左大臣　時鳥なき　が　ば　ゞ　ぞ
後徳大寺左大臣　郭公啼つるかたをなかむれはたゝ有明の月そのこれる
82道因法師　おも　もの　たえ　なみだ成
道因法師　思ひ侘さても命はある物をうきに絶ぬは涙なりけり
83皇太后宮太夫俊成　おも　やま　おく　ぞなく
皇太后宮太夫俊成　世中よ道こそなけれ思ひ入山　の奥にも鹿そ啼なる
84藤原清輔　が　ば　此ごろ　しのば　む　よぞ　こひ
藤原清輔朝臣　なからへは又この比や忍は　れんうしと見し世そ今は恋しき
85俊恵法師　よ　が　物　ぬねや
俊恵法師　夜もすからものおもふ比は明やらて閨のひまさへつれなかりけり
86西行法師　なげゝ　おも　ご　が　わがなみだ
西行法師　嗟けとて月やは物を思はするかこちかほなる我涙かな
87寂蓮法師　だ　きり　ぼ　ぐれ
寂蓮法師　村雨の露もまたひぬ槙の葉に霧たちのほる秋の夕暮
88皇嘉門院別当　なには　ひとよ　身　わた　べ
皇嘉門院別当　難波江のあしのかりねの一夜ゆへみをつくしてや恋渡　るへき
89式子内親王　ば　え　が　ばしのぶ　こと　ぞ

式子内親王　玉の緒よ絶なはたへねなからへは忍ふる事のよはりもそする

90殷冨門院太輔　ば　をしま　士　だ　ぞ　ず

殷冨門院太輔　見せはやな雄嶋の海人の袖たにもぬれにそぬれし色はかはらす

91後京極摂政前太政太臣　きり〳〵す鳴

後京極摂政前太政大臣　蝨なくや霜夜のさむしろにころもかたしき独かもねむ

92二条院讃岐　が袖　しほ　おき

二条院讃岐　我《袖とも》《恋とも》は塩ひに見えぬ沖の石の人こそしらねかはくまもなし

93鎌倉右太臣　常　か　なぎさ　ぐ　綱手

鎌倉右大臣〔鎌倉右大臣実朝〕　世の中はつねにもがもな渚こくあまの小舟のつなてかなしも

94参議雅経　野の　ふけ　さと

参議雅経　みよしの丶山の秋風さよ更てふる里さむく衣うつなり

95前大僧正慈円　がたつそま　墨

前大僧正慈円　おほけなくうき世の民におほふかなわか立杣にすみ染の袖

96入道前大政太臣　で　もの　我が　成

入道前太政大臣　花さそふあらしの庭の雪ならてふり行物はわか身也けり

97権中納言定家　夕　が

権中納言定家　来ぬ人をまつほの浦のゆふなきにやくやもしほの身もこかれつ丶

98正三位家隆　ぐな　ぐれ　ぎ　成

従二位家隆〔正二位家隆〕　風そよく奈らの小川の夕暮はみそきそ夏のしるしなりける

99後鳥羽院御製　を　ぢ　おも
後鳥羽院　人もおし人もうらめしあちきなく世を思ふゆへに物おもふ身は
100順徳院御製　しのぶ　成
順徳院　百敷やふるき軒端の忍ふにもなをあまりあるむかし也けり

和歌の異同で、漢字・仮名の異同、清濁の異同を省略して、全体を見ると、仮名遣いの異同が最も多い。特に、「ん・む」が多い。「ん↓む」が、3、20、36、56、63、65、77と、七あり、「む↓ん」が、12、18、21、26、27、29、67、84と、八ある。注釈本文と歌との違いは、注釈本文の中では、「む↓ん」が一四、「ん↓む」が二と、『酔』が「む」を「ん」にしているケースが多かったが、これに対して、歌のところでは、七対六と、ほぼ半数である、という事である。歌の書写は、両書ともかなり忠実に行っているのに対して、注釈の本文では、ある程度書写者の考えが入った故かと推測される。

19「あはで↓あわて」、75「あはれ↓あわれ」、77「あはん↓あわむ」は、注釈本文と同様の異同である。

79の「さやけさ↓さやけき」、85の「明やらぬ↓明やらて」、は『酔』の誤りと思われるが、13の「成ける↓なりぬる」、50の「おもひけるかな↓おもひぬる哉」は、諸注ともかなりばらついている。

68の「浮世↓この世」、78の「淡路嶋↓淡路《かた》《しま》」、92の「我が袖は↓我《袖とも》《恋とも》」の異同について、諸注[注4]は次の如くである。

68○浮世　水無月抄（うき世）、幽斎抄（うき世）、永青注（うき世）、後水尾注（うき世）、寛永八年幽斎抄（うき世）、さねかづら（うき世）、師説抄（うき世）、貞徳頭書抄（うきよ）、諺解（うきよ）、中院本聞書（憂《此イ》世）。

○この世　紹巴抄、伝小堀遠州本、三部抄Ａ（此世）、三部抄Ｂ（此世）、光悦本（此世）、姿絵（此世）。

78○淡路嶋　伝小堀遠州本（あはぢ嶋）、三部抄Ａ（淡路島）、三部抄Ｂ（淡路島）、幽斎抄、後水尾注（淡路島）、
　光悦本、姿絵（あはぢ島）。

○淡路かたしま　寛永八年幽斎抄、貞徳頭書抄、諺解、師説抄（淡路かた島）、紹巴抄（淡路かた《島イ》）、水無月抄（あわ地かた）、中院本聞書（淡路方）、永青注（淡路かた）、さねかづら（あは路かた）。

92○我が袖は　紹巴抄（我袖は）、幽斎抄（我袖は）、永青注（我袖は）、後永尾注（我袖は）、中院本聞香（我袖は）、寛永八年幽斎抄（我袖は）、貞徳頭書抄（わか袖は）、さねかづら（我袖は）、師説抄（我袖は）。

○我袖とも恋とも　伝小堀遠州本（わがこひ《袖イ》は）、水無月抄（我が恋は）、三部抄Ａ（我恋は）、三部抄Ｂ（我恋は）、
　光悦本（我恋は）、姿絵（わか恋は）、諺解（我恋は）。

『鈔』は、前述の如く、「異本百人一首」に極めて近い配列になっている。この点から考えるなら、『鈔』の語句がこの系統のものと共通する可能性が高い事が予想されるが、この三例からは、明瞭な結果となっていない。この少ないデータから、他の諸注との関連を判断する事は出来ない。ただ、78の『酔』の「淡路かたしま」が、寛永八年幽斎抄、貞徳頭書抄等の刊本と同様になっている事は注意しておきたい。

次に、歌人の身分に関しての異同は以下の如くである。

43○中納言敦忠　三部抄Ａ、三部抄Ｂ、光悦本、伝小堀遠州本（権）

○権中納言敦忠　紹巴抄、幽斎抄、永青注、水無月抄、後水尾注、中院本聞書、寛永八年幽斎抄、貞徳頭書抄、
　さねかづら、師説抄、姿絵、諺解。

66○大僧正行尊　紹巴抄、幽斎抄、永青注、後水尾注、中院本聞書、寛永八年幽斎抄、貞徳頭書抄、さねかづら、
　師説抄、姿絵、諺解。

○前大《イなし》僧正行尊　水無月抄、三部抄A、三部抄B、光悦本、伝小堀遠州本（前大僧正行尊）

73○中納言匡房

○権中納言匡房　紹巴抄、幽斎抄、永青注、水無月抄、後水尾注、中院本聞書、寛永八年幽斎抄、貞徳頭書抄、さねかづら、師説抄、姿絵、諺解。

三部抄A（前中納言匡房）、三部抄B（前中納言匡房）、光悦本（前中納言匡房）、伝小堀遠州本（前《権イ》中納言匡房）。

この異同を見ると、三部抄等の「異本百人一首」系統のものと他の系統のものと一応分かれている点もある。この問題は、改めて調査・検討しなければならない。

〔七〕まとめ

以上、『百人一首鈔』と『酔玉集』の関係を、本文異同に限って調査・分析してきたが、これらの調査の結果、次の事が言い得ると思われる。

1、『酔』には、三四の長文の省略・脱落があるが、これらの内、大部分は『酔』の誤脱である。これは『酔』の本文が、『鈔』よりも劣ったものであるという事になる。

2、『鈔』の省略・脱落は、二三であるが、この内『鈔』の誤脱は、六のみで、他は『鈔』の省略というよりも、『酔』が他の注釈書、例えば『百人一首幽斎抄』などを利用して補った可能性が高い。

3、漢字・仮名の異同から、次の事が明らかになった。これは一首から一〇首までの範囲の中での比較ではあるが、『鈔』が漢字のものが、八三九であるのに対して、『酔』が漢字のものは、二一三に過ぎず、『鈔』の方が、三・七倍の割合で漢字表記が多い。これらの漢字の中には、かなり特異なものも含まれていて、『可笑記』の作者の字使いとも相通じるものがあり、さらに、その漢字のことごとくに振仮名を施す文章は、仮名草子の作者の著作にふさわしいものである、と言うことが出来る。これらの要素の少ない『酔』は如儡子の原本から、より離れた文章であると言う事が出来る。また、この判断は一一首以降、つまり全体を通してみても、誤りはないものと思われる。

4、漢字の用字の調査結果から、『鈔』には、より特異な用字が多く、『酔』は、やや一般化した文章になっていると言い得る。

5、両書の仮名遣いを比較してみると、『酔』は、いずれかと言うと、表音式仮名遣いを多く使っている。これは、書写年代が『鈔』よりも後という事と関連しているように思える。また、『鈔』は本文・振仮名を見せ消ちで訂正したところが、かなりあり、これは『鈔』の書写態度が、原本に忠実である事を示している。

6、その他の異同を見ると、一字〜六字という短い語句の比較から、『酔』の誤りが非常に多く、『鈔』の誤りは極めて少ない事が明らかとなった。ここから、『酔』の本文は、『鈔』よりも劣ったものであると言う事が出来る。

7、長文の異同でも、『酔』の誤りが多く、『鈔』の誤りは少ない。これは、やはり文章の優劣を決める根拠となる。また、この異同の部分でも、『酔』は他の注釈書（『幽斎抄』など）を利用して文章を改めたり、補ったりしている。

8、『鈔』の文章の中には、『可笑記』の中でよく使われている語句がしばしば見られるが、これを『酔』は一般的な語句に改めている。『酔』の本文は如儡子の原本から、より離れた文章であると言う事が出来る。

9、歌の比較では、注釈本文程の大きな異同は少ないが、ここでも『酔』の誤りが目に付く。また、『酔』は改稿段階または書写段階で、寛永八年幽斎抄等の刊本を利用した可能性がある。

10、異同関係を記すのに、書写年が『鈔』は寛文二年（一六六二）、『酔』は延宝八年（一六八〇）である事から、『鈔』→『酔』と表記してきたが、異同関係を総合的に考える時、『酔』が『鈔』を書写した事はあり得ないと判断される。従って、当然の事であるが、『鈔』が『酔』を書写する事はあり得ないので、この二つの写本は、別々に如儡子の原本、または、その転写本から書写した可能性が高い。

11、「百人一首鈔」という書名は、中世末から近世初期にかけて作られた多くの注釈書に「〇〇抄」・「〇〇鈔」という書名が付けられているが、その流行に従ったものであろう。「抄」はもともと「抜き書き」の意であったが、中世末に抄物という中国の漢詩・漢籍等に注釈を加えた一群の著作が出された。おそらく最初は原文は抄出であったため「〇〇抄」としたが、次第に全文に注釈を加えた著作にもこの「抄・鈔」を付けるようになったのであろう。

12、「酔玉集」という書名は、如儡子の命名であろう。書写者が書写した折に付けたとするには、特異な書名であると思われる。如儡子にとって「百人一首」は、和歌の珠玉の集ともいうべき存在であり、それに心を奪われ、多大な労力を注ぎ込んだ著作であった。そんなところからの命名ではないかと思う。

以上、二写本の本文異同の調査を通して、『百人一首鈔』と『酔玉集』の関係を整理してみたが、考察の過程で未解決の項も少しはあった。ただ、それらは、全体の結論に影響を及ぼす程のものではないと思う。従って、現時点では、このような結果となった事を報告したい。

『百人一首鈔』にも『酔玉集』にも、それぞれ原本があった。如儡子の自筆本であったか、自筆本からの転写本であったかは断定し得ないが、『百人一首鈔』は自筆本からの可能性が高いと思われる。

（注1）
①伝小堀遠州本『百人一首』（跡見学園女子大学短期大学部附属図書館蔵、吉海直人氏翻刻『同志社女子大学日本語日本文学』3号、平成3年10月）
②天正十八年紹巴筆三部抄（国文学研究資料館、紙焼）
③東京大学国文学研究室蔵・三部抄（国文学研究資料館、紙焼）
④三部抄・巻子本、江戸前期写本（跡見学園短期大学図書館蔵）
⑤三部抄・江戸前期写本か（跡見学園短期大学図書館蔵）
⑥光悦古活字本『百人一首』
（注2）『百人一首（幽斎抄）』（『百人一首注釈書叢刊3』荒木尚氏編、平成3年10月10日、和泉書院発行）
（注3）（注2）に同じ。
（注4）
○『百人一首水無月抄』（『碧冲洞叢書82輯』簗瀬一雄氏編、昭和43年8月20日発行、私家版）
○『百人一首（幽斎抄）』（『百人一首注釈書叢刊3』荒木尚氏編、平成3年10月10日、和泉書院発行）
○『百人一首注（永青文庫蔵）』（『百人一首注釈書叢刊3』荒木尚氏編、平成3年10月10日、和泉書院発行）
○『後水尾天皇百人一首抄』（『百人一首注釈書叢刊6』島津忠夫氏・田中隆裕氏編、平成6年10月10日、和泉書院発行）
○『百人一首抄』細川幽斎著、寛永八年刊（吉海直人氏翻刻『国文学研究資料館紀要』14号、昭和63年3月）
○『百人一首さねかづら』（『百人一首注釈書叢刊8』寺島樵一氏編、平成8年2月20日、和泉書院発行）
○『百人一首師説抄』（『百人一首注釈書叢刊5』泉紀子氏・乾安代氏編、平成5年2月28日、和泉書院発行）
○『貞徳頭書／百人一首抄』（加藤磐斎編、寛文2年）
○『百人一首諺解』（『百人一首注釈書叢刊14』今西祐一郎氏・福田智子氏・菊地仁氏編、平成7年10月30日、和泉書院発行）

○『百人一首聞書（京都大学中院文庫蔵）』（「百人一首注釈書叢刊２」有吉保氏・位藤邦生氏・長谷完治氏・赤瀬知子氏編、平成７年３月10日、和泉書院発行）
○『百人一首紹巴抄』（吉海直人氏翻刻『同志社女子大学日本語日本文学』４号、平成４年10月）
○伝小堀遠州本『百人一首』（跡見学園短期大学図書館蔵、吉海直人氏翻刻『同志社女子大学日本語日本文学』３号、平成３年10月）
○東京大学国文学研究室蔵・三部抄Ａ（国文学研究資料館、紙焼、中世／11・２・９）
○東京大学国文学研究室蔵・三部抄Ｂ（国文学研究資料館、紙焼、中世／11・２・10）
○光悦古活字本『百人一首』
○『姿絵百人一首』吉海直人氏翻刻『同志社女子大学日本語日本文学』６号、平成６年10月）

第三節　『百人一首鈔』・『酔玉集』と『百人一首註解』

一、はじめに

『百人一首鈔』と『酔玉集』の関係について分析の過程で、『百人一首註解』も、如儡子の「百人一首」注釈の一本である事が判明した。京大本『百人一首註解』は、島津忠夫氏、乾安代氏によって校訂・刊行された（「百人一首注釈書叢刊15」平成10年2月28日、和泉書院発行）。

ここでは、この京大本『百人一首註解』について分析・考察を加え、その位置付けを試みたいと思うが、島津・乾両氏の御研究に負うところが大きい。まず、この学恩に感謝して、考察に入りたい。

『百人一首註解』の書誌については、第二章で記した通りであるが、この注釈書には、書誌的にみて二つの問題点がある。一つは、第一七番歌・在原業平朝臣の条に脱文のある事、もう一つは、歌人の配列順序について、他の注釈書と異なっている事、の二点である。まず、この点から考察してゆきたい。

二、京大本『百人一首註解』の書誌的問題点

〔一〕一七番歌・在原業平朝臣の脱文について

上巻、三三丁ウは、一六番歌の末尾二行に続き、

「　在原業平朝臣
　ちはやふる神代もきかす龍田川
　　からくれなひに水くゝるとは
ちはやふるとはむかし地神五代目の帝天照太神の
御弟素戔嗚尊国をあらそひ給ふ事ありしに
太神御心にすます覚しめし天の岩戸へ引籠せ
給へは月日光り　　　　　　　　　　　」

とあり、以後、三行程空白となっていて、後続の文が脱落している。三四丁オの一行目は、一八番歌・藤原敏行朝臣となっている。

この条の『酔玉集』は、次の如くである（振仮名は省略）。

「　在原業平朝臣（伝記は省略）
〽千早振神代もきかず龍田河からくれなゐに水くゝるとは／
ちはやとかきてちわやとよむへし千早振とは／（21オ）むかし地神五代めの帝天照太神御兄のそさのを／のみこ

と丶国を諍給ふ事有しに太神御心に／すまずおほしめし天の岩戸へひきこもらせ／給へは月日の光をうしなひ此世界長夜の闇と／なる八百万の神たちこれを嘆かなしみ岩戸のまて《へ》に／て神楽をそうしなとして天照太神の御心を／なくさめたてまつり出御を佗申給ひける時ちはやの／袖を振翻給ひしより今の世までに至りて神といひ／けん枕詞にもちゆるなりさて千早とは今の世にも／かぐら男八乙女の袖のなかき直垂のやうなるものなり／（21ウ）神世もきかすとは神代にも聞およばずといふことはな／り神代にもといふに文字を略したるてにはなり唐紅／とはいかにも色の紅の事水くゝるとは紅染の絹に／つゝめる水のそのきぬをもりて出ることしといふ／詞立田の川は大和国の名所なり歌の心は龍田河秋／もすゑになりぬれば水上の山〳〵色こき紅葉み／な散つくして此川の流せきあへぬはかりうかひたゝ／よひたるひま〳〵に岩にせかれし白波のつきかへり／たる気しきさながら紅染のからきぬをもつて包／たる水もり出て涌かへり流るゝことしさてもかくゑなら／（22オ）ずおもしろきけしき風情そのかみ神変奇特不／思儀の事のみおほかりし地神五代の御宇に／も終に聞およはぬとなり心詞よくかけあひてき／めうふしきの哥なるよし申伝たり」

また、『百人一首鈔』は、次の如くである（振仮名は省略）。

「　在原業平朝臣（伝記は省略）

千早振神代もきかず龍田川

からくれなゐに水くゞるとは／（53ウ）

ちはやとかきてちわやとよむべし／千早振とは昔日地神五代めの帝／天照太神御兄そさのをの尊と国／をあらそひ給ふ事ありしに太神御／心すまずおぼしめし天の岩戸へ引籠／らせ給へば月日光を失ひ此世界／常夜の闇となる八百万の神達／（54オ）これを嘆かなしみ岩戸の前にて／神楽を奏しなどして天照太神の／御心をなぐさめ奉り出御をうつたへ／佗申給ひける時ちはやの袖をひる／がへし給ふより今の世までに至り／て神と云出ん枕詞に

用る也扨／千早とは今の世にも神楽男八乙女／（54ウ）の着袖の長き直垂のやうなる物也／神代もきかずとは神代にも聞を／よばすといふ詞也神代にもといふ／にもじを略したるてには也からくれ／なゐとはいかにも色こき紅の事／水くゞるとは紅染の絹に包める水／のそのきぬをもりてわき出るごとし／（55オ）といふ詞立田川は大和の国の名所／也哥の心は龍田川秋も末に／なりぬれば水上の山〳〵色こき／紅葉みなちりつくして此川の流／せきあへぬばかりうかひたゞよひ／たるひま〴〵に岩にせかる、白波の／涌かへりたる気色さながら紅染の／（55ウ）からきぬをもつて包たる水もり／出て涌かへり流るごとしさても／かくえならず面白きけしき風情／はそのかみ神変奇特ふじきの事／のみおほかりし地神五代の御宇にも／つゐに聞及ぬと也心ことばよくかけ／合て奇妙ふしきのうたなるよし申伝り／（56オ）」

京大本『百人一首註解』（以下『註解』と略称）は注釈の冒頭の「ちはやとかきてちわやとよむべし」を脱落させている。これは右に掲出したところからも判る通り、『百人一首鈔』（以下『鈔』と略称）の一行分である。また、『註解』が脱落させた部分は『鈔』で四二九字、『酔玉集』（以下『酔』と略称）で四二二字である。仮に『鈔』の如く毎半葉七行、一行一五字とすると、一丁約二一〇字となり、二丁で四二〇字となる。漢字・仮名の異同もあるため、厳密には言えないが、『註解』は『鈔』に近い行数・字数の親本から書写し、その二丁分を脱落させたものと推測される。従って、次の一八番歌が次丁の最初の行から書かれている事も納得出来る。ただ、『註解』は注釈の四行目に七字まで書き、以下三行程空白にしているので、この誤脱は『註解』の書写者によるものではなく、その親本が既に落丁になっていたものと推測される。

〔二〕　配列について

『註解』の歌人の配列は、一般の「百人一首」と同様であるが、八九番歌以下が異なっている。『酔』・『鈔』と比較して掲げると次の如くである。

『酔玉集』	『百人一首註解』	『百人一首鈔』
88 皇嘉門院別当	88 皇嘉門院別当	90 殷冨門院太輔
89 式子内親王	95 前大僧正慈円	89 式子内親王
90 殷冨門院太輔	96 入道前太政大臣	87 寂蓮法師
91 後京極摂政前太政大臣	91 後京極摂政太政大臣	92 二条院讃岐
92 二条院讃岐	92 二条院讃岐	91 後京極摂政前大政太臣
93 鎌倉右大臣	93 鎌倉右大臣	95 前大僧正慈円
94 参議雅経	94 参議雅経	94 参議雅経
95 前大僧正慈円	89 式子内親王	93 鎌倉右太臣
96 入道前太政大臣	90 殷冨門院大輔	98 正三位家隆
97 権中納言定家	97 権中納言定家	97 権中納言定家
98 従二位家隆	98 正三位家隆	96 入道前大政太臣
99 後鳥羽院	99 後鳥羽院御製	99 後鳥羽院御製
100 順徳院	100 順徳院御製	100 順徳院御製
奥書	（無し）	奥書

『註解』の書写状態に関しては、乾氏も、その解題で指摘されている通り、八八番歌以下は、丁移りで次の歌になるという事は全く無く、さらに各条の末尾に空白も無い。この事から、書写者が順序を変更したというよりも、書写に使用した親本が既にこの配列になっていた可能性の方が高いと言い得る。

『酔』はいわゆる一般的な「百人一首」の配列であるが、『鈔』は「異本百人一首」の配列に近いものである。これに対して、『註解』は、大部分は一般的な「百人一首」の配列であるが、89式子内親王・90殷冨門院大輔と95前大僧正慈円・96入道前太政大臣とが入れ替わっている。何故このように四歌人を入れ替えたのか、その理由も未詳であるし、これと同じ配列のテキストも現在確認し得ない。今後の課題とせざるを得ない。

三、乾安代氏の『百人一首註解』解説

乾安代氏は、この京大本『註解』について、かなり詳細な分析を加えられている。まず、書写者については、平仮名の「は」「わ」の使い分けが恣意的であり、当て字・誤字は多く、書き損じた文字を右脇に書き直したりしている。また、歌順の誤りにも無頓着で、和歌本文や作者の表記も誤った例があり、『百人一首』の基本的な知識もあまり無い人物であろうとされている。

さらに、一番歌、五番歌、七三番歌の誤写を例示され、京大本が、原本を親本とする転写本ではなく、原本から数回程度は転写が重ねられたものであろうと推測された。

次に、注釈史上での位置・特徴に関して言及され、九番歌・二一番歌・七五番歌等を一例として掲出され、「つまり、二条家流の注釈を断片的に引用はしていても、その内容の吟味もあまりしないままの、言わば聞きかじり程度の引用にすぎない。」とされている。

これはこれで、私も異論がある訳ではないが、御参考までに、二一番歌の、乾氏が引用された部分の『註解』と『鈔』（22番歌）を掲げると以下の通りである。

「此／（38オ）哥六条家にては一夜の事と講釈せらるれとも／左様に見捨は心浅きよし申伝へり或人曰此哥を／顕昭法橋はたゝ一夜のことくすまし伝れ共左様に心得／ては浅はかにして詠吟うすし定家卿の曰はつ秋の／頃よりはや秋もくれ月も有明に成たりと心得へき也／（略）定家曰顕昭は惣而哥を浅くみる／人也といへり」

（『註解』21番歌）

「此うたは六条家《でうけ》にては一夜《よ》の事に講《かう》／（19ォ）訳《しやく》せらるれどもさやうに見ては心浅《あさ》きよし／申伝《つた》へりある人の曰《いはく》此歌《うた》を顕昭法橋《げんせうほつけう》／は只《たゞ》一夜《よ》の事と註《ちう》し侍《はんべ》れどもさやう心／得《え》ては心あさはかにして詠吟《ゑいぎん》うすし／定家卿《ていかきやう》の曰《いはく》初秋《はつあき》の比《ころ》よりはや秋《あき》も暮《くれ》／月《つき》も有明《ありあけ》に成《なり》たると心得《こゝろえ》べきと也（略）定家《ていか》の曰《いはく》顕昭《けんせう》はさうじてうたを／あさく見る人といへりとかや　」（20ォ）　（『鈔』22番歌）

『酔』も加えて、三写本を比較してみると、かなりの異同があるが、『註解』の誤りと思われる二箇所を、『鈔』↓『酔』↓『註解』の順に示すと、次の如くである。

○さやうに見ては↓さやうに見すては↓左様に見捨は

○事と註し侍れども↓事と註し伝れとも↓ことくすまし伝れ共

『鈔』↓『酔』↓『註解』の順で誤りが多くなっている。

さらに『鈔』には「六条家」の条に、以下の頭注を付している。（改行の／と振仮名は省略した。）

「六条家とは修理の太夫顕季其子息左京太夫顕輔又其子清輔顕昭法橋など也定家の父俊成卿もとは此顕輔の猶子門弟にてすでに顕広と名乗けりしかれども年さかんの後哥の躰をよく心得て金吾基俊の門弟になりて二条家の道をたてり基俊は貫之よりの伝受旧流也紀の貫之一流を二条家といふ俊成卿基俊の門弟になりてさて顕広をあらため俊成と名乗かへられたり」

『鈔』の著者は、このように詳細な注を各所に施している。

乾氏は、さらに続けて、二七番歌・二八番歌・四七番歌・八八番歌・九七番歌・九九番歌の記述を掲げ、他の注釈書に見られない記述のある点に本書の特徴があるとされ、二番歌・七四番歌の記述の如く、「師説」を求める姿勢を見せる一方で、四一番歌・五九番歌の如く、師説あるいは諸説に対して、「それが間違っていると判断した場合には、堂々とその説を否定し、自説を展開しているのである。つまり、本書の『百人一首』注釈史上での特徴というのは、このような独自の（正しくは独力の、というべきかもしれないが）注釈にある、ということになろう。」

とされている。

本書の成立時期・著者に関しては、四一番歌の記述を手掛かりとして推測を提出されている。（参考のため、『鈔』との異同の主なものを〔　〕の中に示した。）

「其子／さいは一とせ青蓮院尊円新〔親《しん》〕王御自筆の百人／一首の佳〔註《ちう》〕本を拝見せしにも恋すてふといひ出／したる忠見か詞つかひさりともゆうけんにして／（62ウ） 一入面白とありき其後鷹井〔飛鳥井殿《あすかゐどの》〕の住〔註《ちう》〕本又細川玄旨の／住〔註《ちう》〕本或は法橋昌琢兼与なとの住本〔註訳《ちうしやく》〕み聞たりしにも／左様になし〔さはうけたまはらず〕」

乾氏は、この記述を史実との関連で検討され、

「本書の作者が、『幽斎抄』や、昌琢・兼与の『百人一首』注釈を（その一部だけかもしれないが）参看したとするならば、それは恐らく、慶長一〇年代後半以降のことであろう。」

と推測されている。さらに、氏は著者の検討に進み、

「むしろ注目すべきなのは、昌琢・兼与という江戸時代初期の連歌師の著作を見ているという記述にある。幕藩体制の中に組み込まれていく時期の、里村南家・猪苗代家という連歌の家の当主の注釈を、本書の作者はどのようにして手に入れたのであろうか。

本書の作者もまた、連歌師だったのではないだろうか。」

と、推測され、さらに、六番歌・三番歌・三五番歌・四九番歌の記述を掲出されて、あまり基礎知識のない連歌師と推測された。そして、最後に、以下の如く総括しておられる。

「以上に述べてきたことを総合して考えると、本書の作者というのは、系統だった教えを受けるということのあ

まりなかった、一地方連歌師だったのではないだろうか。そしてその成立は、里村家（南家）・猪苗代家といった連歌の家が、連歌の家として確立してからそれ程間もない頃のことだったのではないだろうか。」

右に見てきた如く、乾氏は京大本『註解』を詳細に分析・検討され、本書の書写状態、書写者、注釈書としての特徴、成立時期、著者についての推測を提出された。以下、詳しく述べるところからも分かる通り、実は、本書の原本は仮名草子作者の如儡子・斎藤親盛の著作であり、その成立は、おそらく寛永十八年十一月以後であろう。しかし、右の乾氏の研究が無駄であったとは、決して思わない。これが文学研究の一つの過程であり、氏の提出された見解は、今後、本書を研究してゆく上で、非常に参考になる。

四、異同からみた『百人一首註解』の位置

〔一〕序説について

『鈔』において、序説は次の如く書き始められている。

「抑《そも〳〵》此百首《このひやくしゆ》の和哥《わか》は京極黄門藤原《きやうごくくはうもんふぢはら》／の定家卿《ていかきやう》古今後撰拾遺詞花千載《こきんごせんしういしくはせんざい》／金葉後拾遺新古今集《きんえうごしういしんこきんしう》などのうちをえら／みすぐりて妙《たへ》なる秀哥斗《しうかばかり》をあつめ／られたり其比定家卿《そのころていかきやう》山城《やましろ》の国小倉《くにをぐら》／（1オ）山《やま》の山庄《さんしやう》をしつらひ住《すま》れしが彼山《かのさん》／庄《しやう》の障子《しやうじ》に百枚《ひやくまい》の色紙《しきし》をおし《を》自《じ》／筆《ひつ》をもつて此百首《ひやくしゆ》の和哥《わか》を書《かき》／付朝夕《つけあさゆふ》の眼《まなこ》をうるをし耳《ほ》をすま《みゝ》さ／れぬされば小倉《おぐら》の色紙《しきし》とて今《いま》の／世《よ》までも残《のこ》り伝《つたへ》り人〳〵もてなし／価《あたい》かぎりなき定家《ていか》の掛物《かけもの》これなり／（1ウ）……（下略）」

ところが『酔』には、この前に半丁分、『註解』には六行分の文章が付加されている。実は、これは『鈔』にお

いては頭注にあたる文章である。『鈔』は大本で、毎半葉七行、一行約一五字という、ゆったりとした立派な写本であるが、序説第一葉表は、五行ドリとし、ノドに余白を設けている。この余白と上部の余白を利用して注が付されている。

「和哥《わか》の二字《じ》うたにやはらぐと読《よみ》たり古《ふる》き書《しよ》に天地《あめつち》を動《うごか》し目《め》に見え／ぬ鬼神《をにかみ》をかんじしめたけくいさめる武士《ものゝふ》の心をやはらぐるはうたの徳《とく》なりと見え／たり京極《きやうごく》は都《みやこ》にあり此所《このところ》に定家《ていか》住給《すみ》へるゆへに京極殿《きやうごくどの》と申黄門《くはうもん》は中《ちう》納言《なごん》／の唐名《からな》此時定家《このときていか》／中納言《ちうなごん》の官《くはん》也定家《ていか》は／名乗《なのり》さだいへとよむ也／卿《きやう》とは其《その》人をもちい／あがめる時書字《ときかくじ》也但《たゞし》／一位《ゐ》二位三位のくらゐ／の人迄書《までかく》べし」

本文とは異なり小字で、これが注である事は明瞭である。この文を『酔』は冒頭の半丁に入れ、『註解』も二字ほど高くして一応区別はしているが、いずれも注の体裁を採っていない。

さらに『鈔』は「妙《たへ》なる秀哥《しうか》」に「妙《たへ》なる秀哥《しうか》とはすぐ／れておもしろき哥《うた》と／いふ心也」と注を付けているが、『註解』は本文の中に二行割書きとして「タエナリトハスクレテ／ヲモシロキ哥ト云心也」と追加している。

この序説の体裁から考えて、おそらく、如儡子の自筆本も、このように第一葉表のノドと上部の余白を利用して「和哥」についてのやや長い注を付していたのであろう。それを『鈔』は忠実に書写したものと推測される。『酔』・『註解』は共に、頭注を序説冒頭の文章と判断して、本文中に組み入れてしまったのであろう。この事は、『酔』・『註解』の自筆本には、それぞれ頭注があったものと思われるが、両者は、自筆本→写本→親本→現存写本の、いずれかの段階で省いてしまったものと推測される。これらの書写状態を総合的に考えると、『酔』・『註解』が、より近い関係にあると言う事が出来る。

次に、三写本の異同の主なものを、『鈔』→『酔』→『註解』の順で掲げると、以下の如くである。

①武士《ものゝふ》の心を→武士を→武士を

②黄門《くはうもん》は中納言《ちうなごん》の唐名《からな》→黄門《くはうもん》は中納言のから名→広門中納言の若名

③中納言《ちうなごん》の官《くはん》也→中納言なり→中納言也

④くらゐの人迄《まで》書《かく》べし→位の人をなにの卿と書なり→以来の人を何卿と書也

⑤京極《きやうごく》黄門《くはうもん》→京極黄門→京極光門

⑥定家《ていか》の掛物《かけもの》これなり→定家の掛物是なり→定家掛物是迄

⑦通具有家《つうぐいうか》の五人におほせて→通具有家の五人におほせて→道朝在家の五人の《に》仰て

⑧そのいはれは花散《はなちり》葉落《はおち》て後《のち》も実《み》と根《ね》とさへ有《ある》なればふたゝび若枝《わかえ》を生《しやう》して花開《はなさき》葉《は》しける物也

→其いはれは若枝を生して花さき葉しける物なり

→其いわれはわかゑを生して花さき葉しけるもの也

⑨世間盛衰《せけんせいすい》の鏡《かゞみ》→世間盛衰《せいすい》の鑑《かゝみ》→世間せいすいの鐘

⑩或《ある》ひは世《よ》に聞《きこ》えざる→或は世にきこえさる→世に聞えさる

⑪憚《はゞか》られけるにや→はかられけるにや→はか《ら》れけるにや

⑫作者《さくしや》にかゝはらす→作者にかまはず→作者にかまはす

⑬哥読《うたよま》むする人〳〵→哥よまんずる人〳〵→哥にまんする人〻

⑭これを案《あん》ずるに→是をあんするに→案するに

⑮後《のち》の人の名付《なづけ》なるにや→後の人の名つけらるにやのちのひとゝは為家なり→後の人の名付成る故也後の人とは

為家なり

右の異同を見ると、①・③・⑧・⑪・⑫・⑮と『酔』・『註解』共通のものが多く、②・④・⑤・⑥・⑦・⑨は『註解』の誤りである。⑧は『酔』・『註解』に大量の誤脱があり、⑮は、この二写本が為家の事を補っている。これらの異同から考えて、『酔』と『註解』はより近い関係にある事が判り、『註解』は最も劣った文章であると言い得ると思われる。

〔二〕その他の異同について

『鈔』・『酔』・『註解』三写本の関係を明らかにする手段として、『鈔』・『酔』の調査結果を利用したい。具体的な文章はスペースの節約の意味で極力省略するが、詳細は第三章の「第二節『百人一首鈔』と『酔玉集』」を参照して頂きたい。

⑴『酔玉集』の省略・脱落…………三四

『鈔』と『酔』を比較して、一五字以上の大量の文章が『酔』で省略または脱落しているのは、三四であったが、その内容を分析した結果は、大部分が『酔』の誤脱であった。

さて、この三四の異同の部分を『註解』と比較したところ、

○『酔玉集』と同様に誤脱させているもの…………二〇

序説、3、4、7、8、13、15の2、23、25の1、25の2、32、34、48、49、58、61、67、85、88、96。

○『百人一首鈔』と同様の文章となっているもの……一四

5、6、10の1、10の2、12、15の1、16、20、31、33、36、53、54、56。

という結果となった。この三四の異同の内、二〇が『酔』と同様に文章を誤脱させており、一四が『鈔』と同様の文章となっている事は、『鈔』↓『註解』↓『酔』の順で劣った文章になっていると言う事が出来ると思われる。

(2)『百人一首鈔』の省略・脱落……一三

この二三の異同の部分を『註解』と比較した結果は、次の如くとなった。

○『百人一首鈔』と同様のもの……一五

1、16、20、23、25、31、42、43、50、56、64の1、64の2、69、70、94。

○『酔玉集』と同様のもの…………八

21、35、38、39、41、45、47、53。

右の内、1、35、39、45、47、53は『鈔』の誤脱と思われるものである。『註解』がこれらの内、38、39、45、47、53の五箇所が、『酔』と同様になっている事は、それだけ誤脱が少ない事になる。この限りにおいては『註解』の方が『鈔』よりも良い文章であると言える。また、64の1、94は『酔』の文章が重複しているものであり、この部分が『註解』は『鈔』と同様である事は、『酔』よりも『註解』の方が良い文章という事になる。

これ以外のものは、『鈔』が省略・脱落させたというよりも『酔』または、その原本・親本が書写の折、他の古注等を利用して補った可能性が高いものである。

一、二、具体的に三写本の本文を掲げてみると次の如くである。

1　天智天皇

鈔　偖《さて》とりあつめいひ続《つゞく》れば秋《あき》の田《た》のかりほの庵《いほ》の笘《とま》をあらみといふ上《かみ》の句《く》に成也《なる》かくいひ続《つゞけ》て肝要《かんやう》の所《ところ》わが衣《ころも》手《で》は露《つゆ》に濡《ぬれ》つゝと是《これ》をいはん為《ため》也されば本屋《ほんや》と云《いふ》あきの田《た》のかりほの庵《いほ》の笘《とま》をあらみが廊下《らうか》也畢竟《ひつきやう》の所《ところ》は

酔　さてとりあつめいひつゝくれは秋の田のかりほの庵のとまをあらみといふ上の句になるなりかくいひつゝけて肝要《かんよう》の所は我衣手は露にぬれつゝと是をいはんためなりされは本屋と云は我衣手は露にぬれつゝか本屋なり廊《らう》

下《か》といふはあきの田のかりほの庵のとまをあらみか廊下といふ物なり畢竟《ひつきやう》の所は

註　扨取集言つゝくれは秋の田のかりほの庵のとまをあらみと言上の句に成也かく言つゝけて肝要の所は吾我手は
　露にぬれつゝか本屋也廊下と言は秋の田のかりほの庵のとまをあらみか廊下也ひつきやうの所は

この条は、『鈔』・『註解』の誤脱であるが、『鈔』は『酔』の一つ目の「我衣手」から二つ目の「我衣手」に目移りして、その間の二一字を誤脱させたもの。『註解』は『酔』の三行目の一つ目の「ぬれつゝ」から二つ目の「ぬれつゝ」に目移りして、その間の二八字を誤脱させたものと思われる。如偏子の注釈は、ややくどいと思われる文章であるが、これが、啓蒙期のこの作者の特徴でもある。

20　元良親王

鈔　拾遺集《しういしふ》の詞書《ことばがき》にこと出《いで》きて後京極《のちきやうごく》のみやすん所《どころ》へつかはしけるとありこと出《いで》きてとは密通《みつつう》の世間《せけん》に顕《あらは》れてと云《いふ》事京極《きやうごく》のみやす所《どころ》は宇多《うだ》の后《きさき》の御事みやす所《どころ》とかきてみやすン所とよむべし

酔　拾遺《しうい》集の詞書にことといできてのちに京極《ごく》の御息所《みやすところ》につかはしけるとあり是は宇多《うだ》の御門の御時彼《かの》御息所〔時《じ》平公母《へいこうの》〕に忍ひてかよひけるがあらはれてのちにつかはしたる哥なりことのいできてとはくぜちわざはひの出来世間にあらはれてといふ事の京極の御息所は宇多の后の御事なりといふ御息所《みやすところ》と書《かき》て御息所《やすみところ》と読《よむ》へし

註　拾遺集の詞書に事出きて後京極のみやす所へつかはしけるとあり是はうたのきさきの御事みやす所とかきてみや所と読へし

この条は、『鈔』が誤脱させたというよりも、『酔』が古注等を利用して補った例である。この場合、『鈔』の文章でも支障はないが、『酔』は、

「是は宇多《うだ》の御門の御時彼《かの》御息所〔時平公《じへいこうの》母〕に忍ひてかよひけるがあらはれてのちにつかはしたる哥なり」を補っている。そして、この部分は、例えば幽斎の注には、

「是は宇多御門御時彼御息所に忍ひてかよひけるかあらはれて後つかはされたる哥なり」（『百人一首注』[1]）

「是は宇多の御門の御時かの御息所〔時平公女〕に忍ひてかよひけるかあらはれて後つかはしたる哥也」（『百人一首幽斎抄』）

この如くある。『酔』は、おそらく、これらの注を利用して補ったものであろう。ただし、『註解』は、「みやす所」または「御息所」による目移りの誤脱であろう。

(3) 長文の異同…………約八〇

『鈔』と『酔』において、序説から順徳院までの中で、比較的長い文章の異同は約八〇である。この二写本の異同の部分を『註解』と比較してみたい。『鈔』↓『酔』↓『註解』の順で示す。

○『酔玉集』の誤りと思われるもの…………一五

1の2　おちぶれ↓おほれ↓おほれ

5　此哥は秋は↓此時分は↓此哥は

8　心をやすんじ本分の↓心やすく凡夫の↓心安く本分の

25　事に用ひてさてあふといふ名とくるといふ名に相応せば↓事にもちいてあふといふなとさうおふせば↓に用ひてあふといふなとそうおうせは

35の2　一首の内に云いる、事↓はむかしの内にいる事↓はむかしのうちにいる事

48　心をば動きはたらかぬ岩尾に↓心はおとろきおとろかぬ岩かわらに↓心はおとろきおとろかぬ岩かわらに

55の1　荒果たるといふ心也流てとは滝の水の流る↓荒はて流る↓あれはてたりといふ心也流てとは滝の水によそへて流る

60の1　さぞ心もとなく切にうしろめたくおぼすらん↓さこそ心もとなくせつにおほすらん↓さこそ心本なくせつにおほすらん

62の1　内の御物忌に↓うちの御物わすれに↓うぢの御物わすれに

62の2　彼大納言清少納言のつぼね↓かの大納言のつほね↓かの大納言の局

73　睡赴《ママ》昭陽淡々……三十六宮↓睡赴《ママ》眼陽淡淡……三十宮↓睡赴《ママ》眼陽淡淡……三十六宮

74の1　嵐山颪北気ひかたおなし東風野分凩なとみな風の名也↓嵐山おろしきたけひがたおなし古事のわけこがらしなとみな風の名なり↓嵐山おろしきたけひがた同しこちのわけかうしなと皆風の名也

75　秋も過たりと云詞↓秋もすがたの辞なり↓秋も過かたの事也

79　中にもあながち是やと↓中にもあがりこれやと↓中にもあがりこれやと

99　神道を崇め仏法を守り聖教を用ひ五つのみちよくかなひ忠孝を専とし↓神道を守り仏法たつとみせうげうをもちいず五の道を払ひ忠切をもつはらとし↓神道を貴み仏道を守りせうけうを用い五の道をよく叶ひ忠孝を専とし

『酔』の誤りと思われる、一五について『註解』と比較してみたが、これらの内、8、55の1、99の三は『鈔』と同様で正しい文章となっている。また、73は「三十六宮」は正しいが、「眼陽」は誤りであり、74の1は、「東風」↓「こち」は正しいが、「こからし」↓「かうし」と誤っている。このように、『酔』の誤りと思われるものの大部分は『註解』も誤っているという結果になった。この事は『註解』の文章の優劣に関わる事となる。

○『百人一首鈔』の誤りと思われるもの………三

62の3　秦の始皇帝↓秦の昭王↓しんのしくわうてい

76の2　勝王閣の賦↓滕王の閣賦↓滕王閣の賦

96　うやまはれしかども今は年老さらび隠居閉戸の身と成↓うやまはれしが今は年おひゐんきよの身となり↓うやまわれしか今は年老隠居の身と成

右の三の内、『註解』は62の3のみ『鈔』と同じで誤っているが、他の二は『酔』と同様に正しくなっている。

○『酔玉集』の文章がやや不自然なもの…………二六

『酔』が誤りとまではゆかないが、やや文章が不自然であり、いずれかと言うと『鈔』の方が良い文章になっていると思われるものは、次の二六である。

4の1、9の1、9の2、10、14の2、21、22、30、31、32、33の2、35の1、64、69、71の1、71の2、71の3、77の1、82、85、88の1、88の2、92、94の1、98の2、100。

これらの条を『註解』と比較してみると、『鈔』と同様のものは、4の1、9の1、35の1、94の1、100の五であり、10は、

10　彼相坂の関を通りて行かふ羇人共↓かのあふ坂の関のゆきかよひ行旅人とも↓かの相坂の関を通ひて行かふ旅人とも

とあり、やや『鈔』に近いものと言える。また、77は、

77　川瀬の洲崎などにこれある岩に当りたる水はかならず彼岩にせかれて両方へ別れ流る物也されども又つゐにはかならず流れの末にては落合本のごとく一つにながれ合物なれ↓

河の瀬の洲先なとにある岩せかれて両方へわかれてながる、ものなりされとも又つゐには頓て落合てもとのことくひとつに流あふものなり↓

川の瀬の洲先なとに有岩にあたる水はかならす岩にせかれて両方へわれて流る、物也されとも又終にはやかて落あひてもとのことく一つに流逢物也

とあり、『註解』は、ある部分は『鈔』と、ある部分は『酔』と共通したものとなっている。

残りの一九は、全て『酔』と同様の文章となっている。

○『百人一首鈔』の文章がやや不自然なもの……七

『鈔』が誤りとまでは言えないが、『酔』の方がやさしく、自然な文章になっていると思われるものは、次の七である。

19、41、43、60の2、65の1、66の2、76の1。

これらの内、76の1は『鈔』と同様の文になっている。66の2は、

66の2　尤哀たぐひありがたきにや↓尤哀類なき御詠哥なり↓尤あわれたくひはありかたき御哥也

とあり、『註解』の文章は『鈔』・『酔』が混合した形となっている。他の五はいずれも『酔』と同様の文章となっている。

○『可笑記』的表現について

1の3　真其《まつその》ごとく万落魄すたれ行↓まことに万おちぶれすたれゆく↓寔《まこと》に万おちふれすたれ行

48の2　真其《まつその》ことく本心は本より↓寔《まこと》にそのことくこひはもとより↓誠に其ことくほいわもとより

77の2　真其《まつその》ごとくわが中➡そのことくわかなか➡其ことく吾なか
59　おしき事あつたら物よ➡をしき事よ➡おしきよ
94の2　何さま此哥は➡かやうに此哥➡かやうに此哥
『鈔』には「真其ごとく」「あつたら物よ」「何さま」等『可笑記』の作者がよく使う言葉が使われているが、これを『酔』は他の表現に変えたり省いたりしている。そして、この傾向は『註解』にも言い得る。これは、『可笑記』の、やや特異な表現が『酔』・『註解』によって一般化されている、という事にもなるが、同時に如儡子の著作『百人一首鈔』の原初的な形から離れたものになっているという事でもある。

以上、比較的長い文章の異同に関して、便宜的に幾つかに分けて分析してみた。『酔』の誤り一五の内、『註解』が正しいものは三のみで、他は『酔』と同様であり、『酔』が不自然なもの二六の内で、『註解』と『鈔』が同様のものは五のみで、他は『酔』と同様であった。『鈔』の誤り三の内、『鈔』と同じもの一、『酔』と同じもの二、『鈔』が不自然なもの七の内、『鈔』と同じもの一、『酔』と同じもの五、両者混合が一、という結果になった。この事実からも判る通り、『註解』の文章は『鈔』と『酔』の両者と共通する点があるが、『酔』と共通する部分が圧倒的に多い。この事は、同時に『鈔』よりも劣った本文であると言う事になる。また、『可笑記』の作者の癖のような表現も『酔』や『註解』では一般的な表現に改められており、それだけ、両者は如儡子の原本から離れたものと言う事になる。

この外、漢字・仮名の異同、用字の異同、仮名遣いの異同、歌・歌人名等の異同、等もあるが省略する。また、ここでは、『鈔』と『酔』の異同箇所を中心に分析してきた。その他の部分に異同が無い訳ではない。しかし、右の比較で、三写本の関係・優劣を判断するには十分であると考え、これも省略した。

五、まとめ

前述の如く、『百人一首鈔』と『酔玉集』の関係については、前項（第三章　第二節『百人一首鈔』と『酔玉集』）で分析・考察し、その結果を一二項目にまとめた（114頁参照）が、この『鈔』と『酔』の関係は、これを『鈔』と『註解』の関係に置き換えても、それ程大きな問題はないように思われる。本文の優劣に関しては、『鈔』よりも『酔』・『註解』が劣っているという事は、この項での分析結果からも明瞭である。また、『酔』と『註解』の関係は、乾氏がその解説で指摘される通り、『註解』の書写者は、あまり教養もなく誤写が多い。これらの点も含めて考える時、やはり、『註解』の方が劣った本文という事になる。

「百人一首註解」という書名であるが、この書名は一般的であり、その意味では、書写者でも付け得るものと思われる。しかし、京大本の書写者は、前述の如く、あまり基礎的な知識もない人物のようでもあり、あるいは、その親本等の書写者が付けたものであったかも知れない。さらに推測するならば、一本に「百人一首鈔」と付し、他の一本に「酔玉集」と命名した如儡子であってみれば、第三の注釈書に別の書名を付けた、という可能性もないとは言えない。

以上、如儡子の「百人一首」注釈書に関して、『鈔』・『酔』・『註解』の三写本について、その本文異同を中心に考えてきたが、右に分析した結果から明らかな如く、如儡子の「百人一首」注釈の研究は、現段階では、最も秀れた本文と判断される『鈔』を第一のテキストとして使用する必要がある。本文の優劣からみても、『鈔』→『酔』→『註解』の順序で、次第に劣ったものとなっている。しかし、『酔』も『註解』も、『鈔』を書写したものではなく、それぞれ、如儡子の原本から数度の転写を経て伝えられたものと推測され、時として正し、補う部分もある。研究に際しては、この二写本も十分検討して、併せ使用すべきものと思う。

『鈔』の本文は、大部分の漢字に振仮名を施し、上部に十分な余白を設け、ここに詳細な頭注を付加している。注釈本文も頭注も、その内容は極めて初歩的で、平明で、啓蒙的である。決して高度な知識人を読者対象としたものではないと思われる。如儡子は、跋文を次のように記している。

「つれ〳〵と、なかき日《ひ》くらし、をしまつきによつて、墨頭《ぼくとう》の手中《しゆちう》よりおつるに、夢《ゆめ》うちおとろかし、をろか心の、うつり行《ゆく》にまかせて、此和哥集《わかしう》の、その趣《をもむき》を綴《つゞり》、しかうじて、短《みじか》き筆《ふで》に書《かき》けがらはし留《とゞめ》り。まことに、せいゐい海《うみ》をうめんとするにことならずや。されば、彼《かの》三神《しん》の見とがめ、つゝしみおもむけず。且又《かつまた》、衆人《しうじん》のほゝゑみ、嘲《あざけり》をも、かへり見、わきまへざるに似《にた》りといへども、さるひな人の、せめをうけ、辞《じ》するに、ことばたえ、退《しりぞく》に道《みち》なくして、鈍《にぶ》き刃《やへば》に、ちよれきを削《けづれ》り。人、是《これ》をあはれみ給へや。」

如儡子は「百人一首」の専門的な研究者でもなく、この注釈書も高度な知識人に対して、何かを主張しようなどと思っての著作ではなかった。彼と同時代の庶民に、伝統的な和歌の世界を、易しく、分かりやすく紹介しようとしたものであろう。そのために、如儡子は、大変な労力を注ぎ込んだ。全三四二丁の本文の各条に小字で付された頭注。そして、その漢字の大部分に施された振仮名。私はこの、頭注も振仮名も如儡子自身の執筆と考えている。仮名草子の代表的な作者、啓蒙期の著者にして始めて成し得た注釈書だと言い得るのではなかろうか。

（注1）　ここで引用した『百人一首注』・『百人一首幽斎抄』は、荒木尚氏編『百人一首注・百人一首（幽斎抄）』（「百人一首注釈書叢刊3」平成3年10月10日、和泉書院発行）に拠った。

第四節　『砕玉抄』と『百人一首鈔』

一、はじめに

平成十三年一月、中古・中世の和歌を研究しておられる、浅田徹氏から一通の封書を拝受した。氏は武蔵野美術大学美術館・図書館金原文庫調査の折、目録の「砕玉抄　如儡子著　著者筆写　寛永6（1629）」という記載に目を止められ、その上、本書を閲覧されて、書誌と跋文を頭注も含めて書写され、お送り下さった。全く面識の無い私に、如儡子を研究しているからということで、御自分の貴重な調査時間を割いて、御教示下さった浅田氏の御厚意に対して、まず心からの感謝を申し上げる。

二、武蔵野美術大学美術館・図書館金原文庫所蔵本概要

浅田徹氏の御教示と武蔵野美術大学美術館・図書館の御配慮によって、同年三月、半紙本、列帖装、写本一冊の『砕玉抄』を閲覧・調査させて頂いた。その書誌は、第二章（29頁参照）に記したが、この金原文庫は、金原省吾氏の旧蔵である。

金原省吾氏は、武蔵野美術大学の前身・帝国美術学校の創立者の一人である。明治二十一年九月一日、長野県諏

訪郡湖東村の河西家に生まれ、大正元年、島木赤彦の媒酌によって、長野県安曇郡大町の金原よしをと結婚して金原姓を名乗った。長野県師範学校、早稲田大学に学び、昭和三十年、『絵画に於ける線の研究』によって、早稲田大学より文学博士の学位を受けた。金原氏は、武蔵野美術大学の教授・教務主任として、教育経営に心血を傾注し、多くの俊秀を世に送り出した。

金原氏の蔵書は、金原文庫として武蔵野美術大学美術館・図書館に所蔵されており、蔵書の内容は、日本および東洋美術関係の図書・雑誌で、漢籍・仏書を含む、約七千冊である。

三、書名「砕玉抄」について

如儡子の「百人一首」の注釈書には『百人一首鈔』・『酔玉集』・『百人一首註解』が伝存している。武蔵野美術大学美術館・図書館金原文庫蔵の『砕玉抄』には前表紙の中央上部に「砕玉抄」と直接墨で書かれている。一丁ウの内題は「百人一首」とある。国会図書館の『酔玉集』には、十冊とも題簽に「酔玉集」とある。「酔玉集」ならば「玉に酔う」「珠玉の和歌に陶酔する」ということで、これはこれで書名になる。「砕玉抄」の場合、原典をかみ砕いて分かりやすく読み解く、という意味にとれば、これも書名として不自然でもない。

四、『砕玉抄』の歌人の配列順序（折丁明細一覧）

「百人一首」の歌人配列順序は二つに大きく分類できる。一つは、所謂、一般の「百人一首」の配列であり、もう一つは「異本百人一首」の系統の配列である。

如儡子の注釈書のうち、『酔玉集』と『百人一首註解』は一般的な配列である。これに対し『百人一首鈔』は「異本百人一首」系統の配列に極めて近いものであるが、次の二点が異なる。

1、「西行法師」が「異本百人一首」では、通行の「百人一首」と同じ86番であるのに対し、如儡子の『百人一首鈔』は58番となっている。

2、「左京太夫道雅」と「周防内侍」の順序が、「異本百人一首」では「左京太夫道雅→周防内侍」であるのに対して、『百人一首鈔』は「周防内侍→左京太夫道雅」となっている。

この如儡子の『百人一首鈔』と完全に一致する配列のテキストは、現在までに確認する事が出来なかった。新たに発見された『砕玉抄』の配列は『百人一首鈔』と完全に一致する。半紙本、写本一冊、列帖装、一五帖、全二〇九丁の折丁明細を掲げると以下の通りである。

『砕玉抄』折丁明細一覧
（武蔵野美術大学所蔵本）　1

1オ	（空白）	
1ウ	序説	
2オ		
2ウ		
3オ		
3ウ		
4オ		
4ウ		
5オ	（空白）	
5ウ	1　天智天皇御製	
6オ		
6ウ		
7オ		
7ウ		
8オ		
8ウ		
9オ		
9ウ	2　持統天皇御製	
10オ		
10ウ		
11オ		
11ウ		
12オ		
12ウ	3　柿本人丸	1折
13オ		
13ウ		
14オ		
14ウ		
15オ		
15ウ		
16オ		
16ウ	4　山辺赤人	
17オ		
17ウ		
18オ		
18ウ		
19オ		
19ウ	5　中納言家持	
20オ		
20ウ		
21オ		
21ウ		
22オ	6　安倍仲麿	
22ウ		
23オ		
23ウ		
24オ		
24ウ	7　参議篁	
25オ		
25ウ		
26オ		
26ウ		

『砕玉抄』折丁明細一覧　2

		2折
27オ		
27ウ		
28オ		
28ウ		
29オ		
29ウ		
30オ	8　猿丸太夫	
30ウ		
31オ		
31ウ		
32オ		
32ウ	9　中納言行平	
33オ		
33ウ		
34オ		
34ウ	10　在原業平朝臣	
35オ		
35ウ		
36オ		
36ウ	11　藤原敏行	
37オ		
37ウ		
38オ		
38ウ	12　陽成院御製	
39オ		
39ウ		
40オ	13　小野小町	
40ウ		
		3折
41オ		
41ウ		
42オ		
42ウ		
43オ		
43ウ		
44オ		
44ウ		
45オ		
45ウ		
46オ	14　喜撰法師	
46ウ		
47オ		
47ウ		
48オ	15　僧正遍昭	
48ウ		
49オ		
49ウ		
50オ		
50ウ		
51オ		
51ウ	16　蟬丸	
52オ		
52ウ		
53オ		
53ウ		
54オ		
54ウ	17　河原左太臣	
55オ		
55ウ		
56オ	18　光孝天皇御製	
56ウ		
		4折
57オ		
57ウ		
58オ		
58ウ		
59オ		
59ウ	19　伊勢	
60オ		
60ウ		
61オ	20　元良親王	
61ウ		
62オ		
62ウ		
63オ	21　源宗于	
63ウ		
64オ	22　素性法師	
64ウ		
65オ		
65ウ		
66オ		
66ウ	23　菅家	
67オ		
67ウ		
68オ		
68ウ	24　壬生忠岑	
		5折
69オ		
69ウ		
70オ		
70ウ		
71オ		
71ウ	25　凡河内躬恒	
72オ		
72ウ		
73オ	26　紀友則	
73ウ		
74オ		
74ウ		
75オ	27　文屋康秀	
75ウ		
76オ	28　紀貫之	
76ウ		
77オ		
77ウ		
78オ	29　坂上是則	
78ウ		
79オ		
79ウ		

『砕玉抄』折丁明細一覧　3

丁	歌	折
80オ	30 大江千里	
80ウ		
81オ	31 藤原興風	
81ウ		
82オ		
82ウ		
		6折
83オ		
83ウ		
84オ		
84ウ	32 春道列樹	
85オ		
85ウ		
86オ	33 清原深養父	
86ウ		
87オ		
87ウ	34 貞信公	
88オ		
88ウ		
89オ		
89ウ	35 三条右太臣	
90オ		
90ウ		
91オ		
91ウ		
92オ	36 中納言兼輔	
92ウ		
93オ		
93ウ	37 参議等	
94オ		
94ウ		
95オ		
95ウ		
96オ	38 文屋朝康	
96ウ		
		7折
97オ	39 右近	
97ウ		
98オ		
98ウ	40 中納言敦忠	
99オ		
99ウ	41 平兼盛	
100オ		
100ウ		
101オ	42 壬生忠見	
101ウ		
102オ		
102ウ		
103オ		
103ウ		
104オ		
104ウ	43 謙徳公	
105オ		
105ウ		
106オ		
106ウ	44 中納言朝忠	
107オ		
107ウ		
		8折
108オ	45 清原元輔	
108ウ		
109オ		
109ウ		
110オ		
110ウ	46 源重之	
111オ		
111ウ		
112オ	47 曾祢好忠	
112ウ		
113オ	48 大中臣能宣朝臣	
113ウ		
114オ		
114ウ	49 藤原義孝	
115オ		
115ウ		
116オ	50 藤原実方朝臣	
116ウ		
117オ		
117ウ		
118オ	51 藤原道信	
118ウ		
119オ	52 恵慶法師	
119ウ		
120オ		
120ウ		
121オ		
121ウ		
122オ	53 三条院御製	
122ウ		
		9折
123オ		
123ウ	54 儀同三司母	
124オ		
124ウ		
125オ	55 右大将道綱母	
125ウ		
126オ		
126ウ		
127オ		
127ウ	56 能因法師	
128オ	57 良暹法師	
128ウ		
129オ		
129ウ		
130オ		
130ウ	58 西行法師	
131オ		
131ウ		
132オ	59 大納言公任	
132ウ		

『砕玉抄』折丁明細一覧　4

丁	歌人	折
133オ		
133ウ		
134オ		
134ウ	60 清少納言	
135オ		
135ウ		
136オ		
136ウ		
137オ		
137ウ		
138オ	61 和泉式部	
138ウ		
		10折
139オ		
139ウ	62 大弐三位	
140オ		
140ウ		
141オ		
141ウ	63 赤染衛門	
142オ		
142ウ		
143オ		
143ウ		
144オ		
144ウ		
145オ		
145ウ		
146オ		
146ウ		
147オ	64 紫式部	
147ウ		
148オ		
148ウ		
149オ		
149ウ	65 伊勢大輔	
150オ		
150ウ		
151オ	66 小式部内侍	
151ウ		
152オ		
152ウ		
153オ		
153ウ		
154オ		
154ウ		
		11折
155オ	67 中納言定頼	
155ウ		
156オ		
156ウ	68 周防内侍	
157オ		
157ウ		
158オ	69 左京大夫道雅	
158ウ		
159オ		
159ウ	70 大納言経信	
160オ		
160ウ		
161オ		
161ウ	71 大僧正行尊	
162オ		
162ウ		
163オ		
163ウ		
164オ	72 中納言匡房	
164ウ		
165オ		
165ウ		
166オ	73 祐子内親王家紀伊	
166ウ		
167オ	74 相模	
167ウ		
168オ		
168ウ		
169オ	75 源俊頼朝臣	
169ウ		
170オ		
170ウ	76 崇徳院	
		12折
171オ		
171ウ	77 待賢門院堀川	
172オ		
172ウ		
173オ	78 法性寺入道前関白太政大臣	
173ウ		
174オ		
174ウ	79 左京大夫顕輔	
175オ		
175ウ		
176オ	80 源兼昌	
176ウ		
177オ		
177ウ	81 藤原基俊	
178オ		
178ウ		
179オ		
179ウ	82 道因法師	
180オ		
180ウ	83 藤原清輔	
181オ		
181ウ		
182オ		
182ウ		
183オ	84 俊恵法師	
183ウ		
184オ	85 後徳大寺左大臣	
184ウ		
		13折
185オ		
185ウ		

『砕玉抄』折丁明細一覧　5

186オ	86皇太后宮太夫俊成
186ウ	
187オ	
187ウ	87皇嘉門院別当
188オ	
188ウ	
189オ	88殷冨門院太輔
189ウ	
190オ	
190ウ	89　式子内親王
191オ	90　寂蓮法師
191ウ	
192オ	
192ウ	91　二条院讃岐
193オ	
193ウ	92　後京極摂政前太政太臣
194オ	
194ウ	
195オ	93　前大僧正慈円
195ウ	
196オ	
196ウ	94　参議雅経
197オ	
197ウ	
198オ	95　鎌倉右太臣
198ウ	
199オ	
199ウ	
200オ	96　正三位家隆
200ウ	
	―14折
201オ	
201ウ	97　権中納言定家
202オ	
202ウ	
203オ	98　入道前太政太臣
203ウ	
204オ	
204ウ	
205オ	99　後鳥羽院御製
205ウ	
206オ	
206ウ	100　順徳院御製
207オ	
207ウ	
208オ	奥書
208ウ	
209オ	
209ウ	（空白）
	―15折

右に『砕玉抄』の折丁明細と共に、歌人の配列順序をも一覧表として掲げた。如儡子がこのような独特の配列を採用しているのは、注釈を施す時に使用したテキストが、このような配列になっていたからであろうと考えられるが、『百人一首鈔』と『砕玉抄』の二本が一致する点から、『百人一首鈔』が『砕玉抄』を写したか、あるいはその逆に、『砕玉抄』が『百人一首鈔』を写した、という可能性もあり、さらに、『砕玉抄』・『百人一首鈔』が別々に如儡子の自筆本を書写した、という可能性もある。

五、第七番歌、参議篁の歌

参議篁の歌は、一般的な「百人一首」の配列では一一番であるが、「異本百人一首」では七番である。また、一

般的な「百人一首」収録の歌は、

和田のはら八十嶋かけて漕出ぬと人にはつげよ海士の釣ぶね

である。ところが、『砕玉抄』では、以下に示す如く、上の句の中七、下五が、これとは異なる歌であり、これを改める注記が付されている。

此哥はかさねより書用へからす。此上書にある本哥を用へし。

わだの原《はら》こぎ出てゆくやそしまや

人にはつげよあまのつりふね

頭注

此哥、ある人の本《ほん》にかくらんあるを、そのまゝかき付《つけ》あやまれり。信用《とりもちゆ》へきに非《あら》ず。さて、和田《わだ》の原《はら》

八十嶋《やそしま》かけて漕出《こぎいで》ぬと人には告《つげ》よ蜑《あま》の釣舟《つりふね》

是《これ》をまことに用《もちゆ》へし。かへす〳〵　わだのはらこぎいでゝゆくやそしまや　とあるをばわるきとしるへし。

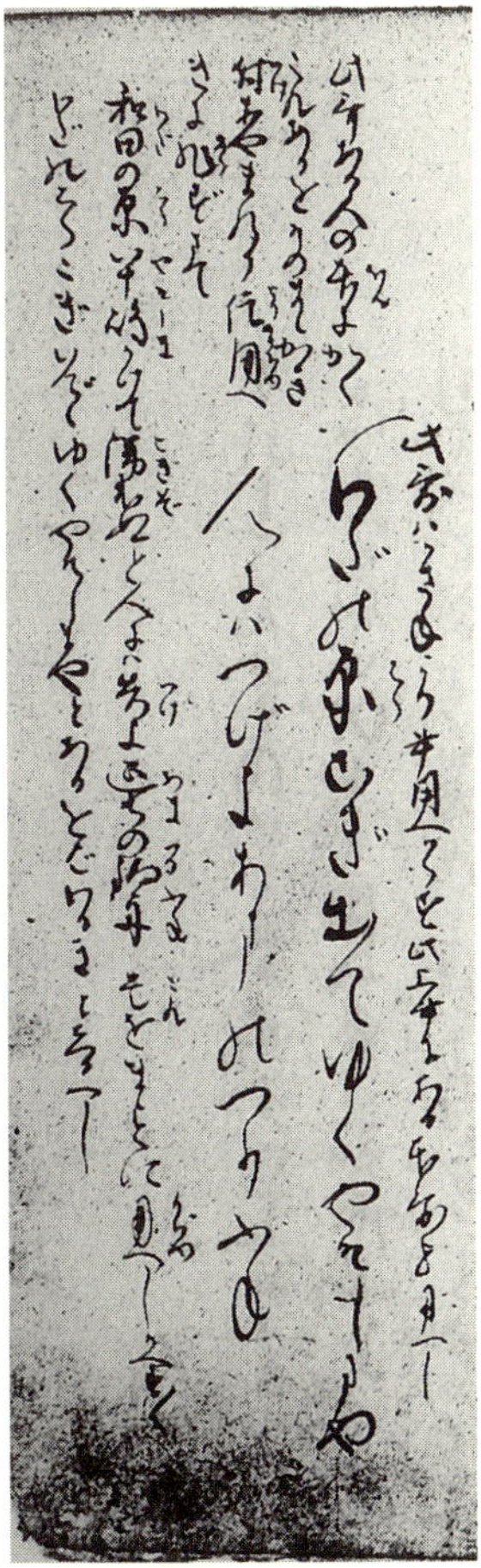

『砕玉抄』25丁オ（部分）
武蔵野美術大学蔵

記載の体裁は、写真を参照して頂きたいが、如儡子はまず「わだの原こぎ出てゆくやそしまや人にはつげよあまのつりふね」の歌を出し、右に小字で「此哥はかさねより書用へからす。此上書にある本哥を用へし」と注記して、上の注に「此哥ある人の本にかくらんあるを、そのまゝかき付あやまれり。信用へきに非ず。さて、和田の原八十嶋かけて漕出ぬと人には告よ蜑の釣舟　是をまことに用へし。かへすぐ　わだのはらこぎいでゝゆくやそしまや　とあるをばわるきとしるへし。」としている。

『百人一首鈔』は、ただ、

「和田《わだ》のはら八十嶋《やそじま》かけて漕出《こぎいで》ぬと
　人にはつげよ海士《あま》の釣《つり》ぶね　」

とあるのみである。この両者の異同から、様々な推測をすることになる。

如儡子は、「異本百人一首」系の本文を使用して注釈を加えた。その使用したテキストには、参議篁の歌は第七番として、「わだの原こぎ出てゆくやそしまや人にはつげよあまのつりふね」とあった。諸注を参照して注釈を付け加えてゆく過程で、「和田のはら八十嶋かけて漕出ぬと人にはつげよ海士の釣ぶね」が正しい事に気付き、注記で訂正した。使用している写本が袋綴じであれば、用紙を数枚交換すれば済むことであるが、列帖装では簡単に書き換える事はできない。従って余白を利用して訂正したのではないか。このような経過を予想すると、この写本は著者自身の書写という可能性が高くなるように思われる。それにしても、『砕玉抄』収録の歌は、どこから得たものであろうか。

わたの原漕ぎ出し舟の友千鳥八十島がくれこゑきこゆ也　（新後撰集巻六）
わたの原こぎ出でゝみれば久方の雲居にまがふ沖津白波　（詞花集巻十）
限なく思ひしよりもわたの原漕ぎ出でゝ遠き末のうら浪　（新後拾遺集巻十）

わたのはらこぎいづるふねのとも千鳥やそしまがくれこゑきこゆ也　（雲葉集巻八）

等の類似の歌はあるが、全く同じ歌は、現在のところ見出すことができなかった。しかし、如儡子が、ある人の本を見てそのまま書写し、誤ったと言う注を付けているのであるから、このような歌人配列と参議篁の歌を収録した伝本があったと思われる。如儡子の使用したテキストの探索は今後の課題となる。

六、『砕玉抄』と『百人一首鈔』の関係

両者を比較してみると、記述形式は、歌人名、和歌、歌人の伝記、頭注、振仮名等、ほとんど同様である。また、如儡子の奥書も同様である。本文異同に関して全面的な比較検討は次項で行なうが、部分的な範囲での比較の結果では、『百人一首鈔』の方が振仮名がやや多い。また脱落も『百人一首鈔』の方が多い。この点では、『砕玉抄』の方がより如儡子の自筆本に近い本文という事になり、『百人一首鈔』は劣った本文という事になる。

また、列帖装の場合、製本してから書写する事が多かったとも言われており、如儡子は「異本百人一首」系の本文を使用して注を付してゆき、後で参議篁の歌の誤りに気付き、その訂正を歌の右傍らと頭注と左の余白に追加したのではないか。『百人一首鈔』は、寛文二年に重賢なる人物が書写したものであるが、おそらく、如儡子が二本松に移住後、重賢が如儡子の所持本を書写したものであろう。その時、如儡子は参議篁の歌の誤りについて説明し、その指示に従って書写されたのではないかと推測される。とするならば、この『砕玉抄』は、如儡子の自筆本という可能性が極めて高くなってくる。

七、『砕玉抄』と『百人一首鈔』の異同

以下、『砕玉抄』と『百人一首鈔』の異同について、具体的に検討したいと思うが、便宜的に、
1、『百人一首鈔』の脱落・省略
2、『砕玉抄』の脱落・省略
3、その他の異同等
の三つに分けて検討したいと思う。なお、この異同では、振仮名は除外し、一字・二字のようにわずかな異同も除外した。また、『砕玉抄』は『砕』、『百人一首鈔』は『鈔』と適宜省略する。

〔一〕『百人一首鈔』の脱落・省略

（文章は『砕』で示し、『鈔』に無い部分を〔　〕で囲んだ。引用文の振仮名は省略した。）

①序説の注⑨「懐旧とは世を恨身をかなしみ昔をしたひ今をそしること哀傷とは〔なき人をあはれみ〕吊ひいたむこと也」

②1　天智天皇御製　歌人の説明の部分「〔舒明天皇の太子仁王より卅九代めの帝葛城天王とも申奉る又近江の国大津の浦に宮造ありて御座ば近江の帝とも申す志賀の都是なり〕」

③1　天智天皇御製の注③「〔守とはまもるといふ儀番をすることなり〕」

④1　天智天皇御製の注④「御衣とは天子の御めしの小袖をいふ也〔さて衣とは小袖をいふ〕出家の着ものばか

りと心得へからず……」

⑤1　天智天皇御製の注⑦「……是民のついゐを〔いたはり〕あはれみ給ふゆへ也……」

⑥43　謙徳公の注②「〔あやなくとはいはれもなくといふことば也〕」

⑦52　恵慶法師の本文「……また取つぎ弄ぶ人もなくておのがさま〳〵荒果蓬生と（120オ）〔成侍るさて此ところへ哥人達寄集りて昔をしたひなつかしみ此宮居の荒たる秋の心を感じ哥ども詠ぜらる、時に此哥をも読る也但あながちにばう〳〵ぜんと荒果たるには非いか成金殿玉楼も主なければかならず荒たるやうに思ひなされ見なさる、物也伊勢物語にあばらなる板敷に月のかたふく迄ふせりてとこれあるも必ばう〳〵と荒果たるにてはなし只主なき宿の思ひなし見なしのさま也哥の心はけふ此河原のゐんへきてみるに主なく荒（120ウ）果たる宿の曲としてて門は葎にとぢ庭は蓬にうづもれ軒はしのぶにかたふき壁はいつまで草にこぼれか、りて露しん〳〵と物さび梟松桂の朶に啼狐蘭菊の草むらにかへるべくおぼえたりか、るところは人げつねにしげくとも物さびしかるへきに況や露うち払人もなく剰時はかなしき秋も来て何とやらん物わびしき粧ひをみるに付てもかの主の太臣をおもひ出恋したいまいらするに一入物かなしさいやまさりにて倩もかくまでは荒果る物かよろす皆」（121オ）昨日今日のごとくに懐しく思ひなされ……」

⑧53　三条院御製の本文「扨も面白く（122ウ）〔おもしろく〕澄のぼりたる月や」

⑨65　伊勢太輔の注①「〔平安城は桓武天皇のうつし給へる都也〕」

⑩71　大僧正行尊の注①「〔赤葉はおく山より色付そめて端山へうつりさて人里の草木もいろづきはべるもの也ちることも又かくのごとし端山とはおく山のそとをめぐる山の事也外山ともいふ〕」

〔二〕『砕玉抄』の脱落・省略

（文章は『砕』で示し、『砕』に無い部分を〔　〕で囲んだ。引用文の振仮名は省略した。）

①1　天智天皇御製の注①の次に　「〔寂蓮法師の云和哥ほどおかしきものはなしおそろしきいのししもふすゐの床なと、いへばうつくしくやさしくきこゆるといへり〕」

②56　能因法師の注①の前に　「〔能因の能の仮名を能と直したるはよろし／法師の法を法と直したるは正しからず法の字の漢音ははふの仮名呉音はほふの仮名なれは若し漢音の仮名に直さんとならははふと直すべし但し呉音はほふの仮名なれはやはりほふの仮名にてよろしかるべし〕」

③65　伊勢太輔の注①　「〔太輔とは院の御所の后万事をこなふ女官也〕」

④68　周防内侍の注①　「〔後冷泉院の女房白川院の内侍本名は仲子といふ〕」

⑤72　中納言匡房の注②　「〔かいまみるとはかきごしなどに見たるてい也〕」

⑥81　藤原基俊の注②　「〔標茅原下野国名所〕」

⑦95　鎌倉右太臣の注①の後に　「〔小町か哥にも有はなくなきは数そふ世中に哀いつれの日まで歎かん〕」

⑧97　権中納言定家の注①の後に　「〔定家の法名明静と云此うた建保六年内裏哥合〕」

〔三〕　その他の異同等

①4　山辺赤人の注⑥・⑦の文章の順序を『鈔』は入れ替えている。

『砕』「⑥言に出てとは詞に出してもと云心也⑦風景とはその所のおもしろきけしきありさまども也吟興とはさて

もおもしろき風景こはさていかになんど、心にふかくかんじあぢはふる事也」

『鈔』「⑥吟輿とはさてもおもしろき風景こはさていかになんど、心にふかくかんじあぢはふる事也言に出てとは詞に出してもといふ心也⑦風景とは其所のおもしろきありさま共也」
②7　参議篁の歌は、『砕』では特異な歌となっている。
『砕』は参議篁の歌を、

「わだの原こぎ出てゆくやそしまや人にはつげよあまのつりふね」

とし、その右の行間に小字で、

「此哥はかさねより書用へからす此上書にある本哥を用へし」

と注記し、上欄の注記に、

「此哥ある人の本にかくらんあるをそのまゝかき付あやまれり信用へきに非ずさて／和田の原八十嶋かけて漕出ぬと人には告よ蜑の釣舟　是をまことに用へしかへす〳〵／わだのはらこぎいでゝゆくやそしまやとあるをばわるきとしるへし」

としている。

これに対して『鈔』は、一般的に伝来する歌、

「和田のはら八十嶋かけて漕出ぬと人にはつげよ海士の釣ぶね」

を記すのみである。
③17　河原左太臣の本文中に『砕』は行間に、〔　〕で囲んだ部分を小字で補筆している。
「……忍ぶとうけんため〔奥州ニ信夫ノ郡アルユヘソ〕又忍ぶと云ては文字摺とうけん為〔ソ信夫ノ郡ニモチスリアルユヘ也〕これまでが序の分にて……」

これに対して『鈔』は、

「……しのぶとうけんため奥州に信夫の郡あるゆへぞ又しのぶと云てはもぢずりとうけんためぞ信夫の郡にもぢずりある故也これまでが序の分にて……」

と本文の中に組み込んでいる。

④57　良暹法師の注②　定家の歌の引用で、『砕』は、

「秋よたゞ詠すてゝも出なましこのさとのみのゆふべとおもはゞ」

としているが、『鈔』は、

「秋よたゞながめすてゝもいでなましこのさとのみのゆふべとおもはじ《はゞィ》」

として、「はじ」の右に「はゞィ」と歌の異同を記している。

⑤76　崇徳院の本文　『砕』は、

「……又わりなふしてもと云詞……」

としてるが、『鈔』は、

「……又わりなふ《う歟》してもといふ辞……」の「なふ」の「ふ」の右に「う歟」と注記している。

以上、『砕玉抄』と『百人一首鈔』の異同関係を列挙したが、次に各項について考察する。

1、『百人一首鈔』の脱落・省略について

ここに掲げた如く、『砕』にある文章が『鈔』に無いものは一〇箇所である。この中で⑧の「おもしろく」は、『砕』で重複している部分を『鈔』が削除して修正したと考えられるが、その他のものは、いずれも『鈔』の誤脱

と思われる。特に注目されるのは、⑦の恵慶法師の条の脱落で、これは『砕』の原本のちょうど丁移りから丁移りまでの一丁分の脱落であり、この事は、『鈔』が『砕』を写した決定的な証拠となる。『百人一首鈔』は『砕玉抄』の書写本であると推定する事ができる。

2、『砕玉抄』の脱落・省略について

『鈔』にある文章が『砕』に無いものは八箇所である。これらの内、②・⑥・⑧は、『鈔』の書写者・重賢の筆跡とは異なり、後人の補筆と思われる。残る五箇所は、いずれも書写の段階などで、当時、二本松で健在であったと思われる、如儡子のアドバイスによって補った可能性がある。『鈔』の書写態度は極めて原本に忠実であるので、自分勝手に補筆したとは思われない。

3、その他の異同等について

①の部分の本文は、「吟興」「言に出て」「風景」の順序で出てくる。『砕』の注は「言に出て」「風景」「吟興」の順になっている。これを『鈔』は「吟興」「言に出て」「風景」と本文の順序に合わせて入れ替えている。書写の時に順序が本文と合わない事に気付いて改めたのであろう。

②は参議篁の歌であるが、『砕』は最初、「わだの原こぎ出てゆくやそしまや人にはつげよあまのつりふね」と書き込んだ。これは「ある人の本」にあったのだと言う。その後、この歌が正しいものではない事に気付き、これを訂正した。しかし、使用している書写本は、袋綴じではなく、列帖装であったので、簡単に用紙を入れ替えて書き換える事は出来ない。そこで、歌の右側の行間と、上欄と小口の空白を利用して訂正したものと推測される。

このような特異な歌を収録している「異本百人一首系統」のテキストは、現在までに確認する事が出来なかった。いずれにしても、この『砕』を書写した重賢は、書写の折に、如儡子に質し、その助言に基づいて一般に伝わる、「和田のはら八十嶋かけて漕出ぬと人にはつげよ海士の釣ぶね」と改めて書いたのであろう。『砕』を忠実に書写している重賢が独自の判断で、このように改める事は考えられない。この参議篁の歌の条は、この『砕』の写本が著者・如儡子自身の書写にかかるものである事を推測させる、という点でも重要なものとなる。

③河原左太臣の条で『砕』は、後から右側の行間に、漢字片仮名交じりで補筆している。おそらく、著者・如儡子自身の追加であろう。『鈔』の書写者は、これを漢字平仮名交じりに改めて、本文の中に組み込んでいる。これも如儡子からの指示によるものと推測される。次項の④・⑤と極めて忠実な書写態度を示している書写者が勝手に組み込んだとは思われない。

④良暹法師の条の注で定家の歌を引用している。『砕』は、「秋よたゞ詠すてゝも出なましこのさとのみのゆふべとおもはゞ」としているが、これに対して、『鈔』は、「秋よたゞながめすてゝもいでなましこのさとのみのゆふべとおもはじ」として、「はじ」の右に「はゞィ」と注記している。『砕』の「おもはゞ」を「おもはじ」と読んで注をしたのであろう。

⑤崇徳院の本文で、『砕』は、「又わりなふして」としているが、これに対して、『鈔』は、この「又わりなふして」の「ふ」の右に「う歟」と注記している。極めて忠実な書写態度という事が出来る。

八、『砕玉抄』の位置

『砕玉抄』と『百人一首鈔』の異同関係等を具体的に考察してきたが、右の結果から如儡子の「百人一首」注釈書の現存諸本の中では、『砕玉抄』が最も早いものであり、本文としても、最も優れたものと判断される。さらに、七番・参議篁の書写状態から推測すると、『砕玉抄』は如儡子の自筆本の可能性がある。水田紀久氏(注1)の報告によれば、日下無倫氏所蔵の如儡子の色紙があるとのことである。その色紙には、

「龍吟雨／虎嘯風／雪朝菴直峯／如儡子居士　〔印〕」

とあり、かなり古く近世初期の書と思われる由である。今後は、この色紙の調査も含めて、『砕玉抄』の筆跡と書写者の問題に検討を加えたいと思う。

いずれにしても、如儡子の「百人一首」注釈としては、この『砕玉抄』の本文を第一のテキストとして位置づける事が妥当と思われる。

『百人一首鈔』は、寛文二年六月中旬に重賢なる人物によって書写されたもので、その書写態度は極めて忠実に行なわれている。また、補筆の部分や異同のみられる部分に関しては、著者・如儡子の関与も推測されるので、この本文も参照すべきであろう。

（注1）　水田紀久氏「可笑記の著者について」（『大谷大学国文学会会報』5、昭和27年3月）

第五節　まとめ

如儡子・斎藤親盛の「百人一首」注釈書に関する研究に初めて着手されたのは、百人一首の研究者・田中宗作氏であった。昭和四十一年九月発行の『百人一首古注釈の研究』である。仮名草子研究者としては、田中伸氏の「如儡子の注釈とその意義――『百人一首鈔』と『酔玉集』――」が昭和五十二年十月発表され、続いて、野間光辰氏の「如儡子系伝攷（中）」が昭和五十三年十二月に発表された。これらの先学の研究を踏まえて、私も、如儡子の「百人一首」注釈書に関する研究を進めてきた。

『百人一首鈔』や、『酔玉集』、さらに『百人一首註解』などを分析してきたが、『砕玉抄』の発見によって、如儡子の「百人一首」注釈書の実体がほぼ見えてきたと思う。現時点では、『砕玉抄』が最も著者の執筆した状態に近い、信頼すべき本文という事ができると考えられる。

野間光辰氏は、

「しかし田中宗作氏も説かるる如く、本書の注釈すこぶる通俗・平易、秘訣・口伝などに拘わらず、啓蒙的なる点に特色があるが、最初から全文に振仮名を施し頭注を加えたものであったかどうか、私は疑う。彰考館本は、寛文二年六月重賢なる人の書写するところである。当時如儡子は二本松にあり、重賢なる人にこの旧作を書写せしめ、それを前に置いて講読したのではなかったか。全文の振仮名・頭注は、聴講の際重賢がこれを書き入れたものではないかと思う。」

と推測しておられるが、(注1)これに対して、私は、『百人一首鈔』の丁寧な書写態度を見て、「（振仮名や頭注は）如儡子の自筆本に最初から付されていたものと推測している。詳しい論証については、今後の課題にしたいと思うが、俳諧に自注作品がある如く、近世初期の啓蒙期にふさわしい著作だと思うし、この啓蒙期を代表する作者・如儡子にふさわしい著作だと考えている。」と述べておいた。(注2) その後、『砕玉抄』が発見され、全体的な分析を加えたが、その結果、私の提出した説はほぼ認められてよいかと考える。

如儡子の「百人一首」注釈の膨大な作業について、その全体像を掴むことができたが、それは、田中宗作氏・田中伸氏・野間光辰氏・島津忠夫氏・乾安代氏等の御研究に助けられて、ようやくここまでたどり着くことができたと言ってよい。しかし、今後に残された課題はなお少なくはない。

一、如儡子は、『砕玉抄』において、異本百人一首系統の本文を採用しているが、伝存の異本百人一首系統の本文とは異なる点がある。殊に第七番・参議篁の特異な歌はどのテキストから得たのであろうか。如儡子が最初に使用した本文を解明しなければならない。

二、『砕玉抄』は、列帖装、一五帖・全二〇九丁という大部な写本である。保存状態から考えても近世初期の写本の可能性があり、本文の異同状態から推測すると、少なくとも『百人一首鈔』より前のものである事はほぼ誤りはないものと思われる。それならば、この『砕玉抄』の書写者は誰か、という問題が残されている。第七番・参議篁の条から考えると如儡子の自筆の可能性がある。しかし、如儡子の筆跡は、これまで確認されていない。水田紀久氏の紹介された色紙の確認や、二本松で紛失した行李一件の解決など、今後に残されている。

三、『百人一首鈔』の書写者「重賢」の確定もこれからの課題である。この点に関しては、中沢家の資料の調査は終わり、検討も行なったが、未解決の点が残されているし、上坂平次郎・三休子の『梅花軒随筆』の調査分析も完結しなければならない。

これらの諸点に関しては、今後さらに調査・研究を継続してゆきたいと思う。

（注1）野間光辰氏「如儡子系伝攷（中）」（『文学』46巻12号、昭和53年12月）
（注2）拙稿「『百人一首鈔』（如儡子著）研究序説」（長谷川強編『近世文学俯瞰』平成9年5月8日、汲古書院発行）。

第四章　如儡子・百人一首注釈書の意義

第一節　百人一首研究の現状

「**小倉百人一首**　おぐらひゃくにんいっしゅ　秀歌撰。「小倉山庄色紙和歌」とも。藤原定家撰（一説、為家補撰）。成立時期未詳。天智天皇から順徳院に至る男七九（僧一三）・女二一人の一〇〇人各一首を大略時代順に配列。出典は『古今集』二四（首）・『後撰集』七・『拾遺集』一一・『後拾遺集』一四・『金葉集』五・『詞花集』五・『千載集』一四・『新古今集』一四・『新勅撰集』四・『続後撰集』二。部立別には、春六（首）・夏四・秋一六・冬六・恋四三・雑二〇・羈旅四・離別一。『新勅撰集』から続く定家晩年の好尚が窺われ、修辞を駆使した知巧的で艶麗な作が多い。」（中川博夫氏、『日本古典文学大辞典』平成10年6月10日、明治書院発行）

新古今集時代の代表的歌人、藤原定家の編纂した『小倉百人一首』は、以後、和歌の珠玉の集「百人一首」として、多くの人々に受容されてきた。平成九年発行の、吉海直人氏の『百人一首年表』(注1)は、その凡例で、「一、本書は、近世の刊行物を中心とする百人一首の年表である。そのため注釈書・異種（含もじり）等は原則として除外した。ただし写本やかるたに関しては、有名なものはできる限り掲載した。百人一首の写本に関しては、室町期写本に限っても、おそらく数百本は伝存しているはずであるが、研究者の関心が向いていないため、今まで基礎的な書誌調査（校本研究）が行われたこともないようである。」

と述べられ、その採録範囲を限定しているが、鎌倉・室町期の写本・二〇点を含め、天正年間から平成年間までの、一七〇〇余点を収録しておられる。

また、「百人一首」の注釈書に関しては、昭和四十一年に田中宗作氏の『百人一首古注釈の研究』(注2)が、刊行され、注釈書の研究を進められたが、最新の研究の概観としては、平成十一年に吉海直人氏の『百人一首注釈書目略解題』(注3)が「百人一首注釈書叢刊　1」として出版された。

「一、注釈史概観　1　注釈史の現在／2　古注釈史の展望／3　新注釈史の展望／4　現代注釈史の展望／5　今後の問題

二、参考文献一覧

三、古典編　Ⅰ　中世注　1～32（32）／Ⅱ　近世注　33～233（201）

四、現代編　Ⅰ　明治注　234～302（69）／Ⅱ　大正注　303～329（27）／Ⅲ　昭和注　330～622（293）

Ⅳ　平成注　623～686（64）／増注　1～2（2）」

この吉海氏の解説・解題で、現在までの注釈史・注釈書の全貌を把握することが可能になった。また、和泉書院発行の「百人一首注釈書叢刊」全二〇巻・別巻一、によって、主要な注釈書が読めるようになり、百人一首の研究も一段と活発になってきた。

第二節　如儡子の百人一首注釈書

吉海直人氏は前掲『百人一首注釈書目略解題』の「Ⅱ　近世注」二〇一点の三番目に、如儡子の『百人一首鈔』を収録され、【備考】で、

「古注を参照しつつも伝統的な継承ではなく、むしろ啓蒙的な内容になっており、振り仮名を増加する等、一般大衆を対象とした注釈と考えられる。また歌解の後に歌評があり、鑑賞的な面も強化されている。やや儒教的な色合いがあることも含めて、仮名草子作者の手になる注釈書であることに特徴がある。百人一首の注釈というよりも百人一首を利用しての教訓書的である点、後の『蔵笥百首』にも通じるものがある。

☆従来指摘されていた配列の異同に関しては、百人秀歌型配列（ただし完全ではない）であることで氷解した。ただしその選択が意図的なものか偶然かは未詳。また国会図書館蔵『酔玉集』も如儡子作とされているが、配列は通行本と同様であり、内容的にも親子関係は認められない。如儡子もまた二種の百人一首の存在を知っていたのであろう。なお京大本『百人一首註解』は、『酔玉集』の一本とも称すべきものであることが最近判明した。

本書106参照。」

と記され、106の『百人一首註解』の【備考】では、

「近世初期成立。『幽斎抄』系の古注に依拠しているが、独自の解釈も存する。誤字・当て字が多い。17番業平歌の注の途中で空白になっており、親本の段階で既に落丁が存したと思われる。また下巻89番から96番までに順序の乱れが生じており、これも親本の段階で錯簡が生じていたらしい。注によれば尊円親王、細川幽斎本、里村昌

琢・猪苗代兼与の注釈を参照していることがわかる。なお、従来現存一本のみの孤本とされていたが、深沢氏の研究によって実は如儡子著『酔玉集』『百人一首鈔』の一本であることが判明した。そのため本書の位置付けは
　今後の課題とせざるをえない。本書35参照。」
と記しておられる。実は、この吉海氏の『百人一首注釈書目略解題』が刊行された、二年後の平成十三年に、武蔵野美術大学美術館・図書館所蔵の『砕玉抄』が発見された。これは、浅田徹氏の御示教によるものであるが、この『砕玉抄』は、如儡子の百人一首注釈書の中で、最も古く、また、テキストとしても、最も優れたものであることが明らかになった。

如儡子の百人一首注釈書は、異本百人一首系の配列である『砕玉抄』・『百人一首鈔』と、百人一首系の配列である『酔玉集』・『百人一首註解』との二つに分けることができる。これらを、成立の先後、本文の異同関係を考慮して整理すると、次の如くである。

○異本百人一首系本文――**砕玉抄**（自筆？）――**百人一首鈔**

○百人一首系本文――（砕玉抄＋酔玉集自筆本？）――**酔玉集**

○百人一首系本文――（砕玉抄＋百人一首註解自筆本？）――**百人一首註解**

現段階では、『砕玉抄』が如儡子の自筆であるとは断定出来ないが、その可能性は、かなり高いと思っている。従って、如儡子の百人一首注釈について考察するには、『砕玉抄』の本文を中心にするのが妥当と思われる。ただ、『百人一首鈔』は、『砕玉抄』の書写本であり、両者間にかなりの異同があるにしても、その書写態度は忠実であるので、『百人一首鈔』を対象として考察された、田中宗作氏の説は、如儡子の百人一首注釈に対するものとして扱って支障はないと思われる。しかし、乾安代氏の研究は『百人一首註解』を対象として為されており、このテキストがかなり劣った本文であるゆえ、このような点は考慮すべきである。

第三節　如儡子の百人一首注釈書の特徴

一、歌人配列の特異性

如儡子の『百人一首鈔』の歌人配列の特異性を最初に指摘されたのは、『百人一首古注釈の研究（注4）』の田中宗作氏であった。田中宗作氏は「こうした配列現象は、今まで調査してきた百人一首注釈としては珍しいことで、注目すべきであろう。」と述べておられる。田中伸氏も、この配列の特異性に関して調査・分析されたが、確たる結論を見出すことはできなかった。その後を受けて、私も吉海直人氏・齋藤彰氏等の助言を頂きながら、調査・分析を重ねた結果、異本百人一首系統の配列である事が分った。さらに、その後、『砕玉抄』が発見され、この『砕玉抄』を書写したものが『百人一首鈔』である事が判明した。当然、『砕玉抄』も異本百人一首系統の配列であるが、吉海直人氏も指摘されるように、「異本百人一首」は「三部抄」所収本に多いので、如儡子は、この系統のテキストを使用した可能性が高いと思われる。ただ、『砕玉抄』の配列は、「異本百人一首」と完全に一致する配列ではない。相違するところが二点ある。

1、86西行法師　の位置が異なる。

異本百人一首　86西行法師　　砕玉抄　58西行法師

2、63左京太夫道雅　と　67周防内侍　が入れ替わっている。

異本百人一首　　63左京太夫道雅　　67周防内侍
砕玉抄　　　　　67周防内侍　　　　63左京太夫道雅

このように、如儡子は、異本百人一首系統の配列のテキストを使用したものと推測されるが、実は、もうひとつ疑問点がある。それは、第七番歌、参議篁の歌を、初め、

わだの原こぎ出てゆくやそしまや人にはつげよあまのつりふね

と、特異な歌を書き込み、後から、傍注・頭注で、

和田の原八十嶋かけて漕出ぬと人には告よ蜑の釣舟

と、一般的な歌に訂正している。このような条件をも考え合わせると、如儡子の使用したのは、異本百人一首の配列で、参議篁の歌では、このような特殊な本文をもつテキストであったと推測される。

『酔玉集』の歌人配列は、一般的な百人一首の配列である。『百人一首註解』も大部分は一般的な百人一首の配列であるが、89式子内親王・90殷冨門院大輔と95前大僧正慈円・96入道前太政大臣が入れ替わっている。何故、95前大僧正慈円・96入道前太政大臣を前に移し、89式子内親王・90殷冨門院大輔を後に移したのか、現在のところ、その理由は未詳である。

二、啓蒙的執筆姿勢

斎藤親盛・如儡子は、寛永の巳の年（18年）十一月、百人一首の注釈書を書き上げ、その奥書で、次のように記している（『砕玉抄』）。

「つれ〳〵と、ながき日くらし、おしまづきによつて、墨頭《ぼくとう》の手中《しゆちう》よりおつるに、夢《ゆめ》うちおどろかし、おろか心

の、うつり行《ゆく》にまかせて、此和哥集《わかしう》の、そのおもむきを綴《つゞり》、しかうして、短《みじか》き筆《ふで》に、書《かき》けがらはし留《とゞめ》り。寔《まことに》、せいゐい、海《うみ》をうめんとするにことならずや。されば、かの三神《じん》のみとがめをつゝしみ、おもむげず、かつまた、衆人之《しうじんの》ほゝえみ、嘲《あざけり》をもかへりみ、わきまへざるに似《にた》りといゐども、さるひな人の、せめをうけ、辞《じ》することばたえ、退《しりぞく》に道《みち》なくして、鈍《にぶ》き刃《やえば》に、樗櫪《ちよれき》を削《けづれ》り。人、是《これ》をあはれみ給《たま》へや。

時《とき》寛永《くわんえい》巳《み》之《の》仲冬《ちうとう》下《げ》幹江城《かんかうじやう》之《の》旅泊身《りよはくしん》
雪朝庵《せつてうあん》士《じ》峯ノ《ほうへつ》禿筆作《とくひつさく》
如儡子居士」

この奥書について、田中宗作氏は『百人一首古注釈の研究』（昭和41年）で、次の如く述べておられる。

「……仮名草子の中でも教訓物の先駆として、つれづれ草と関係づけて考えられている「可笑記」の作者らしい識語で、この文の中にも仮名草子作者の面目は躍如としているように思う。また、これによって、その成立に至る由来についても、ほぼ知ることができるのであるが、かの宗祇抄や幽斎抄などの序説や奥書にあるように、相伝の意義と尊さとをあくまでじぶんのよりどころとして、その権威を大上段に、ふりかざして、他見をいましめるがごときことばの片言隻句もないことは、この種の注としては注目すべきことであろう。……」

また、田中伸氏は『仮名草子の研究』(注5)（昭和49年）で、次の如く解釈しておられる。

「この文を見るとまず、「つれづれと長き日くらし、をしまづき（几）によって」とか、「をろか心のうつり行にまかせて」とか、「徒然草」序段の想を借りている点が目につく。いうまでもなく如儡子の「徒然草」の傾倒は『可笑記』にも強くあらわれていることから考えて、こゝにもそうした傾向を見るのは当然の所である。更に、「せいゐい（精衛）海をうめんとする」と、「山海経」を原拠とし、「太平記」巻十などにも引用されている「精衛埋海」の故事、「鈍き刃にちよれき（樗櫟）を削り」というような、「荘子」などに見られる「樗櫟（不用ノ材ノ意）」を用いての比喩を用いるなど、『可笑記』の序文などで、「其碩礫《ママ》にならって玉淵をうかゞふ事なければ云々」の語句や、「猿猴が月を望み」の如き故事の引用などをする態度に通うものが見られるのである。すなわち、如何にも『可笑記』の作者らしい発言であり、全般に亘って自己を卑下した傾向にあることも共通しているのである。」

さらに、野間光辰氏は、『近世作家伝攷』（注6）（昭和60年）において、

「ここに「さるひな人のせめをうけ」とある。勿論その鄙人が誰であるか判らぬが、とにかくさる鄙人の依頼を受けてその文債を果たすべく、鈍才ながらこの書を著わしたというのである。前に述ぶる如く、奥書の「寛永巳之仲冬下幹」は寛永十八年十一月、江戸における筆作たることは明らかであるが、「江戸在住の武士たち」のためのものとは思いもよらぬ。」

と記しておられる。田中宗作氏・田中伸氏・野間光辰氏の引用する本文が、多少異なるのは『百人一首鈔』に拠っているからであるが、内容的に問題は無い。百人一首の研究者・田中宗作氏、仮名草子の研究者・田中伸氏・野間光辰氏、三氏の説かれる点は、いずれも参考になるが、特に、田中宗作氏の説は、『砕玉抄』を解釈・評価する上で貴重なものと思われる。

「これといって為すことも無い手もちぶさたの日々、机に向かっていると、手許から筆の落ちるのに驚き、愚かながらも、気の向くままに、この珠玉の和歌集に注釈を試み、自分なりの批評も付け加えてみた。しかし、結果は御覧の通りのもので、これこそ、中国故事の精衛海を塡むのたとえのように、大それた事に手を出し、徒労に終ってしまったというのと同じである。和歌の神様、住吉明神・北野天神・玉津島明神の注意に対して慎重に対応することができず、さらに、多くの人々に笑われるのも反省せず、分別のない事をしたものである。しかし、

ある田舎の人に頼まれて、断るに断ることができず、切れ味の悪い筆で非才をも省みず、書き上げたものである。読者は、この事を察して欲しい。」

自分の非才をも省みず、伝統的な「百人一首」に注釈を加え、批評を添えるという、大それた事に挑戦したが、それは、中国の精衛という想像上の鳥が、木石を口にくわえて大海を埋めようというと、大それた事に挑戦して果たせなかったのと同様に、結局はむだ骨折りとなってしまった。しかし、これは、ある田舎の人の依頼によるもので、断りきれなかったのである、と言う。如儡子は「さるひな人」に頼まれて、これを執筆したという。如儡子にとって「さるひな人」とは、単なる田舎の人では無いだろう。それは、十八歳頃まで、武士の子として、奉行の子として育った、雪国・庄内、酒田の人であろう。依頼された人のほかにも、何人もの人々が胸中に浮かんだものと思われる。その人たちのために、この百人一首を分りやすく伝えたい。難しい漢字には、振仮名を付けて、言葉の意味もできるだけやさしく説明して、分るように伝えよう。もちろん、結果的には、酒田の人たちだけでなく、日本全国の、余り字も読めない人たちにも読んでもらえるように、やさしく書こう、如儡子は、そのように思って、この注釈書を執筆したのではないか。私は、そのように推測している。

如儡子は、この膨大な注釈書の本文のみでなく、小字の注記にまで、大部分の漢字に振仮名を付けている。近世初期の仮名草子の本文と同じ姿勢である。奥書に付けた注記は、第三章第一節の四（57～58頁）で掲げたので、ここでは、序説の注記を掲げることにする。

①和歌《わか》の二字《じ》、うたにやはらぐ、と読《よみ》たり。古《ふる》き書《しょ》に、天地《あめつち》を動《うごか》し、めに見えぬ鬼神《おにかみ》を感《かん》じしめ、たけくいさめる、武士《もの、ふ》の心をもやはらぐるは、哥《うた》の徳《とく》なりと見えたり。

京極《きやうごく》は都にあり。此ところに定家《ていか》すみ給へるゆへに、京極殿《きやうごくどの》と申。黄門《くわうもん》は中納言《なごん》の唐名《からな》。此時《とき》、定家《ていか》、中納《な》言《ごん》の官《くわん》也。定家《ていか》は名乗《なのり》、さだいゑとよむ也。卿《きやう》とは、その人をもちいあがむる時、書字《かくじ》也。但《たゞし》、一位《ゐ》二ゐ三位《ゐ》のくらゐの人までかくべし。

②妙《たへ》なる秀哥《しうか》とは、すぐれて、おもしろきうたといふ心也。

③山庄《さんさう》とは、隠居所《いんきよしよ》。山家《さんけ》といふに同《おなじ》。定家卿《ていかきやう》、うせ給ひて後《のち》、子息《しそく》、為家卿《ためいゑきやう》も、この山庄《さんさう》にすみ給ふと也。

④眼《まなこ》を潤《うるほ》し、耳《みゝ》を澄《すま》すとは、われもよみ人にもよませて、心にしかと吟詠《ぎんゑい》すること也。

⑤定家《さだいゑ》、家隆《いゑたか》、通具《みちとも》、雅経《まさつね》、有家《ありいゑ》、この五人、そのころめいよの哥人《かじん》たち也。

⑥新古今集《しんこきんしう》は、元久《げんきう》二年《ねん》三月廿六日に撰《せん》ず。序《ぢよ》は、後京極太政太臣摂政良経公《ごきやうごくだいじやうたいしんせつしやうよしつねこう》の御作《さく》。真名序《まなぢよ》は、中納言親経卿《ちうなごんちかつねきやう》の作《さく》也。

⑦身まかるとは、しぬることなり。

⑧雑《さう》とは、春夏秋冬《はるなつあきふゆ》、恋《こひ》、無常《むぢやう》、述懐《しゆつくわい》、神祇《じんき》などのことにもあらぬこと也。

⑨懐旧《くわいきう》とは、世《よ》を恨《うらみ》、身をかなしみ、昔《むかし》をしたひ、今《いま》をそしること。哀傷《あいしやう》とは、なき人をあはれみ、吊《とふら》ひいたむこと也。

⑩あやにおもしろきとは、いろ〳〵さま〳〵、見ことなるといふ心也。

⑪人間《にんげん》を初《はじ》めて、虫鳥《むしとり》けだもののたぐひは、これを有情《うしやう》といふ。又、卉竹木石《きちくほくせき》のたぐひ、是《これ》を非情《ひじやう》といふ也。

⑫かうあいとは、よろずの物を、このみもてあそぶ事。執着《しうじやく》とは、よろずものにめでなるゝこと也。

⑬かんげんとは、いけんをいふ事。

⑭けうくんとは、をしへをなすこと也。

⑮せいすいのかゞみとは、世のさかりおとろへのてほんといふ事也。

⑯爰《こゝ》にいへる冨貴《ふつき》とは、大身《たいしん》にて位《くらゐ》もたかき人。栄耀《えいよう》とは、出頭《しゆつとう》ならびなく、万民《ばんみん》にあがめ用《もちい》らるゝ人。貧賤《ひんせん》

とは、小身《せうしん》にて位《くらゐ》もひき丶人。零落《れいらく》とは、身上《しんしやう》おちぶれ、すりきりたる人の事《こと》也。
⑰後世《こうせい》とは、のちのよといふこと也。
⑱倩《つら〱》とは、未生《みしやう》以前《いぜん》よりこの事をといふ心也。
⑲号《かう》とは、なづくるといふこと也。

この自分の序説に対する注記は、素朴で、平易で、基本的なものが多い。これは、この注釈書に収録された、百人の歌人、百首の歌の解説や批評全体に一貫しているものであり、この注釈書が、決して高度な知識人を読者対象としたものでは無いことが解る。自分の著した文章に自分で語注を付けるという姿勢は、近世初期の啓蒙期の傾向であった。貞門俳諧の代表的存在である松永貞徳は、万治二年（一六五九）に『貞徳百韻独吟自注』を刊行している。これは自作の百韻に自ら注を加えたものである。自分の著書に自分で注記を付けるというのは、一般的には余り無いが、この時期には、より多くの読者に俳諧を広めたい、という意図のもとに、このような著作も書かれたものであろう。如儡子の百人一首注釈も、同様な意図をもって、執筆されたものと推測される。

三、如儡子的表現

如儡子の仮名草子『可笑記』は、近世初期特有の、漢語や俗語など、現実に使われている言葉を自由に取り入れた、一種の俗文体で書かれている。それは簡潔明解な文体であるが、話し言葉の要素も多く取り入れられている。それは、この『砕玉抄』についても言えることである。一、二、その例を掲げてみる。

1天智天皇

砕玉抄……真其《まつその》ごとく万《よろづ》落魄《おちぶれ》すたれゆく

百人一首鈔……真其《まつその》ごとく万《よろづ》落魄《おちぶれ》すたれ行《ゆく》

酔玉集……まことに万おちぶれすたれゆく

百人一首註解…寔に万おちぶれすたれ行

48源重之

砕玉抄……真其《まつその》ごとく本心《ほんしん》は本《もと》より

百人一首鈔……真其《まつその》ことく本心《ほんしん》は本《もと》より

酔玉集……寔《まこと》にそのことくこひはもとより

百人一首註解…誠に其ことくほいわもとより

77崇徳院

砕玉抄……真其《まつその》ごとくわが中《なか》の盟《ちきり》も思ひの外《ほか》なる

百人一首鈔……真其《まつその》ごとくわが中の契《ちぎり》も思《おも》ひの外《ほか》なる

酔玉集……そのことくわかなかのちきりもおもひの外なる

百人一首註解…其ことく吾なかの契りも思ひの外なる

59赤染衛門

砕玉抄……さりとはおしき事あつたら物よと戯《たはふ》れなからも

百人一首鈔……さりとはおしき事あつたら物よとたはふれながらも

酔玉集……さりとはをしき事よとたはふれなからも

百人一首註解…さりとはおしきよとたはむれながらも

「真其《まつその》ごとく」は、『可笑記』でも多用されている、著者・如儡子の好んで使用している言葉である。『日本国語大辞典』第二版には、次の如くある。

「まっ‐その【真其】〔連体〕（「まっ」は接頭語）「その」を強調していう語。まさにその。＊史記抄（1477）一二・魯鄒「今がまっ其時節ぞ」＊日葡辞書（1603-04）「Massono（マッソノ）ワキニ〈訳〉傍らに」＊ロドリゲス日本大文典（1604‐08）「Massono（マッソノ）トコロニ」」

「まっその如（ごと）く　ちょうどそのように。まったくそれと同じように。＊玉塵抄（1563）三八「宛はあたかもとよむぞ。宛と云はまっその如など云心ぞ」＊浄瑠璃・国性爺合戦（1715）五「まっ其ごとく高手小手に縛付」＊続鳩翁道話（1836）二上「いつも身は奇麗なり。本心も真（マッ）その如（ゴト）く」」

『日本国語大辞典』によれば、この言葉の初出は、『史記抄』・『玉塵抄』などであり、中世末期の抄物のようである。如儡子は、これらの抄物も読んでいて、その影響で、「真其ごとく」を好んで使用していたものと推測される。

「あつたら物よ」も如儡子が、よく使っている言葉である。『日本国語大辞典』第二版には、次の如くある。

「あったら‐もの【惜物】〔名〕「あたらもの（惜物）」の変化した語。＊史記抄（1477）一二・弟子列伝「ああったらものに、大な処を治めさせたらば庶幾てましぞ」＊三体詩素隠抄（1622）一・四「かかるわるい処で、枯はてなしことはあったらものかな」＊咄本・昨日は今日の物語（1614‐24頃）上「名人ではなひ。あったら物を内へ入（いる）やうにしてこそ上手なれ。天下二でもない」（以下、省略）」

この言葉の初出も『史記抄』である。このような、抄物などに使用されている話し言葉を如儡子はよく用いているが、その「真其《まつその》ごとく」や「あつたら物よ」のような、やや一般的ではない、また話し言葉的なものを、『酔玉集』や『百人一首註解』は「そのことく」と改めたり、削除したりして、書き言葉的に変えているが、それだけ如儡子的文体から離れる結果となっている。

四、儒教的立脚地

如儡子は、近世初期の新しい思想、儒教思想を積極的に学び、若い頃の生き方の拠り所にしていたと思われる。『可笑記』は儒教的色彩の強い立場で書かれている。『可笑記』は、寛永十三年（一六三六）に一応成立し、初版の刊行は寛永十九年（一六四二）である。その前年・十八年に『砕玉抄』は成立している。この百人一首の注釈書にも儒教的な考えが盛り込まれるのは、あるいは当然のことと言える。一、二、具体例を掲げたい。

第一八番歌は、光孝天皇の、

　きみがためはるののに出てわかなつむわがころもでにゆきはふりつゝ

である。『幽斎抄』(注7)は、次の如く評している。

「……是は臣下なとに若菜を給ふ時の御哥也。春のゆう〳〵と長閑なる折にもあらす。余寒の時分雪を打はらひ〳〵若菜をつむ心也。雪をは艱難のかたにとる也。親王にてましませは如此辛労有て人を御憐愍の義也。君かためと云より上一人下万民に至たる御哥也。然は天下を思召事あらはれたり。是によりて天道に叶給て御位にもつき給也。定家卿はかりそめにも花麗はかりにては無本意とてかくのことく心のある哥を取出て入給へり。新勅撰なとの心おなしかるへし。」

如儡子は、「古今集《こきんしう》の詞書《ことばがき》に、仁和《にんわ》の帝《みかど》、皇子《みこ》におましましけるとき、人に若菜《わかな》給ひける御哥とあり。」とし、「人とは、五常徳《ごぢやうとく》たけたる臣下《しんか》を指《さし》ていふ成《なる》べし。夫《それ》、人の人たるを人といふ本文《ほんもん》あれば也。実《まことに》、今時《いまどき》の人、皆《みな》畜類同前《ちくるいどうぜん》なり。若菜《わかな》を給ひけるとは、臣下《しんか》たちにわかなのあつ物をくだされ、賀《が》し給ふ事也。……御哥の心は、此わかなつみ給へるころは、いまだ年《とし》たちかへる、きのふ今日《けふ》にして、初春《はつはる》の空長閑《そらのどか》にもあらず。余寒《よかん》も一入烈《しほはげし》く、そく〱とふる白雪《しらゆき》を、御袖《そで》にて打払《うちはら》ひ〱、氷踏砕《こほりふみくだ》き、いかばかり寒苦辛労《かんくしんらう》たへがたけれども、臣下《しんか》をはごくまん為《ため》には、かゝるうきめも何《なに》ならず。此心ばせを感《かん》じ奉《たてまつ》りて、此わかなのあつものを心よく給《たまは》れかし。さもあらば御心よろこばしからんと也。まことにありがたき御 志《こゝろざし》の御詠哥《ごゑいか》、沈吟《ちんぎん》すべし。」と解釈し、「五常《ごぢやう》」に注記して、「五常《ごぢやう》とは、仁儀礼智信《じんぎれいちしん》也。仁《じん》とはぢひ、儀《ぎ》とはすぢめ、礼《れい》とはしきさほうたゞしく、智《ち》とはよろづうたがはしき事《こと》なし。信《しん》とはいつはりなく、まことある事。」としている。この歌の解釈に、儒教的要素を付け加えている事がよくわかる。

第六三番歌　赤染衛門の、

　やすらはでねなましものをさよふけてかたふくまでの月を見しかな

この歌に対する如儡子の解説・批評は詳細である。その分量は原本で五葉に亙っている。

「……されば世間邪欲不道無理利口《せけんじやよくふだうむりりこう》の人〱、此 趣《おもむき》を見きかせられば、必 兄弟《かならすきやうたい》の身として、かゝる恋路《こひぢ》の作代《さくだい》いかゞなど、取《とり》〱さま〱の難辞《なんじ》有べけれども、昔《むかし》の人は女も男《おとこ》も老《おひ》たるもわかきも、皆慈仁愛憐《みなぢじんあいれん》の心ざしふかくて、主君臣下《しゆくんしんか》を恵《めぐ》み給へば、臣《しん》又君《きみ》になつき、親《おや》は子《こ》をかなしめば子《こ》は親《おや》をいたはり、兄《あに》おとふとをあはれめば弟《おとゝ》あにゝしたがひ、夫《おつと》つまに礼《れい》ある時は妻《つま》おつとをつゝしみ、我《われ》人に信《まこと》あれば人われに交《まじは》りて、君臣父子《くんしんふし》夫婦兄弟朋友《ふうふきやうだいぼうゆう》の五輪《りん》たゞしく、仁儀礼智信《じんきれいちしん》の五常《ぢやう》そなはりしとかや。……誠 兄弟《まことにきやうだい》の愛憐《あいれん》ふかき哥也。たとへばおのこなりとも、弟《おとふと》とさへあらば有《ある》べきに、いはんや妹《いもうと》におゐては一入《しほ》ふびんを加《くわ》へずんば有べからす。よく〱詠吟《ゑいぎん》あるへし。さればかく長《なが》〱しき私《わたくし》の説《せつ》御らんわけもいかゞとおぼえ侍《はへ》れども、妹に替《かは》りての哥なれば、その正説《しやうせつ》をしらせ子細《しさい》にすみぬりけらし。」

内容的には、父子よりも君臣が優先する日本的なものとなってはいるが、如儡子が仮名草子作品の中で、盛んに用いている儒教的倫理観に基づく自分の考えを、和歌の解釈・批評の文中に組み込んだものであり、この点で、他の注釈書とは異なり、如儡子の注釈の特異性があるものと思われる。

第四節　百人一首注釈書としての意義

田中宗作氏の研究は、第一章・第一節で紹介した通りであるが、『百人一首古注釈の研究(注8)』での、結論部分を再掲すると、以下の通りである。

「以上を要するに、本書の特色と価値は、伝統の旧注の根深い流行の中にあって、啓蒙的な面に新生面を開き、これを民衆に、理解しやすい内容に改変して近づけしめんとした点にあるように思う。写本ながら、用字・用語・ルビ等板本と同じ形である。もし、板木に刻まれていたら、多くの読者をかちうることまちがいなしと考えられるところであるが、残念ながら、それはなされなかったのである。とにかく、本書は、さきに記したように、歌の配列その他についても、なお不備なところもあり、問題を解決しなければならない面も多分に含んでいるのであるが、江戸初期の百人一首注釈書として異色あるものである。ただ、写本として埋もれ、類本も管見には入ってこないということは、後注への影響もなかったということで、百人一首研究史上の地位はおのずから限定されたものとなってくる。それにしても、仮名草子の作者として、その名を謳われた如儡子の名を記した本書は、僧籍関係の伝来経路を持ちながら、全体的からみると仏教的な臭味を持たず儒教的なものに近いことも、如儡子の伝えられている人柄と考え合わせて興味深いものがある。」

田中宗作氏が、「歌の配列その他についても、なお不備なところもあり、」指摘される、歌の配列に関しては、その後、異本百人一首系統の配列であることが解明された。

次に、この如儡子の注釈書を、真正面から取り上げて詳細に分析し、論じられたのは、乾安代氏の『百人一首註解』(注9)の解説である。これに関しては、第三章・第三節で詳細に紹介した。その要点を再度掲出すると、

「本書の作者が、『幽斎抄』や、昌琢・兼与の『百人一首』注釈を（その一部だけかもしれないが）参看したとするならば、それは恐らく、慶長一〇年代後半以降のことであろう。」

と推測されている。さらに、氏は著者の検討に進み、

「むしろ注目すべきなのは、昌琢・兼与という江戸時代初期の連歌師の著作を見ているという記述にある。幕藩体制の中に組み込まれていく時期の、里村南家・猪苗代家という連歌の家の当主の注釈を、本書の作者はどのようにして手に入れたのであろうか。

本書の作者もまた、連歌師だったのではないだろうか。」

と、推測され、さらに、六番歌・三番歌・三五番歌・四九番歌の記述を掲出されて、あまり基礎知識のない連歌師と推測された。そして、最後に、以下の如く総括しておられる。

「以上に述べてきたことを総合して考えると、本書の作者というのは、系統だった教えを受けるということのあまりなかった、一地方連歌師だったのではないだろうか。そしてその成立は、里村家（南家）・猪苗代家といった連歌の家が、連歌の家として確立してからそれ程間もない頃のことだったのではないだろうか。」

乾氏は京大本『註解』を詳細に分析・検討され、本書の書写状態、書写者、注釈書としての特徴、成立時期、著者についての推測を提出された。結果的には、如儡子の百人一首注釈の研究の基礎となるものである。

さらに注目すべき事は、島津忠夫氏の訳注『新版　百人一首』(注10)で、「百人一首の注釈書」として、如儡子の『百

人一首註解』を採録しておられることである。加えて、島津氏は、五〇番歌・六八番歌の項で、『百人一首註解』の説を紹介しておられる。

五〇　君がためおしからざりし命さへながくもがなとおもひぬる哉　藤原義孝

「**出典・参考**……『註解』に「哥の心は、かねて恋《こひ》こがれあひみたくかなしくおもひのせつなる時は、何ともしてせめて一度事さへあるならば、二つとなき露のいのちにかへてなりともなどゝ、思ひつめたりしが、とかくして一夜の契りをこめ、名ごりをしくもなく〳〵立《たち》別れ来て、とやかくやとおもひめぐらせば、いまだあひ見ざる時のおもひは数ならず、いとゞ恋しくいやまさり、はやけふの夕べもあひみたき心せんかたもなき涙の淵にふししづみて、いつしか死ぬべきとおもひ（し）命もおしく《を》成《なり》て何までも命ながくあれかし、つれなき命ながらへたればこそ一度のあふせもありつるものをとおもひかへし侍るうちに、いやはや此《この》後は契りかわ《は》らずもろともに何までもとねがふ心もこもれり」と独特のゆきとどいた美しい解釈がある。」

六八　心にもあらで此世にながらへばこひしかるべきよはの月かな　三条院

「**出典・参考**……「朕はかくわづらはしく身もつかれ心もいとゞれいならず身まかりぬべければ、なか〳〵にまたこん秋を待《まち》うけがたし。さあらば今この秋斗《ばかり》の月こそながめあかすらめ。もし思ひの外に露の命ながらへ、又くる秋にめぐりあふ《う》たり共、王位をさり隠居せんなれば今《こ》よひ此《この》大内殿中にて此《この》月を見る事はさてあるまじき也。しからば今《こ》よひ大内にて詠《ながめ》し此《この》月をのみおもひいで、こしかたの事のみなつかしくぞあらんづ《ず》らめと心ぼそく愁《うれへ》がちにおぼし召《めし》給ふよしの御哥なり」（註解）」

仮名草子研究をメインにしている私としては、如儡子の百人一首注釈書・『砕玉抄』等の内容を、他の百人一首注釈書の中での意義や位置づけを行なうことは至難の事である。しかし、幸いにも、田中宗作氏・島津忠夫氏・乾安代氏・吉海直人氏等の御研究によって、正当に評価され、位置づけが行なわれようとしている事を、如儡子と共に感謝している。

（注1）吉海直人氏『百人一首年表』（平成9年10月25日、青裳堂書店発行）
（注2）田中宗作氏『百人一首古注釈の研究』（昭和41年9月20日、桜楓社発行）
（注3）吉海直人氏『百人一首注釈書目略解題』（「百人一首注釈書叢刊1」平成11年11月20日、和泉書院発行）
（注4）（注2）と同じ。
（注5）田中伸氏『仮名草子の研究』（昭和49年6月15日、桜楓社発行）
（注6）野間光辰氏『近世作家伝攷』（昭和60年11月30日、中央公論社発行）
（注7）荒木尚氏『百人一首注・百人一首（幽斎抄）』（「百人一首注釈書叢刊3」平成3年10月10日、和泉書院発行）
（注8）（注2）と同じ。
（注9）乾安代氏『百人一首註解』（「百人一首注釈書叢刊15」平成10年2月28日、和泉書院発行）
（注10）島津忠夫氏『新版　百人一首』（角川ソフィア文庫37、平成15年2月10日、角川書店発行）

翻刻篇

『砕玉抄』（武蔵野美術大学美術館・図書館金原文庫所蔵）

凡　例

一、底本は、武蔵野美術大学美術館・図書館金原文庫所蔵の『砕玉抄』（金原文庫　911.147／Sa18／K）を使用した。許可番号（2007-11-20）

一、底本の記述形式は、1・歌人名、2・歌人に関する説明、3・歌、4・歌に関する説明、の順序で記され、上欄等にそれぞれ注が付けられている。翻刻に当たり、各条の該当箇所に、①・②・③……と付けて、その条の末尾に一字下げて注を掲げた。歌人に関する説明は三字下げとし、和歌は二行書きであるが一行書きに改め、二字下げとし、太字で示した。

一、各歌人名の上に、通し番号を付加し、歌人名と共に大きい活字で示した。

一、読みやすくするため、文意によって改行した。

一、各丁の丁移りは（1ウ）（2オ）の如く示した。

一、底本の漢字は、常用漢字に改め、その他の漢字については底本に従う事を原則としたが、異体字等を正字に改めたものもある。

一、底本の仮名は、現在通用の字体に改めた。「ミ・ハ・ニ・ト」などは「み・は・に・と」に改めた。

一、底本には句読点は無いが、読みやすくするため、「、」「。」を補った。

付　記

この翻刻にあたり、武蔵野美術大学美術館・図書館からは、閲覧、複写、翻刻の御許可を賜った。厚く御礼申し上げます。

百人一首

そも〳〵、此百首《しゆ》の①和歌《わか》は、京極黄門藤原《きやうごくくわうもんふぢはら》の定家卿《ていかきやう》、古今《こきん》、後撰《ごせん》、拾遺《じうい》、詞花《しくわ》、千載《せんざい》、金葉《きんえう》、後拾遺《ごしうい》、新古今集《しんこきんしう》などのうちを、えらみすぐりて、②妙《たへ》なる秀哥《しうか》はかりを、あつめられたり。そのころ定家卿《ていかきやう》、山城《やましろ》の国《くに》、小倉《をぐら》山の③山庄《さんさう》を（1ウ。1オは空白）しつらひ住《すま》れしが、かの山庄《さんさう》の障子《しやうし》に百まいの色紙《しきし》をおし、自筆《じひつ》をもつて、此百首《しゆ》の和哥《わか》を書《かき》つけ、朝夕《てうせき》の④眼《まなこ》をうるほし、耳《みゝ》をすまされぬ。されば小倉《をぐら》の色紙《しきし》とて、今《いま》の世までも残《のこ》り伝《つたは》り、人〳〵もてなし、価《あたい》かぎりなき定家《ていか》の掛《かけ》物これ也。

さて、この百首《しゆ》を撰《えら》めるいはれは、そのころの帝《みかと》、後鳥羽院《ごとばのゐん》、⑤定家《ていか》、家隆《かりう》、雅経《がけい》、通具《つうぐ》、有家《いうが》の五人におほせて、⑥新古今集《しんこきんしう》をあみたて給ひしに、四季《き》の篇《へん》の辺《ほとり》まで撰《えら》まれし時《とき》、定家《ていか》は母《はゝ》の⑦身《み》（2オ）まかりし忌《いみ》に依《よつ》て、罷《まかり》出られず、其間《そのあいだ》に残《のこ》る四人の撰《えらみ》入られし、恋《こひ》、⑧雑《ざう》、⑨懐旧《くわいきう》、哀傷等《あいしやうとう》の哥《うた》ども、定家《ていか》の心に叶《かなは》ず、えらみやうのあしきゆへ也。

其《それ》、もろ〳〵の哥《うた》を撰《えら》みて、一部《ぶ》の集《しう》とすることは、草木《さうもく》に花《はな》と葉《は》と根《ね》と実《み》との有《ある》ごとく、根《ね》を全《まつたく》して華《はな》をさかし、葉《は》を低《たれ》、実《み》を成《なら》すべきと也。されば草木《くさき》の花咲《はなさき》、葉茂《はしげ》りたるは、⑩あやにおもしろき物なれども、実《み》なり、根《ね》かれざるにはしかじ。

そのいはれは、花散《ちり》、葉《は》おちて後《のち》も、実《み》と根《ね》とさへ有《ある》なれば、ふた（2ウ）たび若枝《わかえ》を生《しやう》じて、花開《さき》、葉茂《はしげ》る物也。

其如《そのごと》く、和哥《わか》の集《しう》を、あみたつるには、春夏《はるなつ》秋冬、⑪有情非情《うじやうひじやう》、その外《ほか》あらへる事《こと》につけて、⑫好愛執着《かうあいしうぢやく》する類《たく》ひの哥は、皆《みな》もつて、花と葉《は》とにたとへて、是を少《すくな》く撰《えら》み入、また、上下万民《じやうげはんみん》の⑬諫言《かんげん》　⑭教訓《けうくん》ともなり、世間《せけん》　⑮盛衰《せいすい》の鏡《かゞみ》ともなるべき哥をば、根《ね》と実《み》とにたとへて、かれを多《おほ》くえらみ入るとかや。

たとへば、十の物、花葉《くわえう》は三四にして、実《み》と根《ね》は七八に及《およぶ》なるへし。げに〳〵仏菩薩《ぶつぼさつ》、聖人《せいじん》（3オ）賢者《けんしや》の経論書《きやうろんしよ》録詩文《ろくしぶん》の類《たぐ》ひにいたる迄《まで》、いづれか、人の心をたゞしうし、身をおさめ、家《いゑ》を斉《とゝの》ひ、国ゆたかに、天下平《たいら》かにすべき為《ため》ならざらんや。しかるに、かの新古今集は華と葉と、あまりありて、実《み》と根《ね》はたらざる也。此ゆへに、定家の本意《ほんい》にかなはず、つゐに、此百首の和哥をえらみて、実《み》と根《ね》をそなへ、みづからの本意《ほんい》をあらはされたり。

かくて、此百首、定家存命《ていかそんめい》のうちは、世にひろくいたされず。其《その》しさいは、⑯冨貴栄耀貧賤零落《ふつきえいようひんせんれいらく》の人を（3ウ）論《ろん》ぜず。或《ある》ひは、世に聞《きこ》へざる人の哥《うた》をも撰《えら》み入、又は随分我《ずいぶんわれ》はと哥道自謾《かだうじまん》におもへる人の哥をも、えらみ入られず。さある時《とき》は、かのえらみ入られざる人〳〵の苦《くるし》みをも、いたはり、且又《かつまた》、そのうらみをも憚《はゞか》られけるにや。所詮《しよせん》、畢竟《ひつきやう》の心ざしは、作者《さくしや》にかりいず［か、はらず（鈔）］、唯《たゞ》、妙《たへ》なる歌《うた》の名誉《めいよ》を、⑰後世《こうせい》に伝《つた》へ置《をき》、哥読《うたよま》むずる人〳〵の手本《てほん》にも見ならはせ、亦《また》、万民《ばんみん》の教《をしへ》、異見《いけん》にもいひきかせて、その風《ふう》を正《たゞし》く、此道《みち》を補《おぎのは》むためなるべし。

惣《そふ》じて、定家卿《ていかきやう》、かりそめのことぐさをえらめるにも、春夏《はるなつ》（4オ）秋冬、恋《こひ》、雑《ざう》、懐旧《くわいきう》、哀傷等《あいしやうとう》の、其次第《そのしだい》をわかたれけるに、此百首《しゆ》におゐて、其《その》さたなし。⑱倩《つら〳〵》、これを案《あん》ずるに、只《たゞ》一節《ふし》の子細《しさい》ある哥《うた》をのみ専《もつはら》として、彼次《かのし》第《だい》にはそのさたなきにや。

扨《さて》、此和哥《わか》の集《しう》を百人一首と号《かう》する事、百人の歌人《かじん》、一代《だい》の内《うち》、おほくよみ給へる哥の中《なか》にも、取分《とりわけ》、名誉《めいよ》なるを、一人一首《しゆ》づゝえらみ出して、集《しう》となしぬるゆへ也。さりながら定家《ていか》の⑲号《かう》にはあらず。かの卿後《きやうのち》の人の名付《なづけ》なるにや（4ウ）。（5オ、空白）

①和歌《わか》の二字《じ》、うたにやはらぐ、と読《よみ》たり。古《ふる》き書《しよ》に、天地《あめつち》を動《うごか》し、めに見えぬ鬼神《おにかみ》を感《かん》じしめ、たけくいさめる、武士《ものゝふ》の心をもやはらぐるは、哥《うた》の徳《とく》なりと見えたり。

京極《きやうごく》は都にあり。此ところに定家《ていか》すみ給へるゆへに、京極殿《きやうごくどの》と申。黄門《くわうもん》は中納言《なごん》の唐名《からな》。此時《とき》、定家《ていか》、中納《な》言《ごん》の官《くわん》也。定家《ていか》は名乗《なのり》、さだいゑとよむ也。卿《きやう》とは、その人をもちいあがむる時、書字《かくじ》也。但《たゞし》、一位《ゐ》二ゐ三位《ゐ》のくらゐの人までかくべし。

②妙《たへ》なる秀哥《しうか》とは、すぐれて、おもしろきうたといふ心也。

③山庄《さんさう》とは、隠居所《いんきよしよ》。山家《さんけ》といふに同《おなじ》。定家卿《ていかきやう》、うせ給ひて後《のち》、子息《しそく》、為家卿《ためいゑきやう》も、この山庄《さんさう》にすみ給ふと也。

④眼《まなこ》を潤《うるほ》し、耳《みゝ》を澄《すま》すとは、われもよみ人にもよませて、心にしかと吟詠《ぎんゑい》すること也。

⑤定家《さだいゑ》、家隆《いゑたか》、通具《みちとも》、雅経《まさつね》、有家《ありいゑ》、この五人、そのころめいよの哥人《かじん》たち也。

⑥新古今集《しんこきんしう》は、元久《げんきう》二年《ねん》三月廿六日に撰《せん》ず。序《ぢよ》は、後京極太政太臣摂政良経公《ごきやうごくだいじやうたいしんせつしやうよしつねこう》の御作《さく》。真名序《まなぢよ》は、中納言親《ちうなごんちか》経卿《つねきやう》の作《さく》也。

⑦身まかるとは、しぬることなり。

⑧雑《さう》とは、春夏秋冬《はるなつあきふゆ》、恋《こひ》、無常《むぢやう》、述懐《しゆつくわい》、神祇《じんき》などのことにもあらぬこと也。

⑨懐旧《くわいきう》とは、世《よ》を恨《うらみ》、身をかなしみ、昔《むかし》をしたひ、今《いま》をそしること。哀傷《あいしやう》とは、なき人をあはれみ、吊《とふら》ひいたむこと也。

⑩あやにおもしろきとは、いろ〳〵さま〳〵、見ことなるといふ心也。

⑪人間《にんげん》を初《はじ》めて、虫鳥《むしとり》けだもののたぐひは、これを有情《うしやう》といふ。又、卉竹木石《きちくほくせき》のたぐひ、是《これ》を非情《ひじやう》といふ也。

⑫かうあいとは、よろずの物を、このみもてあそぶ事。執着《しうじやく》とは、よろずものにめでなるゝこと也。

⑬かんげんとは、いけんをいふ事。

⑭けうくんとは、をしへをなすこと也。

⑮せいすいのかゞみとは、世のさかりおとろへのてほんといふ事也。
⑯爰《こゝ》にいへる冨貴《ふつき》とは、大身《たいしん》にて位《くらゐ》もたかき人。栄耀《えいよう》とは、出頭《しゆつとう》ならびなく、万民《ばんみん》にあがめ用《もちい》らるゝ人。貧賤《ひんせん》とは、小身《せうしん》にて位《くらゐ》もひきゝ人。零落《れいらく》とは、身上《しんしやう》おちぶれ、すりきりたる人の事《こと》也。
⑰後世《こうせい》とは、のちのよといふこと也。
⑱倩《つら〳〵》とは、未生以前《みしやういぜん》よりこの事をといふ心也。
⑲号《かう》とは、なづくるといふこと也。

1　天智天皇《てんちてんわうの》①御製《ごせい》

舒明天皇《じよめいてんわう》の太子《みこ》。仁王《にんわう》より卅九代《たい》めの帝《みかど》。葛城《かつらき》天王《わう》とも申　奉《たてまつ》る。又、近江《あふみ》の国大津《おほつ》の浦《うら》に、宮造《みやづくり》ありて御座《おはしませ》ば、近江《あふみ》の帝《てい》とも申す。志賀《しが》の都《みやこ》是《これ》なり。

秋の田のかりほの庵《いほ》の笘《とま》をあらみわがころもでは露《つゆ》にぬれつゝ

かりほと書《かき》て、かりをと読《よむ》べし。仮初《かりそめ》に作《つく》れる庵《いほり》の事《こと》。いほとは、いほりといふ詞《ことば》。しからば、かりほのいほと（5ウ）云続《いひつゞけ》て、かさね詞《ことば》といふ物也。されば、此かりほは、秋の田の稲穂《いなぼ》、さかりなる比《ころ》、男鹿《おしか》、臥猪《ふすゐ》などいふ獣《けだもの》、よな〳〵山より里《さと》へ出《いで》て、稲《いね》をそこなふ故《ゆへ》に、かれを追《おい》やらんため、秋の田のほとりに、かりそめに作《づく》れる小《こ》屋《や》也。日の暮《くれ》つかたより、此庵《いほり》に里《さと》人籠居《こもりゐ》て、鳴子《なるこ》を鳴《なら》し、②ひたを打《うち》などして、獣《けたもの》どもを驚《おどろか》しいなせ侍《はへ》る。笘《とま》とは小《こ》屋を葺《ふく》物。篷引《とまひく》、笘葺《とまふく》などいひて、船《ふね》のうへにも用《もちゆ》る也。所詮《しよせん》、たゞ仮初《かりそめ》の庵《いほり》なれば、いかにも取《とり》あへず笘葺《とまぶき》にしたると心得べし（6オ）。

さて、篷《とま》をあらみとは、此秋もはや末《すゑ》に成《なり》て、稲《いね》ども皆刈尽《みなかりつく》しぬれば、田《た》を③守事《もること》もなく、かの仮初《かりそめ》のいほりにも、住人《すむ》なければ、笘葺《とまふき》かふる事もなく、雨風露霜《あめかせつゆしも》に、荒果《あれはて》たる也。何《なに》さま、九月のすゑ、十月にをしうつる時分《じふん》のことにや。げに〳〵、其比《そのころ》は風雨霜露《ふううさうろ》も、いとふかかるへし。わが衣手《ころもて》とは、④御衣《きよゑ》の妻《つま》なるべし。つゝとは程《ほど》を経《へ》たる心。或《ある》ひは何事《なにこと》にてもあれ、我《わか》おもふ事を、有《あり》のまゝ云顕《いひあらは》さずして、心の底《そこ》に残《のこ》し含《ふくみ》たる詞《ことば》也。此哥《うた》にての、つゝと云《いひ》たる心は、わが衣手は露に濡《ぬれ》つゝ、年月《とし》を（6ウ）徒《いたづら》に送《をくり》むかへて、⑤万機《ばんぎ》の政《まつり》、おちぶれすたれ行《ゆく》ことを、御心ひとつに愁悲《うれへかな》しみ給《たま》ふ由《よし》也。

先《まづ》、此御哥は序哥《ぢよか》といふ物也。序《ぢよ》とは緒《ぢよ》也と云《いふ》て、長《なが》き糸口《いとぐち》の端《はし》を引《ひき》出しみるがごとし、とも註《ちう》せり。又、家《いゑ》をつくるに、本屋《ほんや》へ取付《とりつき》うつらんとての廊下《らうか》のごとし。されば、秋の田といひ出《いだ》したるは、かりほの庵《いほ》と、⑥辞《ことは》の縁《えん》を引《ひき》うけいはんため。又、かりほのいほ、といひては、笘《とま》をあらみ、と詞《ことば》の縁《えん》を曳請云《ひきうけいは》むため也。

偖《さて》、とりあつめいひ続《つゞく》れば、秋のたのかりほの庵の笘を荒《あら》み、と云上《いふかみ》の句《く》に成《なる》也。かくいひ続《つゞけ》（7オ）て肝要《かんよう》の所《ところ》は、わが衣手《ころもで》は露《つゆ》に濡《ぬれ》つゝ、とこれをいはんためなり。されば本屋《ほんや》と云《いふ》は、わがころもではつゆにぬれつゝ、が本屋也。廊下《らうか》と云は、秋の田のかりほの庵の笘をあらみ、が廊下《らうか》也。畢竟《ひつきやう》の所《ところ》は、下《しも》の句《く》の、わが衣手《ころもで》は露《つゆ》に濡《ぬれ》つゝ、といへるへ取付移《とりつきうつ》らんとての、秋のたの仮《かり》ほの庵《いほ》の篷《とま》を荒《あら》み、といひ出したる上《かみ》の句《く》也。

御哥《をんうた》の心は、末世《まつせ》に成《なり》て次第《しだい》〳〵、王道《わうだう》の政事《まつりごと》よろず、おちぶれすたれ行事《ゆく》のみおほしめし、わづらひ御心一つに愁《うれへ》かなしみ給ふ御涙《なみだ》のふかき事を、秋の田の稲刈尽《いねかりつく》して（7ウ）後《のち》は、田《た》を守《もり》すて、住人《すむ》もあらぬ庵《いほり》の笘葺《とまふき》かふる事もなければ、をのがさま〳〵、荒果《あれはて》て隙《ひま》もる露《つゆ》の滋《しげ》きによそへ給ふ。げに〳〵秋《あき》の田を守其比《もるそのころ》うち過て、かりほの庵《いほ》もあれぬる時《とき》は、小屋《こや》の内外《うちと》もわかず露しん〳〵たるもの也。真其《まつその》ごとく、万落魄《よろずおちぶれ》すたれゆく、大裡《だいり》の政《まつり》思食《おぼしめし》、歎《なげ》きいたみ給ふ、御落涙《らくるい》の御衣《きよゑ》の袖にふかきよし也。さても天子《てんし》の御身として、秋の田をもる土民《どみん》の業迄《わざまで》をも、よくしらせ給ふ御事、有難《ありがた》からずや。

此帝《みかど》の御哥を、此和歌《わか》の初《はじめ》に書奉《かきたてまつ》る事も（8オ）仁智《じんち》の徳《とく》を尊《たつと》み申ゆへ也。此帝《みかど》、御即位《そくゐ》ありて八年めに、河内《かはち》の国たかやすの峯《みね》に登《のぼり》給ひて、異国退治《いこくたいじ》の智略《ちりやく》をめぐらし、このところに城郭《じやうくわく》をかまへ、五穀《ごこく》の類《たぐ》ひまで込置《こめをき》、国家《こつか》のために御心をつくし、民《たみ》を哀《あはれ》み、あるときは、九州筑前《きうしうちくぜん》の国刈萱《かるかや》の関《せき》をすへ、⑦木丸殿《このまるどの》におはしまして、往還《わうくわん》の旅人《たび》どもに名《な》をなのらせて通《とを》し給ふ。これ皆《みな》、上下《じやうげ》の民《たみ》の煩《わづら》ひなく世間《せけん》ゆたかなれかし、との御はかりことに、御身をやつし、御心を砕《くだ》き給ふ慈仁《じじん》のほど（8ウ）ありがたし。殊更《ことさら》、此御詠哥《ごゑいか》は、此和哥《わか》百首《しゆ》の中《うち》の秘哥《ひか》二首《しゆ》の一首と伝《つた》へうけたまはりぬ。

ある人の曰《いはく》、此御うたは諒闇《りやうあん》の御詠《ごえい》也。諒闇《りやうあん》とは忌中《きちう》のこと也。かの諒闇《りやうあん》の間《あいだ》は、倚廬《きろ》の御所《ごしよ》に住《すま》せ給ふ。倚廬《きろ》の御所《ごしよ》とは御父帝《ち、みかど》か御母后《は、きさき》の喪《も》の時は、かりそめの庵《いほり》を作《つくり》、かたはひにして板布《いたじき》をさけ、芦《あし》の簾《すだれ》をかけ笘《とま》に臥《ふし》、壌《つちくれ》を枕《まくら》とし、⑧以日易月《ひをもつてつきにかふ》といふ也。かくのごとく、哀《あは》れかなしき御住居《すまゐ》しておはしまし、御衣《きよゑ》の袖の、御落涙《らくるい》に濡《ぬれ》しほれたるを以《もつて》、秋の田のいほりのよそひまで、おぼし（9オ）めしやり、あはれみ、かれによそへて此御哥を詠《えい》ぜさせ給ふとなり。

上下皆《みな》、孝行《かうかう》の道《みち》を専《もつはら》とするゆへに、この御哥を、此和哥集《わかしう》の第《たい》一に選《えら》み人たりとも申也。

①天皇《わう》の皇《わう》の字、わうのかななれ共《ども》、なうとよむべし。仁王《にんわう》とは、わがてうの帝《みかど》の御はじまり、神武《じんむ》天皇の御事《こと》。又、天智《ち》天王の、順徳院《じゆんとくゐん》など申は、崩御《ほうぎよ》ありての御名《な》也。地下《ぢげ》にて、いはい名《な》といふ物也。崩御《ほうぎよ》とは、帝《みかと》のうせ給へる事也。天下をたもち、おはしませ給へる時《とき》は、今上皇帝《きんじやうくわうてい》、又、当今《たうぎん》、又、当君《たうきん》など申奉《たてまつ》る。さて、御隠居《ごゐんきよ》ありては、法王《ほうわう》とも院《ゐん》とも申なり。御製《ごせい》とは、御作《さく》と云《いふ》心也。

②ひたを打《うつ》とは、仮《いた》をたゝきて、もろ〳〵のけだものどもを、おどろかすもの也。
③守《もる》とは、まもるといふ儀《ぎ》。番《ばん》をすることなり。
④御衣《きよゑ》とは、天子《てんし》の御めしの小袖《こそで》をいふ也。さて、衣《ころも》とは小袖をいふ。出家《しゆつけ》の着《きる》ものばかりと心得《ゑ》へからず。又、あるせつに、衣手《ころもで》とは袖《そで》の事なりともいへり。
⑤万機《ばんぎ》の政《まつり》とは、禁裏《きんり》にて取行《とりおこな》ひ給ふ朝《あさ》まつりごととて、天下の仕置法度《しをきはつと》、神祇《じんぎ》、釈教《しやつけう》、祭礼《さいれい》などのこと也。
⑥辞《ことば》の縁《えん》とは、たとへば、あきのたのかりほ、といひつゞけて、田を刈《かる》といふ心をふくみ、又、かりほの庵《いほ》の、といひては、いほりの笘《とま》、といひつゞけんたよりなり。
⑦木丸殿《きのまるとの》とは、皮《かわ》をも削《けづら》ず、丸木《まるき》造《づくり》にして、いかにもそさうなる御殿《ごてん》也。是《これ》、民《たみ》のついゑをいたはり、あはれみ給ふゆへ也。されば伊勢太神宮《いせたいじんくう》は萱葺《かやぶき》にして、地形《ちきやう》もひかず、かたさがりなる山のまゝ也。鳥居《とりゐ》のかさ木まがらず。御供《ごくう》の米《よね》も、白からず。たゝ三たびきねをあつるとかや。又、もろこし、尭舜《げうしゆん》の大裏《り》は土階《どかい》三尺《しやく》、材椽《さいてん》けづらず、茅茨《ばうし》きらず、と申つたへり。とにかく、異国本朝《いこくほんてう》によらず、賢王《けんわう》はみな民《たみ》のついゑをいたみあはれみ、よろずおごり給ぬと見えたり。主君《しゆくん》におゐて、よく思食《おほしめし》しらせ給ふべき事にや。
⑧以日易月《ひをもつてつきにかふ》とは、本意《ほんい》は十二月一年中《ねんちう》が間《あいだ》、かの、かりの庵《いほり》のうちにすませ給ふことなれども、あまりかなしき憂住《うきすま》ゐなれば、ちかきころより、十二日につゞめたりといへり。

2　持統天皇《ぢとうてんわうの》御製《ごせい》

①女帝《によてい》にておはします。天智《てんち》天王《わう》の皇女《くわうによ》、天武《む》天皇《わう》の御后《きさき》、仁王《にんわう》より四十一代《だい》めの帝《みかと》。

春過《すぎ》て夏来《なつき》にけらししろたへの（9ウ）ころもほすてふあまのかく山

春過てなつきにけらし、といへることば、勿論《もちろん》の事とて、よろしからざるよし、おもへる人もあるべけれども、二《じ》月既去《げつすてにさり》三月已来《げつすでにきたる》といふ、②杜子美《としみ》が名誉《めいよ》の詩《し》もあり、此おもかけによく相合《あいかな》へりとかや。

さて、春過夏来《はるすきなつき》にけらし、といひ出したるは、それ、はるははつはるより、③百千《もゝち》のとりのからこゑ、諸木《しよぼく》の花のにほひにもよほされて、をのづから、人の心も長閑《のどけ》くうきやかにして、春《はる》三月《げつ》九十日（10オ）の日数《ひかず》、唯一睡《たゞいつすい》の夢《ゆめ》かと、明暮侍《あけくれはべ》るなれば、さて、いつのまにかは此春過て夏は来《きた》るよ、と思ひめぐらして、此哥の心を④詠吟《えいぎん》せば、一入《しほ》おもしろかるへし。けらしとは、けりと云《いふ》詞《ことば》、白妙《しろたへ》とは、あきらかに見ゆると云辞《ことば》なれども、白妙の衣といひつゞくれば、真白《ましろ》なる衣といふ心にもかよふべし。畢竟《ひつきやう》は、只白《たゞしろ》き物はけやけく明成色《あきらかなるいろ》なれば、あり〳〵とさだかに見ゆると云事也。

さて、あまのかく山といひて、あま、といへることばあるゆへに、衣ほすてふ、といへる縁語《えんご》面白《おもしろ》し（10ウ）。てふとは、［と云辞（鈔）］といふと詞辞。⑤天香久山は大和の国の名所《めいしよ》也。

御哥の心は、此あまのかく山は、さばかりの高山《かうざん》なれば、春三月の間は、霞《かすみ》に埋《うづも》れ、其《そこ》ともさだかに見えざりしが、いつとなく、春過、夏にもなり、霞消《かすみきえ》てかの山の、あり〳〵とさだかに遠《とを》く見え渡《わた》りたるは、さながら此山も衣《ころも》がへしたるやうに侍《はべ》るなど、色《いろ》〳〵詠愛《なかめあい》して、あら面白《おもしろ》の気色《けしき》やと眺望《てうばう》したる躰《てい》也。げに〳〵、卯《う》月一日に成《なり》ぬれば、人〳〵衣がへとて白《しろ》きころもを着初《きそむ》る、是《これ》を白重《しらかさ》ねの更衣《かうい》といふ也（11オ）。されば、霞消《かすみきえ》て後《のち》、夏《なつ》にもなりて、此山のあり〳〵と、遠《とを》くさだかに見ゆるを、白《しろ》き衣《ころも》ほすといふあまのかく山、と読《よま》せ給ふ。さりながら、四月一日の御詠哥《ごえいか》には非《あらす》。春過《はるすき》夏来《きたり》てのち、何時《なんどき》にてもの事なるへし。但《たゞし》、新古今《しんこきん》に、此御哥、夏《なつ》の部《ぶ》の巻頭《くわんどう》に入たり。しからば更衣《かうい》の心にもなるべきにや、なを師説《しせつ》をうくべし。

さて、いかで明《あきら》かに、とをく此山の見ゆるなればとて、白妙《しろたへ》の衣ほすとはいふぞと、不審《ふしん》する人も有べし。春はまづ、霞《かすみ》の衣におほひかく（11ウ）されし山の、はるすぎて、きのふけふは、かのかすみのころもを抜《ぬき》たるやうにて、いかにも、あり〳〵と遠《とを》く見ゆるゆへに、かくいふ也。霧《きり》の袖《そで》、雲《くも》の衣《ころも》、霞《かすみ》の衣《ころも》などいふ事あれば、白妙《しろたへ》の衣乾《ほす》、と読《よみ》出し給へるなり。

此御哥は、同《おな》じ名歌《めいか》といふ内《うち》にも、かのみかどは女性《によしやう》の御身として、天下をたもち国家《こつか》を安《やす》く治《おさ》めさせ給ふ、その御威徳《いとく》をも感《かん》じ奉《たてまつ》りて、第《だい》二番《ばん》めにえらみ入はべるとかや（12オ）。

①女帝《によてい》とは、帝王《ていわう》うせ給ひて、御位《くらゐ》つぎ給ふべき太子《みこ》もこざなき時は、后《きさき》、帝王《ていわう》の御位《くらゐ》に即《つき》給ふ也。皇女《くわうによ》とは、ひめみやを申たてまつる。

②杜子美《としみ》は、唐《もろこし》、盛唐《せいたう》の代《よ》の人。奇妙絶代《きめうぜつたい》の詩人《しじん》。日本《ひのもと》にて、哥《うた》の上《うへ》ならば、貫之《つらゆき》、定家《ていか》など申しやうの人なり。

③百千《もゝち》の鳥《とり》のから声《こゑ》とは、色《いろ》〳〵さま〳〵に、囀《さへづ》りかはす、はるの小鳥《ことり》のしな〳〵なり。

④詠吟《えいぎん》とは、詩哥《しいか》をよみて、そのしいかのふかき心を、よく〳〵むねにあぢはひ吟《ぎん》ずること也。

⑤一説《せつ》に、天香《あまのか》久《く》山の、くもじにごりてよむべし、ともいへり。

3　柿本人丸《かきのもとのひとまる》

①柿本《かきのもと》は氏《うぢ》、人丸は名乗《なのり》。天智《てんち》天皇《わう》の御宇《とき》の人。官位《くわんゐ》、先祖《せんぞ》慥《たしか》ならず。彼《かの》人の門外《もんくわい》に柿《かき》の木あり。即《すなはち》、氏《うち》として柿本とよばれり。唐《もろこし》の老子《らうし》は、李《すもゝ》の本《もと》にて生《うま》れ、則《すなはち》、氏《うち》として李氏《りし》となのり、又、陶淵明《たうえんめい》といへる人、門《かど》に五本《ほん》の柳《やなぎ》ありて、五柳先生《ごりうせんじやう》といはれしたぐひなるべし。

あしびきの山鳥のおのしたりおのなが〳〵しよをひとりかもねむ

先《まづ》、②足引《あしびき》とは、山と云《いは》む為《ため》に句《く》の頭《かしら》にをく辞《ことば》。たとへ（12ウ）ば、山へ登《のぼる》には足《あし》を引《ひき》あげゆく物なれば、足曳《あしひき》と云《いふ》て、さて山とうけん為《ため》也。さあらば、足引と云は、山と云出《いひ》む枕 詞《まくらことば》といへる物也。しだり尾《お》とは、山鳥のおの中《なか》にも取分《とりわけ》長《なか》き引おの事。されば、此 鸃《やまどり》③の雌雄《しゆう》、夜明《よあけ》てこのかた、昼《ひる》の間《あいだ》は夫婦《ふうふ》一所《いつしよ》にかたらひくらし、夜《よ》におよびては夫婦もろともに宿《やど》らず、谷峯《たにみね》を隔《へだ》て別《わかれ》ぬる鳥也。さあれば、恋《こひ》には自《おのづから》よせひ有鳥にや。しかるに此鳥あかつきになりて、妻《つま》を恋《こひ》なつかしみて、妻《つま》の（13オ）臥所《ふしど》を、尋《たづ》ね求《もとめ》むと思ふ時《とき》には、したり尾《お》を丸《まる》く輪《わ》になして、其輪《そのわ》の内《うち》より、四方《よも》の谷岑《たにみね》をかへり見るに、妻《つま》のふしどかくれなく見えて、妻をもとめ逢喜《あひよろこ》び啼《なく》也。是を山鳥《とり》のおろの鏡《かゞみ》といふとかや。大和物語《やまとものがたり》にも、鸃《やまどり》のなかぬには鏡《かゞみ》を見せ侍《はへ》りければ、鳴侍《なきはべ》る由印《よししる》せり。此鳥、妻を求《もとめ》得《え》て必 啼《かならすなく》とり也。鏡にうつるをのが影《かげ》をみて、妻かと思ひ鳴たる也。一とせ、連歌《れんが》の宗匠《そうしやう》、昌叱法橋《しやうしつほつきやう》、月の発句《はつく》に、（13ウ）

山鳥も声《こゑ》せむ月の高ね《たかね》哉《かな》

めいよの句《く》と申伝《つた》へり。筆《ふで》の次而《ついで》に墨《すみ》ぬり侍《はべ》る。

さて、長《なが》〳〵しよをとは秋の夜の事、げに〳〵秋のよは春夏冬にすぐれて、いと夜永《よなが》く明《あけ》がたき物也。況《いはん》や愁悲《うれへかな》しみの思ひ有人のためには、いとゞ永夜成《ゑいやなる》べし。

独《ひとり》かもねむとは、独《ひとり》やねなん、中《なか》〳〵ひとりはねられまじきと、心ひとつにさま〳〵、思ひ侘苦《わひくる》しめる詞《ことば》也。畢《ひつ》竟《きやう》は、只《たゞ》、秋のよのかぎりなく長き物おもひをいふべきため也。そも秋のよと云は、天地自然《ちじねん》の（14オ）理《ことはり》にして、哀《あはれ》を催《もよほ》し愁《うれへ》をすゝめ、物さびかなしき時節《じせつ》也。

其子細《そのしさい》は天地《ち》に陰陽《いんやう》二つの気《き》あり。春を陽気《やうき》と云《いふ》て、天気《き》暖《あたゝ》かに野《の》山の末《すゑ》も長閑《のどか》にして、百千《もゝち》の鳥も声《こゑ》心よく、をのがさま〳〵啼囀《なきさへづ》り飛《とび》かけり、草《くさ》も木も花咲《さき》葉《は》茂《しげ》る。さあれば、いか成《なる》人の心も、をのづからのびらかにして、うき〳〵といさみ、面白《おもしろ》きが、秋は陰気《いんき》と云て、天気《き》冷《ひやゝか》に何《なに》とやらん物すごく、冴《さえ》たる月を打詠《うちながめ》ても、万《よろす》哀《あはれ》がちに物おも（14ウ）はれまさり、妻《つま》こふる男鹿《おしか》の声《こゑ》、露《つゆ》むすふ虫《むし》の音《ね》までも、ひたすら泪《なみだ》すゝめてうれへがち也。されば、松吹《ふく》風流《ながれ》の声《こゑ》、窓《まど》うつ雨《あめ》の音信《をとづれ》、晩鐘《いりあい》の鐘《かね》すらもいづれか④断腸《だんちやう》の声《こゑ》ならずといふ事なし。況《いはん》や妻《つま》をこひ忍《しの》びうれへ嘆有人《なげきある》、老《おひ》の寝覚《ねさめ》、旅《たび》の宿《やど》りの哀悲《あはれかな》しき類《たぐ》ひ思ひやるべし。

さて、かやうに春秋の気色《けしき》、異《こと》なる事どもをわが心によく思ひあはせて、かやうの哥をば詠吟《えいぎん》すべし。さなければ、初心《しよしん》の人はおもしろからぬものなり（15オ）。

先《まづ》、此うたも序哥《ぢよか》也。序《ぢよ》の事《こと》、天智天皇《てんちてんわう》の御哥《うた》にて委細《いさい》に申たれども、猶其《なをその》⑤大概《がい》をいへば、まづ足引《あしひき》と云出《いひ》しては、山とうけん為《ため》。また山といひては、鳥と請《うけ》むため。さて山鳥と云《いひ》ては、しだりおとうけんため也。かくて云続《いひつゞく》れば、足曳《あしひき》の山鳥《どり》の尾《お》のしだりおの、といふ上《かみ》の句《く》⑥一聯《いちれん》に成《なる》也。かくいひ続《つゞけ》ての肝要《かんよう》は、長《なが》〳〵しよを独《ひとり》かもねむ、と爰《こゝ》を云《いは》むためばかり也。

哥の心は、そも此秋《あき》のよの永《なが》き思ひの悲《かなし》みをば、思ふ人もろともに、二人《ふたり》ねてだにある（15ウ）べきを、況《いはん》やすご〳〵と、独片敷丸《ひとりかたしきまろ》寝《ね》せん事か、いや〳〵独《ひとり》は何《なに》とてねられぬべき、なんどゝ心ひとつに取《とり》あつかひて、歎苦《なげきくる》しむ由《よし》也。

されば、此人丸は⑦古今《ここん》に秀《ひい》で名誉《めいよ》の歌人《かじん》、已《すで》に哥道《かだう》の聖人《せいじん》とも呼《よば》れ、又、哥《うた》の仙人《せんにん》とも謂《いは》れて、⑧崇貴《そうき》せらるゝなれば、第《だい》三番《ばん》に載《のせ》たり。げに〳〵古今集《こきんしう》の序《ぢよ》にも、古今《ここん》の間《あいだ》に⑨独歩《どくほ》すと、此人をさたせり。実《げに》、人丸の哥《うた》は本心《ほんしん》を専《もつはら》とよめるに、景気《けいき》おのづから備《そなは》り侍《はべ》ること、⑩天然《てんねん》の哥聖仙徳《かせいせんとく》と申印《しる》せり（16オ）。

①一説《せつ》、外記《げき》の家《いゑ》より出たる歌仙伝《かせんでん》に、此人丸の先祖《せんぞ》しれぬといふ人いかゝ。ふしん。武内宿祢《たけのうちすくね》十九葉《えう》、望行《もちゆき》が

子也《こなり》。那《なんぞ》、豈《あに》、非《ひならんや》、と見えたり。道家老子《だうけらうし》は、母《はゝ》の胎内《たいない》に八十年こもりゐて、白髪《はくはつ》の翁《おきな》にて生《うま》れ給へり。大《たい》聖孔子《せいこうし》の師匠《ししやう》、釈迦《しやか》、老子《らうし》、孔子《こうし》と世に申あへり。又、陶淵明《たうえんめい》は、隠居《いんきよ》して菊《きく》をあひせし賢人《けんじん》。

②成人《ある》の曰《いはく》、此哥《うた》、足《あし》びきのといひ出したるより、山鳥のおのしだりおの、といひくきりて、なが〳〵しよといへるよせいいかばかり、かきりなき永夜悲秋《えいやひしう》のさま、一入あはれ也。詞つゞき妙《たへ》にして、風情《ふぜい》たけ高《たか》く無上《むじやう》至極《しごく》の秀哥《しうか》といへりき。枕詞《まくらことば》とは、足引の、と云詞を句《く》の頭《かしら》にをくゆへ也。枕をば首《かしら》にをく物なれば也。

③雌雄《しゆう》とは、めんどり、おんどりの事也。

④断腸《だんちやう》とは、はらわたをたつ、とよむ字《ぢ》也。きも、たましゐも、ずん〳〵にきるゝほどかなしき、と云心也。子《こ》をおもふ猿《さる》の事よりはじまれる也。

⑤大概《がい》とは、おほかた、あらましなど云心也。

⑥一聯《れん》とは、一くさり、などいふ心也。

⑦古今《ここん》とは、古《いに》しへよりいまにいたるまで、といふ心也。

⑧崇貴《そうき》とは、あがめたつとむ、とよむ也。

⑨独歩《どくほ》とは、ひとりあゆみ、とよむ也。自由クワツタツノ、働ノ心ソ。

⑩天然《てんねん》とは、天道《たう》より命《めい》ぜらるゝ、自然発得《じねんほつとく》の儀《ぎ》也。

4　山辺赤人《やまのべのあかひと》

①山辺《やまのべ》は氏《うぢ》、山部《べ》と書《かく》が本《ほん》なれども、子細《しさい》ありて古来《こらい》山辺《のへ》と用《もち》ひ来《きた》れり。赤人《あか》は名乗《なのり》。聖武皇帝《しやうむくわうてい》の御宇《とき》の人。

或《あるひ》は、人丸おなじ世の人ともいふ。官《くわん》位《ゐ》先《せん》祖《ぞ》慥《たしか》ならず。万《まん》葉《えう》集《しう》第《だい》三に、山部《べ》の赤人宿《すく》祢《ね》、望不尽山歌一首《ふじさんをのぞむがいつしゅ》幷《ならひに》短哥《たんか》。

あめつちの　わかれしときゆ　神《かみ》さびて　高《たか》くかしこき
するがなる　ふしの高《たか》ねを　天《あま》のはら　振《ふり》さけみれば
わたつ日の　かけもかくろひ　てる月の　光《ひかり》もみえず
白雲《しらくも》も　いゆきはゞかり　時《とき》しくぞ　雪《ゆき》はふりけり
かたりつげ　いひつぎゆかん　ふじの高《たか》ねは（16ウ）

右《みぎ》、是《これ》を短哥《たんか》といふ。さて、歌《が》一首《しゅ》とあるは、則《すなはち》、田子《たこ》の浦《うら》に打《うち》出見れば白妙《しろたへ》の冨士《ふじ》の高《たか》ねに雪は降《ふり》つゝ、の哥《うた》の事也。卅一字《じ》の哥をば、反哥《へんか》と云。

たこの浦《うら》にうち出《いで》てみればしろたへのふじの高《たか》ねに雪《ゆき》はふりつゝ

田子浦《たこのうら》も冨士《ふじ》の山も駿河《するが》の国《くに》の名所《めいしよ》。此多古《たこ》の浦《うら》は、不死山《ふじさん》の麓《ふもと》につゞきたる浦《うら》也。打《うち》出てとは立《たち》出てと云心。打《うち》といふ詞《ことば》は、②辞《ことば》の筋《たすけ》（ママ）といふもの也。白妙《しろたへ》とは、いかにもさだかに見え渡《わた》り、明《あきら》なる心（17オ）。かの不死山《ふじさん》は春夏《はるなつ》秋冬ともに、雪消《ゆききえ》やらぬ山なれば白妙《しろたへ》といへる詞《ことば》一しほ面白《おもしろ》し。一段《だん》さだかに目《め》にたち見ゆると云儀《いふぎ》也。高《たか》ねとは峯《みね》の事、嵩尾上《だけおのへ》、窓《まど》の向《むか》ひ尾《お》などとも読《よめ》り。

哥の心は、此田子《たご》のうら、はる〳〵と立《たち》出て四方《よも》の気色《けしき》をながむるに、③東南《とうなん》は海《かい》まん〳〵たる千尋《ちいろ》の蒼《さう》〳〵として限《かぎ》りもなきに、沖《おき》に帆掛《ほかけ》て走《はし》る船《ふね》、蜑《あま》の釣舟《つりぶね》漕《こぎ》ちがへ、真砂地《まさごぢ》に印《いん》を刻《きざ》む友鵆《ともちどり》、浪《なみ》に紋《もん》ある礒辺《いそべ》のさはぎ、絵《ゑ》かくとも筆《ふで》におよばず、（17ウ）煩悩《ぼんなふ》の垢《あか》をもすゝぎなまし。

又、④西北《せいほく》は山遠《とを》く重《かさな》り、道《みち》ながくつゞきて、雲行客《くもかうかく》の跡《あと》を埋《うづ》み、晴嵐草木《せいらんさうもく》を鳴《なら》して、妄想《まうざう》の夢《ゆめ》を破《やぶ》り侍《はべ》るかとおほしく、浮島《うきしま》が原《はら》、冨士《ふじ》の河門《かはど》、三穂《みほ》の松原《まつばら》、清見寺《せいけんじ》、筥根《はこね》足柄《あしがら》を初《はじめ》として、⑤おちこちの名所旧跡《めいしよきうせき》、かずをしらず。取分《とりわけ》、三国第《ごくだい》一の名山《めいざん》ときこゆなる、ふじの高《たか》ねを見あぐれば、幾年《いくとせ》か降《ふり》つみたる雪《ゆき》のうへに、今年《ことし》もはや降重《ふりかさ》ねたるよと覚《おぼし》く、いとゞ真白《ましろ》にして、遠《とを》き詠《ながめ》もぎら〳〵しく（18オ）、鏡《かゞみ》を掛《かけ》たるごとし。げに〳〵、世間《せけん》に降《ふり》つむ雪《ゆき》は、一入《しほ》物さび、かなしき物なれども、此ふじ山の雪《ゆき》の詠《ながめ》は、吟興《ぎんけう》たゞならず面白《おもしろ》き也。かく、さま〳〵の気色《けしき》、⑥言《こと》に出ても尽《つく》しがたし。されば、此哥には、右《みぎ》に印《しる》せる名所旧跡《めいしよきうせき》の妙《たへ》なる⑦風景《ふうけい》をば、一つとして云顕《いひあらは》し、よみ出さずして、其《その》さまばかりを、さら〳〵と読《よみ》なし、さて、あまねくの気色《きしよく》を心の内に残《のこ》し含《ふゝ》めり。実《まこと》、余情《よせい》かぎりなき風《ふう》哥とぞ。

されば、雪《ゆき》はふりつゝ、と云留《いひとゞ》めたる⑧韻《いん》の詞《ことば》、なを面白《おもしろ》し。そのいはれは此つゝと云《いふ》（18ウ）辞《ことば》、まへにも濃《こまか》に書《かき》付侍《つけはべ》るごとく、程《ほど》を経《へ》たる心のことば也。たとへば時《とき》を移《うつ》し日を重《かさ》ね、月を送《をく》り年《とし》を越《こし》などする間《あいだ》也。源氏《けんじ》、伊勢物語《いせものかたり》、その外《ほか》の哥書《かしよ》にも見えたり。今《いま》、爰《こゝ》にては、かの田子の浦にたち出て、冨士《ふじ》の山を初《はじめ》、所《ところ》々、方《はう》〳〵の名《な》どころを詠《なかめ》やり、吟心乗興《ぎんしんぜうけう》して、時《とき》をうつしたるといふ心也。かくのごとく、その程《ほど》を経間《ふるあいだ》の眺望《てうばう》に、いろ〳〵の風色眼《ふうしよくまなこ》にうかび、さま〳〵の辞《ことば》の種《たね》心にこもり、みてみつるといゑども、有《あり》のまゝことばに（19オ）は云顕《いひあらは》さで、心の底《そこ》に残《のこ》し含《ふくみ》たる也。しからば此哥《うた》一首《しゆ》の詠吟《えいぎん》、此つゝといふ詞《ことは》にかぎれる也。されば古今集《こきんしう》の序《ぢよ》にも、哥にあやしく妙《たへ》なると、この赤人をこそほめられたれ。

①氏性ノコト、正説アリ。万葉集《まんえうしう》は南良《なら》の帝《みかと》の御宇《とき》に撰《えらま》れし也。山部《べ》は氏《うぢ》、又、姓《しやう》といふ物也ともいへり。氏《うぢ》と姓《しやう》との替目《かはりめ》は、先《まづ》、八十氏《やそうぢ》とて、氏の数《かず》八十これある中《なか》に、源平藤橘《げんへいとうきつ》の此四家《しけ》をさして、氏《うち》と号《かうし》て、残《のこり》をば皆《みな》、姓《しやう》と云也。さりなから公家《くけ》、殿上《てんじやう》人におゐては、おしなべて氏といふても苦《くるし》からす。扨《さて》、宿祢《すくね》は朝臣《あつそん》と云《いふ》に

同《おな》じ。神主等《かんぬしとう》に云事《こと》、まつとなど云《いふ》に同前《どうぜん》。不尽山《ふじさん》を望《のぞむ》とは、駿河《するが》の冨士《ふじ》を詠見《えいけん》してと云心也。南良《なら》の帝《みかど》は、文武《もんむ》、孝謙《かうけん》、桓武《くわんむ》、平城《へいぜい》、此四代《たい》の帝《みかど》をさして申つたへり。但《たゞし》、いづれともさしてたしかならず。

②詞《ことば》の筋《たすけ》（ママ）とは、辞《ことば》のあやといふもの也。たとへば、立出《たち》てなどいゐば、詞《ことば》にしほなくやさしからぬまゝ、かくいふ也。いとおかし、いとむつまし、など、いへる、いと、の詞におなじ。詞の筋《たすけ》（ママ）といへるは、いづくにても、皆《みな》かく心得《え》へし。

③東南《とうなん》は、ひかしとみなみ也。海《かい》まん〳〵とは、海《うみ》の面《おも》、際《きわ》なくひろき事。ちいろとは、はてもなくふかき事也。印《いん》を刻《きざ》むとは、ちどりのあしあとを見て、文字《もじ》をつくりはじめしより、かくいへる也。

④西北《せいほく》は、にしときたなり。行客《かうかく》とはたび人の事。せいらんとは、雲霧《くもきり》ふきはらしたる山かぜの事也。

⑤遠近《をちこち》とは、とをし、ちかしとよむ也。

⑥言《こと》に出てとは、詞《ことば》に出してもと云心也。

⑦風景《ふうけい》とは、その所《ところ》のおもしろきけしき、ありさまども也。吟興《ぎんけう》とは、さてもおもしろき風景《ふうけい》、こはさて、いかに、なんど、ゝ心にふかくかんじ、あぢはふる事也。

⑧韻《いん》の詞《ことば》とは、とまりのことは、と云儀《いふぎ》也。

5　中納言家持《ちうなごんやかもち》

中納言は官《くわん》。唐名《からな》黄門《くわうもん》。太臣《だいじん》、大納言《なごん》とともに、天下の政《まつり》を評定《へうぢやう》する官《くわん》也。或《あるひ》は大納言の人、何《なに》ぞさし合《あい》、隙《ひま》などの入時は、大納言のことわざを（19ウ）取行《とりおこなふ》也。中納言といふは皆《みな》何方《いつく》にても、かく心得《え》らるべし。

家持《やかもち》は名乗《なのり》。三位《み》兼春宮太夫《けんとうぐうのだいぶ》、陸奥出羽《むつのくでわ》両国《りやうごく》、鎮守府《ちんじゆふ》の将軍《しやうぐん》、大伴宿祢《おほとものすくね》家持《やかもち》ともいふ。万葉集《まんえうしう》の撰者《せんしや》二人の内《うち》、今《いま》一人は橘 諸兄卿《たちばなのもろえきやう》也。此家持《やかもち》の父《ち、》は、天智《てんち》天皇《わう》の①後胤《こうゐん》、大納言大伴《おほとも》の宿祢《すくね》、安麻呂卿《やすまろきやう》の孫《まご》、旅《たび》人《うと》。又、大伴の宿祢乙人《おつんひと》の子息《しそく》ともいふ也。

かさゝぎのわたせるはしにをくしものしろきを見れば夜ぞ更にける（20オ）

先《まづ》、此 鵲《かさゝぎ》の事《こと》、橋《はし》といへるに付《つき》、色《いろ》〳〵の説《せつ》をいひ伝《つたふ》。いと秘事成由《ひじなるよし》さたせり。一説《せつ》には、七月七日の夜《よ》、②銀漢《あまのがは》の両岸《りやうがん》に烏鵲《うじやく》あつまり、互《たがい》に羽《は》をのべて橋《はし》となし、牽牛織女《けんぎうしよくによ》の二つの星《ほし》を渡《わた》し、逢《あは》すると也。委《くはし》く、もしほ草といへるさうしにこれあり。されども此哥にてはかの古事《こじ》も、又、用《もちゆ》べからず。その子細《しさい》は、かさゝぎのわたせるはしにをく霜《しも》、とよめるうへは、七月七日の比《ころ》、霜《しも》の降《ふる》事なし。是をもつて心得らるへし。所詮《しよせん》、此哥の鵲《かさゝき》の橋《はし》は、唯空《たゞそら》といふ（20ウ）詞《ことば》と思ふべし。

偖《さて》、置霜《をくしも》とは霜白妙《しもしろたへ》にみち〳〵たる、と云《いふ》心の詞也。月落烏啼満霜天《つきおちからすないてしもてんにみつ》と、古《ふる》き詩《し》の妙《たへ》なる辞《ことば》も有《ある》をや。但《たゞし》霜は降《ふる》をも、置《をく》といへり。哥《うた》によるべし。

哥の心は、つく〳〵と冬《ふゆ》の夜《よ》の冴《さえ》たる天をみれば、何《なに》さま空澄《そらすみ》わたりて、此 暁《あかつき》は霜《しも》も降《ふり》なむとおぼしき気色《けしき》なるに、程《ほど》なく、今宵《こよい》もはや夜更行《よふけゆく》まゝに、月もやゝ西《にし》の方《かた》に隠《かく》れて後《のち》は、たゞ星《ほし》の光《ひかり》のみぎら〳〵と輝《かゞや》き、さながら半天《はんてん》は霜《しも》に埋《うづも》れしらみあへて、只《たゞ》、今《いま》、此霜地上《しもちしやう》（21オ）に降《ふり》下るべきと見え渡《わた》りて、夜《よ》はほの〳〵と明方《あけかた》に成《なり》たる、冬《ふゆ》の夜《よ》の天《そら》のけしきを少《すこし》もつくろはず、その儘《まゝ》あり〳〵と云出《いひ》したる也。

惣《そふ》じて、霜《しも》と云物は少《すこし》も曇《くもり》たる夜《よ》はふらず。又、宵《よい》よりもふらず。いかにも一天晴渡《いつてんはれわた》り、冴《さえ》たる暁《あかつき》にふるもの也。実《まことにふゆ》、冬のよの更行《ふけゆく》あかつきのけしき、見るごとくおぼえ侍《はべ》る。されば雪月華《せつけつくわ》に対《たい》しては、自然《しぜん》とおもしろき哥《うた》もあらんが、霜夜《しもよ》の天《そら》の冴《さえ》て物さびたるけしきを詠《ながめ》て、かゝる名誉《めいよ》は出来《いでく》まじき（21ウ）なり。よく此哥の心をしらんと思ふ人〳〵は、必《かならず》冬の夜《よ》の暁《あかつき》の天を心にしめて詠吟《ゑいぎん》すべし。

①後胤《こうゐん》とは、末《すゑ》のゆかりなどいふ心。大伴《おほとも》は氏《うち》。宿祢《すくね》とは朝臣《あつそん》と云同前《とうせん》。

②銀漢《あまのがは》、天河ともかく。空《そら》にある川《かは》也。世の人あまの川とて打みるは、かの川の水気《すいき》なるよしいへり。烏鵲《うじやく》、かさゝぎとよむ。からすの事也。牽牛織女《けんぎうしよくによ》は七夕《たなばた》の事。けんぎうは男《おとこ》、しよくによは女《をんな》也。

6　①安倍仲麿《あべのなかまろ》

安倍は氏《うぢ》、仲麿は名乗《なのり》。南良《なら》の都《みやこ》の御宇《とき》の人。官位《くわんゐ》先祖《せんぞ》慥《たしか》ならず。ある説《せつ》に曰《いはく》、称徳《せうとく》天王《わう》の御時《とき》の遣唐使《けんたうし》也。安倍の船子《ふなこ》の子息《しそく》ともあり。

あまの原《はら》ふりさけみればかすがなる（22オ）**みかさのやまに出し月かも**

古今集《こきんしう》の詞書《ことばがき》にいはく、昔《むかし》、仲丸《なかまる》を唐《もろこし》へ物ならはしに遣《つかは》したりけるに、あまたのとしをへて、えかへりまうでこ②ざりけるを、此国より、又、使《つかい》まかりいたりてたりける［いたりたりける（頭注）］に、たぐひて、まうで来《き》なんとて、出立《いでたち》けるに明州《めいしう》といふところの海《うみ》べにて、かの国の人、むまのはなむけしけり。よるに成《なり》て月のいとおもしろく、さし出たりけるを見て読《よめ》るとなん、かたり伝《つた》ふるとあり。

まづ、天原《あまのはら》とは空《そら》の事。ふり（22ウ）さけみるとは、ひつさげてみると云詞《ことば》にて、手《て》の内《うち》に握《にぎつ》て見るといふ心。いかにも、まぢかくあり〳〵と見たる儀《ぎ》也。又、あふぎみると云詞にて、打《うち》あをのひてみる躰《てい》ともいへり。

春日《かすが》は、大和《やまと》の国の南良《なら》のこと。三笠《みかさ》の山は、すなはち春日《かすが》山の事。三笠《みかさ》山これ也。月かもとは古郷《こきやう》、春日山に出し月か。但《たゞし》、その月にてはなきか、いかゞ有《あり》やと、ふしんをたてて底《そこ》の心には、大千世界《だいせんせかい》、一天《いつてん》一輪《りん》の月なれば、今《いま》、もろこしにてながむる月も、古郷《こきやう》、日本《につほん》、春日《かすが》（23オ）山の月と同《をな》じ月ならむと、落《おと》し付《つけ》たる詞也。哥の心は、古今集《こきんしう》の詞がきにてよく聞《きこ》へたれども、猶《なを》くはしくいはんとなれば、まづ此仲丸をその比《ころ》の帝《みかど》③漢土《かんど》へ、物の本《ほん》まなび習《ならは》せんとて、遣《つか》はされけるが、あまたの年をへてかへらざりける間《あいた》、迎《むか》ひに人を遣《つかは》し給ふとき、その勅使《ちよくし》と打つれ罷帰《まかりかへ》らんとて、日本船《につほんぶね》の着成《つくなる》、明州《めいしう》の津《つ》へたち出けるその夜《よ》しも、月あかくすみのぼり、おもしろかりしに、この月をなが（23ウ）めやり思ふやうは、天に二つの月なければ、今宵《こよひ》の月は定《さだめ》て古里《ふるさと》にて、常《つね》に見馴《なれ》し南良《なら》の都《みやこ》、三笠《みかさ》山の月にてこそあるらめ。さても懐《なつか》しや、いまは迚《とて》も此地《ち》に留《とゝま》るべき身にしもあらず。片時《へんし》も急《いそ》ぎ立帰《たちかへ》りて、古郷《こきやう》の月を見ばやと、④帰朝《きてう》をいそぐ心籠《こも》れり。かくいふ内に、さても此《この》年月、古郷《こきやう》を去《さつ》て数千万里《すせんばんり》をはなれ、海《うみ》山を隔《へだて》たる、此もろこしに旅居《たひゐ》しつる事かな。何《なに》と多《おほく》の年月日かずを明《あか》し暮《くら》しけん。言《ごん》（24オ）語道《ごだう》断《だん》、今《いま》までも何《なに》の心なく、此月を打《うち》ながめゐたる物かな。げに〳〵こよひの此月こそ、古里《ふるさと》かすが山にてよな〳〵めなれし物をと、発露《ほろ》とうち泣《なか》れ、忽《たちまち》古郷恋《こきやうこひ》しくしたはれたるよし也。もつともあはれふかし。ことはりにそ。

①成人《ある》、野馬台《やばたい》の詩《し》の註《ちう》をかり、此仲丸《なかまる》が事《こと》をいへるを、兼与《けんよ》、申されけるは、先《まづ》やばたいの詩《し》の事、日本記《につほんき》、其外《そのほか》、和書《わしよ》に見えぬ由《よし》いひ伝《つた》へり。されどもやばたいのしの口訳《こうしやく》の時《とき》は、其説《そのせつ》も又よろしかるへし。但《たゝし》、此和哥《わか》の註尺《ちうしやく》には必　用《かならすもちゆ》へからす。たゞうち見えたる分《ぶん》にてさしおかるへし、といへりき。遣唐使《けんたうし》とはもろこしへ御つかひにまいる人の事也。

②まうでとはまいると云詞。此国とはわがてう也。いたりたりけるとは、もろこしへゆきつくと云事。たぐひてとは、どうしんしてなといふ心也。明州《めいしう》とは、わかてうの舟のつくみなと、明州《みやうじう》の津《つ》ともいふ。かの国の人

はもろこし人の事也。むまのはなむけとは、首途《かどで》を祝《いはう》事。いとは、詞のあやと云もの也。
③漢土《かんど》とは、大唐《たいたう》のこと。勅使《ちよくし》とは帝《みかど》の御つかいをいふ也。
④きてうとは、日本《につほん》へかへる事也。

7　参議《さんぎ》 篁《たかむら》

参議《さんぎ》は職《しよく》、本官《ほんくわん》は宰相《さいしやう》、唐名《からな》相公《しやうこう》。才智《さいち》ふかき人を撰《えらみ》て此官《くわん》に昇《のぼ》す。太臣大納言《だいしんなこん》（24ウ）、諸共《もろとも》に天下の政《まつりこと》をさたし行《おこなふ》也。参議《さんぎ》と有《あら》ば何所《いづく》にても、皆如此《みなかく》心得《え》へし。

さて、篁《たかむら》は名乗《なのり》。①此人小野氏《をのうぢ》なるに依《よつ》て、時《とき》の人、野相公《やしやうこう》といへり。②詩歌文章《しいかぶんしやう》の達人《たつにん》、③才智《さいち》広白《くわうばく》の人。敏達《びんたつ》天皇《わう》の後胤《こうゐん》。能書《のうしよ》小野道風《をのゝたうふう》卿《きやう》の先祖《せんぞ》。此道風《たうふう》はわが朝《てう》三跡《せき》の内《うち》、野跡《やせき》といふ名誉《めいよ》の手書《てかき》也。

此哥はかさねより書用へからす。此上書にある本哥を用へし。

④**わだの原《はら》こぎ出てゆくやそしまや人にはつげよあまのつりふね**（25オ）

まづ、此哥は⑤仁明《にんみやう》天皇《わう》の御宇《とき》、何事哉《なにごとや》らん罪《つみ》にあたり、隠岐《おき》の国へ⑥左遷《させん》せられける時《とき》、船《ふね》に乗《のり》て、一しほ古郷《こきやう》こひしく切《せつ》にしたはれて、⑦京成《きやうなる》人のもとへ遣《つかは》しけると也。

有説《あるせつ》に、嵯峨天王《さがのてんわう》の御時、無悪善《むあくぜん》といふ落書《らくしよ》、⑧朝廷《てうてい》に立《たち》たり。此落書《らくしよ》いかなる智恵広大才覚《ちえくわうだいさいかく》ゆうちやうの人も、読《よん》でその心をうる事《こと》かたく、其《その》心を得《え》ざれば、よみもまたさだかならざりしに、此篁《たかむら》、かの落書《らくしよ》を披見《ひけん》し、さがなくはよからん、と読《よみ》たり（25ウ）。悪《あく》の字《じ》さがとよみたり。憂世のさかなどいふは、万《よろづ》物侘《わび》しく、住《すみ》うき世間《せけん》を

いへり。或《あるひは》、おそろしきといふ詞《ことは》にも用《もちゆ》る。古《ふる》き哥《うた》に、

　よの中《なか》は虎《とら》狼《おほかみ》もなにならず人のくちこそなをさがなけれ

ともよめり。されば、さがなくはよからん、と読《よみ》たる心は、まづ天下におゐて、上《かみ》一人より下万民《しもばんみん》に至《いた》る迄《まで》、よろず皆《みな》よき事のみありて、わるきことなくはよからん、といふ内《うち》に其時《そのとき》の帝《みかど》は、嵯峨天皇《さがのてんわう》と申たれば、此帝《みかど》の御ことを底《そこ》にふくみて、そしり（26オ）嘲《あざけり》奉《たてまつ》る也。誠《まことに》奇妙《きめう》のよみ也。其時《そのとき》の⑨宣旨《せんじ》には、さりとは明智《めいち》広才《くわうさい》のよみ、神妙《しんべう》たるに似《にた》りといゑども、是《これ》しかじ。篁《たかむら》が所作《しよさ》、疑《うたか》ひなき落書《らくしよ》也。

下《しも》として、上《かみ》をおがす罪科《さいくわ》かるからず、との⑩逆鱗《げきりん》ありて、四国隠州《しこくおんしう》へ流罪《るざい》せられたりともいひ伝《つた》へり。

又、此篁《たかむら》、遣唐使《けんたうし》の時、一二の船《ふね》のあらそひにて、勅勘《ちよつかん》かふむり、ながされしともいふ。されども此両説《りやうせつ》ともに、⑪日本記《にほんぎ》等《とう》にも見えず、おぼつかなし。しかれども、またすてがたき説《せつ》（26ウ）なれば書《かき》つけ畢《おはん》ぬ。

さて、和田《わだ》の原《はら》とは海《うみ》の事。⑫八十島《やそしま》とはおほくの嶋《しま》〳〵と云詞、八十氏《やそうぢ》などいふ類《たぐ》ひ也。ある人のいへるは、八十《やそ》嶋《しま》のしもじ、濁《にごり》てよむべし。但《たゞし》、澄《すみ》ても苦《くる》しからず。漕《こぎ》出ぬとは舟に乗《のり》ていづる事也。当世《たうせい》は哥《うた》一首《しゆ》の内《うち》に舟となくて、只《たゞ》こぎ出るの、或《あるひ》は棹《さほ》さすなど、又、梶《かぢ》を枕《まくら》に等《とう》の儀《ぎ》、よまれねども、そのかみは、かくのごとくもよめると也。

人には告《つげ》よとは、古郷《こきやう》の⑬親《したし》き人〳〵に語《かたり》きかせよとの心。先《まづ》、かやうの哥《うた》の心（27オ）を味《あぢは》ひ、えんとおもはゞ、羇《たび》といふ物の哀《あはれ》かなしき物うさを能《よく》思ひとりて詠吟《えいぎん》有べし。されば旅《たび》と云《いふ》物は、野《の》を分《わく》るより、山路《ぢ》は物うく、山路《ぢ》よりは舟路《ふなぢ》尚悲《なをかな》し。そのいはれは、野辺《のべ》はおのづから人里《さと》しげく、続《つゞき》みちもさのみ辛苦《しんく》ならず。物すごく物うき事も、さのみはあらぬに、山ぢは道《みち》も辛苦《しんく》にして、人居《ゐ》も稀《まれ》に物すごく、物かなしき事のみおほし。されども、辛《しん》苦《く》に堪《たへ》かね、かなしき時《とき》に於《おゐ》ては、立帰《たちかへ》らんも野《の》山の旅《たび》は、わが心のまゝ成《なる》（27ウ）べきに、船路《ふなぢ》は全《まつたく》思ふやうな

らず。陸《くが》を離《はなれ》て水に浮《うか》び、梶《かぢ》を枕《まくら》の⑭うたゝねに、浪《なみ》の音《をと》のみ聞《きゝ》なれ、あやうき命《いのち》のほど、⑮蜉蝣《ふゆう》うたかたのごとく、悲《かな》しからずといふ事なし。

哥《うた》の心は、旅《たび》といへば、わが心と思ひ立《たつ》をだにかなしきに、いはんや是は、⑯勅勘《ちよつかん》をかうむり流罪《るざい》の身となり、西《さい》海《かい》の浪《なみ》のうへはる〳〵と漕《こぎ》はなれ、心づくしへながれゆく道《みち》すがらの物うさかなしさをいへば、先《まづ》、野《の》を分《わく》るより山ぢは物うく、山ぢよりは舟路《ふなぢ》尚《なを》ものうし。同《おな》じ船路《ふなぢ》といゑども、入江《いりゑ》川渡《かはわた》りなどさへ（28オ）有《ある》べきに、是《これ》はそも満《まん》〳〵たる蒼海《さうかい》のみくづとならん身の程も、けふまでとかく存命《ながらへ》きて、多《おほく》の島《しま》〳〵浦《うら》〳〵の名《な》をさへそれと、白《しら》波《なみ》の立隔《たちへた》たれる身のゆくゑ、更《さら》に此国をはなれ、人なき里の嶋守《しまもり》にやと、万唯夢《よろずたゞゆめ》の心ちして、絶入《たえいる》ばかり悲《かな》しきを、せめて思ふ人〳〵に、告《つげ》しらせたくは思へども、罪《つみ》ある身なれば、人の為《ため》いかならむと、思《おも》ひをく事のみ也。さりなから、若《もし》いかにと事問《こととひ》かはす人もあらば、いかに無心《むしん》の（28ウ）釣舟《つりぶね》なりとも、此分野《ありさま》をよく〳〵見留《とゞ》め置《をき》て、くわしく語《かた》りきかせよ、今此際《きわ》に我《われ》と相対《あいたい》する物とては、沖《おき》に漂《たゞよ》ふ釣舟《つりぶね》ならでは、又とふ物もなきものをと、うち侘《わび》かなしふ由《よし》也。

呼《あゝ》、無心《むしん》の釣船《つりぶね》に向《むかつ》てかくいへる心ざし、切成愁腸《せつなるしうしやう》のほど尤《もつとも》憐《あはれむ》べし。されば此釣船《つりぶね》に限《かぎ》らず、花鳥風月《くわてうふげつ》、万《よろず》に付《つけ》て何《なに》の心もなき非情《ひじやう》の類《たぐ》ひに対《たい》し、こなたより其《その》心を付《つけ》ていへる事、是を詩哥文章《しいかぶんしやう》の一躰《てい》として、哀《あはれ》もふかく一入《しほ》物かなしくもきこゆる（29オ）事《こと》に古今《ここん》よりいひさたし置《をけ》り。此所《ところ》かへす〳〵能《よく》〳〵心を付《つけ》て詠吟《えいぎん》有べき事也。一とせ、在原中将業平《ありはらのちうしやうなりひら》、あづまのかたへ流《なが》れ行《ゆき》、むさしの国と下総《しもつふさ》のさかいなる、角田《すみだ》川のほとりまでさまよひ、かぎりなく遠《とを》くもきにける哉《かな》と侘《わび》あへるに、渡守《わたしもり》、はや日も暮《くれ》ぬ舟《ふね》にのれといふを聞《きゝ》、渡《わた》らんとするに、京《きやう》に思ふ人なきにしもあらず、いと耐《たへ》がたき折《おり》しも、羽白《はねしろ》くはしと足《あし》と赤《あか》き鳥《とり》の、鴫《しぎ》よりは少《すこし》おほき成《なる》が、水のうへにうかびたる（29ウ）を、京《きやう》にはめなれず、渡守《わたしもり》に、いかなる鳥ぞと、といければ、是《これ》なむ都鳥《みやことり》といふをきゝて、

なにしおはゞいさこと、はんみやこ鳥わがおもふ人はありやなしや

とよめりけり。かやうの哀《あはれ》までおもひ出て、かの哥《うた》の心ざし哀《あはれ》に詠吟《ゑいぎん》すべし。

①此人、小野氏《をのうぢ》なるゆへに野相公《やしやうこう》と云《いふ》事、小野《をの》の野《の》の字《じ》をとりもちいたる也。今《いま》の世に、片名《かたな》かた名字《みやうじ》に呼《よぶ》ごとし。

②詩哥文筆《しかぶんしやう》の達人《たつにん》とは、詩《し》をつくりうたをよみ、文《ぶん》をかきなどして、其道《そのみち》によく達《たつ》したる人也。

③才智《さいち》くわうばくとは、智恵《ちえ》さいかくひろく、あきらか成《なる》こと也。

④此哥、ある人の本《ほん》にかくらんあるを、そのまゝかき付《つけ》あやまれり。信用《とりもちゆ》へきに非《あら》ず。さて、

和田《わだ》の原八十嶋《はらやそしま》かけて漕出《こぎいで》ぬと人には告《つげ》よ蜑《あま》の釣舟《つりふね》

是《これ》をまことに用《もちゆ》へし。かへす〲、

わだのはらこぎいでゝゆくやそしまや

とあるをばわるきとしるへし。

⑤仁明《にんみやう》天皇は、さがの天皇《わう》の御事。

⑥左遷《させん》とは、とがある人を流《なが》しつかはす也。西国《さいこく》へながさるゝ人は、淀舟《よどふね》にのせらるゝ也。

⑦京成人《きやうなる》とは、都《みやこ》に留《とゞめ》をくしたしき人〲なるへし。

⑧朝廷《てうてい》とは、大裏《だいり》をいふ也。

⑨宣旨《せんじ》とは、帝《みかど》のおほせを、太臣《だいしん》うけたまはりて、下〲へ申きけらること也。

⑩逆鱗《げきりん》とは、王《わう》の御きげんあしきこと也。れうのことより、はじまれる詞也。

⑪日本記《につほんぎ》といふ物のほんあり。かみ代《よ》より此かた、わがてうのこと、のこさずしるされたる本《ほん》也。

⑫八十《やそ》とは、わが朝《てう》の氏《うち》のかず、八十あり。かずおほきことに、いにしへよりいひきたれり。しかるによつて、こゝにも、かずおほき心に用ぬ。
⑬親《したし》き人とは、おや兄弟妻子《きやうだいさいし》をはじめとして、一門《もん》又は智音《ちいん》の事也。
⑭うたゝねとは、睡《ねむ》らんとして、さすがまどろみもやらぬ、と云詞。
⑮蜉蝣《ふゆう》とは、朝《あした》に生《しやう》じて夕《ゆふ》べにしする虫《むし》也。うたかたとは、水の泡《あは》の事。消《きえ》やすき物也。いづれも、人の命《いのち》のはかなきにたとへり。
⑯勅勘《ちよつかん》とは、かんだうかうむる事。流罪《るざい》とは、ながさるゝこと也。

8　猿丸太夫《さるまるだゆう》

官位先祖《くわんゐせんぞ》慥《たしか》ならぬ人。鴨《かも》の長明《ちやうめい》が方丈記《はうじやうき》に、近江《あふみ》の国、田上《たがみ》と云所《いふところ》に此人の旧跡有由《きうせきあるよし》、印《しる》し置侍《をきはべ》り。有《ある》説《せつ》に宗祇《そうぎ》の註《ちう》とて、曰《いはく》（30オ）、此猿丸太夫《さるまるだゆう》は天武《む》天皇《わう》の御子《みこ》、弓削《ゆげ》の道鏡《だうきやう》也。後《のち》に罪《つみ》に当《あた》り、下野《しもつけ》の国薬《やく》師寺《しじ》と云所《いふところ》へ流《なが》され侍《はべ》ると云《いへ》り。此註《ちう》、甚《はなはだ》不審《ふしん》。古伝《こでん》に曰《いはく》、用明《ようめい》天王《わう》の御子《みこ》、聖徳太子《しやうとくたいし》之《の》御孫《まご》、弓削《ゆげ》の王《おほきみ》を猿《さる》丸太夫と号《かう》して侍《はべ》ると、有是《これある》を見誤《あやま》られたるにや。下野国薬師寺《しもつけのくにやくしじ》の別当《べつたう》に成《なし》て、流《なが》しつかはしけるも、此道鏡《たうきやう》法印《ほうゐん》の事《こと》也。

おく山にもみぢふみわけなくしかのこゑきくときぞ秋はかなしき（30ウ）

此哥は、暮《くれ》の秋《あき》九月も末《すゑ》つかたの時節《じせつ》を、ふかく心に含《ふくみ》て詠吟《ゑいぎん》すべし。返《かへす》〴〵鹿《しか》の声《こゑ》を聞《きく》ときばかり、悲《かな》しき秋とは心得べからず。されば鹿《しか》といふものは、草木《さうもく》の茂《しげ》みに付《つけ》て山を出、野《の》を分馴《わけなら》し人里近《ちか》く通《かよ》ひくるもの也。しかるに、①漸《やゝ》秋もすゑに成《なり》ゆき艸村《くさむら》も枯《かれ》〳〵に、木葉散尽《このはちりつく》し、野山の陰《かげ》あさく成《なり》ぬる比《ころ》は、おく山ふかく分《わけ》入て啼《なく》也。哥の心は、奥《おく》山に紅葉踏分《もみちふみわけ》、男鹿《おしか》もなきぬる暮《くれ》のあきのころこそ、とりわけ（31オ）て、秋は悲《かな》しき物なりけり、とおしなべて、世間《せけん》の秋の物さびかなしき時節《じせつ》をよめる也。只《たゞ》、鹿《しか》の声《こゑ》を聞《き》て、秋はかなしきといふには非《あらず》。なべて世間《せけん》の秋七八九月、此三秋《しう》はものがなしきなれども、中《なか》にもとり分《わけ》いづれの時《とき》が秋はかなしきと云《いふ》に、秋も暮行《くれゆく》九月のすゑつかた、奥《おく》山ふかき丹葉《もみぢ》ふみしたきて、男鹿《おしか》の啼《なき》ぬる時分《ぢぶん》こそ、言語《ごんご》に断《たえ》て、あきはかなしきと也。一説《せつ》に、②端《は》山の紅葉《もみち》みな散《ちり》つくして、偖《さて》、おく山の色葉《もみち》ちる時分《ぢぶん》、そのかげを（31ウ）頼《たの》みて鳴鹿《なくしか》ともいへり。又、紅葉《もみち》はおく山より散《ちり》て、後《のち》、端《は》山にちりつくし、さて人里の庭《には》の卉木《くさき》も色付散《いろづきちる》物也。花は、また丹葉《もみぢ》に替《かは》りて、人里にまづ盛《さかり》にして、偖《さて》、端《は》山に開《ひら》き、かくて、奥《おく》山ふかく咲侍《さきはべ》る也。されば此哥は、秋《あき》はいか成時分《なるぢぶん》がすぐれて物悲《ものかな》しきといふに、おく山のもみち踏《ふみ》したきて、鹿《しか》のうちわび鳴《なき》ぬる時《とき》こそ、いとせめて、かなしきなどゝ云説《せつ》もあるなれとも、信用《しんよう》するにはたらずや。（32オ）

①漸《やゝ》とは、やうやくといふことば也。
②端《は》山とは、山の外《ほか》へあらはれて見ゆるを云。外《と》山なと云《いふ》に同《おな》じ。

9　中納言行平《ちうなごんゆきひら》

中納言は官《くわん》、行平《ゆきひら》は名乗《なのり》。平城《へいぜい》天皇《わう》の①権孫《ごんそん》、阿保親王第《あほしんわうだい》一の御子《こ》。在原《ありはら》の業平《なりひら》の舎兄《しやきやう》也。

たちわかれいなばの山の岑《みね》におふるまつとしきかばいまかへりこむ

稲葉《いなば》の山、すなはち因幡《いなば》の国の名所《めいしよ》、因幡《いなば》山の事。又、美濃《みの》の国にもおなじ名《な》あり。

先《まづ》、一せつに、此哥、因幡の国にてよめり。立別《たちわか》れいなばの（32ウ）山、といひ続《つゞけ》て、立《たち》わかれいぬるとの云掛《いひかけ》也。峯《みね》に生《お》ふるとは、かの稲葉山のみねに生《おひ》たる松《まつ》といふ心。松としきかばとは、松《まつ》の字《じ》を人を待《まつ》と云字《いふぢ》にもかり用《もちい》たり。松としのしもじ②休字《やすめじ》也。聞《きか》ばとは、聞《きく》ならばといふ詞《ことば》、今《いま》かへりこむとは、頓而帰参《やがてかへりまいら》むと云詞《ことば》也。

まづ、この哥は、一年《ひととせ》、行平卿《ゆきひらきやう》いなばの国の守護《しゆご》として、かの国に住《すみ》けるが、其③守護職《そのしゆごしよく》も果《はて》て都《みやこ》へかへり登《のぼ》るとて、よめるなり。

哥の心は、吾今《われいま》、此国をたち別《わかれ》て都《みやこ》へいぬる（33オ）とも、我《われ》を恋《こひ》し懐《なつか》しと思ふ人だにあるならば、万事《ばんじ》を捨《すて》ても、やがて帰《かへ》りこんとは思へども、誰《たれ》も待《まつ》人なければ、また帰《かへ》り来《こ》む事はさて有《ある》まじきにや。若《もし》も因幡《いなは》山の峯《みね》の松《まつ》だに、心ありて松といふその名《な》に相応《さうおう》して、われを待《まつ》事あらば、亦《また》こそかへりきて、ながめ愛《あい》せむ物をと、松に対《たい》していひことはれとも、松は非情《ひじやう》の物なれば、是《これ》さへいひかひなしと、此国の別《わかれ》をおしみ、余波《なごり》を籠《こめ》てよめる也。

又、一せつには、一とせ美濃《みの》の国の守護《しゆご》に（33ウ）て有《あり》しが、住果《すみはて》て都《みやこ》へ帰《かへ》り登《のぼ》らるゝ時《とき》、思ふ人の本《もと》へ遣《つかは》しける哥《うた》也。哥の心は、吾《われ》いまこゝを立出《たち》てみやこへかへり行《ゆき》たりとも、我《われ》を恋《こひ》しと、待《まつ》人だにも有《ある》ならば、必頓而《かならずやがて》かへりこん物を、といひて底《そこ》の心には、よし〳〵吾等《われら》ごときの身上《しんしやう》、誰《たれ》もまち給ふこと有《ある》まじきと、いなば山の峯《みね》の松《まつ》に云《いひ》かけて、彼女《かの》に少恨《すこしうらみ》をふくめる也。

されば、俊成卿《しゆんぜいきやう》の曰《いはく》、此哥《うた》、余《あまり》に④くさり過たる、と云批判有《いふひはんある》べけれども、下《しも》の句《く》の留《とま》りに、今帰《いまかへ》り来《こ》むと云《いひ》（34オ）ながしたるにて、其難《そのなん》を遁《のが》れ、還《かへつ》て幽玄《ゆうげん》にきこえ侍《はべ》る、といへりとかや。

①権孫《ごんそん》とは、御まごといふ心也。

②休字《やすめじ》とは、詞《ことば》のたし字《じ》也。たとへば、松ときかば、とばかりいへば、詞みぢかきによつて、しもじをそへたる物也。

③守護職《しゆごしよく》とは、そのくにのかみとなりて、その国をあづかり、仕置法度《しをきはつと》をたて、しはいする事。何个年《なんかねん》と、かねて定《さだ》めあるにや。国司《こくし》ともこれをいふ也。

④くさり過《すぎ》たると云《いふ》は、立《たち》わかれといひて、いなばとかけ、又、いなばの山の、といひては、岑《みね》とうけ、又、みねに生《お》ふ、といひて、松とうけたる云《いひ》かけどもの事也。

たとへば、業平《なりひら》、あづま下《くだり》の時《とき》、三河《みかは》の国八橋《やつはし》の木《こ》のかげにおりゐ、かれゐなどてうせらるゝ時、ある人、杜《かき》若《つばた》といふ五《いつ》もじを句《く》の上《かみ》にをきて、旅《たび》の哀《あはれ》かなしき心、こもれる哥《うた》よめ、といひければ、

唐衣《からころも》きつゝなれにしつましあればはる〴〵きぬるたびをしぞ思ふ

とよめる哥の類《たぐ》ひ也。

この哥は、折句《をりく》のうたといふ。くわしくは、いせ物かたりに有。幽玄《ゆうげん》とは、哥《うた》の姿《すがた》なめらかに、詞《ことば》つゞき、おもしろく心ふかき躰《てい》也。

10　在原業平朝臣《ありはらのなりひらあそん》

在原《ありはら》は氏《うぢ》、業平《なりひら》は名乗《なのり》、①朝臣《あつそん》とは天下の臣下《しんか》と云《いふ》心。御父《ちゝ》は平城《へいぜい》天王《わう》の権孫《ごんそん》、阿保親王《あほしんわう》。御母《はゝ》は桓武《くわんむ》天皇《わう》の姫宮《ひめみや》、伊豆内親王《いとうないしんわう》也。此業平《なりひら》を世に②在五中将《ざいごちうじやう》と（34ウ）云伝《いひつたへ》り。兄弟《きやうだい》五人《ごにん》、行平《ゆきひら》、基《もと》平、仲《なか》平、大江音《おほえのをと》人《んど》。

ちはやふる神代《かみよ》もきかずたつた川（「川」に濁点）からくれなゐにみづくぐるとは

ちはやとかきて、ちわやとよむべし。千早振《ちはやふる》とは、③昔日《そのかみ》、地神五代《ちしんごだい》めの帝《みかど》、天照太神《せうだいしん》、御兄《あに》のそさのをの尊《みこと》と、国をあらそひ給ふ事ありしに、太神《だいじん》御心すまずおぼしめし、天《あま》の岩戸《いわと》へ引籠《ひきこも》ら（35オ）せ給へば、月日、光《ひかり》を失《うしな》ひ、此世界《せかい》常夜《ぢやうや》の闇《やみ》となる。④八百万《やをよろず》の神達《かみたち》、これを嘆《なげき》かなしみ、岩戸《いわと》の前《まへ》にて神楽《かぐら》を奏《そう》しなどして、天照太神《てんせうだいしん》の御心を慰《なぐさ》め奉《たてまつ》り、⑤出御《しゆつぎよ》をうつたへ、侘《わび》申給ひける時、ちはやの袖を振《ふり》ひるがへし給ふより、いまの世《よ》までに至《いた》りて、神《かみ》といひ出ん枕詞《まくらことば》に用《もちゆ》る也。

さて、千早《ちはや》とは、今《いま》の世《よ》にも神楽男《かぐらおのこ》、八乙女《やおとめ》の着《きる》、袖の長《なが》き直垂《ひたたれ》のやうなる物也。神代《かみよ》もきかずとは、神代《かみよ》にも聞《き》およばすといふ詞也。神代《かみよ》に（35ウ）もといふ、にもじを略《りやく》したる、てには也。唐紅《からくれなゐ》とは、いかにも色濃紅《いろこきくれなゐ》の事。水くゞるとは、紅染《くれなゐぞめ》の絹《きぬ》に包《つゝ》める水《みづ》の、其絹《そのきぬ》を漏《もり》て、涌出《わき》るごとしといふ辞《ことば》。立田《たつた》川は、大和《やまと》の国の名所《めいしよ》也。哥の心は、龍田河《たつたかは》、秋もすゑになりぬれば、水上《みなかみ》の山〳〵いろこき紅葉《もみぢ》みなちりつくして、此川の流《ながれ》せきあへぬばかり、うかびたゞよひたる、ひま〳〵に岩《いわ》にせがるゝ、白浪《しらなみ》の涌《わき》かへりたる風色《けしき》、さながら紅染《くれなゐぞめ》のから絹《きぬ》をもつて包《つゝみ》たる水漏《もり》出て、涌《わき》か（36オ）へり流《なが》るごとし。さてもかくえならず、面白《おもしろ》きけしき、風情《ふぜい》はそのかみ神変奇特《じんべんきとく》、ふしぎの事のみおほかりし。地神五代《ぢしんごだい》の御宇《とき》にも、終聞及《つゐにき、およば》ぬと也。心詞《ことば》、よくかけ合《あい》て奇妙《きめう》ふしぎの哥成《うたなる》よし申つたへり。

①朝臣書《あそんがき》の事、四位《しゐ》より上《うへ》の位《くらゐ》の人にかく也。但《たゞし》、氏《うぢ》の朝臣《あそん》、名《な》の朝臣《あそん》とて、二やうあり。氏《うぢ》の朝臣《あそん》とは、たとへば、在原《ありはら》の朝臣業平《あそんなりひら》とかく。此時《とき》は、三位《ゐ》より上《うへ》の位《くらゐ》の人にかく也。又、名《な》の朝臣《あそん》とは、在原《ありはら》の業平朝臣《なりひらあつそん》とかく。この時《とき》は四位《しゐ》の人にかく也。五位《ごゐ》六位の人には、一向《かう》に朝臣書《あそんがき》はせぬもの也。朝臣とあるところは、皆《みな》かく心得へし。

②在《ざい》五《ご》中将《ちうしやう》とは、在原氏《ありはらうぢ》五番目《ばんめ》の子《こ》と云儀《いふぎ》也。中将唐名《ちうしやうからな》、羽林花族《うりんくわぞく》の四位《ゐ》の人の中《うち》より、才智《さいち》をえらみて、此職《しよく》をかぬるといへり。

③昔日《そのかみ》とは、おほむかしといふ心也。

④八百万《やおよろず》の神《かみ》とは、日本国中《につほんくにちう》、大小の神《かみ》〱神《しん》〱を申したてまつる也。

⑤出御《しゆつぎよ》とは、御出《いで》と云事。神か帝《みかど》の御うへをいふ事也。

11　藤原敏行《ふぢはらのとしゆき》

藤原《ふぢはら》は氏《うぢ》、敏行《としゆき》は名乗《なのり》。清和《せいわ》天皇《わう》の①近臣《きんしん》、忠仁公《ちうじんこう》の門葉《もんえう》。哥人《かじん》、能書《のうしよ》にして、一切経書《いつさいきやうかき》たる人也。（36ウ）

すみよしのきしによるなみよるさへやゆめのかよひぢ人めよぐらむ

住吉《すみよし》は津《つ》の国の名所《めいしよ》。このうたも又、例《れい》の序哥《ぢよか》也。序《ちよ》の事まへにくはしく印畢《しるしおは［ん（鈔）］》ぬ。されども、そのあらましをいふに、墨吉《すみよし》の岸《きし》による波《なみ》、と云《いふ》は、よるさへや夢《ゆめ》のかよひぢ人めよく覧と、爰《こゝ》をいはん為《ため》なり。其謂《そのいはれ》は浪《なみ》といふ物は、岸《きし》へ打《うち》よする物なれば、住吉の岸《きし》による波《なみ》、といひ出して、即《すなはち》、其辞《そのことば》の縁《えん》を曳《ひき》うけて、よるさへや、といひ（37オ）続《つゞけ》たり。然《しから》ば、岸《きし》による波《なみ》よると云《いひ》て、②重《かさ》ね詞《ことば》といふ物也。夢《ゆめ》の通《かよ》ひぢとは、思ふ所《ところ》をさして、夢《ゆめ》見る事、人めよぐとは、よくると云詞《いふ》。

哥の心は、たとへば、相互《あいたかい》にむつましく、思ひ合《あふ》たる中《なか》とても、世の習《ならい（ママ）》ひとして昼《ひる》は人めの関守《せきもり》を憚《はゞか》り、③しき忍《しの》ぶこと、古《いに》しへより今《いま》にいたるまで、定《さだま》れる理《ことはり》なれば、よしそれ力《ちから》なし。さりとは夜《よる》は人めも、さのみ包《つゝ》むまじき事、そのうへ、それはみな現《うつゝ》のこと、いま此わがおもひは、うつゝのことは、おもひもよらず、せ（37ウ）めて夢《ゆめ》に成《なり》とも、一目逢見《めあい》たきと、さま〳〵心をつくせどもゆめにさへ、あひみぬことのかなしさ、いはむ方《かた》なし。よし〳〵、偖《さて》は、現《うつゝ》ならぬ夢路《ゆめぢ》さへおもふ、わが中川《なかがは》のうき隔《へだて》には、人目《め》を忍びはゞかれとの、理《ことはり》にてこそあるらめ。所詮《しよせん》、たゞわがこひは命《いのち》ありては逢見《あい》がたし。いのち絶《たえ》ての事かもと、やるかたもなきおもひの切《せつ》なる事をいひのべたり。何《なに》さまうるはしき哥のさまと、申あへりき。（38オ）

①近臣《きんしん》とは、御そばちかくめしつかはるゝ人。忠仁公《ちうじんこう》とは、清和《せいわ》天皇《わう》の御国母《こくぼ》、染殿《そめどの》の后《きさき》の御父《ちゝ》、摂政《せつしやう》関白《くはんはく》どの也。門葉《もんえう》とは御《ご》一門《もん》などいふ心。能書《のうしよ》とは手《て》かきの事。

②重《かさ》ね詞といふは、きしによるなみよる、と、此よると云詞、二つかさねたること也。

③しきしのぶとは、しきりにつよく忍《しの》ぶといふ詞也。

12　陽成院《やうぜいゐんの》御製《ごせい》

清和《せいわ》天皇《わう》の太子《みこ》①。御母《はゝ》は皇太后《くはうだいご》、藤《ふぢ》《とう》の高子《たかきこ》二条《でう》の后《きさき》。仁王《にんわう》より五《ご》十七代《だい》めの帝《みかど》。

つくばねのみねよりおつるみなの川こひぞつもりてふちとなりける

つくばねとは、つくばの峯《みね》といふ詞、冨士《ふじ》のねなどいへる類《たく》ひ也。さて此筑波根《つくばね》も、美奈乃河《みなのがは》も、常陸《ひたち》の国の名所《めいしよ》、かの皆濃《みなの》川はつくば山（38ウ）の岺《みね》よりながれ出て、水上《みなかみ》は岩間《いわま》の苺《こけ》の滴《したゞり》の纔《わづか》なれども、落積《おちつも》りたる行末《ゆくすゑ》は、端広《はゞひろ》く底《そこ》ふかき大河《だいが》と成《なる》。桜《さくら》川是《これ》也。さて、此哥も序哥《ぢよか》也。序の事はまへにたび〳〵書印《かきしるし》侍《はべ》るなれども、其《その》大概《がい》を云《いふ》に、つくばねの峯《みね》より落《おつ》る皆《みな》の川、といひつゞけて、肝要《かんよう》は、恋《こひ》ぞつもりて淵《ふち》と成《なり》ける、と是《これ》をいはん為《ため》也。御哥《うた》の心は、かの筑波山《ちくばさん》より流《なか》れ出る、美奈野《みなの》川の行衛《ゆくゑ》にては、大河《だいが》となれるごとく、恋といふ物も、はじめは、ほのかに見そめ聞《きゝ》初《そめ》しを、思ひの種《たね》として、心に（39オ）思ひ入ところは浅《あさ》けれども、次第《しだい》〳〵にいやましの思ひとなり、後《のち》〳〵は身を砕《くだ》き命《いのち》をうしなへる、泪《なみだ》の淵《ふち》に臥沈《ふししづ》み、かなしみの山に分迷《わけまよ》ふよし也。万《よろず》の事《こと》、皆《みな》かくのごとし。よく〳〵詠吟有《えいぎんある》べき御哥也。

げに〳〵、唐《もろこし》②山谷《さんこく》の名詩《めいし》にいはく、岷江 初 濫 觴 入 楚 乃 無底《みんかうのはじめはさかづきをうかめそにいりてはすなはちそこなし》とも作《つく》れり。（39ウ）

①帝王《ていわう》の御子達《をんこたち》の中《なか》にても太子《たいし》と書《かき》たてまつるは、今度《こんど》帝王《ていわう》の位《くらゐ》に即《つき》給ふべき、惣領《そうりやう》をかき奉《たてまつ》る也。第《だい》二第《だい》三ばんよりは、皇子《わうじ》とも御子《をんし》とも親王《しんわう》ともかく也。但《たゝし》、太子《たいし》、御子《をんし》、皇子《わうじ》、親王《しんわう》いづれも、みなみことよむべし。

されども、又、ところにもよるへし。

②山谷《さんこく》は宋朝《そうてう》の花族《くわぞく》。絶代《ぜつたい》の詩人《しじん》。厚孝第一《かうかうだい》の人。詩《し》の心は、もろこし楚《そ》と云国《いふくに》に岷江《みんかう》とて、うみのごとくなる大河有《だいがあり》。此川の水上《みなかみ》は、いかにも細《ほそ》く浅《あさ》くして、ちいさき盃《さかづき》をも浮《うかぶ》べきほどなれども、方《はう》〳〵の流《ながれ》、おちつもりてのゆくすゑ、楚国《そこく》にては、広大《くはうだい》千《ち》尋《いろ》の江《ゑ》となるなり。されば学文《がくもん》よろずの事、みなおもひたつはじめはわずかにすこしなれども、つもり〳〵ての後《のち》、かならず広《くはう》大深遠《しんをん》になる、とたとふる、本文《ほんもん》の詩《し》なり。

13　小野小町《をのゝこまち》

小野《をの》は氏《うち》、小町《まち》は名《な》。清和《せいわ》天皇《わう》の御宇《とき》の人。名誉《めいよ》妙《たへ》なる歌人《かじん》。哥のさま、①衣通姫《そとをりひめ》の流《りう》をよめり。出羽《でわ》の国小野《の》の当澄《まさずみ》が女《むすめ》。或《あるひ》は小野の良実《よしざね》か女《むすめ》とも云《いへ》り。

花の色《いろ》はうつりにけりないたづらにわが身よにふるながめせしまに

先《まづ》、華《はな》の色《いろ》は移《うつ》ると云《いふ》に二やうの心あり。一つは花《はな》の散《ちる》事、又、一つは顔色《がんしよく》の衰《おとろふ》る事《こと》。けり（40オ）なとは、ける物かななど云詞《いふことば》。いたづらとは、何《なに》の益《ゑき》もなく他《あだ》なる事といふ心の辞《ことば》也。よにふるとは、うき世に住《すむ》といへる詞なれども、雨《あめ》の降《ふる》といふ事をも含《ふくめ》る也。詠《ながめ》せしまとは、浮世《うきよ》にすむ身の習《ならは》しとして、とやかくや打紛《うちまぎ》れ、よろづの事に詠見《えいけん》して日を送《をく》るといふ心。かくいふ内《うち》に、又、雨《あめ》の事をもふくみ持《もた》せたり。但《たゞし》、雨の事に用《もちい》ては、②霖雨《りんう》のこと也。されば此霖雨《りんう》の降《ふる》こと、何時《なんどき》にはよらずといゑども、とりわけ春《はる》の雨はらう（40ウ）〳〵しん〳〵として、日数降《ひかずふる》物なれば、まづ春雨《はるさめ》の事と心得《え》たるがよし。

藤原《ふぢはら》の為相卿《ためすけきやう》の曰《いはく》、凡《およそ》、此哥《うた》をよむならば、かならず、ながめのがもじを、声《こゑ》を長引《ながくひき》て吟《きん》ずべしといへり。其謂《そのいはれ》は、慥《たしか》に雨《あめ》ときこゆるやうにとの教《をしへ》也。業平《なりひら》の哥にも、

おきもせずねもせでよるをあかしては春《はる》のものとてながめくらしつ

此哥の時《とき》も、詠《ながめ》のがもじ、長《なが》く吟《きん》ぜよといへり。

扨《さて》、此小町《まち》が哥には、③表裏《へうり》の心とて二つの心得《え》あり。惣《そう》じて、哥《うた》に六儀《りくぎ》とて（41オ）、六の読《よみ》やうあり。風賦比興雅《ふうふひけうが》頌《しゆ》の六儀《りくぎ》也。

第《だい》一風《ふう》と云《いふ》は、そへ哥《うた》と云て、おもふ事《こと》を、面《おもて》へは云《いひ》あらはさず、よその物に、いひかこつけて、扨《さて》、我《わか》おもふ本《ほん》意《い》を底《そこ》に含《ふく》めり。縦《たとへ》ば、

難波《なにわ》づに咲《さく》や此花冬《ふゆ》ごもりいまをはるべとさくや此花

とよめる哥の心也。されば此哥の面《おもて》の心には、難波津《なにわづ》の梅の花の、去年《こぞ》の冬《ふゆ》よりめぐみもて来《き》て、さて此春に色香《いろか》盛《さかり》なるよそほひを詠愛《ながめあい》しもてなしたる由《よし》也。偖《さて》、底《そこ》の心は、④昔《むかし》、仁徳天皇《にんとくてんわう》、宇治《うぢ》の雅《まさ》倉《これくら》の宮《みや》と、互《たがい》（41ウ）に御

位《くらゐ》を譲《ゆづり》あひ給ひて、此国に王《わう》なき事三年《みとせ》、しかれども仁徳終《にんとくつゐ》に天下をたもち給ふ。その御いはひをよめり。まづ、難波津《なにわづ》とは、仁徳《にんとく》のおはしまし給ふ皇居《くわうきよ》の事《こと》。咲《さく》や此花冬《ふゆ》ごもりとは、天下をたもち御位《くらゐ》につかせ給ふべき印《しるし》の花房《ぶさ》は、めぐみたれども、いまだ天下をたもち、御位《くらゐ》に備《そなは》り給ふ時《とき》の花にてはあらぬといふ心。いまを春べと開《さく》や此花とは、今《いま》こそ帝王《ていわう》の御位《くらゐ》につき、天下をおさめ給ふ御代《みよ》の華盛《はなさかり》なるよ、といへる心也。されば、かの哥《うた》に仁徳《にんとく》の御事、面《おもて》（42オ）へ顕《あらは》してはきこえねども、底《そこ》の心には彼帝《かのみかど》の御事《こと》を、濃《こまか》にいひ含《ふくみ》たり。しからば、此小町《こまち》が哥《うた》は、風《ふう》の哥としるべし。是《これ》を詩《し》の家《いゑ》には諷《さつ》といふ。諷《さつ》は風也《かせなり》と云《いふ》て、風といふ物は、其躰是《そのたいこれ》ぞと、目《め》にはさだかに見えぬ物なれども、物に当《あたり》て風とはしらるゝ也。これにて風《ふう》の哥《うた》の心よく合点有《がってんある》べし。

第《だい》二賦《ふ》と云《いふ》は、一首《いつしゆ》のうちに心あまたある哥也。賦《ふ》の字《じ》、くばるとも、つくすともよむ。

咲《さく》花におもひつく身のあぢきなく身に⑤いたつきのいるもしらずて

など読《よめ》り。花に（42ウ）おもひつくとは、花に執心《しうしん》ふかく詠《なが》め愛《あい》する心也。いたつきとは、労《らう》の字《じ》、又は煩《ぼん》の字《ぢ》をも書《かく》。

第《だい》三比《ひ》と云《いふ》は、なぞへ哥《うた》也。たとへば、二色《いろ》の物を同《おな》じやうにくらぶる也。比《ひ》の字《じ》、たくらぶるとも、或《あるひ》はなぞらうとも読《よめ》り。

君《きみ》がけさあしたの霜《しも》のおきていなば恋《こひ》しきことに消《きえ》やわた蘭《らん》

など読《よめ》り。今朝君《けさきみ》に起別《おきわか》れて、悲《かな》しき命《いのち》の消《きえ》ぬべき事《こと》を、朝《あした》の霜《しも》の消《きえ》やすきにくらべたり。

第四興《だいしけう》とは、たとへ哥也。

わがこひはよむともつきじありそ海《うみ》の浜《はま》⑥の真砂《まさご》はよみつくすとも

など読《よめ》り。（43オ）

第《だい》五雅《が》と云《いふ》は、たゞこと哥《うた》也。是《これ》は物にもたとへず有《あり》の儘《まゝ》直《すぐ》によめり。

　偽《いつはり》のなき世なりせばいかばかり人のことのは嬉《うれ》しからまし

第《だい》六頌《じゆ》とは、いはひ哥《うた》也。但《たゞし》、祈《いのる》いはひをば祝《しう》といふ。これはほむる事をいふ也。

　⑦此殿《との》はむべも冨《とみ》けりさきぐさの三つば四ばにとのづくりして

むべとは道理《だうり》といふ詞《ことは》、げにもといふ事。さき艸《ぐさ》とは檜《ひのき》の事也。唐《もろこし》、⑧道州《だうしう》といふ国は、水つねに濁《にごり》て呑《のむ》人命短《いのちみじか》く病《やまい》がち也。しかるに檜《ひのき》を水に入れば、かの水澄《すみ》て竟《かえつ》て薬《くすり》と成《なる》。かるがゆへ（43ウ）、此国の人、檜《ひのき》を幸木《かうぼく》と云《いふ》。⑨幸《かう》の字《じ》、さけとよむ也。けときと五音相通《ごいんさうつう》のゆへに、さけともよめり。くさとは種《しゆ》の字《ぢ》也。草《さう》の字《じ》には非《あらす》。三つば四ばとは、三棟四棟《みつむねよつむね》の事、家《いゑ》づくり、いかにもけつこう成儀《なるぎ》也。唐《もろこし》の玄宗皇帝《げんそうくわうてい》、楊貴妃《やうきひ》てうあいのため、貴妃《きひ》の兄《あに》、楊国忠《やうこくちう》が家栄三棟四棟《かえいさんとうしとう》と云文《いふぶん》あり。

さて、小町が哥の表《へう》の時の心は、此春はぜひとも花開《さき》なば、日夜朝暮《にちやてうぼ》ともに花の木陰《こかげ》に下臥《したぶし》して、花《はな》を主《あるじ》と馴《なれ》むつび、飽《あき》みつる迄《まで》詠《ながめ》ばやと（44オ）思ひつめたるに、はや程《ほど》もなく待春《まつはる》も来《きた》り華咲催《はなさきもよほ》す。春雨《しゆんう》つれ〳〵と降《ふり》くらし、日数《ひかず》へぬれば、いつのまにかは⑩朶《えだ》もたはゝに開乱《さきみだれ》、世《よ》はみな花になりぬ。されども、春雨《しゆんう》の霽間《はれま》をうかゞひ、けふよあすよと打過侍《うちすぎはべ》るなり。されば、かねてよりおもひまうけたる、花に執心《しうしん》なれば、たとへ雨《あめ》には袖をしとゝ⑪にぬらし、露にもすそをそほづとも、日毎《ひごと》に立出《たち》、花の下《もと》にこそ有《ある》べき事なれども、浮身《うき》の曲《くせ》の憂習《うきならひ》として、正《まさ》に其時《そのとき》その事にさし（44ウ）当《あた》りては、是《これ》をいとひかれを防《ふせ》ぐまに、はや徒《いたづらに》花もちり、春《はる》もくれゆきぬる事よと、打驚《うちおとろ》き花に執心《しうしん》を残《のこ》し、春に余波《なごり》を惜《おしめ》るよし也。

さて又、裏《り》の心といふは、先《まづ》まへにいへるごとく、花に執心《しうしん》を籠《こめ》、春に名残《なごり》をおしめるうちに、わが身わかく年《とし》さかり成《なり》し程《ほど》は、⑫形姿《けいし》を飾《かざり》、容皃《ようはう》をつくろひて、或時《あるとき》は思ひおもはれ、又ある時はねたみ⑬かこたれ、扨《さて》、夢《ゆめ》のうき世のうき身を渡《わた》るいとなみなんどに、か丶つらひさへられて、とやかくや心紛《まぎ》れ、今日《けふ》よ明《あす》（45オ）よと一日《ひとひ》〳〵打《うち》過すほどに、いつの間《ま》にかは月積年重《つもりとしかさな》つて後《のち》、露《つゆ》を帯《おび》たる花のかほばせは、夕陽《せきやう》に曝《さらす》あかざのごとく、風に随《したが》ふ青柳《あをやぎ》のかづらは、霜《しも》に枯《かれ》ゆく蓬《よもぎ》のごとし。春雪《しゆんせつ》の肌《はたへ》うるはしく玉なりしも、たうりの梨《なし》あさぢが原《はら》の朽骨《げうこつ》と衰《おとろ》へはてたる事よと、暮《くれ》ゆく春に云《いひ》かけ、散果《ちりはつ》る花に引《ひき》あて丶、わが身年闌《としたけ》おとろへる事をうれへ観念《くはんねん》したるよし也。古今集《こきんしふ》に小町が哥おほしといへども、⑭此哥を第《だい》一とせり。（45ウ）

①衣通姫《そとをりひめ》は、允饒《いんげう》天皇《わう》の御后《きさき》、玉津島《たまつしま》大明神《みやうじん》と崇奉《あかめたてまつ》る也。此小町が哥《うた》は、哀《あはれ》成やうにてつよからず、つよからぬは、女のうたなれば也と、古今《こきん》の序《じよ》にもほめたり。一説《せつ》、出羽郡司《ではのぐんし》小野義実《の丶よしさね》が娘《むすめ》ともいふ。郡司《ぐんし》とは、国《こく》司《し》の御代官《だいくはん》をする老《おとな》也。

②霖雨《りんう》とは、三日以上《みつかいじやう》七日の雨《あめ》と註《ちう》せり。降《ふり》はじめてよりをやみなく三日までふりつ丶けて、それより七日まで、おほくも少《すこし》も降《ふる》雨をいふ也。

③表裏《へうり》の心とは、おもての心うらの心也。又うへの心下《した》の心ともいふ。あるひは、うへの心そこの心ともいふなり。

④一とせ応神《おうじん》天皇《わう》と申みかどおはしけり。仁徳《にんとく》、雅倉《これくら》と申二人の皇子《わうじ》あり。仁徳は御兄《あに》、雅倉は御弟《おと丶》也。さて、かの応仁《おうじん》天皇崩御《ほうぎよ》ありしに、御ゆいげんには御弟《おと丶》の雅倉《これくら》の宮《みや》に天下をゆづり給ふ。されども雅倉のみや、いかに天下をゆづり給ふとても、御兄《あに》をさしおき奉《たてまつ》りて位《くらゐ》につくべきやうはあらし。唯《た丶》ねがはくは御兄《あに》の仁徳《にんとく》、御位《くらゐ》につき、天下をおさめ給へ、といろ〳〵さま〳〵うつたへ御申なり。又、御兄《あに》の仁徳《にんとく》は、いかにわれこのかみなりといふとも、御ち丶のゆづり給はぬ、位《くらゐ》につくべきやうなし。なにかくるしかるべき、いそぎ雅倉御位にそなはり給ふへし、とかたく御ぢたいなり。

しかるに、御弟のみや、おほしめしけるやうは、かくさま〳〵にうつたへ、御位をすゝめ申せとも御うけられなし。しよせん、われうき世にありしゆへなりとて、飲食《いんしゐ》をたちうへて、ひじになり給ふ。さあれば誰《たれ》か天下をおさめ、御位《くらゐ》にそなはり給ふべきや。力《ちから》およばず、御兄《あに》の仁徳《にんとく》、御即位《そくゐ》ありて天下をおさめ給ふ。仁徳《にんとく》天皇《わう》と申これなり。めでたき帝《みかど》にておはします。

此事《こと》をそこにふくみて、応仁太臣《おうにんだいじん》といへる、名誉《めいよ》の臣下《しんか》のよめる哥也。仁徳天皇は、つの国なにはの浦《うら》に皇《くわう》居《きよ》をかまへ、都《みやこ》をうつしすませ給ふ。皇居《くわうきよ》とは帝《みかど》の宮《みや》づくりの事也。

⑤いたつきのいるとは、いたつきのゆくと云詞也。労《らう》のぢ、つかるるともよめり。又、煩《ほん》のじ、なやむ、ともよめり。
⑥真砂《まさご》などをよむとは、かぞゆる事也。
⑦此とのとは、此宮《みや》と云心。いまの世に殿中《でんちう》など申詞也。とみけりとは、ふつきしたるといふ事。
⑧道州《だうしう》、一説常州《せつぢやうしう》也。
⑨幸《さち》の字《じ》、さいはひともよめり。さいはひとは、おりふしよく、あいかなへり、などいふ心也。
⑩枝《えだ》もたはゝとは、えだもたはむほどといふ心也。
⑪しとゝに濡《ぬる》るとは、帷《かたびら》などの身につくほどぬれたる事。そぼつとは、しほ〳〵としほるゝ事也。
⑫形姿《けいし》とは、なりすかたの事。容皃《やうはう》とは、みめかたち也。
⑬かこたるゝとは、うらみらるゝ事也。
⑭或《ある》人の曰《いはく》、小町かこの哥一首《しゆ》のうちに、にもじ三つあり。されども、耳《みみ》にたゝずおもしろし。まことに〳〵、上手《じやうず》のめいさく、皆《みな》かくのごとし。

14　喜撰法師《きせんほうし》

基泉《きせん》とも書《かく》。和哥式《わかしき》の作者《さくしや》。氏先祖《うちせんぞ》しれぬ人。山城宇治《しろうぢ》山の隠侶《いんりよ》三《み》室戸《むろと》と云所《いふところ》に遺跡《ゆいせき》ありとかや。鴨《かも》の長《ちやう》明《めい》が無《む》名抄《みやうせう》に曰《いはく》、御室戸《みむろと》の奥《おく》二十余町《よちやう》ばかり山中へ分《わけ》入て、此法師《ほうし》が旧跡《きうせき》あり。石塔《せきたう》などいまにさだか成《なり》、と印《しる》せり。①

わがいほはみやこのたつみしかぞすむよをうぢやまと人はいふなり

いほとは、庵《いほり》と云詞《ことば》。都《みやこ》の辰巳《たつみ》とは、此法師《ほうし》の住《すみ》（64オ）けるうぢ山は、今《いま》の都平安城《みやこへいあんじやう》より辰巳《たつみ》の方《かた》に当《あた》れり。しかぞすむとは、かくの如《ごとく》といふ詞《ことば》。或《ある》ひはしかと有《あり》つきたると云《いふ》心の辞《ことは》。世をうぢ山と云続《いひつゞけ》て、世《よ》に物うき山との云掛《いひかけ》也。その謂《いはれ》は、世間《せけん》の人〳〵皆《みな》此山を世に勝《すぐ》れて物うく、住着《すみつき》がたきところなりといゑども、吾《われ》はかやうに心やすく、いかにも②無為無事《ぶゐぶじ》にすみおほせたりと云心。宇治《うぢ》山は、山城《しろ》の国の名所《めいしよ》、されば此ほうし、此人間世《にんげんせ》界《かい》、無常《むぢやう》の理《ことはり》を能観念《よくくはんねん》して、万事《ばんじ》（46ウ）みな何《なに》事も③如《によ》夢《む》幻《げん》泡《はう》影《やう》如《によ》露《ろ》亦《やく》如《によ》電《でん》と、儚《はかな》き物に思ひとり、世《よ》をのがれさり、此うぢ山ふかく分《わけ》入て、身を治《おさめ》心をやすんじ、④本分《ほんぶん》の道理《だうり》に徹《てつ》して、読《よめ》る哥《うた》也。

哥の心は、吾《われ》かしこくも、憂《うき》世をいとひ都《みやこ》をば東南《とうなん》の雲《くも》井はるかに隔《へだて》（ママ）きて、身を安《やす》くおさめ心を無事《ぶじ》に楽《たのしむ》事、おそらくは誰《たれ》人か爰《こゝ》を汲《くみ》しらんや。されば此うぢ山ほど、世に心やすき住家《すみか》は有《ある》まじき所《ところ》なるを、⑤三毒迷妄《どくめいまう》の愚人《くにん》、世にうき山と云《いひ》なしたる事の不《ふ》（47オ）便《びん》やと、⑥悟道発明《ごだうはつめい》のところをいひ出《いだ》せり。但《たゞし》、道心堅固《だうしんけんご》の人の世にすみやすからん事、あながちに此宇治《うぢ》山ばかりにも有《ある》べからざれども、まづ住付《すみつき》たる処《ところ》なればかく云成《いふなる》べし。

真実《しんじつ》にさへ世を遁去《のがれさり》なば、いか⑦成朝市山林《なるてうしさんりん》も同《おな》じく住《すみ》よかるべし。扨《さて》、此哥、常《つね》の人のよむならば、世をうぢ山と人はいゑども、と有《ある》べきをてにはに取《とり》あはず、人はいふなりと読《よめ》る事、一しほすがた幽玄《ゆうげん》に信《まこと》あるとかや。（47ウ）

①一せつに、きせんほうしは、一だいのうち、只《たゞ》うた二首《しゆ》よめると也。一首《しゆ》は此うた。いま一首はこのほど人にたづぬるにしれる人なし。

②無為無事《ぶゐぶじ》とは、するわざもなく、おもふ事もなく、いかにもあんらくといふ心也。

③如夢幻泡影如露亦如電《によむげんはうやうによろやくによでん》とは、ゆめまぼろし、あはかげつゆいなづまのごとしと、はかなきをそろへたり。一経《きやう》の文《ぶん》也。

④本分《ほんぶん》の道理《だうり》に徹《てつ》（ママ）するとは、さとりをひらき、まことのみちにいたりいたれるといふ事。

⑤三毒《どく》とは、とんよくしん、いぐちの三つ。又がきちくしやう、しゆらの三つ也。めいまうとは、まよひみだれて、本心《ほんしん》をとりうしなふ事なり。

⑥悟道《ごだう》とは、成仏得脱《じやうぶつとくだつ》さとりのみち。発明《はつめい》とは、さとりをひらきたる事也。

⑦朝市《てうし》とは、都《みやこ》の事也。てうは、わがてうと云心。市《し》は、いちとよむ。されば都は日夜朝暮《にちやてうぼ》、市のたつやうに、万民《ばんみん》あつまりつどふところなれば、かくいふ也。山林《さんりん》とは草木《さうもく》しげりしん〳〵として、おくふかき太山《み》の事。

15　僧正遍昭《そうじやうへんぜう》

僧正《そうじやう》は官《くはん》、遍昭《へんぜう》は名《な》。花山《くはさん》の僧正とも、又、良《りやう》僧正ともいふ也。元慶寺《げんけいじ》の座主《ざす》、桓武《くはんむ》天王《わう》の後胤《こういん》、頭《とう》の左《さ》中将《ちうじやう》安世《やすよ》の八男《なん》。俗名《ぞくみやう》は良岑《よしみね》の宗貞《むねさだ》。

あまつかぜくものかよひぢふきとぢよおとめのすがたしばしとゞめむ

天津《あまつ》風とは空吹風《そらふくかぜ》の事。雲《くも》の通路《かよひぢ》とは諸《もろ》〳〵の天人達《てんにんたち》の住《すみ》給ふ①月宮殿《げつきうでん》への通《かよ》ひぢ也。乙女《おとめ》（48オ）とは天人《てんにん》の事。まづ此うた、古今集《こきんしう》には作者良岑《さくしやよしみね》の宗貞《むねさだ》とあれども、此集《しう》には僧正扁昭《そうじやうへんぜう》とのせたり。此哥恋《こひ》には非《あらず》。一とせ大裏《だいり》にて五節《ごせつ》の舞姫《まいひめ》を見て読《よめ》り。此僧正《そうじやう》いまだその時《とき》は良岑《よしみね》の宗貞《むねさだ》とて俗《ぞく》なる時の事也。かの五節《ごせつ》の舞《まい》は禁中《きんちう》にて毎《まい》年《ねん》十一月に取《とり》おこなはるゝ也。委《くはしく》公事根源《くじこんげん》といふ物の本《ほん》にこれあり。

昔《むかし》、清見原《きよみばら》の天皇《わう》、大友《おほども》の皇子《わうじ》に世をみだされて、少時《しばし》がほど大和《やまと》の国、三芳野滝《みよしのたき》の宮《みや》に御座《ござ》（48ウ）の時、日の暮《くれ》がたに御琴《こと》を弾《たん》じ御心をすまし給ひけるに、向《むかい》の山の②岫《くき》よりあやしき雲《くも》たなびき渡《わた》り、かの雲間《くもま》より③神女顕《しんによあらは》れ出、体容《たいよう》花に薫《くん》じ光明《くはうみやう》かくやくとして、御琴《こと》の調《しらべ》にかきあはせて舞《まい》けるを、帝《みかど》は御覧《ごらん》じけれども、御前《まへ》の人〳〵は更《さら》に見《み》ざりし也。その時、かの神女《しんによ》の謡《うた》ひし④証哥《しやうか》に、

　乙女子《おとめご》がおとめさびすもからたまを袂《たもと》にまきて乙女《おとめ》さびすも

或《ある》ひは此哥《うた》、御門《みかど》のうたはせ給ふともいふ。扨其後《さてそのゝち》、是《これ》を目出度瑞相《めでたきずいさう》として（49オ）、都《みやこ》へ還御成《くはんぎよなり》て、かの神女《しんによ》の舞《まい》を学《まな》び弄《もてあそ》び給ふ。それより御代《みよ》もゆたかに治《おさま》りけると也。さて五節《ごせつ》の舞《まい》と名付《なづく》ることは、かの神女《しんによ》、舞の袖《そで》を五《ご》度《ど》翻《ひるかへ》しけるによりて也。

哥《うた》の心は、まつたく此五節《せつ》の舞姫《まいひめ》に恋慕《れんぼ》の心はなけれども、余《あまり》に此舞の面白《おもしろ》きにめでゝ、空吹《そらふく》風もねがはくば此天人のかへるべき雲《くも》の通《かよ》ひぢを、ひし〳〵と吹閉《ふきとぢ》、せめて今少時《いましばし》がほど此世界《せかい》にかの天の舞姫《まいびめ》たちを、引《ひき》（49ウ）留《とゞ》めをきてくれよと、舞《まい》に執心《しうしん》ふかき由《よし》也。されば、此少時《しばし》といふ詞《ことば》、さりとは奇妙《きめう》也。そのいはれは、此人界《にんかい》は已《すで》

に下界《げかい》として濁《にごり》てけがらはしき処《ところ》なれば、とかく帰《かへら》ではおはせぬ天《てん》の舞姫なれども、さりとも今《いま》しばしがほどと望《のぞみ》をかけ、よし〱久《ひさ》しく留《とゞ》めまうさん、といふにこそ、ぜひいますこしの間《あいだ》はいかん、との願《ねが》ひ也。寔《げに》心なき風に対《たい》して、さりともとの願《ねがひ》、尤《もつとも》執心《しうしん》ふかき事にや。

右《みぎ》にも申ごとく、詩哥《しか》の道《みち》のあはれやさしき事といへるは、花月雪風浮《くはげつせつふうふ》（50オ）雲流水《うんりうすい》をはじめとして、其外万《そのほかよろず》無《む》心《しん》の物に向《むかつ》て心ある人に対《たい》し、物いひかはすごとく云《いひ》なす事、よく〱詠吟有《えいぎんある》べき物とぞ。もとより此舞姫《まいびめ》、見物《けんぶつ》は日本《につほん》⑤大内《おうち》にての事なれども、真実《しんじつ》の天人に落《おと》し着《つけ》てかくよめる作意殊勝《さくいしゆせう》也。

されば、此僧正扁昭《そうじやうへんぜう》、いまだ俗《ぞく》なる時《とき》は深草《ふかくさ》の帝《みかど》に仕《つか》へ奉《たてまつ》りて、栄花盛《えいぐはさかり》に出頭《しゆつとう》し高《たか》き位《くらゐ》に昇《のほり》、録《ろく》おもくあづかり時《とき》めきしが、思《おもひ（ママ）》ひの外《ほか》に御門《みかど》かくれさせ給ひ、世間万《せけんよろず》物うく無常《あぢきなく》て、野辺《のべ》の送《をくり》より（50ウ）、家《いゑ（ママ）》にかへらず遁世《とんせい》して、⑥ゑい山《ざん》にのぼり慈覚大師《ぢかくだいし》を戒師《かいし》と頼《たのみ（ママ）》み奉《たてまつ》り、年《とし》卅一にして髪《かみ》をそり、帝《みかど》の御菩提《ぼだい》を念比《ねんごろ》に吊《とふら》ひ申しけるとかや。賢人二君《けんじんじくん》につかへずの心ざし哀《あはれ》やさしかりし。

さて、次《つぎ》の年の春《はる》よめる哥に、

みな人は花⑦のたもとに成《なり》にけり苔《こけ》の衣《ころも》よ乾《かはき》だにせよ

此哥、古今集《こきんしう》の詞書《ことばかき》にいはく、ふかくさの帝《みかと》の御宇《とき》、蔵人《くらんど》の頭《かみ》にてよるひる馴《なれ》つかうまつりけるを、諒闇《りやうあん》になりにければ、更《さら》に世にもまじはらずして、ひえの山にのぼり、かしらおろしてげり。（51オ）その又年《またのとし》、皆人《みな》は御服《ごふく》ぬぎて、あるはかうふり給りなど、よろこびけるを聞《きゝ》てよめる、とあり。哥の心書付《かきつく》るに及《およ（ママ）》ず。あはれに詠吟《ゑいぎん》あるべし。

①月宮殿《げつきうでん》は、月のみやこともいふ。天女《によ》たちの住家《すみか》也。

②山の岫《くき》は、みねの事也。あやしき雲《くも》とは、紫雲《しうん》の事也。

③神女《しんによ》とは、天人の事。たいようは、すがたかたち。くわうみやうとは、金色《こんじき》のひかりさす事。かくやくとは、かゞやくといふことば也。

④証哥《しやうか》とは、琴《こと》にあはせてうたふ哥《うた》也。

⑤大内《たいない》と書《かき》ておうちとよむべし。大裏《り》の事《こと》也。

⑥ゑいざんとは、比叡山《ひゑいざん》の事。おびえとも云。あふみの国の名所《めいしよ》。伝教《でんげう》大師《し》の御開山《かいさん》也。

⑦花のたもとは、その位《くらゐ》〲にしたがつて、色《いろ》〲さま〲うつくしきしやうぞくの事。こけのころもとは、墨《すみ》ぞめのころもの事。かはきだにせよとは、なみだに濡《ぬれ》しころもでをなげきわびたる也。ある本《ほん》には、花《はな》のたもとを花のころもとあり。

深草《ふかくさ》の帝《みかと》は、仁明《にんみやう》天皇《わう》の御事。蔵人《くらんど》の頭《かみ》は武家《ぶけ》にて、小姓頭《こしやうかしら》など云心也。帝《みかと》の玉躰《ぎよくたい》ちかくめしつかはる、官人《くはんにん》也。およそ参議《さんぎ》と同位《どうゐ》なるにや。此蔵人《くらんど》の頭《かみ》は殿上《てんじやう》人の頭《かしら》、公卿《くぎやう》の尾《お》といへり。殿上《てんじやう》人とは四位《しゐ》の中《ちう》将《じやう》、少将《せうしやう》、侍従《じじう》をいふ。公卿《くぎやう》とは太臣《たいじん》、大納言《なごん》、中納言《なこん》、宰相《さいしやう》などをいふにや。馴《なれ》つかふまつるとは、出頭《しゆつとう》宮《みや》づかへの事。

諒闇《りやうあん》とは、みかとのうせ給へるあひだの忌中《きちう》也。世にましはらずとは世をすてとんぜいの事。

又のとしはつぎのとし。ごぶくとは、いろの事。帝《みかど》のためにきるなれば御の字《じ》をそへたり。天子《し》の服《ぶく》はむかはり月にてぬくもの也。あるはかふむり給るとは、世にある人は、官位《くはんゐ》をくださると云事。その位《くらゐ》に随《したかつ》て、かんむりかはる也。

16　蟬丸《せみまる》

仁明《にんみやう》天皇《わう》の御宇《とき》の人。氏先祖《うぢせんぞ》慥《たしか》ならず。時《とき》の人、①仙翁《せんおう》と申あへり。延喜《えんぎ》の帝《みかど》の皇子《わうじ》といふ事、甚 以《はなはだもつて》非《ひ》(51ウ)也《なり》。其子細《そのしさい》は此蟬丸《せみまる》の哥、古今集《こきんしう》に入たり。かの古今集は、仁王《にんわう》より六十代目《だいめ》の帝《みかど》、醍醐《だいご》天皇《わう》の御宇《ぎよう》延喜五年《えんぎごねん》四月十八日に撰《せん》ず。其時《そのころ》、延喜《えんぎ》の帝《みかど》は御年《とし》十三歳《さい》にて御即位《そくゐ》ありて、古今撰篇《こきんせんへん》の時《とき》は御年《とし》廿二歳《さい》にて御座《おはします》に、いかで蟬丸《せみまる》ほどの年《とし》人を御子《こ》に持《もた》せ給ふべきぞや。よく心得《え》らるへし。唯《たゞ》此蟬《せみ》丸は、道心《だうしん》を起《おこ》し世《よ》を捨髪《すてかみ》を禿《かぶろ》に打乱《うちみだ》し、江《がう》州会坂《しうあふさか》山の関《せき》の庵《いほり》に住居《すまゐ》せられし人也。(52オ)

これやこのゆくもかへるもわかれてはしるもしらぬもあふさかのせき

此蟬丸、近江《あふみ》の国、大津相坂《おほつあふさか》の関《せき》の傍《かたはら》に、幽《かすか》なる草庵《さうあん》を引結《ひきむす》び、琵琶《びわ》を弾《たん》じ、松吹《ふく》風に心を澄《すま》して、住侍《すみはべ》りけるが、かの逢坂《あふさか》の関を、行《ゆき》かふ旅《たび》人どもの、風情《ふぜい》を見て此うたを読《よめ》り。

先《まづ》、此これや此、と云五《いふいつ》もじ、逢坂《あふさか》に限《かぎ》りて落《おと》し着《つき》たる五《いつ》もじ也。(52ウ)其謂《そのいはれ》は此あふさかの関《せき》こそ、則《すなはち》、此世《せ》上《じやう》目前《もくぜん》の境界《きやうかい》よとの観念《くはんねん》也。是を一句《いつく》の哥といふ。一句《いつく》と云《いふ》は、これや此、といふ五《いつ》もじの事。さて行《ゆく》も帰《かへ》るも別《わかれ》てはしるもしらぬも相坂《あふさか》の関、と云までは皆《みな》かの五もじを口訳《こうしやく》したる物也。

哥の心は、此蟬丸道心《だうしん》、相坂の関の辺《ほとり》に庵《いほり》を結《むす》び、住馴《すみなれ》て往還旅客《わうくはんりよかく》の風情《ふぜい》を観念《くはんねん》して、その儘《まゝ》つくろはず、此あふさかの関《せき》の躰《てい》をいひ顕《あら》はせり。さればかの逢坂の関を通《とを》りて行《ゆき》かふ羇人《たび》ども、幾千万《いくせんまん》とも数《かす》かぎりなき中《なか》(53オ)

に、親類縁類《しんるいえんるい》、疎《うとき》したしきも有《ある》べし。又、悪《にく》しかなしきの、あた敵《かたき》、尤《もつとも》、他人《たにん》として、一生《いつしやう》見ずきかずのしらぬ人、猶有《なをあり》ぬべし。されども、誰《たれ》か一人も、此関《せき》に残《のこ》り留《とゞま》る人はなく、只今目《たゞいまめ》のまへに、それよと見えしも、はやいつの間《ま》にかはいづくへ行過《ゆきすぎ》けむ、其《その》おはりをしらず。又、いま迄《まで》のあたりに、かくと見えざりしも、忽《たちまち》いつこよりか来《きたり》けん、その初《はじめ》をしらず。かくては二度《たび》この関を通《とを》らざるやうにおぼゆれども、登《のぼ》れる人は又かならず下《くだり》て、此関を通《とを》り、下《くだ》れる人も又、必《かならす》（53ウ）登《のぼつ》て此関を通《とをら》ぬ人はなし。爰《こゝ》を以《もつて》、つら〳〵おもんみれば、②生者必滅会《しやうじやひつめつゑ》者定離万法《しやぢやうりまんぼう》一如《によ》に帰《き》する道理《だうり》に徹《てつ》して、此相坂の関の躰《てい》こそ、則《すなはち》、人間有為転変流転生死《にんげんうゐでんぺんるてんしやうじ》の分野《ありさま》ぞと、観念《くはんねん》したるなり。げに〳〵禅門如是《ぜんもんによぜ》関《くはん》（ママ）思量《しりやう》あるべし。あまり至極《しごく》の哥なれば、筆詞《ひつし》に暇《いとま》あきあらず。（54オ）

①仙翁《せんおう》とは、仙人《せんにん》の類《たぐ》ひにや。甚《はなはだ》もつて非《ひ》なりとは、かへす〳〵いつはりといふ心也。だいご天皇《わう》は、延喜《えんぎ》の帝《みかど》の御事也。其時《そのとき》の年号《ねんがう》を延喜《えんぎ》といふゆへにかく申奉《たてまつ》る。古今集《こきんしう》の撰者五人《せんしやごにん》、紀《き》の貫之《つらゆき》、在原《ありはら》の棟梁《むねやな》、凡河内《おうしかうち》の躬恒《みつね》、壬生《みぶ》の忠岑《たゞみね》、紀《き》の友則《とものり》也。真名序《まなぢよ》は紀《き》の淑望《もち》、仮名序《かなぢよ》は紀《き》の貫之作《つらゆきつく》れり。

三光院殿《くわうゐんどの》の御説《ごせつ》に曰《いはく》、かの蟬《せみ》丸の事、世に盲目《まうもく》の由《よし》申伝《つた》へ侍《はべ》るは非《ひ》也。その謂《いはれ》は、此ゆくもかへるもの哥《うた》、後撰集《ごせんしう》にのせられて、即《すなはち》、詞書《ことばがき》にあふさかの関《せき》のほとりにて、往来《ゆきき》の人を見てよめるとあり。盲目《まうもく》ならば、見る事あるべからず。それ盲《まう》と云《いふ》は五濁《ごじよく》の内《うち》の見濁《けんじよく》をはなる、儀《ぎ》也。されば五濁《ごじよく》とは、却見濁《こうけんじよく》、煩悩濁《ぼんなふじよく》、衆生《しゆじやう》濁、命《めい》濁等《とう》の五つ也。かの蟬丸道心《だうしん》、浮世《うき》をのがれ菩提《ぼだい》の道《みち》に入なれば、五濁《ごじよく》をいとひはなる、ゆへに、眼光《がんくわう》あきらかなれども盲目《まうもく》といへり。是《これ》を世にあやまつて、めくらと心得たり。

又、鴨《かも》の長明《ちやうめい》が方丈記《はうじやうき》に曰《いわく》、粟津《あわづ》の原《はら》を分《わけ》つ、蟬哥《せんが》の翁《おきな》の跡《あと》を吊《とふら》ふとあり。又、同人《どうにん》の無名抄《むみやうせう》に逢坂《あふさか》の関《せき》の明神《みやうじん》と申はかの蟬《せみ》丸の事也。わら屋の跡《あと》をうしなはずして、其《そこ》に神《かみ》と成《なり》て住《すみ》給ふ成《なる》べし。今《いま》も打《うち》過るに、立寄《たちより》見れば、昔深草《むかしふかくさ》の帝《みかど》の御使《つかい》にて、和琴《わごん》ならひに良峯《よしみね》の宗貞《むねさだ》の良少将《りやうせうしやう》とて、かよはれける昔《むかし》の事《こと》まで、悌《おもかげ》にうかびていみしくこそ侍《はべ》れと有之《これあり》。

古《ふる》き書物《しよもつ》どもには、かの蟬丸常《つね》に琴《こと》をひき、かの三曲《きよく》をしらべ関《せき》のあらしに心をすまされけるよしをしるせり。そのほか哥《うた》にも見えたり。さりなから琴《こと》には非《あら》ず、びわをひかれし也。琴《こと》とは絃《を》をかけて引物《ひくもの》の惣名《そうみやう》なるゆへに琴とはいひつたへり。哥にもびわをことゝよめり。

②生者必滅《しやうじやひつめつ》とは、しやうあるものは一たび、かならずしするといふ事。会者定離《ゑしやぢやうり》とは、あふものはさだまつて、一たびはわかるゝといふ事。万法《まんほう》とは天地《ち》のあひだに、ありとあらゆるもの皆《みな》といふ事。一如《によ》とは一つところなどいふ心也。帰《き》するとはあつまりよるといふ心。徹《てつ》(ママ)してとは、さとりさとつてみれば、といふ心也。有為変転《うゐてんぺん》とは、あるもありと定《さだめ》なく、なきもなしとさだまらず、うつり替《かは》る儀《ぎ》、これ皆有為《みなうゐ》の法《ほう》なり。流転《るてん》生死《しやうじ》［転変（鈔）］とは、しゝてはうまれ、うまれてはしゝ、くるり〳〵と廻《めぐ》る事、たとへば車《くるま》の庭《には》にゆき、鳥の林《はやし》にあそぶがことし。是を輪廻《りんへ》ともいふ。禅門《ぜんもん》とは、禅宗《ぜんしう》の法問《ほうもん》、如是関《によぜくわん》とは、かくのごとくの関とよむ。如《によ》はをんなのくち、是《ぜ》はひの下の人、関《くわん》は門、大悟《ご》大徹《てつ》(ママ)の儀《き》なれば、筆《ふで》にも詞《ことは》にも申がたし。くはしく釈門《しやくもん》へ、たづねらるべし。

17　河原左太臣《かはらのさだいじん》

河原《かはら》とは在所《ざいしよ》の名《な》。左太臣《さたいしん》は官《くわん》、唐名左丞相《からなさぜうしやう》、一《いち》の上《かみ》とも申。天下の政《まつりこと》一向《いつかう》、此官《くわん》の人、司取《つかさどりとり》おこなふ也。

左太臣とあらば皆《みな》かく心得《え》べし。嵯峨《さが》の天皇第二《わうだい》の皇子《みこ》。源《みなもと》の融《とほる》の太臣《おとゞ》とも申す。都《みやこ》六条河原《てうかはら》に宮造《みやづくりあり》有て住《すみ》給ふ。河原《かはら》の院《ゐん》これ也。

みちのくのしのぶもじずりたれゆへにみだれそめにしわれならなくに

陸奥《みちのく》とは、むつのくと云詞《いふことば》、奥州《あうしう》の事。忍《しの》ぶもぢずりとは、信夫文字摺《しのぶもぢずり》と書《かけ》ども、人めしのぶ事。又堪《かん》（54ウ）忍《にん》の心に用《もち》ひて、よめる哥もあれば、忍ふと書《かき》ても苦《くる》しからずや。或《あるひ》は、忍ぶもじ摺《ずり》を、忍ぶ摺《ずる》と斗《ばかり》も読《よめ》る哥《うた》もあり。されば、奥州信夫《おうしうしのぶ》の郡《こほり》に、文字摺石《もじずりいし》とて、奇妙《きめう》の石《いし》あり。此石にふみの文字《もじ》見ゆる。是《これ》を絹《きぬ》や紙《かみ》に摺付《すりつけ》、移《うつ》し侍《はべ》る。されども、其《その》もじ乱《みだれ》てさだかならず。是《これ》に依《よつ》て乱《みだる》ると云《いは》ん枕詞《まくらことば》に用《もち》ひ来《きた》れり。偖《さて》、乱《みだ》れ初《そめ》にしとは、物おもひの心、ばうぜんと打《うち》みだれはじいるといふ詞《ことば》。寔《げに》、切《せつ》なる恋《こひ》には、心みだれて、前《ぜん》後善悪《ごぜんあく》を弁《わきま》へしらぬもの也。初《そめ》にしのにもじは、休字《やすめじ》（55オ）なり。我《われ》ならなくにとは、我等《われら》にてはなき物を、と云詞《いふことば》。

又、此哥も例《れい》の序哥《ぢよか》也。先《まづ》みちのくと云出《いひ》したるは、忍ぶとうけんため。〔奥州ニ信夫ノ郡アルユヘソ。〕又、忍ぶと云ては、文字摺《もじずり》とうけん為《ため》〔ソ。信夫ノ郡ニモチスリアルユヘ也。〕これまでが序《ちよ》の分《ぶん》にて、肝要《かんよう》は、誰故《たれゆへ》に乱《みだ》れ初《そめ》し、吾《われ》ならなくにと、爰《こゝ》をいはん為斗《ためばかり》なり。

哥の心は、我《われ》此ほど、そなたを思ひそめし恋《こひ》ゆへに、①心耄然《もうぜん》とみだれあひ、何《なに》の思ひわく事もなく、ひたすら、こひしきにのみ思ひしほれたる分野《ありさま》は、偏《ひとへに》しのぶ摺《ずり》の文字《もじ》のごとし。今ははや身もつかれ、心（55ウ）砕《くだけ》て、命消《いのちきゆ》べき躰《てい》に成《なり》ぬる事、只《たゞ》つれなくおはしますそなたゆへ也。さてもそなたには、かくばかり我等《われら》がこひの乱《みだ》れ心をば、そも誰《たれ》ゆへの、みだれ心とおほしめし、よそ〳〵しく、かく難面《つれなく》はおはしますぞ。さてうらめし情《なさけ》なし、とかきくどき、かなしめるよし也。

①耄然《もうぜん》とは、長《なが》き毛《け》のみだれあひて、らちなきがことし。

【注】この条で〔　〕で囲んだ部分は、本文中に「〇」を付けて、行間に補筆している。

18　光孝天皇御製《くわうかうてんわうのごせい》

仁王《にんわう》より五十九代《だい》めの帝《みかど》。いまだ帝王《ていわう》の御位《くらゐ》に備《そなは》り給はぬ内《うち》は、時康親王《ときやすのみこ》と申。仁明《にんみやう》天皇《わう》第《だい》三の皇子《みこ》、小松の帝《てい》これなり。（56オ）

きみがためはるののに出てわかなつむわがころもでにゆきはふりつゝ

古今集《こきんしう》の詞書《ことばがき》に、①仁和《にんわ》の帝《みかど》、皇子《みこ》におましましけるとき、人に若菜《わかな》給ひける御哥とあり。仁和の帝とは此光孝《くわうかう》天皇《わう》の御事。皇子《みこ》とは御門《みかど》の御子《こ》を申奉《たてまつ》る。此光孝《くわうかう》いまだ帝王《ていわう》の御位《くらゐ》に即《つき》給ずして、第《だい》三の御子《みこ》の分《ぶん》にておはします時《とき》の事成《なる》べし。おましましと書《かき》て、おはしましと読《よむ》べし。人とは、②五常徳《ごぢやうとく》たけたる臣下《しんか》を指《さし》ていふ成《なる》べし。夫《それ》、人の人たるを（56ウ）人といふ本文《ほんもん》あれば也。実《まことに》、今時《いまどき》の人、皆畜類同前《みなちくるいどうぜん》なり。③若菜《わかな》を給ひけるとは、臣下《しんか》たちにわかなのあつ物をくだされ、賀《が》し給ふ事也。賀《が》とは、四十《よそぢ》の賀、五十《いそぢ》の賀など云《いふ》て、昔《むかし》のよき人〳〵は、年《とし》の十《とを》め〳〵を目出度《めでたし》と祝《いわ》ひ給ふ。そのしさいは、又、かさねての十目《とをめ》の年迄《としまで》、恙《つゝが》もなく無事息災《ぶじそくさい》に存命《ながらへ》べしとのいはひ也。花の賀、紅葉《もみぢ》の賀、雪《ゆき》の賀などいへり。華《はな》のがは春《はる》、丹葉《もみぢ》のがは秋、雪のがは冬に取《とり》おこなふ。夏《なつ》のがはしらず。尚尋《なをたつぬ》べし。とかく四《し》（57オ）節《せつ》にある物と見えたり。賀《が》の字《じ》よろこぶとよむ。

哥の詞《ことば》、まづ、君《きみ》がためとは、臣下《しんか》をさして宣《のたま》ふ也。つゝとは、まへかどくわしく、書印《かきしる》すごとく程《ほど》をふる詞《ことば》にて、扨《さて》、思ふ事を有《あり》の儘《まゝ》いひ顕《あらは》さず、心のうちに残《のこ》し含《ふくみ》たる詞也。爰《こゝ》にては雪霜雨風《ゆきしもあめ》氷《こほり》を凌《しの》ぎ、さばかりの寒難辛苦《かんなんしんく》をして、時《とき》をうつし、日を暮《くら》しぬると云心を含《ふく》めり。されば、皇子《みこ》の御身として、自《みづから》野べに御出あり、若菜摘《わかなつみ》給ふべき事、あるまじきなれども、詩哥《しいか》の一躰《いってい》とて、いか（57ウ）なる上﨟貴人《じやうらうきじん》も、賤《いやし》き山賤《やまがつ》しづのめの業《わざ》までも、詩《し》に作《つく》り、哥《うた》によませ給ふ時は、真実《しんじつ》そのものに成替《なりかはり》て、詠吟《えいぎん》せざれば、信《まこと》の心ざし顕《あらは》れずして吟興《ぎんけう》うすく、おもしろからぬ也。さあるゆへに、今爰《いまこゝ》にも、自摘《みづからつま》せ給ふやうに読《よみ》なし給へり。此所《ところ》よく〳〵心得《え》べし。

御哥の心は、此わかなつみ給へるころは、いまだ年《とし》たちかへる、きのふ今日《けふ》にして、初春《はつはる》の空長閑《そらのどか》にもあらず。余《よ》寒《かん》も一入烈《しほはげし》く、そく〳〵とふる白雪《しらゆき》を、御袖《そで》にて打払《うちはら》ひ〳〵、氷踏砕《こほりふみくだ》き、いかば（58オ）かり寒苦辛労《かんくしんらう》たへがたけれども、臣下《しんか》をはごくまん為《ため》には、かゝるうきめも何《なに》ならず。此心ばせを感《かん》じ奉《たてまつ》りて、此わかなのあつものを心よく給《たまは》れかし。さもあらば御心よろこばしからんと也。まことにありがたき御志《こゝろざし》の御詠哥《ごゑいか》、④沈吟《ちんぎん》すべし。

扨《さて》、臣下《しんか》を指《さし》て君《きみ》とよみ給ふは、五常徳《ごぢやうとく》たけたる人成《なる》べし。惣《そう》じて君と云詞《ことば》は、何《なに》人なりとも、われ大切《たいせつ》に思ふ人をさしていふ也。さあれば臣下《しんか》をいたはりはごくみ寵愛《てうあい》したまふ事、努〳〵《ゆめ》おろそかならず。かく仁智《じんち》の道備《みちそなは》（58ウ）はり給ふゆへにこそ、天道《たう》にも叶《かなは》せ給ひて、御年《とし》五十三にてうけがたき帝王《ていわう》の御位《くらゐ》をつぎ、おさめがたき天下を、たもち給ふなれ。されば、清和天皇《せいわわう》の⑤御治世《ごぢせい》すくなく、文徳天皇《もんとくわう》の皇子《みこ》の御中《なか》にて、御代《みよ》をうけつがせ給ふべきなりしに、⑥御連枝歴《ごれんしれき》〳〵あまたの御中にも、此光孝《くわうかう》は第《だい》三の皇子《みこ》の御身として、相違《さうい》なく御位《くらゐ》に即《つき》給ふ事、天道《たう》ありがたし。かゝる処《ところ》をふかく感《かん》じ奉《たてまつ》りて、此百首《しゆ》の和哥《わか》にも此哥を撰《えらみ》入られたり。定家卿《ていかきやう》は仮初《かりそめ》にもかく信有《しんある》事を専《もつはら》とせり⑦。（59オ）

①仁和《にんわ》とは、慈悲《じひ》の心あつく、智恵《ちえ》あきらかに、くらからぬ事也。

②五常《ごぢやう》とは、仁儀礼智信《じんぎれいちしん》也。仁《じん》とはぢひ、儀《ぎ》とはすぢめ、礼《れい》とはしきさほうたゞしく、智《ち》とはよろづうたがはしき事《こと》なし。信《しん》とはいつはりなく、まことある事。
③若菜《わかな》のあつものは、正《しやう》月七日、七種《なゝくさ》の事。わかなとはせりの事也。
④沈吟《ちんぎん》とは、その事に心をふかくつけて、その理《り》たゞしきやうに、よく〱あぢはひしるべし、といふ心也。
⑤治世《ぢせい》とは、天下をおさめたもち給ふあいだの事也。
⑥連枝《れんし》とは、兄弟《きやうだい》の事也。
⑦ある人のいはく、われより下《した》めなる人をも、君《きみ》といふべき事、此御哥《うた》を証拠《せうこ》とすへし。

19　伊勢《いせ》

日野内麿《ひのうちまる》の後胤《こうゐん》、伊勢《いせ》の守継蔭《かみつぎかけ》が女《むすめ》なるゆへに、いせと呼《よば》る。①七条皇后《てうくわうごう》の女房《ねうばう》。伊勢物語《ものかたり》の作者《さくしや》。

なにはがたみじかきあしのふしのまもあはでこのよをすぐしでよとや

難波潟《なにわがた》は津《つ》の国の名所《めいしよ》。芦《あし》の②道地《だうち》。芦《あし》とはよしといへる草。短《みぢか》き蘆《あし》のふしのまとは、いかにも少《すこし》の間《あいだ》といふ詞。芦の節《ふし》は間近《まぢか》き物にして、竹のふしとは相違《さうい》せり。あはでとは③手枕同床《たまくらどうしやう》の盟《ちぎり》もなくてといふ心。此よとは夫婦《ふうふ》の中《なか》の事。(59ウ)又、世間《せけん》の事をもいふ。されば、此あはで此世《よ》を過《すぐ》し出《で》よとやと云《いふ》に二つの心得《え》あり。先《まづ》一つは、いもせ夫婦《ふうふ》のかいもなく、少時《しばし》の間《あいだ》もあはずして、命絶《いのちたえ》ねといへる事かと打歎《うちなげく》心。又、けふ明日《あす》の命もしらぬ世中《よのなか》に、すこしの間《あいだ》もあはずして、むなしくなれといふ心也。いづれにても両説《りやうせつ》を用《もちゆ》べし。過《すぐ》し出《で》よとやとは、過《すぐ》し果《はて》よとやといふ心。

まづ此哥は、此あひだ久しく思ひつめたる数《かず》〳〵のことぐさを、今《いま》ははや忍ぶ心よりおもひあまり、堪忍《かんにん》ならで思ひの筋《すぢ》を云出《いひ》たるさま也。（60オ）

哥の心は、かくぞと、物いひ初《そめ》しより此かた、ある時は縁《えん》を求《もと》むるに、心を砕《くだ》きいひ出るにも、詞《ことば》をつくし、とにかくに、おもひのほむら胸《むね》を焦《こが》してせん方《かた》なかりしに、ある時《とき》は少頼《すこしたの》めるさまにて嬉《うれ》しく過し、またある時は、つれなさのみ増《まさ》りてうらめしく、朝暮《てうぼ》只《たゞ》かなしみの涙《なみだ》の淵瀬《ふちせ》にうき沈《しづ》み、かひなき命ながらへ、此年月を漸《やうやく》送《おく》りむかへしなれば、いかに難顔君《つれなききみ》なりとも、今《いま》はうち解《とけ》、哀《あはれ》と思ひ給はんと頼《たのみ》みをかけ侍《はべ》れども、尚《なを》いまだ難面《つれな》さのみ、いや（60ウ）増《まさ》りゆけば、偖《さて》は少《すこし》の間《あいた》も逢《あは》ずして、空《むなし》くしねとの御事にや、中《なか》〳〵少時《しばし》もあはずして、さても命の消《きえ》らるべき物かとかきくどきたるさま也。

①七条《てう》の皇后《くわうごう》は、染殿《そめとの》の后《きさき》の御事。五条《てう》の后とも申たてまつる。女房《にようばう》とは、当世上﨟衆《たうせいしやうらうしう》といふ心也。

②道地《だうち》とは、おほくあるところといふ儀《ぎ》也。

③手枕同床《たまくらどうしやう》の盟《ちぎり》とは、手《て》とてをかはし、一つふところにねたる事也。

20　元良親王《げんりやうのしんわう》

陽成院《やうぜいゐん》の皇子《みこ》。御母《はゝ》は主殿《とのも》の頭《かみ》、遠長卿《とをながきやう》の女《むすめ》。①元良《げんりやう》は名乗《なのり》。親王《しんわう》は位《くらゐ》。但《たゞし》、当代后《たうだいきさき》の御腹《はら》は三品《ぼん》、別腹《べつふく》は四品《ほん》也。

わびぬればいまはたおなじなにはなる（61オ）**身をつくしてもあはんとぞおもふ**

拾遺集《しういしう》の詞書《ことばがき》に、こと出《いで》きて後《のち》、京極《きやうごく》の宮《みや》すん所《ところ》へ遣《つかは》しけるとあり。こと出きてとは、②密通《みつつう》の世間《せけん》に顕《あらは》れてと云事。京極《きやうごく》の宮《みや》す所は宇多《うだ》の后《きさき》の御事。宮《みや》すんどころと書《かき》てみやすどころと読《よむ》べし。さて、哥《うた》の詞《ことば》、侘《わび》ぬればとは、思ひ侘《わび》たるよといふ詞。思ひ〳〵あまりてなどいふ心也。今《いま》はた同《おな》じとは、今更同《さらおな》じと云詞。はたとは、正《しやう》の字《ぢ》を書《かき》て正《まさ》にといふ詞なれども、大《おほ》かたは詞のあやに用《もち》ひ来《きた》れり。今《いま》はた（61ウ）おなじ難波《なにわ》なるといふて、難波のなもじに、我名《わがな》のなもじを含《ふく》み持《もた》せり。しかれば今《いま》も同《おな》じ名《な》なりといふ儀《ぎ》也。身をつくしてもとは、我身《わがみ》をばちゞに砕《くだ》きてもと云詞。しかるを難波なる身をつくしと云掛《いひかけ》て、難波の浦《うら》のみおづくしにいひことよせり。③みおつくしのつもじ、哥《うた》にては澄《すみ》てよみ、詞にては濁《にご》るべし。

哥《うた》の心は、偖《さて》も此年月、世間《せけん》の見る目《め》、きく耳《みゝ》をもふかく包《つゝ》みかくし、心を苦《くる》しめ、相互《あいたがい》に是非《ぜひ》もらさじと、ひそかに契《ちぎり》し中《なか》なるに、こはそも何《なに》とて、世には隠《かく》れもなく顕《あらは》れ聞《きこ》（62オ）へけん。さても此愁《うれへ》かなしみの、やる方《かた》もなくせんかたもなきをいかゞせん。よし〳〵此うへは、逢《あふ》とてもあはぬとても、一度立《たびたち》し憂名《うきな》は、いかほど悔悲《くいかな》しむとも、そのかひ更《さら》に有《ある》まじき程《ほど》に、今《いま》よりは一入《しほ》むつましくおもひ合《あはせ》てたび給へ。わが身はたとへ千々《ちゞ》に砕《くだ》け、命《いのち》は露《つゆ》と消《きえ》てなりとも、ひたすら逢《あひ》まいらせたしと、身を捨《すて》命をかへり見ず、世のそしりをもはゝからで、よろす打ふて切成《せつなる》こひのかなしみをかきくどき、わぶありさま尤《もつとも》あはれにや。（62ウ）

①或説《あるせつ》に、元良《もとよし》とよむ時は親王《みこ》とよみ、元良《げんりやう》と読《よむ》ときは親王《しんわう》とよむべしと也。親王《しんわう》とは第《だい》二第三よりの御子《みこ》たちとして、それ〳〵の御位《くらゐ》につき給ふ也。此元良《もとよし》は、三品兵部卿《ぼんひやうぶきやう》と申 奉《たてまつ》る。

②密通《みつつう》とは、ひそかにしのびかよひて、ちぎりかはす事也。

③みおづくしとは、舟の出入湊《みなと》の水の中《なか》に木《き》を立《たて》をきて、水の浅《あさ》み深《ふか》みをしらせ、船のあやまち、わづらひな

きやうにとのため也。難波《なにわ》の浦《うら》ならねども、いづくにもこれあるもの也。

21　源宗于《みなもとのむねゆき》

源《みなもと》は氏《うぢ》、宗于《むねゆき》は名乗《なのり》。光孝天皇《くわうかうわう》の皇子《みこ》、是忠親王《ぜちうしんわう》の御子《こ》。官《くはん》は①右京《うきやう》の太夫《だいぶ》。

山ざとは冬ぞさびしさまさりける人めもくさもかれぬとおもへば

山里といふても、あながち太山《みやま》とばかり心得《え》べからず。山近《ちか》き辺《ほとり》の里は皆《みな》山里と云《いふ》也。人目《め》も草もかれぬとは、艸《くさ》〴〵も枯渡《かれわた》り、人の往還《ゆきかへ》も絶《たえ》たると云詞《いふことば》。哥《うた》の心は、まづ、ふゆぞ（63オ）淋《さび》しさ増《まさ》り㒵《けり》、と云《いふ》ところにて、常住《ぢやうじう》の寂莫事《さびしき》いはねどもよく聞《きこ》えたり。されども、春は花、秋は丹葉《もみぢ》、夏は山水《さんすい》の景《けい》などを好み弄《もてあそ》び、詠《ながむ》る人も来《きた》りて、自然《しぜん》は人目《め》にぎはしき事もありぬ。さあれば、うき世の便《たより》を得《え》、おもふあたりの伝言《ことつて》もきゝ、心をなぐさむるおりもあるに、冬《ふゆ》にさへ成《なり》ぬれば、此山里の曲《くせ》として世間《せけん》に先《さき》だち、木葉《このは》ちりつくし、草葉《さうえう》うらがれしぼみ、風雨《ふうう》すさまじく、雪霜道《ゆきしもみち》をうづみ、炭焼《すみやき》（63ウ）、樵夫《きこり》の伝《つて》さへ稀《まれ》なれば、况《いはん》や里人の音信《をとづれ》おもひもよらず、いとゞ物さびしき由《よし》也。しよせん此哥《うた》は、山里の春夏秋の気色《けしき》、風景《ふうけい》をよく〳〵心にしめ、思ひめぐらし、分別《ふんべつ》して、偖《さて》、いづれの時《とき》よりも、冬ぞさびしさ増《まさ》りける、といひ出せり。やすらかにして実《まこと》あり。妙成《たへなる》哥と心得《え》べし。

①右京《うきやう》は職《しよく》。唐名《からな》京兆尹《けいてうゐん》。洛中《らくちう》の事《こと》を司《つかさど》りおこなふ也。太夫《だいふ》とは組頭《くみかしら》などいふ心。左京《さきやう》といふ官《くはん》も同前《どうぜん》也。

22　素性法師《そせいほうし》

僧正遍昭《そうじやうへんぜう》の子息《しそく》。俗名《ぞくみやう》、①左近将監玄利《さこんのしやうげんはるとし》。（64オ）

いまこむといひしばかりになが月のありあけのつきをまち出つるかな

今来《いまこ》むとは、頓而《やがて》参《まい》らんといへる詞《ことば》。長《なが》月とは九月の事。晨明《ありあけ》の月は暁《あかつき》まで光《ひかり》ある月也。唯《たゞ》、有明《ありあけ》とばかりも読《よめ》るもあり。

まづ、此哥は待恋《まつこひ》といふ題《だい》をよめり。哥の心は、思ふ人と初《はじめ》て逢《あふ》て契《ちぎり》し比《ころ》は、春の短夜《みじかよ》、いとゞ明《あけ》やすくおぼえて、②衣〳〵《きぬ〳〵》さそふ③鳥《とり》がねを恨《うら》み侘《わび》、消《きえ》かへる泪《なみた》の露《つゆ》、あめまさりなる分野《ありさま》を見ては、おもふ人もさすが哀《あはれ》と（64ウ）やおぼしけん様《さま》、さのみな歎《なげき》給ひそ。又、頓而来《やがてき》て盟《ちぎ》らむなど、慰《なぐさ》められしに、すこし心をすさめ、④泪《なみた》をおさへ、さらばと立別《たちわかれ》て後《のち》、其詞《そのことば》を真《まこと》の頼《たのみ》として、⑤うしろめたくもけふの夕べ、明日《あす》の暮《くれ》かと、心を空《そら》にまちあこがれ、ある時はこひしく、ある時はかなしく、待《まて》ども〳〵音信《をとづれ》だにも絶果《たえはて》て、只涙《たゞなみた》のみ片敷臥《かたしきふし》、こかれかこち⑥侘《わび》たるに、月日たちかさなりて、はや春夏をも空《むなし》く待過《まちすご》し、さなきだに物かなしき秋にさへ成《なり》て、いとゞおもひもいやまし、恨《うらみ》こがるゝに、いまこの（65オ）秋さへ程《ほど》なく、七八月を明《あか》し暮《くら》し、九月も半《なかば》過がてなれども、待《まつ》に恋しき人のをとづれはなく、待ともおもはざりし長月のよの、晨明《ありあけ》の月のみあり〳〵と待《まち》うけたる事よ。扨《さて》も此月に打向《うちむか》へば、弥《いよ〳〵》かの人恋しく、俤《おもかげ》にたちそひ、苦《くる》しき事中《なか》〳〵いはんかたなき由《よし》也。されば、有明《ありあけ》の月を待《まち》出つる哉《かな》といふ所《ところ》にて、かやうに思ふおもひのほむら、燃《もえ》こがるゝ胸《むね》の苦《くる》しさにては、さても今日迄《けふまで》、かくはよく命《いのち》ながらへける物かなと、想侘《おもひわび》たる心（65ウ）籠《こも》れり。

此哥《うた》、⑦六条家《てうけ》にては、一夜《よ》の事に口訳《こうしやく》せらるれども、さやうに見ては心浅《あさ》き由《よし》申伝《つた》へり。ある人の曰《いはく》、此哥《うた》を顕昭法橋《げんせうほつきやう》は、只《たゞ》一夜《よ》の事と註《ちう》し侍《はべ》れども、さやう心得《え》ては、心あさはかにして詠吟薄《えいぎんうす》し。定《てい》家卿《かきやう》のいはく、初《はつ》秋の比《ころ》よりはや秋も暮《くれ》、月も有明《ありあけ》に成《なり》たると心得べきと也。寔《まことに》有明《ありあけ》の月を待出《まちいづ》る心、一夜《よ》の儀《ぎ》には有べからず。たのめて月日を送行《をくりゆく》に、秋さへ長月の空《そら》に成《なり》、剰《あまつさへ》月さへ晨明《ありあけ》に成《なり》ゆくさま、其《その》かなしみ能《よく》おもひ入べし。待《まち》いで（66オ）つる哉《かな》と云《いふ》にて、月日経《へ》たらん心含《ふく》めり。定家《ていか》の曰《いはく》、顕昭《げんせう》は惣《そう》じて哥《うた》をあさく見る人といへりとかや。

①左近将監《さこんのしやうげん》とは、本名《ほんみやう》は左近《さこん》にてはなし。将監《しやうげん》が本名《ほんみやう》也。されども左近《さこん》のとうおこなふ其職《そのしよく》をも、請取《うけとり》てつとむるゆへに、かく、さこんのしやうげんとはいふ也。しかるゆへに左近《さこん》は兼官《けんくわん》と云もの也。将監《しやうけん》の唐名《からな》、校尉《かうゐ》、六位《ゐ》の諸太夫《しよだいぶ》、此官《くはん》に任《にん》じて禁中《きんちう》を守護《しゆご》し申す。内衛《ないゑ》の官人《くわんにん》也。
②衣《きぬ》〳〵とは、わかるゝ事也。
③鳥《とり》がねとは、鶏《にはとり》の鳴音《なくね》の事。又、鳥をかごち、かねをうらむるなどいふ事もあり。その時のかねは、あかつきのつきがねの事。いづれも別《わかれ》をさそふ物なれば、うらめしき事にいひならはせり。
④すさめは、慰《なぐさみ》といふことば也。
⑤うしろめたきとは、心もとなきといふ詞也。
⑥かこちは、うらむるといふことば也。
⑦六条家《てうけ》とは、修理《しゆり》の太夫顕季《たいぶあきすゑ》、その子息左京太夫《しそくさきやうのだいふ》の顕輔《あきすけ》。又、其子清輔顕昭法橋《そのこきよすけげんせうほつきやう》など也。定家《ていか》の父《ちゝ》、俊成卿《しゆんぜいきやう》も、もとは此顕輔《あきすけ》の猶子門弟《ゆうしもんてい》にて、已《すで》に顕広《あきひろ》と名乗《なのら》れけり。しかれども、年《とし》さかんの後《のち》、

哥《うた》の躰《てい》を能《よく》心得《え》て、金吾基俊《きんごもととし》の門弟《もんてい》に成《なり》て、二条家《てうけ》の道《みち》をたてり。基俊《もととし》は貫之《つらゆき》よりの伝受旧流《でんじゆきうりう》也。紀《き》の貫之《つらゆき》一流《りう》を二条家《てうけ》といふ。俊成卿《しゆんせいきやう》、基俊《もととし》の門弟《もんてい》になりて、さて顕広《あきひろ》をあらため、俊成《としなり》と名乗《なのり》かへられたり。

23 ①菅家《かんけ》

菅丞相《かんせうじやう》とも申す。官位左太臣《くはんゐさだいじん》。父《ち、》は参議《さんぎ》刑部卿《ぎやうぶきやう》是善《これよし》。延喜《えんぎ》の帝《みかど》の御宇《とき》、時平公《ときひらこう》の讒言《ぎんげん》に依《よつ》て②九州太宰府《きうしうだざいふ》へ左遷《させん》。つゐに観音寺《くわんをんじ》にて逝去《せいきよ》の後《のち》、北野《きたの》の天満太政《まんだいしやう》威徳自在《いとくじざい》天神《じん》と崇侍《あかめはべ》る。（66ウ）

このたびはぬさも取あへずたむけ山もみぢのにしきかみのまに〳〵

ぬさとは、旅立行《たびだちゆく》時、色《いろ》〳〵の錦《にしき》をこまかに切《きり》て、網袋《あみふくろ》などに入、打振《うちふり》てちら〳〵と飛《とば》せ、③道祖神《だうそじん》に手向《たむけ》、首途《かどて》④をことぶくもの也。御幣《ごへい》と書《かき》てみぬさと読《よめ》り。幣帛《へいはく》（ママ）の類《たく》ひ也。取《とり》あへずとは、調《とゝのへ》したくせぬといふ心。手向《たむけ》山、大和《やまと》の国《くに》の名所《めいしよ》、南良《なら》にこれあり。即《すなはち》、此手向《たむけ》山に道祖神《だうそじん》の宮《みや》あり。丹葉《もみぢ》の錦《にしき》とは、秋の木葉《このは》は色《いろ》〳〵にして、錦《にしき》に似《に》るなればかくいふ也。（67オ）神《かみ》のまに〳〵とは、神《かみ》の御恵《こゝろ》に任《まか》せをくといふ詞《ことば》。

まづ、此哥《うた》は、宇多《うた》の帝《みかど》、奈良《なら》へ⑤みゆきの供奉《ぐぶ》の時《とき》、手向《たむけ》山にてよみ給へる也。

哥《うた》の心は、此たびは大事《だいじ》の御供《とも》をつとむる事なれば、よろず⑥公事《こうじ》に取紛《とりまぎれ》、わが心の儘《まゝ》ならぬゆへ、神に手向《たむけ》のぬさをもとり調《とゝのへ》ず、ぶさた也。しかれども此手向山の紅葉《もみぢ》を、其儘錦《そのまゝにしき》のぬさになぞらへて、道祖神《だうそじん》へ手向まいらするあいだ、此心ざしを納受《なふじゆ》し給ひて息災《そくさい》無事《ぶじ》に守《まもり》、此たびの御供《とも》つゝがなく都《みやこ》へかへし給ふべし、との祈《いのり》也。さればいか（67ウ）程《ほど》、野山にみち〳〵たる花紅葉、海河《うみかは》に満《まん》〳〵たる流水《りうすい》なりとも、手向まいらする人なければ、仏神《ぶつじん》は私《わたくし》としては請《うけ》給はぬとかや。しかるに依《よつ》てかくよめり。げに〳〵真実《しんじつ》の志《こゝろざし》だにあらば、濁《にご》れる庭《には》⑦だつみなりとも、仏神へは手向 奉《たてまつ》るべしと、経文《きやうもん》にも見えたり。古《ふる》き哥に、

折《おり》とれば手房《たぶさ》にけがる立《たて》ながらみよの仏《ほとけ》に花たてまつる

など丶もよめるなり。

三体絶句《ていぜつく》態孺登《たいじゆとう》が遇風謝湘中春色《かぜにあふてしやうちうのしゆんしよくをじや》する詩《し》にも、

水生《すいさん》風 熟《じゆくして》 布帆《ふはん》 新《あらたなり》 只見公程不見春《たゞこうていをみてはるをみず》応被百花撩乱笑《はつくわのれうらんたるにわらはるべし》（68オ）比来《ひらい》天地一閑人《ちのいつかんにん》

と賦《ふ》しける。此詞《ことば》も勅使《ちよくし》の身なれば、隙《ひま》ありがほにして、かゝるおもしろき湘中《しやうちう》の春 色《しゆんしよく》をも詠吟《えいぎん》する事、私《わたくし》ならずといふ心也。菅家《かんけ》の御詠哥《ごえいか》もまた、此心によくあいかなへり。

①菅家《かんけ》とは、菅原氏《すがはらうぢ》の長者《ちやうじや》など申心にて、一段《だん》と賞 翫《しやうくわん》の申やう也。
②九州《きうしう》とは筑紫《つくし》の事。太宰府《だざいふ》は所《ところ》の名《な》。つねには宰府《さいふ》と云《いふ》也。左遷《させん》とは流罪《るざい》の事。逝去《せいきよ》は太臣《だいじん》のしにたる事。
③道祖神《だうそじん》とは、旅《たび》人をそくさい無事《ぶじ》に守《まもり》給ふ神《かみ》也。手向《たむけ》の神《かみ》ともいふ。あふさか山にもこれあり。
④ことぶくとは、いはふと云詞なり。首途《かどて》はつねの人、門出《かどいで》といふことば也。
⑤みゆきは、おなりといふ事。供奉《ぐぶ》とは、帝《みかど》の御とも也。
⑥公事《こうじ》とは、公儀《こうぎ》の御用《こよう》といふ心也。
⑦庭だつみとは、雨ふりて、にわのたまり水などの事。

24　壬生忠岑《①みふのたゞみね》

壬生《みふ》は氏《うぢ》、忠峯《たゞみね》は名乗《なのり》。古今集撰者五人《こきんしうせんしやご》の内也。泉《いづみ》の大将定国卿《だいしやうさだくにきやう》の随身《ずいしん》。木工允忠衡《もくのぜうたゞひら》が子《こ》。

ありあけのつれなく見えしわかれより（68ウ）あかつきばかりうきものはなし

此哥の心を顕昭法橋《②げんせうほつきやう》は、女《をんな》のもとより立別《たちわかれ》きてよめると、大《おほ》やうに註《ちう》せられたるを、定家卿《ていかきやう》聞《きゝ》およひ給ひて、有明《ありあけ》の難顔《つれなく》見えし事、げにさやうにこそあらめ、といへりけるとかや。かくいへる定家卿《ていかきやう》の底《そこ》の心ねは、かの顕昭《げんせう》法橋《ほつきやう》は、何《なに》事の奇語《きぎよ》をいへるぞ。かくのごとくの名哥《めいか》などを、左様《さやう》に心得《え》ては哥《うた》のさま疎《おろそ》かにして、心猶浅《なをあさ》く感《かん》情《せい》なしとの嘲《あざけり》也。さればわが思ふ人は、よもすがらつれなくていかゞせんと、泣《なく》〳〵立《たち》（69オ）かへるに、有明《ありあけ》の月の光《ひかり》をまして、西《にし》の空《そら》に影冴《かげさえ》、つれ〳〵と残《のこ》りたる暁《あかつき》ほど、物うき物は世に又たぐひはあらじ、と思ひ侘《わび》たるよし也。たとへば逢夜《あふよ》のかへるさなりとも、かゝる時節《じせつ》は悲《かな》しかるべきに、況《いはん》やあはずして立帰《たちかへ》り、別《わかる》る空《そら》のけしき思ひやるべし。辞続《ことばつゞ》きも世にすぐれ、心、又奇妙《きめう》なる哥《うた》也。

まづ此哥は、不逢帰恋《あはずしてかへるこひ》といふ題《だい》をよめるなれば、定家卿《ていかきやう》の心によく相叶《あいかな》へり。ある時、後鳥羽院《ごとばのゐん》、古今集第《こきんしうだい》一の哥《うた》はいづれぞ、と定家家隆《ていかかりう》へ御たづ（69ウ）ねありける時、両卿《りやうきやう》ともに右《みぎ》此哥《うた》を第《だい》一と申上《あげ》られたり。定家卿《ていかきやう》はあはれ是程《これほど》の哥読《よみ》て、身の一期《ご》の思ひでにせばやと願《ねが》ひ、常《つね》に此哥を詠吟《えいぎん》し給ふといひ伝《つた》へ侍《はべ》る。

哥の心は、ほの見し様《さま》の俤《おもかけ》を忘《わす》れかね、いやましの恋《こひ》となり、色《いろ》〳〵心を尽《つく》し身を砕《くだ》き、今《いま》は命も断《たゆ》る際《きわ》に成《なり》ぬれば、心あこがれせんかたもなく、とかくしてやう〳〵かの思ふ辺《ほとり》へ忍《しの》び寄《より》、枕《まくら》をちかみ泣臥《なきふし》て、思ひそめしよりのうさつらさかぞへ立《たて》、詞《ことば》を尽《つく》しかきくどき侍《はへ》れども、思ふ人は（70オ）③いらへだもせず、いとゞ難面《つれなく》さてこはいかゞせん、爰《こゝ》にて命も絶《たえ》ねと鳴《なき》かなしみ、思ひの山に分《わけ》まよひ、泪《なみた》の海《うみ》にふししづみ、やう〱夜《よ》もあかつきに成《なり》行《ゆく》まゝ、さすがに人め忍《しの》ぶる恋路《こひぢ》の曲《くせ》として、いつまでかくもあられず、かいなき命つれなくも、なく〱立かへるに、有明の月は何《なに》のうれへがほもなく、哀《あはれ》を添《そへ》て思ふ人の閨《ねや》の妻戸《つまど》を照《てら》し、暁《あかつき》の天につれ〱と冴残《さえのこ》るけしき、物おもはぬ人のながめさへ、かなしかりなんに、況《いはん》やかゝる思ひの折節《おりふし》なれば、うしともつらしとも（70ウ）いはん方《かた》なく詠侘《ながめわび》て、扨《さて》此世のなかに、物憂種《ものうきたね》〱は数《かず》〱限《かぎり》なしといゑども、只《たゞ》此暁《あかつき》ばかりにて、又二つとも憂《うき》事あらじと読《よめ》る也。

まことに此日比《ころ》、恋《こひ》したひ、おもふ人のもとへ、とかく忍《しの》び寄来《よりき》て、永《なが》き夜《よ》もすがら、もしやの頼《たの》みをかけ、かきくどきかなしめども、思ふ人はつゐに心解《とけ》やらず、思ひ侘《わび》て涕《なく》〱閨《ねや》の妻戸《つまど》をたちさり、たどり〱と立帰《たちかへ》りくるに、あかつきの光《ひかり》をそへて、晨明《ありあけ》の月のみつれ〱と、影《かけ》さやかなるをうち詠《なかめ》、扨《さて》もかく吾《われ》ばかり、物うき心を千々《ちゞ》に砕《くだ》（71オ）き、立《たち》かへる事よと、切《せつ》に打《うち》かこちて、有明《ありあけ》の難面《つれなく》といひかけて、さて思ふ人のつれなきをも、ふくみたる心よく〱詠吟《えいぎん》あるべし。

①壬生《みふ》の生《ふ》もじ、氏《うぢ》の時はすみてよみ、ざいしよのなの時は、にごりてよむべし。古今集《こきんしう》五人《ごにん》の撰者《せんしや》、まへにかきつけし也。撰者《せんしや》とは作者《さくしや》と云ふにおなじ事。

②顕昭法橋《げんせうほつきやう》は、左京《さきやう》の太夫《たいふ》顕輔《あきすけ》の子《こ》也。此顕輔は哥仙《かせん》一流《りう》の作者《さくしや》、六条家《てうけ》也。

③いらへだもせすとは、返答《へんたう》だにもせぬ、といふことば也。

25　凡河内躬恒《おふしかうちのみつね》

凡《おうし》は氏《うぢ》、河内《かうち》は名《な》、躬恒《みつね》は名乗《なのり》。古今集作者《こきんしうのさくしや》五人の内《うち》。官位先祖《くわんゐせんそ》慥《たしか》ならず。或説《あるせつ》に、甲斐《かい》の少目良尚《せうもくよしなを》が子《こ》、淡路《あはぢ》の掾《ぜう》也。

心あてにおらばやおらむはつしもの（71ウ）おきまどはせるしらぎくの花

心あてとは、推量《すいりやう》など云詞。おらばやおらんとは、重《かさ》ね辞《ことば》といふ物にて、おらばおらん物をといふ儀《ぎ》。はつ霜《しも》は九月時分《じぶん》に降霜《ふるしも》。をきまどはせるとは、霜ふりまよはせるといふことば。霜は降《ふる》ををくといへり。ある説《せつ》に、初霜《はつしも》のをくと云《いひ》かけて、朝《あさ》とく寝《ね》屋を起《おき》出る心を含《ふくみ》たるといへり。

哥の心は、白菊《しらぎく》のさかりに咲《さき》ぬる時分《じぶん》は、霜も降渡《ふりわた》して花と霜と其色《そのいろ》①相映《あいえい》じたるは、いづれを菊《きく》、いづれを霜と、慥《たしか》に見（72オ）さだめては、よもおられじ。唯《たゞ》、心宛《あて》にこそおらめと也。縦《たとへ》ば此菊《きく》の園生《そのふ》なんどへ、暁《あかつき》がたとくおき出て見渡《わた》せば、園白妙《そのしろたへ》に満《みち》〳〵て霜かとおもへば花、花かとみれば霜にて、更《さら》〳〵何《いづ》れをいづれとも見わかぬ風《ふう》景《けい》、えならぬ気色《けしき》を賞翫《しやうくわん》して折《おり》かねたるさま也。さりながら、若自然《もししぜん》も此花を強《しゐ》て折《おり》とらんとならば、只《たゞ》、心宛《あて》ならむと、あらましことにいへる也。真《まこと》やさしくおもしろし。尚《なを》、委《くはし》くいはんとならば、花をも霜をも色《いろ》〳〵にあひしながめて、偖《さて》も折《おり》からや（72ウ）此園《その》のしら菊《ぎく》の、色香《いろか》もたへに開《さき》みだれたるに、はつしも白妙《しろたへ》に降渡《ふりわた》したれば、いづれをいづれとも見分《わけ》がたし。されども、わがおもふ心まかせに、この花を手折《たおら》むならば、げには折《おり》こそはせめと、やさしくいひなして、肝要《かんよう》は白菊《しらぎく》の華を専《もつはら》と愛《あい》し詠《なが》めり。何《なに》さま九月なかば比《ころ》、あさとくの風景《ふうけい》なるべし。

①相映《あいゑい》ずるとは、互《たかい》のいろくわゝりて、いづれともわけがたきをいへり。

26　紀友則《きのとものり》

紀《き》は氏《うぢ》、友則《とものり》は名乗《なのり》。官大《くわんだい》①内記《ないき》。古今集撰者《こきんしうせんじや》五人の内《うち》也。宮内権《くないごん》の少有明《せうありあきら》が子《こ》。又、紀《き》の友明《ともあきら》が子とも云説《いふせつ》あり。（73オ）

ひさかたのひかりのどけき春の日にしづ心なくはなのちるらむ

久方《ひさかた》とは空《そら》の事。光長閑《ひかりのどけ》きとは、春《はる》の天、晴渡《はれわた》り、霞《かすみ》にほ〳〵とたなびき、照日《てる》あたゝかに物しづけく、いかにも、らう〳〵としたる事也。しづ心なくとは、静《しづか》なる心もなきといふ詞《ことば》。されば此しづ心なくといふに、二つの心えあり。先《まづ》一つは、是《これ》ほど春の日のゆう〳〵としたるに、何《なに》とて此花は静《しづか》なる心もなく、かく騒《さはが》しくは散《ちる》ぞと、さら〳〵とうち散華《ちる》に対《たい》して（73ウ）、散花《ちるはな》の心をとがめたり。又一つの心は、是ほど長閑《のどか》なる春の空《そら》のゆう〳〵としたる折柄《おりから》も、あたら花の散《ちる》を見れば、万物《よろづ》うく打侘《うちわび》しく成《なり》もてゆきて、何《なに》の分《はけ》もなくめたもの心騒《さはか》しく、かなしき也。げに〳〵、千回百迊遶《せんくわいはくし》花傍《くわはうをめぐる》、と陸務観《りくむくわん》といへる唐人《たうひと》の落花《らつくわ》をおしめる名詩《めいし》もある也。

哥《うた》の心は、それ天気《き》すさまじく、あらき雨風のおりからに花のちるをみれば、ひたすらうらめしく、心又騒《さはか》しく、よろず物侘《わひ》しけれども、よし〳〵それは天地自然《ちじねん》の理《ことはり》にして（74オ）、かく荒《あら》き風雨《ふうう》には、花葉《くわえう》かならず散《ちり》おつるならひ、うらむべからず。かなしむべきに非《あらず》と思ひさだめ、悟明《さとりあきら》むるさへ漸《やゝ》もすれば物侘《わび》うらめしく、心又騒《さはがし》し。いはんや此春のけふは、一しほ雨風《あめ》もなく照《てり》そふ日影長閑《かけのどか》にて、天気《き》ゆう〳〵たるに、何《なに》として此花は、かくさはがしく散《ちり》めるらんと、落花《らつくわ》に対《たい》して云侘《いひわび》たる心ざし、哀《あはれ》やさしき也。かくいふうちに、よしく〱万物皆《ばんもつみな》②一栄《えい》一落無《らくむ》常《ぢやう》の習《なら》ひ、時節到来《じせつたうらい》の事、今《いま》さらおどろきかなしむべきにあらず、と（74ウ）観念《くわんねん》したる心も籠《こも》れり。さて此哥は、③疑《うたが》ひの置字《をきぢ》なくして覧と留《とめ》たり。此ゆへに此哥を、此わか集《しう》の秘哥《ひか》二首《しゆ》の一首《しゆ》と伝《つた》へきゝ侍《はべ》り。惣《そう》じて疑《うたが》ひの置字《をきじ》なくして、覧と留《とむ》る事なけれども、此哥《うた》の時《とき》は、久方《ひさかた》の光《ひかりのとけ》長閑き春の日に何《なに》として、と云詞《いふことば》を心に含《ふくみ》て覧と留《とめ》たり。

①内記《ないき》の唐名《からな》、柱下《ちうが》といふ。才智能筆《さいちのうひつ》の人を撰《えらみ》て、此官人《くわんにん》に任《にん》ず。禁中内《きんちうない》く〱の御用《ごよう》を達《たつ》する御右筆《ごゆうひつ》也。

②一栄《えい》一落《らく》とは、一たびはさかへ一たびはおとろふる、といふ心也。

③疑《うたが》ひのをきじと云《いふ》は、何《なに》、たそ、誰《たれ》、いかに、いづれ、いづく、いつこ、などゝいへることば也。又、やの一字《ぢ》、かの一字《じ》也。

27　文屋康秀《ふんやのやすひで》

文屋は氏《うぢ》、康秀《やすひで》は名乗《なのり》。①三河《みかわ》の掾文琳《せうぶんりん》ともいふ也。中《ちう》納《な》言《ごん》朝康《ともやす》卿《きやう》の子息《しそく》。（75オ）

②吹《ふく》からに秋の草木《くさ》のしほるればむべ山風をあらしといふらむ

吹《ふく》からとは、吹ゆへと云心。むべとは、げにもといふ詞《ことば》。或説《あるせつ》に、山かふりに風と云字《いふぢ》を書《かき》て嵐《あらし》と読《よむ》なれば、げにも山かぜをあらしといふ也、といへるは以外《もつてのほか》にあしき説《せつ》也。たとへば、木毎《きごと》に花ぞさきにけるといふて、梅に用《もちゆ》る類《たぐ》ひ也。たゞ此哥にては山かぜのつよくふきしきりて、草木《さうもく》のしほるゝを打《うち》見て、げにく〱山風をあらしと名付《なづけ》ける事、道理哉《だうりかな》と云《いふ》て、荒《あら》（75ウ）き心に用《もち》ひたる也。

哥《うた》の心は、秋もはや更行《ふけゆく》まゝに山かぜ山おろしも物冷《すさまじ》く吹しきりて、千草万木《せんさうばんもく》の朶《えた》も葉《は》も、しほ〳〵としほるゝを見て、理哉《ことはりかな》、かゝる山風を嵐《あらし》とはいふ也けり、とつくろはずありのまゝよめる名哥《めいか》也。

①三河《みかわ》の掾《せう》とは、国司《こくし》の被官《ひくわん》として、其国《そのくに》の仕置《しをき》をする職《しよく》也。文琳《ぶんりん》は法号《ほうみやう》にや。

②此哥、康秀家《やすひでいゑ》の集《しう》には、吹《ふく》からに野《の》べの草木《くさき》とあり。昔《むかし》は嵐《あらし》を秋《あき》の季《き》に用《もち》ひたるとなれば、野べの草木とよみても秋の哥になる也。此哥、古今集下巻《こきんしうげくわん》、秋の部《ぶ》の巻頭《くわんとう》にえらみ入る時、なをたしかに秋の哥にせんとて、秋の草木と引《ひき》なをして入たり。貫之《つらゆき》が作《さく》也。その謂《いはれ》は、冬《ふゆ》野になれば風に力《ちから》なき物也。それに依《よつ》て吹《ふく》からにと、五《いつ》もぢに置《をき》たり。
古《ふる》き哥に、

雪ふれば木ごとに花ぞさきにけるいづれをむめとわけておらまし

此哥の時《とき》に、木毎《きごと》といふて、むめと用《もち》ひたり。此たぐひ、かたくしんしやくすへし。されば梅《むめ》といふ字《じ》は木篇《きへん》に毎《まい》の字《じ》をつくりにかく也。しかるを引《ひき》ちかへて、木《き》を上《うへ》に毎《まい》の字《ぢ》を下《した》に書《かき》てむめとも読《よみ》たり。梅《むめ》、此字本《じほん》なるを、木毎と書《かき》ても梅《むめ》ともよませたるゆへ也。

28　①紀貫之《きのつらゆき》

紀《き》は氏《うち》、貫之《つらゆき》は名乗《なのり》。古今集《こきんしう》の作者《さくしや》五人《ごにん》の内《うち》にして、其上《そのうへ》、仮名序《かなぢよ》をも作《つく》れり。②古今《ここん》に秀《ひいで》たる名誉《めいよ》の歌人《かじん》。能筆《のうひつ》、才智人《さいちにん》也。先祖《せんぞ》慥《たしか》ならず。（76オ）

人はいさこゝろもしらずふるさとは花ぞむかしのかににほひける

古今集《こきんしう》の詞《ことば》がきに、③初瀬《はつせ》にまうつるごとに、宿《やど》りける人の家《いゑ》に、久しく宿《やど》らで、程《ほど》へて後《のち》に至《いた》れりければ、かの家《いゑ》の主《あるじ》、かくさだかになん宿《やど》りはあり、といひ出して侍《はべ》りけるに、そこに立《たて》りける梅の花を折《おり》て読《よめ》るとあり。

詞《ことば》書《がき》の心は、此貫之《つらゆき》、初瀬《はつせ》へ度〳〵《たび》参詣《さんけい》申ける度毎《たびごと》に、泊《とま》り馴《なれ》たる宿坊《しゆくばう》あり。されども此ほどは、中絶《なかたえ》久しく宿《やど》をからで、さて（76ウ）後《のち》に参《まい》りける時《とき》泊《とま》りければ、彼坊《かのばう》の主《あるじ》、こよひのおとまりは、何《なに》とおぼしめし出《いで》たる事にや。御門《かど》たがへもなく、よくぞや宿《やど》り給へる。偖《さて》、何《なに》のゆへにか、此ほど問捨《とひすて》給ふ。こなたの心は昔《むかし》に替《かは》らず、大《たい》切《せつ》に思ひいたはり奉《たてまつ》る。さればこそ今宵《こよひ》のおやども、かしまいらせぬ。と中絶《なかたえ》をうらみたり。その時返答《へんたう》はなく、庭《には》なる梅《むめ》の華《はな》を手折《たおり》、よみてやりける哥《うた》也。

哥の詞《ことば》は、まづ、いさと云《いふ》ては、しらずとも、又知《しら》ぬともかならず一首《しゆ》の内《うち》にいひ入る事習《なら》ひ也。但《たゞし》、連哥《れんか》には、いさと（77オ）ばかりいふて、しらぬと云詞《いふことば》に用《もち》ひ侍《はべ》る。連歌《れんが》は、詞《ことば》少《すくな》く短《みじか》きゆへ也。しからば、いさと云《いふ》詞、哥《うた》にては詞のあやと心得《え》べし。いさしら雲《くも》、いさしら波《なみ》、などよめり。花ぞ昔《むかし》の香《か》に匂《にほ》ひけるとは、此花こそ本《もと》の香《か》にかはらず匂《にほ》ふと云詞。

哥の心は、さてもそなたの御心、昔《むかし》に替《かはら》ぬよし、仰《おほせ》きけられては侍《はべ》れども、真実《しんじつ》の御心の底《そこ》は、努〳〵《ゆめ》くみ知《しり》がたし。只《たゞ》、此庭《には》の梅の花の色香《いろか》こそ、日比《ごろ》見馴《なれ》しもとの色香《いろか》に相《あい》かはらねと、いひかへしたり。まことに、親《しん》子《し》兄《きやう》弟夫婦《だいふうふ》（77ウ）の中《なか》とても、しられぬは人の心の底《そこ》なるに、草木非情《さうもくひじやう》と云《いふ》て、移《うつり》はたらく心なき物なれば、此梅は昔《むかし》のもとの色香《いろか》にあるべき事最《もつとも》也。されば情《じやう》の字《じ》を心とも読《よま》せて、動《うご》き働《はたら》き、物にうつる時の心に、此情《じやう》の字を書《かく》也。草木《さうもく》を非情《ひじやう》と云《いふ》も、此文字《もじ》の心にて合点《がつてん》あるべし。非《ひ》の字《じ》あらずとよませたり。④

①或説《あるせつ》に、此貫之《つらゆき》は、紀《き》の望行《もちゆき》が子童《こわらは》。名《な》は阿古久曾《あこくそ》と云《いふ》。官《くわん》、玄番《げんはん》の頭《かみ》。御書所《ごしよどころ》の預《あづか》り。

②古今《ここん》とは、いにしへよりいまにいたるまでといふ儀《ぎ》。ひいでたるとは、ぬきいでたると云事。能筆《のうひつ》は手《て》かき。才智《さいち》とは、ちえさいかくめてたき事也。

③初瀬《はつせ》は、大和《やまと》の国、大慈大悲《ぢひ》のめでたき観音《くわんをん》の立《た》ゝせ給ふ御山。はせとも、又、小初瀬《をはつせ》ともいふ。まうつるとは、参詣《さんけい》といふ詞《ことは》。ごととは、たびごとと云詞。いたれりは、来《きた》れりといふ心。かくは、かくのごとくと云詞。さだかとは、しらしらしくなと云心。なんとは、詞《ことば》のあやとて、詞のかざり也。

④ある人のいはく、わが住ところならずとも、ふるきところをば、ふるさとゝいふべき証拠《せうこ》の哥也。

29　坂上是則《さかのうへのこれのり》

坂上《さかのうへ》は氏《うぢ》、是則《これのり》は名乗《なのり》。官《くわん》大内記《ないき》、加賀《かが》の守《かみ》。御書所《ごしよところ》の預《あづか》り。①坂上将軍田村丸《さかのうへしやうぐんたむらまる》の末孫《ばつそん》。（78オ）

あさぼらけありあけの月とみるまでによしのゝさとにふれるしらゆき

朝朗《あさぼらけ》とは、あかづき時分《じぶん》の事。見る迄《まで》とは、みるごとくなど云心。芳野《よしの》は大和《やまと》の国の名所《めいしよ》。三吉野《みよしの》ともいふ。花の道地《だうち》也。ふれるとは雪《ゆき》の降《ふる》と云詞《ことば》。

此哥《うた》は、吉野の雪の明更《あけぼの》の気色《けしき》を、眺望《てうばう》したる詠吟《えいぎん》也。されば月の光《ひかり》にまがふほどの雪は、いかにも薄雪《うすゆき》にして、草木の朶葉《えだは》、野山の姿《すがた》も有《あり》しと、常《つね》のやうに打《うち》見えなから、さすが又よもの色《いろ》（78ウ）白《しろ》しと白妙《しろたへ》にして、さながら晨明《ありあけ》の月かと、見誤《あやま》りたる事、尤《もつとも》風景《ふうけい》おもしろかるべし。先《まづ》、此哥、よしのゝ山にふれるしら雪、とこそ読《よむ》べきを、吉野の里に、と読《よめ》る子細《しさい》あり。その子細は、山よりも里は一しほ雪うすかるべき理《ことはり》也。げにげに何方《いづく》も同《おな》じふる雪なれども、山はふかく麓《ふもと》は浅《あさ》く、ふもとより猶《なを》里はあさき物也。されば、まづ、有明《ありあけ》の月影《かげ》の野山草木にうつるかと、疑《うたかは》れぬる雪の色《いろ》は、いかにもうすかるべしと心えべし。

哥の心は、なにさま此あかつきは、雪そく（79オ）そくと音《をと》づれ降《ふり》たるとおぼしきが、いかなれば野《の》山の姿《すがた》、草木《くさき》のかたちは常《つね》に目馴《めなれ》し風情《ふぜい》に少《すこし》も替《かは》らず。只《たゞ》、其儘《そのまゝ》にして、流石《さすが》またほの〴〵白妙《しろたへ》に見え渡《わた》りたる気色《けしき》、さながら晨明《ありあけ》の月影《かけ》の、野山のしめり草木《さうもく》の露に、うつりたるかと見謬《あやま》りたる気色《けしき》、いはんかたなき見物《けんぶつ》のよし也。誠《まことに》、雪月花《せつげつくわ》の三②景物《けいぶつ》とて、世間有《せけんある》とあらへる見物《けんぶつ》の中《なか》にも、ことに勝《すぐ》れたる③詠覧《えいらん》なれば、心あらん人の吟心《ぎんしん》おしはかるべし。（79ウ）

①田村《たむら》の将軍《しやうぐん》、清水寺《せいすいじ》建立《こんりう》の願主《ぐわんしゆ》。名誉《めいよ》の大将軍《しやうくん》。胎内《たいない》二十三箇《が》月にて生《うまれ》給ふ。
②景物《けいぶつ》とは、見ておもしろき物をいふ也。
③詠覧《えいらん》とは、ながめ見とよむ。吟心《ぎんしん》とは、心にしめ、あひしかんずる心也。

30　大江千里《おほえのちさと》

大江は氏《うぢ》、千里《ちさと》は名乗《なのり》。大江の音人《をとんど》の子《こ》。業平《なりひら》の甥《おい》。

月見ればちゞにものこそかなしけれわが身ひとつの秋にはあらねど

①千々《ちゞ》とは、百千万《まん》など云《いふ》心にて、数限《かずかぎり》なきと云心。わが身一つとは、我身《わがみ》独《ひとり》と云詞《ことば》。まづ、天に②陰陽《いんやう》の二つの気《き》あり。陰《いん》の顕《あらは》れ出る気《き》を月といふ。陽《やう》の顕《あらは》れ出る気《き》を日といふ。されば此日といふ物は陽《やう》（80オ）気《き》なれば、みる

に心も和《くわ》し、光《ひかり》静《しづか》ならず、見もせられず、其景《そのけい》さのみ面白《おもしろ》からず。さるに依《よつ》て世間是《せけんこれ》を詠《ながむ》る物ともいひ伝《つた》へず。たとへ打向《うちむか》ひみるといゑども、替《かは》る事なく其分《そのぶん》也。月と云物は陰気《いんき》なればみるに心真《しん》に成《なり》、光《ひかり》物しづけく、景気《けいき》一しほおもしろし。しかれば世上《せじやう》詠《ながむ》る事と定《さだ》めをきて、うちむかへば心すみ、哀《あはれ》もよほされ、涙《なみだ》も溢《こぼ》れすゝむ也。唐土《たうど》、天竺《ぢく》、我朝《わがてう》の古《いに》しへより今《いま》に至《いた》るまで、③詩歌文章《しいかぶんしやう》のたぐひ、皆《みな》月に対《たい》して、愁《うれへ》かなしみをいひつ（80ウ）くし侍《はへ》る。此趣《おもむき》をよく分別《ふんべつ》して、かやうの哥をば詠吟《えいぎん》あるべし。哥の心は、月にさへ打向《うちむか》へば、数《かず》〳〵心砕《くだけ》て、ひたすら物こそ悲《かな》しけれ。偖《さて》、いかなれば、わが身独《ひとり》をかなしませ、いたましむる此秋にはなき物をと、云捨《いひすて》て、扨《さて》、わが身一つのやうに、万《よろづ》物かなしきと云心を含《ふく》めり。されば扶桑《ふさう》ひろき天下の秋を、わが身独《ひとり》に引《ひき》うけ、哀《あはれ》にいひなしたる、奇妙《きめう》の哥と申さたせり。④

①文選《もんぜん》といふ物の本《ほん》に、旦千《たんせん》と書《かき》て、ちゞとよませたり。

②陰陽《いんやう》の二気《き》、すなはち、やうは天、いんは地《ち》、阴《いん》は女、阳《やう》は男《おとこ》にたとへたれば、日にむかつて、気色《けしき》のおもしろからぬ事、月に向《むかつ》てけしきのおもしろき事、合点《かつてん》すべし。

③白居易《はつきよい》、内《たい》に送《をくる》詩《し》に曰《いはく》、対月明《げつめいにたいし》無想往事《わうじをおもふことなかれ》損君顔色《きみがかんしよくをそんじ》減君年《きみがとしをげんず》。又、杜子美《としみ》、憶内詩《たいをおもふし》に曰《いはく》、今夜《こよい》鄜《ふ》州月《しうのつき》閨中《けいちう》唯《たゞ》独看《ひとりみん》。又、楽天《らくてん》が詩《し》にいはく、燕子楼中明月《えんしらうちうめいげつ》の夜《よ》秋来只為一人《しうらいたゞいちにんのため》に長《ながし》。又、同人《どうにん》、大底四時《たいていしいじ》心《こゝろ》惣《すへて》苦《くるし》就中《なかんづく》腸断《ちやうだん》するは是秋天《これしうてん》。

いづれも〳〵、みな此千里《ちさと》が哥の心えなる詩《し》どもなるにや。

④ある人のいはく、此哥、上《かみ》の句《く》にちゞといふて、さて下《しも》の句《く》にひとつとよみなし、千《せん》に一と対《つい》したる事、まことに上手《じやうず》の作例《さくれい》、みなかくのごとし。よく〳〵眼《まなこ》を付《つけ》べしといへりき。

31　藤原興風《ふぢはらのおきかぜ》

藤原《ふぢはら》は氏《うぢ》、興《おき》風は名乗《なのり》。①官《くわん》治部丞《ちぶのせう》、院《ゐん》の藤太《とうだ》とも云《いふ》。先祖《せんぞ》慥《たしか》ならず。（81オ）

たれをかもしる人にせんたかさごのまつもむかしのともならなくに

誰《たれ》をがもとは、誰人《たれ》をがなと願《ねが》ひたる詞《ことば》。又、誰をかと云《いふ》詞。もの字《ぢ》は例《れい》の休字《やすめじ》ともいへり。しる人とは、知音《ちいん》といふ詞にて、したしき友《とも》だちをいふ也。されば、したしき中《なか》を知音《ちいん》と云事、唐《もろこし》に伯牙《はくが》鍾子期《せうしき》とて二人の人あり。いと中《なか》よくいひかはし、むつましかりし也。

伯牙《はくが》は琴引《ことひき》、鍾子期《せうしき》は調子呂律《てうしりよりつ》を聞《きく》。いづれも古今無双《こゝんぶさう》、名誉希代《めいよきたい》の上手名人達《じやうずめいじんたち》也。されば（81ウ）此伯牙《はくか》が弾《たん》ずる琴《こと》の曲《きよく》を、能聞《よくきゝ》しりたるは、かの鍾子期《せうしき》ばかり也。しかるに鍾子期《せうしき》はかなく成《なり》て後《のち》、伯牙、常《つね》に手馴《てなれ》し秘蔵《ひさう》の琴《こと》を打割捨《うちわりすて》て、つゐに琴《こと》をひかずなりにけり。其子細《そのしさい》は、吾《われ》いかに琴《こと》を弾《たん》じたりとも、世間聴《せけんきゝ》しる人なければ何《なに》の益《ゑき》なき事。無用《むよう》との心中《しんぢう》也。是《これ》よりして朋立《ともだち》の中《なか》よくむつましきを知音《ちいん》といふよし申伝《つた》へり。知音《ちいん》とは音《をと》をしると読《よみ》たる文字《もじ》也。

さて、高砂《たかさご》とは山の異名《いみやう》、あるひは播摩《はりま》の国の名所《めいしよ》に用《もち》ひてもくるしからずともいへり。松《まつ》も（82オ）昔《むかし》の友《とも》ならなくにとは、あの松も古《いに》しへよりのわが友達《たち》にてもなきにと、云詞。

さて、此哥は、下《しも》の句《く》より上《かみ》の句《く》の五《いつ》もじへ読《よみ》つゞけて詠吟《えいぎん》すれば哥《うた》の心よく聞《きこゆ》る。たとへば、高砂《たかさご》の松も、昔《むかし》の友《とも》ならなくに、誰《たれ》をかもしる人にせん、と読《よみ》かへし心得《え》べし。

又、此哥にも②表裏《へうり》の心あり。まつ表《へう》の時《とき》の心は、わが身年闌《としたけ》て、いまははや昔語《むかしかたり》の親《したし》き朋達《ともたち》どもは、或《あるひ》はしにうせ、亦《また》は遠《とを》く隔《へだ》たり、をのがさま〳〵成果《なりはて》、只《たゞ》此身ひとり徒《いたづら》に年《とし》ふり、衰《おとろへ》て有《ある》なれば、さて誰《たれ》人をか親《したし》き友《とも》として思ふ（82ウ）心の底《そこ》ゐなく、万語《よろずかた》り慰《なぐさ》まばやと思ひ煩《わずら》ふ折《おり》から、げに〳〵あの高砂《たかさご》の松こそ、わがごとく年老《としおひ》久しき物なれば、かれに向《むかつ》て万《よろず》かたり慰《なぐさま》んと、嬉《うれ》しく思へども、いや〳〵あの松も古《いに》しへよりの友達《ともだち》にてもあらばや、心もしらぬ世《よ》のなかぞ、と心ををき遠慮《えんりよ》のみにて、偖《さて》、誰《たれ》をか友達《ともだち》となさんやと願《ねが》ひ愁《うれへ》たるが、よし〳〵無言《むごん》実《まこと》の功《こう》あるにしかじ、と観念《くわんねん》したる心也。げに〳〵、松は千年《ちとせ》を経《ふる》となれば、老《おひ》の身の友《とも》にと思ひよりける事、理《ことはり》なり。

扨《さて》、裏《り》の心といふは（83オ）、そも当代《たうだい》と申は、世《よ》すゑに成行《なりゆき》、五常《ごぢやう》みだれ上一人《かみいちにん》より下万民《しもばんみん》に至《いた》るまで、③利《り》に走《はしり》慾《よく》におぼれ、佞心軽薄《ねいじんけいはく》を専《もつはら》とし、口才利口《こうざいりこう》にたかぶり、万邪道《よろずぢやだう》のいまめかしき風情《ふぜい》けやけく、正道《しやうだう》すたれ果《はて》たるをうれへかなしみて、此興風《おきかせ》ごとくの身上落魄《しんしやうおちぶれ》、まどしく年老果《としおひはて》たる身は、世にもまじらず、まじられもせず、唯《たゞ》徒《いたづら》に④憤然《ふんぜん》として、年月を送《をく》り、草葉《さうえう》の露消《つゆきえ》かへり、風を待間《まつま》のごとし。

さるにこそ、松も昔《むかし》の友《とも》にてはなし、と⑤読《よめ》るなれ。其謂《そのいはれ》は、そのかみ上代《じやうだい》には（83ウ）、松は君子《くんし》の徳《とく》を備《そな》へ、松《せう》柏《はく》の凋《しほめる》に後《をくれ》る、などいへるが、そのゝち、世おとろへきて、唐秦《もろこししん》といふ国の帝《みかど》、始皇《しくわう》と申悪王《あくわう》、泰山《たいさん》といふ山へのぼり、祭事《まつりごと》をし給ふ時、俄《にわか》に大雨《たいう》ふりければ、とある松のもとへ立《たち》より、しばし、あま宿《やど》りあり。その喜《よろこ》びとして、此松に太夫《たいふ》の官《くわん》をくだされけり。老松《おいまつ》といふ謡《うた》ひには、その松俄《にわか》に枝《えだ》を垂《たれ》、葉《は》をかさねけるなどあれども、あながち、さやうの事あるまじきや。

さて、此⑥古事《こじ》を底《そこ》に含《ふくみ》て、あの高砂《たかさご》の松は、わがごとく年《とし》ふりたる物なれば（84オ）能朋達《よきともたち》として、万《よろず》の事、語《かた》り慰《なぐさ》まばやと思へども、いや〳〵心ゆるすべからず、今《いま》、此時代《じたい》にくらぶれば、さばかり目出度《めでたき》上代《じやうだい》なる秦《しん》の始皇《しくわう》の御宇《みよ》にさへ、松も軽薄《けいはく》ついせうしてげる物を、況《いはん》や下《くだ》りゆく世のいま成《なる》を、いか成《なる》事かあらんや、と非情《ひじやう》の物にも心をかるゝ由《よし》也。

呼《あ》、此興風《おきかぜ》、時代《じたい》の風俗《ふうぞく》おもひやう、吟《ぎん》ずべき哥《うた》にや。

①治部《ぢぶ》の丞《せう》の唐名《からな》、礼部郎中《れいほうらうちう》と云。万式礼《よろずしきれい》をつかさどれり。或説《あるせつ》に、此興風《おきかせ》は京家《きやうけ》麿末孫《まるのばつそん》、相模丞道成《さかみのせうみちなり》が子といへり。

②表裏《へうり》の心といふ事、をのゝこまちが哥にて、よく〳〵しるし侍り。御らんあるべし。

③利《り》は、万《よろず》の物を好《この》み、たくはふる事。慾《よく》とは、女わか衆にしうしんし、てうあいなどする事。ねいじんとは、またうどがほする事。けいはくとは、おひげのちりをとる事。こうざいとは、弁舌《べんぜつ》あきらかに、まことめかしき事をいふ事也。りこうとは、できくちなどをいひまはり、りはつだてする事也。

④憤然《ふんぜん》とは、なにごとにても、おもふことを、むねのそこにおしこめ、物もいはすして、うれへがちに、まかりあること也。

⑤李誠之《りせいし》が松の詩《し》に、

半《なかば》は依岩岫《がんしうによりなかはは》 半は雲端独立亭々《うんたんどくりつてい〱》として、冒歳寒《せいかんをおかす》一事《いちじ》頗《すこふる》為清節累《せいせつのわつらいをなす》秦時《しんじ》曾作大夫官《かつてたいふのくわんとなる》

此詩《し》の心も、松ほどみごとなる物はなく、くんし賢人《けんじん》のやうなれども、あたら事には、たいふのくはんになりたるなり、といたみおしめる也。たいふのくわんは、みかどへ、いけんいさめなど、申上《あく》るくわん人《にん》なり。やすからぬくわんど也。

⑥古事《こじ》とは、昔《むかし》のことを、ひきことにするをいふ也。

32　春道列樹《はるみちのつらき》

春道《はるみち》は氏《うぢ》、列樹《つらき》は名乗《なのり》。延喜《えんぎ》の帝《みかど》の御宇《とき》、①文章博士《もんしやうはかせ》。(84ウ)

山がはにかぜのかけたるしがらみはながれもあへぬもみぢなりけり

山河《かは》とは、山にある川《かは》也。谷河《たにがは》などをいふ。山川のかもじ濁《にごり》てよむべし。澄《すみ》てよめば、山と川との事に成《なる》也。しがらみとは、木《き》の枝葉《えだは》草の葉《は》かづらなどをもつて水せき留《とむ》る事。流《なが》れもあ②へぬとは、ながるゝひまもなきなどいへる詞。

先《まづ》、此哥は、近江《あふみ》の国の名所《めいしよ》、志賀《しが》の山越《ごえ》にてよめる也。されば風のかけたるしがらみ、といふところ肝要《かんよう》の聞《きゝ》どころ也。その子細《しさい》は、いかほどもなく(85オ)落重《おちかさ》なり木々の葉《は》の、此山川に流《なが》れよどみて、水せき留《とむ》るしからみにてはなし。ひたすら山風に乱随《みだれしたが》へる、木葉《このは》のながれゆくべき隙《ひま》もなく、此谿河《たにがは》へかず〱限《かき》りもなく吹《ふき》かけたるをいふ。されば、此志賀《しが》の山川へ紅葉《もみぢ》みだれおちかさなれるが、流《ながれ》もせきあへぬばかりなるを、面白《おもしろ》く詠吟《えいぎん》して、風の掛《かけ》たるしからみといふ物は是《これ》にや、といひ出して、下《しも》の句《く》にて、げに〱風のかけたるしがらみといふは、流《なか》れもあへぬ木葉《このは》ぞ、と落《おと》し着《つけ》ての云分《いひぶん》也。

哥の心は、風のかけたるしがらみと(85ウ)いふ物は、いか成物《なるもの》ぞと、此日比《ころ》見まきかまほしかりつるに、けふ此山越《ごえ》にてみるに、谷《たに》川の水色《いろ》もなく、おちかかる丹葉《もみぢ》の流《なか》れあへずして、水せき留《とむ》るばかりなるこそ、風の掛《かけ》たるしからみといひ定《さだ》めり。山風烈《はげし》く吹乱《ふきみだ》したる、落葉《らくえう》のうかへる谷《たに》川の風景《ふうけい》、心に〆《しめ》て詠吟《えいぎん》すべし。

①文章博士《もんじやうはかせ》、唐名《からな》、翰林学士《かんりんがくし》。よろず物のほん、ぶんしやうとうをつかさどる也。
②或人のいはく、
あへぬと云詞、哥に依《よつ》て心かはるべし。
〽ちはやふるかみのゐがきにはふくづも秋にはあへずうつろひにけり
〽秋風にあへずちりぬるもみちばのゆくゑさだめぬわれそかなしき
此二つは、かんにんして、ながらへもせずといふ心也。又、
〽からにしき秋のかたみやたつた山ちりあへぬえだにあらしふく也
これは、ひたつゞきちりやうの心也。又、
〽秋とだにふきあへぬ風にいろかはるいくたのもりのつゆのしたくさ
これは、秋とだに、まだふきさだめぬうちに、といふやうの心也。

33　清原《きよはらの》深養父《ふかやぶ》

清原《きよはら》は氏《うぢ》、深養父《ふかやぶ》は名乗《なのり》。先祖《せんそ》慥《たしか》ならず。官内蔵頭《くわんくらのかみ》也。唐名《からな》、倉部《さうほう》。帝王《ていわう》の①御衣《きよゐ》、御倍膳《ごはいぜん》等《とう》の事《こと》を司《つかさどり》奉《ぶ》行《きやう》する也。或説《あるせつ》に、筑前《ちくぜん》の守海雄《かみうみお》が孫《まこ》、豊前《ぶせん》の守房則《ふさのり》が子《こ》といへり。（86オ）

なつのよはまだよひながらあけぬるをくものいづくに月やどるらむ

古今集《こきんしう》の詞《ことは》がきに、月のおもしろかりけるよ、暁《あかつき》がた読《よめ》るとあり。唯《たゞ》、夏《なつ》の夜《よ》の短《みじか》き事をいへる外別儀《ほかべつぎ》なし。され

ども哥《うた》のすがた奇妙《きめう》に潤《うるは》しき也。されば雲《くも》の何方《いづく》と云《いふ》て、あながち雲《くも》にその用《よう》なけれども、詞《ことば》のあひしらい迄《まで》にかくいへり。

畢竟《ひつきやう》は、さても短《みじ》かの夜《よ》や、月さへ山の端《は》へ入、あへぬまに明《あけ》たるべしと也。

哥《うた》の心は、そも夏の夜《よ》は、春秋冬に（86ウ）すぐれて短《みじか》ければ、只《たゞ》さへも明《あけ》やすきに、況《いはん》や極熱《ごくねつ》のうれへにたへかねたる折《をり》しも、今宵《こよひ》の月の涼《すゞ》しく冴《さへ》たるに打向《うちむかへ》ては、弥《いよ〳〵》みぢかくおぼえ侍《はべ》り。さればこそ、我《わが》心にはいまだ宵《よひ》なると思ふ内に、はや夜《よ》はあけぬ。やれ又、けふのあつかはしさを、偖《さて》いかゞ暮《くら》さん、など思ひ煩《わずら》ふゆへに、一しほ名残《なごり》のおしまれて、偖《さて》もかく明《あけ》やすきよの月は、いづくの雲《くも》の中《うち》にか、まだ晨明《ありあけ》にて宿《やど》るらん。あたら月をと、みじかよのほどをいひのべたる一ふし也。（87オ）

①御衣《ぎよゑ》とは、王《わう》の御めしの小袖《こそで》也。御《ご》はいぜんとは、御《こ》ぜんのこと。

34　貞信公《ていしんこう》①

藤原摂政関白太政太臣忠仁公《ふぢはらのせつしやうくわんばくだいしやうだいじんちうじんこう》の御男《をんこ》、照宣公《せうせんこう》の四男《しなん》、古一条太政太臣忠平公《こいちでうだいじやうだいしんたゞひらこう》也。貞信公《ていしんこう》は尊号《そんかう》、但《たゞし》、此貞信公《ていしんこう》、謙徳公《けんとくこう》、忠仁《ちうじん》公など申事は、贈公《ぞうこう》とも云物也。御逝去《ごせいきよ》の砌《みぎり》に、太政大臣の位《くらゐ》を辞退《じたい》ありて、如此《かくのごとく》よばれ給ふ。藤原氏の長者《ちやうじや》、鎌足《かまたりの》太臣淡海公《じんたんかいこう》より始《はじま》りて、謙徳公《けんとくこう》にて事終《おは》れりと也。

をぐら山みねのもみぢばこゝろあらばいま一たびのみゆきまたなむ

拾遺集《じういしう》の詞書《ことばがき》に、②亭子院《ていしゐん》、大井《おほゐ》河《がは》に御幸有《ごかうあり》（87ウ）て、行幸《ぎやうかう》もあるべき所《ところ》なりと仰《おほせ》られしに、ことの由《よし》そうせんとて、此哥を読《よめ》るとあり。

此詞書《ことばがき》の心は、法皇《ほうわう》大井川へ御幸成《ごかうなり》て、山のたゝずまひ、河《かは》の流《なかれ》、丹葉《もみぢ》の色《いろ》〳〵さま〳〵に、錦《にしき》を暴《さらし》濯《あら》へる粧《よそほ》ひ、かれ是の気色《けしき》を御覧《ごらん》じて、かゝる風景《ふうけい》のおもしろく妙《たへ》なる所《ところ》へは、③帝王《ていわう》もみゆきありて、ゐいらんましますべき事なりと仰《おほせ》けれぱ、此よし奏問《そうもん》申んとて、よめる哥《うた》也。

偖《さて》、哥の詞は、まづ小倉《をくら》山も大井河も山城《しろ》の国の名所《めいしよ》、されば此哥に大井河（88オ）の事をば読《よみ》給はねども、雄倉《をぐら》山嶺《みね》の紅葉《もみぢ》とあるゆへに、大井川流《ながる》る赤葉《もみぢ》の気色《けしき》など心に含《ふくめ》り。その子細《しさい》は、かの小倉《をくら》山は大井川の水上《みなかみ》の山なればなり。丹葉《もみぢ》ば心あらばとは、草木非情《さうもくひじやう》といふゆへにかくいへり。非《ひ》はあらずとよみ、情《しやう》はこゝろと読字《よむじ》也。みゆきとは、帝《みかと》のあるかせ給ふ事。またなんとは、待《まて》かしなどいふ心の詞《ことは》也。

扨《さて》、此哥は凡俗《ぼんぞく》を離《はなれ》、奇妙《きめう》不思儀《しぎ》の由《よし》、古今《ここん》申伝《つたへ》り。尋常歌人《よのつねかじん》の及《およひ》がたきさまなるへし。

哥《うた》の心は、此をぐら山の梢《こずゑ》のもみぢは、唐《もろこし》（88ウ）、蜀城《しよくじやう》の錦《にしき》をさらすがごとく成《なる》に、又大井川ながれの落葉《らくえう》は、蜀江《しよつこう》の浪《なみ》に錦《にしき》を洗《あらふ》に似《に》て、④言語筆画《ごんごひつくわく》に絶《たえ》たるおもしろさ、いはん方《かた》なし。さればこそ法皇《ほうわう》は御幸成《ごかうなり》て、御覧《ごらん》ぜらるゝなれ。迚《とても》の事なれば、今《いま》此雄倉《をぐら》山の紅葉《もみち》、大井川の落葉《らくえう》も、いかに心なき草木《さうもく》なりとも、風に散《ちり》はてず、波《なみ》に流《なが》れ尽《つく》さずして、いま暫《しばらく》がほど、木末《こずゑ》にひらめき残《のこ》り、浪《なみ》に漂《たゞよ》ひ留《とまつ》て、気色《けしき》をまし粧《よそほ》ひを添《そへ》て、いま一たび当今帝《たうぎんてい》王《わう》の行幸《ぎやうかう》を待《まち》うけ奉《たてまつ》れかしと、上《うへ》の心には（89オ）、かの丹葉落葉《もみぢらくえう》に願《ねが》ひをかけ、下《した》の心には亭子院法皇《ていしゐんほうわう》の上意《しやうい》を奏問《そうもん》申て、行幸《ぎやうかう》をすゝめ奉《たてまつ》らる。寔限《まことにかぎり》なく目出度哥《めでたきうた》の由《よし》也。

此哥も又、例《れい》の心なき物《もの》に対《たいし》て、其《その》心あるやうに云《いひ》おほひたる也。此処《ところ》、よく〳〵哀《あはれ》に詠吟《ゑいきん》あるべし。

①公《こう》と云字《いふじ》を書《かく》事は、太政《だいじやう》太臣《じん》、左右《さう》の太臣《じん》、内《ない》太臣《しん》、関白《くわんばく》よりほかはかたく斟酌《しんしやく》すべし。況《いはん》やつねの辞《ことば》には、なをいはぬ事也。御男《をんをとこ》と書《かき》て、をん子《こ》と読《よむ》。これもつねの人にはかゝぬ事。古《こ》一条《でう》とは、もとの一条殿《てうどの》といふ心也。尊号《そんがう》とは、其《その》人をあがめうやまいて呼奉《よびたてまつ》る名《な》也。

②亭子院《ていしゐん》は、御隠居法皇《ごいんきよほうわう》の御事。御幸《ごかう》とは、法王《ほうわう》のお成《なり》を云。行幸《ぎやうがう》とは、当君《たうぎん》のお成《なり》也。但、御幸行幸ともに、みゆきと読り。そうせんとは、帝へ物を申あくる事。奏問ともいふ也。ことのよしとは、かくのごとくのをもむきなどいふ心。

③帝王《ていわう》とは、当君《たうきん》の御事。ゑいらんとは、帝《みかど》の物見給ふ事也。

④言《ごん》とは、独《ひとり》ごとをいふ事。語《ご》とは、相手《あいて》ありてかたること。筆《ひつ》とは、詩哥文章《しいかぶんしやう》にかきあらはす事。書《かく》とは、いろ〳〵さま〳〵にゑかきなすことなり。

35　①三条《てうの》右《う》太臣《だいじん》

三条《てう》は即《すなはち》京《きやう》三条《てう》の事。右《う》太臣《しん》は官《くわん》、唐名《からな》右丞相《うぜうしやう》。天下の政《まつりこと》を取行《とりおこなふ》、太政《じやう》太臣、左右《さうの》太臣《しん》、是《これ》を三公《こう》と云《いふ》。又、師傅保《しふほ》の三（89ウ）職《しよく》ともいふ。天の三台星《たいせい》にかたどり侍《はべ》る。諸官《しよくわん》の棟梁《とうりやう》、王道《わうだう》の塩梅《えんばい》也。閑院《かんゐん》の左《さ》太臣、冬嗣公《とうしこう》の御男《をんこ》、橘《たちはな》の定方公《さたかたこう》也。

なにしおはゞあふさか山のさねかづら人にしられてくるよしもがな

名《な》にしおはゞとは、其名《そのな》に相応《さうおう》せばと云詞《ことば》。名《な》にしおふとも、又、名《な》にしおひたる、なども読《よめ》り。名《な》にしのし文《も》字《じ》、例《れい》の休字《やすめぢ》也。

さて、名《な》にしおはゞといふ謂《いはれ》は、相坂《あふさか》の相《あふ》と云《いふ》を、思ふ人に逢《あふ》と云事《こと》に用《もち》ひ、又、さね（90オ）かづらを、万《よろづ》の物に遣《つか》ひ用《もち》いんとては、そろ〳〵とくり取《とる》物なれば、葛《かつら》を繰《くる》と云《いふ》事を、②思ふ人の、わがもとへくると云事に用《もち》ひて、倦《さて》、あふといふ名《な》と、くると云名《な》に、相応《さうおう》せばと云詞。逢坂《あふさか》山は近江《あふみ》の国、大津《おほつ》相坂《あふさか》の関《せき》の辺《ほとり》の山也。さねかづらとは、蔦葛《つたくづ》の類《たぐ》ひ。人とは世上《せじやう》の人〳〵を指《さし》ていふ。よしもがなとは、事もかなと云心。或《ある》ひはたよりもがなと云心。此便《たより》は方便《はうへん》の心なり。

さて、此もがなを願《ねが》ひ哉《かな》と云て、何《なに》をがな、など、願《ねが》ひたる詞也。人にしられての、てもじ、澄《すみ》てよみ（90ウ）、濁《にごり》てよむと二やうある也。先《まづ》、澄《すみ》て読《よむ》ときの哥の心は、人め忍《しの》ぶ恋路《こひじ》の憂習《うきなら》ひ、いかにも苦《くるし》き物なれば、中《なか》〳〵に逢《あふ》坂《さか》山のさねかづらを繰取《くりとる》ごとく、人め包《つゝま》ず世に顕《あらは》れて、恋《こひ》しき人の、わが本《もと》へ来《くる》よしもがなと、こひ願《ねが》ひかなしむ内《うち》に、さて今迄《いままで》は随分《ずいぶん》人目《め》を包《つゝ》み隠《かく》したれども、けふははや、忍ぶにあまりて、思ひこがれ苦《くるし》き程に、と云心也。されば真葛《さねかづら》を手前《てまへ》へ繰取《くりとる》ときは、朶《えだ》葉《は》茂《しけ》り重《かさな》りたる物なれば、戦《そよ》ぎ渡《わた》りて引《ひき》とる手本《てもと》へかづらの来《くる》（91オ）事、余《よ》所《そ》めさだかにしらるゝ、物成《なる》ゆへに、かくいへる也。

又、てもじ濁《にごり》てよむ時の哥の心は、木《き》々の枝毎《えだごと》に、はいまとはりたるさねかづらを、繰取《くりとる》ときは、葉《は》茂《しげ》り重《かさな》れる物にて、かづらの手前《てもと》へ来《くる》事、よそよりは見えぬ也。それによそへて、わが思ふ人の世間《せけん》の人しれず我宿《わがやど》へ忍《しの》び来《くる》よしもがなと、恋《こひ》ねがひ思ひ侘《わび》たるさま也。何《いづ》れに付《つけ》ても、忍恋《しのぶこひ》の哥《うた》と心得《え》べし。③（91ウ）

①三条《てう》に宮造《みやつくり》ありて住《すみ》給ふゆへに、時の人、三条殿《てうとの》と申。天の三台星《たいせい》とは、天に三の星《ほし》ありて、天地人の三つをまもり、つかさどりて、衆生《しゆじやう》を養育《やういく》する也。太政太臣、左太臣、右太臣の、此三つを、かの星《ほし》にたとへり。王道《わうだう》のゐんばいとは、此人〳〵よろづ何事《なに》にも、くはゝりまじはらでは、ならぬと云心。たとへば下らうの詞

に、すにもさり、しほにもなといふ心也。
②思ふ人の、わかもとへくるとは、我《わか》やどへ来《きた》ること也。
③或《ある》人のいはく、右《みぎ》、此澄《すむ》と濁《にごる》との両説《りやうせつ》、いづれにても、このみ〳〵に用《もちひ》らるべし。但《たゞし》、なを末《すゑ》のせつは、正風躰《ふうてい》なり。いづれも、ことばつよく、くさりもたゞしく、奇妙《きめう》なる哥といへり。

36　①中納言兼輔《ちうなごんかねすけ》

中納言は官《くわん》、兼輔は名乗《なのり》。堤《つゝみの》中納言ともいふ。

みかのはらわきてながるゝいづみがはいつみきとてかこひしかるらむ

三箇原《かのはら》は、みかまの原《はら》といふこそ真《まこと》なれ。昔《むかし》、此所《ところ》に瓶《かめ》を埋《うづみ》しに、水流《なかれ》入て涌《わき》かへるやうに流《なが》れ出たるより、かくいふ也。又、泉川《いづみ》は挑河《いどみがは》といへる真《まこと》也。昔《むかし》、此川にて人〳〵②いどみあへる事ありしより、かくいへり。いづみのつと、いどみのとと、③五音相通《ごいんさうつう》のゆへ也。

さて又、みかの（92オ）はら、瓶原《みかのはら》と書本字《かくほんじ》也。此瓶《へい》の字、もたいとよむ。世に瓶子《へいじ》といへる類《たぐ》ひ也。酒水《しゆすい》の類《たぐひ》を入置《をく》器《うつはもの》なれば、みかのはらわきて流《ながる》るいづみ川といへり。みかのはら、いづみがは、山城《しろ》の国の名所《めいしよ》。

さて、わきてながるゝとは、野原《のはら》をば分《わけ》ならしゆく物なれば、三ケ《みか》の原をかき分《わく》ると、又、泉《いづみ》と云物は涌《わき》出る物なれば、泉《いづみ》の涌《わく》と両方《りやうはう》に用《もち》ひたる詞也。又、いづみ川いつみき、といひつゞけたるは、重《かさね》詞と云ものにて、いつの比《ころ》いづかたにて此君《きみ》を見まいらせたる事のあるぞ、と（92ウ）いへる辞《ことば》也。

又、酒《さけ》を涌泉《わくいづみ》などいふ事もあれば、いつみきといふ詞の縁《えん》もおもしろし。みきとは酒の名《な》なれば也。

さて、是も序哥《ぢよか》也。序の事は前《まへ》〳〵委細《いさい》に書付畢《かきつけおはん》ぬ。されども、みかの原《はら》わきて流《ながる》るいづみ川までは序《ぢよ》の分《ぶん》にて、いつ見きとてか恋《こひ》しかるらん、爰《こゝ》をいはん為《ため》也。

先《まづ》、此哥《うた》は、不見恋《みざるこひ》といふ題《だい》をよめり。哥の心は、いまだ一めも逢見初《あひみそめ》にし事もなき人の、何《なに》とて、かくばかりは恋《こひ》しく思はるゝぞ、偖《さて》、いつの比いづかたにてかの人の俤《おもかげ》を見たる事のありて、かやうにいとせ（93オ）めて、恋《こひ》渡《わた》るらんと、遣方《やるかた》もなくこひ悲《かな》しむ内《うち》にも、おしかへし押戻《おしもど》して、不審《ふしん》をたて思ひ侘《わび》たるよし也。やすらかにして大切成《せつなる》哥とかや。

①此中納言兼輔卿《かねすけきやう》は、閑院《かんゐん》の左太臣冬嗣公《さだいしんとうしこう》の御孫《まご》、左中将利基《さちうしやうとしもと》の子息《しそく》也。

②いどむとは、あらそい口論《こうろん》などの心也。

③五音相通《ごいんさうつう》の事、たちつてとの五つ也。

37　参議等《さんぎひとし》

参議《さんぎ》は職《しよく》、等《ひとし》は名乗《なのり》。美濃《みの》の守左大弁《かみさだいべん》ともいふ。嵯峨《さか》天皇《わう》の後胤《こうゐん》。広橋《ひろはし》大納言源三位《なごんげんさんみ》弘卿《ひろむきやう》の孫《まご》。

中納言希卿《なこんまれきやう》の子息《しそく》也。

あさぢふのをのゝしのはらしのぶれど（93ウ）**あまりてなどか人のこひしき**

あさぢふと書《かき》て、あさぢうと聞《きこ》ゆるやうに読《よむ》べし。よもぎふと云事同前《どうぜん》。蓬生《よもぎふ》とは蓬《よもぎ》など生《おひ》まじはり、茂合《しげりあひ》て荒《あれ》たる宿《やど》也。浅茅生《あさぢふ》とは、浅茅などいふ、はへまとはり草《ぐさ》に埋《うづも》れたるやどり也。一説《せつ》には浅茅生とは①凡人《ぼんにん》の住荒《すみあら》したる古跡《ふるあと》を云。蓬生《よもぎふ》とは上臈《じやうらう》の住《すみ》あらし給へる旧跡《きうせき》といへると申伝《つたへ》り。

但《たゞし》、此浅茅生は、あさぢなどいふ草《くさ》の生茂《おひしげ》れる②小野《をの》の事にや。或《ある》ひは浅茅生の小野《をの》と云続《いひつゞけ》て、野原《のはら》のごとく（94オ）荒果《あれはて》たる古里《ふるさと》といふ心も有由《あるよし》也。篠原《しのはら》とは笹原《さゝはら》のたぐひ、則《すなはち》、篠《しの》と書《かき》てさゝとも読《よま》せたり。そのうへ、しのゝ小笹《をざゝ》ともよめる哥《うた》もあり。いかにも露滋《しげ》く茂深《しげりふか》き物也。原《はら》とは物《もの》の多 集《おほくあつま》る所《ところ》をいへり。檜原《ひばら》、松原《まつばら》などいふも、檜《ひ》の木、松《まつ》の木の多《おゝく》ある所《ところ》をいふ。

偖《さて》、篠原《しのはら》しのぶと云 続《いひつゝけ》たるは、かさね詞《ことは》にて、忍《しの》びしのぶと云詞、いかにもつよく人め包《つゝ》むといふ儀《ぎ》也。

又、此哥も例《れい》の序歌《ぢよか》也。まづ、浅茅生と云《いふ》ては、小野《をの》と云 続《いひつゞけ》んため。さて小野《をの》と云ては、篠原《しのはら》といひ（94ウ）続《つゞけ》んため。扨《さて》、是迄《これまで》が序《ぢよ》の分《ぶん》にて、肝要《かんよう》はしのぶれどあまりてなどか人の恋《こひ》しき、爰《こゝ》を云《いは》む為《ため》ばかり也。

哥《うた》の心は、偖《さて》も憂《うき》世の人〳〵の見るめ聞耳《きくみゝ》をいたみ、口《くち》さがなさを憚《はゞかり》おそれて、いかばかりかは包《つゝ》み隠《かく》せども、その忍《しの》ぶ心より、はや余《あまり》て抔《など》かほどには、思ふ人こひしくは有覧《あるらん》。されば恋《こひ》しく思ふ心も、又、忍ぶ心も、心は同《おな》じ我《わか》心なる物を、と観念《くわんねん》して、げに〳〵人をば恨《うらむ》まじき事、わが心さへわが心のまゝならぬ物よと、嘆悲《なげきかな》しむ恋《こひ》人の心中《しんぢう》、最 憐《もつともあはれ》なるさま也。

或《ある》人のいへるは、浅茅生も篠《しの》も（95オ）同《おな》じところに生茂《おひしげ》り、露うち乱《みだれ》あひたる秋の野《の》ながら、篠《しの》の葉《は》の浅茅《あさぢ》よりも、生立《おひたち》あまりて見ゆるごとく、忍ぶ心より、猶《なを》あまりて恋《こひ》しき心は切成《せつなる》よ、と云《いひ》なしたりと也。

又、さる人の申されけるは、そもわが恋《こひ》の人目《め》をいたく忍ぶ心のほどを物にたとふれば、稀《まれ》の人気《け》も絶果《たえはて》て、朝夕《てうせき》の露しん〳〵、草《くさ》ばう〳〵たる秋の野原《のばら》と成《なり》ぬる、浅茅まじりの古跡《ふるあと》の小野《をの》の篠原《しのはら》を、孤《ひとり》すご〳〵と分馴《わけなら》し行歩《あるく》ごとくなれば、中《なか》〳〵漏《もれ》て他人《たにん》に見とがめられ、あやし（95ウ）まるゝ事はあらじと思ふなれども、いまははや忍ぶ心はいやましに、よはりもて行《ゆき》、悲しき心はひたすらなれば、世にさて憂名立《うきなたゝ》むこと、扨《さて》いかゝせん。偖《さて》も人目《め》を忍ふ習《なら》ひぞと、我《わが》心に深《ふか》く合点《かつてん》したる事ならばなど、同《おな》じ心より余《あまり》てかく人恋《こひ》しきぞと、しのぶ心の切《せつ》なるよしをいへり、とも申伝《つた》へき。

①凡人《ぼんにん》とは、常《つね》さま、なみ〳〵の人といへる心。あるひは平人の事。又、おしわたり、なみの人の事にもいへり。
上《じやう》らうとは、位《くらゐ》たかく大しんふつきの人の事也。

②小野《をの》とは、山城《しろ》の国の名所《めいしよ》の小野《をの》と心得《え》へからす。浅茅《あさち》まじりに打《うち》しげりて、そとしたる秋の野《の》と、心えべし。

38　文屋朝康《ふんやのともやす》①

文屋は氏《うち》、朝康は名乗《なのり》。延喜《えんぎ》の帝《みかど》の御宇《とき》、大舎人《おほとねり》。唐名《からな》、宮囲令《きうゐれい》。御使等《つかいとう》の事を司《つかさとる》官《くわん》也。文屋《ふんや》の康秀《やすひで》が子《こ》。（96オ）

しらつゆにかぜのふきしく秋の野《の》はつらぬきとめぬたまぞちりける

吹《ふき》しくとは、しきりに吹《ふく》と云心。此哥、②当意即妙《たういそくめう》の詠《ゑい》也。誠《まことに》眼前《がんぜん》の景色《けしき》をあり〳〵と、その儘読《まゝよみ》出す事、尤《もつとも》名誉《めいよ》上手《じやうず》の所作《しよさ》也。

哥の心は、えならぬ秋の野《の》のおもしろき風色《ふうしよく》を詠吟《えいぎん》すれば、白露《しら》のしん〳〵として、色《いろ》〳〵の草花《さうくわ》草葉《さうえう》に置《をき》あまり、ゆら〳〵と玉をつらぬくごとく成《なる》にそよふく秋かぜ、いやましにおち来《き》て、かの白露《しら》をはら〳〵と吹（96ウ）溢《こぼ》す分野《ありさま》は、さながらすいしやうの玉の緒《を》を解《とき》て、さらりと散《ちら》せるがごとしとなり。かく詠吟《えいぎん》するうちに、真《まこと》の玉ならば貫《つらぬ》き留《とめ》むものを、と云心も籠《こも》れり。言語《ごんご》にあまりある哥也。

①朝康《ともやす》を一説《せつ》に、あさやすとよませ侍り。

②当意即妙《たういそくめう》とは、その風景《ふうけい》ぎんけうに乗《せう》じて、その当座《たうざ》にそのまゝ、詩哥《しいか》ぶんしやうをつくり出す事なり。詠《えい》とは、歌《うた》と云事。匀会韻府《いんゑいんふ》とて、文字《もじ》の註《ちう》したる物のほんに、くはしくこれあり。

39　右近《うこん》

右近《うこん》の少将《せうしやう》、橘《たちはな》の季綱《としつな》が女《むすめ》なるゆへにかくよばれり。此季綱《としつな》を交野《かたの》の少将《せうしやう》と号《かう》せり。

わすらるゝ身をばおもはずちかひてし（97オ）**人の命《いのち》のおしくもあるかな**

忘《わす》らるゝ身とは、思ひ捨《すて》らるゝわが身と云詞《いふ》。ちかひとは、記請《きしやう》[起(鈔)]誓文《せいもん》のこと也。ちかひてしと云つゞけて、誓《ちか》ひてありしと云心。又、ちかひてしのてもじは、例《れい》の休字《やすめぢ》ともいふ。さあらば誓《ちか》ひしと云詞まで也。人の命とは、わがおもふ人の命の事。

哥の心は、さても過にし比、互《たがい》におもひあひ、いとむつましく契《ちぎり》かはせし時は、返《かへす》〳〵相《あい》かまへて心替《かはら》じと、かずの神《かみ》〳〵を算《かぞ》へ立《たて》て、さま〳〵、おそろしきせいもんをもつて、かたく（97ウ）契約《けいやく》せしが、いかなれば今《いま》更《さら》おもふ人の心替《かはり》給ひて、①盟《ちぎり》も枯《かれ》〳〵に成《なり》はて、かくぬかさるゝ身と成行《なりゆき》ぬれば、さりとはうらめしき事よと、さばかりかこち侘《わび》、ねたみ悲《かな》しくおもへども、流石《さすが》また年月相馴《あいなれ》し人の俤《おもかけ》、身を離《はなれ》ず、いとゞこひし懐《なつか》し、いやましなれば、若《もし》や昔《むかし》の誓文《せいもん》のたゝりばしありて、思ふ人の命も絶《たえ》やせむと、あらまし事のみ思ひ継《つゞけ》て、②うしろめたくかなしく成《なり》もてゆくまゝに、かまひて〳〵思ふ人の身命《しんめい》におゐて、かならず何事《なにごと》なく息災長久《そくさいちやうきう》なれ（98オ）かしと、くりかへしてあんじ煩《わづら》へる由《よし》也。女の哥《うた》に取《とつ》てたぐひ少《すくな》き名誉《めいよ》なるべし。いまの世の③女すらは、わざとのろひ事して、④あまのさかてをうち侍《はへ》る物をや。

①枯《かれ》〳〵の盟《ちぎり》とは、たえ〴〵のちぎりといふ心。ぬかさるゝ身とは、すてらるゝ身と云ことば也。かこちは、うらむるといふことば。

②うしろめたきとは、心もとなきといふ詞也。

③女すらとは、女ばらといふこゝろ。又、をんなどもなどいへる心也。

④あまのさかてうつとは、あま海中《かいちう》へ飛《とび》入、なみをしのぎ、うしほをくゞつてうかび出て、くるしげなるいきをつき、なみを手にて、うちたゞよひめくるありさま也。ものおもふ人の、くるしげなるにたとへり。

40　中納言敦忠《ちうなごんあつたゞ》

中納言は官《くわん》、敦忠《あつたゞ》は名乗《なのり》。枇杷納言藤原朝臣《びわのなごんふぢはらのあそん》とも云《いふ》。

あひ見てののちのこゝろにくらぶればむかしはものをおもはざりけり

昔《むかし》とはあながちに百千万年《ひやくせんまんねん》の事のみ云にも（98ウ）非《あらず》。昨日《きのふ》は今日《けふ》のむかしとて、過去《すぎさり》たる跡《あと》を皆昔《みなむかし》と云也。

哥の心は、いまだ思ふ人に逢《あふ》て盟《ちぎら》ぬ間《あいた》は、いかにもして、せめて一夜《よ》の契《ちぎり》をとのみ、こひかなしみ思ひ渡《わた》りしが、やうやく心をつくし、逢馴《あひなれ》て後《のち》は、今《いま》さら①衣《きぬ》〳〵の名残《なごり》、一しほたへがたく、なれし人香《が》も身にしみ、忘《わす》れもやらで、猶恋《なをこひ》しくいやましの思ひにこがれ、ある時《とき》は、又相見《あい》ん事をこひ願《ねが》ひ、又あふ時は、いかゞしても、②いもせの中《なか》とならまほしくしたひこがれ、又ある時は、もしや思ふ人の心も替《かは》り、余所《よそ》の通《かよ》ひぢとも成《なり》ぬらんとやある、かくやあら（99オ）ましなど、色《いろ》〳〵さま〳〵心ちゞに砕《くだけ》て、憂《うき》事のみかずそひぬれば、さても唯《たゞ》一夜《よ》の契《ちきり》をと、願《ねが》ひ渡《わた》りし昔《むかし》の思ひに似《に》るべくも非《あらず》、あまりの事のかなしさに、過《すぎ》にし比《ころ》のこひしさをつく〳〵と思ひ出て、引《ひき》くらべみれば、過にし比《ころ》の物おもひは数《かず》ならざりけりと、指当《さしあたり》たる今《いま》の思ひのせんかたなさを歎侘《なげきわび》たるよし也。

①きぬ〳〵とは、あふてわかるること也。

②いもせのなかとは、夫婦《ふう》のことなり。

41　①平兼盛《たいらのかねもり》

平は氏《うぢ》、兼盛《かねもり》は名乗《なのり》。兵部太輔《ひやうぶのたゆふ》平《たいら》の篤行《あつゆき》が子息《しそく》。（99ウ）

しのぶれどいろにいでにけりわがこひはものやおもふと人のとふまで

忍《しの》ぶとは、人のみるめ聞耳《きくみゝ》を包隠《つゝみかく》す事、又②堪忍《かんにん》する事、又したふ事也。されども、爰《こゝ》にては堪忍《かんにん》と人のみる目《め》、聞《きく》みゝを包《つゝみ》かくす事也。色《いろ》に出にけりとは、包《つゝむ》おもひの顕《あらはる》ると云辞《ことば》。思ひ内《うち》にあれば、色外《いろほか》に顕《あらはる》ると云、是《これ》なり。物や思ふと人の問《とふ》までとは、その方《はう》は、偖《さて》、誰《たれ》を思ひそめ恋渡《こひわた》るやなんどゝ、よそ人にとがめあやしめらるゝ程《ほど》と云心也。何様恋故《なにさまこひゆへ》にやつれ果《はて》たるさま也。（100オ）

哥の心は、扨《さて》も物うの事や、さりとも我《わが》心の内《うち》には随分隠《ずいぶんかく》し包《つゝ》むと思へども、いかゞしたりけん、今《いま》ははや皆《みな》人〳〵に見とがめられ、聞《きゝ》あらはされて、恋すると云憂名《うきな》、世間《せけん》に漏《もれ》かくれなく、親《したし》き人はいかにやなど、事問《ことゝひ》訪《とぶら》ふなれば、さては、はや強《しゐ》て包《つゝみ》かくせども、其甲斐《そのかい》なく、思ひ弱《よは》りけるかと、あさましくうち驚《おどろか》れぬる内《うち》に、げに理《ことはり》や、我《われ》ながら此年月久しく思ひこがれ、いと苦《くる》しく人目《め》忍びし事なれば、力及《ちからおよば》ずと打《うち》ふて思ふに付《つけ》ても、尚《なを》恋しく無常《あぢきな》さ、いや増《まさ》る恋《こひ》人のさま也。（100ウ）

①或説《あるせつ》に、此兼盛《かねもり》は拾遺集《じういしう》の撰者四人《せんしやよにん》の内《うち》。四人とは、公任卿《きんたうきやう》、長能卿《ながよしきやう》、道済卿《みちなりきやう》、此兼盛、合《あはせ》て四人也。又あるせつに、拾遺集《じういしう》は花山法皇御自撰《くはさんのほうわうごぢせん》、又、長能道済《ちやうのうだうさい》の両作《りやうさく》ともいへり。

②堪忍《かんにん》の堪《かん》の字《じ》、たゆるとよむ也。たゆるとは、しゐておしこめこらゆる心。忍《にん》の字《ぢ》、忍《しの》ぶとよむ。しのぶといふも、身にかへいのちにかへて、おさへてこらゆる心也。されば、此忍《にん》の字《じ》は心《こゝろ》のうへに刃《やへば》をきたる也。心《しん》の字《ぢ》、胸《むね》とよませたり。しからば飛剱《とぶつるぎ》の刃《やへば》を胸《むね》のうへに置《をき》たるごとくの心《こゝろ》もちの文字《もじ》也。げに〳〵、飛剣《とぶつるぎ》の刃《やへば》をむねのうへにをくならば、いさゝかのゆだんなく、心くるしかるべし。真《まつ》そのごとく、よろずかんにんの心は、すこしのたえまもなく、苦《くる》しき也。

42　①壬生忠見《みふのたゞみ》

壬生《みふ》は氏《うぢ》、忠見《たゞみ》は名乗《なのり》。摂津守《せつつのかみ》壬生《みふ》の忠岑《たゝみね》が子《こ》。

こひすてふわがなはまだきたちにけり人しれずこそおもひそめしが

恋《こひ》すてふとは、恋《こひ》すると云詞《いふことば》。まだきとは、早《はやく》と云詞。思ひそめしとは、想《おもひ》はじめしと云詞。

哥の心は、人しれず密《ひそか》に想《おも》ひ初《そめ》し、わがこひのいかなれば、はや憂名《うきな》の世に立《たち》たる事よと、驚《おどろ》き歎《なげく》内《うち》に、思ひかへして案《あん》ず（101オ）れば、さりとては、わが心一つにこそ思ひ初《そめ》し物を、いかでかく世に、憂名《うきな》のはやくは立《たち》ける事やと、つく〲おもひ侘《わび》たる由《よし》也。

されば、好事門《かうじもん》を出《いで》ず、悪事千里《あくしせんり》を走《はし》る、と云《いふ》事思ひ合《あは》せり。其上《そのうへ》、君子《くんし》は独《ひとり》あることをつゝしむと聖《せい》の詞《ことば》なるをや。よく心えべきなり。

或《ある》人のいはく、此忠見《たゞみ》が哥《うた》は、此まへにある平《たいら》の兼盛《かねもり》が哥《うた》と合《あわせ》たり。いづれも名歌《めいか》といひながら、兼盛《かねもり》が哥第《うただい》一として、忠見《たゝみ》が哥《うた》は第《だい》二となりぬ。さあれば忠見哥合《たゞみかがう》に負《まけ》たることを思ひ侘《わび》、くやみ愁《うれへ》て②心例《れい》ならず（101ウ）床《ゆか》に臥《ふし》、終《つゐ》にはかなく成《なり》ぬと申伝《つた》へり。されば、かの忠見《たゞみ》、まづ哥も下手《へた》にして、且《かつ》又、心おろか成《なる》にや③。其謂《そのいはれ》は、下手《へた》なればこそ、哥合《かがう》に負《まけ》たれ、愚《おろか》なればこそ、哥読《うたよみ》まけたるとて、愁悔《しうくわい》の病《やまふ》となし、大切《せつ》の命を失《うしなひ》たれ、と嘲《あざけり》侍《はべ》り。我《われ》いやしながら、此説《せつ》を信《しん》ぜず。其子細《そのしさい》は、一とせ、青蓮院尊円親王《しやうれんゐんそんえんしんわう》御自筆《ごじひつ》の百人一首《しゆ》の註本《ちうほん》を拝見《はいけん》せしにも、恋《こひ》すてふと云出《いひ》したる忠見《たゞみ》が詞づかひ、さりとも幽玄《ゆうげん》にして一しほ面白《おもしろ》しとありき。其後《そののち》、飛鳥《あすか》井殿《との》の註本《ちうほん》、又、細川玄旨《ほそかはげんし》の註本《ちうほん》、或《ある》ひは、法橋《ほつきやう》（102オ）昌琢兼与《しやうたくけんよ》などの註訳《ちうしやく》、見聞《みきゝ》たりしにも、さはうけたまはらず。されば此忠見《たゞみ》、焉《なん》ぞ哥《うた》の下手成《へたなる》べきぞ。下手ならねばこそ、此人の哥あまたの集《しう》にも撰《えら》み入られたれ。そのうへ此百人一首《しゆ》にも漏《もれ》ず載侍《のせはへ》り。是《これ》、正《まさ》に、哥《うた》の上手成《じやうずなる》事、疑《うたが》ひなきところ分明《ふんみやう》ならずや。

偖《さて》、心愚《おろか》なるに依《よつ》て、哥合《かかう》に負《まけ》、愁悔《しうくわい》の病《やまひ》ゆへ空《むなし》く成《なり》しと云事、其説実《そのせつまこと》なりと云とも、いかで嘲笑《あざけりわらふ》べきぞや。それもつとも道《みち》を守《まもり》、心ざしの海淵《かいゑん》なる事さもあらめと、愚意《ぐい》の感涙硯《かんるいすゞり》の水となれり。其《それ》（102ウ）仏法修行《ぶつほうしゆぎやう》のためには、忝《かたじけなく》も釈尊《しやくそん》、雪山《せつせん》の鳥の声《こゑ》に御命をあたへ、ある時は、鳩《はと》のはかりに御身をかけ給へり。又、聖道守法《せいたうしゆほう》のためには、舜王《しゆんわう》御命をすてゝ、井をほり、御身を砕《くだい》て、屋上《やしやう》の火難《くわなん》をさげ給ふ。その外《ほか》、聖賢君子《せいけんくんし》、仏菩薩《ぶつぼさつ》、祖師《そし》僧俗《そうぞく》、男女《なんによ》にいたるまで、その道〱《みち》を守《まもり》、修行《しゆきやう》のために身を砕《くだ》き、命をうしなへる人、唐土《たうど》天竺《ぢく》わが朝《てう》、その数《かず》をしらず。されば、諸芸《しよげい》を習《なら》ひうかべ、其道《そのみち》を守《まもり》治《おさめ》んと欲《ほつす》る人〱、身を疼《いた》み命をおしみては、いかで其事《そのこと》成《じやう》（103オ）就《じゆ》すべきや。

たとへば、侍《さふらひ》として戦場《せんちやう》に向《むか》ひ、身命《しんみやう》をなげうつ事、これ武道《ぶだう》を守《まもり》つとめ治《おさむ》るならずや。伝《つた》へきく、唐《もろこし》の賈島《かたう》といへる人、鳥《とり》は宿《しゆく》す池中《ちちう》の樹《き》、僧《そう》は敲《たゝく》月下《げつか》の門《もん》、と云《いふ》詩《し》を作《つく》り、推《すい》敲《たいかう》の二字《ぢ》を案《あん》じ煩《わづら》ひて、行住坐臥《ぎやうぢうざぐわ》ともに両手《りやうて》をつかひ、門《もん》を推《おす》まねをし、又、戸《と》を敲躰《たゝくてい》をなして、万事忘却《ばんじばうきやく》せられしが、おしくる車《くるま》に行当《ゆきあたつ》て、已《すで》に身を砕《くだ》き命をうしなはんとせしとなり。

又、庾公《ゆうこう》といへる名人《めいじん》、月の詩《し》を賦《ふ》せむとて、団々《だん〱》として離海嶠《かいけうをはなれ》、漸々《ぜん〲》として出雲《うんくを》（103ウ）衢《いづ》、といふ奇妙《きめう》の上《かみ》の二句《く》を綴《つゞり》けれども、下《しも》の二句《く》更《さら》に出合《いてあは》ず、身命《しんめい》を忘《わすれ》、すでに工夫《くふう》に絶《たえ》けるが、秋天《しうてん》よりの雲一点《くもいつてん》もなく、霽渡《はれわた》りたるに、月光《ひかり》を吐《はき》て、さし出たるを打《うち》ながめて、今夜《こよひ》一輪満《りんみてり》清光《せいくわう》　何処《いづれのところ》にか無《なか》らん、といふ三四を吟《ぎん》じえて、あまりの嬉《うれ》しさに、高楼《かうろう》に登《のぼつ》て、時ならぬ鐘《かね》をつく。人〱いかなるゆへと、たづね問《とい》ければ、これは詩狂人《しきやうじん》と答《こたへ》たる由《よし》申伝《つた》へぬ。

しからば、かの忠見《たゞみ》、随分《ずいぶん》とおもへる哥《うた》にあはせまけ、第《だい》二と成《なり》たる無念《むねん》の愁悔《しうくわい》、病《やまい》となり身まかりける事、実《まこと》に（104オ）道《みち》を守《まもり》つとむる心ざし、大切《せつ》なる故《ゆへ》にや、死《しゝ》て尚名《なをな》を万天《ばんてん》に顕《あらは》せり。呼《あゝ》、当世《たうせい》の人、皆利口《みなりこう》にたかぶり、愛慾《あいよく》にふけり、信実《しんじつ》の道《みち》露わきまへぬ、とあさましく、ふびんにたへたる事、かつ④九猿《きうゑん》の哂《わらひ》をあづかるなるらめ。

①此忠見、もとの名乗忠実《なのりたゝさね》と云。天徳《とく》二年に摂津《せつつ》の大目《もく》に任《にん》ず。昌琢法橋《しやうたくほつきやう》のいはく。此哥は、まへの兼盛《かねもり》が哥《うた》に合《あはせ》たり。此哥をすぐれたりとす。されども、詠哥《ゑいか》一躰《てい》には、まへの兼盛《かねもり》が哥《うた》をほめられたると也。

但《たゞし》、いづれも、おとらぬ名哥《めいか》とぞ。さればこそ、定家卿《ていかきやう》、此百首《しゆ》に、二首《しゆ》ながらえらみ入られたり。

哥をあはするとは、たとへば花といふおなじだいを、二人してうけとり、読はてかきつけ、哥のひはんする人のまへにいだし、よきわるきの、せうぶをけつする。いづれにはれがましき事也。これを哥合《かがう》ともいふ也。

②心例《れい》ならぬとは、気色《きしよく》わるきこと也。

③ある人の曰、此哥の下の句、おもひそめしかのかもじ、濁りてよむもあり。又すみてよむもあり。濁る時はおもひ初し物をと落着したるてには也。又すむ時は、人しれずおもひそめしと、我心に随分おもひたしなみけれとも、よし〳〵しせんもおもふ心のあまりて、我口よりも、いひもらしたる事もありけるやと思ひ、うたがひたる也。よく〳〵吟心すへき哥也。

④九猿《きうえん》の哂《わらひ》とは、九つながら、はなのかけたるさるのなかへ、はなのかけざる一つのさるが、ましはりたれば、かのはなかけざるどもが、わらひあざけり、にくみそしりあへりと、古事《こじ》に見えたり。

43　謙徳公《けんとくこう》

一条《てう》の摂政《せつしやう》伊尹《いいん》公《こう》とも申。謙徳公《けんとくこう》は尊号《そんがう》也。貞信公《ていしんこう》の御孫《みまご》、九条《てう》右《う》丞相《ぜうしやう》師輔《もろすけ》卿《きやう》の御男《こ》。①後撰集《ごせんしう》を撰《えらま》れし時は、蔵人《くらんど》の少《せう》（104ウ）将《しやう》にて、和歌所《わかところ》の奉行人《ぶぎやうにん》也。

あはれともいふべき人はおもほえで身のいたづらになりぬべきかな

あはれとは、物の哀《あはれ》なる事。又、あつはれと云詞。但《たゞし》、こゝのは物の哀と心得《え》べし。さて憐《あはれ》とも云べき人と云継《いひつゞけ》て、おもふ人を指《さし》て云なり。おもほえでとは、おもはれもせでと云詞。さあらば哀《あはれ》ともいふべき人にはと、にもじを添《そへ》て心得《え》べし。此時は人と云字《いふじ》、わが思ふ人をさして云也。（105オ）又、おもほえでは、覚《おほえ》ずと云詞。此時は人と云字《いふじ》、世上《せじやう》の人〳〵を差《さし》て云と心えべし。身の徒《いたつら》とは、命《いのち》②あやなくする事。

されば、まづ、おもほえでをおもはれもせずと云詞に用《もち》ひ〔る時〕［(鈔)で補う］の哥の心は、今《いま》ははや恋《こひ》にこがれてしぬべき命の際《きわ》なるが、さてもかく思ひ焦《こが》れて、空《むなし》くなるべき事とは、思ふ人ならでは、又、世にしる人もなし。さあれば、さりとも哀《あはれ》と思召出《おほしめしいで》給ひて、道芝《みちしば》の露《つゆ》のまも情《なさけ》あるべき事なるに、堅難面《かたくつれな》くおはしませば、正《まさ》に唯今《たゞいま》儚《はかなく》なりても、努〳〵《ゆめ》あはれとおもひ出給ふ事ある（105ウ）まじき也。況《いはん》や其余《そのよ》の人をやと、心に含《ふくみ》てなからん後《のち》の世までも思ひしづみ、よし〳〵《よし》是《これ》も前世《ぜんせ》の業因《こうゐん》にや、かく難顔《つれなき》人を思ひそめ、こがれしねとの約束《やくそく》にこそと、打《うち》かへし歎《なげき》かなしむ由《よし》也。

又、おもほえでを、覚《おほえ》ずと云詞に用《もちひ》ての哥の心は、偖《さて》もかく難面《つれな》き君《きみ》を思ひこがるゝ恋《こひ》ゆへに、今《いま》にはかなく成《なり》たりとも、誰人《たれ》か世上《せじやう》にかゝる事ゆへとしろしめして、哀《あはれ》とも思ひ出《いで》、語《かたり》もいだしなからん。跡《あと》をも吊《とふら》ひたぶべきぞ、さりとは我《われ》ゆへ消《きえ》なん人の命なればと、あはれみ情《なさけ》あるべき君《きみ》さへつれなくお（106オ）はしまし、しらぬかほにて打過《うちすぎ》給ふと、恨《うら》み侘《わび》たる由《よし》也。

①後撰集《こせんしう》は、村上《むらかみ》天皇《わう》天暦五年《りやくごねん》十月晦日《みそか》に撰《えら》まれたり。作者坂上《さかのうへ》の望城《もちしろ》、〔源《みなもと》の順《したかふ》〕紀《き》の時文《ときふみ》、大中臣《おほなかとみ》〔能宣《よしのぶ》、清原《きよはら》の〕元輔《もとすけ》、右五人《みぎごにん》、勅《ちよく》を〔承《うけたまはつ》て〕梨壺《なしつぼ》におゐて作《つく》れりと也。

②あやなくとは、いはれもなく、といふことば也。

【注】底本が破損していて判読できない部分は、〔　〕で括って、『百人一首鈔』で補った。

44

①中納言朝忠《ちうなこんともたゞ》

中納言は官《くわん》、朝忠《ともたゞ》は名乗《なのり》。土御門《つちみかど》の中納言　橘《たちはなの》朝臣《あそん》とも云。

あふことのたえてしなくはなか〳〵に人をも身をもうらみざらまし

絶《たえ》てしのし文字《もぢ》、例《れい》の休字《やすめぢ》。人をもとは、思ふ人を指《さし》て云《いふ》。身とはわが身也。まづ、此哥は、年月恋《こひ》こが（106ウ）れて漸《やうやく》ちらと逢《あひ》そめ、契《ちぎり》かはし立別《たちわか》れ来《き》て後《のち》、いとゞこひしさ増《まさ》りければ、打《うち》かへし思ひめぐらしてよめる観念《くわんねん》の哥《うた》也。

哥の心は、さればとよ、世のなかに逢《あふ》と云ことなくは、中〳〵《なか》に襟《ものおも》ひも非《あら》じ物を、逢《あふ》と云事のあるゆへにこそ、心を尽《つく》し、身を砕《くだ》き、命をしらず、恋焦《こひこが》れ渡《わた》りて、一たび相《あひ》まいらせては有《ある》なれ。されども、その逢《あふ》たるを思ひでにして、此程《ほど》のうさつらさ、こひし悲《かな》しさをも、打忘《うちわす》れ慰《なぐさ》みなば、責《せめ》ても心のたのしみ成《なる》べきを、一度逢《たびあひ》まいらせし俤《おもかけ》をだに忘《わす》（107オ）れかね、馴《なれ》し人香《か》も身にしみ、いとゞ恋しさいやまさりて、又の相瀬《あふせ》を待《まち》かね、或《あるひ》はいもせの中《なか》ともならまほしく、あるひは難顔《つれなき》をかこち、仇成《あだなる》をねたみ、又、ある時は、おもはれぬ身の程を、うらみかなしみ、とにかくさま〳〵の愁歎《うれへなげき》、今《いま》一入《しほ》にいやまし也。偖《さて》こそあひそめたるは、還《かへつ》て物おもひの種《たね》なるぞといへるよし。尤《もつとも》哀《あはれ》也。②

又、ある人の申されけるは、此哥は年《とし》月つれなき人に思ひをかけ、心を尽《つく》し身をくだき、思ひ〳〵余《あまり》てよめる哥《うた》也。

哥の心は、されば世間《せけん》に昔《むかし》より、恋《こひ》にあふせのある習《なら》ひ（107ウ）は何しに定《さだめ》るよき事ぞ、中〳〵逢と云事なき物ならば、思ひ初《そむ》るといふことも、又有間敷《あるまじき》也。左《さ》あらば恋《こひ》こがれ忍《しの》ぶる等《とう》の嘆悲《なげきかな》しみ、更《さら》になくいかにも心安《やすか》るべき物を、逢《あふ》といへる習《なら》ひの有《ある》ゆへに、ひたすら恋しかなしの思ひにこがれ、身命《しんめい》かへりみず、もしやの頼《たの》みに臥沈《ふししづ》む事よと、③断腸《だんちやう》したるよし也。

①此朝忠《ともたゞ》卿《きやう》は、三条《てう》右《う》太臣殿《しんとの》の御男《こ》也。勧修寺《くわんしゆじ》朝頼《ともより》卿《きやう》の御父《ち》也。

ある人、ともたゞを、あさたゞとよめといへり。なをたづぬべし。

②或《ある》人のいはく、此哥《うた》は、

よのなかにたえてさくらのなかりせばはるの心はのどけからまし

かくよめる、紀《き》の有常《ありつね》がうたの心に同《おな》じきと也。

③断腸《だんちやう》とは、はらわたをたつとよむじ也。いかにもくるしきおもひのせつなる詞也。

45　清原元輔《きよはらのもとすけ》

清原《きよはら》は氏《うち》、元輔《もとすけ》は名乗《なのり》。深養父《ふかやふ》が孫《まご》。泰光卿《やすみつきやう》の子息《そく》。後撰集《ごせんしう》の作者《さくしや》、五人の内也。（108オ）

ちぎりきなかたみにそでをしほりつゝすゑのまつ山なみこさじとは

盟《ちぎり》きなとは、云約束《いひやくそく》したりける事よと云詞《いふことば》。又、かくの如《ごと》くも云《いひ》かはし来《き》たる物哉《かな》と云詞《いふことは》ともいへり。①かたみとは、互《たがい》にと云詞。袖《そで》をしほるとは、泪《なみた》に濡《ぬる》る袖《そで》也。末《すゑ》の松山は奥州信夫《おうしうしのぶ》の郡《こほり》の名所《めいしよ》。本《もと》の松、中《なか》の松、末《すゑ》の松とてこれ有《ある》と也。されども、をしなべて末《すゑ》の松山と読《よみ》ならはせり。

さて、末の松山波《なみ》こさじとは、契《ちぎり》かはらじと約束《やくそく》したる事也。昔《むかし》、陸奥《むつのく》にいと念比《ねんころ》に契《ちぎり》かはしける夫婦《ふうふ》あり（108ウ）。ある時の②私語《さゝめごと》に、いま此比翼連理《ひよくれんり》の契《ちぎり》あさからぬわが中《なか》は、いつさて心替《かはり》やせん、若《もし》すくせ尽果離別《つきはてりべつ》の時至《ときいたり》なば、あの向《むか》ひに見ゆる末の松山を白波《しらなみ》の打越《うちこゆ》るべし。と戯《たはむ》れ互《たかひ》にせいもんを立堅《たてかたく》いひかはして、

　君《きみ》を置《をき》てあだし心をわれもたば末の松山浪《なみ》もこえなん

など読《よみ》かはして、海老《かいらう》の盟《ちぎり》ふかく年《とし》をふる程《ほど》に、有時《ある》、末の松山を見れば、波《なみ》しろ〳〵と立越《たちこゆ》る事侍《はべ》りし時に、さては夫婦《ふうふ》の盟《ちぎり》、今《いま》を限《かぎり》の時到《いた》れりとて、互《たかい》に血《ち》の涙《なみた》を流しあかぬ別《わかれ》に成《なり》ける。といへる古事《こじ》あり。

扨《さて》、かのしろ（109オ）〳〵と浪《なみ》の立越《たちこえ》見えしは、白雲《しらくも》の漂《たゞよ》ひ廻《めく》るにて有《あり》しが、宿縁尽《しゆくえんつき》し人のめには、真《まこと》の白浪《しらなみ》と見えけるこそ哀《あはれ》なれ。されば此末の松山は、水辺遠《すいへんとを》き高山《かうざん》にて、麓《ふもと》の辺《ほとり》へだにも波《なみ》よせざる山なれば、況《いはん》や浪の岑《みね》をこゆべき事、思ひもよらざる所《ところ》也。是《これ》よりして、末の松山浪《なみ》こゆるといふ事は、皆《みな》、契《ちぎり》の替《かはり》はつるに読《よみ》ならはしたり。右《みぎ》此哥にも此古事《こじ》を引用《ひきもち》ひて、心替《がはり》せし女のもとへ遣《つかは》しける也。

哥の心は、扨《さて》も過にしころは、相互《あいたがい》にさりとも心易《かはら》じと、比翼《ひよく》の枕《まくら》をならべ、れんりの袖《そで》をかさねて（109ウ）行末《ゆくすゑ》こしかたの事ども思ひ侘《わび》、しのび出て泪《なみだ》をおさへ、いとむつましく契《ちぎ》りしが、いつの間《ま》にかは御心かはりはてける事よな、昔《むかし》みちのくにて、末の松山をかけて契《ちぎ》れる人の上迄《うへまで》いひかはしてこそ盟《ちぎり》し物をと、有《あり》し契のことぐさ迄《まで》、今更《いまさら》いひ出て、或《ある》ひはうらみ、又は恥《はぢ》しめてよめる也。

又、ある人のいはく、いまだ盟《ちぎり》むつかしかりし時、昔むつのくにて、末の松山の浪《なみ》をかけて盟《ちぎ》られし人の上《うへ》などをも、云《いひ》かはし契し物をと云説《いふせつ》は悪《わる》し。末の松山の事を、此哥に引用《ひきもち》ひたるは、互《たがい》に心替《かは》らじと契りし人の心替ると云事斗《ばかり》（110オ）をいひことはらん為《ため》也。

さて、此哥は、上の五《いつ》もじへいひかへりて吟《ぎん》ずべし。その謂《いはれ》は、さて〳〵過《すぎ》にし比《ころ》は、其方《そなた》も我《われ》も互《たかい》に泪《なみた》をおさへ

て、さりとは心替《かは》らじと社《こそ》、云合《いひあは》せつるに、こはそもいかなれば、かく絶《たえ》はてたる中《なか》とは成《なり》ける物かな、扨《さて》、いかに契《ちぎ》りし事よと心得《え》べしと也。

①つねにいふは、忘《わす》れがたみの事なれども、こゝのはたがひにといふ詞也。わすれがたみとは、わすれがたきといふ事也。

②さゝめごとは、ひそかに物いひかはす事。ねものがたりのたぐひにや。すくせとは宿縁《しゆくゑん》の事。

46　源重之《みなもとのしげゆき》

源《みなもと》は氏《うぢ》、重之《しげゆき》は名乗《なのり》。官《くわん》①左馬助《さまのすけ》。卅六人の哥仙《かせん》の内《うち》也。閑院貞元親王《かんゐんさたもとしんわう》の御孫《みまご》。三河《みかはの》（110ウ）守《かみ》、源《みなもと》の侍従兼《じじうかね》信《のぶ》が子《こ》也。

かぜをいたみいわうつなみのおのれのみくだけてものをおもふころかな

風を痛《いたみ》とは、風に随《したが》ふ心。おのれのみとは、われ斗《ばかり》と云詞《いふことば》。又おのづからと云心もこもれると也。砕《くだ》けて物おもふとは、心一つに色《いろ》〳〵さま〳〵の襟《ものおも》ひに、うれへ悲《かな》しめる事也。

哥《うた》の心は、思ふ人の難面《つれなき》心をば、動《うご》き働《はたら》かぬ岩尾《いわお》にたとへ、又わが心のおのれと君《きみ》を見そめ恋《こひ》こがれ、ちゞに砕《くだけ》てたち騒《さは》ぐを浪《なみ》にたとへたり。誠《まことに》沖《おき》つ浪《なみ》の風にさそは（111オ）れ、立騒《たちさは》ぎよせ来《き》て、汀《みぎは》の岩《いわ》おに当《あた》り砕《くだけ》ちるごとく、我《われ》のみ心うかれ立騒ぎ、ひたすら思ひこがれ恋《こひ》かなしみて、思ふ人の辺《ほとり》へたち忍びより、立帰《かへ》り、さま〳〵心を尽《つく》し身を砕けども、おもふ人はしゐてつれなく、心うごきうち解《とけ》、なびかんけしきもなしと、なげき侘《わび》たる由《よし》也。

げに〳〵波《なみ》と云物は、吾《われ》とうごき働《はたら》きたちさはぐ物には非《あらず》、風にさそはれてこそ動《うご》きさはぎ寄《よせ》きて、汀《みぎは》の岩《いわ》おに当《あた》り、ちゞにくだけちる物なれ。真其《まつその》ごとく、本心《ほんしん》は本《もと》よりうごきはたらく（111ウ）物にはあらねども、色《いろ》に染《そみ》、声《こゑ》を愛《あい》し、香《か》にめで、言《こと》におぼれ、万《よろず》の縁《えん》に触《ふれ》て②情《じやう》うごき移《うつり》、うれへ苦《くる》しむ也。夫心《それしん》は万境《ばんきやう》によつて転《てん》ず、と云事も有《ある》をや。されば心鏡《しんきやう》とて心をば鏡《かゞみ》に喩《たと》へり。何《なに》物か此鏡《かゞみ》にうつらざらん。よく謹《つゝしむ》べし。善悪皆爰《ぜんあくみなこゝ》を本《もと》とせり。

①左馬助《さまのすけ》、唐名《からな》、典厩少令《てんきうせうれい》。御馬《むま》の事を、つかはさり、おこなふ役《やく》人也。

②情《じやう》とは、こゝろとよむ。本心《ほんしん》うちにうごひて、ほかへあらはるゝときのこゝろ也。

47　曾祢好忠《そねのよしたゞ》

曾祢《そね》は氏《うぢ》、好忠《よしたゞ》は名乗《なのり》。素丹《そたん》ともいふ。寛和《くわんわ》の比《ころ》の人。①丹後《たんご》の丞《ぜう》に任《にん》ぜらる。先祖《せんそ》慥《たしか》ならず。（112オ）

ゆらのとをわたるふな人かぢをたえゆくゑもしらぬこひのみちかな

由良《ゆら》の渡《と》は、紀伊《きい》国の名所《めいしよ》。あらき海《うみ》也。梶《かぢ》を絶《たえ》とは、舟のかぢをなくしたる心。又、梶の折《おれ》たる事ともいへり。先《まづ》、此哥、五もじより云継《いひつゞ》けて、いかにもたけ高《たか》く、幽玄躰成《ゆうげんていなる》哥とかや。されば、かの由良《ゆら》の戸《と》は、満干《みちひ》の塩《しほ》さかまきかゑつて、一入浪荒《しほなみあら》く大事《だいじ》の渡《わたり》也。さあれば梶《かぢ》のよからん船《ふね》さへも、大切《せつ》の渡《わたり》なるに、いはんやかぢのなからん舟におゐては、たのむたよりもなく、浪《なみ》に漂《たゞよ》ひ塩《しほ》に（112ウ）ゆられ、繫《つな》ぎとむべき行衛《ゆくゑ》もなく、しづみ果《はて》なん身のほど、いかばかりかなしかるべし。

哥《うた》の心は、此ゆらのとを、わたる舟の梶《かぢ》を断《たえ》たるごとく、わが恋路《こひぢ》も、今《いま》ははや頼《たの》む便《たより》もたえはて、何《なに》と成《なる》べき身のゆくゑ、命のほどもえもしらず、ひたすら思ひの海《うみ》にふししづみ、泪《なみた》の浪《なみ》に漂《たゞよ》ひめぐりて、しばし心をよせ慰《なぐさ》むべきかたもなし。と歎《なげ》きかなしめるよし也。

①丹後《たんご》の丞《せう》とは、丹後の国司《こくし》の代官《だいくわん》をする人也。任《にん》ずとは、なされたると云心。素丹《そたん》は、法名《ほうみやう》などのやうなるものか。

48　①大中臣能宣朝臣《おほなかとみのよしのぶあそん》

大中臣は官《くわん》、能宣《よしのぶ》は名乗《なのり》也。後撰集《ごせんしう》の撰者《せんしや》五人の内。（113オ）

みがきもりゑじのたくひのよるはもえひるはきえつゝものをこそおもへ

御垣《みがき》とは大裏《だいり》の事。守《もり》とは、まもりと云詞《いふことば》にて、禁中《きんちう》を守護《しゆご》し奉《たてまつ》る事也。衛士《ゑじ》とは②左衛門右衛門《さゑもんうゑもん》の督《かみ》の下《した》につかへる人〳〵也。此人〳〵夜《よる》になれば、禁中御庭前《ごていぜん》に篝火《かゞりび》を焼《たき》、大内《だいり》を守護《しゆご》する御番役者《ごばんやくしや》也。内衛外衛《ないゑげゑ》とて二やうあると也。爰《こゝ》に云は外衛《げゑ》の事。内衛は弓《ゆみ》やなぐゐをおひて、雷鳴陣《かんなりぢん》に伺公《しこう》するとかや。

哥《うた》の心は、かのゑじの焼《たく》かゝりびのよるは燃《もえ》（113ウ）、昼《ひる》は消《きゆ》るごとく物おもふと也。されば思《おもひ》と云字《いふじ》を仮名《かな》に書《かく》時は、おもひのいもじは、ひの字《ぢ》をかくなれば、古《いに》しへより火《ひ》によそへて、哥連哥《うたれんが》に読来《よみきた》れり。かゝるわがおもひの火《ひ》、胸《むね》のうちに燃《もえ》こがるゝ事《こと》、偏《ひとへ》かのゑじのたくひのごとくに、よるにさへ成《なり》ぬれば、おもひのほむらむねに燃《もえ》こがれて、いとゞ苦《くる》しけれども、せめては世の人の見る目《め》もなく、よその聞耳《きくみゝ》をはゞかる事もなく、只独《たゞひとり》ねの床《とこ》のうへに泣臥《なきふし》おきもせず、ねもせで明《あか》すのみなるが、昼《ひる》になれば人〳〵の見る（114オ）目《め》、聞耳《きくみゝ》を忍《しの》ぶ習《なら》ひとして、物おもはぬ躰《てい》に紛《まぎ》らはし、をのが心の底《そこ》にのみ、思ひこがれ、思ひのほむらも打《うち》しめり、③すくもたくひの下《した》にこがれ、いと、苦《くる》しきむねの内《うち》、なか〳〵いはん方《かた》なきよし也。ひるは消《きえ》つゝと有《ある》、此つゝの詞《ことば》に色《いろ》〳〵さま〳〵の悲《ひ》嘆《たん》を云含《いひふくめ》り。つゝの詞の心、まへ〳〵くはしくかきつけはべり。

①大中臣は、上代《じやうたい》の官《くわん》、今《いま》はたえてなし。此よしのぶ卿《きやう》は、常盤大連《ときわおほむらち》七世《せ》の孫《そん》也。おほむらぢは、天児屋根《あまのこやね》十九代《たい》の末孫《ばつそん》也。

②さゑもんのかみ、うゑもんのかみ、此りやう人をくみかしらとして、組《くみ》下の人〳〵おほぜいある也。

③すくもたくひとは、糠《ぬか》をたくに、うへはなにともなくて、したばかり、もえこがれはべる也。これをおもいにたとへり。

49 ①藤原義孝《ふぢはらのよしたか》

藤原《ふぢはら》は氏《うぢ》、義孝《よしたか》は名乗《なのり》。謙徳公《けんとくこう》の御男《こ》。（114ウ）

きみがためおしからざりしいのちさへながくもがなとおもひけるかな

長《なが》くもがな、此もがなを願《ねが》ひ哉《がな》と云《いふ》て、何《なに》をがななどゝ、物をねがひ求《もとむ》る詞《ことば》。こゝにては命長《なか》くあれかしとの願《ねが》ひ也。先《まづ》、此哥は、おもふ人に初《はじめ》て逢《あふ》て、立帰《たちかへり》来《き》て読《よみ》て遣《つかは》しけり。

哥の心は、かねて恋《こひ》こがれ、逢《あひ》見たくかなしき思ひの切成《せつなる》時は、なにともして責《せめ》て一度逢《たびあふ》事さへ有《ある》ならば、二つとなき露《つゆ》の命にかへて成《なり》とも、などゝ、思ひつめたりしが、兎角《とかく》し（115オ）て、一夜《よ》の契《ちぎり》をこめ、余波《なごり》おしくも泣《なく》〳〵

立別《たちわかれ》きて、とやかくや思ひめぐらせば、いまだ逢見《あひ》ざりし時のおもひは数《かず》ならで、いとゞ恋《こひ》しくいや増《まさ》り、はやけふの夕べも逢見《あひ》度《たき》心、せんかたもなき涙《なみだ》の淵《ふち》に臥沈《ふししづ》みて、いつしかしぬべきと思ひし命もおしく成《なり》て、いつまでも命永《なが》くあれかし、難面《つれなく》寿《いのち》ながらへたればこそ、一度《ど》のあふせも有《あり》つる物をと、思ひかへし侍《はべ》る内《うち》に、いやはや此後《のち》は盟《ちぎり》かはらず、諸《もろ》ともにいつまでもと、ねがふ心もこもれり。（115ウ）

①此義孝卿《よしたかきやう》は、権大納言《ごんだいなごん》行成卿《かうぜいきやう》の御父《ちゝ》也。行成卿《かうぜいきやう》は、日本国《につほんごく》三跡《せき》の内《うち》、権跡《ごんせき》と号《かう》す。三せきとは、三人の手《て》かきと云心也。佐理《さり》、行成《がうせい》、道風《たうふう》の三人也。

50　①藤原実方朝臣《ふぢはらのさねかたあつそん》

藤原《ふぢはら》は氏《うぢ》、実方《さねかた》は名乗《なのり》也。

かくとだにえやはいぶきのさしもぐささしもしらじなもゆるおもひを

かくとは如此《かくのごとく》と云詞《ことば》。えやは、やわかと云詞《ことば》。いぶきとは近江《あふみ》の国の名所《めいしょ》。伊吹《いぶき》山の事なれども、物を云《いふ》といひかけたり。されども、いふのふもじを濁《にごり》て読《よむ》べし。さて、かくとだにえやは伊吹《いぶき》の、といひ（116オ）継《つゞけ》ての心は、我《われ》、君《きみ》をこふる思ひは、さばかり大切《せつ》なれども、そなたへは中《なか》〳〵かくのごとく恋《こひ》こがるゝとは、えいはじと云心。畢竟《ひつきやう》はかくのごとく思ふとだにえ云《いふ》まじきと、つよく忍《しの》ぶ心也。さしも草とは蓬《よもぎ》の事。もぐさと云《いふ》て、灸《さう》をすゆる時にも火《ひ》を付侍《つけはべ》れば、燃《もえ》こがれ烟《けふり》たちくゆる物也。かるがゆへに、おもひのひのむねのうちに、もえこがれ立《たち》くゆるに是《これ》をたとへたり。思ひのひの字《じ》を火に用《もち》ゆる事、まへに委《くわし》く書《かき》付侍《つけはべ》り。さしもとは察《さつ》してもと云心に（116ウ）て、推量《すいりやう》と云辞《いふことば》。さて、さしも草さしもしらしな、と云続《いひつゞけ》て重《かさ》ね詞《ことば》といふ物。御推量《ごすいりやう》ありても〳〵と、強《つよ》く念《ねん》を入ていひ理《ことは》る儀《ぎ》也。

哥の心は、一たび君《きみ》を見そめまいらせてより此かた、いやましの思ひはこがれ、いまははや身もつかれ命《いのち》も消《きゆ》るばかりなれども、かくの如《ごと》く恋《こひ》こがるゝと云事をば、且《かつ》て云《いひ》しらせ、申まじきとつよく忍《しの》びぬれば、思ふ人は中《なか》〳〵かほど迄《まで》、おもふ思ひのもえこがれて、大切《せつ》なる苦《くる》しみとは、努《ゆめ》〳〵御推量有《ごすいりやうある》べき事にはあらじと、歎悲《なげきかな》しみながらも、弥《いよ》〳〵しき忍《しの》（117オ）ぶ心のうちよりあまりて、恋《こひ》しくこがれ消《きえ》なん事よ、と打侘《うちわび》たる躰《てい》、哀《あはれ》ふかきさま也。

何《なに》さまつよく忍《しの》ぶ恋《こひ》の哥と心えべし。

されば、此実方卿《さねかたきやう》は、②能書《のうしよ》大納言《なこん》行成卿《かうぜいきやう》と、殿上《てんじやう》にて口論《こうろん》をせられしに、笏《しやく》にて行成卿《かうぜいきやう》の冠《かうふり》を打落《うちおと》しぬ。行成《かうせい》卿《きやう》、袖《そで》にて冠《かむり》を隠《かく》し、色《いろ》をもそこなはずして堪忍《かんにん》せり。其罪《そのとが》によつて、哥枕《うたまくら》みて参《まい》れとて、奥州《おうしう》へ流《なが》し遣《つかは[さ(鈔)]》れけるが、流石都《さすがみやこ》の恋《こひ》しさに、せめて台飯所《だひはんどころ》のいゐを食《くひ》てなりとも、一たび帰京《ききやう》せばやと、つね〳〵ねがひ嘆《なげき》（117ウ）、つゐにみちのくにてうせ給ひて後《のち》、かの念力雀《ねんりきすゞめ》と成《なり》て都にのぼり、近代迄《きんだいまで》も台飯所《だいはんどころ》を飛《とび》まはり、人に見えけり。実方雀《さねかたすゞめ》といへるこれ也。常《つね》の雀《すゝめ》よりは少《すこし》大にありしとかや。筆《ふで》の次而《ついで》に墨《すみ》ぬりはべる。

①此実方卿《さねかたきやう》は、古《こ》一条《てう》左《さ》大臣《じん》藤原《ふちはら》の師忠公《もろたゞこう》の御孫《みまこ》、貞信公《ていしんこう》の彦《ひこ》子也。

②能書《のうしよ》とは、手《て》かきの事。てんじやうとは、だいりの御事也。

51　藤原道信《ふちはらのみちのぶ》

藤原は氏、道信は名乗《なのり》。官《くわん》右中将《うちうじやう》、唐名《からな》中郎将《ちうらうしやう》と云。京極摂政恒徳公《きやうごくせつしやうゆうとくこう》の御男《こ》、九条右丞相《てううぜうしやう》師輔公《しほこう》の御孫《まご》也。（118オ）

あけぬればくるゝものとはしりながらなをうらめしきあさぼらけかな

朝朗《あさぼらけ》とは夜明方《よあけがた》の事。先《まづ》、此哥は、思ふ人といと念比《ねんごろ》に契《ちぎり》かはし、立別《たちわか》れ来《き》て後《のち》の朝《あした》に読《よみ》てやれり。哥《うた》の心は、夜明《よあけ》ぬれば又かならず日の暮《くる》る習《ならひ》ぞと云《いふ》ことは、いか成愚《なるぐ》ちの人、竹馬《ちくば》に策《ふち》うつわらべまでも、皆《みな》よく知《しり》たる事なれども、指当《さしあたり》たる当座《たうざ》の別《わかれ》のかなしき由《よし》也。その謂《いはれ》は、けさの明《あけ》がたまで、ひよくと契《ちぎ》り嬉《うれ》しさもはや打忘《うちわす》れ、又此夕《ゆふ》べ連理《れんり》と契《ちぎ》らん（118ウ）と云かねごとをも、今更《いまさら》はたと忘《わす》れ果《はて》て、唯《たゞ》ひたすらに別来《わかれき》にける今《け》朝《さ》の名残《なごり》の忍《しの》ばれて、いたく悲《かな》しかりしと、うち歎《なげく》心ばせ尤《もつとも》あはれふかし。実世間《げにせけん》、皆誰《みなたれ》〳〵の身の上《うへ》にも、万《よろづ》の事に付《つけ》て、さしむかひたる当座《たうざ》の事のみ、うれへかなしみ、喜《よろこ》びあひし、うらみそねみて、前後《ぜんご》を忘果《わすれはて》ぬる人間《にんげん》のはかなさ、よく〳〵おもひわけ、観念《くわんねん》すべきうた也。

52　恵慶法師《えけいほうし》

氏《うち》、先祖《せんぞ》しらざる人也。（119オ）

やえもぐらしげれるやどのさびしきに人こそみえねあきはきにけり

八重葎《やえもぐら》とは蔦葛《つたくづ》かづらの類《たぐ》ひ。いやしき草にて荒《あれ》たる宿《やど》の庭門《にはかど》などを、はいまとふ物也。

先《まづ》、此哥は古今集詞《こきんしうことば》がきに、河原院《かはらのゐん》にて荒《あれ》たる宿《やど》に秋くると云《いふ》心を人〳〵読侍《よみはべ》りけるとこれあり。河原院とは源《みなもと》融《とほる》の太臣《おとゞ》と申人。妙《たへ》にやさしき御心にて、風流《ふうりう》の事のみ好《この》み弄《もてあそ》び給ふゆへに、都《みやこ》六条河原《てうかはら》にいかめしくおもしろかりし宮造《みやづく[り(鈔)]》ありて、①奥州《おうしう》の名所《めいしよ》ち、かの塩竈《しほかま》（119ウ）の風景《ふうけい》を学《まな》び移《うつ》して、海《うみ》を湛《たゝ》へては塩《しほ》の満干《みちひ》をしつらひ、島《しま》をつきては草木岩石《さうもくがんぜき》を聳《そびへ》、浦半《うらは》には釣《つり》の小舟《をぶね》をうかへ、網《あみ》をひかせ真砂地《まさごぢ》には塩屋《しほや》を結《むす》び、浜《はま》をならし遥《はる〳〵》遠《とを》き津《つ》の国難波《なには》の浦《うら》より潮《しほ》を汲《くみ》はこばせ、塩焼蜑《しほやくあま》のしわざまでをも残《のこり》なく学《まなび》とり給ふ。六条河原院是《てうかはらのゐんこれ》也。かくて此宮居《みやゐ》に常《つね》に住《すみ》なれ、さま〳〵の游興吟詠《ゆうきやうぎんえい》など有《あり》しが、此おとゞうせ給ひてのちは、また取《とり》つぎ弄《もてあそ》ぶ人もなくて、おのがさま〳〵荒果《あれはて》、蓬生《よもぎふ》と（120オ）成侍《なりはべ》る。

さて、此ところへ哥人達《かじんたち》寄集《よりあつま》りて、昔《むかし》をしたひなつかしみ、此宮居《みやゐ》の荒《あれ》たる秋の心を感《かん》じ、哥《うた》ども詠《えい》ぜらるゝ時に此哥をも読《よめ》る也。但《たゞし》、あながちにばう〳〵ぜんと荒果《あれはて》たるには非《あらず》、いか成金殿玉楼《なるきんでんぎよくらう》も、主《あるじ》なければ、かならず荒たるやうに思ひなされ、見なさるゝ物也。

伊勢《いせ》物語《かたり》にあばらなる板敷《いたじき》に、月のかたふく迄《まで》ふせりてとこれあるも、必《かならず》ばう〳〵と荒果《あれはて》たるにてはなし。只《たゞ》、主《ぬし》なき宿《やど》の思ひなし、見なしのさま也。

哥の心は、けふ此河原《かはら》のゐんへきてみるに、主《あるじ》なく荒（120ウ）果《はて》たる宿《やど》の曲《くせ》として、門《かど》は葎《もぐら》にとぢ、庭《には》は蓬《よもぎ》にうづもれ、軒《のき》はしのぶにかたふき、壁《かべ》はいつまで草《くさ》にこぼれかゝりて、露《つゆ》しん〳〵と物さび、梟松桂《ふくろうせうけい》の朶《えだ》に啼《なき》、狐蘭《きつねらん》菊《ぎく》の草《くさ》むらにかへるべくおぼえたり。かゝるところは人げつねにしげくとも物さびしかるへきに、況《いはん》や露《つゆ》うち払《はらふ》人もなく、剰《あまつさへ》　時はかなしき秋も来《き》て、何《なに》とやらん物わびしき粧《よそほ》ひをみるに付《つけ》ても、かの主《あるじ》の太臣《おとゞ》をおもひ出、恋《こひ》したいまいらするに、一入《しほ》物かなしさいやまさりにて、偖《さて》もかくまでは荒果《あれはつ》る物か、よろす皆《みな》（121オ）昨日今日《きのふけふ》のごとくに懐《なつか》しく思ひなされ、唯《たゞ》夢の心地《こゝち》して、つく〳〵と思ひやるに、此ところの昔《むかし》はさばかりいかめしく、花のさかんにして、けんきくんじうし、門前市《もんぜんいち》をなし、車馬《しやば》の立《たて》どもなかりしが、今《いま》は誰《たれ》とても昔《むかし》のよしみを思ひ出、訪《とふら》ひきたる人もなく、其情《そのなさけ》を忘《わす》れその思ひを感《かん》ずる事もなきに、昔《むかし》を忘《わすれ》ず問来《とひく》る物とては、只《たゝ》此秋ばかりにして、いとゞ物淋哀《さびあはれ》をましけるよと、いま一入《しほ》の物かなしの切《せつ》なる事を云述《いひのべ》たる也。

ある人のいはく、春《はる》は陽気《やうき》にて冨貴《ふつき》の門《かど》にはやく来《きた》り、秋は（121ウ）陰気《いんき》として、零落《れいらく》の宿《やど》にとく至《いた》るといふ本文《ほんもん》の理《ことはり》にこゝろを含《ふく》めて、詠吟《えいきん》すべき哥《うた》とぞ申されし。

①奥州《あうしう》、陸奥《むつのく》のからな。みちのくともいふ。あうしうとかく。但《たゞし》おうしうとかきてもくるしからぬよしいへり。

53　三条院《てうのゐんの》御製《ごせい》

冷泉院《れいせんゐん》の①御太子《みたいし》。在位《ざいゐ》五年《ごねん》、仁王《にんわう》より六十七代目《だいめ》の帝《みかど》。

心にもあらでうきよになからへばこひしかるべきよわの月かな

心にもあらでとは、兼《かね》ておもひの外《ほか》にと云詞《いふことば》也。先此御《まづみ》（122オ）門御代《かどみよ》をたもたせ給ふ事、只《たゞ》五年也。其間《そのあひだ》も常《つね》〳〵②御不例《ごふれい》がちにて、剰《あまつさへ》御目《め》をだに煩《わづ》らはせ給ひける也。かるがゆへにはやくおりゐ③させ給《たまは》ん事、誠《まことに》御本意《ごほんい》にあるべからず。

御哥の心は、つねに御心地《こゝち》④例《れい》ならず渡《わた》らせ給へば、かゝる⑤玉躰《ぎよくたい》にては中《なか》〳〵帝王《ていわう》の御位《くらゐ》におはしまし、天下のまつりごと取《とり》おこなひ給はん事成《なり》がたし。さあらば位《くらゐ》をゆづり、大内《だいり》を立《たち》さり給ひて、御隠居《ごいんきよ》あそばさればやとおぼしめしける秋のころ、いとゞ夜《よ》も永《なが》く万《よろづ》物かなしきに、月のしろ〳〵とさし出けるをゑいらんありて、扨《さて》も面白《おもしろ》く、(122ウ)おもしろ《(ママ)》く澄《すみ》のぼりたる月や、さりなから⑥朕《ちん》はかく万煩《よろずわづ》らはしく身もつかれ、心もいとゞ⑦例《れい》ならず身⑧まかりぬべければ、中《なか》〳〵に又来《こ》ん秋をば待請《まちうけ》がたし。さあらば今《いま》此秋ばかりの月をこそ詠《なが》めあかすらめ。若《もし》しぜんおもひの外《ほか》に露《つゆ》のいのち存命《なから[へ(鈔)]》、又くる秋にめぐりあふたりとも、王位《わうゐ》をさり隠居《いんきよ》せんなれば、今宵《こよひ》此大内《だいり》此殿中《でんちう》にて、此月を見事《みる》は偖有《さてある》まじき也。しからば今宵大裏《こよひだいり》にて詠《なかめ》し此月をのみ思ひ出て、こしかたの事のみ(123オ)なつかしくこそあらんずらめと、御心ぼそく愁《うれへ》がちにおぼしめし給ふよし也。

①御太子《みたいし》とは、御物領《そうれう》を申たてまつる也。在位《ざいゐ》とは、ていわうの御くらゐにおはしますあひだの御事也。
②ぶれいとは、わづらはしき事也。
③おりゐとは、帝王《ていわう》の位《くらゐ》をさりて、御いんきよなさるゝ事也。
④れいならずとは、つねのやうにもなく心ちむつかしき事也。
⑤ぎよくたいとは、帝《みかど》の御身を申たてまつる。
⑥朕《ちん》とは、帝《みかど》みづから御身をさして宣《のたま》ふ御詞《ことば》也。平人《へいにん》のわれらなど云と同事也。
⑦例《れい》ならずとは、そくさいにてもなきなどいふことば也。
⑧身まかるとは、しぬるといふことば。

54　儀同三司母《①ぎとうさんしのは》、

二位高階業忠《ゐたかはしなりたゞ》卿《きやう》の息女《そくぢよ》、中《なか》の関白公《くわんばくこう》の室《しつ》。儀同三司《ぎとうし》は官《くわん》。此官《くわん》の人は太臣《だいじん》よりは少下官《すこしげくわん》、大納言《なごん》よりは又上官《くわん》にして、天下の政《まつり》をとり行《おこなふ》也。此儀同三司《ぎとうし》は、中《なか》の関白道隆公《くわんばくみちたかこう》の御男《こ》、帥《そつ》の内《ない》太臣伊周公《じんいしうこう》の事也。

（123ウ）

忘《わす》れじのゆくすゑまではかたければけふをかぎりのいのちともがな

忘《わす》れじとは、忘れまいと云詞《いふことば》。かたければとは、頼果《たのみはて》がたければなと云詞。命《いのち》ともがなとは、命もがなと願《ねかふ》ことば也。

先《まづ》此哥は、中の関白道隆公《みちたかこう》にあひそめ給ひて、たがいにひよくれんりの契《ちぎり》をかはし、あさからざりしころよめり。されば人の心は、高《たか》きもいやしきも、よろず縁《えん》にひかれて移《うつ》りかはりやすく、頼果《たのみはて》がたき物なれば、互《たかい》の心かはらずむつましかり（124オ）ける時、ともかくもならばやと、露《つゆ》の命《いのち》をかへりみず、こいねがはれし心ざし哀浅《あはれあさ》からす侍《はべ》る。真《まことに》心切《せつ》にやさしき哥也。

哥の心は、そもわが中《なか》のちぎりはさりともむつましく、相互《あいたかい》に心替《かは》りはせじと約束《やくそく》しけれとも、うきよのならひ人心《じんしん》の曲《くせ》として、よろず縁《えん》にひかれてうつり安《やす》き事なれば、行末久《ゆくすゑひさ》しく頼《たの》みはてんもおぼつかなく、いかなるうらみねたみも出来《いでき》、又いかなるうれへ、うきめに逢《あふ》こともはかりがたし。さあらば今《いま》此ふかき契《ちぎ》りを、現世後生《げんせごしやう》のおもひ（124ウ）でにして、露《つゆ》と消《きえ》てもうせばやとの願《ねが》ひ也。詞《ことば》づかひ尋常《じんじやう》にして、憐《あはれ》もふかく、流石《さすか》女の心ばせ哀《あはれ》やさしきためし也。

①儀《ぎ》の字にごり、同《どう》の字《じ》すみてよむへし。この儀同三司《ぎとうし》の母《は》、後拾遺集《ごしういしう》には高内侍《かうないし》とあり。高階氏《たかはしうぢ》にて内侍《ないし》なればかく作者《さくしや》に印《しる》せり。中《なか》の関白《くわんばく》の室《しつ》とは、中の関白殿《との》の後室《こうしつ》といふ心也。此中の関白殿は、東《とう》三条法興院入《てうほつけうゐんにう》道《たう》関白兼家公《かねいゑこう》の御男《こ》也。

55　①右大将道綱母《うたいしやうみちつなのはゝ》

本名伝《ほんみやうでん》大納言《なごん》といふ。兵衛佐《ひやうゑのすけ》藤原《ふちはら》の倫寧卿《ともやすきやう》の息女《そくによ》、長能卿《ちやうのふきやう》の妹《いもうと》。日本国《につほんこく》古今《ここん》美人《びじん》三人の内《うち》也。右《う》大将《しやう》道綱《みちつな》は東《とう》三条法興院入道《でうほつげうゐんにうたう》関白兼家公《くはんばくかねいゑこう》の御男《こ》。（125オ）

なげきつゝひとりぬるよのあくるまはいかにひさしきものとかはしる

歎《なげき》つゝと哥《うた》の始《はじめ》三十一字《みそぢひともじ》の首《かしら》に指《さし》あらはしていひ出んこと、さりとも大事《たいじ》の五《いつ》もじ成《なる》べし。大かたの思ひかなしみにてはいはれまじき也。たとへば、かならずと契《ちき》りたる妻《つま》を待《まつ》に、くるよも〳〵空《むな》しくて、只《たゞ》独《ひとり》ねに泣《なき》あかし、思ひ〳〵あまりたるさま也。

さて、つゝと云詞は、前《まへ》〳〵にもくわしく書《かき》しるしはべれとも、猶爰《なをこゝ》にての心をいはんとなれば、かず〳〵思ふ事をとり（125ウ）集《あつめ》、苦《くる》しみ悲《かな》しみなからも程《ほど》を経《へ》て年月日数《かす》を送《おく》りむかへし躰《てい》也。されば此つゝと云詞《いふことば》にて、前《まへ》かどの独《ひとり》ねに鳴《なき》あかし、恨《うら》みくらして、幾夜《いくよ》ともなく待《まち》かね、まち侘《わび》たる心切《しんせつ》を云含《いひふく》めり。明《あく》るまとは、門《もん》を開《あくる》間《ま》と、待侘《まちわび》たる独《ひとり》ねのうき長《なか》きよの明《あく》る間《ま》、両方《りやうはう》の事をもたせたる詞也。

先《まづ》此哥《うた》は、関白兼家公《くはんばくかねいゑこう》おもひそめ、いと念比《ねんごろ》にちぎりかはし給ひたるころ、あるよ兼家公《かねいゑこう》しのび来《きた》り給ひて、門《もん》を音信《をとづれ》給ふに、門《もん》のかぎを求《もとむ》るとて、遅《おそ》くあけゝれ（126オ）ば、まち兼《かね》て心いられ立《たち》わづらひ、苦《くる》しきよしをいひ入給ふ時、とりあへずそのまゝよみて出し給ふとかや。

哥の心は、此日比《ころ》、毎夜《まいよ》〳〵いとくるしく待《まち》かね、うかれまいらする折《おり》からなれば、わくらはの御出をいと嬉《うれ》しくおもひ、此方《こなた》にはいかばかり急《いそい》で門《かど》を開《あくる》とかおぼしめす。かくいそひてあくる少《すこし》の間《ま》をさへ、御心いらへまちわび苦《くる》しきよし承《うけたまは》るに、況《いはん》やわか身はくるよも〳〵、独《ひとり》ねの床《ゆか》に泪《なみだ》かたしき打歎《うちなげき》て、かねごとの偽《いつはり》をもわきまへず、若今宵《もしこよひ》もやと待《まち》わび（126ウ）苦《くる》しきよな〳〵の明《あく》る間《ま》の永《なが》きかなしみ、いかばかりとかおほしめすぞ、いかに物の哀《あはれ》もいひしらず、難顔《つれなき》人のうき心なりとも、責《せめ》てさは今《いま》此門《かど》あくる間《ま》の待侘《まちわび》、くるしき御心にてこなたの心をも、哀《あはれ》とおぼししり給へやと、か〻るをつゐでにうつたへたるよし也。

されば、兼《かね》てよりさま〳〵案《あん》じ、煩《わづら》ひたりとも、か〻る名哥《めいか》は出合《あふ》まじきに、当座《たうざ》に読《よめ》る事、実《げに》たぐひすくなし。哥の道《みち》おこたらぬ心がけのゆへにや、あはれやさしき風情《ふうせい》也。天性《てんせい》と此御方《おかた》は江州石山《がうしうしい》観世《くわんせ》（127オ）音《をん》の御利生《りしやう》として、頓作《とんさく》の妙句《めうく》玉詞《きよくし》有《あり》と申伝《つた》へり。

①右《う》大将唐名《しやうからな》幕下《ばつか》。此職《しよく》の人は、位《くらゐ》太臣《じん》よりはすこしさがりなれども、天下のまつりごとをとりおこなふことは太臣《じん》に同《おな》じ。

56　①能因法師《のういんほうし》

俗名長門《ぞくみやうながと》の守《かみ》、古曾部永愷《こそべのながやす》といふ。肥後《ひご》の守《かみ》、橘《たちばな》の元愷《もとやす》が子《こ》。

あらしふくみむろの山のもみぢば〻たつたの川のにしきなりけり

三室《みむろ》山は龍田河上《たつたかはかみ》の山也。いづれも大和《やまと》の国の名所《めいしよ》。

哥の心は、秋の風のあら〳〵しく吹《ふき》にしころ（127ウ）三室山落葉《らくよう》の粧《よそほ》ひいはん方《かた》なく、はら〳〵と打散《うちちる》をとは時雨《しぐれ》白雨《むらさめ》かともうたがはれ、又色《いろ》〳〵に乱《みだ》れおつる気色《けしき》は、百千《もゝち》の鳥の飛《とぶ》かともあやまたれ、さて立田《たつた》川へながれ出ては、蜀江《しよくかう》の錦《にしき》を洗《あらふ》にたぐひ、かれといひこれといひ、言語《ごんご》にたえたる風景《ふうけい》に乗《ぜう》ずれば、おのづから此秋の物悲《かな》し、物さびしさもなくなりたるよと、秋興《しうけう》に乗《ぜう》じたるさま也。是正風躰成《これしやうふうていなる》べし。

①此法師《ほうし》は哥道《かだう》にめいよふしぎある人也。一とせ天下かんはつして人民《にんみん》しゝ、草木《さうもく》かれしほめるときに、

〽あまの川苗代《なわしろ》水にせきくだせあまくだりますかみならばかみ

此雨《あま》ごいの哥ゆへに、あめしやじくをながし、国土《こくど》をうるほしける也。そのほか白河《しらかは》の関《せき》の哥、長柄《ながら》の橋板《はしいた》のこと、いろ〳〵ふるきしうにしるしたる事おほし。

57　良暹法師《りやうぜんほうし》

祇園《ぎをん》の別当《べつたう》、大原《おほはら》に住侍《すみはべ》る。母《はゝ》は実方朝臣《さねかたあそん》の①童女白菊《どうによしらぎく》。（128オ）

②さびしさにやどをたち出てながむればいづくもおなじあきのゆふぐれ

先《まづ》、秋の夕べは、春夏冬に替《かは》りて一入物さびしき習《ならひ》なるに、思ひ忘《わす》れて、いま此夕べのさびしさはわが宿《やど》からのつれ〳〵かと、立出てながむれば、いづくもかはらぬ秋の夕べの淋《さひし》さなるよと、おもひあたりて、さてはとにかくわが身をはなれぬ。此秋の夕べのさびしさなるよと観念《くわんねん》したる也。詠《なかむ》ればとは、四方《よも》のけしきをながめたると云詞。つねの人〳〵は物をみるといへる詞《ことば》とのみ心（128ウ）えらるれども、さには非《あらず》。こゝの詠《なかむ》るは、詠見《えいげん》といふ物にて、たとへば雪月花山川天地《せつげつくわさんせんてんち》をはじめ、万《よろず》の物にうち向《むかい》みる時、そ

の風景気色《ふうけいけしき》を感《かん》じ、心にしめ味《あぢは》ひて、呼《あゝ》さても〱なんど、ふかく思ひ入みたる事也。たとへば詩哥《しいか》を読《よみ》、その詩《し》哥《か》の心をわがむねにとく〱と思ひ得、あぢはふること也。是《これ》を詠吟《えいぎん》ともいふ。しからば只うか〱と打《うち》みる事にはなし。よく〱心得らるへし。

哥の心は、夫《それ》、③天地陰陽方角時分《いんやうはうかくじぶん》の道理《だうり》として、夕暮は何《なに》とやらん物寂莫《さひしき》もの也。さればいりあいのころ④鳧鐘《ふせう》（129オ）の遠音《とをね》を聞《きい》て、哀《あはれ》さびしきと覚《おぼゆ》るも、皆《みな》夕暮の⑤つれ〱さそふゆへならずや。其謂《そのいはれ》はおなじ鐘《かね》の音《ね》なれども、夜明日中《よあけにつちう》に聞《きく》はさびしからず。さてかくのごとく、いとゞさへつれ〱さそひ詮方《せんかた》もなき夕暮のおりふしなるに、いはんや哀 催《あはれもよほ》し物かなしみをそふる秋の来《きた》る事をば、今更《いまさら》はたと打忘《うちわす》れて、さて〱此夕暮のあまりに物さびしきは、さりともあやしきことかな、但《たゞし》わが宿《やと》からのさびしさ成《なる》かと、色《いろ》〱思案《しあん》すれども思ひあたらず、猶《なを》いやましの淋《さひし》さにせめられたへかねて、さら（129ウ）ばいづくへもたち出、少《すこし》心を慰《なくさ》まばやと宿《やど》を立出《たち》、つく〱と四方《よも》のけしきを詠見《えいげん》すれば、大空《おほそら》の色雲《いろくも》のたゝずまひ、草木のよそほひ、虫《むし》の音《ね》風の音《をと》までも、此夕べは一しほ物すごく身にしみ渡《わた》りさびしき也。其《そこ》にて実《げに》〱今《いま》此時は秋の夕ぐれなる物を、偖《さて》はいづくいか成所《なるところ》へ行《ゆき》いたりても、此さびしさは更《さら》〱遁《のが》るへからす。いづくも替《かは》らぬ秋の夕暮ぞと思ひ当《あた》りて、とにかくわが身を離《はなれ》ぬさびしさ成《なる》よとうち返《かへ》し得心《とくしん》したるよし也。（130オ）

①童女《どうによ》とは、いまの世にこしもとづかいなどいふ心也。

②或《ある》人のいはく、此哥定家卿《ていかきやう》ふかくおもしろきことにおもひ給ひて、朝暮《あけくれ》ゐいぎんありて、

〽秋よたゞ詠《ながめ》すてゝも出なましこのさとのみのゆふべとおもはゞ

③天地阴阳方角時分《ちいんやうはうかくじぶん》の道理《だうり》として、此夕暮《くれ》のさびしきといふしさいは、まづ天は暖《あたゝか》にしてにぎはしきにかたどり、地《ち》は冷《ひやゝか》にして寂莫《さひしき》にかたどり、陰《いん》は秋冬にして淋《さひし》く、陽《やう》は春夏《なつ》にしてにきはしく、東南《とうなん》は表《おもて》むきとしてにぎは

しく、西北《せいほく》は裏《うら》むきにしてさびしく、朝《あした》より昼《ひる》は日《ひ》にしてにぎはしく、暮《くれ》より夜《よる》は月にしてさびしし。されば人間《にんげん》も又かくのごとし。その謂《いはれ》は、生《しやう》ある時《とき》と富貴《ふつき》の時《とき》と、わかきときとは、天と阳《やう》と東南《とうなん》と朝《あした》より昼《ひる》とにかたどり、又死《し》する時と貧賤《ひんせん》なる時と老《おい》たる時《とき》とをば、地《ち》と陰《いん》と西北《さいほく》と暮《くれ》より夜《よる》とかたどれり。されば晩《いり》鐘《あい》の声などのさびしきといふも、時陰《ときいん》の気《き》にして、しかも西方金《さいはうかね》のひゞきなれば也。人間《にんげん》すなはち天地阴阳方角時分《ちいんやうはうかくじぶん》をうけえたる心躰《しんたい》なれば、てんち、いんやう、はうかく、じぶんの気《き》につれて、じねん発得《ほつとく》と心肺《しんはい》にかんず。此道理《だうり》こまかに書付《かきつけ》がたし。面上口下《めんしやうこうげ》をあふくのみ。

④鳬鐘《ふせう》とは、かもかねといふて念仏《ねんぶつ》などとなふるとき、うちならすかね也。

⑤つれ〱とは、さびしきといふことば也。

58　①西行法師《さいぎやうほうし》

表藤太秀郷《たはらとうだひでさと》九代《だい》の孫《そん》。俗名右兵衛《ぞくみやううひやうへ》の尉義清《せうよしきよ》。父《ち》は藤原左兵衛尉康清《ふぢはらさひやうへのでうやすきよ》。此西行《さいぎやう》は日本無双《につほんぶさう》の道心者也《だうしんじやなり》。(ママ)右兵衛唐名校尉《うひやうへのからなかうい》。六位《ゐ》の諸太夫《しよだいぶ》、此官《くわん》に任《にん》ず衛士《ゑじ》の官《くわん》也。

なげゝとて月やは物をおもはするかごちがほなるわがなみたかな

月やは物をおもはするとは、月が物をおもはするにてもなし。只わか心がらと云詞《いふことば》也。かごちとは、恨《うらみ》と云（130ウ）詞。

哥の心は、秋の永《なが》き夜《よ》もすから、月に打向《うちむかつ》てつく〱と詠《ながめ》おれば、只なにとなく物無常《あぢきな》き心地《ち》も出、よろず物がなしく成《なり》もて行《ゆき》て、こしかた行末《ゆくすゑ》の事など思ひめぐらし、そゞろになみたの溢《こぼ》れ落《おち》て、袂《たもと》をしほり、玉しゐをいたましむる事、ひとへに此月ゆへなるよと、うらめしく思ひしが、よし〳〵月が物おもへとて、涙《なみた》すゝむるにてはあらじ、唯我《たゞわか》心がらなる物をと、思ひ返《かへ》してよめる也。

その謂《いわれ》は、秋も陰《いん》の気《き》、月も又阴《いん》の精《せい》にて、勿論《もちろん》哀《あはれ》をそへ、万悲《よろすかな》しみを生《しやう》ずる事にてはあれども、わが心に（131オ）秋のあはれを感《かん》ぜず、又月をも見ずは、さのみかなしかるべき事も有《ある》まじきを、おのれと秋を感《かん》じ、月を詠《なかめ》おりて、我《われ》と心を砕《くだ》きかなしむ事、皆《みな》もつてわが心がらならずや。されば人間同一躰心《にんげんどういつたいしん》なれども、秋に対《たい》し月に向《むかつ》て、其感《そのかん》その吟《ぎん》なき人は、何《なん》の物哀《あはれ》かなしき事あらんや。

誠《まことに》天下第《たい》一の美人《びしん》に逢馴《あひなれ》たりといふとも、その執心恋慕《しうしんれんぼ》の心さしなくは、何《なに》事のうれへかなしみあらん。又その美人《びしん》も我《われ》をみて、しうしんれんぼせよとすゝむる事には有《ある》べからす。万《よろず》（131ウ）皆吾《みなわれ》心からの愁傷《しうしやう》なり。此哥万人《ばんにん》万事《じ》の心得《え》ともなりぬべきやいなや。

①或説《あるせつ》、西行《さいぎやう》の俗名《ぞくみやう》、佐藤兵衛《さとうひやうへ》教清《のりきよ》と云《いふ》。発心修行《ほつしんしゆきやう》のはじめ、宿《やど》をたち出ける時、七歳《さい》の息女《そくによ》もすそにすがり泣《なき》とゞめけるを、縁《えん》のうへよりしらすへけおとして、

〽よをすつる人はまことにすつるかはすてぬ人こそすつる也けり

かく打《うち》ゐいじくちずさみて、執愛恋慕《しうあいれんぼ》の妻子財宝《さいしさいほう》をふり捨《すて》、ゆくゐしらすにすぎやうし出にけると也。

この法師《ほうし》のめいよふしき、あげてかぞへかたし。

59　大納言《なこん》公任《きんたう》

①大納言は官《くわん》、公任《きんたう》は名乗《なのり》。正《しやう》二位《ゐ》の別当《べつたう》。和漢《わかん》の才人《さいしん》、能書朗詠《のうしよらうえい》、又拾遺集《しういしう》の作者《さくしや》三人の内《うち》。四条《しでう》の大納言ともいふ。小野《をの》の宮廉義公《みやれんぎこう》の御男《こ》。

たきのをとはたえてひさしくなりぬれど（132オ）**なこそながれてなをきこえけれ**

先《まづ》、此哥は拾遺集《じういしう》の詞書《ことはかき》に、大覚寺《かくじ》に人〳〵罷《まかり》けるに古《ふる》き滝《たき》を見てよめるとあり。滝《たき》の音《をと》は絶《たえ》て久しく成《なり》ぬれどと云《いふ》は、かの滝《たき》のむかしはさばかり面白《おもしろ》き気色《けしき》なりしも、今《いま》はばうせんと荒果《あれはて》たると云心也。流《なが》れてとは、滝の水の流《ながる》るといふ心をも含《ふくま》せて、畢竟《ひつきやう》の心は、昔《むかし》此所《ところ》にはいかめしかりける滝などありつるといふ、その名《な》の今《いま》に云《いひ》伝《つた》はれると云詞也。

されば此哥は、山城《しろ》の国嵯《さ》（132ウ）峨《が》の大覚寺《だいかくじ》の盛《さかん》なりし昔《むかし》は、広沢《ひろさは》の池《いけ》の辺《ほとり》に滝殿《たきどの》とて、色《いろ》〳〵の築山《つき》さま〳〵の泉水《せんすい》などをかまへたる宮造《みやつくり》ありて、金銀珠玉《きんぎんしゆぎよく》をちりばめ、さばかりいかめしかりつるが、ちかきころは皆荒《みなあれ》はて、其名《そのな》ばかり残《のこ》れる、その旧跡《きうせき》を見てよめる也。

さて此哥にも表裏《へうり》の心あるへし。先《まつ》、表《へう》の時《とき》の哥の心は、偖《さて》も此大覚寺の滝のむかしは、いかばかり結構《けつかう》におもしろき風景《ふうけい》なるよし聞及《きゝおよひ》しが、はや幾年《いくとせ》を経《へ》て今《いま》は土草《どさう》に埋《うつも》れ、忙《ばう》〳〵とあれ果《はて》、跡《あと》かたもなく、唯《たゞ》（133オ）名《な》のみ残《のこ》りて旧跡《きうせき》と成《なり》にし事に、有情非情《うじやうひじやう》万《よろず》みな一栄《えい》一落《らく》、まのあたりの事かなと観念《くわんねん》して、さりながら此滝《たき》の響《ひゞき》流《なかれ》の音《をと》こそ絶《たえ》て久《ひさ》しくは成《なり》ぬれ。かの滝の此ところに有《あり》けると云伝《いひつたへ》たるその名《な》ばかりは土草《どさう》にも埋《うづも》れず、ありく〳〵といまに残留《のこりとゞま》りいひ伝《つたは》りて、かの滝の風景《ふうけい》を見るやうにおぼへり。今《いま》よりすゑの世にも其名《そのな》は絶《たえ》ず、うづもれず云伝《いひつた》はりこそせめ、とかの滝の噂《うはさ》ばかりをさらりといふやうなれども、裏《り》の心大切《せつ》なる哥なり。（133ウ）その裏《り》の心と云は、げに〳〵何《なに》の心もなき草木土石水岩等《さうもくどせきすいがんとう》を以《もつて》、飾築《かざりつき》たる滝さへも、その名《な》は絶《たえ》ず朽《くち》せずうづもれず、今にれきぜんとして是《これ》ある也。況《いはん》や人間善悪《にんげんぜんあく》の名《な》は、末代迄《まつだいまで》も残《のこ》り留《とゞま》りいひつたはりて、更《さら》に朽《くち》ず埋《うつも》れまじき事明白成《めいはくなる》べし。人〳〵能《よく》心得《え》べきとの教訓《けうくん》なりや。真道《まことにみち》を守《まも》る人、皆《みな》かくのごとくの心なるべし。されば此滝のむかし、色《いろ》〳〵様《さま》〳〵なる吟興風色《ぎんけうふうけい》の詠見《えいげん》をばさすか辞《ことば》にはかくと云顕《いひあらは》さねども、底《そこ》の心には皆《みな》ありく〳〵と明《あきらか》に（134オ）聞《きこえ》たり。余人《よじん》の思ひ寄《よる》べき哥のさまにはあるまじ。よく〳〵詠吟《えいぎん》すべし。

①大納言唐名《なごんからな》。悪相《あしやう》三太臣《しん》もろともに、天下のまつりごとをとりおこなふ大官《くわん》也。廉義公《れんぎこう》は小野《をの》の宮関白《みやくわんばく》太政《じやう》太臣頼忠公《じんよりたゞこう》の御事也。かの公任卿《きんたうきやう》は三木兵衛督佐理《みきひやうへのかみさり》の門葉《もんえう》、此佐理《さり》といふ人は日本国三跡《につほんごくせき》のうち佐跡《させき》といふ。

60　清少納言《せいせうなごん》

一条院《でうゐん》の御后《きさき》、上東門院《じやうとうもんゐん》の①女房《にようばう》。枕双紙《まくらさうし》の作者《さくしや》。肥後《ひこ》の守清原《かみきよはら》の元輔《もとすけ》が女《むすめ》。

よをこめて鳥のそらねははかるともよにあふさかのせきはゆるさじ

夜《よ》をこめてとは、まだよふかきと云詞。鳥の空音《そらね》（134ウ）とは鶏《にわとり》の時《とき》をたがへて啼《なく》心。又庭鳥《にわとり》の鳴《なく》まねをしたる心もある也。畢竟《ひつきやう》の心は只そらごとなど云心にて、偽《いつはり》と云事と心得へし。はかるとは、たばかると云詞。よにあふ坂《さか》と云よの字《じ》何《なに》の心もなし。唯《たゞ》詞の筋《たすけ》と云物也。ある説《せつ》に、よに逢坂《あふさか》のよの字《ぢ》を世《よ》の字《じ》に用《もち》ひて、此世にある内《うち》はなど云心をも籠《こも》れりともいへり。関《せき》（ママ）は免《ゆるさ》じとは、そさまにあいまいらする事ははやあるまじきと云《いふ》て、二度逢《たびあふ》まじきとの戯《たはふれ》也。拾遺集《じういしう》の辞書《ことばがき》に、大納言行成《なこんかうぜい》物がたりして、（135オ）②内《うち》の御物③忌《いみ》に籠《こも》るとて急《いそ》ぎ帰《かへ》りて、④つとめて鳥《とり》の声《こゑ》にも⑤よほされてと云《いひ》ければ、よふかゝりけん、鳥の声《こゑ》は函谷《かんこく》の関《せき》の事にやと、いひかへしたりければ、たちかへりて、これはあふさかの関《せき》といへりければよめると、これあり。

先《まづ》此詞書《ことはがき》の心は、大納言行成《なこんかうぜい》と契《ちきり》かはしけるころ、あるよの事なるに、かの大納言、清少納言《せいせうなごん》のつほねのうちへしのび来《き》て、いとむつましくかたらひけるが、時しもその翌日《よくじつ》の朝《あさ》とくより、大裏《り》の御宮《みや》づかへに隙《ひま》入事有（135ウ）て、いそぎ起別《おきわかれ》かへりて扨《さて》その朝《あした》、又清少納言の局《つほね》に立《たち》より、さても過し夜《よ》は庭鳥の声《こゑ》におどろかされて、急《いそ》ぎ立別《わか》れける事の悔《くや》しさなどいひければ、清少納言の返事《へんじ》に、夜ふかきに早啼《はやくなき》たる鳥の声《こゑ》は、かんこくの関《せき》の事にや、そらごとよと云《いひ》出したりければ、又かの大納言、いやこれは相坂《あふさか》の関《せき》の事也。といふてかさねてあはんといふ心を含《ふくま》せていへりたる時、そこにて右《みぎ》此哥をよめる也。

昔《むかし》、唐《もろこし》に孟嘗君《まうしやうくん》と云《いふ》人あり。孟嘗門下《まうしやうもんか》三千の客《かく》とて、数《す》（136オ）千人《せんにん》の諸牢人《しよらうにん》を憐《あはれ》みいたはり、扶持《ふち》し渡《わた》られける名誉《めいよ》の大将軍《しやうぐん》也。さる子細《しさい》ありて秦《しん》の始皇帝《しくわうてい》にとらはれ、おしこめられて命あやうかりける時、天下不双希代《ぶさうきたい》の宝《たから》物こきうのかわ衣《ころも》と云をもてりけるが、此財《たから》を始皇帝第《しくわうていだい》一ひさうてう愛《あい》の后《きさき》へまいらせ、かの后をたのみわびことを申されければ、命ゆるされけり。そのゝち、始皇帝《しくわうてい》より御つかひありて、其方《そのはう》は天下第《だい》一のたから物こきうの裘《かわころも》をもてり。是非《ぜひ》とも所望《しよまう》としきり也。孟嘗《まうしやう》（136ウ）君《くん》驚《おどろ》きかなしみ、こはいかゞせんまいらせずは命あやうし。まいらせんとすれば、前《まへ》かど后《きさき》へ進上《しんじやう》したりと迷惑《めいわく》ありし時、御内《みうち》に犬《いぬ》の真似《まね》する名誉《めいよ》ふしぎの人ありて、犬のまねをして門《もん》〳〵役所《やくしよ》をまぎれ通《とを》り、かの后の宝蔵《ほうざう》へしのび入、こきうのかわ衣《ころも》をぬすみとり、始皇帝《しくわうてい》へさし上《あげ》、主君孟嘗君《しゆくんまうしやうくん》の命をすくいけり。かくて孟嘗君おもへるやうは、かくて此地《ち》に長居《ながゐ》せば、又もやうきめにあはんずらんと、秦《しん》の国を夜逃《よにげ》にして、まだ夜ふかくも⑥函谷関《かんこくくわん》にいたり（137オ）ぬ。此関《せき》の習《なら》ひとして、鶏《にはとり》が鳴《なか》ねば木戸《きど》を開《ひらき》て人を通《とをさ》ず。跡《あと》よりは追手《おいて》しきりにかゝる、いかゞせんと思ひかなしむところに、御内《みうち》に庭鳥《にわとり》のまねする、めいよ奇妙《きめう》の人ありて、関屋《せきや》のうへに飛《とび》あがり鶏《にわとり》のまねをしければ、まことの鳥も啼《なき》たり。しかれば関守《せきもり》木《き》戸《ど》をひらきぬ。かるがゆへに難《なん》なく逃《にげ》のび、あやうき命いけてげり。右《みぎ》此古事《こじ》を思ひ出てよめる哥也。哥の心は、むかしもろこしかんこくの関守《せきもり》こそは、庭鳥の空音《そらね》にたぶらかされて、関《せき》の戸《と》ざしを開《ひらき》（137ウ）とをしたれ。いま此我《われ》におゐては、人にあふさかの関《せき》の妻戸《つまど》をゆるし、通《とを》しはせまいといふて逢《あふ》まじきと云心をいひ含《ふくみ》たり。されば唐《もろこし》かんこくの関《せき》と、日本相坂《につほんあふさか》の関《せき》と、さばかり大事《じ》の古事《こじ》なるを、一首《しゆ》のうちにやすらかにする〱と読《よみ》なし、しかも当意即妙《たういそくめう》の哥《うた》といひ、姿《すがた》なめらかに詞づかひけたかく、おもしろきとも余《あまり》ある哥也。凡人《ぼんにん》の学《まな》びがたきよし申つたへり。

①女房《ねうばう》とは、上臈衆《じやうらうしう》など云心也。清原《きよはら》の清《きよ》の字《じ》を取《とつ》て清少納言《せいせうなごん》と名乗《なのる》。清《きよ》の字《ぢ》のこゑはせいとよむゆへ也。少《せう》納言《なごん》は官《くわん》、からな給事中《きうじちう》といふ。御鈴印等《すゞいんとう》のことを掌《つかさどる》やく人也。

②内《うち》とは、大裏《り》の事也。

③物いみとは、何事《なにごと》か気《き》にかゝり、いま〱しき事などのある時、五日とも七日とも、日をきりて門《かど》よりほかへいでず、戸《と》をたてすだれなどおろし、こもりおる事也。

④つとめてとは、朝《あさ》とくの事《こと》也。

⑤もよほされてとは、さそはれてといふ心。

⑥函谷関《かんこくくわん》は、日本《につほん》ならば、むかしは江州《がうしう》の逢坂《あふさか》の関《せき》、当代《たうたい》ならば相州筥根《さうしうはこね》の関などのたぐひ也。

61　和泉式部《いづみしきぶ》

一条院《てうゐん》の御后《きさき》、上東門院《とうもんいん》の女房《ねうはう》、大江《おほえ》の雅致《まさむね》が女《むすめ》、和泉《いつみ》の守《かみ》橘《たちばな》の道貞《みちさた》が妻《つま》なるゆへに和泉《いつみ》と名乗《なのる》。（138オ）

あらざらんこのよのほかのおもひでにいま一たびのあふよしもがな

あらざらん此世の外《ほか》とは、来世《らいせ》を指《さし》て云詞。逢《あふ》よしもがなとは、あふ事のたよりもがなと願《ねが》ひ悲《かな》しむ詞也。先《まづ》、此哥は、煩《わづ》らはしく心細《ぼそ》き時、思ふ人のもとへ読《よみ》てやりけり。哥の心は、今《いま》ははや身もいやましに煩《わづ》らはしくおとろへ果《はて》、よろず心ぼそく成《なり》もて行《ゆき》、いのちも頓《やが》て消《きえ》ぬべき際《きわ》なれば、このよの契《ちき》りゆくすゑの事とては、はや何《なに》と願《ねか》ひ思ふたりとも甲斐《かい》（138ウ）なき事なれば、唯《たゞ》なからん後《のち》の世までの思ひでに、今《いま》一度《たび》は是非《ぜひ》に逢見《あひ》まいらせたきとおもふ心の底《そこ》ゐなく、ありのまゝに云《いひ》つかはしける也。かくいふうちに、重《かさね》ての来《こ》んよをかけて盟《ちきり》を願《ねが》ふ心もあり。実《げに》〳〵病《やまい》の床《ゆか》に臥《ふし》、一夕《せき》の風をまつ露《つゆ》の命《いのち》の内《うち》には、思ふ人一しほ恋《こひ》しかるべき事、おしはかりおもひ合《あは》すへし。そのうへ女といふ物は、いかばかり切《せつ》に思ひこがるゝといゑども、色《いろ》に出《いで》詞《ことば》に顕《あらは》してかくといひ出る事難《かた》き物なるに、いかに親《したし》き夫婦《ふうふ》の中《なか》にして（139オ）も、かくと云出《いひ》したる心の底《そこ》あはれ不便《びん》にや、真《まことに》あはずして、思ひこがれしなん後《のち》の世の罪《つみ》ふかゝ、覧事など思ひつゞけ侍《はへ》るにや。よく詠吟《えいぎん》あるべし。

62　大弐三位《にのさんみ》①

父《ちゝ》は高藤内《たかふぢない》太臣《じん》の末孫《ばつそん》、左衛門《さゑもん》の佐宣孝《すけのぶたか》。母《はゝ》は紫 式部《むらさきしきぶ》也。太宰《たざい》の大弐《に》成章《なりのり》の妻《つま》なるゆへに大弐《に》となのる。後一条院《ごいちてうゐん》の御乳母《めのと》、三位《み》の局《つほね》とも云《いふ》。狭衣《さころも》の作者《さくしや》。(139ウ)

ありま山いなのさゝはらかせふけばいでそよ人をわすれやはする

有馬《ありま》山も猪名野《いなの》も津《つ》の国の名所《めいしよ》。いでそよとは、いで〳〵さらばと云詞《いふことば》。或《あるひ》は又いでとはいで〳〵と云詞。そよとは其様《そのやう》になどゝ云心の詞ともいへり。篠《さゝ》の葉《は》の風に戦《そよ》ぐと云掛《いひかけ》たり。忘《わす》れやはするとは、此方《こなた》の心かはりて無音《ぶいん》をつかまつるか、其方《そなた》こそ御心替《かはり》はて給ひて、吾《われ》をば思ひ捨《すて》給ふなれと云理《ことは》りたる詞也。まづ、此哥《うた》は序歌《ぢよか》也。序《ちよ》の事は前《まへ》に委《くはし》く書《かき》付侍《はへ》るな(140オ)れども、先《まづ》、有馬《ありま》山いなの篠原《さゝはら》風吹《ふけ》ば、といひ続《つゞけ》て、いで〳〵人を忘《わす》れやはする、と是《これ》をいはんため也。

偖《さて》、此哥は、後拾遺集《ごじういしう》の詞書《ことばかき》に、かれ〳〵なる男《おとこ》の覚束《おぼつか》なくなど云《いひ》たりけるによめる、とあり。詞書《ことはかき》の心は、一たびいと念比《ねんころ》に契《ちきり》かはせし男《おとこ》の、此ごろは音信《をとづれ》だにも絶《たえ》はてたりしが、いかゞ思ひ出けるにや、そなたの御うらみのほども流石《さすか》に心もとなし。そのうへ今《いま》まで御心の替《かはり》給はぬ事はあらじなれども、さすがうしろめたく悲しく思ひ渡《わた》りぬなど、女の心をとりて(140ウ)打侘《うちわび》いひおこせたる返事《へんじ》に読《よみ》てやりけり。哥の心は、先《まづ》、ありま山猪名野《いなの》笹原《さゝはら》かせ吹《ふけ》ば、と云迄《まで》は序《ぢよ》の分《ぶん》にて別《べち》の心なし。扨《さて》、下《しも》の句《く》の、いでそよ、と云《いふ》から、此程《ほと》の中絶《なかだえ》を云《いひ》出て、おとこへの恨《うらみ》を理《ことは》り述《のべ》たり。さてもそなたには、いかがおほしめし出給ひて、今《いま》又かゝる風の音信《をとつれ》にはあづかり、わが身心も替《かはり》まいらするか、いかゞ有《ある》覧など承《うけたまは》るぞや。女の心の儚《はかな》さは、一たび云《いひ》かはしてより後《のち》は、心かはりなど云《いふ》こと更《さら》〳〵あらねども、そなたの御心仇《あだ》なるゆへにこそ、我《われ》をばおもひ捨《すて》、かれ〳〵の中《なか》とは成《なり》給ひたれ。いで〳〵わが胸《むね》(141オ)にこがるゝ思ひの恨《うらみ》を取《とり》出ていはんとならば、筆詞《ひつし》もいかで及《およひ》なまし。さてもかやうにおもひ捨《すて》給ふ物かよ。相馴《あいなれ》そめし昔《むかし》はさら〳〵かやうには契《ちぎら》ざりし物をと云《いひ》て、我《われ》は露《つゆ》稲妻《いなつま》のまも忘《わす》れざりし物をと云含《ふく》めり。そのうへ、此ころ胸《むね》のうちに思ひこがれしうらみのほどをも、か丶るを時と云出て、或《あるひ》は恨《うら》み、或はかねごとの偽《いつはり》なりし男《おとこ》の心をも恥《はぢ》しめよめる哥也。

①大弐《に》、唐名《からな》都督《とせい》大卿《けい》といふ。此官《くわん》の人は九州《きうしう》の国司《こくし》をする。三位《ゐ》とかきて、三みと読《よむ》むべし。

63　①赤染衛門《あかぞめゑもん》

一条院《てうゐん》の御后《きさき》、上東門院《じやうとうもんいん》の女房《にようばう》、栄花《ゑいぐわ》物語《かたり》の（141ウ）作者《さくしや》。中納言赤染時望卿《なごんあかぞめときもちきやう》の息女《そくによ》なるゆへに赤染《あかそめ》となのる。赤染は氏《うぢ》、衛門《ゑもん》は名《な》也。

やすらはでねなましものをさよふけてかたふくまでの月を見しかな

徘徊《やすらは》でとは、たとへば、思ふ人の今宵《こよひ》は必《かならず》問《とい》こんといへるを、今《いま》や遅《おそ》しと閨《ねや》の妻戸《つまど》の辺《ほとり》抔《など》に彳《たゝずみ》待《まち》こかれもせずにと云心也。ねなまし物をとは、ねやうずる物をと云詞。小夜更《さよふけ》てとは、唯夜《たゞよ》の更《ふけ》てと云詞《ことば》、さの字《じ》は詞のあやと云物なり。かたふく月とは暁《あかつき》の月を云。

先《まつ》此哥は、後拾遺集《ごしういしう》（142オ）の詞書《ことばかき》に、中《なか》の関白少将《くわんばくせうしやう》に侍《はべ》りける時、②はらからなる人に物いひ渡《わた》りけるたのめてこざりければ、つとめて女に替《かは》りて読《よめ》るとあり。詞書《ことはかき》の心は、中《なか》の関白殿《くはんばくとの》、いまだ少将《せうしやう》と申せし時に、此赤染衛《あかそめゑ》門《もん》の妹《いもうと》と契《ちぎ》りかはして、今宵《こよひ》はかならずしのびこんと約束《やくそく》ありなから、いか丶し給ひけん、来給《きたま》はざりけるに、その朝《あした》いもうとに替《かは》り、妹《いもうと》の哥になして読《よみ》て遣《つかは》しけり。

哥の心は、扨《さて》も儚《はかな》のわが心や、仇成《あだなる》人に頼《たの》みをかけ、とやかくや、いまやおそしなんどゝ、心いられに待《また》んよりは、中《なか》〳〵に宵《よひ》よりも思ひ切《きつ》てね（142ウ）やうずる物を、物憂《うき》人にたぶらかされて、悔《くや》しくも若《もし》やの頼《たのみ》をかけて待侘《まちわび》けるが、待《まち》わびたるその人は来《こ》で、まつとしもなき東《ひかし》の山の端《は》の月さへいたく更過《ふけ》、西《にし》の山のはへ影《かけ》かたふき入までつれ〳〵と見をくり、さても今《こ》よひを明《あか》し果《はて》ける事のかなしやと、或《あるひ》はうらみ或《ある》ひは後悔《こうくわい》したるさま也。げに〳〵月の入さをつれ〳〵とうちながめたらん独居《ひとりゐ》の心のうちは、おもひなき身にてもかなしかるべきに、況《いはん》や思ふ人をまちかね、いらへる心のうちさこそあるべし。されば世間邪慾不道無《せけんじやよくふだうむ》（143オ）理利口《りりこう》の人〳〵、此趣《おもむき》を見きかせられれば、必兄弟《かならすきやうたい》の身として、かゝる恋路《こひぢ》の作代《さくだい》いかゞなど、取《とり》〳〵さま〳〵の難辞《なんじ》有べけれども、昔《むかし》の人は女も男《おとこ》も老《おひ》たるもわかきも、皆慈仁愛憐《みなぢじんあいれん》の心ざしふかくて、主君臣下《しゆくんしんか》を恵《めぐ》み給へば、臣《しん》又君《きみ》になつき、親《おや》は子《こ》をかなしめば子《こ》は親《おや》をいたはり、兄《あに》おとふとをあはれめば弟《おとゝ》あにゝしたがひ、夫《おつと》つまに礼《れい》ある時は妻《つま》おつとをつゝしみ、我《われ》人に信《まこと》あれば人われに交《まじは》りて、君臣父子夫婦兄弟朋友《くんしんふしふうふきやうだいぼうゆう》の五輪《りん》たゞしく、仁儀礼智信《じんきれいちしん》の五常《ぢやう》（143ウ）そなはりしとかや。されば昔有原《むかしありはら》の中将《ちうじやう》と云人の妹《いもうと》有しを、③藤原《ふぢはら》の敏行《としゆき》おもひそめこひ渡《わた》りて、

　つれ〳〵のながめにまさるなみた川袖《そで》のみ濡《ぬれ》てあふよしもなし

かくかきくどきおこせたりければ、兄《あに》の中将妹《ちうじやういもうと》にかはりてかへし、

　浅《あさ》みこそ袖はひつらめ泪《なみた》川身さへながるときかばたのまん

かやうにいひかはさせて、終《つゐ》には④敏行《としゆき》ほいのごとくひよくの契《ちきり》をこめ、いもせの中《なか》と成《なり》て後《のち》、敏行のもとより文おこせたり。雨《あめ》の降《ふる》になん見わづらひ侍《はへ》る身、幸《さいはい》あらば此雨ふらじと聞《きこ》えければ、又兄《あに》の中将妹に替《かは》り（144オ）て読《よみ》てやらする。

かず〳〵に思ひおもはず問《とい》がたみ身をしる雨は降《ふり》ぞ増《まさ》れる

敏行《としゆき》此哥を詠吟《えいぎん》して、蓑《みの》も笠《かさ》もとりあへず、⑤しと丶に濡《ぬれ》てまどひ来《き》にけりとこれあり。又、昔《むかし》おとこ、いもうとのいとおかしげなりけるを見おりて、

うらわかみねよげにみゆるわかくさを人のむすばんことをしぞ思ふ

と伊勢《いせ》物語《かたり》に見えたり。詞書《ことばかき》の昔《むかし》といひ出したるは発端《ほつたん》の辞《ことば》。伊勢《いせ》が感心《かんしん》の詞也。口訳《こうしやく》長《なか》〳〵しければこれをりやくす。さて男《おとこ》とは業平《なりひら》の事也。いと丶は筆《ふで》のあや、詞の筋《たすけ》と云物。おかしげなりけるとは、(144ウ)我《わが》心に能《よく》かない気《き》に逢《あひ》たる物を、見つ聞《きい》つする時は、かならずえみを含《ふく》(ママ)みにつこと笑《わらふ》物なれば、わが妹《いもうと》のかたち美《うつくし》く姿《すがた》けたかく尋常《じんぢやう》なるを、つく〳〵と見おりて、吾《わか》妹なからもあつはれ能《よき》女かなと、自慢《じまん》に思ひほうびせらる丶詞也。さて哥の詞にうらわかみとは、春草《しゆんさう》のにほ〳〵と生《おい》出て、葉《は》も茎《くき》も色《いろ》よくつや〳〵としたる心、かくいふ内《うち》にゆくすゑ幸《さいはい》ありて、めでたく栄《さかへ》べしと祝《いはひ》たる心もある五《いつ》もじ也。ねよげとは草木《さうもく》の枝葉《えだは》しげり、花咲《さき》みのり生立《おひたち》さかふる事は、ひとへに根《ね》まつたく(145オ)生《おひ》出たるゆへなれば也。わか草とはにほ〳〵と生出たる春《はる》草の事。是《これ》をわかき女にたとへて、古来《こらい》哥に読来《よみきた》れり。人とは他人《たにん》を指《さし》ていへり。むすばんとは縁《えん》をくむ事。をしぞ思ふのし文字《もんじ》は例《れい》の休字《やすめじ》也。畢竟《ひつきやう》は他人《たにん》の妻《つま》とならん行末《ゆくすゑ》の事を思ふと云《いへる》儀《ぎ》也。しかるをある人のいへるやうは、わが妹の美《うつくし》きをつく〳〵と見おりて、恋慕《れんほ》の心おもひ堪《たへ》かねよめる哥也。さればこそ、うらわかみねよげにみゆると云《いひ》出て、同床一懐《どうしやういつくわい》に手枕《たまくら》かはしねたらんならば、さこそいとおしかるへし。かくうつくしく尋常《じんぢやう》なる女を、さて他《た》人《にん》の妻《つま》と(145ウ)なさん事、さりとはおしき事あつたら物よと、戯《たはふ》れながらも恋慕《れんぼ》の心を底《そこ》にふくみ、かきくどきける由《よし》をいへり。返《かへす》〳〵此説《せつ》を信《しん》ずべからず。無下《むげ》に浅間《あさま》しくつたなき説《せつ》也。さるによつて右《みぎ》にに(ママ)申ごとく、邪《じや》慾《よく》不道《ふたう》無理《むり》利口《りこう》の人〳〵、とり〳〵様《さま》〳〵の難辞《なんじ》あるへしとはかき付侍《はへ》る也。

偖《さて》、かの真説《しんせつ》と申は、わが妹《いもうと》のすがた、けたかくうつくしきよそほひをつや〳〵と打《うち》見て、さてもわが妹なから、いづくに一つの難《なん》もなく妙《たへ》に玉なる形容《けいよう》、あつはれ女御《にようご》高位《かうゐ》后《きさき》にそなへたりとも不足《そく》はあらじ、況《いはん》やそのよの人（146オ）の妻《つま》としていかで、其難《そのなん》あるべき。さりなから世上万人《せじやうばんにん》の心、さま〳〵色《いろ》〳〵にして、すき〳〵好《このみ》〳〵品《しな》〳〵なれば、此女よの幸《さいはい》もなく、⑥宿世《すくせ》あさましくて、つたなきえにしにも結《むす》びなれ。又憂独《うきひとり》身にも有果《ありはて》んやなんどゝ、妹《いもうと》の身のゆくすゑを思ひ、いたはりかなしみ、不便《びん》を加《くわ》へ哀《あはれ》みをそへられたり。誠《まことに》兄弟《きやうだい》の愛憐《あいれん》ふかき哥也。たとへばおのこなりとも、弟《おとふと》とさへあらば有《ある》べきに、いはんや妹《いもうと》におゐては一入《しほ》ふびんを加《くわ》へずんば有べからす。よく〳〵詠吟《ゑいぎん》あるへし。さればかく長《なが》〳〵しき私《わたくし》の説《せつ》御らんわけもいかゞと（146ウ）おぼえ侍《はへ》れども、妹に替《かは》りての哥なれば、その正説《しやうせつ》をしらせ子細《しさい》にすみぬりけらし。

①赤染《あかそめ》のゑもんと、のもじ入てよむは悪《わる》し。
②はらからとは、兄弟《きやうだい》と云《いふ》ことば也。物いひわたるとは、ちぎりかはすこと也。つとめてとは、あさとくの事。
③藤原《ふぢはら》のとしゆきは、忠仁公《ちうじんこう》の一類《るい》、くらゐもたかく、さかへめでたき人也。なりひらの哥をいもうとのよめるとおもひなして、めでまよはれける也。
④ほいとは、本意《ほんい》と云ことば也。
⑤しとゝにぬるゝとは、かたびらなどの身につくほどぬるゝ事也。
⑥すくせとは、宿縁《しゆくえん》の事也。えにしといふもえんの事也。

64　紫式部《むらさきしきぶ》

一条院《てうゐん》の御后《きさき》、上東門院《しやうとうもんゐん》の女房《ねうばう》、源氏《げんじ》物語《かたり》の作者《さくしや》。とり分《わけ》紫《むらさき》の上《うへ》の巻《まき》を面白《おもしろ》く書成《かきなし》たるに依《よつ》て、紫《むらさき》の一字《じ》を御免《ごめん》ありて、紫式部《しきぶ》と名乗《なのる》。越前《ゑちぜん》の守為時《かみためとき》が女《むすめ》。

めぐりあひて見しやそれともわかぬまに（147オ）**くもがくれにしよわの月かな**

廻《めぐ》り逢《あふ》てとは、月の縁《えん》の辞《ことば》なれとも、程《ほど》久しくへだゝりたる人にあふたると云底《そこ》の心あり。見しやそれとも分《わか》ぬまとは、古《いにし》へ見馴《なれ》し俤《おもかげ》かいかゞなど、爾《しか》とも見定《さだめ》ぬうちにと云詞。かくいふ内《うち》に、いにしへ互《たかい》に云かはしたる時に替《かはら》ず、今《いま》におゐても同《おなじ》御心なるにや。但《たゞし》人の心は少《すこし》の間《ま》にも移《うつり》かはる習《ならひ》なれば、いかゞ有らんなどいふ心もこもれり。雲《くも》がくれにし夜半《よわ》の月とは、かの人の俤《おもかげ》をもいまだしか〳〵見定《さだめ》ぬ（147ウ）内にはや帰《かへ》りたると云心、かくいふ内に彼《かの》人をもてなしあがめ、月にたとへて、扨《さて》も只今《たゞいま》まで互《たかい》に手《て》を取《とり》、おもてを合《あは》せ、珍《めづら》しうれしと云たる人の、少時《しばし》物語《かたり》をだにもえせぬまに、さはり有とてふた〳〵と立かへられたるは、さなからえならぬ月の雲《くも》に隠《かくる》るごとく、あたら事かな残《のこり》おほしと云心も籠《こも》れり。世間《せけん》なべてのたとへにも、月に群雲《むらくも》花に風と云ならはせり。又、常《つね》さまの人〳〵は、雲《くも》がくれと云事を、人のしぬる事とのみ心得《え》らるれども、哥によりことによりて、其《その》心替《かはる》べし。（148オ）偖《さて》、雲隠《くもがくれ》にしのに文字《もじ》は例《れい》の休字《やすめぢ》にて、雲《くも》がくれしたると云儀《いふぎ》也。

先《まづ》、此哥、新古今集《しんこきんしう》の詞書《ことばがき》に童《わらは》より友達《ともだち》に侍《はへ》りける人の、年経《としへ》て行《ゆき》あふたるが七月十日のころ、月にきそひて帰《かへ》りければとあり。詞書《ことばがき》の心は、おさなき時より互《たかい》にむつましく云《いひ》かはしたる友達《ともだち》に、久しく別《わかれ》隔《へだた》りてこよひしも珍《めづら》しく逢《あい》まいらせ嬉《うれ》しかりつるに、その夜《よ》しもさりかたき隙《ひま》入ありとて、月の出ると同《おな》じく立《たち》かへりければ、よみて遣《つかは》しける哥也。

哥の心は、さても此年月はおもひの外《ほか》に立隔《たちへだ、》たり、朝《てう》（148ウ）夕懐《せきなつか》しく思ひ渡《わた》りけるに、今宵《こよひ》しもめぐり相《あい》まいらせ、さてもめづらしうれしと、昔今《むかしいま》の物語《かたり》などせまほしくよろこび思ひけるかいもなく、頓而《やかて》立《たち》かへり給ふなれば、偖《さて》は此方《こなた》の思ふほどおぼしめさゞりける事《こと》よな、いにしへはさやうに申あはせざりける物を、但《たゞし》、人の心の移《うつ》り替《かは》れる世間《よのなか》なれば、はや其方《そなた》には御心替《かは》り給へるにやと、うしろめたくもうらめしくおぼえ侍《はへ》る。さりとは年久しく稀《まれに》に逢《あい》まいらせたるさへ有に、況《いはん》や今宵《こよひ》は時しも初《はつ》秋の月もえならぬ山の端《は》の気色《けしき》、おほかたならぬを見すてゝ（149オ）帰《かへ》ると云事やあるべきと恨《うら》みあへる心也。何《なに》さま凡慮《ぼんりよ》をはなれたる哥の姿《すかた》なるよし申伝《つた》へり。

65　伊勢太輔《いせたゆう》

一条院《でういん》の御后《きさき》、上東門院《じやうとうもんいん》の女房《にようはう》也。大中臣能宣《おほなかとみよしのふ》の子息《しそく》、三代《だい》の祭主《さいしゆ》伊勢《いせ》の守輔親《かみすけちか》が女《むすめ》なるゆへにいせと名《な》乗《のれ》り。太輔《たゆう》とは、院《いん》の御所《ごしよ》の后《きさき》の万事《ばんじ》を取行《とりおこなふ》女官《ちよくわん》也。

いにしへのならのみやこのやえざくらけふこゝのへににほひぬるかな（149ウ）

古《いにし》への南良《なら》の都《みやこ》とは、平城《へいぜい》天皇《わう》の御宇《とき》の都《みやこ》、此伊勢太輔《いせたゆう》が時代《じだい》よりは年《とし》久しき前《まへ》かどの都なるゆへ也。けふ九重《こゝのへ》とは、今《いま》の洛《みやこ》①平安城《へいあんじやう》をさしていへり。惣《そふ》じて九重《こゝのへ》とは都《みやこ》の事也。さて今日《けふ》九重《こゝのへ》に匂《にほ》ひぬると云掛《いひかけ》たるは、古《いにし》へ平城《へいせい》天皇《わう》の御時には八重《やへ》に咲《さき》たる桜《さくら》の、当代《たうだい》一条院《でうゐん》の御宇《とき》に至《いた》りては、一入華《しほはな》の色香《いろか》をまし九重《こゝのへ》に開《ひらき》かゝる、目《め》出度《でたく》さかりなる今《いま》の城《みやこ》まで遠《とを》くも匂《にほ》ひぬる哉《かな》と云心也。八重《やへ》桜の八重に九重《こゝのへ》と対《つい》したり。詩《し》にも文《ふん》にも対句《ついく》と云事あり。上手《じやうす》の作《さく》也。

まづ（150オ）此哥は、さる人、昔《むかし》の都《みやこ》南良《なら》にありける八重《やへ》桜《ざくら》の色香《いろか》おもしろきを手折《たおり》て、当君《たうぎん》一条院《てうゐん》へ奉《たてまつ》りける折《おり》ふし、此伊勢太輔《いせたゆふ》御前《まへ》にありけるに、帝《みかと》此花をくだされ、花につけて哥よめと仰《おほせ》ければ、給《たまは》りて読《よめ》り。

哥の心は、さても〳〵此八重桜の世にすぐれて、色香《いろか》も妙《たへ》に見事なる事、類《たぐ》ひすくなかるへし。げに〳〵南良《なら》の都の今《いま》こそは古郷《ふるさと》と荒果《あれはて》、かたいなかとは成《なり》たるなれ。其古《そのいに》しへはさばかりいかめしく盛《さかり》なる花の都なりければ、さこそ心ある人〳〵の千花万花《せんくわばんくわ》の中《なか》を撰《えらみ》て、此桜をうへをきもて（150ウ）なし詠《なかめ》られけめ。さても見事《こと》の色香《いろか》や。かゝるゆへに依《よつ》て、春草《しゆんさう》ばう〳〵古木《こぼく》しん〳〵と荒果《あれはて》②いなかびたる春日《かすが》の里の八重桜なれども、いま此目出度聖《めでたきせい》代《たい》花洛《くわらく》の長閑《のどけ》き春《はる》までも、遥《はる》〳〵遠《とを》くは匂《にほ》ひ渡《わた》りて、天子《てんし》に見え奉《たてまつ》りけると、此花の面目《めんぼく》をほどこしたる也。寔《まことに》妙香《めうきやうとをきにてつす》　徹　幽と云古《ふる》き辞《ことば》にもよく合《かな》へり。当意即妙《たういそくめう》の詠《ゑい》よくかんずへし。

①平安城《へいあんじやう》（ママ）は、桓武《くわんむ》天皇《わう》のうつし給へる都《みやこ》也。

②田舎《いなか》びたるとは、いなかめいたるなど云心也。

66　小式部内侍《こしきぶのないし》①

一条院《てうゐん》の御后《きさき》、上東門院の女房。父《ちゝ》は和泉《いつみ》の守《かみ》橘《たちばな》の（151オ）道貞《みちさだ》。母《はゝ》は和泉式部《いづみしきぶ》。かるがゆへに小式部《こしきふ》と名乗《なのる》。内侍は女官《ぢよくわん》の上々《じやう〳〵》也。

おほへ山いくのゝみちのとをければまだふみもみずあまのはしたて

大江《おほえ》山と幾野《いくの》は丹波《たんば》の国の名所《めいしよ》。天橋立《あまのはしたて》は丹後《たんご》の国の名所《めいしよ》也。大江山生野《いくの》と云《いひ》かけたるは、遥《はる》〳〵と大江山をかき分《わけ》て天橋立《あまのはしたて》へいぬると云心也。まだふみもみぬ海《あま》のはしたてとは、橋《はし》を踏《ふみ》ならし渡《わた》る心と、又、丹後《たんご》へ人を遣《やり》たるかと云かけられたれば、それに応《おう》じて、いやとよ、丹後への道《みち》はる〳〵と遠《とを》（151ウ）ければ、便《たより》の文《ふみ》をさへいまだ手《て》に取《とり》、披《ひら》き見たる事もなし。いはんや態《わさと》人遣《つかは》したるにはあらずと云て、底《そこ》の心には、何《なに》のために丹後《たんご》へは使《つかい》を遣《つかは》すべきぞ、えしれぬことを承《うけたま》はる物かな、さる人として、さもなき事をば宣《のたま》はぬ物よと、恥《はぢ》しめたる心を籠《こめ》たり。

先《まづ》、此哥は、金葉集《きんえうしう》の詞書《ことばかき》に、和泉式部保昌《いづみしきふやすまさ》にぐして丹後《たんこ》の国に侍《はへ》りけるころ、都に哥合《かがう》の有けるに、小式部内《ない》侍《し》、哥よみ侍りけるを、中納言定頼《なごんさだより》、局《つほね》のかたにまうできて、哥はいかゞせさせ給ふ、丹後へは人遣《つかは》しけんや、使《つかい》は（152オ）まうで来《こ》ずや。心もとなくおぼすらんなど、戯《たはふ》れ立《たち》けるを引留《ひきとゝめ》て読《よめ》る哥也とあり。

詞書《ことばかき》の心は、その比《ころ》かの小式部《こしきぶ》の内侍《ないし》、年いとわかうして、余《あまり》に哥を能《よく》よめるに依《よつ》て、母《はゝ》のいづみ式部を頼《たの》みよませて、わが哥《うた》にするなりけりと、世の人そねみねたみ嘲《あざけ》る也。しかるに母《はゝ》の和泉《いつみ》式部、そのころ妻《つま》の和泉《いづみ》の守道《かみみち》貞《さだ》にわかれて後《のち》、藤原朝臣保昌《ふぢはらのあそんやすまさ》が妻《つま》となりて、丹後へ下りける。跡《あと》に大裏《たいり》にて哥合《かがう》の有ける時、小式部《こしきぶ》が哥すこしおそかりければ、中納言定頼《なこんさだより》といふ人、（152ウ）小式部がつほねの辺《ほとり》へ立寄《たちより》、さて此たびの哥合《かがう》の哥をばいかゞし給ふ覧、はや定《さゞめ》て丹後へは人遣《つかは》し、又母のいづみ式部《しきふ》を頼《たの》み給ふらめ、いまだ御使《つかひ》は帰《かへ》りこずや。さればこそ哥の遅《おそ》くはあるなれ。さぞ心もとなく切《せつ》にうしろめたくおぼすらんと、ざれこと云《いひ》てかへらんとせられしを、袖《そで》引とゞめて、右《みぎ》此哥をよめる也。されば伝《つた》へ聞《きく》、かの丹後路《たんごぢ》は都を離《はな》れて、はる〳〵の遠路《えんろ》なるゆへに、母いづみ式部一たび下られて後《のち》、いまだたよりの文をだに披《ひらき》みぬといふ事を、橋《はし》をふむにいひよせ（153オ）たり。

哥の心は、伝《つた》へ聞丹後《きくたんこ》の国とやらんへ下侍《くだりはべ》るには、都をはなれてはる〳〵と丹波《ば》ぢにおもむき、大江《おほえ》山を打《うち》こえ、生野《いくの》を分《わけ》ならし、さて丹後の国天橋立《あまのはしたて》に参《まい》り着《つく》よしなれば、一たび下りし母のもとよりの便《たより》の文《ふみ》をだに、いまだ見もせず、況《いはん》やこの比《ころ》に人遣《つかは》しける事はなし。たとへ又人遣《つかは》したりとても、道遠《みちとを》ければ、いかんぞけふの哥合《かがう》の用所《ようじよ》に立べきや。此おもむきを押《おし》はかり給ひて、世のそしりの程おほしめしやり給へとの返答《へんたう》也。さればこそ、大江山生野《いくの》の道《みち》の遠《とを》けれ（153ウ）ば、と云出して下《しも》の句《く》にてまだ文もみぬと、ちんはうしたる也。

前《まへ》に委《くはし》く申ごとく、此小式部の哥の妙《たへ》なるは、母によませてわが哥にすると云、世の嘲《あさけり》を内々《ない〳〵》きゝ及《およひ》、ねたくも口《くち》惜《おしき》事に思ひける折《おり》ふしなれば、定頼卿《さだよりきやう》のざれことをよき幸《さいはい》と喜《よろこ》び、引留《ひきとゞ》めてよめる也。此哥よまずは、兼《かね》ての疑《うたが》ひさればこそと、弥《いよ〳〵》嘲《あさけり》笑《わらは》れべきを、此哥ゆへに世のうたがひを霽《はれ》、人のそしりをまぬかるゝのみならず、天下末代《まつたい》の名誉《めいよ》を顕《あら》はし残《のこさ》れける事有難《ありかた》し。たとへまた当座《たうさ》によめるとも、哥のさま（154オ）おもはしからずは、いかゝあらんに、類《たく》いなき名哥《めいか》なれば、その徳《とく》たかし。よく〳〵吟詠《ぎんえい》有へし。

されば常《つね》〳〵心肝《しんかん》に絶《たえ》ず、哥道《かだう》のこれあるによつて、事《こと》の急《きう》なる時も難《なん》なくかへつて名誉《めいよ》あり。惣《そふ》じて此百首《しゆ》の和《わ》哥《か》には、かくのごとく、つねの嗜《たしなみ》の顕《あらは》るゝ事などを、専《もつはら》と撰《えら》み入られぬ。げに〳〵紀貫之《きのつらゆき》、人はいさの哥、道綱《みちつな》の母《はゝ》、嘆《なげき》つゝの哥、又、周防《すわう》の内侍《ないし》、はるのよの詠《えい》、伊勢太輔《いせたゆふ》が、ならの都の詠《えい》などにて、よく〳〵おもひ合《あは》せらるへし。（154ウ）

①内侍《ないし》の官《くわん》の人は、帝《みかと》の御ひざもとにて、御宮《みや》づかへ御申つぎ、よろずのれいしきなどをつとめおこなふ女官《によくわん》也。供奉奏請宣伝ヲ司ル也。尚侍《ナイシノカミ》二人、典侍《ナイシノスケ》四人、掌侍《ナイシノサフ》四人アリトカヤ。典侍ノ職尤モ重シトスルト也。

67　中納言定頼《ちうなごんさだより》

中納言は官《くわん》、定頼《さだより》は名乗《なのり》。孝行第《かうかうだい》一の人、公任卿《きんたうきやう》の子息《しそく》。

あさぼらけうぢの川ぎりたえ〴〵にあらはれわたるせゞのあぢろぎ

朝朗《あさぼらけ》とは、朝《あさ》とくの事。宇治河《うぢがは》は山城《しろ》の国の名所《めいしよ》。たえ〴〵とは、絶《たえ》つ又絶《たえ》ざると云詞《ことば》。網代木《あじろぎ》とは、氷魚《ひを》と云《いふ》うを丶あつまらせとらんために、川の瀬《せ》ごとに少《すこ》かこひをして、其辺《そのほとり》に木を立《たて》をき、網《あみ》をもたせ置《をく》木也。先《まづ》、此哥、千載集《せんざいしう》の詞《ことば》がきに、宇治《うぢ》（155オ）にまかりてよめるとあり。かのうぢ川は山高《たか》く重《かさな》り、河《かは》ふかく流《なが》れ出て、一入朝夕《しほてうせき》の雲霧霞《くもきりかすみ》もふかく、晴間《はれま》なき所《ところ》なるが、此暁《あかつき》は川霧《ぎり》もひま〳〵霽《はれ》たる気色《けしき》を打《うち》ながめて、そのま丶つくろはず、あり〳〵と読《よみ》出せり。

哥の心は、かのうぢ川と申は、水上《みなかみ》は砕《くだけ》たる山高《たか》く聳《そびえ》、曲《まが》りたる水遠《みづとを》く漲《みなぎ》りおちて、いざ清《きよ》き川なれば、秋はいとゞ川霧も立かさなり、晴間《はれま》なき所なるが、いかなるゆへにや、此あけぼのは川霧爰《ぎりこゝ》かしこ隙《ひま》そひ、晴渡《はれわた》りたる水《みな》上《かみ》はるかに見（155ウ）渡《わた》せば、せい〳〵とたぎりて、おとす竜水《れうすい》の岩《いわ》に当《あた》りさかまひて、白浪《はくらう》と成《なり》、たち騒《さは》ぎなどしたる景物余情殊更《けいぶつよせいことさら》ながめごとなるに、網代木《あじろぎ》のところ〳〵ほのかに顕《あらは》れつ、又隠《かく》れつして、あるかと見しも忽《たちまち》かくれ、或《ある》ひは今《いま》までみざりしも俄《にわか》にあらはれ、色《いろ》〳〵さま〳〵の雲霧気色《くもきりけしき》、中《なか》〳〵いはんも詞《ことは》のかぎりなくおもしろきを愛《あい》し見て読《よめ》る也。かの宇治《うぢ》川の秋の曙《あけほの》の粧《よそほ》ひ見ずしては、いかゞ此哥の心を吟《ぎん》じうべきや。よく心をめぐらさるへし。但《たゞし》、此哥は人世有為転変《じんせいういてんぺん》の理《ことは》りを観念《くわんねん》したる心も籠《こも》れる（156オ）にや。人丸の哥に、

①武士《もの丶ふ》のやそうぢ川の早《はや》き瀬《せ》に漂《たゞよ》ふ波《なみ》のゆくゑしらずも

など読《よめ》るもあれば也。秀逸《しういつ》の哥人《かじん》その心をしらまくほし。

①武士のは八十氏川の網代木にいざよふ浪のゆくゑしらすも

一本如此。

68　周防内侍《すはうのないし》

一品式部卿《いつほんしきふきやう》葛原《かつらはら》の親王八世《しんなうはつせ》の孫《そん》。周防《すわう》の守継仲《かみつぎなか》が女《むすめ》なるゆへに周防《すわう》と名乗《なのる》。後冷泉院《ごれいぜんいん》の女房《ねうばう》、白川院《しらゐん》の内侍《ないし》。本名《ほんみやう》は仲子《なかこ》といふ。

はるのよのゆめばかりなるたまくらに（156ウ）かいなくたゝむなこそおしけれ

春《はる》の夜《よ》の夢斗《ゆめばかり》なるとは、春《はる》のよの習《なら》ひ短《みぢか》き物成《なる》に、いはんや夢《ゆめ》みる内《うち》は、弥《いよ〳〵》すこしの間《あいだ》の事なれば、いかにも程《ほど》なきよしをいはん詞也。手枕《たまくら》とは常《つね》に云《いふ》手枕《てまくら》の事。かいなくたゝん名《な》とは、真実《しんじつ》に契《ちぎ》りもせずして、憂仇名《うきあだな》の立《たゝ》む事よと云心也。かくいふ内《うち》にかいなを枕《まくら》にとて指《さし》入ければ、かいなの事にも云《いひ》よせたり。名《な》こそおしけれとは、仇名《あだな》の立《たゝ》むこと、何《なに》より以口惜《くちおし》かなしかるべき事なれと云心也。

先《まづ》、此哥は、二月《きさらぎ》のころ、霞《かすめ》る朧《おぼろ》夜《よ》の月もや、①晴《はれ》ていと（157オ）あかきに、二条《でう》の院《ゐん》へ人〳〵集《あつま》りて、②何《なに》くれの物語《がたり》しける時、かの周防《すわう》の内侍《ないし》、寄臥《よりふし》して有けるが、枕《まくら》もがなやと願《ねが》ひけるを、大納言忠家《なごんたゞいゑ》といふ人、是《これ》を成《なり》とも御枕にとて、御簾《みす》の下《した》よりかいなをそと指《さし》入ければ、すなはちよめる哥也。

哥の心は、春《はる》の夜《よ》の一夜なりとも、契《ちぎ》りのほどははかなかるべきに、いはんやこれは、ゆめみるあひだも、ありがたきたまくらのちぎりをかはして、憂仇名《うきあだな》の山よりたかくたゝん事、いかばかりか其《その》かいなかるべきと、やさしくも面白《おもしろ》くは（157ウ）よめる也。かの大納言かへしに、

契りありてはるの夜《よ》深《ふか》き手枕《たまくら》をいかゞかいなき夢《ゆめ》となすへき

いづれも〳〵当意即妙《たういそくめう》の名誉吟心《めいよぎんしん》あるへし。されば其《その》かひなきと云詞を、人のかいなの事に用《もちゆ》る説悪《せつあし》といゑども、此返事の哥にてみる時は、正《まさ》にかいなの事にもたせたりと覚《おほえ》侍る。いかゞや。

①やゝとは、やう〳〵といふことば也。

②何《なに》くれとは、何やかやといふことば也。

69　左《さ》京《きやう》太夫《のだいぶ》道雅《みちまさ》

左《さ》京《きやう》太夫《のたいふ》は官《くわん》、道雅《みちまさ》は名乗《なのり》。儀《ぎ》同《とう》三司《し》の御男《こ》、荒《あら》三位《み》とも云。①後拾遺集作者《ごしういしうさくしや》二人の内也。（158オ）

いまはたゞおもひたえなんとばかりを人つてならでいふよしもがな

思ひ絶《たえ》なんとは、いかにも切《せつ》なる悲《かな》しみの思ひこがれてしぬると云心。もがなとは、例《れい》の願《ねが》ひ哉《かな》と云物也。

先《まづ》、この哥は、一条院《でういん》の御姫宮《ひめみや》、伊勢《いせ》の②斎宮《さいくう》に備《そな》はらせ給ひしが、おりゐさせ給ひて都へのぼり、三条《でう》の宮《みや》に住《すみ》給ひけるを、とかくいひより、ひよくの契《ちぎり》をこめ侍《はへ》りけるが、此事世に顕《あらは》れてより、帝《みかど》きこしめされて、かの三条《でう》の宮に門番《もんばん》けいごをおほせつけ、（158ウ）かたく守《まも》り給へば、中《なか》〳〵忍《しの》びかよふべきやうもなく、剰《あまつさへ》玉章《たまづさ》のつてだに絶果《たえはて》、今《いま》は命も消《きゆ》べく、思ひこがれける比読《ころよめ》る也。

哥の心は、わが身いまははや入江《いりゑ》の舟《ふね》のやるかたもなき思ひのほむら胸《むね》にこがれ、命《いのち》の露消《つゆきえ》はつべき今《いま》を限《かぎ》りの際《きは》なれば、ちゞに砕《くだく》るかなしみの泪《なみた》の色《いろ》、万《ばん》〳〵につもる思ひのことのはの種《たね》を見もし見せまいらせて、互《たがい》にかくとかきくどかんずる事も何《なに》ならず。只夕べの露《つゆ》、朝《あした》の霜《しも》と、今更《いまさら》かく消《きえ》はつるわが命は、そなたをおもふ思ひの胸《むね》にこがれみちぬる（159オ）故《ゆへ》なりけりと、此一言《ごん》をのみ現世《げんぜ》の思ひで、来生《らいしやう》のうつたへに、今《いま》一目《め》ちらと逢《あい》まいらせて、直〳〵《ぢき》かくといひしらせ、しなばやと、さしも切成《せつなる》おもひのほどを云述《いひのべ》たり。

①後拾遺集《こしういしう》、いま一人のさくしやは、参議通俊卿《さんぎみちとしきやう》也。目録《もくろく》ならびに序《ぢよ》ともに此二人の作《さく》也。

②斎宮《さいくう》と書《かき》て、いつきのみやともよむなり。これは、いせのいつきのみやのこと。又かものいつきのみやは斎院《さいゐん》とかく。これ又、いつきのみやとよむ也。

おりゐさせ給ふとは、斎宮《さいくう》の御くらゐをすべりたまふ事也。

70　大納言《なごん》経信《つねのぶ》

宇多《うたの》天皇《わう》の御子《みこ》、敦実親王《あつさねしんわう》の末孫《ばつそん》、六条《でう》の左太臣重経公《さだいじんしげつねこう》の御孫《まご》、権《ごん》大納言帥《そつ》源《みなもと》の経信《つねのぶ》ともいふ。又、正《しやう》三位《み》民部卿《みんぶきやう》ともいへり。

ゆふされはかどたのいなばをとづれて（159ウ）**あしのまるやにあきかぜぞふく**

夕されはと、さの字《ぢ》はの字澄《すみ》て読《よむ》時は、夕暮《ゆふぐれ》はと云詞《ことば》。又、夕ざればと濁《にごり》てよむ時は、夕べになればと云詞といへり。いづれに付《つけ》ても暮時分《くれじぶん》の事と心得《え》べし。門田《かどた》とは、村里《むらさと》、民《たみ》の門《かど》の辺《ほとり》にこれある田の事。在家《ざいけ》の習《ならひ》として、いづれも皆門《みなかど》のほとり田畠《でんばく》あるもの也。芦《あし》の丸屋《まるや》とは、蘆《あし》がや葺《ふき》のつくろはぬ家《いゑ》也。芦《あし》の屋蘆葺《あしぶき》など〻も読《よめ》る哥あり。丸屋《まるや》と云心は、家《いゑ》のむねかども立《たゝ》ぬかりほの名《な》也。所詮《しよせん》、唯《たゞ》いかにも賤《いやし》き在家《ざいけ》の躰《てい》と（160オ）しるべし。丸《まる》ねなど云に同《おな》じ心。此哥、金葉集《きんえうしう》にては、①田家《でんけの》秋風と云題《いふだい》をよめりとあり。哥の心は、はや五月《さつき》も過、六月《みなつき》の末《すゑ》つかた、暑《あつ》かはしきけふの日《ひ》も漸夕暮《やゝゆふぐれ》がたに成《なり》てきて、少時立涼《しばしたちすゞ》むつれ〳〵にさそはれ、何《なに》となく門田《かとた》の辺《ほとり》までうかれ出、そこはかとなく詠《ながめ》やるに、遥《はる》〳〵植渡《うへわた》したる田面《たのも》の稲葉《いなば》もふしだちぬる比《ころ》なれば、一入《しほ》夕風そよ〳〵と音信《をとづれ》、暮《くれ》かゝる空《そら》の色《いろ》すみ渡《わた》り、何《なに》とやらん物さびしさも感《かん》ぜらるゝ折《おり》から、かの芦葺《あしぶき》の庵《いほ》の隙《ひま》〳〵をもりくる風の声《こゑ》、さな（160ウ）がら涼《すゞ》しく吹《ふき》なし、秋風のごとく身にしみ通《とを》り、まだこぬ秋風の一興《いつけう》をも催《もよほ》したると也。

又、或人《ある》のいへるやうは、昏行《くれゆく》まゝに門田《かどた》の稲葉《いなば》も戦《そよ》ぎ渡《わた》り、何《なに》とやらん物さびしき気色《けしき》なるよと、思ひあへぬ内《うち》に、すわはや芦《あし》ぶきの丸屋の内には、秋風蒼《さう》〳〵と吹たち、秋の夕昏《くれ》のさびたる在家《ざいけ》の一躰《いつてい》をあり〳〵とつくろはずによみ出たると也。されば芦《あし》の葉《は》むけの夕べの風の音、物さびたる事なるに、況《いはん》や在家門田のほとりの事なれば、其吟《そのぎん》よく心得《え》らるへし。②（161オ）

①田家《でんけ》とは、ざいけなどいふ心也。

②ある人のいはく、右此《みぎ》両《りやう》せつ、いづれももちいらるべし。かやうの哥はいづれも正風躰《しやうふうてい》といふものなれば、大かたの心つかひにては、得心《とくしん》あるまじき也。よく〳〵詠吟《えいぎん》あるへし。

71　大僧正行尊《だいそうじやうぎやうぞん》

大僧正《そうじやう》は官《くわん》、行尊《ぎやうぞん》は名《な》。天台座主《だいざす》、修験《しゆけん》の名徳《めいとく》也。後《のち》、三井寺御門跡円満院《みいでらごもんぜきゑんまんいん》に住《じう》し給ふ。源《みなもと》の宰相基平《さいしやうもとひら》卿《きやう》の子息《しそく》。

もろともにあはれとおもへやまざくらはなよりほかにしる人もなし

諸《もろ》ともにとは、我《わが》心ながらも此身の分野《ありさま》、かゝる憂住居《うきすまゐ》をば、さりとては物哀《あはれ》なる風情《ふぜい》と思ひなし侍《はへ》るなれば、花も又、わが心諸《もろ》ともに憐《あはれ》不便《びん》と思へと也。

此哥、金葉集《きんえうしう》の詞書《ことはがき》に、大嶺《おほみね》にて思ひかけず、桜《さくら》の花咲《さき》た（161ウ）りけるを見てよめる、とあり。思ひかけず桜の花咲たるといへるは、太山《み》桜の華卯月半《うづきなかば》時分《じぶん》に開《ひら》きたるにや有覽《あるらん》。その子細《しさい》は、あまりに奥《おく》ふかき深山《みやま》は春夏秋冬のおきて、気色《けしき》も人里にはちがいたり。げに〳〵唐《もろこし》杜牧之《とぼくし》といへる人の名詩《めいし》にも、四月寒岩初識春《しげつかんがんはじめてはるをしる》と高山《かうざん》の様躰《やうてい》を作《つく》れる也。されば奥《おく》山ふかき草木《さうもく》は、花のひらきちる事までも、人里近《ちか》き所《ところ》よりは隔別《かくべつ》也。夫《それ》、花は紅葉《もみち》①に替《かは》りて、先《まつ》、人里の庭《には》、園生《そのふ》、籬《まがき》などより咲初《さきそめ》て、散《ちり》つかたに端《は》山にひらきすたれて、扨《さて》、深山《みやま》（162オ）ふかく次《し》第《だい》〳〵に盛《さかり》なる由《よし》也。伊勢《いせ》が哥にも、

みる人もなき奥《おく》山の桜ばなほかのちりなん後《のち》やさかまし

などともよめり。但《たゞし》又、三月半《なかば》過がてのころ、太山《み》桜の一本《もと》、物さびしく花咲《さき》たるを珍《めづら》しく打《うち》見て、思ひかけずといへるにや。されば到《いたつ》ての深山《み》は、名《な》もしらぬ草木のみ生茂《おいしげ》りて、つね〳〵めなれたる松杉柳梅桜《まつすぎやなぎむめさくら》などは稀《まれ》なるよし也。定家《ていか》卿《きやう》の哥にも、

たのむかなそのなもしらぬ太山《み》木にしる人えたる松と杉とを

かくよみ給へるもあるをや。いづれに付ても、物さび物すごく物哀《あはれ》なる（162ウ）深山《しんざん》の風景《ふうけい》と心得べし。

先《まづ》、此哥は、紀《き》伊の国と大和《やまと》の国の堺《さかい》なる、大山大峯《たいさんおほみね》のしやうの岩《いわ》屋に籠《こも》り給ひてよめる也。そも此僧正《そうじやう》は、古《こ》一条院《でういん》の御孫《まご》、白河院《しらかはゐん》の御猶子《ゆうし》、忝《かたしけなく》も御門跡《ごもんぜき》として捨身《しやしん》の行《ぎやう》おこない給ひて、御身をやつし、御心を砕《くだ》き、さい〳〵かの峯《みね》へも入給ふ。此御末《すゑ》にておはします聖《しやう》護《ご》院殿《いんどの》、いまの世までも大嶺《おほみね》の事取《とり》おこなひ給へり。惣《そふ》じて

嶺《みね》へ入事、春《はる》は順《じゆん》、秋は逆《ぎやく》なりと承《うけたまは》り及《および》ぬ。しからば此哥は順《じゆん》の峯の時の詠《えい》なるべし。定家卿《ていかきやう》は、仮初《かりそめ》にもかゝる徳《とく》ある哥をのみ（163オ）専《もつはら》と撰《えら》み用《もちい》られたり。

哥の心は、都《みやこ》を去《さつ》て数百里《すひやくり》をはなれたる無人声《むにんじやう》の大峯《おほみね》おくふかく分入《わけ》、身独《ひとり》つれ〳〵と心をすまし、漲《みなぎり》おつる滝《たき》の千尺水《せんじやくすい》に煩悩《ぼんなふ》の垢《あか》をすゝぎ、峨々《がゞ》たる峯《みね》の嵐《あらし》に妄想《まうざう》の夢《ゆめ》を破《やぶり》て、寂莫《じやくまく》とおこなふといゑども、物おもひもさすがなくてはあらぬ人間《にんげん》の心身《しんしん》なれば、只《たゞ》、何《なに》となく故郷《こきやう》をなつかしみ、又、したしき人〳〵のうへまでおもひ出て、身のほどをあぢきなくかへりみ、万物《よろず》哀《あはれ》なる折《をり》ふし、行《おこない》の隙《ひま》〳〵なるに、そこら立出《たち》打《うち》みれば、おもひかけぬ傍《かたはら》に山桜の一もと咲《さき》たるを（163ウ）求《もとめ》ては、親《したし》き友《とも》を相《あい》得たる心地《ち》して、いと嬉《うれし》く珍《めつら》しければ、草木非情《さうもくひじやう》のことはりを正《はた》と打忘《うちわすれ》はてゝ、心ある人に向《むかつ》て物云《いひ》かはすやうに、わが心諸《もろ》ともにわが身を哀《あはれ》とおもへ、山桜にいま此かゝるありさまをば、さりとは花より外《ほか》は又しる人もなしと打侘《うちわび》たる内《うち》に、我《われ》ならでは、又誰《たれ》か汝《なんし》をも見はやすべきと、無心《むしん》の花に対《たい》して、その感心《かんしん》をふくみたる也。尤哀《もつともあはれ》たぐひありがたきにや。

①赤葉《もみぢ》は、おく山より色付《いろづき》そめて、端《は》山へうつり、さて人里の草木もいろづきはべるもの也。ちることも又かくのごとし。端《は》山とは、おく山のそとをめぐる山の事也。外《と》山ともいふ。

72　中納言匡房《なこんまさふさ》①

中納言は官《くわん》、匡房《まさふさ》は名乗《なのり》。大蔵卿正《おほくらきやうしやう》二位江《ゐのゑ》の帥《そつ》ともいふ。儒学《じゆかく》の明白《めいはく》、和漢《わかん》の達者《たつしや》、大学《がく》の頭成衡卿《かみなりひらきやう》の子息《そく》。（164オ）

たかさごのおのへのさくらさきにけりとやまのかすみたゝずもあらなん

高砂《たかさご》とは、只高《たゞたか》き山の事。播摩《はりま》の国の名所《めいしよ》の高砂《たかさご》にはあらず。尾上《おのへ》とは、高根《たかね》山の端《は》など云類《いふたぐ》ひにて、峯《みね》の事。外《と》山とは、端《は》山山の端《は》など云類《たく》ひにて、高《たか》き山のそとをめぐる山也。たゝずもあらなんとは、立《たゝ》ずしてあれかしと云詞《ことは》。

先《まづ》、此哥は、後拾遺集《ごしういしう》の詞がきに、遥《はるか》に山の桜を望《のぞ》むと云心をよめるとあり。詞がきの心は、はる〳〵遠《とを》（164ウ）き山の桜《さくら》を詠《なかめ》やる心也。

哥の心は、けふ此ころは、世間皆花《せけんみな》も盛《さかり》なる時分《じぶん》なるよとおしはかられて、空《そら》も一入長閑《しほのどか》なるにさそはれて、何《なに》となく立出四方《たちよも》の山〳〵をながめやれば、案《あん》のごとく一方《かた》の遠山《ゑんざん》の花開《ひら》きて、消残《きえのこ》りたる去年《こぞ》の雪《ゆき》か、又一むら雲《くも》の白《しろ》きやなんど、あやまたれ、色香《いろか》もことに妙《たへ》なるらめとおほしく、心そゞろになり、魂《たましゐ》も身を離《はな》れて、華《はな》の本《もと》に飛《とひ》行《いく》らんと守《まも》りおれば、春の習《なら》ひとして、ほの〳〵と霞《かすみ》たなびき、かの花の色香《いろか》もたしかならず、いと（165オ）ど心もあこかれ見まほしきに依《よつ》て、さりとはけふの霞《かすみ》はたゝずしてもあれかしと、心なき霞《かすみ》に対《たい》して打侘《うちわび》たるさま、余《よ》情限《せいかぎ》りなし。真《まこと》に天下第《てんかだい》一の美人《びじん》たりとも打向《うちむかつ》て、飽《あく》までつく〳〵守居《まもりゐ》たらんは、そのおもひもさめぬへし。たとへ又、少不足《すこしふそく》の女なりとも、かいまみの俤《おもかげ》か、或《ある》ひはうしろ姿《すがた》などをほの見たらんならば、いとゞ美《うつく》しく一入《しほ》心あこかれたど〳〵しかるへし。げに〳〵もろこしの名詩《めいし》にも、睡赴昭陽淡々粧《すいきすせうやうたん〳〵たるよそほひ》　不知《しらず》　緑底《なんによつてか》　背斜阳《しややうにそむく》　若《もし》　教転眄《てんめんをして》　一《ひとたび》　回首《かうへをめぐらさば》　三十六宮《さんじうりつきう》（165ウ）無粉光《ふんくわうなからん》、と作《つく》れる物をや。かの霞《かすみ》がくれの遠山《ゑんざん》の花、またかくのごとしの遠望《ゑんまう》やさしきに非《あらず》や。さて、外《と》山の霞《かすみ》たゝずもあらなんと云所《いふところ》にて、はる〳〵遠《とを》く見渡《わた》したる心を含《ふく》めり。木《こ》の下《もと》にてはかくいはれまじき事也。此哥も又例《れい》の心なき霞《かすみ》に対《たい》して、かくいへるよせいかぎりなし。よく詠吟《えいぎん》有へし。

①匡房《まさふさ》のまさの字《じ》、あるほんに匡の字《じ》をかきて、たゞとかなをつけたり。いかん。

73　祐子内親王家紀伊《ゆうしないしんわうげのきい》

祐子内親王《ゆうしないしんわう》は、朱雀院《しゆしやくいん》の皇女《くわうによ》にておはします。かの紀伊《きい》は此皇女《くわうによ》に仕《つかへ》奉《たてまつ》りし小弁《せうべん》と云《いふ》女房《ねうばう》の娘《むすめ》。家《げ》と云《いふ》は（166オ）お家《いゑ》と云心。紀伊《きい》は名《な》也。紀伊《きい》の守重経《かみしげつね》が妻《つま》なるゆへにかくいへり。金葉集《きんえうしう》には一宮紀伊《いちのみやきい》と有。

をとにきくたかしのはまのあだなみはかけじやそてのぬれもこそすれ

音《をと》に聞《きく》とは、音《をと》に聞《きこ》えたると云詞。高師《たかし》の浜《はま》は津《つ》の国の名所《めいしよ》。あだ波《なみ》とは、よるかたもなく立騒《たちさは》ぐ浪《なみ》の事。仇《あだ》なる人にたとへていへり。かけじやとは、仇《あだ》にたちさはぐ波《なみ》をば、わが袖《そで》にはかけまじきと云内《うち》に、ちぎりをかはすまじきと云心也。

哥の心は、さてもそなたは、音《をと》に聞《きこえ》て世に隠《かく》れなき仇《あだ》人と承《うけたまは》り及《および》しなれば、いかに（166ウ）宣《のたま》ふとも盟《ちぎり》をばかはすまじき也。中〳〵《なか》あだの契《ちぎ》りをかはしなば、扨おもひの種《たね》と成《なる》べし。さもあらば恨《うらみ》ねたみ恋《こひ》し悔《くや》しの泪《なみた》は袖に絶《たゆ》まじきと、難顔《つれなく》もさすがやさしく読《よみ》なしたり。

先《まづ》、此哥は、堀河院《ほりかはいん》の御宇《とき》大内《り》にて、けしやうぶみの哥合《かがう》ありしに、中納言俊忠卿《なごんとしたゞきやう》の本《もと》より、

人しれぬおもひ有磯《ありそ》のうらかぜに波《なみ》のよるこそいはまほしけれ

とよみかけたる哥の返事《へんじ》也といへり。

74　相模《さがみ》

入道一品《にうだういつほん》の宮《みや》の女房《にうばう》。相模《さかみ》の守大江《かみおほえ》の公資《きんすけ》が妻《つま》なるゆへにさかみと名乗《なのる》。本名《ほんみやうは》乙《をと》侍従《じしう》。母《はゝ》は能登守慶滋《のとのかみよししげ》の保章《やすのり》が女《むすめ》。（167オ）

うらみわびほさぬ袖だにあるものをこひにくちなんなこそおしけれ

恨侘《うらみわび》とは、うらみても〱つきせぬ恨《うらみ》の、やるかたもなき時にいへる詞。ほさぬとは、つね〱涙《なみた》に濡《ぬる》る袖也。されば恋《こひ》に朽《くち》なむとは、世間《せけん》に隠《かく》れもなく、うきこひすると云仇名《あだな》の立《たち》みちて、あたら我名《わがな》の捨《すた》りはてんと云心。人身《じんしん》は、たとへ土中《とちう》に埋《うつも》れ、火《くわ》さうにやかれても、名《な》と云物は消《きえ》うせずして、末代《まつだい》まで善悪邪正《せんあくじやしやう》すみやかに残《のこり》留《とゞま》る物を、いかなれば、かく憂恋《うきこい》すると云あだなのはやく（167ウ）世《よ》に顕《あらは》れ、隠《かく》れもなくみち〱て、あたらわが名《な》の朽《くち》はて、捨《すた》りけるよと歎《なげき》かなしむ由《よし》也。

哥の心は、積《つも》る恨《うらみ》のやる方《かた》もなきをば、扨《さて》いかゞすべき事ぞや。かくせんかたもなき心の内《うち》に思ふやうは、荒《あら》うらめしや、此年月たゝぬ悲《かな》しみの泪《なみた》に濡《ぬれ》しほれたる此袖だにも、いまだ朽《くち》すたらざるに、憂恋《うきこひ》すると云あだなは、はやく世にあらはれかくれもなし。かくてはいけるかひもなく、今《いま》はや露《つゆ》の命も消《きえ》なんほどなれば、歎《なげく》にかいはなけれども、とてもしすべき命ならば、何《なに》にても好事善業《かうじぜんごう》をこそ思ひ（168オ）求《もとめ》て、修《しゆ》し行《ぎやう》じてもしなん事なるに、こはいか成前業《なるぜんごう》のつたなき事よなんどゝ、おもひ集《あつめ》恨《うら》みかぞへて、一向《ひたすら》嘆《なげ》き苦《くるし》みあへる内《うち》にも、責《せめ》てさは思ひあふたる中《なか》ならば、①同《おな》じ世にうき名《な》の立《たつ》も、さのみは愁《うれへ》かなしむまじきを、是《これ》は仇《あだ》なる人にたぶらかされて契《ちぎり》をかはし、今更片《いまさらかた》おもひに思ひこがれ、袖も涙《なみだ》にくちはつるうへに、すゑ幾世《いくよ》までも善《ぜん》のためにこそ、残《のこ》しとゞめまほしき、あたら吾名《わがな》を、かく物うき片恋《かたこひ》のために、朽《くち》はてん事のみさていかゞせんと、嘆《なげき》わびたるさま也。（168ウ）

①ある人のいはく。恋ぢになづみ、なのためをかなしみ、身のほどをくわんずる事、みな〳〵うらみある中のくぜちより、ことおこれるとしるべし。

75　源《みなもとの》　俊頼朝臣《としよりあそん》

源は氏《うぢ》、俊頼《としより》は名乗《なのり》。権《ごん》大納言帥経信卿《なこんそつつねのぶきやう》の子息《しそく》。金葉集《きんえうしう》の作者《さくしや》。

うかりける人をはつせの山おろしよはげしかれとはいのらぬものを

うかりける人とは、物うかりける人と云詞。思ふ人の難面《つれな》きを指《さし》ていへり。①はつせの山は大和《やまと》の国の名所《めいしよ》。山颪《おろし》とは、嶺《みね》より吹《ふき》おろす風也。嵐《あらし》、山颪《おろし》、北気《きたげ》、ひかたあるし、東風《こち》、野分《のわけ》、凩《こがらし》など、みな風の名《な》也。はげしかれとは、先《まづ》、うはむ（169オ）きは、山おろしの強吹《つよくふく》事なれども、底《そこ》の心は思ふ人のいやましに難顔《つれなき》を歎《なげき》ていへる詞。人の心の嵐《あらし》はげしきなどとも読《よめ》る哥《うた》もあり。

先《まづ》、此哥は、祈不逢恋《いのれどもあはざるこひ》と云題《いふだい》をよめり。されば、此初瀬《はつせ》には、こまもろこし迄《まで》もきこえわたりて、貴《たつと》くめでたき観音《くわんをん》さつたの立《たゝ》せ給ふ山也。此観音《くわんおん》ぼさつは、昔《むかし》より恋《こひ》を祈《いのり》奉《たてまつ》る住吉《すみよし》物語等《かたりとう》にも委《くはし》く印《しる》せり。まづ、此泊瀬《はつせ》と申ところは山高《たか》くかさなり、嵐《あらし》山おろしの常《つね》〳〵いたく吹《ふく》山也。

哥の心は、此年月思ふ人のあまり難面《つれなさ》をせんかたなく思ひ侘《わび》、いまは観音《くわんをん》（169ウ）の御ちかひを頼《たのみ》奉《たてまつ》るより外《ほか》の事はあらじと、月日かさねていのれども、その印《しるし》とてはこれなくて、かの初瀬《はつせ》山の山颪《おろし》のごとく、思ふ人の心弥《いよ〳〵》烈《はげし》く、難顔《つれな》さのみ増《まさ》りけるを、おもひわびかなしみて、こはいかゞせん。思ふ人の心もやはらぐやうにとこそ祈《いのり》つれ。さりとては、かくいとゞ心の嵐はげしく、つれなかれとは祈《いのり》申さざりし物をと、お菩薩《ぼさつ》をも恨《うらみ》奉る事、誠切《まことにせつ》なる思ひの程、哀《あはれ》に絶《たへ》たり。

又、ある人の説《せつ》には、此間幾月《いくつき》をかさね、日数《ひかず》経《へ》て身を砕《くだ》き、心を尽《つく》しいのれども、その印《しるし》はなくて、唯《たゞ》うかりける人の心は、此はつせ山おろし（170オ）のごとく、いとゞはげしく難面《つれな》さのみ、いやまさりぬれば、おのれ、只態《たゞわざと》人の心はげしかれと、祈《いのり》たるやうなるよと、かなしみなげくよしともいへりき。されば、定家卿《ていかきやう》の曰《いはく》、此哥は近《きん》代《だい》の名哥《めいか》にして、心ふかく詞心に任《まか》せり。かやうの事はいかに学《まなぶ》とも続《つゞけ》がたく、真及《まことにおよぶ》まじき姿《すがた》とほめられたりとかや。しからば、猶《なを》此哥の心ふかき子細《しさい》もこそあるらめ。いよ〳〵好師《かうし》へ尋《たづね》とはまくほし。

①はつせの山、はつせ山の事也。おはつせとも、又、はせともいふ。初瀬とも、泊瀬ともかく也。

76　崇徳院《しゆとくゐん》

鳥羽院《とばのいん》の太子《みこ》、仁王《にんわう》より五十五代《だい》めの帝《みかど》。御母《はゝ》は①待賢門院《たいけんもんゐん》の障子《しやうじ》。（170ウ）

せをはやみいわにせがるゝたき川のわれてもすゑにあはんとぞおもふ

瀬《せ》を早《はや》みとは、河《かは》の瀬《せ》と云物は水の流《ながれ》はやきゆへにかくいへり。滝川《たきがは》とは、滝《たき》のごとくたぎりて、おち流《ながる》る川の事。われてとは、わかれてと云詞。又、わりなふしてもと云詞。いづれをも用《もちゆ》べし。

御哥の心は、水《みづ》の流《ながれ》はやき河瀬《かはせ》の洲崎《すさき》などにこれある岩《いは》に当《あた》りたる水は、かならずかの岩《いは》にせかれて両方《りやうはう》へ別《わか》れ流《ながる》る物也。されども又、つゐには、かならず流れの末《すへ》にては落合《おちあい》、本《もと》のごとく一つにながれ合《あふ》（171オ）物なれば、真《まつ》其《その》ごとく、わが中《なか》の盟《ちぎり》も、思ひの外《ほか》なるさはり出来《いでき》て、このたびはかくわかる、とも、又ゆくすゑにては必《かなら》ずめぐりあひまいらすべしと云内《うち》に、そなたにも、かく心得《え》給へとたのみをかけて、さはいひなから、いかにこなたには、かく思ふとも、そなたの心かはりはてなば、いか、あらんや、おぼつかなし、くるしなど、うちわびたるよし也。

①待賢門院《たいけんもんいん》の障子《しやうじ》は、大納言《なごん》公実《きんさね》卿《きやう》の息女《そくぢよ》。

77　待賢門院堀川《たいけんもんいんのほりかは》

待賢門院《たいけんもんゐん》と申は鳥羽院《とばのいん》の御后《きさき》。崇徳院《しゆとくゐん》、後白河院《ごしらかはゐん》、此二代《たい》の帝《みかと》の国母《こくぼ》に（171ウ）ておはします。かの堀川《ほりかは》は此后《きさき》に仕《つか》へ奉《たてまつ》る女房《にようばう》の名《な》也。①久我《くが》の顕仲《あきなか》、三位《み》神祇《じんぎ》伯《はく》の息女《そくによ》。此人兄弟《きやうだい》七人あり。いづれも哥人《かじん》。

ながゝらむ心もしらずくろかみのみだれてけさはものをこそおもへ

長《なが》からん心とは、行末《ゆくすゑ》の契《ちぎり》をかけて云詞。黒髪《くろかみ》の乱《みだれ》て物おもふとは、ねみだれ髪《がみ》のごとく、おもひ乱《みだれ》てわくかたもなく、ごう〳〵としたる物おもひの躰《てい》也。

先《まづ》、此哥は、後《のち》の朝《あした》の恋《こひ》と云題《いふだい》をよめり。後《のち》の朝《あした》とは、夕《ゆふ》べ逢《あふ》て立《たち》（172オ）別《わかれ》たるけさの事。後《のち》の朝《あした》の哥に、みだれがみと云出《いひ》したる詞づかひ尤《もつとも》面白《おもしろ》し。実《まこと》に夕《ゆふ》べかはせし手枕《たまくら》なれば、今朝《けさ》の乱髪《みだれがみ》さも有べし。

哥の心は、よな〱ひよくの枕《まくら》をかはし、相互《あいたがい》にゆくすゑまでも替《かは》らじと、いと念比《ねんごろ》には契置《ちぎりをき》し中《なか》なれども、人の心の底《そこ》居しられず。世のありさまも、おしはかりがたき事なれば、とやあらん、かくやあらめと、夕べ逢《あふ》てけさたち別《わか》れし中なれども、いやはや万《よろづ》うたがはしく、千々《ちゞ》に砕《くだく》る心の乱《みだ》れ、かなしさやる方《かた》もなき由《よし》也。女の哥として、一入《しほ》哀《あはれ》やさしきさま也。（172ウ）

①久我《こが》の顕仲《あきなか》は、六条《でう》の左《さ》大臣《じん》顕房卿《あきふさきやう》の御男《こ》也。ほりかはの兄弟《きやうだい》、仲房《なかふさ》、有房《ありふさ》、忠房《たゞふさ》、待賢門院《たいけんもんいん》の安芸《あき》などいへり。

78　法性寺入道前《ほつしやうじのにうだうさきの》　関白太政太臣《くわんばくだいじやうだいしん》①

法性寺《ほつしやうじ》は寺号《じがう》、摂家《せつけ》入道《にうだう》とは法躰《ほつたい》の事。前《さき》とは、まへかどと云心。御法体《ごほつたい》なき時、関白《くわんばく》太政《じやう》太臣《じん》の位《くらゐ》なれば、前《さき》と云字《じ》を入たり。関白《くわんばく》は職《しよく》、太政《じやう》太臣《じん》は官《くわん》、九条忠通公《でうたゞみちこう》の御事也。

わだのはらこぎいでゝみればひさかたのくもゐにまがふおきつしらなみ

和田《わだ》の原《はら》とは海《うみ》の事。久方《ひさかた》といふも、雲井《くもゐ》と云も、空《そら》（173オ）の事。さあれば、久方《ひさかた》の雲《くも》井と云続《いひつゞけ》て、重《かさ》ね詞と云物也。沖《おき》つとは、只海《たゞうみ》の沖《おき》の事。つもじは例《れい》の休字《やすめじ》。

哥の心は、春の海べの浪《なみ》風もなく、なぎわたりて、四方《よも》の空《そら》にほ〱と、薄霞《うすかすみ》いかにも暖《だん》〱と長閑《のどか》なるころ、かの風景気色《ふうけいけしき》に乗《ぜう》じて、浦遠《うらとを》く舟漕《こぎ》出て、沖波《おきなみ》はるかにながめやれば、いつこをかぎりともなく、平《へい》〱渺《べう》〱として、大空《おほそら》も行衛《ゆくゑ》かたさがりに見えなされ、空《そら》も海も同《おな》じ緑《みどり》に色《いろ》まじはり、一つに成《なり》たるが、おり〱ゆるき、此春風《しゆんふう》にさそはれ、ざわ〱と立浪白《たつなみしろ》くみえ（173ウ）渡《わた》りたるは、さながら半天《はんてん》に立《たち》つゞくかとおぼしく、春の海べの空、えもいはれぬ面白《おもしろ》さ、限《かぎ》りなき景物《けいぶつ》をつくろはず、その儘《まゝ》あり〱と云出て、うらゝなる詠吟《えいぎん》かぎりなき分《あり》野《さま》、凡慮《ぼんりよ》の及《および》かたき由《よし》也。げにも〱、遥《はる〱》と打詠《うちながむ》れば、大空《おほそら》の行末《ゆくすゑ》、次第《しだい》〱に地《ぢ》に落《おち》つくが如《ごと》く、片低《かたさがり》なる物也。是《これ》を天《あま》さかると読《よめ》る哥おほし。されば、

霞《かすみ》しく松浦《まつら》のおきにこぎ出てもろこし迄《まで》の春をみる哉《かな》

などもよめる也。何《なに》さま手《て》も付《つけ》られぬ正風躰《しやうふうてい》の哥とかや。但《たゞし》、当代《たうだい》は哥一首《しゆ》の内《うち》に、舟と云詞《ことば》なくして、（174オ）唯《たゞ》、漕《こぎ》出るとばかりは嫌侍《きらひはべ》れども、昔《むかし》の風《ふう》はかくの如《ごと》くもこれあると也。唐《もろこし》の名詩人《めいしじん》、杜子美《としみ》が春游《しゆんゆう》の吟《ぎん》にも、春水船如坐天《しゆんすいのふねはてんにざするかごとし》、と春の長閑《のどか》なる海上《かいしやう》の好景《かうけい》を題《だい》せる也。又、勝王閣《せうわうかく》の賦《ふ》にも、秋水其長天一色《しうすいそのたけてんいつしよく》とも作《つく》れり。よく思ひ入吟《ぎん》ずへし。

①太政《たいじやう》太臣唐名《じんからな》、相国天下《しやうこくてんか》一人の師範《しはん》として、四海《しかい》に儀形《ぎげい》たる大官《くわん》也。此太臣《だいしん》の御ちゝは、知足院《ちそくいん》の関白忠《くわんばくたゞ》実公《さねこう》也。

79　①左京《さきやうの》太夫《だいぶ》顕輔《あきすけ》

左京《さきやうの》太夫《だいぶ》は官《くわん》、顕輔《あきすけ》は名乗《なのり》。哥仙《かせん》一流《りう》の作者《さくしや》、六条家《てうけ》と云。又、詞花集《しくわしう》をも撰《えら》めり。（174ウ）

②あきかぜにたなびくくものたえまよりもりいづる月のかげのさやけさ

靉《たなび》く雲《くも》とは、棚《たな》の如《ごと》く段《だん》〲に靡《なび》く雲《くも》也。もり出るとは、顕《あらは》れいづると云詞。

哥の心は、元来《もとより》一点《てん》も雲《くも》なき半天《なかぞら》の冴《さえ》たる月に向《むか》つては、いかに面白《おもしろ》からん詠《ながめ》の中《うち》にも、あながち是《これ》やとうち驚《おどろく》迄《まで》の詠吟《えいぎん》はなし。しかるに、今宵《こよひ》の空《そら》は、何《なに》さまにたなびく雲《くも》、段《たん》〱に見え渡《わた》りて、曇果《くもりはて》んと分別《ふんべつ》思ひ定《さだめ》たる事なれば、中《なか》〱に月を見んと思ふ心はなく、只《たゞ》月の尋《さは》りとなる（175オ）雲《くも》にのみ心移《うつり》、ひたすら恨《うら》みねたみ、悪《にくみ》いかり侍《はべ》るところに、思ひの外《ほか》に、此くもの絶間《たえま》より顕《あらは》れ出る月を見れば、とぎたてたる鏡《かゞみ》、磨《みがき》なしたる玉のごとし。こはいかにと、心空《そら》にあはてふためかれて、見るほどみるほど、一入《しほ》さやかに照増《てりまさ》り、詠吟《えいぎん》まことにたゞならぬよと、おもしろく見立《たて》たり。げに〱万《よろず》の物、皆残《みなのこり》なく飽《あく》までさだかに守《まも》りおる時は、あはや是はとうち驚《おどろ》く興《けう》はあらじ物にや。よく〱此哥によつて、万物《ばんもつ》にその吟《ぎん》、観念《くわんねん》あるべき物也。よきをしへの哥にや。（175ウ）

①此顕輔《あきすけ》は、六条修理《てうしゆり》の太夫《だいふ》顕季《あきすゑ》《とし》卿《きやう》の子息《しそく》也。

②ある本には、

〽秋風にたなびくくものたえまよりもれ出る月のかげぞさやけき

ともこれあり。もりいづる、もれいづる、いづれもおなじ事か。

80　源《みなもとの》兼昌《かねまさ》

源は氏《うぢ》、兼昌は名乗《なのり》。①太皇《くわう》太后宮《ごくう》の大進《しん》。堀河院《ほりかはいんのち》後の百首《しゆ》の作者《さくしや》。宇多《うだ》の天皇《わう》、敦実親王《あつざねしんわう》の後胤《こういん》。摂津守《つのかみ》俊輔《としすけ》が子《こ》也。

②あはぢしまかよふちどりのなくこゑにいくよねざめぬすまのせきもり

③淡路島《あはぢしま》とは、即《すなはち》あはぢの国の事。通《かよ》ふ鵆《ちどり》とは、あはぢの入海《いりうみ》よりつの国須摩《すま》の浦《うら》へ飛渡《とびわた》る千鳥《ちどり》也。すまの浦《うら》と淡路《あはぢ》は指《さし》むかひ、程近《ほどちか》き名所《めいしよ》也。関守《せきもり》とは番《ばん》（176オ）をする人〳〵。当代《たうだい》こそ関《せき》④（ママ）すゆる事もなし。昔《むかし》は所《ところ》〳〵に関《せき》ありとかや。

哥の心は、吾《われ》、此度《たび》思ひの外《ほか》に都《みやこ》を立《たち》はなれ、はる〳〵と此すまの浦《うら》に旅《たび》ねして、何《なに》とやらん物あぢきなく、古郷《ふるさと》都《みやこ》の事など思ひ出、よろずとり集《あつめ》たる悲《かな》しさに、剰《あまつさへ》⑤そなれ松吹《ふく》風の音《をと》、颯《さつ》〳〵と汀《みぎわ》の白浪《しらなみ》たう〳〵たり。かくては、さすが目《め》もあはざりしかども、羇寐《たびね》のうさを忘《わすれ》んと、強《しゐ》て暫《しばらく》打《うち》まどろめば、ねざめをさそふ友千鳥《ともちどり》のしば⑥啼《なき》つれて、淡路潟《あはぢがた》より通《かよ》ひくるを枕《まくら》の上《うへ》に聞《きゝ》なしては、いかでねられ（176ウ）む物か。扨《さて》も羇《たび》ねの夜半《よわ》のかなしみ、いひやらん方《かた》もなし。実《げに》〳〵ところはすまの浦半《うらわ》にて、中納言行平《なごんゆきひら》もしほたれつゝ、侘《わぶ》といひ、⑦光君《ひかるきみ》の昔《むかし》がたりなど、たちまち心に浮《うか》び、浪《なみ》こゝもとへ立《たち》くる心地《こゝち》して、哀《あはれ》も数《かず》そひ堪《たへ》がたき心のうちより、偖《さて》もかくよろず哀に物がなしきわが心とはいゐども、わか身は今宵《こよひ》一夜《よ》のたびねなれば、泣《なき》あかしたりともさてありなん。さてもあはれや。此須摩《すま》（ママ）の関守《せきもり》、人〳〵はいかに住馴《すみなれ》たる所《ところ》なりとも、かく鵆《ちどり》の打侘《うちわび》かよひくる声《こゑ》を聞《きい》ては、中《なか》〳〵少時《しばし》まどろまれぬべき物かよ。幾夜《いくよ》（177オ）の寐覚《ねざめ》さこそ物うかるへし、と思ひ遣《やり》、いたはる心ざし、尤《もつとも》不便《ふびん》のさま也。されば、下臈《げらう》のたとへにも、身をつみて人のいたさを知《しる》るとなれば、よくこそ思ひ合《あは》せられたれ。万人《ばんにん》の教《をしへ》ともなるべき哥にや。又、此哥の幾夜《いくよ》めさめぬとこれあるを、幾夜《いくよ》ねざめをすまの関守《せきもり》として、ねざめをするといひかけたる一本《いつほん》あり。其善悪《そのぜんあく》をわきまへしらず。

①太皇《だいくわう》太后宮《ごくう》とは、帝王《ていわう》の御祖母《そぼ》の御事。大進《しん》は官《くわん》。からな内給事《たいきうじ》といふて后《きさき》の御用《ごよう》を達《たつ》する官人《くわんにん》也。

②ある本《ほん》に、

あはぢがたかよふちどりのなくこゑにいくよめさめぬすまのせきもり

かやうにもこれあり。いづれもおなじ心か。

③あはぢ嶋《しま》、あはぢがたとも云也。かたとは入海《いりうみ》のやうなるところをいふ也。此あはぢ島《しま》は、日本国《につほんごく》のはじまり也。天照《せう》太神《じん》いまだ天におはしましけるときに、わがすむべき国、このうみのうへにやあるとて、ほこをもつて大海《かい》をさがし給へるとき、かのあまのみほこのしたゞり一つおちて、このあはぢしまとなる。さて、此国へあま下《くだ》りまして、御《み》あとをいまにとゞめさせ給ふと也。

④昔《むかし》の関《せき》どころは、江州逢坂《あふみあふさか》、美濃《みの》の不破《ふわ》、つの国《くに》須磨《すま》、ちくぜんかるかや、おく白河《しらかは》、むさしかすみのせき。此ほかもぢのせき。

⑤そなれ松とは、礒《いそ》べにあるまつの事也。

⑥しばなくとは、かず〳〵なくといふこと也。

⑦源氏物かたりにも、此須磨の浦は、蜑の家だにまれになんとかけり。此物かたりなど、よくよみ心むへし。又、此哥のねざめぬといへる、ぬもじおはんぬにてもなし。又ふのぬにてもなし。只ねさめぬらんとの字をそへてみるへしといへり。

81　①藤原基俊《ふぢはらのもとゝし》

藤原《ふぢはら》は氏《うぢ》、基俊《もとゝし》は名乗《なのり》、官《くわん》左衛門《さゑもん》の佐《すけ》、唐名《からな》、次将衛士《じしやうゑじ》の官人《くわんにん》也。和漢《わかん》の達人《たつにん》、哥仙《かせん》一流《りう》、（177ウ）幷《ならびに》、新朗詠《しんらうゑい》の作者《さくしや》、笛鞠《ふえまり》の名人《めいじん》、神変奇特《じんべんきどく》の人、二条家《てうけ》と云《いふ》。御堂《みだう》の関白道長公《くわんぱくみちながこう》の玄孫《げんそん》、堀川《ほりかは》の右《う》太臣俊家公《じんとしいゑこう》の御男《こ》。

ちぎりをきしさせもがつゆをいのちにてあはれことしのあきもいぬめり

盟置《ちぎりをき》しとは、頼《たの》みを掛《かけ》、約束《やくそく》しをきたると云詞《いふことば》。させもとは艾《もぐさ》と云草の事。さしもとも云。さて、させもが露《つゆ》を命とは、露の命と云ゆへにかく云《いひ》かけたり。秋もいぬめりとは、秋も過たりと云詞。先《まづ》、此哥は、千載集《せんざいしう》の詞（178オ）書《がき》に、光覚《くわうがく》維摩会《ゆいまゑ》の講師《かうし》請《じやう》を申けるを、度《たび》〳〵もれにければ、法性寺《ほつしやうじ》入道前大政太《にうだうさきのだいじやう》臣《じん》にうらみ申けるを、しめぢが原《はら》のと侍《はべ》りけるに、又《また》の年ももれにければ、読《よみ》て遣《つかは》しけるとあり。詞書《ことばがき》の心は、光覚僧都《くわうがくそうず》は此基俊《もととし》の甥《おい》也。維摩会《ゆいまゑ》とは維摩《ゆいま》経《きやう》を講《かう》ぜらるゝ事。秋の比《ころ》、奈良《なら》にてとりおこなはる甚《はなはだ》大法《ほう》也。この講師《かうし》のうけを、かの僧《そう》都《づ》望《のぞ》まれけるに、舅《おぢ》の基俊《もととし》をもつて法性寺殿《ほつしやうじどの》へたのみ申上《あけ》ければ、かたく御約《やく》だくはありながら、たび〳〵の講《かう》師《し》にもれられけるを、基俊《もととし》う（178ウ）らめしく思ひ奉《たてまつ》りて、うらみ申ければ、法性寺殿御返答《ごへんたう》に、しめぢが原と宣《のたま》ひけり。かく宣ひし心は、観音菩薩《くわんをんほさつ》の尊詠《そんゑい》に、

　たゞたのめしめぢが原のさしも草《ぐさ》われ世間《よのなか》にあらんかぎりは

此御哥の心にて、只《たゞ》たのめ少《すこし》もぶさたには思はぬとの御申也。さて、基俊の哥の心は、かねてより講師の請《じやう》を望《のぞ》みたのみ奉《たてまつ》りけるを、御心よくうけおい給ひければ、いとうれしくて、朝夕《あさゆふ》の露草葉《つゆさうえう》にをけるごとく、儚《はかな》き身ながらも、さりともとこそ頼《たの》もしく思ひ奉《たてまつ》りけるに、命《いのち》のつゆはかなきたのみに年《とし》月をへて、今《こ》（179オ）年《とし》の秋も又空《むな》しくうち過ぬる事よと、うへには身の程《ほど》を観《くわん》じ、下《した》には恨《うらみ》をふくめる也。かく云内《いふうち》に、又くる年の講師《かうし》をば是非《ぜひ》とそせうを申よしにや。されば、此哥は心詞《ことば》相《あい》かねて金玉《きんぎよく》の如《ごと》しとほめたる也。

①此基俊《もととし》は俊成卿《しゆんぜいきやう》の哥《うた》の師《し》也。玄孫《げんそん》とは、彦《ひこ》といふ事也。

82　道因法師《だういんほうし》

俗名《ぞくみやう》、左馬助敦頼《さまのすけあつより》。高藤《たかふぢ》の末孫《はつそん》、治部卿清孝《ぢふのきやうきよたか》の子息《しそく》。

おもひわびさてもいのちはあるものをうきにたへぬはなみだなりけり（179ウ）

思ひ侘《わび》とは、おもひ〳〵あまり、せんかたもなき時の詞。さてもとは、さありてもと云詞。たへぬとは堪忍《かんにん》もせぬと云詞。

哥の心は、さても〳〵、思ひ〳〵あまりたる此思ひをばいかゞせん方《かた》もなき事ぞよ。さりとも、露の情《なさけ》は有《あり》なん物をと、ひたすら頼《たの》みをかけて恋渡《こひわた》りしかども、思ふ人は弥《いとゞ》難面《つれな》さのみいや増《まさ》りゆくに依《よつ》て、露の命も消《きえ》ぬべかりしが、さありとても、いまだ命はつれなくよくこらへて、けふまでかくは存命《ながらへ》ぬる物哉《かな》。さてもうらめしや。かゝる憂《うき》おもいにも、命はよくこらへたるに、いかにとして涙《なみだ》は堪忍《かんにん》もせず、かく斗《ばかり》は（180オ）溢《こぼ》れ落《おつ》る事よと、おつる泪《なみだ》をおさへてかきくどきたる也。最《もつとも》恋人の心中《しんじう》さこそと哀《あはれ》におぼえ侍《はべ》る。何《なに》さま此泪はおさへても袖にあまり、しのびても袂《たもと》にみちぬるとおぼしき也。さても、此までもと云詞にてよく心得《え》しるべし。

83　藤原清輔《ふぢはらのきよすけ》①

藤原は氏《うぢ》、清輔《きよすけ》は名乗《なのり》。左京太夫《さきやうのだいぶ》顕輔《あきすけ》の子息《しそく》、大弐皇《にくわう》太后宮《ごくう》の大進《しん》也。

ながらへばまたこのごろやしのばれむ（180ウ）**うしと見しよぞいまはこひしき**

存命《ながらへ》ばとは、いのちながらへばと云詞。此比《ころ》とはけふこの比《ごろ》などいへる心。忍《しの》ばれんとは、したはれんと云詞。惣《そふ》じて忍《しのぶ》とは、人目《め》隠包《かくしつゝ》む事、又、堪忍《かんにん》する事、又、慕《したふ》事、かくのごとく三やうの云分《いひわけ》あれども、先《まづ》、爰《こゝ》に用《もちゆ》るは、したふと云心なるべし。憂《うし》と見し世とは、物うき世間哉《せけんかな》とおもひ侘《わび》けるなど云心。

先《まつ》、此哥は、さし当《あたり》てよろず物うきと思ふ時代《じだい》も、何《なに》かと打過《うちすご》し侍《はべ》りて、後《のち》にはかならず、又とありし物を、かくありし物をなど、思ひ出したふ事。人間《にんげん》（181オ）儚《はかな》き習《なら》ひ也。其子細《そのしさい》は、万指当《よろずさしあたり》たる憂《うき》身の物わびしさに、かゝはり泥《なずん》て、あれの是《これ》のと心を尽《つく》し、身を砕《くだ》き苦《くる》しむまゝに、若《もし》や今《いま》此かゝる時代《じだい》がうつり替《かは》り過《すぎ》なば、心やすき時代にも成《なり》なんかと、思ふ頼《たの》みをかけていかにもして、一時《じ》もはやくこの時代を過《すぐ》さばやと、暮行《くれゆく》年月を待《まち》かね、心いらへにけふよあすよと、明《あか》し暮《くら》し侍れば、次第《しだい》〳〵に②下《くだ》り行世間《ゆくせけん》の分野《ありさま》のみにて、昔《むかし》にまさる事はなし。爰《こゝ》におゐて、つく〳〵と工夫思案《くふうしあん》をめぐらし、おもい弁《わきまへ》てそのまゝつくろはず、（181ウ）ありの儘《まゝ》よみいだせる也。詞づかひおほかたに心得ては口惜《くちおし》かるへし。

哥の心は、扨《さて》もかく斗《ばかり》あきはてたる、憂世間《うきせけん》の住苦《すみぐる》しきには、露《つゆ》の命、何《なに》の草葉《くさば》、いづれの木末《こずゑ》を便《たより》としてか、少時置《しばしをき》ながらへはつべき事ぞや。こはいかゞせんやと、愁《うれへ》かなしみ述懐《しゆつくわい》する心の内《うち》より、よく〳〵思ひ返《かへ》せば、よし〳〵うれへ悲《かな》しみ恨《うらむ》る事なかれ、若《もし》わが命つれなく、行末《ゆくすゑ》ひさに存命《なからへ》ば、さこそ只今《たゞいま》かく万《よろづ》に付て物うき事よと、飽果《あきはて》たる時代《じだい》なりとも、かゑつてしたいなつかしみ思ひ出《いづる》事有なん。其謂《そのいはれ》は、此前《まへ》かどに送《をく》り（182オ）むかへ、過し来《きたり》し時代《じだい》をも、正《まさ》にその時代にありつる時は、いかばかりか物うくすみわびぬる世ぞと、うれへかなしみ恨《うらみ》侘《わび》あきはてけるが、只今《たゞいま》の代《よ》に引《ひき》くらべ、おもひ合《あは》すれば、さりとは住《すみ》よき時代なりつる物を、只人間《たゞにんげん》おろかなる心の曲《くせ》として、よろず先《まづ》さしむかいたる当座《たうざ》の事のみ、悲《かな》しみ愁《うれへ》る物にやといへるうちより、このほどいやましに

下りゆく世の分野《ありさま》をうれへいたみ、観念《くわんねん》したる由《よし》也。あまねく人の教《をしへ》ともなりぬへき哥なんかし。（182ウ）

①此清輔《きよすけ》、続詞花集《ぞくしくわしう》をえらまれけれども、奏覧《そうらん》なくして、いたづらにやみけると也。

②下《くだ》りゆく世は、よろずおちぶれゆくすゑの世の事也。ある哥に、

なれさへもくだりゆくよのほとゝぎすまたぬにきなく里はあまたに

ともよめり。なれさへとは、あれさへもといふことば也。

84　俊恵法師《しゆんえほうし》

杢頭《もくのかみ》、源《みなもと》の俊頼《としより》の子《こ》。

よもすがらものおもふころはあけやらぬねやのひまさへつれなかりけり

終宵《よもすがら》とは、夜《よ》と、もと云詞。よるはすからとも云。閨《ねや》のひまとは軒《のき》の板間《いたま》、或《ある》ひは窓《まど》などの事にや。つれなとは難面《つれなき》と云詞。何《なに》物にてもあれ、わが思ふ心のまゝにならざる事也。

哥の心は、物思ふ身の曲《くせ》として、夜《よる》こそ弥悲《いとゞかな》しけれ。されば春夏の短夜《みじかよ》さへも有《ある》べ（183オ）きに、況《いはん》や是は秋冬かけての永《なが》き夜《よ》な〳〵なれば、一入明《しほあけ》もやらずして、よもすがらつれなき人を思ひ侘恨《わびうらみ》、とやせんかくやあらましなんどゝ、身をやつし、心をくだき、露《つゆ》の命も消《きえ》かへりつゝ、恋かなしみあへるに、昔有原《むかしありはら》の中将《ちうじやう》、おきもせずねもせでよるを明《あか》してと、うち侘《わび》たるもうらやましく、余《あまり》思ひの切成儘《せつなるまゝ》、せめて夢《ゆめ》みる事もやと、手枕《たまくら》にのみかたふけば、床《とこ》も泪にうくばかり。又、起居《おきゐ》つゝやすらへば、いとゞ俤《おもかげ》たちそひて、忘《わす》れもやらず苦《くる》しければ、はや

夜もあけよ思ひ慰《なぐさ》む方《かた》（183ウ）もやと、待《まて》ども〳〵まだ明《あけ》やらぬとおぼしくて、閨《ねや》の隙《ひま》さへしらみあへる気色《けしき》もなし。一入苦《しほくる》しき心の内《うち》より、いかにや思ふ人こそ差《さし》て難顔《つれなく》おはするとも、さりとは此夜《よ》はかくつれなくも明《あけ》がたき物にはあらじと、うらめしくて、偖《さて》はとにかく我《われ》には物おもへとの憂前業《うきぜんごう》の報《むく》ひにもやと、歎《なげ》きかなしめる由《よし》也。されば、閨《ねや》の隙《ひま》さへと云、此さへと云詞にて、難面人《つれなき》の上《うへ》をも云含《いひふくめ》り。哀《あはれ》ふかきにや。

85 ①後徳大寺左太臣《ことくだいじのさたいじん》

右《う》太臣《しん》大炊《おほゐ》の御門《かと》公能公《きんよしこう》の御男《こ》、実定公《さねさだこう》也。（184オ）

ほとゝぎすなきつるかたをながむればたゞありあけの月ぞのこれる

詠《ながむ》ればとは、例《れい》の詠見《えいけん》にて、うち見渡《わた》したる心なれども、心にふかく味《あぢは》ひ感《かん》じたる心也。

哥の心は、只今《たゞいま》思ひかず、不図《ふと》蜀魄《ほとゝぎす》の一声《こゑ》をうち聞《きい》たる分《ぶん》には非《あらず》、すはや子規《ほとゝぎす》も鳴《なき》ぬべき時節《じせつ》なるかと思ひ初《そめ》し比《ころ》より此かた、くる夜《よ》も〳〵、今《いま》や啼《なき》なんと心いられて待《まつ》につれなかりしに、有明《ありあけ》の月のいとしろくさし出、何《なに》とやらん気色《けしき》たゞならざる夜半《よわ》のしめやかなるに、そこもしも（184ウ）なく、唯《たゞ》一声郭公《こゑくわつこう》と音信《をとづれ》ければ、更《さら》に夢《ゆめ》うつゝともおもひわかず、あれやと驚《おどろ》く心のいかばかり余波《なごり》おしさに、只今啼《たゞいまなき》つる時鳥《ほとゝきす》の行衛《ゆくゑ》いかにと、おぼつかなき半天遥《なかぞらはるか》にしたい詠《ながめ》やれば、晨明《ありあけ》の月のみ白《しろ》〳〵と照《てり》そひ、かの郭公《ほとゝきす》は又とも声《こゑ》せず、その俤《おもかけ》のみ身にしみ、跡《あと》したはるゝ風情《ふぜい》いはんかたなし。かやうの哥はわが心によく吟詠《ぎんえい》あきらかなりといゑども、筆詞《ひつし》に顕《あらは》しがたし。されば時鳥よめる哥、古今《こゝん》おほしといゑども、かくの如《ごと》く何《なに》の子細《しさい》もなくして、しかも心をつくしたる（185オ）はあらじ。よく詠吟《えいぎん》すべし。さればあまたの鳥類《てうるい》の中《なか》に於《おゐ》て、そのこゑ色《いろ》〳〵さま〳〵面白《おもしろ》きも多《おほ》けれども、いか成《なる》ゆへにや。かの杜宇《ほとゝぎす》の鳴音《なくね》をば、哥人詩人《かじんしじん》、身にかへ命にかへてもきかまほしき由詠《よしゑい》ぜり。そのうへ所《ところ》に依《よつ》て、かしましき程啼《なく》鳥なれども、いかにも幽《かすか》に只《たゞ》一声《こゑ》つれなく音《をと》するやうに、唐《もろこし》わが朝《てう》、古今《ここん》の人〳〵いひ伝《つた》へり。ある哥に、

いかでかく思ひ初《そめ》けん時鳥雪《ゆき》の深《み》山の法《のり》のするかは

又、ある詩《し》に、

楚塞余春《そさいのよしゆん》聴漸稀《きくことやうやくまれなり》、断猿今夕譲沽衣《だんえんこのゆふべころもをうることをゆづる》、雲埋老樹空山裏《くもらうじゆをうづむくうざんのうち》、彷彿千声一度《せんせいにはうほつしてひとたび》（185ウ）飛《とぶ》

このほか、さへたる月の夜《よ》、或《ある》ひは五月雨《さみだれ》急雨《むらさめ》の名残《なごり》の空《そら》、藤浪《ふぢなみ》かゝる池《いけ》の辺《ほとり》、橘《たちばな》かほる軒《のき》のつま〳〵、旅《たび》ねの枕侘《まくらわび》しきに付ても、杜鵑《ほとゝぎす》の一声《こゑ》をばこいしたい、うらみかなしめる詩歌数《しいかかず》おほし。よく〳〵おもいあはすべし。子規《ほとゝぎす》の事、猶委《なをくわし》く自讃歌《じさんか》に書印《かきしるし》侍《はべ》る。御らんあり候へ。

①後《ご》はのちとよむ。徳《とく》大寺《じ》は摂家《せつけ》の御寺号《じがう》也。惣《さふ》じて後《ご》と云事、公方家《くばうけ》ならでは申さぬ事なれども、是は世〳〵に云ならはしたればぜひに及《およば》ぬ也。

86 ①皇太后宮太夫《くわうだいごくうのだいぶ》俊成《としなり》《しゆんぜい》

皇《くわう》太后宮《ごくう》大夫は官《くわん》、俊成《としなり》は名乗《なのり》。五条《ごてう》の三位《み》とも云。御堂《みだう》の関白公《くわんばくこう》の玄孫《げんそん》、帥《そつ》の中納言俊忠卿《なごんとしたゞきやう》の子息《しそく》、法《ほう》名釈阿《みやうしやくあ》。定家卿《ていかきやう》の父《ち》也。千載集《せんざいしう》の作者《さくしや》。後鳥羽院《ごとばのいん》御哥《うた》の御師範《ごしはん》。名誉《めいよ》の哥人《かじん》。（186オ）

よのなかよみちこそなけれ思ひいるやまのおくにもしかぞなくなる

先《まづ》、此哥、述懐《しゆつくわい》百首《しゆ》の哥の中《なか》に、鹿《しか》の歌《うた》とてよめるとこれあり。されば、憂《うき》世を思ひ捨《すて》、おく山ふかく分《わけ》いらんとすれば、山の中《なか》にも男鹿《おしか》の啼音《なくね》猶《なを》物がなしく聞侍《きこえはべ》れば、さては、とにかく浮《うき》世をのがれ、心安《やす》からんところへ立《たち》さるべき道《みち》こそなけれとのうらみ也。定家卿自筆《ていかきやうじひつ》の小倉色紙《をくらしきし》には、山のおくを山の中《なか》とかゝれし也。

哥の心は、いろ〳〵さま〳〵に、此世間《せけん》の憂徒《うさあだ》し事をよく（186ウ）②思ひとり、分別《ふんべつ》きわめて、今《いま》ははや此世の望《のぞ》み一塵《ちん》もなく成《なり》はて、嬉《うれ》しくも世をのがれ出て、いかならん峯《みね》に庵《いほり》をも結《むす》び、谷《たに》の水をもむすばばやと、奥《おく》山深《ふか》く分《わけ》入たどり行《ゆけ》ば、かの山中《さんちう》にも、いとゞ物悲《かな》しき秋の哀《あはれ》を添《そ》ふる男鹿《おしか》の妻声聞《つまごゑきこ》ゆれば、さては都をはなれ、里遠《とを》きかほどの山の奥《おく》にも、猶《なを》世のうき事は有けるよな、とにもかくにも憂《うき》世に住《すむ》身のかなしさをのがれ去《さる》べき道《みち》はなかりけるよと、打驚《うちおどろ》き嘆《なげ》くさま、もつとも其感《そのかん》ふかし。よく〳〵吟得《ぎんとく》有へし。（187オ）

①皇《くわう》太后宮《ごくう》とは帝王《ていわう》の御母《はゝ》みやを申也。太夫《だいぶ》はこの后《きさき》のおとなとして、万事《ばんじ》をとりおこなふ也。后の御身ちかき御一門《もん》の人をえらみ、此官《くわん》に任《にん》ぜらる。からなは長秋監《ちやうしうけん》といふ。此俊成卿《しゆんぜいきやう》、千載集序《ざいしうぢよ》もろともの作《さく》也。

②ある人のいはく、おもひ入とよめるに二つの心あり。一には、此世はかなしき物とおもい入と也。又、一には人の身ははかなき物とおもい入との二つ也。後鳥羽《ことば》の院《いん》の御時、千載集《せんさいしう》えらまれけるに、右《みぎ》此哥をも入たくおもいけれども、みちこそなけれといふところに、人〳〵のそしりあざけりもやあらんと、しんしやく遠慮《えんりよ》せられしを、別勅《へつちよく》にて入られたり。名誉《めいよ》の手柄《てがら》なり。まづ、千載集《さいしう》えらめる時、わか身の哥十一首《しゆ》かき入て奏覧《さうらん》ありしを、哥かず少《すくな》しとて、更《さらに》三十首《しゆ》を加《くは》へべきよし、後白河院《ごしらかはいん》の勅諚《ちよくじやう》をもつて、廿五首《こしゆ》をくわへ入られたり。此ときに此哥をも、かき入られたるなるべし。

87　皇《くわう》嘉《が》門院《もんゐんの》①別当《べつたう》

皇《くわう》賀《か》門院《もんいん》は月輪《つきのわ》の関白兼実公《くはんばくかねさねこう》の御娘君《りやうくん》、慈鎮和尚《ぢちんくわしやう》の御妹《いもうと》、崇徳院《しゆとくゐん》の御后《きさき》也。別当《べつたう》は此后に仕《つか》へ奉《たてまつ》る女房《にようばう》。具平親王《ぐへいしんわう》の後胤《こういん》、大皇后《くわうこう》の亮俊澄《すけとしすみ》が女《むすめ》。

なにはえのあしのかりねのひとよゆへ身《み》をつくしてやこひわたるべき

難波江《なにわえ》とは津《つ》の国の名所《めいしよ》。なにわの浦《うら》なにわ入江《いりゑ》とも読《よめ》り。芦《あし》の道地《②だうち》也。仮弥《かりね》とは、かりそめにぬると云詞《いふことば》也。しかるを蘆《あし》を刈《かる》に云《いひ》かけたり。身をつくしとは、水の中《なか》に木《き》を立置《たてをき》て、水《みづ》の深《ふか》さ浅《あさ》みをしらせて、出入舟《いでいる》（187ウ）の煩《わずら》ひなきやうにとの為《ため》也。しかるを物おもひに身を尽《つく》すと云掛《いひかけ》たり。但《たゞし》、哥にては、身をつくしのつもじ澄《すみ》て読《よみ》、詞《ことば》に読《よむ》時はつもし濁《にご》るべし。難波入江《なにわいりゑ》ならねども、いづくの湊《みなと》などにもこれ有《ある》物也。恋渡《こいわた》るとは、或《ある》時は恋《こひ》したい、又ある時は、思ひこがれ、泣《なき》かなしみなどする事也。

先《まづ》、此哥も例《れい》の序哥《ぢよか》也。序《ぢよ》の事《こと》は度《たび》〳〵書付侍《かきつけはべ》れども、尚子細《なをしさい》にいはんとなれば、まづ、なにわ江《え》といひ出したるは、芦《あし》のかりねといはん為《ため》、蘆《あし》のかりねと云《いふ》ては、一夜《ひとよ》ゆへといはん為《ため》也。さて一夜《ひとよ》とは、一夜《いちや》の事を云《いふ》なれども、芦《あし》は（188オ）節《ふし》のある草《くさ》なれば、一ふしと云《いふ》心をも含《ふく》めり。先《まづ》、此哥は、旅宿《りよしゆく》の逢恋《あふこい》と云題《だい》をよめり。哥の心は、旅《たび》の宿《やど》りにて、相初《あいそめ》し心をよめるなれば、都をはなれたるなにわ江《え》と読出《よみ》して、さればかの難波《なにわ》わたりの旅《たび》ねは、さらでだに物かなしく哀《あはれ》もいとゞふかゝるべきに、況《いはん》や思ひの外《ほか》なる一夜《よ》の契《ちぎり》ゆへに、今《いま》より後幾夜《のちいくよ》のうさつらさ、恋《こい》しなつかし恨《うら》みねたみの物おもいに身を尽《つく》し、心を砕《くだ》かん事いかばかりかはと、いといたふ行末《ゆくすゑ》あ

らまし事など、思ひ侘《わひ》たるさまとかや。（188ウ）

①別当《べつたう》とは、当君《たうぎん》の御后《きさき》の万事《ばんじ》をつかさどり、おこなふ女官《ぢよくはん》也。

②道地《だうち》とは、おほくあるところをいふ也。

88　①殷冨門院《いんぷくもんゐんの》太輔《たゆう》

後白河院《ごしらかはいん》の皇女《くわうによ》、殷冨門院《いんぷくもんいん》と申奉《たてまつ》る后《きさき》に仕へし太輔《たゆふ》と云女房《いふねうばう》。

みせばやなをしまのあまのそでだにもぬれにぞぬれしいろはかはらず

見せばやなとは、思ふ人に此わが分野《ありさま》を見せまいらせたしなど、願《ねが》ひたる詞《ことば》。雄嶋《をしま》は奥州《おうしう》の名所《めいしよ》。濡《ぬれ》にぞ濡《ぬれ》しとは、いかにも強《つよ》く濡《ぬれ》たるといはんとて、重《かさ》ね詞《ことば》に云《いひ》たる也。

哥の心は、小島《をしま》の海人《あま》の袖《そで》は、常《つね》に和布《め》刈塩汲《かりしほくみ》（189オ）塩《しほ》たれて、乾《かは》く間《ま》もなく、いつも波《なみ》に濡《ぬれ》しほれ侍《はへ》れども、色替《いろかは》る事更《さら》になし。いかなれば、わが袖は夜昼《よるひる》となく濡しほれたるうへに、今程《いまほと》は結句《けつく》泪も血《ち》に成《なり》そみ渡《わたり》て、袖の色厚紅《いろこきくれなゐ》と成《なり》ぬる事、只、つれなくおはしますそもじゆへ也けりと、悲《かな》しみ歎《なげく》内に、かくては忍ぶ人めもいかゞ有べきなんどゝ、思ひ砕《くだ》けたる此分野《ありさま》を思ふ人に、責《せめ》て一目《め》見せばやな。いかに難顔君《つれなききみ》なりとも、此有様《ありさま》を見給はゞ、すこしは憐《あはれ》み有べしと、ねがいかなしめるよし理《ことは》りにや。

又、或説《あるせつ》にいへるやうは、いかなる蜑《あま》の袖（189ウ）なりとも、昼《ひる》こそはめかり塩汲塩《しほくみしほ》たれて濡《ぬれ》しほるらめ。されども、夜《よる》〳〵は夫婦《ふうふ》諸《もろ》とも添臥《そひぶし》して、身を安《やすん》じ心を慰《なぐさ》め、おもふ事なく明《あか》し暮《くら》し侍《はへ》るらめ。いかなれば、わが袖は昼《ひる》は終日《ひめもす》人目《め》を忍び、おさふる袖にあまるなみだをせきかね、夜《よる》は終宵《よもすから》枕《まくら》しく隙《ひま》も泪《なみだ》の淵《ふち》に床《とこ》も浮《うき》わたり、朝暮《あけくれ》となく濡《ぬれ》しほれてかはく間《ま》もなく、今《いま》ははや、涙《なみた》も血《ち》に染《そめ》かへたる袖のけしきを思ふ人に見せばやな、さりとはあはれとおぼさるべしと打《うち》なげき侘《わひ》たる心といへりき。(190オ)

①殷冨門院《いんふくもんいん》の太輔《たゆう》、先祖《せんそ》しらざる人也。

89　①式子内親王《しよくしないしんわう》

式子《しよくし》は名《な》、内親王《ないしんわう》は帝《みかど》の御姫宮《ひめみや》の事。只親王《たゞしんわう》と申は男宮《おとこみや》の御事《こと》也。後白河院《ごしらかはいん》の皇女《くわうぢよ》。

たまのをよたえなばたえねながらへばしのぶることのよはりもぞする

玉《たま》の緒《を》とは命の事。又、少《すこし》の間《あいだ》の事。但《たゞし》、爰《こゝ》には命の事。たえなば絶《たえ》ねとは、露《つゆ》の命も中《なか》〳〵消《きえ》なば疾《とく》きえよかし、と思ひ侘《わび》たる詞《ことば》。忍《しの》ぶるとは、人め忍《しのぶ》事也。

哥の心は、扨《さて》もかく憂恋《うきこい》にあこがれ、思ひのほむら胸《むね》にみち、苦《くる》しみながらも、さりとは此事人にしられじと、おし(190ウ)かへし〳〵、忍《しの》び〳〵て、やうやく此年《とし》月を送《おく》りむかへしかども、今《いま》ははや忍《しの》ぶ心は次第《しだい》〳〵によはりもて行《ゆき》、思ひは弥増《いやまさ》りにまさり、顕《あらは》れぬべきと、詮方《せんかた》なく思ひ侘《わび》、さていかゞせん。さらば命もおしからじ、かくの如《ごと》くの思ひにては、とかく命のながらへ果《はつ》べき身にも非《あらず》、迚消《とてもきゆ》べき露の命ならば、憂名《うきな》の立《た》ぬ先《さき》に、とくして命絶《たえ》よと歎《なげき》しづめる由《よし》也。女姓《によしやう》の哥として、一入理《しほことは》りにこそあはれふかし。

①此内親王《ないしんわう》は、斉院《さいゐん》にたゝせ給ふ。斉院《さいゐん》とは、賀茂《かも》大明神《みやうじん》のごさいあい也。賀茂《かも》とかくは、上《かみ》がも。鴨《かも》とかく

は、下《しも》がも也。此斉院には、ひめみや達《たち》のうちにて立《たゝ》せ給ふ也。伊勢《いせ》にては斉宮《さいくう》、かもにては斉院《さいいん》とかく。いづれもいつきのみやとよむ也。たゞし、当代《たうだい》は大裏《り》より立《たて》たまはず。そのところ〳〵の神主《かんぬし》などの娘《むすめ》をたつる也。関東鹿島《くわんとうかしま》などにもこれある事也。

90　寂蓮法師《じやくれんほうし》

俊成卿《しゆんぜいきやう》の子息《しそく》、定家《ていか》の舎弟《しやてい》。俗名《ぞくみやう》、中務《なかつかさ》の少輔《せう》定長《さだなが》。（191オ）

むらさめのつゆもまだひぬまきのはにきりたちのぼるあきのゆふぐれ

①急雨《むらさめ》はいつも降《ふる》とはいひながら、四月八月《しぐわつ》の比《ころ》を専《もつはら》と心得《え》べし。露《つゆ》もまだひぬとは、いまだ乾《かはか》ぬと云詞《ことば》。槙《まき》は深《しん》山《ざん》にある常盤木《ときはぎ》也。

哥の心は、さても此ころ四方《よも》山の秋の気色《けしき》を詠吟《ゑいぎん》するに、草木皆色替《さうもくみないろかは》り、うつろへるといゑども、此おく山ふかき太山《み》の風景《ふうけい》一入《しほ》たゞならず。谷峯《たにみね》かけて生《おい》かさなれる槙《まき》の葉《は》のひとり青《あを》〳〵と打茂《うちしげ》り、何《なに》とやらん気色《けしき》物さび、吟《ぎん》心《しん》物すご（191ウ）き粧《よそほ》ひなるに、いで其比《そのころ》はさらでだに淋《さび》しかるべき秋の夕昏《ぐれ》、所《ところ》は遠近《おちこち》のたつきもしらぬ深山《しんざん》といひ、折《おり》ふしはら〳〵と音信《をとづれ》過る村雨《むらさめ》の名残《なごり》見せたる白露《しらつゆ》は、槙《まき》の葉《は》にたぶ〳〵と置渡《をきわた》し、しん〳〵と物音打《をとうち》しめりたるかの露さへも、いまだ乾《かは》かざるに、又、秋一入《しほ》の気色催《けしきもよほ》し、ほの〳〵と薄霧立《うすぎりたち》わたり、いかにも深山《しんざん》のさびたる躰《てい》、いはんかたなし。げに〳〵至《いたり》ての深《み》山は、常《つね》に雲霧立覆《くもきりたちおほ》ひ、雨打灑《あめうちそゝ》き物さびしき也。深山の風景《ふうけい》よく心にこめて、此哥をば詠吟《えいきん》すべし。さあらば、目前《もくぜん》すなはち（192オ）深山《しんざん》と成《なり》て、詠吟弥《えいきんいとゞ》おもしろかるべし。

①或説《あるせつ》に、槙《まき》のはにふれるむらさめのおもしろかりしに、又、夕つゆのをきわたして、ふうけい一しほたぐひもなきに、まだその興《けう》もつきせぬに、きりたちのぼり、いろ〳〵のよそほいをましたると也。但《たゞし》、当流《たうりう》の心は、さも侍《はべ》らず。たゞ、深山《しんざん》の秋の夕べのさま也。槙はみ山にある木として、秋の夕べにむらさめうちそゝきて、ぎら〳〵とまきのはのうちしめりたるおりふしに、夕霧《きり》たちのぼるさま、よく〳〵心をつけてゐいぎんすへし。そのけいあはれもふかく、おもしろかるべし。

91　二条院《でうのゐん》讃岐《さぬき》

後白河院《ごしらかはいん》の太子《みこ》、二条院《てうのいん》に仕《つか》へ奉《たてまつ》る、さぬきといへる①女房《にようはう》。

わがそではしほひに見えぬおきのいしの人こそしらねかはくまもなし

此哥は寄石恋《いしによするこい》と云題《いふだい》を読《よめ》り。哥の心は、人しれぬ思ひの胸《むね》にもえこがれて、やる方《かた》もなきかなしさにおつる泪《なみた》は淵《ふち》をなし、床《とこ》も枕《まくら》もうきわたり、流《ながれ》はつべきうき身（192ウ）をば誰《たれ》しがらみと成《なり》て、留《とゞむ》る由《よし》もなく、露《つゆ》の命も水の泡《あは》の消《きえ》かへりつゝ、思ひこがるゝに、いとゞしくおさふる袖の上《うへ》、一入濡《しほぬれ》しほれつゝ、夜昼《よるひる》かはく隙《ひま》もなし。余《あまり》のことの物うき心の内《うち》より、さて此分野《ありさま》を何《なに》にたとゑんとなれば、二六時中《にろくじちう》、潮《うしほ》のひることもなき②大海《かい》の沖《おき》にしづみある石《いし》のいつもうしほに濡《ぬれ》、波《なみ》に浸《ひた》して乾間《かはくま》もなきごとしと、打侘《うちわび》かなしめる内にも、かくばかり思ひ乱《みだ》る分野《ありさま》、こがるゝ胸《むね》のうちをば、さりとも思ふ人だに、夢《ゆめ》にも知《しり》給ふまじ。況《いはん》や他人《たにん》を（193オ）やと、深《ふか》く忍《しの》ぶおもひの程《ほど》を云《いひ》のべたり。真塩《まことにしほ》の満干《みちひ》もなき大海《かい》の沖《おき》にあるらん石《いし》をば、人の知《しる》まじき事勿論《もちろん》、また乾《かは》く隙《ひま》もあるまじき也。

さりとはよき物のたとへ也。女におゐて哀《あはれ》もふかく、其智恵《そのちえ》もまたいとふかし。ためしまれなる哥にや。

①此女房《ねうはう》は、多田《ただ》の満仲《まんぢう》の玄孫《げんそん》、武家《ぶけ》の棟梁《とうりやう》めいよの哥人《かじん》。源《げん》三位頼政卿《みよりまさきやう》の息女《そくじよ》也。その比《ころ》女房の哥よめる中《なか》に、定家卿《ていかきやう》一しほ執《しつ》し給へるとあり。

②荘子《さうじ》といふ物の本《ほん》にいはく、大海《かい》のそこに沃焦石尾閭《ようせうせきびりよ》と云石《いし》あり。此いし天下の水海《すいかい》に一つ流《なが》れ入ことあれば、その水かならずかはかぬとなり。かるがゆへに大海《かい》は増減《そうげん》なしといへり。

92　後京極《のちのきやうごく》摂政《せつしやう》①前太政太臣《さきのだいじやうだいじん》

後法性寺入道関白公《のちのほつしやうじにうだうくわんぱくこう》の御男《こ》、藤原《ふぢはら》の良経公《よしつねこう》也。詩哥文章玄妙《しいかぶんしやうげんめう》の御人。新古今集《しんこきんじう》（193ウ）序《ぢよ》の作者《さくしや》。

きり〳〵すなくやしもよのさむしろにころもかたしきひとりかもねむ②

狭筵《さむしろ》とは、いかにも端《はゞ》せばき筵《むしろ》をいふ。卑下《ひげ》の辞《ことば》也。さて、霜夜《しもよ》のさむしろと云《いひ》つゞけて、寒《さむ》きと云掛《いひかけ》也。衣片《ころもかた》敷《しく》とは、帯《をび》をもとかず丸《まる》ねする事。独《ひとり》かもねんとは、さてもこよひは、孤《ひとり》やねなましとおもひかなしめる詞。哥の心は、はや此秋もやう〳〵末《すゑ》つかたに成《なり》、霜《しも》よの冴《さえ》にさえたる気色《けしき》身にしみ渡《わた》り、何《なに》とやらん物《もの》がなし（194オ）き折節《おりふし》、垣《かき》ほを近《ちか》み枕に、響《ひゞき》つゞりさせてふなんど、、声《こゑ》よはり幽《かすか》にすだく、蛩《きり〳〵す》の啼《なく》ねを聞《きく》に付《つけ》ても、偖《さて》もかやうに物がなしく、哀《あはれ》もふかき永《なが》き夜《よ》もすがら、独《ひとり》すご〳〵とねなまし物かと思ひめぐらし、さりとはかくのごとく、万《よろず》物うきよな〳〵は、思ふ人二人《ふたり》ねてだに有《ある》べきに、只独《たゞひとり》かたしき丸《まる》ねせん事よと、打侘《うちわび》かなしめるさま也。実《げに》〳〵、何《なに》の思ひなき身にても、左《さ》やうの夜《よ》な〳〵はかなしかるべきに、いはんや悲愁《ひしう》の人の心もつともあはれに

おぼへり。（194ウ）

①摂政《せつしやう》とは、帝《みかど》御少幼《せうよう》のあいだ御代官《だいくわん》として、あさまつりごと、天下の万事《ばんじ》をとりおこない給ふ大官《くわん》也。

②宗祇《そうぎ》のいはく、そも〳〵此御哥、三十一字《じ》なにのめづらしき詞《ことば》もなく、つね〳〵み、なれたることどもなれども、つゞけやうのめでたきゆへに、かくおもしろくめづらしげにきこえはべる也。まことに〳〵、情《じやう》は新《あたらし》きをもつて先《さき》となし、心はふるきもつてもちゆべしとあるをや。

93 ①前大僧正慈円《ぜんだいそうじやうじゑん》

比叡山《ひゑいさん》の座主慈鎮和尚《ざすぢちんくわしやう》これ也。吉水《よしみつ》の和尚《おしやう》ともいふ。法性寺忠通公《ほつしやうじたゞみちこう》の御孫《まご》、月の輪《わ》の関白兼実公《くわんぱくかねさねこう》の御男《こ》。

おほけなくうきよのたみにおほふかなわがたつそまにすみぞめのそで

おほけなくとは、忝《かたじけなく》もと云詞《いふことば》。又、にあはぬ事と云詞にももちゆる也。うき世の民《たみ》とは、世間上下万民《せけんじやうげばんみん》の事。おほふ哉《かな》とは、御衣《ころも》の袖《そで》を世上《せじやう》の人〳〵に覆《おほい》かけて、悪事災《あくじさい》（195オ）難《なん》なかれと祈守《いのりまも》ると云心。わが立仙《たつそま》（ママ）とは、近江《あふみ》の国の名所《めいしよ》、比叡山《ひえいさん》の事。墨染《すみぞめ》の袖《そで》とは衣《ころも》の事也。されば伝教大師《でんげうだいし》の御詠哥《ごゑいか》に、

あのくたら三百三《さびやくさ》ぼだいのほとけたち我立《わがたつ》そまにみやうがあらせ給へや

と読《よま》せ給ふよりこのかた、わが立仙《たつそま》（ママ）とはゑい山《さん》を申す。扨《さて》、わが立仙《たつそま》（ママ）に墨染《すみぞめ》の袖と云《いひ》つゞけて、此山に住《すむ》との云かけ也。

哥の心は、先《まづ》、おほけなくと云詞《ことば》をかたじけなくもと云《いふ》心に用《もちゆ》る時は、吾《われ》、忝《かたじけなく》も仏陀《ぶつだ》の冥感《みやうかん》に叶《かな》ひ、三衣《さんゑ》を肩《かた》

に掛《かけ》、天台《てんだい》御法《みのり》の灯《ともしび》をかゝげ、円頓《えんどん》止観《しくはん》の宗《むね》（195ウ）を学《がく》して、高祖《かうそ》伝教《でんげう》大師《し》の古跡《こせき》をつぎ、此御山の座主《ざす》と成《なり》のぼりてより此かた、丹心《たんしん》を抽《ぬきん》じ精誠《せいじやう》を尽《つく》し、王城《わうじやう》の鬼門《きもん》を守《まも》り、天下の安全《あんせん》を祈《いのり》、天子《てんし》の玉躰《ぎよくたい》を加持《かぢ》し奉《たてまつ》るうへは、おそらくも、われらの所願《しよくわん》祈禱《きたう》堅固《けんご》の墨染《すみぞめ》の袖は、ひろく日本国中《につほんごくちう》におほひわたらざると云事《いふ》なし。さあれば、則《すなはち》、上《かみ》一人より下万民《しもばんみん》に至《いたつ》て、貴賤《きせん》老若《らうにやく》男女《なんによ》ともに独《ひとり》として漏《もら》さず。皆《みな》此衣《ころも》の袖をおほひ着《き》て、安穏《あんをん》けらく成《なり》ぬへしと也。又、おほけなくと云詞《ことば》を、にあはぬ事と云心に用《もちゆ》る時は、前《まへ》（196オ）委《くわし》く申したる通《とをり》の大法《ほう》秘法《ひほう》の執行《しゆぎやう》大願《ぐわん》は、無威徳《むいとく》無智《むち》の我《われ》におゐていかゞ有《あり》なん。さりともにあはざる事にやと卑下《ひげ》の心を含《ふくめ》る也。天性《てんせい》此僧《そう》正《じやう》は、つねに述懐《しゆつくわい》の御心ふかくおはしますなれば、此説《せつ》も猶《なを》おもしろかるべし。

①前《ぜん》とは、まへかどと云心。大僧正《そうじやう》とは官《くわん》、慈円《ぢえん》は名《な》也。

94　参議雅経《さんぎまさつね》

参議《さんぎ》は職《しよく》、雅経《まさつね》は名乗《なのり》。飛鳥井《あすかゐ》①哥鞠《かきく》のお家《いゑ》也。新古今《しんこきん》の作者《さくしや》五人の内《うち》。

みよしのの山のあきかぜさよふけてふるさとさむくころもうつなり（196ウ）

②三芳野《みよしの》は大和《やまと》の国の名所《めいしよ》、花の道地《だうち》の山。小夜更《さよふけ》てとは、夜《よ》の更《ふけ》たると云詞《いふことば》。小夜《さよ》の小《さ》もじは詞《ことば》のあやと云物也。古郷《ふるさと》とは、昔清見原《むかしきよみばら》の天皇《てんわう》、大友《おほとも》の王子《わうじ》に世をみだされ、少時《しばし》がほと此吉野《よしの》に宮作《みやづく》りありておはしけるに因《よつ》て、かく古郷《ふるさと》といひならはせり。衣《ころも》うつとは砧打《きぬたうつ》事。されば、世間寒《せけんさむ》く成増《なりまさ》る事は、先《まづ》、山より寒《さむ》く成初《なりそめ》て、扨《さて》、野《の》辺《べ》より里へと次第《しだい》〳〵に寒く成来《なりきた》れる中《なか》にも、昼《ひる》より夜《よる》は一入寒《しほさむ》く、夜《よる》の内《うち》にも曙《あけぼの》はなを寒《さむ》きもの也。かくのごと

く世上《せじやう》寒く成《なり》まさるやうをも、能《よく》心に思ひ取《とり》て（197オ）かやうの哥をば詠吟《えいぎん》すべし。されば、世間《せけん》いやましに寒《さむ》く成《なり》ぬるころは、かならずときあらい絹《きぬ》とて衣《ころも》うつ物也。惣《そう》じて、碪《きぬた》をきくを悲《かな》しき類《たぐ》ひにする事は、鰥《やもめ》の碪《きぬた》と云て、古里《ふるさと》秋のよなく〳〵、旅《たび》なる夫《おつと》を待侘《まちわび》、夫《おつと》の為《ため》に小袖なんどを解洗《ときあら》ひて擣《うつ》ゆへ也。誰家思夫擣寒衣《たれかいへのしふかんゑをうつ》など詩《し》にも作《つく》れり。

哥の心は、ところはみよしのゝ花の盛《さかり》に穏《にぎは》しかりし。此春もいつとなく暮《くれ》過て、あと淋《さびし》く成果《なりはて》、青葉《あをば》に見し夏《なつ》も程なくうつり行気色《ゆくけしき》、愁《うれへ》がほに万物《ばんもつ》の一栄《えい》一落《らく》のあたりよと、仇《あだ》し憂《うき》（197ウ）世《よ》を観《くはん》じける内《うち》に、はや待《まつ》とも覚《おぼえ》ぬ秋《あき》の来《き》て、山風も冷《すさま》じく吹《ふき》あれ、身にしみはた寒《さむ》く、物寂《さびし》寒さに目《め》も合《あは》ず、此長《なか》き夜《よ》を、扨《さて》、いかゞせんと明《あか》しかねたる折《おり》から、古郷《ふるさと》の夜半《よわ》、寒《さむ》く哀《あはれ》を添《そへ》て、やもめの碪枕《きぬたまくら》にひゞき、いとゞかなしき秋のよのつれ〳〵、いはん方《かた》なきよし最《もつとも》也。何《なに》さま此哥は三よしのゝ春より夏《なつ》の風景《ふうけい》をよく〳〵心に含《ふくみ》て吟《ぎん》ずへし。さもなくては此うた、しんじつのところにかないがたかるへし。

①哥鞠《かきく》のおいゐとは、代〳〵うたまりのめいけと云心也。
②みよしのは、よし野《の》のこと也。いもせ山ともよめり。

95　①鎌倉右大臣《かまくらのうだいじん》

右《う》大将《しやう》征夷《せいい》将軍《しやうぐん》頼朝公《よりともこう》の御男《こ》、実朝公《さねともこう》也。（198オ）

よのなかはつねにもがもななぎさこぐあまのをぶねのつなてかなしも

常《つね》にもがもなとは、常住《ぢやうじう》にてあれかしと願《ねがい》たる詞《ことば》。されは、有情非情《うじやうひじやう》よろずの物、皆忽《みなたちまち》にうつり替《かは》り、或《あるひ》は消《きえ》うせ、はかなき世間《せけん》のならひなれば、万何事何《よろずなにごとなに》たるものも、いつも只常《たゞつね》のごとくにあらせて見ばやとの願《ねが》ひ也。綱手《つなて》とは、あまの小舟《をぶね》のつなて縄《なわ》のこと。つなてのてもじ澄《すみ》てよむべし。かなしもとは、愛《あい》すると云詞。子《こ》をかなしむ、親《おや》を悲《かな》しふなど云《いふ》も、みな（198ウ）愛《あい》する事也。此海人《あま》の小船《をぶね》の色《いろ》〳〵さま〳〵に、面白《おもしろ》き躰《てい》をながめあいすると云儀《いふぎ》也。先《まづ》、此哥は世上《せじやう》ばんもつのはかなき事を観念《くわんねん》してよめると心得《え》へし。哥の心は、夫《それ》、此世間《せけん》にありとあらゆる所《ところ》、目《め》に見え、耳《みゝ》に聞《きこ》え、鼻《はな》に入《いり》、口《くち》に出《いで》、舌《した》に味《あぢは》ひ、身に触《ふれ》、手《て》にとるたぐひ、皆《みな》もつて有《ある》はなく、なきは数《かず》そふ。万事万物《ばんじばんもつ》のはかなきためしを、何《なに》にたとへてみんとなれば、渚漕《なぎさこぐ》あまの小舟のごとく、其謂《そのいはれ》は只今《たゞいま》まで、まのまへに見えける蜑《あま》のをぶねのかず〳〵に、或《ある》ひは漕《こぎ》ちがへ漂《たゞよ》ひさしよせ、つなて引《ひき》（199オ）網《あみ》おろす品《しな》〳〵の粧《よそほ》ひ、いかばかり面白《おもしろ》くみるにたへず、興《けう》ありしも、忽《たちまち》いづくともなく漕《こぎ》過て、行衛《ゆくゑ》もしらず、跡《あと》しらなみのみ立騒《たちさは》ぎ、残《のこ》る風情《ふぜい》けしきいかばかりか、余波《なごり》つきせずあはれもふかきを観《くわん》じて、此世のよろずはかなきありさま、みなかくの如《ごと》しと思ひ合《あはせ》て、世間《せけん》の万事万物《ばんじばんもつ》みなその儘《まゝ》にして、常住不変《ぢやうじうふへん》に置度《をきたき》との願《ねが》ひもつとも哀《あはれ》也。げに〳〵このよはかりのやど、万物無常《ばんもつむぢやう》の堺《さかい》なれば、今迄語慰《いままでかたりなぐさ》み逢馴《あいなれ》見《み》し中《なか》の②友《とも》どち、疎《うと》きも親《したし》き（199ウ）も、智恵《ちえ》あるも、愚智《ぐち》なるも、貴《たつと》き賤《いやし》き、③冨《とめ》るまどしき、かしこきおろか、老若《おひわか》き、病《やまい》あるそくさいなるも、なべて皆朝《みなあした》の霜《しも》、夕べの露《つゆ》と消《きえ》うせ、誰《たれ》とても残《のこり》ぬる独《ひとり》はなし。人間《にんげん》に限《かぎら》ず、鳥けだもの草木国土《こくど》まで、かくのごとし。よく詠吟有《えいぎんある》べし。古《ふる》き哥にも、

　世のなかを何《なに》にたとへん朝《あさ》ぼらけこぎゆくふねのあとのしらなみ

などよめるもあり。

①関東相模《くわんとうさがみ》の国鎌倉《かまくら》に、殿作《とのつく》りありてすみ給へるゆへにかく云也。右《う》太臣《じん》は官《くわん》也。

②友どちとは、ともだちといふことば也。
③とめるとは、かねたからおほくもてる人の事。まどしきとは、すりきり人の事。

96　①正三位家隆《しやうざんみいゑたか》（かりうともよむべし）

権中納言大宰《ごんなごんださい》の帥光隆卿《そつみつたかきやう》の子息《しそく》、俊成卿《しゆんぜいきやう》の哥の門弟《もんてい》、壬生《みぶ》の宮内卿《くないきやう》とも云。（200オ）

風そよぐならのをがはのゆふぐれはみそぎぞなつのしるしなりける

風戦《そよ》ぐとは、かぜにそよぐと云心。又、風うごくと云心もあり。奈良《なら》の小川《をがは》、大和《やまと》の国の名所《めいしよ》。楢《なら》の木の葉《は》の風にそよぐといひかけたり。御祓《みそぎ》とは、夏《なつ》のころ川辺《かはべ》へ出て、色〱の供物《くもつ》を調《とゝの》へ人形《にんぎやう》などを作《つく》り、弊帛《へいはく》（ママ）を切《きり》たて、御子《みこ》かんなぎなどめしつれ、何事《なに》なりともわが身のため、わるきと思ふ事を、かの人形《にんぎやう》にいのり付《つけ》、打払《うちはら》ひ流《なが》し捨《すつ》る也。六月の比《ころ》（200ウ）する物にや有《ある》らん。夏《なつ》ばらへするとも読る哥もあり。

哥の心は、所《ところ》〱水《みづ》の流《ながれ》はおほけれども、分《わき》て此奈良《なら》の小河《をがは》と申は、水碧瑠璃《へきるり》のごとく、浪龍紋《なみれうもん》を畳《たゝ》み、水底清《すいていきよ》くすみわたり、汀《みぎは》の真砂銀《まさごぎん》をしき、一入涼《しほすゞ》しき川風もふきおちたる夏の夕ぐれ時分《じぶん》、この川のべにたち出祓《はらへ》をするに、いかばかり極熱《ごくねつ》のあつさにたへかねたり。此夏の夕暮《ぐれ》なれども、かの川風の白波《しらなみ》を颯《さつ》と吹《ふき》さそひ、氷《こほり》を砕《くだ》き玉を散《ちら》して涼《すゞ》しき事限《かぎり》なければ、あつき愁露《うれへつゆ》ちりもなく、夏（201オ）と云事をはたと忘《わすれ》て、只秋《たゞあき》なりけりと斗《ばかり》おぼえしに、此御祓《みそぎ》をするにて、偖《さて》は夏にて有《あり》けるよと、涼《すゞ》しき気色《けしき》に驚《おどろき》たる一興《けう》、さもありぬへくおぼへり。

①正《しやう》三位《み》は位《くらゐ》、家隆《かりう》は名乗《なのり》也。門弟《もんてい》とは弟子《でし》など云心。あるほんに、従《じゆ》二位《ゐ》ともこれあり。此かりうは新古今《しんこきん》

集《しう》の選者《せんしや》五人のうち也。世に、ていかかりう、といふ哥道《かだう》の名人《めいじん》也。

97　①権中納言定家《ごんちうなごんさだいゑ》《ていかともよむ也》

権《ごん》中納言は官《くわん》、定家《さだいゑ》は名乗《なのり》。俊成卿《しゆんぜいきやう》の子息《しそく》也。能書秀妙《のうしよしうめう》の哥人《かじん》。新古今《しんこきん》、新勅撰集《しんちよくせんしう》并《ならび》に序《ぢよ》、百人一首末《しゆみ》来記《らいき》、雨中吟等《うちうぎんとう》の作者《さくしや》。

こぬ人をまつほのうらのゆふなぎに（201ウ）**やくやもしほの身もこがれつゝ**

来《こ》ぬ人をまつほの浦《うら》とは、かねて必《かならず》参《まいる》らんと約束《やくそく》したる君《きみ》を、まてども〳〵こぬと云心。松帆《まつほ》の浦《うら》、淡路《あはぢ》の国の名所《めいしよ》。来《こ》ぬ人を待《まつ》との云《いひ》かけ也。夕なぎとは、海辺《かいへん》夕昏《ぐれ》の気色《けしき》静《しづか》なる事。焼《やく》や藻塩《もしほ》とは、あまども、うしほ汲《くみ》はこび、もしほ草かきあつめて、塩《しほ》やく事也。もしほやくとも、たくとも云《いひ》て、苦《くるし》からず。身もこがれつゝとは、藻《も》塩《しほ》たく火《ひ》の如《ごと》く、思ひの烟《けふり》、胸《むね》の内《うち》に燃《もえ》こがるゝと云心也。げに〳〵長閑《のどか》なる夕べには、一入《しほ》もしほ火《び》も焼《たき》まさり、ほのほ（202オ）も殊《こと》に立《たち》のぼるもの也。

哥の心は、兼言《かねごと》の契《ちぎり》、かならずと待《まて》ども〳〵、まだこぬ君を心いられに待佗《まちわび》たる時は、身もつかれ心砕《くだけ》て思ひのほむら胸《むね》にもえこがるゝ事、たとへば雨《あめ》風もなくなぎたる夕昏《ぐれ》、蜑《あま》のもしほ火《び》くゆらかすごとしと也。つゝとは、右《みぎ》に委《くわし》くさた申し侍《はべ》る。見合《あはせ》て詠吟《ゑいぎん》有へし。寔《まことに》此哥の心、詞づかひ、いかにもやすらかにして、しかもやさしく、くさり正《たゞ》しく、姿《すがた》なめらか也。ひとへに凡慮《ぼんりよ》をはなれ、手《て》も付がたきよし申つたへり。されば此卿《きやう》の名哥《めいか》数多《あまた》あるべき中《なか》に、取《とり》（202ウ）分《わけ》此哥を撰《えら》み入給へる、其趣《そのおもむき》をよく分別《ふんべつ》すべし。

①権《ごん》の字《じ》、かりにとよむ。中納言《なごん》と云官《くわん》に成人《なる》、幾人《いくたり》とかずさだまりたるほかに、別《べつ》して中納言になされたき時、此権《ごん》の字《じ》をもちゆる也。

98　入道前太政太臣《にうだうさきのだいじやうだいじん》

西園寺清宗公《さいをんじきよむねこう》。

はなさそふあらしのにわのゆきならでふりゆくものはわが身なりけり

華《はな》さそふとは、花《はな》を散《ちら》すと云心。嵐《あらし》の庭《には》の雪《ゆき》とは、花の雪、花のふゞきなど云《いふ》て、花のちるは雪の降如《ふるごと》くなれば、雪《ゆき》にたとへていへる也。ふり行物とは、花の（203オ）雪《ゆき》のふると、わが身年ふりゆくと、両方《りやうはう》にもたせたる詞《ことば》也。哥の心は、夫《それ》、世間《せけん》の人〳〵、弄《もてあ》そばるゝ万物《ばんもつ》の中《なか》に、花に勝《まさ》れる物はなし。さりなから、いかにもてはやし、寵《てう》愛《あい》せられて、うつくしくおもしろき花なれども、終《つゐ》のゆくゑは嵐《あらし》にさそはれ、徒《いたづら》に庭《には》の雪とのみ降《ふり》おち、木陰《こかげ》の塵《ちり》と成《なり》、泥土《でいと》にまじはりぬれば面白《おもしろ》かりし。興《けう》もさめ、てうあいもすたりはて、却《かゑつ》てむさき心《こゝ》ちも出来《いでく》る也。さて、此花の外《ほか》に何物《なに》か、又、世にいたづらにはふりはつるぞといふに、かくいへる我身《わが》也。その謂《いはれ》は、わか身年わかかりしほどは、肌《はゞへ》玉を（203ウ）のべ、姿《すがた》花やかに時めき、人のもてなしなのめならざりしが、いつぞの程にか、年古《ふり》はてぬれば、膚《はだへ》かじけ骨黒《ほねくろく》、筋青《すぢあを》く顕《あらは》れ、腰《こし》にあづさの弓《ゆみ》を張《はり》、額《ひたい》に四海《しかい》の波《なみ》をたゝみ、一身憔悴《いつしんせうすい》しぬれば、世の人〳〵にも見すて隔《へだて》られ、うとまるゝ事よと、花によそへて、老《おひ》の身のうへを述懐《しゆつくわい》し給へるよし也。かくいへる内《うち》にも、春の花の一たび盛《さかり》なりし時は、人の寵愛《てうあい》ははなはだしかりし如《ごと》く、わか身も年若《としわかかり》しほどは、天下の政道《せいたう》を取行《とりおこな》ひ、人〳〵にもてなされ、うやまはれしかども、今《いま》は年老《おい》さらび、隠居閉戸《いんきよへいこ》の身と（204オ）成《なり》、世にうとく威性《いせい》も薄《うす》くなりゆき、徒《いたづら》に年のみ古《ふり》ゆく迄《まで》の事よと、世間盛衰《せけんせいすい》をおほしめしたる底《そこ》の心もあるにや。又、或《ある》人のいへるは、此哥、嵐《あらし》の庭《には》のと詠《ゑい》じ給へる其子細有《そのしさいあり》。それ嵐と云物《いふ》は、国土《こくど》のたすけ何《なに》の益《ゑき》もなく、やゝもすれば、花を散《ちら》し朶《えだ》を枯《から》し、五穀《こく》をそこなひ、船《ふね》を損《そん》じ、万民《ばんみん》の仇《あた》ついへ多《おほ》し。さるに依《よつ》て、世にあたら事のたとへにも、花に嵐と申伝《つた》へり。かるがゆへに、嵐をば讒言表裡《ざんげんへうり》の悪人《あくにん》にたとへたり。しかるを、今《いま》、爰《こゝ》に用《もち》ひ出して、一たび花とさかへし栄《えい》ようも、かのざんげんへう（204ウ）りの悪人《あくにん》にさゝへ隔《へだて》られ、万機《はんき》の政《まつり》ごとをよそになし、只《たゞ》、徒《いたづら》に年のみ古《ふり》はつる事よと、述懐《しゆつくわい》の心ばせ、これあるともいへりき。さもあらは、是《これ》又、表裡《へうり》の哥ならんかし。

99　後鳥羽院《ごとばのゐん》御製《ごせい》

高倉院《たかくらのいん》の太子《みこ》。仁王《にんわう》より八十二代《たい》めの帝《みかと》。

人もおしひともうらめしあぢきなくよをおもふゆへもの思ふ身は

御哥の心は、人もおし人もうらめしと宣《のたま》へるは、神道《しんたう》を（205オ）崇《あが》め、仏法《ぶつほう》を守《まも》り、聖教《せいけう》を用《もち》ひ、五つのみちよくかなひ、忠孝《ちうかう》を専《もつはら》とし、王道《わうたう》を補《おきの》ひ民《たみ》を撫《なで》、天下静謐《せいひつ》の御たすけともなるへき人〳〵の死《しに》うするをば、さりとは御身にかへてもと、おしき事におほしめし、又、仏神《ぶつしん》をなみし奉《たてまつ》り、聖道《せいたう》をそねみ嫌《きら》ひて、利《り》に走《はし》り、色《いろ》にそみ、愛《あい》におぼれ、王道《わうたう》を軽《かろ》しめ、忠孝《ちうかう》をやぶり、天下のあたとなる悪逆《あくぎやく》ぶ道《だう》の者《もの》どもをば、玉躰《ぎよくたい》をたちさき、御心をなやめつくし給ふよりも、なをかなしくいたみおほしめすよし也。さればこそ、(205ウ)世を思ふゆへに物思ふ身はと、引《ひき》とゞめ給ひて、ひたすら世中《よのなか》をのみ、朝夕歎《てうせきなげ》きかなしみ、うれへしづみ思召煩《わづら》はせ給ふ。げに〳〵かくのごとく善《よき》につけ、悪《あし》きに付て、とにかく御物おもひをなさせ給ふ事、天下をおぼしめすゆへ也。されは、かやうに御心ざしありがたきゆへにこそ、此君御詠哥《きみごゑいか》の妙《たへ》なる名誉《めいよ》いかほどもおほき中《なか》に、此御哥をえらみ入られし也。よく〳〵心得しるべし。

さて、此御哥は、物おもふみはといひ留《とゞ》め給へるは、文字《もんじ》はかゑりてにはと云物也。その謂《いはれ》は、物おもふ身は、人もおし人もうらめしあぢきなく世を(206オ)おもふゆへと、かやうに下《しも》の句《く》より読《よみ》かへして詠吟《ゑいぎん》すへし。かく心えねば、すゑのはもんじあまるやうにおぼゆ。

100　順徳院御製《じゆんとくゐんのごせい》

後鳥羽院《ごとばのいん》の太子《みこ》。仁王《にんわう》より八十四代《たい》めの帝《みかど》。

もゝしきやふるきのきばのしのぶにもなをあまりあるむかしなりけり

百敷《もゝしき》とは禁中《きんちう》の事。公家武家《くげぶけ》百官《ひやつくわん》のめん〳〵、それ〳〵の座敷《ざしき》を并《なら》べ、伺公《しこう》せらるゝところなるゆへに、大(206ウ)内《り》をもゝしぎといふ。さて、古《ふる》き軒端《のきば》とは、神代《かみよ》より数万年《すまんねん》を経《へ》て、絶《たえ》ず伝《つたは》りたる大裏《り》なればかく云《いふ》也。そのうへ、古《ふる》き軒端《のきば》の忍ぶと云続《いひつゞけ》たるは、ふるき軒《のき》ばの荒《あれ》ゆくには、かならず忍ぶなどいふ草のみ生茂《おいしげ》りはべる物なるゆへなり。かくいふ内《うち》にも、王道《わうだう》のすゑになり、おとろへ果《はつ》る分野《ありさま》は、唯古《たゞふり》て傾《かたふ》く軒《のき》のむかしのしのぶ草に、荒《あれ》はておとろへるごとしといへる心も有にや。さて、忍ふとは、先《まづ》したふと云詞也。猶余《なをあま》りある昔《むかし》なりけりとは、昔《むかし》、上代王道《じやうだいわうだう》のたゞしき事をのみおほしめし（207オ）出、うらやみ給ひてしたふにも、尚《なを》〳〵尽《つき》かたきとの御作意《さくい》なり。御心《うた》[哥(鈔)]の心は、古《いに》しへめでたき上代《じやうたい》には、王道《わうだう》さかんにして、公家一統《くげいつとう》天下せいひつに治《おさま》り、国土安穏《こくどあんおん》に、上仁儀《かみじんぎ》を守《まも》り、下礼信《しもれいしん》にきふくして、万《よろず》おほしめしの儘《まゝ》なりしが、いかなれば、今《いま》此時は、禁庭《きんてい》の政事《まつり》、ひゞにおとろへ、天下あやうく国土《こくど》みだれがはしく、万民《ばんみん》うれへかなしめる時代《じだい》とは成《なり》たる事よ、されば朕《ちん》ひとりのみにもあらず、人間万事万物《にんげんばんじばんもつ》に付て、昔《むかし》をうらやみしたひかなしむこと、たれもその心おなじき（207ウ）なれども、とりわけて猶朕《なをちん》は一しほしたひうらやみ給ふ切《せつ》なりとの御心ざし也。只《たゞ》、万民《ばんみん》をあはれみおほしめす御慈仁《ちじん》のふかきゆへ也。よく〳〵沈吟《ちんぎん》すへきことにや。

(奥書)

①つれ〳〵と、ながき日くらし、②おしまづきによつて、③墨頭《ぼくとう》の④手中《しゆちう》⑤よりおつるに、夢《ゆめ》うちおどろかし（208オ）、⑥おろか心の、うつり行《ゆく》にまかせて、此和哥集《わかしう》の、そのおもむきを綴《つゞり》、しかうして、⑦短《みじか》き筆《ふで》に、書《かき》けがらはし留《とゞめ》り。寔《まことに》、⑧せいゐい、海《うみ》をうめんとするにことならずや。されば、かの三⑨神《じん》のみ⑩とがめをつゝしみ、おもむげず、かつまた、⑪衆人之《しうじんの》⑫ほゝえみ、（208ウ）嘲《あざけり》をもかへりみ、わきまへざるに似《にた》りといゐども、さるひな⑬人の、⑭せめをうけ、⑮辞《じ》するにことばたえ、⑯退《しりぞく》に道《みち》なくして、⑰鈍《にぶ》き刃《やえば》に、⑱樗櫪《ちよれき》を削《けづれ》り。人、是《これ》をあはれみ給《たま》へや。

時《とき》寛永《くわんえい》巳《み》之《の》仲冬《ちうとう》下《げ》幹江城《かんかうじやう》之《の》旅泊身《りよはくしん》　如儡子居士（209オ）
雪朝庵《せつてうあん》士《じ》峯ノ禿筆作《ほうへつとくひつさく》

①つれ〳〵とは、徒然《とぜん》とかきて、つく〳〵とながめおり、物さびしき躰《てい》也。
②ひくらしとは、終日の心。あさより晩までの事也。日くらしのくもじ、すみてよむへし。にこれば、むしのひぐらしの事になる也。
③おしまづきとは、つくゑの事也。
④ぼくとうとは、筆《ふで》の事。
⑤手中《しゆちう》は、てのうち也。
⑥おろか心は、愚知《ぐち》の心也。
⑦みじかき筆《ふで》とは、悪筆《あくひつ》などいふ心。ひげのことば也。
⑧せいゑいとは、草木《くさき》のえだ葉《は》などをもつて、大海《がい》をうめんとするなり。たれ〳〵もしり給へる古事《こじ》なれば、かきつくるにおよばず。
⑨三神《じん》とは、住吉《すみよし》・北野《きたの》・玉津嶋《たまつしま》を申也。わかの三じん是《これ》也。
⑩みとがめとは、御たゝりなどいふ心也。
⑪しうじんとは、世間《せけん》の人といふ心。あまたの人〳〵をさしていふ也。
⑫ほゝえむとは、につこりと笑《わら》ひがほをする事也。
⑬ひな人とは、いなか人と云事。

⑭せめとは、さいそくなどいふ心也。
⑮じするとは、詞《ことば》にてしんしやくすること。
⑯しりぞくとは、身をひき、しんしやくするてい也。
⑰にぶきやえばとは、物のきれぬかなもの也。
⑱ちよれきとは、いかにもまがりゆがみて、物のようにたゝぬざいもく也。

あとがき

如儡子斎藤親盛は、仮名草子『可笑記』の著者である。慶長八年（一六〇三）の頃、酒田筑後町において、最上家家臣、斎藤筑後守広盛の長男として生まれた。幼少から最上家親に近侍し、主君から「親」の一字を賜り、「親盛」の名を許された。しかし、元和三年（一六一七）、最上五十七万石は取り潰され、広盛・親盛父子は浪人となる。如儡子は、そのような浪々の身にありながら、著作の執筆に励んだ。

寛永六年（一六二九）の秋、『可笑記』の執筆を始め、同十三年には全五巻が一応まとまった。初版の十一行本の刊行は寛永十九年であるが、如儡子は『可笑記』脱稿以後、百人一首の注釈の執筆に着手したものと思われる。そして『砕玉抄』を書き上げたのが、寛永十八年十一月であったと推測される。この時、如儡子斎藤親盛は三十九歳位であったと思われる。

如儡子の百人一首注釈書を最初に学界に紹介されたのは、和歌研究者の田中宗作氏である。田中氏は、昭和四十一年に水戸彰考館（現徳川ミュージアム）の『百人一首鈔』を紹介された。続いて、仮名草子研究者側から、田中伸氏・野間光辰氏が、国会図書館の『酔玉集』を紹介され、分析を進められた。平成十年には、島津忠夫氏・乾安代氏によって、京都大学附属図書館の『百人一首註解』が「百人一首注釈書叢刊15」として公刊された。さらに、平成十三年に、武蔵野美術大学美術館・図書館に如儡子の『砕玉抄』が所蔵されていることが、浅田徹氏によって明らかにされた。

そのような状況の中で、私も、如儡子の百人一首注釈の研究を進めてきた。そうは言っても、私にとって、和歌の研究は専攻以外の分野であり、全て一から学び始めた。昭和女子大学の齋藤彰氏や、同志社女子大学の吉海直人氏、国文学研究資料館の岡雅彦氏の温かい御指導で、少しずつ研究を進めることが出来た。
このたび、如儡子の百人一首注釈の研究を、一応まとめることが出来たが、それは、田中宗作氏、田中伸氏、野間光辰氏、吉海直人氏、島津忠夫氏、乾安代氏の研究に導かれるところが大きい。これらの研究がなければ、到底為し得なかったものと思う。

さらに、浅田徹氏は、武蔵野美術大学美術館・図書館の所蔵本調査の折、如儡子の『砕玉抄』に気付かれ、その情報を如儡子研究を進めている私に教えて下さった。浅田氏の御厚意が無ければ、私は如儡子の、百人一首注釈の中で最も優れたテキストに出合う事は出来なかったものと思う。

このように、多くの方々の御厚意によって、百人の和歌の注釈という、如儡子の膨大な著作の全貌をほぼ明らかにする事が出来たことに対して、心から感謝申し上げる。

本研究を進めるにあたり、原本所蔵の各機関には格別の御配慮を賜った。国立国会図書館には『酔玉集』の閲覧・複写をお願いし、雑誌『近世初期文芸』への全冊翻刻の許可を賜った。水戸彰考館（現徳川ミュージアム）には、『百人一首鈔』の閲覧・調査をお願いし、本文の複写は各巻の前半部分をお願いし、後半部分は国文学研究資料館のマイクロフィルムを閲覧させて頂いた。また、同館所蔵の、他の百人一首関係のフィルムも閲覧させて頂いた。京都大学附属図書館には『百人一首註解』の閲覧・調査・複写をお願いした。武蔵野美術大学美術館・図書館には、『砕玉抄』の閲覧・調査・複写をお願いし、本書への全冊翻刻の許可も頂いた。さらに、本書への写真掲載に関しても、各機関の御配慮を賜った。ここに記して厚く御礼申し上げます。

本書の出版に関しては、平成十六年刊行の『井関隆子の研究』と同様に、和泉書院の社長廣橋研三氏に格別の御配慮を賜った。また、原稿の整理、校正段階では、同社専務廣橋和美氏の御助言にあずかった。両氏の御温情に対して、深甚の謝意を表する。

平成二十四年二月十四日

■著者紹介

深沢秋男（ふかさわ　あきお）
昭和10年　山梨県に生まれる。
昭和30年　山梨県立身延高等学校卒業。
昭和37年　法政大学文学部日本文学科卒業。
昭和58年　昭和女子大学専任講師。助教授を経て教授となり、平成17年定年退職。
平成20年　昭和女子大学名誉教授。

主要編著書
『可笑記評判』校訂（昭和45年12月25日、近世初期文芸研究会発行）
『可笑記大成—影印・校異・研究—』共編著（昭和49年4月30日、笠間書院発行）
『井関隆子日記』（全3巻）校注（昭和53年11月30日〜昭和56年6月5日、勉誠社発行）
『桜山本　春雨物語』編（昭和61年2月25日、勉誠社発行）
『仮名草子集成』（10巻〜22巻、39巻〜）共編（平成元年9月30日〜平成10年6月25日、平成18年3月15日〜、東京堂出版発行）
『井関隆子の研究』（平成16年11月1日、和泉書院発行）

百人一首注釈書叢刊　別巻2
如儡子百人一首注釈の研究
二〇一二年三月二〇日　初版第一刷発行
著　者　深沢秋男
発行者　廣橋研三
発行所　和泉書院
〒543-0037　大阪市天王寺区上之宮町七—六
電話　〇六—六七七一—一四六七
振替　〇〇九七〇—八—一五〇四三
印刷・製本　亜細亜印刷／装訂　倉本修
定価はケースに表示
©Akio Fukasawa 2012 Printed in Japan
ISBN978-4-7576-0613-5 C3395
本書の無断複製・転載・複写を禁じます

百人一首注釈書叢刊

全二十巻

「百人一首」の江戸期以前の注釈書は、個別に翻刻や影印等で公刊されたものもあるが、未刊のものも多く、研究の便のために集成叢書化したものを望む声も聞かれる。本叢刊は、和歌・連歌・俳諧・国学・儒学など各分野の有識人の手に成る注釈書である。史料的価値の高いものを中心とし、かつ注釈史を略々俯瞰できるようなものとして刊行を企画した。

■内容＝①解題…成立／著者／注釈史上での位置・特徴／享受と影響／書誌／参考文献②翻刻本文③口絵

■編集責任＝**島津忠夫・上條彰次・大坪利絹**　**■A5判／上製／函入**

■全巻の構成――セット価　一五一、三〇五円　（価格は税込）

- 第一巻　百人一首注釈書目略解題……**吉海直人**　六三〇〇円
- 第二巻　百人一首頼常聞書……**有吉　保**／百人一首経厚抄……**位藤邦生**／百人一首聞書（天理本）…**長谷完治**／（京大本）……**赤瀬知子**　九二四〇円
- 第三巻　百人一首注・百人一首（幽斎抄）……**荒木　尚**　七八七五円
- 第四巻　百人一首切臨抄……**田尻嘉信**　八四〇〇円
- 第五巻　百人一首師説抄……**泉　紀子・乾　安代**　五七七五円
- 第六巻　後水尾天皇百人一首抄……**島津忠夫・田中隆裕**　九四五〇円
- 第七巻　百人一首倉山抄……**錦　仁**　六八二五円
- 第八巻　百人一首さねかづら……**寺島樵一**　七三五〇円
- 第九巻　百人一首拾穂抄……**大坪利絹**　七三五〇円
- 第十巻　百人一首三奥抄…**鈴木健一**／百人一首改観抄…**鈴木　淳**　六三〇〇円
- 第十一巻　龍吟明訣抄……**島津忠夫・田島智子**　八一九〇円
- 第十二巻　百人一首解／百敷のかがみ……**鈴木太吉**　九四五〇円
- 第十三巻　小倉百首批釈／百人一首鈔聞書……**上條彰次**　六三〇〇円
- 第十四巻　百人一首諺解……**今西祐一郎・福田智子**／百人一首師説秘伝……**菊地　仁**　八四〇〇円
- 第十五巻　百人一首註解……**島津忠夫・乾　安代**　五七七五円
- 第十六巻　百人一首うひまなび……**大坪利絹**　九四五〇円
- 第十七巻　百人一首燈……**鈴木徳男・山本和明**　五七七五円
- 第十八巻　百首贅々……**福島理子**／百人一首夷曇……**徳原茂実**　六三〇〇円
- 第十九巻　百首異見／百首要解……**大坪利絹**　九四五〇円
- 第二十巻　小倉百歌伝註…**管　宗次**／百人一首伝心録……**吉海直人**　七三五〇円